ANDREA SCHACHT

*Das Spiel des Sängers*

*Buch*

Wes Brot ich ess, des Lied ich sing ... Es scheint, als sollte Minne-
sänger Hardo Lautenschläger der erlauchten Gesellschaft, die sich
auf Burg Langel eingefunden hat, lediglich Unterhaltung während
des abendlichen Mahls bieten. Doch mit jeder Strophe seines
Liedes wächst die Unruhe bei den Zuhörern. Vor allem die schöne
Engelin ist wie vom Donner gerührt, als sie die abenteuerliche
Geschichte des Sängers vernimmt.
Die Stimmung unter den Gästen wird noch düsterer, als es am
Morgen einen Toten zu beklagen gibt. Burgverwalter Sigmund ist
vom Söller gestürzt! War es Mord? Ritter Ulrich lässt die Zugbrücke hochziehen und befiehlt, dass niemand die Burg verlasse, bis
der Schuldige gefunden sei. Und Sänger Hardo, den mit Burg Langel mehr verbindet, als es zunächst den Anschein hat, entfaltet
seine Kunst auf ungeahnte Weise ...


*Autorin*

Andrea Schacht war lange Jahre als Wirtschaftsingenieurin und
Unternehmensberaterin tätig, hat dann aber ihren seit Jugend-
tagen gehegten Traum verwirklicht, Schriftstellerin zu werden.
Mit ihren historischen Romanen um die scharfzüngige Kölner
Begine Almut Bossart gewannen sie auf Anhieb die Herzen von
Leserinnen und Buchhändlern, und der Roman *Die elfte Jungfrau*
kletterte auf die SPIEGEL-Bestsellerliste, die Andrea Schacht seit-
her mit schöner Regelmäßigkeit immer neu erobert.
Die Autorin lebt mit ihrem Mann und zwei Katzen in der Nähe
von Bonn.

# Andrea Schacht

## *Das Spiel des Sängers*

Historischer Roman

blanvalet

Verlagsgruppe Random House FSC-DEU-0100
Das für dieses Buch verwendete FSC®-zertifizierte Papier
*Holmen Book Cream* liefert Holmen Paper, Hallstavik, Schweden

1. Auflage
Taschenbuchausgabe Dezember 2012 im Blanvalet Verlag,
München, einem Unternehmen der Verlagsgruppe
Random House GmbH, München
Copyright © 2010 by Blanvalet Verlag in der Verlagsgruppe
Random House GmbH, München
Redaktion: Dr. Rainer Schöttle
Umschlaggestaltung: bürosüd°, München
Umschlagmotiv: AKG, Berlin
wr · Herstellung: sam
Druck und Einband: GGP Media GmbH, Pößneck
Printed in Germany
ISBN: 978-3-442-37475-5

www.blanvalet.de

# Das Spiel des Sängers

Der aller Minne Liebeskraft,
der hochgelobten edlen Minne Meisterschaft,
der Liebensfreude gebend Minne,
der süßen Minne bergend Frucht,
die den hehren Geist mit ihrer Gotteszucht
all umschoss, der Meisterin Minne,
der will ich singen mein Lied ...[1]

---

1 Meister Rumzelant

# Präludium

Man nennt mich Hardo Lautenschläger.

Ich bin ein Minnesänger – wenn es mir nützlich erscheint. Denn ich habe auf meinen Fahrten unzählige Lieder gelernt und mannigfaltige Geschichten gehört. Schöne und schreckliche, ergreifende und erschütternde, grausige und liebliche, vor allem aber wahre und unwahre.

Und weil ich sie zu erzählen weiß, empfängt man mich gewöhnlich mit Freude, um meinem Vortrag zu lauschen.

Doch es gibt auch immer wieder Menschen, die einen Sänger wie mich mit Verachtung strafen. Sie verhöhnen mich als Gaukler und Weiberheld oder tadeln mich, mein Gefieder eitel zu spreizen. Manchen ist meine Stimme nicht gefällig genug, und anderen behagt mein Lautenspiel nicht.

Nichts von alldem stört mich jedoch.

Auch sind einigen meine Verse zu schlüpfrig, anderen sind sie zu rührselig; diese wollen Sauf- und Rauflieder, jene die der frommen Minne. Die einen verlangen Liebesgeschichten, die anderen blutrünstige Abenteuer; diese wünschen, von mysteriösen Ereignissen zu hören, jene erwarten christliche Erbauung.

Sie bekommen, was sie verlangen, und dass ich es nicht immer jedem damit recht machen kann, weiß ich auch, und auch das stört mich nicht.

Denn trotz aller Krittelei – wenn ich zu erzählen beginne, wenn die Saiten erklingen, dann habe ich sie noch immer alle in meinen Bann gezogen.

Ich singe die Lieder der hohen und der niederen Minne, die die ruhmreichen Trouvères der Vergangenheit zum Lob der hehren Damen und lieblichen Maiden gedichtet haben, und dennoch hat man mir sogar schon vorgeworfen, ich würde die Frauen verachten und sie mit meinen Worten schmähen.

Das stört mich allerdings sehr. Denn es entspricht nicht der Wahrheit.

Ich liebe die Frauen, ich achte und verehre sie (auch wenn ich sie manchmal nicht verstehe, aber das erhöht nur ihren Reiz).

Nicht alle natürlich, denn die berechnenden, die dummdreisten und die lasterhaften unter ihnen meide ich gern – wie ich es auch bei den Männern gleichen Charakters tue. Nichtsdestotrotz hat Gott auch sie geschaffen, und wer bin ich, dass ich seine Werke bemängeln sollte!

Ich liebe die Frauen, doch nicht alle auf die gleiche Art. Denn die Minne hat viele Seiten.

Ich habe die lachende und die weinende Minne kennengelernt, die zärtliche und die wilde, die sehnsüchtige und die erfüllte. Ich habe tröstliche Liebe geschenkt, sanft und inniglich, und heiteres Necken unter den Linden gespielt.

Manche Frauen, ja, die liebe ich heißblütig und leidenschaftlich, andere hoffnungslos und verlangend, einige in stiller Traulichkeit und andere mit munterer Kameradschaft.

Aber nur einer, nur einer Einzigen gilt meine wahre Liebe. Doch sie weiß es nicht.

Aber ihretwegen singe ich dies minniglich Lied.

# Der erste Tag

O Fortuna
rasch wie Luna
wechselhaft und wandelbar,
ewig steigend
und sich neigend:
Fluch der Unrast immerdar!
Eitle Spiele,
keine Ziele,
also trügst den klaren Sinn;
Not, Entbehren,
Macht und Ehren
schwinden wie der Schnee dahin.[2]

## Die Ankunft des Helden

Den morgendlichen Dunst über dem Rhein durchdrang die
Sonne, und ihr Licht spielte neckisch auf den kleinen Wellen der Strömung. Wir warteten auf die Fähre nach Langel,
die sich an ihrer langen Kette gemächlich über den Fluss
schwang.

»Ziemlich mickrig, die Burg da drüben!«, murrte Ismael
neben mir.

»Wird sich zeigen. Du bist anspruchsvoll geworden, mein
Junge.«

Er grinste, und drei Wäschermädchen blieben stehen, um
ihn mit bewundernden Blicken anzustarren.

---

2 Carmina Burana CB 017, Carl Fischer

Ismaels Gesicht war das eines gefallenen Engels, der sich beim Aufprall auf dem irdischen Boden einen Schneidezahn angeschlagen hatte.

Dieser kleine Makel verlieh ihm einen besonderen Zauber. Seine Wangen, fast bartlos noch, waren tief gebräunt, seine Augen dunkel, sein Haar glänzte schwarz und fiel ihm glatt auf die Schultern. Die würden vielleicht mit den Jahren noch etwas breiter werden, denn er hatte eben siebzehn Lenze gesehen. Abwechslungsreiche Lenze, die ihn klüger als manchen Älteren hatten werden lassen.

Er war so etwas wie mein Diener, Begleiter, Schutzbefohlener oder vielleicht auch mein dunkler Engel. Jetzt hielt er unsere Pferde im Zaum und warf den Wäscherinnen freche Scherzworte zu.

Neben uns versammelten sich weitere Gestalten, die zum anderen Ufer übersetzen wollten. Die Fähre war groß genug, um auch Wagen und Tiere aufzunehmen, und das Entladen brauchte seine Zeit. Ein magerer Kerl mit stechenden Augen drängte sich an unseren Rössern vorbei, eine Krämerin zeterte, weil er ihre Kiepe angerempelt hatte, ein behäbiger Handwerker wich ihm aus und trat einem Bierkutscher auf den Fuß. Dessen Kommentar war lehrreich für uns alle.

Endlich konnten auch wir unsere Pferde auf die hölzernen Bohlen der Fähre führen. Ismael entrichtete den Lohn aus seinem Beutel, und das Gefährt machte sich, von der Strömung getrieben, auf seinen beschaulichen Weg zum linken Rheinufer auf.

Unsere Tiere waren ausgezeichnet ausgebildet, sie zeigten keine Aufregung, selbst als der magere Mann sich ihnen näherte.

Ich blieb ebenso gelassen, doch als ich seine Hand an meinem Gürtel bemerkte – eine windhauchzarte Berührung nur –, erlaubte ich mir, sie zu fassen, ihm das Gelenk umzudrehen und ihn auf die Knie zu zwingen.

Er stöhnte gepeinigt auf. Gut so; ich wusste, was wehtat. Freundlich lächelte ich ihn an.

»Ein Beutelschneider!«

»Aber nein, Herr«, winselte der Magere. »Es war nur das Schwanken der Fähre.«

Doch die Aufmerksamkeit der anderen Passagiere war geweckt, und ein jeder tastete nach seiner Barschaft. Die Krämerin, der Handwerker und der Bierkutscher hatten daraufhin nichts dagegen, dass ich den Kerl in den Fluss warf.

Der Fährmann zuckte mit den Schultern, als ein Pfaffe zu protestieren begann.

»Er wird in der nächsten Biegung ans Ufer gespült, wenn er nicht so dumm ist unterzugehen«, beschied der Flussmann ihn.

»Und beschwerendes Gut trägt er ja auch nicht mehr bei sich«, erklärte Ismael und händigte den drei Bestohlenen ihre Beutel aus.

So viel zu Taschendieben.


Die Burg Langel ragte in der Stromschleife über dem Auenwald auf. Nicht eine Anhöhe schützte sie vor Eindringlingen, sondern ein Wassergraben, der sich rund um die trutzigen Ringmauern zog. Wir ritten in gemütlichem Schritt auf sie zu, und in stillem Einvernehmen schlugen wir nicht den direkten Weg zur Torburg ein, sondern umrundeten die Anlage zunächst einmal. Es war eine Erfahrung aus vielen Jahren, dass es immer gut war, sich mit dem Gelände vertraut zu machen, auf dem man die nächste Zeit verbringen würde.

Gen Süden schlossen sich an die langgestreckte Mauer mit dem Wehrgang die Felder an, deren saftig grüne Halme im leichten Wind wie Wellen wogten. Hier ragte auf der Landseite der Palas auf, ein viereckiger Wohnturm, doch zinnenbewehrt. Wenige Schritt weiter hatten wir den östlichen Wehrturm umrundet und trafen auf das Dörfchen, das sich im Schutz der Burg angesiedelt hatte. Kein großes Dorf, nur eine lockere Ansammlung von Häusern um eine

Kirche, von deren Turm das blecherne Scheppern einer gesprungenen Glocke erklang.

»Da scheint jemand was zu verkünden zu haben«, sagte ich und wies mit dem Kinn auf die Gruppe von Weibern, Kindern und in staubigen Kitteln steckenden Landarbeitern.

»Euer Kommen, Meister?«

»Kaum, Junge. Eher das Kommen eines großen Unheils.«

»Meinte ich doch.«

»Bengel!«

Wir blieben in gebührendem Abstand stehen, um der laut tragenden Stimme des Predigers zuzuhören, der das Publikum in seinen Bann geschlagen hatte. Da er seine feurige Rede vor der Kirche hielt, nahm ich an, dass es sich nicht um den örtlichen Pfarrer handelte, sondern um einen der zahllosen Wanderprediger, die derzeit das kosmische Geschehen zum Anlass nahmen, die Menschen in Angst und Schrecken zu versetzen, um sie dann für ihre Erlösung zahlen zu lassen.

Und richtig: Auch hier war der fallende Stern, der seit zehn Tagen am nächtlichen Himmel seinen immer länger werdenden Schweif zeigte, Gegenstand der Mahnungen. Wortreich beschwor der Mann das Ende der Welt, die Vernichtung der Sünder, das Kommen von Seuchen und Überschwemmungen, Hunger, Elend und plötzlichen Tod. Es verfehlte nicht seine Wirkung, das gutgläubige Volk seufzte und schauderte, heulte und klapperte mit den Zähnen.

Und mit den Münzen.

Ein billiges Spiel, und so gefahrlos. Denn der Stern würde nicht fallen, sondern seine Bahn über das Firmament ziehen, so wie die Gelehrten es vorhersagten. Aber das war für die einfältigen Bauern nicht einsichtig, sie glaubten lieber an die hereinbrechenden Katastrophen. Das war bei Weitem unterhaltsamer, vor allem, wenn man sich ausmalen konnte, wie es den sündigen Nachbarn traf.

»Reiten wir weiter, Ismael, sonst betrachten sie dich noch als den Boten der Hölle.«

»Mich, Meister?«

»Du hast ein diabolisches Grinsen.«

»Und Ihr seht aus wie die Sünde, Meister, und die Weiber erkennen in Euch den höllischen Versucher.«

»Ich sehe nicht aus wie die Sünde, ich bin eine Augenweide«, stellte ich richtig und trieb mein Ross an. Manchmal war es angebrachter, den lüsternen Augen die Weide zu entziehen, vor allem, wenn fanatische Priester in der Gegend waren.

Wir erreichten unbehelligt den nördlichen Wachturm, hinter dem hoch der runde Bergfried aufragte. Entlang der Wehrmauer schloss sich hier ein kleiner Lindenhain an; ein liebliches Wäldchen, in dem es honigsüß aus den kleinen weißen Blüten duftete und das von Bienen summte.

Ich lenkte mein Pferd ein wenig näher an den Wassergraben. Mochten die Mannen auf dem Wehrgang uns ruhig sehen, wir waren geladene Gäste, die in Kürze am Tor Einlass erhalten würden. Immerhin gab es Wachen, die einen Blick über das Land hielten. Ich sah ihre Helme im Sonnenlicht blinken.

»Hübsch hier, wenn man ein Plätzchen zum Tändeln sucht«, meinte Ismael kenntnisreich und ließ seinen Blick über das weiche Grün am Boden schweifen.

»Mach dir nicht zu viele Hoffnungen. Die Burgfräulein haben den Ruf, sehr sittsam zu sein.«

Der Blick, den ich mit dieser Bemerkung erntete, sprach Bände. Der Junge war eindeutig bis ins Mark verdorben. Und um sein Seelenheil besorgt hielt ich mein Ross an und stieg ab. Am Rande des Wassergrabens hatte ich ein Heiligenhäuschen erspäht.

»Ihr wollt beten, Meister?«

»Für deine Errettung, Junge.«

»Da ist nichts mehr zu retten, Meister, bemüht Euch nicht. Aber vielleicht hilft's Euch ja noch.«

»Weiß man's? Schaden kann es nie. Sieh, es ist die Madonna im Ährenkleid, die hier ihre schützende Hand über das liebliche Fleckchen hält. Und wie es den hohen Frauen gebührt, wollen wir ihr ein Blütenopfer bringen. Runter vom Pferd, Junge. Frommer Minnedienst ist gefordert.«

Man musste dem Schlingel zugute halten, dass er manche Dinge nicht nur willig, sondern auch gerne und äußerst geschickt erledigte. Maiblumen und Veilchen schmückten bald den Kranz, den ich aus wildem Efeu geflochten hatte. Noch weitaus geschickter aber erwies Ismael sich darin, das starke Gitter vor dem Standbild in dem kleinen Häuschen zu öffnen. Der Riegel und die Scharniere waren verrostet, doch Ismael war für solche Probleme wie immer gerüstet. Mit einem Krüglein Öl und seinem langen Messer hatte er die alte Gittertür bald bezwungen.

»Scheint kaum noch jemand zu interessieren, die Ährenmadonna.«

»Sieht so aus. Schade, denn es ist eine hübsche Statue.«

Ich räumte ein altes Vogelnest zu Mariens Füßen weg, kehrte die trockenen Lindenblätter von ihrem Sockel und Spinnweben von ihrem Haupt. Von ihrer Krone war die Vergoldung fast ganz abgeblättert, das Blau ihres faltenreichen Gewandes verblichen, die Ähren darauf kaum noch zu erkennen. Doch der eiserne Sockel, auf dem sie stand, war unversehrt, und ihr Antlitz strahlte ruhige Güte aus. Demütig hielt sie den Blick gesenkt, ein liebliches Bild vollendeter Weiblichkeit, wie Männer es sich immer ersehnen. Manche. Nicht alle.

»Die Jungfrau mag für Eure Seele bitten, aber ehrlich, Meister, ein keckes Mädchen bereitet mehr Spaß«, lautete Ismaels blasphemischer Kommentar.

Ich antwortete nicht darauf – man soll jungen Leuten schließlich ein Vorbild sein – und legte den Kranz vor Maria nieder. Dann kniete ich mich auf das rechte Bein und legte die Hände zum stummen Gebet zusammen.

Ismael hielt sich hinter mir. Ich spürte seine wachsame

Gegenwart und war es zufrieden. Schließlich erhob ich mich und schloss das Gitter wieder. Dazu, dass ich den Riegel nicht zuschob, sagte Ismael nichts. Der Junge hatte tatsächlich ein Talent, keine überflüssigen Fragen zu stellen.

Wir saßen auf und wandten uns durch den duftenden Hain in Richtung des westlichen Wachturms und der Vorburg, an deren Pforte wir klopfen würden.

## Die Dame auf dem weißen Zelter

Engelin van Dyke ritt einen weißen Zelter, ein Geschenk ihres Vaters, das sie mit einem kleinen, gut verborgenen spöttischen Lächeln angenommen hatte. Adlige Frauen, Burgherrinnen, Hofdamen, Prinzessinnen mochten auf solch edlen Tieren reisen, nicht die Tochter eines Spezereienhändlers, oder, wie man die Handelsherren wie ihren Vater auch manchmal abschätzig nannte, eines Pfeffersacks.

Mit Pfeffer und anderen kostbaren Gewürzen konnte man ein Vermögen machen, und das hatte ihr Vater auch getan. Er ritt vor ihr, Puckl, sein Secretarius und Neffe, an ihrer Seite. Sie betrachtete Hinrich van Dykes breiten Rücken. Ein verlässlicher, treuer Rücken eines guten Vaters.

Warum konnte er nur nicht zufrieden sein mit dem, was er erreicht hatte? Seine beiden Söhne waren gesund und klug und arbeiteten an seiner Seite, ihre jüngere Schwester hatte einen Pelzhändler geheiratet und ihm bereits zwei Enkelkinder geschenkt, ihre Mutter war eine umsichtige Hausfrau, die auch genügend Geschäftssinn besaß, um ihm bei der Buchführung zu helfen. Er war Mitglied der angesehenen Gaffel Himmelreich und schon einmal in den Rat der Stadt gewählt worden.

Doch war es ihm nicht genug.

Er wollte unbedingt eine Verbindung zum Adel.

Um sein Ziel zu erreichen, hatte er sogar dem Erzbischof große Summen geliehen.

Und das, obwohl – oder wahrscheinlich eher, weil – er ein sehr geschäftsmäßiges Verhältnis zur Kirche hatte. Er glaubte auf seine Weise, und die bedeutete, dass man die Gunst der himmlischen Mächte erkaufen konnte – mit Ablasszahlungen, Kerzenopfern und Almosen. Andererseits war er aber nie besonders erstaunt darüber, wenn sie ihren Verpflichtungen nicht nachkamen.

Bei den irdischen Vertretern dieser Mächte sah das anders aus.

Die hatten ihren Vertrag zu erfüllen.

»Schau, da liegt die Burg!«

Puckl riss Engelin aus ihrer philosophischen Betrachtung und wedelte begeistert mit der Hand.

Trutzig lag die Wehrmauer vor ihnen. Sie hatten den Rhein schon in Köln überquert und waren den Windungen des Stromes nach Süden gefolgt. Nun bewegten sie sich auf die wuchtige Torburg zu.

»Mann, ist die groß! Hoffentlich lassen sie mich auf die Wehrtürme!«

Engelin lächelte ihren Vetter an. Er war auf seine Weise ebenso von den Rittern fasziniert wie ihr Vater. Doch selbst wenn er ein Edelknabe von Geburt wäre, dachte sie traurig, sein Wunsch, ein kämpferisches Leben zu führen, würde nie in Erfüllung gehen.

Seine verwachsene Schulter war ein Hindernis, das es ihm auf immer versagte.

So wie ihrem Vater der Wunsch versagt geblieben war, dass sie einen Herrn von Adel ehelichte, nur um Hinrich van Dyke zu diesen Kreisen Zutritt zu verschaffen.

Sie hatte das schon einmal in ihrem jungen Leben sehr deutlich gemacht.

Nicht dass sie sich gegen eine Ehe gewehrt hätte. Durchaus nicht, und ihr war auch vollkommen klar, dass das so vielbesungene Gefühl der minniglichen Liebe nur etwas war, was in der schönen Dichtung vorkam. Bei einer Heirat kam es darauf an, dass die wirtschaftlichen Bedingungen stimmten; eine Frau musste versorgt sein, damit sie ihre Kinder mit Anstand großziehen konnte. Von Vorteil war es auch, wenn die Eheleute sich in Freundschaft begegneten, so wie ihre Eltern es taten.

Aber sie würde nie einen Mann heiraten, der ihr zuwider war.

Das hatte, trotz allem, ihr Vater nun verstanden.

Aber von seiner Sehnsucht ließ er nicht ab, und darum waren sie nun auf dem Weg zur Burg Langel, die ein zu vergebendes Lehen war, das dieser Tage einem neuen Herrn zugesprochen werden sollte.

In diese Angelegenheit hatte ihr Vater investiert, als er Friedrich von Saarwerden, dem ewig von Schulden geplagten Kölner Erzbischof, Kredite gewährt hatte. Der und der Herzog von Jülich und Berg waren nämlich gemeinsam Eigentümer der vor ihnen aufragenden Burg, und van Dyke hoffte, seine reichen Gaben würden das Zünglein an der Waage zu seinen Gunsten ausschlagen lassen.

Sie würde es ihm gönnen. Die Einkünfte aus einem solch großen Lehen waren nicht unbeträchtlich, und es war in den letzten Jahren immer mal wieder üblich geworden, auch reichen Kaufleuten, nicht nur ritterlichen Vasallen, derartige Ländereien zuzusprechen.

Wenngleich ihr Vater nicht viel über die Gesellschaft gesprochen hatte, die sich auf der Burg versammeln würde, so war es Engelin doch vollkommen klar, dass es auch andere Anwärter auf das Lehen gab. Er hatte ihr erlaubt, ihn zu begleiten, und das hatte sie Casta zu verdanken, der Tochter der Äbtissin von Rolandswerth, die sie vor vier Jahren in Koblenz kennengelernt hatte. Seither verband sie beide eine innige Freundschaft, und das edle Fräulein wiederzutreffen erfüllte Engelin mit heiterer Freude und Dankbarkeit ihrem Vater gegenüber.

Außerdem, das musste sie zugeben, war auch sie neugierig darauf, wie sich das Leben auf einer Burg abspielte. Von außen hatte sie schon oft diese gewaltigen Bauwerke betrachtet, die Türme mit ihren Zinnen, die mächtigen Mauern, die sie umgaben. Sie hatte von prachtvollen Rittersälen gehört, von heimeligen Kemenaten, von ummauerten, zauberhaften Gärten und natürlich auch von finsteren Kerkern.

Lange würden sie vermutlich nicht bleiben; ihr Vater wollte seine Geschäfte nicht ohne seine Aufsicht lassen. Aber sie hoffte doch, dass es, wenn der neue Burgherr ernannt worden war, eine Feier geben würde. Ein schönes Gewand lag in dem Bündel auf dem Packpferd. Ah, ein Fest mit einem Rittermahl und Gauklern, mit Spielleuten und einem Minnesänger.

Nein, besser keinen Minnesänger.

Die taugten nichts.

Nein, lieber ein Fest mit Edelknaben und Knappen und vornehmen Damen und Reigentanz und Geschichten aus fremden Ländern.

Sie wusste, dass sie träumte.

Mit einem Lächeln ritt sie über die Zugbrücke.

Die Unglücksomen, von denen der fallende Stern künden sollte, über den sie so viel hatte predigen hören, nahm sie nicht ernst.


**Im ritterlichen Gemach**

Die Tore waren offen, die Zugbrücke war heruntergelassen, das Fallgitter hochgezogen, und dumpf hallten die Hufschläge unserer Rösser auf den Bohlen über dem Graben, als Ismael und ich einritten. Gewappnete empfingen uns mit gekreuzten Lanzen, und Ismael übernahm es, den Herold zu spielen.

»Meister Hardo Lautenschläger wünscht den edlen Ritter Ulrich von der Arken zu sehen!«, verkündete er mit unnachahmlicher Großmäuligkeit. Aber es war wohl eher die Order des Ritters, uns einzulassen, als Ismaels hochnäsiges Auftreten, die die Wachen dazu brachten, uns in den Torzwinger der Burg zu geleiten. Stallburschen kamen gerannt, um uns die Pferde abzunehmen und zu den Stallungen zu führen. Ich nahm die Laute an mich; die Bündel mit unserem Gepäck würden wir später holen.

Um in den eigentlichen Burghof zu gelangen, mussten wir unter dem gewölbten Übergang zwischen der Kapelle und den Quartieren der Mannen gehen. Links vor uns ragte, von einem spitzen Holzdach gekrönt, der Bergfried auf, von rechts warfen der Palas und der Rittersaal mit seinen doppelten Bogenfenstern ihre Schatten in den kühlen Hof. Dazwischen lagen Wirtschaftsgebäude, und hölzerne, efeuberankte Arkaden auf Höhe des ersten Stockwerks verbanden die Gebäude miteinander. Ein Dutzend Hühner umflatterten uns aufgeregt, als wir stehenblieben, um uns umzuschauen. Die Frau am Backes vor der Küche war eben dabei, Brotlaibe in den Ofen zu schieben. Sie hielt mitten in der Bewegung inne. Einer anderen fiel der hochgehaspelte Eimer Wasser in den Brunnen zurück, und zwei Mägde starrten uns mit offenem Mund an. Ismael und ich erlebten oft diese Wirkung unseres Auftretens. Wir ertrugen sie gefasst, denn sie gehörte zu dem Eindruck, den wir der Welt vermitteln wollten.

Mit energischen Schritten kam ein hochgewachsener Recke auf uns zu. Nach dem Wappenrock in Rot und Silber zu schließen musste es der Ritter sein, der mich zu diesem Treffen eingeladen hatte. Sein Haupt hatte er unbedeckt gelassen. Dunkle, kurze Locken umgaben sein ernstes Gesicht, dessen Entstellungen zum Teil von dem sauber gestutzten Vollbart bedeckt waren. Doch die vernarbte Wunde über seinem Auge verlieh ihm einen düsteren, grüblerischen Anblick, der mich auf seltsame Weise berührte. Doch für Gefühle war derzeit kein Platz.

»Meister Hardo Lautenschläger, ich heiße Euch willkommen auf Burg Langel.«

»Wohledler Herr von der Arken!«

Ich erlaubte mir eine mäßig tiefe Verbeugung. Ismael war so aufmerksam, die seine tiefer ausfallen zu lassen. Der Junge hatte Gespür für höfische Feinheiten – so dann und wann.

»Hattet Ihr eine gute Reise, Meister Hardo?«

»Ohne Zwischenfälle, Herr Ulrich.«

Der Ritter gab sich freundlich, doch ich wollte mir noch ein genaueres Bild von ihm machen. Die Einladung, die er mir vor zwei Monaten hatte überbringen lassen, war eine Überraschung für mich gewesen, und viel hatte sein Knappe Dietrich auch nicht dazu sagen können. So sah ich jetzt mit einer gewissen Vorsicht dem Treffen entgegen.

»Folgt mir, Meister Hardo, ich will Euch und Eurem Diener Eure Unterkunft zeigen.«

Diese war nun die zweite Überraschung. Gästen wurde oft in einem der Nebengebäude oder im Bergfried eine schlichte Kammer zugewiesen, aber der Ritter, in höchst eigener Person, wandte sich dem Palas zu und erklomm die hölzerne Außenstiege zum ersten Stock. Wir folgten ihm und traten in den herrschaftlichen Wohnturm ein. Eine steinerne Wendeltreppe führte im Vorraum nach oben, zwei Türen in die beiden großen Gemächer, die der Burgherr bewohnte. Mit einem kurzen Nicken wies er auf das größere der beiden.

»Hier findet Ihr mich. Für Euch habe ich das zweite Gemach herrichten lassen.«

Der Raum war kleiner als der andere mit seinem hohen Bett, aber ebenso wohnlich eingerichtet.

»Fürstlich!«, flüsterte Ismael, als wir eintraten.

»Eine Ehre, Herr Ulrich.«

»Eine Notwendigkeit.« Er wies auf eine zweite Tür zwischen den Gobelins an den Wänden. »Wenn Ihr mich sprechen wollt, könnt Ihr durch diese Tür zu mir kommen.

Doch steigt nicht in die Kemenaten über Euch, dort sind zwei edle Jungfern und eine Hofdame untergebracht, und die Äbtissin von Rolandswerth hält über sie Wacht.«

Die dritte Überraschung.

»Die Äbtissin Margarethe von Fleckenstein?«

»Ihr kennt sie?«

»Flüchtig.«

Mein Lächeln blieb schütter.

»Eine Novizin wartet ihr auf. Hildegunda meine ich sie genannt gehört zu haben. Eine Kammerjungfer dient der Hofdame.«

Das Novizchen und die Jungfer mochten Ismaels Interesse erregen, ich stellte die wichtigere Frage: »Wen habt Ihr ansonsten noch eingeladen, Herr Ulrich?«

»Ihr werdet sie bei der Abendandacht kennenlernen, Meister Hardo.«

»Ich ziehe es vor, jetzt schon ihre Namen zu wissen.«

»Kein Freund von Überraschungen, was?«

»Ebenso wenig wie Ihr, Herr Ulrich.«

Ja, es war ein Kräftemessen.

Der Ritter gab nach, und ich erfuhr, dass ein achtbarer Gelehrter der Kölner Universität und der Stiftsherr von Sankt Gereon zu Köln am Vortag eingetroffen waren.

Ich nickte, Gelehrte, Stiftsherren und eine Äbtissin. Und dann wir. Na ja. Als er mir zudem noch den Domgraf von Speyer, einen Höfling König Ruperts und seine Begleiterin, Frau Loretta, ankündigte, bemühte ich mich um völlige Ausdruckslosigkeit und sah, dass Ismael ein ähnlich unbewegtes Gesicht zeigte. Das konnte heiter werden!

»Ein Handelsherr aus Köln mit seiner Tochter erreichten die Burg kurz vor Euch, Meister Hardo.«

Heilige Apollonia von den Zahnschmerzen, was für ein Auftrieb.

»Ein erlauchter Kreis, Herr Ulrich. Und zu welchem Zweck treffen wir uns hier?«

»Um Eurer Kunst zu lauschen, Meister Lautenschläger.

Singt uns Euer minniglich Lied, und erzählt uns Heldenmären, um uns zu erbauen.«

»Wie Ihr wünscht, Herr Ulrich. Wes' Brot ich ess, des' Lied ich sing«, sagte ich mit einer übertriebenen Verbeugung.

»Eine nützliche Einstellung, Meister Lautenschläger«, erwiderte er mit ausdrucksloser Miene. »Die Galerie der Musikanten steht Euch zur Verfügung. Ich verlasse Euch nun. Wenn Ihr etwas benötigt, schickt nach den Knechten. Euer junger Freund kann sich mit meinem Knappen Dietrich zusammentun, er kennt sich hier bereits aus.«

Mit einem höflichen Abschiedsgruß verließ der Ritter das Gemach, und ich setzte mich in den breiten Scherensessel am Fenster, um die Situation zu überdenken.

»Ich hole unser Gepäck, Meister«, erklärte sich Ismael unaufgefordert bereit. Ich nickte ihm nur kurz zu.

Was hatte sich Ulrich von der Arken nur dabei gedacht?

Er hatte sich etwas dabei gedacht, das war ganz sicher.

Ob er aber auch bedacht hatte, was die eingeladenen Personen für mich bedeuteten?

Wusste er überhaupt, dass einige von ihnen meinen Weg bereits gekreuzt hatten?

Nicht immer zu unserer gegenseitigen Freude.

Ich fragte mich, wer von ihnen mich heute noch erkennen würde.

In der Stille des herrschaftlichen Gemachs mit seinen mit Wandteppichen behängten Mauern spann ich meine Gedankenfäden und versuchte, ein Muster darin zu erkennen. Es gab natürlich eins, und so ganz langsam wurde aus der einen Silbe hier und der anderen dort ein Reim und ein Vers, schließlich sogar die erste Strophe eines ganzen Liedes.

Minniglich war es nicht.

## Ihrer Herren Diener

Ismael hatte sich einen schnellen, aber gründlichen Überblick über die Burg verschafft. Das war eines seiner Talente, und er war stolz darauf. Er besaß einen guten Orientierungssinn und einen Instinkt für allerlei Annehmlichkeiten. Zunächst hatte er sich im Hof umgesehen, im Geist den Gebäuden in etwa ihre Funktion zugeordnet, war dann wieder durch den Torbogen zwischen Kapelle und Mannschaftsquartieren geschlüpft, um eine Runde durch den Zwinger zu machen. Wichtig war es immer zu wissen, wie man aus einem Gebäude, das man betreten hatte, wieder herauskam. Das war etwas, das ihm Meister Hardo nicht erst hatte erklären müssen. Und ebenso wichtig war es zu wissen, wo die Pferde standen.

Meister Hardo hatte die unerwartete Einladung angenommen, aber ihm wenig Erklärungen dazu gegeben. Ismael war ihm zwar willig nach Langel gefolgt, doch da er seinen Herrn recht gut kannte, hatte er auch dessen leichte Anspannung gespürt, die sich vertiefte, je näher sie der Burg gekommen waren. Also sah er, sein Diener und Gefolgsmann, es als seine Aufgabe an, so viel wie möglich über die Umstände des Besuchs in Erfahrung zu bringen. Insbesondere der Ritter hatte seine Aufmerksamkeit geweckt. Auch über ihn hatte Hardo kein Wort verloren.

Im Stall fand er ihre Pferde gut untergebracht, und nachdem er ihre beiden Satteltaschen an sich genommen hatte, wollte er versuchen, einige Auskünfte über Ulrich von der Arken einzuholen. Der Knappe des Ritters mochte ihm dazu nützlich sein, denn entweder war er bereit, allerlei über seinen Herrn auszuplaudern, oder er gab sich loyal und schwieg. Beides würde ihm einiges über den Charakter des Mannes offenbaren. Ein kleiner, schmuddeliger Stallbursche verwies ihn in den Stall nahe der Torburg, und hier fand er den jungen Mann dann auch.

Ismael stellte das Gepäck ab und lehnte sich lässig an einen Pfosten am Eingang.

»Du bist doch der edle Knabe, der dem schartigen Ritter aufwartet«, sagte er zu dem Knappen, der auf einem Schemel saß und das Lederzeug eines großen, schwarzen Schlachtrosses ölte.

Der Jüngling, flachsblond, schlank und schlicht, aber vornehm gewandet, sah ihn mit ruhigen Augen an.

»Ja, ich bin der Knappe des Herrn Ulrich von der Arken.«

»Und warum machst du dir dann die Finger an dem Zeug hier schmutzig? Das gibt doch später schmierige Flecken auf seiner blanken Rüstung.«

»Es gehört zu meinen Aufgaben, für das Pferd meines Herrn zu sorgen.«

Aha, ein Gefolgsmann der schweigsamen Art, schloss Ismael und ging zum Angriff über.

»Und wozu sind die Stallburschen da? Na, ist ja dein Vergnügen. He, weißt du, wo man hier baden kann?«

»Es mag zwar meine niedrige Aufgabe sein, für das Ross meines Herrn zu sorgen, hergelaufenen Fremden Auskünfte zu geben, gehört nicht zu meinen Pflichten.«

»Wir sind ebenso standesgemäß hergeritten, Knapperich, wie die Edelleute.«

»Ihr mögt auf edlen Pferden geritten sein …«

Der Jüngling stand auf und hängte das Zaumzeug an einen Haken an der Wand, dabei drehte er Ismael demonstrativ den Rücken zu. Weshalb er das kleine, boshafte Lächeln nicht bemerkte, das um dessen Mundwinkel zuckte. Ismael genoss es, andere herauszufordern.

»Dein Herr hat mir anempfohlen, mich deiner Hilfe zu versichern.«

»Dann versuch das mal.«

Ismael zog eine Silbermünze aus dem Beutel und warf sie gekonnt auf und ab.

»Willst du geschmiert werden?«

Kühl wurde er von oben bis unten gemustert.

»Huch, was sind wir hochnäsig.« Geschmeidig trat Ismael einen Schritt vor und streifte dabei leicht den Knappen, der unwillig zurückwich.

»Könnte ich deine Hilfe möglicherweise damit erkaufen?«

Grinsend schlenkerte er ein goldenes Kettchen am Finger, an dem ein zierliches Kreuz hing.

Ein wenig fassungslos starrte der Knappe erst darauf, dann fasste er in die Tasche am Gürtel.

»Gibt das sofort wieder her, du Langfinger!«

»Dein Beutel hängt unversehrt an dem Gurt, aber die Kette schlüpfte so gefällig in meine Finger. Du solltest sie am Hals unter dem Wams tragen, sonst wird sie dir noch geklaut.«

Mit freundlicher Miene, aber durchaus zufrieden über die Reaktion seines Gegenübers, betrachtete Ismael den Knappen. Der rang mit seiner Haltung; vermutlich wäre er gerne handgreiflich geworden. Stattdessen blieb er gefasst und nickte nur.

»Ich werde meinen Herrn bitten, dir zu befehlen, mir das Kreuz zurückzugeben. Und nun lass mich meine Arbeit hier erledigen.«

»Schade!«

»Was heißt schade?«

»Ich hätte mich gerne mit dir gerauft. Knappen werden doch im Kämpfen ausgebildet, oder nicht?«

»Wir kämpfen in der Schlacht, nicht gegen Schwächere oder niedriger Gestellte.«

Ismael lachte auf. Immerhin konnte der steife Jüngling ordentlich mit Worten fechten.

»Also, ich kämpfe auch gegen hochnäsige Edelknaben. Aber alles zu seiner Zeit. Hier, dein Kreuz. Wo ist die Badestube? Meister Hardo Lautenschläger wünscht ein Bad.«

In der ausgestreckten Hand hielt Ismael dem jungen Mann das Kettchen hin. Der sah ihn misstrauisch an, nahm es mit links an sich und nickte dann.

»Du bist Meister Hardos Kammerdiener?«

»Wie's scheint.«

»Das hättest du gleich sagen können.«

»Dann wärst du gefälliger gewesen?«

»So hat mein Herr es mir aufgetragen.«

»Und du tust alles, was dein Herr sagt?«

»Du nicht?«

Ismael grinste.

»Manchmal mehr, manchmal weniger.«

Wieder nickte der Knappe.

»Ich heiße Dietrich von Lingenfeld, und du?«

»Nenn mich Ismael.«

»Wie du willst. Die Badestube ist hinter der Küche. Aber erwarte nicht zu viel, es gibt nur einen Bottich und eine Kohlepfanne zum Wärmen. Wenn dein Herr Seifen und Öle braucht, musst du sie selbst beschaffen.«

»Habe ich dabei. Seife aus Aleppo, das Barbiermesser aus Damaszenerstahl und duftende Öle aus Alexandria.«

Dietrich schnaubte leise.

»Ein anspruchsvoller Herr, dein Meister.«

Ismael grinste den Knappen an.

»Verwendet der deine Sand und Bimsstein zur Reinigung?«

Das erste Mal huschte ein kleines Lächeln über Dietrichs ernstes Gesicht.

»Auf den Mund gefallen bist du nicht, was?«

»Auf alle möglichen anderen Körperteile zwar schon, aber auf den nicht. Du hast meinem Herrn die Einladung des Ritters überbracht. Weißt du, warum er ihn hierhaben will?«

»Ich nehme an, um den Anwesenden aufzuspielen. Das ist doch sein Beruf.«

Ismael nickte. Der Knappe wusste in der Sache augenscheinlich auch nicht mehr. Aber über die Anwesenden konnte er ihm das eine oder andere noch verraten, und das tat er auch einigermaßen bereitwillig. Vor allem verriet er ihm, dass der weiße Zelter, der neben dem schwarzen Ross des Ritters friedlich sein Heu malmte, der Jungfer Engelin gehörte, der Tochter des Kölner Handelsherrn Hinrich van Dyke. Es kostete Ismael äußerste Mühe, seine Bemerkung dazu bei sich zu behalten.

Als er schließlich mit seiner Ausbeute an Informationen zufrieden war, nahm er das Gepäck wieder auf, und während er die Treppe zu den hölzernen Außengängen emporstieg, schloss er, dass Dietrich ein loyaler Jüngling von großer Selbstzucht war, was entweder auf einen gut ausgeprägten Überlebensinstinkt oder echte Achtung und Respekt vor dem Ritter Ulrich zeugte. Trotzdem, irgendwas war ihm an dem Knappen aufgefallen, das an ihm nagte. Irgendeine Ungereimtheit. Er schob die Frage aber erst einmal beiseite, stellte das Gepäck vor dem Eingang zum Palas ab und machte noch einen Abstecher in die Küche, um einer Magd Anweisungen zu geben, Wasser im Kessel heiß zu machen. Dann suchte er wieder das Gemach auf, das ihnen zugewiesen worden war.


**Baden und Barbieren**

Ismael traf mich in Grübeleien versunken an und legte die Bündel auf das Bettpolster neben meine Laute in ihrem Lederwams.

»Ihr seht aus, als ob großmächtige Gedanken Euer Hirn bewölkten.«

»Je nun, Ismael. ›Ich saß auf einem Steine …‹«

»Stimmt nicht, Meister, Ihr sitzt in einem Sessel.«

Ich nahm Denkerhaltung ein.

»›…und kreuzte meine Beine, darauf stützt' ich den Ellenbogen und hielt in meiner Hand geborgen das Kinn und meine Wange.‹«

»Also gut, stimmt. Eine prächtige Pose. Sie steht Euch.«

»›Ich fragte mich grad bange, wie man in dieser Welt jetzt sollte leben.‹«

»Und?«

»›Keinen Rat konnt ich mir geben.‹«

»Nanu, Meister, Ihr seid doch sonst nicht so ratlos?«

»Tja, der Herr Walter wird eben reichlich überschätzt, wenn du mich fragst, Ismael. Er hatte auch nicht auf alles eine Antwort.«

»Oh, Ihr habt aus dem Buch zitiert.«

»Richtig. Du bist ein schlauer Bursche. Und der Meister von der Vogelweide war ein Auftragsschreiber, weshalb man ihn zu jedem passenden oder unpassenden Anlass zitieren kann. ›Wes' Brot ich ess ...‹ und so weiter.«

»Auch heute Abend?«

»Nein, mein Junge, da werde ich wohl die Lieder aus den bäuerlichen Gesängen bemühen. Die niedere Minne erheitert doch meist die Gemüter. Und heiter könnte es werden.«

»Dann solltet Ihr zuvor ein Bad nehmen und Euch barbieren lassen, damit Ihr auch ein heiteres Bild abgebt.«

»Ein guter Vorschlag. Du hast die Badestube gefunden?«

»Hinter der Küche, Meister, wie zu erwarten. Ich habe die Magd bereits angewiesen, das Wasser für Euch zu erhitzen.«

Ein Musterknabe, dieser Ismael!


Während das Badewasser wärmte, packte Ismael unsere Habseligkeiten aus, und ich besuchte die Burgküche. Sie lag im ersten Stock über den Hühnerställen, und man gelangte vom Palas durch einen Gang dorthin, der ebenfalls in den Rittersaal führte. Das war klug eingerichtet, denn so konnten die Speisen direkt vom Herd zu den Tafeln getragen werden. Ich wollte die Köchin um einen Happen für mich und Ismael bitten. Wenn wir für die Abendunterhaltung zu sorgen hatten, dann war es ratsam, vorher etwas zu essen, denn an den gedeckten Tischen war kein Platz für den Sänger.

In dem geräumigen Gelass mit dem riesigen Kamin sah man überall Spuren der Geschäftigkeit, doch nur ein Weib werkelte an einem mehlbestäubten Tisch. Sie sah mich an, und ihre Augen wurden groß.

»Herr …«

»Meister. Und Hardo Lautenschläger ist mein Name, Weib«, unterbrach ich ihr Gestammel. Doch nicht unfreundlich, denn Küchen waren schon immer mehr heiliger Ort für mich gewesen als jede Kapelle. Ja, sie waren der Inbegriff des weiblichen Mysteriums; ich liebte sie, und ihren Herrscherinnen brachte ich tiefe Achtung entgegen.

Hier wurde aus milder Sahne schaumige Creme, gesüßt mit Mandeln und Honig, hier schmolz goldene Butter in weißem Mehl und verband sich mit dottergelben Eiern zu zarten Soßen. Hier weihten frisch gepflückte Kräuter ihr Aroma feinstem Öl, und trockene Gewürze entfalteten ihren Wohlgeruch, wen sie in Mörsern zu Staub zerrieben wurden.

Hier schnitten lange, scharfe Messer und Beile durch die Knochen auf dem blutbefleckten Hackklotz, spitze Gabeln bohrten sich in rohes Fleisch, blutiges Gedärm ringelte sich in Tontöpfen, schmieriges Fett verklebte Federn und Hautreste – Spuren von Tod und Schlachten.

Doch auf dem Spieß drehten sich wohlgenährte Hühner, deren knuspriger Hülle würzige Düfte entströmten, hier simmerte im Kessel das Suppenfleisch, hingen im Rauch die schweren Schinken und die herzhaften Würste. Das Mus von reifen, saftigen Früchten weichte süßes, duftiges Gebäck, Nüsse in Honig gaben ihm Biss, und in kühlen Krügen lagerte schwerer Wein, dem Zimt und Paradieskörner geschmackliche Fülle verliehen.

»Ihr habt eine lange Reise hinter Euch, Meister Hardo Lautenschläger«, sagte die Köchin mit einem zaghaften Lächeln. »Stärkt Euch, denn wenn Ihr die Laute schlagen müsst, wird es lange dauern, bis Ihr Euer Abendessen bekommt.«

»Darum wollte ich Euch bitten. Richtet mir einen Happen, Köchin.«

»Euch und dem Jungen. Ich heiße Ida, Meister, und bin das Weib des Burgvogts Sigmund. Und nicht die Köchin. Doch wenn viele Gäste zu beköstigen sind, beaufsichtige ich auch die Küche.«

Ich nickte. Es war richtig, dass sie das klarstellte. Sie wies mir einen Platz an dem Tisch an, den sie mit geschwinden Bewegungen gesäubert hatte, und wandte sich dem dunklen Brotlaib zu, um ihn wie ein Kind an die Brust zu nehmen und mit einem gezahnten Messer Scheiben davon abzuschneiden. Mich lenkte jedoch eine Berührung unter dem Tisch von diesem traulichen Anblick ab, und als ich mich nach unten beugte, sah ich in die grünen Augen eines grauen Katers.

»Schubst ihn weg, wenn er Euch stört, Meister Hardo Lautenschläger. Er ist unser Mäusefänger.«

»Ein nützliches Tier und offensichtlich nicht scheu.«

»Die Küche ist sein Reich, Ihr seid nur zu Gast, Meister. Patta hält Audienz.«

Der Kater ließ sich sogar so weit herab, mein Kosen an seinem Hals zu dulden, ja er hieß es tatsächlich mit einem leisen Brummeln aus seiner Kehle gut.

Auf einem Schneidbrett reichte Ida mir Brot, Butter, ein Käsestück und Scheiben von einem Schinken mit einem dicken Speckrand. Und in dem Steingutbecher schäumte das Bier. Während des Essens entlockte ich Ida dann so nach und nach die Beschreibungen der Burginsassen und Gäste, soweit sie sie kannte.

Dann war schließlich auch das Wasser im Kessel heiß, und ich begab mich nach hinten in die Badestube. Sie war, ehrlich gesagt, keine luxuriöse Einrichtung. Immerhin war das Gelass warm durch den großen Kamin, und durch eine unverglaste Mauerluke fiel etwas Tageslicht auf einen ovalen Bottich. Er war bereits halb mit heißem Wasser gefüllt, und ein Knecht leerte zwei weitere Schaff hinein. Ich entledigte mich der Reisekleider – Ismael würde Wäscherinnen finden, die sich ihrer annahmen – und stieg ins Nass. Es fühlte sich verdammt gut an, auch wenn weder Duftöle meiner Nase schmeichelten noch sich blütenbekränzte Badermaiden in dünnen Hemden meiner Bedürfnisse annahmen.

Das tat Ismael allerdings unaufgefordert. Er wusch mir die Haare, eine Aufmerksamkeit, die ich zu schätzen wusste, denn heuer fielen sie mir lang und schwer über den Rücken und lockten sich, sodass das Entwirren eine aufwendige Angelegenheit war. Er hatte auch sein Barbierzeug dabei, und als meine Wangen durch warmes Wasser und Seife genug eingeweicht waren, machte er sich mit seinen geschickten Fingern daran, sie abzuschaben. Er war ein Künstler in diesen Dingen, und deswegen konnte ich es mir leisten, einen schmalen Kinn- und Oberlippenbart zu tragen. Es war nicht ganz schmerzlos, wenn er sich mit der Pinzette an die Feinarbeit machte, aber ein gestandener Mann wie ich überwand auch diese Tortur ohne Schmerzlaut.

»Die anderen Gäste sind im Bergfried untergebracht«, murmelte Ismael während seiner filigranen Tätigkeit. »Außerdem wohnen der Verwalter und sein Weib und der Kaplan im Haus zwischen Kapelle und Bergfried.«

»Das war zu erwarten«, sagte ich mit fast unbewegten Lippen, um seine Arbeit nicht zu behindern.

»Und ein Pächter mit seinem Weib ist ebenfalls eingetroffen.«

»Hilfsdienste, vermutlich.«

»Vermutlich. Zwanzig Mannen unter Waffen.«

»Gut zu wissen.«

»Ein niedliches Kammerjüngferchen bedient die Frau Loretta. Ich traf sie eben auf der Stiege.«

»Lass die Finger davon.«

»Mal sehen … Ach ja, und Jungfer Engelin kam auf einem weißen Zelter.«

Fast wäre ich im Bottich ertrunken. Als ich wieder auftauchte, fügte er mit ausdrucksloser Stimme hinzu: »Sie begleitet ihren Vater Hinrich van Dyke.«

Er reichte mir ein Leinentuch. Ich stieg aus dem Zuber und trocknete mich ab, während meine Gedanken Kapriolen schlugen.

Die Jungfer Engelin war mir keine Unbekannte.

Heilige Apollonia von den Zahnschmerzen, das konnte wahrlich heiter werden.

Ismael hatte auch meine Kleider zurechtgelegt, und während ich sie anlegte und das kurze Lederwams darüberzog, entkleidete er sich und stieg ebenfalls ins Wasser. Ich schob meine eigenen Gedanken zur Seite und sah zu, wie er sich mit der kostbaren Seife bediente. Mochte er seine Finger von dem Jüngferchen lassen; ich könnte die Maid verstehen, wenn sie sich die ihren nach ihm lecken würde.

Dann widmete ich mich wieder meiner Vollendung und flocht mir zwei dünne Schläfenzöpfe, damit mir die Haare nicht ins Gesicht fielen. Anschließend bürstete ich die feuchten Locken. Gewöhnlich trugen die Männer ihre Haare kurz geschoren, aber lange Haare waren ein Zeichen meines Standes und wollten sorgsam gepflegt sein. Anschließend ordnete ich den Fuchsschwanzbesatz meines Wamses. Ich hatte den Buntwörter beauftragt, ihn so anzubringen, dass er meine Schultern betonte. Meine Hüften gürtete ich mit silberbeschlagenem Leder und befestigte den Dolch in seiner Scheide daran. Man wusste ja nie.

Ihr mögt jetzt vielleicht denken, dass ich eitel sei – und damit habt Ihr recht. Doch erstens hat mir Gott ein wohlgefälliges Aussehen geschenkt, und zweitens bin ich es meinem Beruf schuldig, dieses nicht zu verstecken. Ein Minnesänger muss auch minnigliche Gefühle wecken. Selbst wenn er dabei den Zuhörern als Augenweide dient.

Immerhin verdeckt dieser äußere Glanz all das, was ich nicht zu zeigen beabsichtige. Weder Euch noch den Anwesenden auf der Burg. Ihr werdet noch zu verstehen lernen, warum.

Als ich mit meinem Aussehen zufrieden war, überließ ich Ismael seinen Planschereien. Sauber, wohl gesättigt und mit allerlei nützlichen Kenntnissen versehen, war ich bereit, mich den Burginsassen zu stellen, als das Glöckchen der Burgkapelle zur Abendandacht rief.

## Kemenatengetuschel

Engelin war gleich nach ihrem Eintreffen in der Burg dem ausgesucht höflichen jungen Mann, dem Knappen des Ritters, die Außenstiege in den ersten Stock des Palas gefolgt. Er hielt ihr die Tür auf, sodass sie in den Vorraum eintreten konnte.

»Hier sind die Gemächer des Burgherrn. Es bewohnen sie jetzt mein Herr, der Ritter, und der Minnesänger«, erklärte er. »Ihr steigt bitte diese Wendeltreppe hinauf, oben findet Ihr die Kemenaten.«

»Und Fräulein Casta, hoffe ich.«

Der Knappe verneigte sich und lächelte sie an.

»Natürlich. Soweit ich verstanden habe, freut sie sich auf Euer Kommen. Ich bringe Euch Euer Gepäck gleich nach, wohledle Jungfer. Die linke Tür führt in das Gemach der Burgherrin, das von der ehrwürdigen Mutter bewohnt wird, die erste rechte Kemenate hat eine Hofdame mit ihrer Kammerjungfer bezogen, und für Euch ist das große Gemach dahinter gerichtet.«

Engelin bedankte sich und machte sich daran, die drei Windungen der engen, steinernen Treppe nach oben zu erklimmen.

Neugier, etwas Ängstlichkeit und Vorfreude belebten ihr Gemüt. Diese Burg war einschüchternd mit ihren dicken Mauern, die zahlreichen hölzernen Außentreppen und Gänge hatte sie nicht erwartet, und sie vermutete, dass sie sich bestimmt noch das eine oder andere Mal verlaufen würde. Dann aber betrat sie die Kemenate, die der Knappe ihr genannt hatte, und staunte.

Sie selbst war in einem dreistöckigen Stadthaus aufgewachsen, das mit allem erdenklichen Luxus eingerichtet war. Ihr Vater liebte es, seinen Reichtum zur Schau zu stellen. In einer von außen so nüchtern wirkenden Burg hatte sie karge, finstere und zugige Kammern erwartet, doch in das Gemach, in das sie jetzt trat, fiel das Sonnenlicht durch ein breites Doppelbogenfenster und beleuchtete die farbenprächtigen Wandteppiche mit ihren Blumenmustern. Ein geschnitzter Alkoven barg das Bett, ein mächtiger Schrank wartete auf ihre Kleider, ein Kamin würde an kalten Tagen Wärme spenden, und auf einem der beiden gepolsterten Sessel saß ihre Freundin Casta und stichelte an einem Schleiertuch herum. Sie legte es augenblicklich nieder, als sie Engelins ansichtig wurde, und sprang auf.

»Wie schön, dich wiederzusehen, Engelin.«

Sie umarmten einander und betrachteten sich dann gegenseitig ausgiebig.

»Vier Jahre fast.«

»Ja, fast vier Jahre. Wir haben viel zu erzählen.«

»Ja, aber erst einmal muss ich mich hier ein wenig zurechtfinden.«

»Das ist nicht schwer. Sieh hier, unsere Kemenate schaut zum Garten hinaus«, sagte Casta und öffnete den einen Fensterflügel. »Davor liegen die Weingärten, und dahinter erkennst du den Auenwald. Aber ich glaube, du bist aus der anderen Richtung hergekommen?«

»Ja, von Köln. Wir haben die Fähre bei Sürth genommen. Eine kurze Reise nur, nach der Sext sind wir aufgebrochen. Du hast sicher viel länger gebraucht.«

»Wir sind mit dem Schiff heute Mittag eingetroffen. Es war eine angenehme Reise von Koblenz. Nur zwei Tage. Ich hätte dich schon viel eher besuchen sollen, Engelin.«

»Hättest du, hätte ich dich auch. Haben wir aber nicht.«

Engelin schaute über das Land und gab einen kleinen, sehnsüchtigen Seufzer von sich.

»Ja, reisen …« Dann aber wandte sie sich resolut ab und strahlte ihre Freundin an. »Immerhin, jetzt sind wir gemeinsam hier. Ich werde meinen Vater bitten, dass du uns, wenn diese Lehensvergabe geregelt ist, für ein paar Wochen besuchen darfst.«

Casta nickte, aber sie sah ein klein wenig betreten aus. Engelin kam jedoch nicht dazu, sie nach dem Grund zu fragen, denn eine junge Maid stand in der Tür. Sie war schlank; dennoch zeigte ihr sehr eng geschnürter Surkot wohlgeformte Rundungen. In munterem Ton grüßte sie und verkündete: »Wohledle Fräuleins, der Knappe Dietrich bat mich, euch diesen Packen zu bringen. Ich bin Ännchen und diene der Frau Loretta.«

»Frau Loretta?«

»Eine Dame vom Hof des Königs Rupert, wohledles Fräulein. Sie begleitet den Hofherrn Lucas van Roide.«

»Ich bin kein Fräulein, Ännchen, der Titel gebührt nur Fräulein Casta. Aber danke, dass du mir die Kleider gebracht hast.«

Engelin mahnte sich zur Besonnenheit. Eine edle Gesellschaft hatte sich offensichtlich in der Burg zusammengefunden. Doch wenn sie auch nur eine Krämertochter war, so würde sie sich schon angemessen zu benehmen wissen. Haltung zu bewahren gehörte auf jeden Fall dazu.

»Ich helfe euch gerne beim Anlegen der Kleider und all solchen Sachen«, bot die Kammerjungfer an und lächelte dabei. Dieses Lächeln war käuflich – manchmal war es nützlich, eine Krämerstochter zu sein. Man erkannte recht schnell, wann die Sprache der klingenden Münze ertönen sollte.

Ein Silberpfennig sicherte ihnen die Aufwartung der kecken Maid, die sich sofort daranmachte, das Gewand auszuschütteln und allerlei nützliche Utensilien in dem Schrank zu verteilen. Dabei schwatzte sie fröhlich über den Ablauf des restlichen Tages.

»Wenn gleich die Glocke der Kapelle erklingt, versammeln wir uns zur Abendandacht. Die hält der Hofkaplan. Danach wird es ein Festmahl im Rittersaal geben. Ach, werte Jungfer und Fräulein, dann wird uns ein Minnesänger unterhalten. Das ist ein Mann! Der und sein junger Diener!« Das flinke rosa Zünglein huschte über Ännchens Lippen, als hätte sie süße Sahne abzuschlecken. »Der Junge ist braun wie ein Honigkuchen und sieht genauso köstlich aus. Und der Sänger selbst ist auch nicht zu verachten, groß, mit breiten Schultern und mit langen schwarzen Locken. Aber kein bisschen weibisch, wenn ihr versteht, was ich meine.«

»Dann werden wir nach der Andacht unsere Festgewänder anlegen«, sagte Casta erfreut.

»Das solltet ihr auf jeden Fall tun. Soll ich euch Blumen für die Chapels bringen?«

»Wenn du welche findest.«

»Im Garten habe ich die ersten Rosenknospen gesehen. Ich schaue danach!«

Hurtig klapperte Ännchen die Stufen der Wendeltreppe hinunter.

»Was für ein gefälliger Irrwisch«, meinte Casta, als sie fort war. »Holla, was ist los, Engelin? Hat sie etwas gesagt, was dich beleidigt hat?«

Engelin hatte die Augenbrauen zusammengezogen, glättete die Stirn aber sofort wieder. Nein, sie wollte sich die Laune nicht verderben lassen.

»Hat sie nicht. Es ist nur, dass ich Minnesang nicht so schön finde. All diese schwülstigen Verse von schmerzlicher Sehnsucht und opfervoller Hingabe und steter Treue …«

»Ich höre sie gerne, Engelin.«

Das klang so traurig, dass Engelin sofort mit ihrer Tirade aufhörte und ihre Freundin umarmte.

»Du liebst deinen Ritter noch immer mit schmerzlicher Sehnsucht und steter Treue, nicht wahr?«, sagte sie dabei.

»Ja. Und vielleicht …«

Energisch richtete sich Engelin auf.

»Er ist hier. Das ›Vielleicht‹ müssen wir in ein ›Bestimmt‹ wandeln. Wir werden nachher darüber nachdenken. Jetzt legen wir erst einmal die Schleier an, damit wir zur Andacht gehen können.«

Es war auch an der Zeit, denn das Glöckchen der Kapelle rief sie mit seinem Klang zu den Gebeten.


**Die sieben Todsünden**

Die Kapelle war ein kleines Gebäude, eben groß genug, um die Bewohner der Burg und eine Anzahl Gäste aufzunehmen. Sie befand sich auf der Westseite des Innenhofs, links von ihr ruhten auf dem ummauerten Lichhof die Herren der Burg und ihre Familien, rechts schloss sich ein zweistöckiges Haus an, das der Verwalter und seine Familie sowie der Kaplan bewohnten. Ein schmales, hohes Fenster, durch dessen Grisettegläser mit dem feinen Rankenmuster die Abendsonne fiel, erhellte den weiß gekalkten Innenraum. Zwei bunt bemalte Heilige, ein Weib und ein Bärtiger, wachten in gegenüberliegenden Nischen über die Gläubigen, Blumen in blauen Krügen dufteten zu ihren Füßen. Unter dem Fenster stand der Altar, ein edler Marmortisch, auf dem eine kunstfertig gestickte Altardecke lag. In hohen Leuchtern rechts und links von dem hölzernen Kreuz verströmten goldgelbe Wachskerzen nicht nur Licht, sondern auch sanften Honigduft.

Es hatten sich bereits alle versammelt, als die Äbtissin hereinrauschte wie eine Kogge unter vollen Segeln und sich wie selbstverständlich vorne in der ersten Reihe aufbaute. Das Novizchen dümpelte wie ein leichtes Beiboot in ihrem Kielwasser auf den Wellen hinter ihr her und blieb in gebührendem Abstand von ihr stehen. Ein gekonnter Auftritt; ich musste ihn würdigen.

Magister Johannes, der Burgkaplan, erfüllte seine Pflicht

mit Inbrunst. Wie nicht anders zu erwarten, nahm auch er den Schweifstern zum Anlass, darüber zu predigen. Mit salbungsvoller Stimme rezitierte er Jesajas Klage über den Morgenstern, der vom Himmel stürzte und niederfuhr zum Totenreich, hinab in die tiefste Grube. Luzifers Schicksal sollte uns Mahnung sein, uns von den Sünden abzukehren. Außerdem beschwor er die Zuchtrute Gottes, die Jeremias in derartigen Himmelszeichen ankündigte, um uns die Folgen unserer bösen Taten vor Augen zu führen.

Den Wechselgesang der Litaneien jedoch stimmte er nicht sonderlich musikalisch an. Wettgemacht wurde diese Schwäche aber durch den volltönenden Gesang, der bei den Responsorien aus der Kehle der ehrwürdigen Mutter Äbtissin erklang. Dagegen verblassten die Antworten der anderen Gläubigen vollkommen. Ismael warf mir einen fragenden Blick zu. Ich schüttelte den Kopf. Meine Stimme wollte ich hier nicht ertönen lassen – die Äbtissin durfte ihren Auftritt ganz alleine genießen.

Ich hatte mich schräg hinten in der Kapelle aufgestellt, um kein Aufsehen zu erregen, denn ich wollte mir die Gesellschaft erst einmal in Ruhe ansehen. Während der Kaplan die sieben Todsünden heraufbeschwor, unterdrückte ich meine Belustigung. Ja, Hochmut war anwesend, die edle Frau Äbtissin verbreitete ihn wie eine Gloriole um sich. Den Geiz – der mochte bei den Kaufleuten zu finden sein, doch Hinrich van Dyke geizte zumindest nicht mit prunkvoller Kleidung für sich und seine Tochter. Eher mochte diese Sünde den Pächter plagen: Sein stoppeliges Gesicht trug eine Miene rücksichtsloser Habgier. Neid aber lag in den Augen des Höflings, der unseren Gastgeber, den Ritter Ulrich, verstohlen musterte. Und Zorn gärte unter dem Wams des Burgvogts Sigmund, dessen gerötete Wangen ein cholerisches Temperament verhießen. Faulheit unterstellte ich gerne den Dom- und Stiftsherren, deren reiche Pfründe ihnen oft genug Anlass gaben, sich den Lustbarkeiten der Welt zu widmen, aber vorverurteilen wollte ich hier niemanden. Welches Laster außer der Gelehrsamkeit der ehrwürdige Gelehrte haben mochte, der sich schwer auf seinen Gehstock stützte, wagte ich nicht einzuschätzen. Er zeigte ein ausdrucksloses Gesicht und schien gänzlich in seine eigenen gelehrten Betrachtungen versunken zu sein. Völlerei und Wollust aber dünkten mich die Sünden des wohlbeleibten Kaplans zu sein, der uns mit wollüstiger Leidenschaft vor den Folgen unrechten Tuns warnte.

Ismael an meiner Seite begutachtete ebenfalls die fromme Versammlung, aber wie ich ihn kannte, waren es die Reize der Jungfern und Frauen, die er studierte. Es befanden sich ein paar hübsche Weibsleute darunter. Die hochmütige Äbtissin war eine üppige Matrone mit einem unerwartet sinnlichen Kussmund, Jonata, die Ehefrau des Pächters, trug, wenn auch ein wenig verhärmt, so doch edle Züge. Loretta war ein lockendes Weib, wenngleich mit gierigen Augen. Hatten auch die beiden edlen Maiden, die neben van Dyke beieinanderstanden, ihre Häupter züchtig mit Schleiern verhüllt, so besaßen sie doch höchst anmutige Figuren.

»Das Novizchen ist ein bisschen scheu, aber von hübscher Gestalt, und Ännchen, die Kammerjungfer, hat ein einladendes Hinterteil«, ergänzte Ismael meinen Gedankengang.

»Und wer ist der Buckelige da?«, wisperte ich zurück.

»Der Secretarius des van Dyke. Sie rufen ihn Puckl.«

»Wie einfallsreich.«

Endlich hatte Magister Johannes alles gesagt, was es zu fallenden Sternen und dräuendem Unheil zu sagen gab, und Ritter Ulrich von der Arken trat vor. Er trug nicht mehr seinen Wappenrock, sondern einen schwarzen Surkot, dessen weite Falten mit einem ebenfalls schwarzen, silberbeschlagenen Gürtel zusammengehalten wurden. Doch sein prachtvolles Gewand beeindruckte mich nicht; es ging darum, die Lage zu verstehen, in die er mich gebracht hatte.

Der Ritter ergriff das Wort.

Burg Langel, so erklärte er uns, sei ein verwaistes Lehen,

seit der Erbe des verstorbenen Burgherrn Eberhart von Langel sich im vergangenen Jahr dazu entschieden hatte, das Gelübde bei den schweigenden Kartäusern abzulegen. Die Burg samt Dorf und Ländereien aber war ein Kon-Dominium des Kurfürsten und Erzbischofs von Köln und dem Herzog von Jülich und Berg – ein Erblehen, das nun an die Eigner zurückfiel, die es neu vergeben wollten. Dabei gab es aber Ansprüche zu bedenken. Erbberechtigt wäre Casta, die Tochter des verstorbenen Lehnsmanns, oder sein Neffe, der Hofministerial König Ruperts, Lucas van Roide. Beide Personen hatten Fürsprecher benannt, Casta ihren Oheim, den Speyrer Domgrafen Gottfried von Fleckenstein, und Lucas seinen Oheim, den Gelehrten Doktor Humbert von Langel.

»Kann denn ein Weib eine Burg zu Lehen bekommen?«, flüsterte Ismael.

»Ja, als Kunkellehen, sozusagen als Mitgift«, erklärte ich ihm leise.

Herr Ulrich sandte einen schnellen Blick in unsere Richtung und fuhr mit seinen Erklärungen fort. Es schien sich noch ein wenig komplizierter zu gestalten, denn sowohl der Erzbischof als auch der Graf hatten ihre Vorstellungen davon, wer das Lehen erhalten sollte. Wie es aussah, hatte der ständig unter Geldnöten leidende Kölner Erzbischof Friedrich von Saarwerden einen umfänglichen Kredit bei Hinrich van Dyke aufgenommen und wollte ihm die Burg und ihre Einkünfte dafür überlassen. Vertreten wurde der Erzbischof von dem Stiftsherrn von Sankt Gereon, Anselm van Huysen. Und er selbst, so erklärte Ritter Ulrich, sei als Vertreter des Herzogs von Jülich und Berg anwesend, der ihm überlassen hatte, nach Gutdünken zu entscheiden.

»Aus diesem Grund habe ich alle Betroffenen hierher eingeladen. In den nächsten Tagen wollen wir die Gründe der Anspruchsberechtigten hören und über sie beraten. Doch heute Abend wollen wir gemeinsam essen und uns von Meister Hardo Lautenschläger unterhalten lassen.«

Ich neigte, die Rechte auf mein Herz gedrückt, mein Haupt, als sich die verwunderten Blicke zu mir wandten. Doch dann entzogen Ismael und ich uns rasch der Gesellschaft, um uns für den Auftritt vorzubereiten.

## Der Jungfern Wünsche

»Meinst du, dass wirklich ein großes Unglück über uns kommt?«

Casta löste den Schleier über ihren Haaren und legte ihn sorgsam zusammen. Engelin rupfte den ihren mit weit größerem Schwung herunter und warf ihn nachlässig über die Truhe.

»Der Schweifstern ist ein gefundenes Fressen für alle Moralapostel. Seit seinem Auftauchen vergeht keine Andacht, in der nicht das böse Omen beschworen wird, das er darstellt. Mich langweilt das maßlos.«

»Andererseits – es heißt, ein Schweifstern habe vor Jahren die Pest angekündigt.«

»Ja, und Hungersnöte und Überschwemmungen und Königstod. Aber den faulen König Wenzel haben die Kurfürsten vor vier Jahren zu Fall gebracht, und dazu brauchte es keinen Schweifstern.«

Casta lachte leise.

»Du bist immer sehr pragmatisch, Engelin.«

»Je nun, was soll ich mir über Omen Gedanken machen? Wir sind hier auf der Burg, so wie du es dir gewünscht hast. Also lass uns das Beste daraus machen. Komm, ich bürste dir die Haare aus.«

Engelin nahm das Ende des dicken Zopfes ihrer Freundin und löste das Lederbändchen, mit dem er zusammengehalten wurde.

»Er hat mich kaum eines Blickes gewürdigt«, murmelte Casta und reichte ihr die Bürste.

»Er unterhielt sich mit meinem hochwohledlen Herrn Vater, und der Kaplan, ein Stiftsherr und deine Mutter standen neben ihm. Was sollte er tun? In Gegenwart dieser Herrschaften vor dir auf die Knie fallen und dir die hohe Minne schwören?«

»Nein, konnte er nicht, aber ...«

»Aber anschließend in die Kemenate gestürmt kommen, dich auf das Lager werfen und der niederen Minne frönen? Mit deiner hochwohledlen Frau Mutter und Äbtissin im Nebenraum?«

Casta erstickte ein Prusten.

»Nein, aber ... Wenigstens anblicken hätte er mich können.«

»Das wird er schon noch, dafür sorgen wir jetzt.«

Mit energischen Strichen brachte Engelin Castas lange braune Locken zum Schimmern.

»Er sitzt mit meiner Mutter an der Hohen Tafel zusammen«, sagte Casta nach einer Weile.

»Sicher. Von dort hat er einen guten Blick über die Tische der Gäste.«

»Und da sitzen auch du und die schöne Frau Loretta.«

»Ach komm, von mir will er nichts, und Frau Loretta ... Psst.«

Engelin senkte ihre Stimme, damit die Begleiterin des Höflings Lucas, die sich in der Kemenate nebenan mit ihrer Kammerjungfer unterhielt, nicht ihre abfällige Bemerkung hörte.

»Ich glaube kaum, dass ein Ritter wie Ulrich von der Arken einem derart billigen Weibsstück auch nur die leiseste Form von Aufmerksamkeit schenkt. Weiß der Teufel, warum sie überhaupt hier ist.«

»Du magst sie gar nicht, was?«

»Nein. Und nun wollen wir das Chapel auf deinen Haaren befestigen. Das Maigrün steht dir gut, und in den nächsten Tagen werden wir schauen, ob nicht doch schon irgendwo Rosen blühen, mit denen du es schmücken kannst.«

Ännchen hatte ihnen mit Bedauern mitgeteilt, dass alle Rosenknospen noch zu weit geschlossen waren, und so verzichteten sie auf den Blumenschmuck im Haar. Aber auch der Kranz aus Seidenbändern und kleinen Perlen machte sich hübsch auf Castas Haupt, und als er zufriedenstellend saß, griff auch sie zur Bürste und bearbeitete Engelins silbrigblonde Haare.

»Meine Mutter wird wieder versuchen, dich dazu zu überreden, in ihr Kloster einzutreten«, wechselte sie dabei das Thema.

»Das kann sie gerne versuchen, aber ich bin nicht geneigt, ihren Bitten nachzugeben. In diesem Fall sind mein Vater und ich sogar mal einer Meinung. Das Klosterleben kommt für mich nicht in Frage, und ihm liegt weit mehr daran, mich endlich unter eine möglichst adlige Haube zu bringen.«

»Wir sind indes schon ziemlich alt, Engelin. Es wird immer schwieriger werden, einen Gatten zu finden.«

»Ich weiß, und du bist mir auch noch drei Jahre voraus.«

»Mit vierundzwanzig haben Frauen meist schon vier oder fünf Kinder«, murrte Casta.

»Oder sind im Kindbett gestorben.«

»Mhm.«

Engelin nahm das lichtblaue Chapel zur Hand, das zu ihrem Surkot passte, und setzte es sich auf die Locken.

»Wahrscheinlich bin ich dem Ritter zu alt«, murmelte Casta, während sie den Sitz des Kranzes prüfte.

»Wie alt ist er denn?«

»Ich weiß es nicht genau, Ende dreißig, vermute ich.«

»Dann soll er froh sein, wenn er ein so junges und verständiges Weib wie dich bekommt.«

»Wenn er mich überhaupt will.«

»Casta, ich glaube nicht, dass viele Frauen ... nun ja, die Narben ...«

»Engelin, auch er war einmal eine Augenweide.«

Engelin spürte einen Kloß in ihrem Hals. Ja, auch Ulrich

von der Arken musste einst ein höchst ansehnlicher Mann gewesen sein. Er war noch jetzt von hoher, starker Gestalt, und wenn man ihn von der rechten Seite betrachtete, ahnte man, wie er vor seiner Verwundung ausgesehen haben mochte. Sie schämte sich für ihre voreilige Bemerkung.

»Verzeih mir, Casta. Man soll einen Menschen nicht nach seinem Äußeren beurteilen, vor allem nicht, wenn es ... wenn es ...«

»Ist schon gut, Liebes. Ich fürchte nur, er selbst hält sich auch für unansehnlich.«

Das mag sein, dachte Engelin, aber da ihre Freundin sich nicht abgestoßen fühlte, bestand sicher noch Hoffnung für die beiden. Also meinte sie aufmunternd: »Hör auf, Grillen zu fangen. Als Kunkellehen ist diese Burg hier nicht zu verachten.«

Casta seufzte.

Engelin auch.

Dann fragte Casta unvermittelt: »Und was für einen Mann wünschst du dir zum Gatten?«

»Ooooch, das ist ganz einfach – er muss alle ritterlichen Tugenden besitzen, reich sein und mir ein aufregendes Leben bieten.«

»Das genügt dir? Nun, dann sollten wir nach einem buckeligen Greis mit faulen Zähnen und Mundgeruch Ausschau halten, dessen weicher Hintern wie eine Dörrpflaume in seiner Bruche hängt.«

Engelin lachte laut auf.

»Vergaß ich eines, liebste Casta – eine Augenweide sollte er natürlich auch sein.«

»Ah, dann also der schöne Minnesänger, der uns gleich zur Unterhaltung aufspielt. Ännchen hat ganz recht. Soviel ich gesehen habe, sind er und sein junger Begleiter den einen oder anderen Blick wert.«

»Na, dann gehen wir mal unsere Augen weiden. Jede auf ihrer eigenen Wiese.«

## Erster Abend

Dem Palas schloss sich ein langgestrecktes, zweigeschossiges Gebäude an. Unten befanden sich Vorratsräume und Waffenlager, darüber der große Rittersaal, ein prächtiger Raum, doppelt mannshoch mit dunklem, schimmerndem Holz getäfelt; die hohen Mauerbögen darüber, die die Decke trugen, waren mit Wappenschilden, Bannern und Wandteppichen geschmückt. Sowohl zur Landseite wie zur Hofseite hin fiel das Licht aus zwei- und dreifachen Bogenfenstern, die mit klaren Rautengläsern geschlossen waren. Zwischen den beiden Fenstern links nahm der mit poliertem schwarzem Marmor eingefasste mächtige Kamin einigen Platz ein, doch ein Feuer war darin nicht entfacht. Der Mai war warm genug, um darauf zu verzichten. Zwei eiserne Leuchterkränze, mit Wachskerzen bestückt, hingen über den beiden langen Tafeln, die der Länge des Raumes nach aufgestellt waren. Die Mägde hatten sie mit weißem Leinen gedeckt. Ziselierte Zinnbecher und geschnitzte Schneidbrettchen standen an jedem Platz bereit, auf jedem Tisch prunkten ein Salzfass und ein Tafelaufsatz aus funkelndem Kristall, in dem die kostbaren Gewürze aufbewahrt wurden. Es war ein eindrucksvoller Saal, einem Herrn von Stand würdig.

Wir überblickten die Tische von der Galerie aus, auf der Ismael und ich unsere Instrumente aufbauten. Dieser Empore gegenüber wölbte sich ein blauer Samtbaldachin über der Hohen Tafel, an der sich jetzt der Ritter, die Äbtissin und der Stiftsherr niederließen. Die anderen Gäste wurden von Dietrich, dem Knappen, und einem Diener zu ihren Plätzen geführt.

Ich war Ida dankbar, dass sie mir zuvor ein Essen gerichtet hatte, denn schon trugen die Mägde Schüsseln und Platten, Körbe und Krüge auf, aus denen mir verlockender Duft in die Nase stieg.

»Schon ein armseliges Los, das wir hier haben«, murrte Ismael und befreite meine Schalmei aus ihrem Behältnis.

Ich nahm die Laute aus ihrer Umhüllung und stimmte leise die Saiten.

»Wir bekommen schon unseren Anteil, Gierschlund.«

»An abgenagten Knochen und ausgekratzten Schüsseln.«

»Du hast schon lange nicht mehr Hunger leiden müssen, Ismael.«

»Aber ich hab's, und daran erinnert man sich gut.«

Ich schlug ihm die Hand auf die Schulter und grinste: »Dann spiel jetzt um deinen Lohn, Junge.«

»Da unten gäb's reichere Beute als das.«

»Wie es heißt, hat jede Burg ein Verlies.«

»Ihr seid wie immer ein Born der Erquickung, Meister.«

Aber sein Murren war mehr Pose als echter Ärger. So gut kannte ich ihn inzwischen schon. Ich legte die Laute zur Seite und nahm die Schalmei zur Hand.

»Musizieren wir, aber ich werde meine Stimme noch schonen, denn wie es aussieht, wird sie später noch gebraucht.«

»Ihr wisst, was hier vorgeht?«

»Sagen wir so: Ich habe eine gewisse Vorstellung davon, was unser wohledler Herr Ulrich sich von mir erwartet. Obwohl ich mir nicht sicher bin, aus welchem Grund er das tut.«

Um nicht weiter darüber sprechen zu müssen, stimmte ich eine heitere Weise an, und mit langer Übung fiel Ismael mit dem Schellenkranz mit ein. Musikalisch war der Junge nicht, eine Melodie konnte er kaum halten, und sein Gesang trieb die Vögel aus den Nestern, aber er hatte ein gutes Gefühl für den Rhythmus. Unsere Darbietung übertönte die Gespräche unten an den Tischen nicht laut, doch hier und da wandte sich ein Gesicht nach oben zu uns.

Wir hatten unsere Barette aufgesetzt, Ismael eines aus rotem Samt mit drei schwarz-weißen Elsterfedern; meines war dunkelgrün, und ein Fasan hatte seine längsten Federn dafür lassen müssen. Als unser erstes Stück zu Ende war, erhoben wir uns, schwenkten schwungvoll unsere Kopfbedeckungen und verbeugten uns. Applaus war nicht zu erwarten, nur diese Geste, darum setzten wir unsere Tischmusik fort.

Eine Magd kam nach einer Weile zu uns hoch und brachte uns einen Krug mit Wein, den ich mit einem dankbaren Nicken annahm. Doch es dauerte noch immer geraume Zeit, bis das Mahl seinem Ende entgegenging. Schließlich räumten die Knechte die Tische ab und brachten nur noch Bier-, Most- und Weinkrüge in den Saal. Dietrich, der Knappe, tauchte bei uns auf der Galerie auf, zeigte uns, wie eine wirklich höfische Verbeugung auszusehen hatte, und sagte: »Meister Hardo Lautenschläger, mein Herr bittet Euch, nach unten zu kommen und die Gesellschaft mit einigen Liedern und Geschichten zu erfreuen.«

»Dann will ich das tun, Dietrich. In der Zwischenzeit könntest du meinem Begleiter ein Essen besorgen.«

»Natürlich. Wenn du mir folgen wolltest, Ismael.«

Der nahm eine übertrieben höfische Pose ein und fragte: »Lernt man dies gedrechselte Wesen, oder ist das angeboren?«

Ich gab Ismael eine Kopfnuss.

»Er wird's wohl nie lernen, Dietrich. Sei nachsichtig mit ihm.«

»Ein gestrenger Herr …«

»Wie der deine?«

Dietrich sagte nichts mehr, sondern führte uns noch einmal seine anmutige Verbeugung vor. Eine Silbe zu dem Gedicht über den düsteren, grüblerischen Ritter Ulrich gesellte sich zu den anderen und ergab ein Wort.

Nachsicht.

Das war ungewöhnlich. Und ich mochte keine Überraschungen! Es hatte sich in mir ein Bild von Ritter Ulrich von der Arken geformt, und das schloss Nachsicht bisher aus. Nun gut, man würde später weitersehen.

Mit meiner Laute in den Armen schritt ich an den Tischen vorbei auf die Hohe Tafel zu. Drei Stufen aus glänzend gewachsenem Holz führten zu der mit schimmerndem

Brokat gedeckten Tafel hinauf, und ich nahm auf der obersten Stufe meinen Platz zu Füßen der Herrschaften ein. Von hier hatte ich einen guten Überblick über die Gäste, und sie konnten mich ebenso bewundern. Doch zunächst widmete ich mich meinem Instrument. Die Laute war ein Kunstwerk aus feinsten Hölzern, der Klangkörper schmiegte sich weich wie ein üppiger Frauenleib an den meinen, zierliche Schnitzereien verschlossen das Schallloch, köstliche Einlegearbeiten aus Elfenbein und Perlmutter schützten sie vor Kratzern des Plektrums, mit dem ich die Saiten anschlug. Noch einmal stimmte ich sie, dann schaute ich zu dem Ritter auf.

»Spielt auf, Meister Hardo, wir bitten Euch.«

»Wohl denn, hört das Lied von den Linden am Weg.«

Ich ließ auf den Saiten die heitere Melodie erklingen und hub dann zu singen an. Ich weiß, alle Welt zuckt zusammen, wenn meine Stimme ertönt, und so war es auch hier. Nicht dass sie unangenehm klang, sie war laut und tief und füllte den Raum. Aber sie war rau wie das Raspeln einer Feile auf hartem Holz.

>»Ich war ein Kind, so wohlgetan
Virgo dum florebam;
So brüstet sich die ganze Welt,
omnibus placebam.
Hoy et oe!
Verdammte Linden dort am Weg!

Ich wollte in die Wiesen gehen
Flores adunare,
da wollte mich ein Tunichtgut
ibi deflorare
Hoy et oe!
Verdammte Linden dort am Weg!«[3]

---

3 Carmina Burana CB 185

Die Klage der Jungfrau, die ihr Blümlein unter den Linden verlor, erregte wie üblich hier Heiterkeit, dort Entrüstung. Und das war das Bestreben eines jeden guten Sängers – die tödlichste aller Vorstellungen ist jene, die Langeweile erzeugt. Nach der zweiten Strophe allerdings endete ich und spielte nur noch einmal die Melodie, während ich in mein Publikum schaute. Zufrieden mit dem Ergebnis ließ ich das Lied ausklingen und setzte zu der Geschichte an, mit der ich beschlossen hatte, die Gesellschaft zu unterhalten. Eine Geschichte reich an Abenteuern, wie sie geschätzt wird, eine Geschichte von Helden und den Gefahren, denen sie trotzen, eine Geschichte von Liebe, von Sehnsucht und Magie. Und vom Tod.

### Der Ruf erreicht den Helden

*Es lebte einst ein junger Bursche in einer kleinen Burg in den Wäldern. Er war ein schmächtiger Kerl, dessen Hände und Füße zu groß und zu ungelenk von seinem Körper baumelten, und zottelige Simpelfransen hingen ihm in das meist schmutzige Gesicht. Er kannte wenig von der großen Welt und war es zufrieden, tagaus, tagein seiner Wege zu gehen. Seine Pflichten waren ihm meist lästig, und wann immer er die Gelegenheit dazu fand, streunte er im Wald umher, lauschte dem Vogelsang, beobachtete die wilden Tiere, und manchmal befreite er sie aus den Fallen der Wilderer, die ihr Unwesen im Forst des Königs trieben. Aber lieber noch schlief er eine Weile im weichen Gras einer kleinen, sonnenbeschienenen Lichtung unter einem Busch von duftenden Heckenrosen und träumte von der großen, weiten Welt und ihren Abenteuern.*

*Hier an seinem Lieblingsplatz aber entdeckte er eines Tages einen Waldkater, dessen Pfote in einer Schnappfalle gefangen war. Das wilde Tier fauchte und kreischte, als er sich näherte, doch der Junge öffnete die Falle, obgleich er* gekratzt und gebissen wurde, und der Kater entfloh, wenn auch humpelnd, ins Unterholz.

»Das wär ein schöner Pelz geworden«, hörte der Bursche eine tiefe, dröhnende Stimme sagen, und als er sich umdrehte, stand ein hochgewachsener, hagerer Alter hinter ihm.

»Aber er war verletzt«, stammelte er einfältig und rang seine großen, blutigen Hände.

»Er wird seinen Verletzungen erliegen«, gab ihm der Alte derb zu verstehen.

Der Simpel reckte trotzig sein Kinn und antwortete: »Lieber aber soll er in Freiheit sterben.« Und als der andere ihn mit einem durchbohrenden Blick maß, fügte er hinzu: »Ihr könnt mir deswegen gerne meinen Pelz gerben, wenn Euch die Falle gehört.«

»Nein, sie gehört mir nicht. Aber dennoch verlange ich die Antworten auf drei Rätsel von dir. Sind sie richtig, sollst du mit heiler Haut davonkommen.«

»Fragt, Herr.«

»Zur Burg kommen manchmal Gäste?«

»Ja, Herr.«

»Und sie schmausen an der Tafel?«

»Ja, Herr.«

»Und die Bäckerin backt die Pasteten?«

»Ja, Herr.«

»Wenn zwei Dutzend Gäste sechsunddreißig Pasteten essen, wie viele muss sie dann backen, wenn nur vierzehn Gäste kommen?«

Hier unterbrach ich meine Erzählung und schaute auffordernd in die Gesichter vor mir. Der Gelehrte, dessen Name mir als Doktor Humbert in Erinnerung geblieben war, zeigte einen ausgesucht dümmlichen Gesichtsausdruck, der feiste Kaplan schlürfte seinen Wein, Ida lächelte, und Sigmund, der Burgvogt, starrte unablässig meine Laute an.

Ich schlug leise die Saiten und fuhr mit meiner Erzählung fort.

*Der junge Mann im Wald mahlte mit seinen Kiefern, und seine großen Füße scharrten im lockeren Waldboden. Dann stieß er hervor:* »Einundzwanzig, Herr.«

*Der Alte nickte und sagte das zweite Rätsel auf:*
»Was ist das für ein Ding?
Einer, der's sieht, der begehrt's nicht.
Und der's macht, bedarf's nicht.
Und der's bedarf und braucht, weiß es nicht.«

Wieder entlockte ich den Saiten einen leisen Melodienlauf und blickte in die Menge. Hinter mir hörte ich ein leises Schnauben, das offensichtlich von Ritter Ulrich stammte. Und auf den Plätzen hinten erklang ein kleines Kichern. Der Gelehrte pulte an seinen Fingern herum, der Höfling kratzte sich am Kopf. Und Sigmund, der Burgvogt, starrte meine Laute an.

Ich schenkte meinen Zuhörern ein strahlendes Lächeln und erzählte weiter:

*Diesmal brauchte der Simpel im Wald ein wenig länger, um die Lösung zu finden. Er zupfte an seinem verschlissenen Wams herum, fuhr sich durch die zotteligen Haare und kaute dann an seinem Daumen.*

»Könnt sein, Herr, dass Ihr einen Sarg meint? Weil – den will keiner, der ihn sieht, den braucht der Schreinemaker nicht, der ihn macht, und der Tote weiß es nicht mehr, wenn er drin liegt.«

*Wieder nickte der Alte und gab ihm dann das letzte Rätsel auf:*
»Fünf Brüder sind zur gleichen Zeit geboren,
doch zweien nur erwuchs ein voller Bart,
zwei andern blieb die Wange unbehaart,
dem fünften ist der Bart zur Hälft' geschoren.«

Diesmal lachte hinter mir die Äbtissin leise auf. Der Handelsherr van Dyke gab ein verächtliches Prusten von sich, und

Loretta beugte sich so weit vor, dass der Kaplan ihr in den unverhüllten Ausschnitt ihres Kleides blicken konnte. Doch der widerstand der Versuchung und griff zu seinem Pokal. Sigmund, der Burgvogt, starrte noch immer auf meine Laute.

Ich ließ die Saiten erklingen und wandte mich wieder meinem Helden zu:

*Der Junge im Wald zögerte keinen Wimpernschlag lang mit seiner Antwort:*

*»Ihr meint die Kelchblätter der Rose, Herr. Es sind ihrer fünf, zwei davon sind auf beiden Seiten gezackt, zwei sind glatt, und eines hat nur zur Hälfte Zacken.«*

*Mit diesen Worten pflückte er eine eben erblühte Heckenrose von dem Busch und reichte sie dem Alten. Der nahm die Blüte und ging ohne ein Wort weg.*

»Dies war der erste Teil und der Anfang der Mär, die ich euch berichten will. Bevor es weitergeht, hört das Lied der holden Maid unter den Linden weiter.«

Ich stimmte die frechen Verslein an und bemerkte zu meinem Vergnügen, dass man mir aufmerksam lauschte, selbst wenn der eine oder andere ein unbeteiligtes Gesicht aufsetzte.

>»Er nahm mich bei der weißen Hand,
>sed non indecenter,
>er führte mich den Rain entlang
>valde fraudulenter
>Hoy et oe!
>Verdammte Linden dort am Weg!

>Es steht die Linde wohlgetan
>Non procul a via,
>da hab ich meine Harfe stehn,
>timpanum cum lyra.«
>Hoy et oe!
>Verdammte Linden dort am Weg!«

Als die Melodie verklungen war, fragte ich den Ritter mit einer Verbeugung, ob er mehr von jenem jungen Mann zu hören gesonnen war.

»Berichtet weiter, Meister Hardo. Wir wollen Abenteuer hören!«

»Nun denn, dann folgt mir auf die Burg am Wald, in der der Simpel seine Wohnstatt hatte.«

### Die Weigerung des Helden

Im Stall des Burgzwingers standen ein paar prächtige Rösser, denn einst hatte der Ritter, dem sie gehörten, sich in vielen Schlachten und Turnieren geschlagen und war auch oft zur Jagd geritten. Jene edlen Tiere zu versorgen war die Aufgabe des jungen Mannes, der auf dieser Burg als Stallbursche tätig war.

Die Heckenrosen waren verblüht, und rote Hagebutten hingen im Laub, als er den seltsamen Alten aus dem Wald wiedertraf. Diesmal klopfte er an das Tor der Burg und wünschte den Verwalter zu sprechen. Man ließ ihn ein und fragte nach seinem Begehr. Um nichts aber bat der Alte, im Gegenteil, er bot seine Dienste an. Denn er war ein fahrender Sänger und Überbringer von Nachrichten, ein Erzähler und Dichter, dem man an kalten Herbstabenden gerne ein warmes Mahl und einen Platz am Kamin gab.

Und so kam es, dass der Stallbursche zum ersten Mal in seinem Leben bunte Geschichten hörte von mutigen Recken in schimmernder Rüstung, von Schatzhöhlen und Drachen, die sie bewachten, von verzauberten Schwertern und singenden Steinen, von Schwanenjungfrauen, die ihre Federkleider ablegten, von Heldentaten und feigem Verbrechen – und von der Minne.

Mehr als die zahlreichen Aventuren, über die der Alte sang, berührten jene Lieder das Herz des jungen Simpels, in denen der Sänger die beseligenden Wonnen der Liebe berichtete. Denn der arme Tropf war heimlich für des Verwalters Tochter entflammt und träumte des Nachts – und auch oft am Tage – davon, dass sie ihn erhören würde. Doch die schöne Jungfer bemerkte sein Liebesleid nicht – oder vielleicht doch, aber dann zeigte sie es nicht –, sondern sah, wann immer sie ihn traf, mit hochmütigem Blick über ihn hinweg. Aber dem Alten mit seiner Laute lauschte sie mit leicht geöffneten Lippen und hingerissenem Blick.

So reifte in dem jungen Mann der Entschluss, die Schöne ebenfalls mit seinem Gesang zu betören. Er hörte aufmerksam den Liedern zu und behielt sich den einen oder anderen Vers. Er merkte sich auch die Melodien, und in der Nacht, als der volle runde Mond sein silbernes Licht über das Land ergoss, kletterte er zur Burgmauer hinauf bis ganz in die Nähe der Kammer, von der er wusste, dass dort seine Angebetete schlummerte. Hier sang er mit klarer, reiner Stimme, was er sich von den Liedern der Minne behalten hatte.

Er erntete ein Schaff Wasser, das ihm über den Kopf geschüttet wurde, und ein schallendes Gelächter.

Gedemütigt schlich der Tropf von der Burgmauer zum Stall, wo er seine Schlafstelle im Heu hatte. Doch als er über den Hof ging, tauchte der alte Sänger auf und schritt schweigend neben ihm her.

Mit einem Achselzucken blieb der junge Mann schließlich stehen, starrte auf seine großen Füße und murmelte: »Mir passieren immer solche Sachen. Ich bin unter einem Unglücksstern geboren.«

»Ein Stern alleine bestimmt nicht das Schicksal eines Mannes. Du könntest lernen, Junge, welche Worte und Melodien es sind, die die Herzen der Weiber rühren. Denn auch wenn du eine schöne Stimme besitzt, sie und das Mondlicht alleine betören die Frauen noch nicht.«

»Aber Euch lauschen sie doch auch. Und Ihr seid schon alt und weißhaarig!«

Der Sänger lachte über den trotzigen Ton und legte dem Simpel die Hand auf die feuchte Schulter.

»Richtig, mir lauschen sie, obwohl ich ein unansehnlicher, hagerer alter Mann bin, denn ich weiß um die Mittel, die die Frauen verzaubern. Höre, mein Junge – man braucht ein Instrument dazu, eine magische Laute, deren Klang die Maiden und Weiber willenlos macht.«

»So eine wie die Eure, Herr?«

»So eine wie die meine.«

»Und ... und woher bekommt man eine solche Laute, Herr?«

»Um so ein Instrument zu erwerben, musst du dich zur Drachenburg am Rhein begeben. Dort lebt der Lautenbauer, der Letzte seiner Art, der noch über die Fertigkeit verfügt, solch magische Lauten zu bauen. Doch der Weg zu ihm ist gefährlich, denn in dem Wald haust das Ungeheuer, das der Burg den Namen gab.«

Mit diesem Rat ließ der Sänger den jungen Mann alleine.

Hier machte ich wieder eine Pause, und Dietrich kredenzte mir auf anmutige Weise einen silbernen Pokal. Der Wein war kühl und fruchtig und ganz offensichtlich vom Besten, was der Keller zu bieten hatte. Ich legte die Laute zur Seite und ergötzte mich an dem Trunk, während ich den aufkommenden Bemerkungen zu meiner Mär lauschte.

Am lautesten äußerte sich Magister Johannes, der Kaplan. Er wetterte gegen die Magie. Natürlich – Wunder wirken durften nur Gott und die Heiligen. Aber er stand ziemlich alleine mit seinem Protest, wollte mir scheinen. Die anderen kommentierten frohgemut die Dummheit des verliebten Tölpels oder fanden nachsichtige Worte für ihn, weil er den wilden Kater gerettet hatte, eine der Jungfern vermutete gar, der Junge sei gar nicht so ein Tropf, denn er habe ja die Rätsel gelöst, was ihr aber von ihrer Freundin einen giftigen Widerspruch eintrug. Besser jedoch als die Unterhaltung an den langen Tischen konnte ich die der Hohen Tafel verstehen. Hier wusste die Äbtissin ungewöhnlich kundig über das Lautenspiel zu plaudern, der

Stiftsherr hingegen rühmte die Mär, deren vielverspre-
chender Beginn Hoffnung auf große, schicksalhafte Verwicklungen machte. Der Ritter gab nur einige wenige zu-
stimmende Laute von sich. Hinten im Saal bemerkte ich
Ismael, der, offensichtlich gesättigt, nun wieder am gesel-
ligen Leben teilnahm. Er tändelte mit einer jungen Maid
herum, die ihm mit allerlei Gesten und Augenklimpern zu
verstehen gab, dass sie weiteren Spielchen nicht abgeneigt
war. Vermutlich war die Kleine das kecke Kammerjüngferchen von Frau Loretta, denn für eine Magd war sie zu aufwendig gekleidet. Ich fing Ismaels Blick auf, und er grinste
mir vielsagend zu. Meine Warnungen waren mal wieder
ungehört verhallt.

Andererseits – wenn ich mir einen weiteren Überblick
über die hier versammelten Herrschaften machen wollte,
würden mir später Ismaels Beobachtungen und das, was
immer er aus diesem Mädchen herausgelockt hatte, helfen,
mir den einen oder anderen Reim auf die unerwartete Ehre
zu machen, die mir die Einladung des Ritters Ulrich von der
Arken verschafft hatte.

Ich nahm einige Schlucke aus meinem Pokal und griff
wieder zur Laute.

Die Gespräche verstummten, als ich zu spielen begann,
und wurden zu leisem Geraune. Und das erstarb, als ich
meine Stimme erhob und meine Mär fortsetzte.


*Überfall und Flucht*


*Der Winter überzog das Land mit seinem harschen Frost,
die Gewässer froren zu, und von den Wehrgängen hingen
die Eiszapfen. Der junge Mann verbrachte viele dunkle
Abende damit, davon zu träumen, wie er mit einem wun-
derwirkenden Instrument die Herzen der Frauen eroberte.
Ja, nicht nur die Herzen, sondern vor allem auch ihre köstlichen, geheimnisvollen Leiber, denn wilde Gefühle hiel-*

ten ihn gefangen, unerklärlich, sehnsuchtsvoll, verwirrend. Und jeden Tag plante er aufs Neue aufzubrechen, wenn der Schnee geschmolzen und das Eis geborsten war. Dann aber kam der Frühling, die Sonne wärmte das Erdreich, das erste Grün brach zwischen krustigen Schneeflecken hervor, und jeden Tag verschob der Simpel seinen Aufbruch. Denn nicht nur der Wunsch nach der magischen Laute hatte seine Fantasie mit Wollust beflügelt, nein, ein kräftiges Gegengift hatte ihm der alte Sänger dazu auch verabreicht. Und das bestand in der Furcht vor dem Ungeheuer, das auf dem Berg wartete, wo der Lautenbauer seine Werkstatt hatte. Da der junge Mann die Burg in seinem bisherigen Leben nur einige wenige Male verlassen hatte, schreckte ihn die Welt außerhalb der trauten Wälder. Mehr noch, auch seine Mutter, die sein Fortgehen fürchtete, flüsterte ihm weitere schaurige Geschichten über das grausige Wüten des Lindwurms zu, sprach von dem heiligen Michael, der als Einziger je eine solche Bestie gebändigt hatte, und von den dunklen Mächten, die derartige Kreaturen gezeugt hatten. Sie erinnerte ihn mit Nachdruck daran, dass er unter einem unseligen Stern geboren war, und flehte ihn an, zu Hause zu bleiben. Und so zauderte und zögerte der Bursche, streunte weiter durch die frühlingsgrünen Wälder und nahm sein Schicksal ergeben hin. Denn seit er denken konnte, wusste er von dem Stern, der es bestimmt hatte, dass ein Fluch über ihm lag, dem er nicht würde entrinnen können, wie weit er auch floh. Selbst die magische Laute würde ihn davon nicht befreien.

Doch dann brach das Unglück über die Burg herein. Just als er von seinen Wanderungen zurückkam, sah er, wie sich ein Tross Reiter näherte. Ein Ritter in pechschwarzer Rüstung führte ihn an, sein Banner flatterte kriegerisch über den Helmen, und die Mannen waren gewappnet und mit blinkenden Waffen ausgerüstet. Der Bursche gab seinen Füßen den Befehl, ihn so schnell wie möglich in Sicherheit hinter die Burgmauer zu bringen, und er erreichte die

Torburg eben kurz bevor die Wachen die Falltür herunter-
ließen.

Wer der Ritter war und warum er die Burg anzugreifen
drohte, wusste er nicht und erfragte er nicht. Sein einziges
Sinnen und Trachten war es, die schöne Tochter des Verwalters zu retten, denn das schien ihm die hehrste Tat zu
sein, die ein Mann vollbringen konnte.

Und so suchte er die Jungfer, drang in ihre Kemenate
ein und wollte sie mit seinem Leben schützen. Doch die
Schöne wehrte sich, entwand sich seinem Griff und stürzte
die steinernen Stufen hinunter. Mit gebrochenen Gliedern
blieb sie im Hof liegen.

Brandpfeile schwirrten über die Mauer, ein Steinhagel
ging um sie herum nieder, und die zornige Stimme des Verwalters traf den Simpel mit einer Verfluchung. Er wurde
am Kittel gepackt und geohrfeigt, bis ihm Hören und Sehen
verging, und erst als seine Mutter dem Wütenden schreiend
in den Arm fiel, ließ dieser von ihm ab.

Die Wachen auf der Mauer erwehrten sich tapfer der
Angriffe des schwarzen Ritters, doch viele wurden verletzt
oder getötet. Auch die Jungfrau litt große Schmerzen, und
kein Heilkundiger war zur Hand, der ihre gebrochenen
Knochen hätte richten können. Der Verwalter, ihr Vater,
forderte den Simpel und seine Mutter auf, seine Tochter auf
das Gut eines Pächters zu bringen.

So kam es, dass der junge Mann heimlich mit den beiden Frauen der Burg entkam und Unterschlupf auf dem
Pachthof fand. Doch wenn auch die Jungfer hier Hilfe und
Heilung fand, war sein Ungemach noch nicht beendet.
Denn schon wenige Tage später brachte ein Landmann
die böse Nachricht, dass der schwarze Ritter sich mit seinem Trupp dem Gut näherte, um zu rauben und zu brandschatzen.

Bebend vor Angst floh der Jüngling auf einem klapprigen
Esel feige vor dem erwarteten Angriff. Zu seinem Schutz
hatte er lediglich ein schartiges Messer und die kleine,

*geweihte Reliquie des heiligen Kunibert dabei, die seine Mutter ihm als Kind um den Hals gebunden hatte, als er einmal an einem heftigen Fieber litt.*

Ich hielt inne, um den Zuhörern die Möglichkeit zu geben, über das Gehörte zu reden, denn das war wichtig, wenn sie das Geschehen behalten sollten. Und da ich an diesem Abend nur den Anfang der sehr langen und wechselvollen Reise meines Helden schildern konnte, lag mir daran, dass sich alle später daran würden erinnern können, wie es zu dem Aufbruch gekommen war.

Außerdem war meine Kehle trocken geworden, und ich trank von dem fruchtigen Wein. Hier und da hörte ich, wie man über den schwarzen Ritter Mutmaßungen anstellte, eine junge Frauenstimme schmähte den schäbigen Feigling, der geflohen war, der Kaplan dozierte über den heiligen Kunibert, der von einer Taube zum Grab der heiligen Ursula geführt worden war – seine einzige bemerkenswerte Tat, wie ich wusste. Der Gelehrte sah mich missmutig an und pulte dann weiter an seinen Fingern herum. Der Stiftsherr hinter mir fragte die Äbtissin nach der Existenz des Lindwurms, da ihr Kloster sich nahe dem sagenumwobenen Hort dieses Ungeheuers befand. Sie hatte jedoch von dem Untier bislang weder eine Kralle noch ein Rauchwölkchen wahrgenommen und schien nicht ganz von seinem Vorhandensein überzeugt zu sein. Andererseits, so gab sie zu, hatte sie sich bisher auch immer gescheut, die dichten Wälder der sieben Berge zu betreten, und da mancher Reisende von unheimlichem Geschehen berichtet hatte, wollte sie nicht ganz ausschließen, dass sich doch etwas Böses in den Höhlen des Gebirges verbarg.

Schön, ein wenig Angst ist immer eine schmackhafte Würze in der Mär. Ebenso wie ein wenig Schlüpfrigkeit. Darum griff ich wieder in die Saiten und sang mein freches Liedchen weiter.

>>Da er zu der Linden kam,
dixit: ›sedeamus!‹
die Minne drängte sehr den Mann –
›ludum faciamus!‹
Hoy et oe,
Verdammte Linden dort am Weg!

Er griff mir an den weißen Leib,
Non absque timore;
Er sprach, ich mache dich zum Weib,
Dulcis es cum ore.
Hoy et oe!
Verdammte Linden dort am Weg!«

Ja, sie grinsten. Vor allem die wohledlen Herren.

So entlarvt man ihre Gedanken. Aber das war nur ein weiterer Vers, den ich mir auf die Gesellschaft machte. Ich wiederholte die Melodie, schwieg aber dazu, die letzten Strophen würden den Abend beschließen. Nun war nur noch das Ende des ersten Teils meiner Geschichte zu erzählen, und da mein Publikum ausgiebig dem Wein und dem Bier zugesprochen hatte und hier und da schon ein Gähnen sichtbar wurde, hielt ich den letzten Abschnitt kurz.

*Der junge Mann war einige Tage lang auf ihm unbekannten Wegen geritten, hatte sich von den Früchten des Waldes und hier und da auch der Felder ernährt, aber selbst ihm wurde allmählich klar, dass er, wenn er in der Fremde, fern von seinem Heim, leben wollte, ein paar Münzen brauchte, um sich Brot und Stiefel kaufen zu können. Ein geschütztes Lager für die Nacht hätte er auch gerne gehabt, und so verkaufte er zunächst das klapprige Eselchen. Dann fand er einen Müller, der ihn seine Pferde betreuen ließ, die im Göpel gingen, vor allem aber lernte er die Wäscherinnen kennen, die die Körbe mit Leinen zum Ufer des Flusses brachten. Diese Mädchen waren laut und lustig, und wenn er ihnen half, die schweren, nassen Tücher auszuwinden, waren sie auch bereit, fröhliche Scherzworte mit ihm zu wechseln. Darum ging er nun, da der Sommer gekommen war, immer häufiger ans Ufer, vertrödelte seine Zeit, lauschte den kecken Liedchen, die die Wäscherinnen beim Schlagen der Wäsche sangen, und vergaß darüber seine hohen minniglichen Gefühle, die er einst der schönen Tochter des Verwalters entgegengebracht hatte. Vollends aber veränderte sich sein Verständnis für die Liebe, als eine der Maiden ihn in die Wonnen der niederen Minne einweihte. Manch köstliche Sternennacht verbrachte er hinter raschelnden Büschen, im weichen Gras unter den Linden, am Ufer eines plätschernden Bächleins, um den süßen Leib der willigen Schönen zu erkunden und den seinen von ihr entflammen zu lassen. Er war ein gelehriger Schüler, und sie sparte nicht an Lob. Doch als die Erntezeit kam, trat ein neuer Müllerknecht seinen Dienst an. Ein breitschultriger Kerl mit rauen Händen, älter, erfahrener und ein ganzer Mann.*

*Der verlassene Jüngling ertränkte seinen Kummer drei Tage lang in schlechtem Wein, und als er schließlich von seinem urgewaltigen Kater genesen war, erinnerte er sich daran, dass es irgendwo dort auf der anderen Seite des Stroms einen Instrumentenbauer gab, der ihm eine magische Laute verschaffen konnte, mit der er die Herzen der Weiber betören sollte.*

*Also überwand er seine Angst vor den drohenden Gefahren am Drachenfels und machte sich erneut auf den Weg, diese Laute zu erwerben.*

Ich nahm die Laute auf und sang zum Abschluss das Lied, mit dem ich begonnen hatte.

»Er schob das Hemdlein mir herauf,
corpore detecta,
erstürmte dann mein Bürgelein,
cuspide erecta.

Hoy et oe
Verdammte Linden dort am Weg!

Er nahm den Köcher und den Bogen,
Bene venabatur!
Derselbe hat mich dann betrogen:
›ludus compleatur!‹
Hoy et oe
Verdammte Linden dort am Weg!«

Die letzten Töne verklangen, das Spiel war aus: Ludus compleatur! Ich verneigte mich, und auf des Ritters Zeichen kamen die Knechte in den Saal, um die Tafeln aufzuheben. Die Gäste begaben sich in ihre Kammern, leise schwatzend die einen, leicht schwankend die anderen, doch insgesamt in friedfertiger Stimmung.

Oberflächlich. Denn mir war nicht entgangen, dass hier und da Unruhe schwelte.

Ismael trat zu mir und übte sich in einer höfischen Verbeugung.

»Du nimmst dir an Dietrich ein Vorbild?«

»Er macht es hübsch, und die Jungfern lieben es.«

»Du willst ihn ausstechen?«

»Das Leben ist ein Wettkampf!«, sagte er grinsend, und ich nickte. Eine gesunde Einstellung.

**Nächtliche Gespräche**

Unsere Kammer im Palas war gemütlich eingerichtet, wenngleich vermutlich nicht so üppig wie das Schlafgemach des ehemaligen Burgherrn, das der Ritter für sich in Anspruch genommen hatte. Man hatte uns ein breites Lager gerichtet, Strohmatratzen mit weichen Decken, Pelzen und Polstern. In eine geschnitzte Truhe hatte Ismael meine Kleider gelegt, an der Fensterwand luden eine gepolsterte Bank und zwei Scherensessel zum Sitzen ein, der Holzboden war sauber gefegt, das Bogenfenster bleiverglast wie auch jene im Rittersaal und hatte hölzerne Läden, die ich indessen offen ließ. Ich legte das Barett ab, trat an das Fenster und öffnete es. Von hier hatte man einen Blick über die dunkle Landschaft. Das Dörfchen lag schlafend zu meinen Füßen, dahinter schimmerte die weite Biegung des Rheins, der hier eine seiner vielen Schleifen bildete. Hoch droben am Himmelszelt zog noch immer der Schweifstern seine Bahn.

Der Tag war ereignisreich gewesen, und ich bedurfte des Nachdenkens. Müde löste ich den Gürtel meines Wamses und legte es ab. Doch nur im Leinenhemd war es zu kalt in diesen steinernen Mauern. Unter den wenigen Kleidern, die ich mitgenommen hatte, befand sich ein weinroter Surkot aus Wollstoff. Kaum, dass ich das Gewand übergestreift hatte, klopfte es an der Tür.

Die Stunde des Nachdenkens war noch nicht gekommen. Ritter Ulrich trat ein, gefolgt von Dietrich, der einen Korb mit Pasteten, und Ismael, der einen Weinkrug trug.

»Gewährt mir noch ein paar Worte zur Nacht, Meister Hardo«, sagte der Ritter, und ich machte eine einladende Geste zu der Bank am Fenster. Dietrich verschwand, und Ismael machte Anstalten, ihm zu folgen.

»Bleib, Junge.«

Er hockte sich still mit gekreuzten Beinen auf das Lager.

Der Ritter hingegen blieb am Fenster stehen, offensichtlich ebenfalls in den Anblick des fallenden Sternes versunken. Dann drehte er sich um und fragte: »Glaubt Ihr, dass es ein Unglücksomen ist?«

»Der Stern? Nein. Unglück kommt, mit oder ohne Stern. Dieser hier erschien vor gut einer Woche und wird bis zum Ende dieser wieder verschwunden sein.«

»Wer versichert Euch das?«

Ich hob die Schultern.

»Ich sprach vor einiger Zeit mit einem Astrologen, der

sich für diese Erscheinungen interessierte. Im Morgenland hat man solche Sterne schon länger beobachtet und Aufzeichnungen dazu gemacht.«

Ritter Ulrich nickte. Ob er meine Aussage guthieß oder nicht, zeigte er nicht.

»Aber Unglück – oder zumindest Unruhe verbreitet er doch, Meister«, warf Ismael leise ein.

»Ja, Unruhe verbreitet er. In dem Dorf unten hat ein Wanderprediger eifrig die Angst geschürt. Es könnte sein, dass einige der Pächter, der Bediensteten und der Bauern in den nächsten Tagen mehr beten als arbeiten.«

»Damit beschwören sie natürlich ihr eigenes Unglück herauf«, knurrte der Ritter. Ich erlaubte mir ein kleines Lachen.

»Mögt Ihr von den Pasteten, Meister?«, fragte Ismael hoffnungsvoll.

»Sicher. Ich hatte ja keine Möglichkeit, die Vorräte zu plündern wie du. Ich habe die Gäste unterhalten.«

Aus dem Korb wählte ich mir eine knusprige Teigtasche und biss hinein.

»War die Unterhaltung in Eurem Sinne, Herr Ulrich?«, fragte ich dann den Ritter, der noch immer angespannt den Nachthimmel betrachtete.

»Ihr habt meine Erwartungen erfüllt, Meister Hardo, ja.«

»Und welches waren Eure Erwartungen? Ein schlüpfriges Liedchen oder die Mär über einen tumben Tor, der auszog, die Weiber zu betören?«

»Beides, Meister Hardo. Und dazu das, was der Blick Eurer scharfen Augen Euch dabei offenbart hat.«

Also ein Beobachter, das sollte ich sein.

»Ja, die eine oder andere Beobachtung habe ich gemacht, Herr Ulrich.«

»Was fiel Euch auf?«

Ich lächelte kühl.

»Was sollte mir denn auffallen, Herr Ulrich?«

Der Ritter lehnte sich an die Wand und sah mich lange an.

»Ihr seid misstrauisch.«

»Hättet Ihr mein Vertrauen verdient, Herr Ulrich?«

»Nein, noch nicht. Aber meine Aufgabe hier, Meister Hardo, ist nicht einfach. Ich muss mir ein Urteil darüber bilden, an wen das Lehen vergeben werden soll. Und dabei bin ich auf Eure Hilfe angewiesen. So kann ich also nichts anderes tun, als Euch zu bitten.«

Die Pastete war köstlich, ich nahm mir eine zweite und goss mir auch einen Becher Wein ein. Unhöflich, wie ich war, bot ich dem Ritter nichts an. Aber eine magere Auskunft gab ich ihm.

»Die Buhle des Höflings Lucas van Roide vergibt ihre Gunst recht großzügig. Der Burgvogt Sigmund schien angetan davon. Lucas weniger.«

»Der Höfling hat den Vogt höchst unhöfisch einen geilen Sauhund genannt«, flocht Ismael genüsslich ein und langte unaufgefordert in den Korb.

»Das ist keine vollkommen falsche Bezeichnung«, stimmte der Ritter zu.

»Der Burgvogt täte gut daran, sich den Besuchern gefällig zu machen. Einer von ihnen wird sein nächster Herr sein.«

Der Ritter nickte wieder.

»Das täte er wohl. Seine Pachtabgaben hätte er besser auch in der rechten Form entrichten sollen. Der Stiftsherr beklagte, dass die Gelder und Waren, die der Erzbischof verlangt hat, seit Jahren nicht vollständig sind. Ich werde mich um die Abrechnungen an den Herzog von Jülich ebenfalls kümmern müssen. Aber das sind Probleme, die immer entstehen, wenn ein Lehen zu lange ohne Aufsicht gelassen wird.«

Der Ritter streckte sich, nahm dann in dem anderen Sessel Platz.

Ich gab ihm noch eine kleine Beobachtung zur Beurteilung.

»Das Weib des Burgvogts werkelt in der Küche – nicht ihre übliche Aufgabe.«

»Sie wäre die Dame der Burgherrin, gäbe es eine.«

»So sieht es der Vogt und zürnt ihr wegen der niederen Arbeiten, die sie verrichtet.«

»Auch das ein Grund, warum die Burg wieder in strenge Hände kommen muss.«

»Die Äbtissin tritt gar prachtvoll auf«, sinnierte ich. »Aber das mag ihrem Stand angemessen sein.«

»Und der Handelsherr neigt zur Protzerei«, warf Ismael ein. »Seine Tochter ritt einen weißen Zelter, würdig einer Königin.«

»Sie gaben einen prachtvollen Anblick, als sie eintrafen«, stimmte der Ritter zu. »Allerdings sagte mir der Stiftsherr, dass van Dyke höchst profitable Geschäfte macht. Manch Adliger steht ärmer da als heutzutage die Kaufleute.«

»Daher beginnen sie, sich Rechte herauszunehmen, die Herren Krämer und Hausierer«, sagte ich mit einem feinen Lächeln.

»Oder zu kaufen«, ergänzte der Ritter grimmig.

»Von jenen, die käuflich sind.«

»Es liegt eine Versuchung im Geld, da stimme ich Euch zu.« Der Ritter rieb die vernarbte Seite seines Gesichtes und meinte dann: »Ich danke Euch, Meister Hardo. Haltet die Augen weiter offen, es soll Euer Schaden nicht sein. Aber nun geht zur Ruhe, die Nacht ist fortgeschritten. Es ist doch alles zu Eurer Bequemlichkeit gerichtet?«

»Das ist es.«

Ismael entfaltete seine Beine und geleitete den Ritter mit einer Verbeugung zur Tür hinaus. Dann drehte er sich zu mir um.

»Meister?«

»Junge?«

»Wünscht Ihr, dass ich das Lager mit Euch teile?«

Ich bemühte mich, das Zucken meiner Lippen im Zaum zu halten, als ich antwortete: »Es ist breit und weich, und wir haben schon weit unbequemere Schlafstätten miteinander geteilt. Aber die Nächte werden lauer, und meine alten morschen Knochen musst du nicht mehr wärmen. Hast du ein anderes lauschiges Nest mit einem kleinen Bettschätzchen gefunden? Ist das Kammerjüngferchen dir schon verfallen?«

»Aber Meister, solche Dinge überstürze ich nicht. Das Ännchen ziert sich recht manierlich, und wir werden ja noch einige Tage bleiben.«

»Wohin sonst mag dich die Nacht wohl treiben?«

»Zu den anderen, Meister. Dietrich und Puckl haben ein Lager bei den Mannen …«

»Ah, ein hartes Lager unter harten Männern.«

Ismael lachte leise.

»Ja, ein weicher Pfuhl wie dieser ist es nicht, nur ein Strohsack und eine kratzige Decke.«

»Aber bessere Unterhaltung. Dann nimm dein Bündel und such die harten Männer auf. Aber halte dich mit dem Saufen zurück; ich brauche dich morgen ohne Kater.«

»Natürlich, Meister.«

»Gut.«

»Und, Meister …«

»Ja?«

Ich dachte mir schon, was nun kommen würde. Unauffällig hatte Ismael die ganze Zeit über das vernarbte Gesicht Ulrichs von der Arken gemustert.

»Was ist mit dem linken Auge des Ritters?«

»Ich kann dir auch nicht sagen, wann und warum er es verlor. Und das, Ismael, fragst du ihn besser nicht.« Ernst genug, um ihn zu warnen, fügte ich hinzu: »Und Dietrich auch nicht.«

»Nein. In Ordnung.«

»Wenn er uns sagen will, wie er zu dieser Wunde gekommen ist, dann wird er es zu der Zeit tun, wann es ihm genehm ist. Und nun gute Nacht.«

»Gute Nacht, Meister.«

## Harter Männer Lager

Ein Mann braucht auch mal Zeit für sich alleine, sagte sich Ismael, und darum hatte er beschwingten Schrittes den Palas verlassen. Hardo würde grübeln wollen. Das tat er hin und wieder, und meist kam etwas Sinnvolles dabei heraus. Die derzeitige Lage gab viel Anlass zum Grübeln, seinem Herrn vermutlich mehr als ihm selbst, befand Ismael. Er hingegen ersetzte das Grübeln gerne durch konkretere Maßnahmen. Zum Beispiel durch Lauschen.

»Und was ist Seife aus Aleppo?«, hörte er den Knappen fragen, als er im dunklen Schatten des Eingangs zu den Quartieren der Wachleute angekommen war und die Ohren spitzte. Puckl antwortete Dietrich.

»Eine Seife aus Oliven- und Lorbeeröl, gut zum Barbieren geeignet, aber verdammt teuer.«

»Das dachte ich mir schon. Und woher bekommt man die?«

Dietrich war neugierig geworden, stellte Ismael zufrieden fest und trat ein.

»Aus dem Bazar von Aleppo selbstverständlich. Willst du dem Herrn Ulrich das Kinn doch nicht mit grobem Schotter abkratzen, edler Knappe?«

»Barbieren gehört nicht zu meinen Aufgaben.«

Da Ismael zwar noch nicht über sehr viel Bartwuchs verfügte, aber stolz darauf war, dass sich die feinen Härchen wenigstens dunkel von seiner Haut abhoben, erlaubte er sich zu spotten: »Nein, gewiss nicht. Denn auch das, was da an Flaum auf deinen Wangen sprießt, kannst du noch mit einem Leinentuch abrubbeln.«

Puckl lachte leise auf und meinte dann: »Ihr seid schon zwei harte Männer! Ismael, willst du uns erzählen, dass du die kostbare Seife tatsächlich auf dem Bazar von Aleppo erstanden hast?«

Mit Schwung warf Ismael sein Bündel auf die dritte Strohmatratze in dem kargen Raum und näselte großspurig: »Nach Aleppo habe ich es nicht ganz geschafft, aber in Damaskus bietet man sie selbstverständlich auch feil.«

»Sicher. Hier bekommt man sie bei jedem Spezereienhändler, der mit dem Morgenland Handel treibt«, fügte Puckl hinzu.

»Also auch bei Hinrich van Dyke.«

Ismael ließ sich auf das Lager fallen und beäugte den Bierkrug, der zwischen Dietrich und dem Secretarius des Kaufmanns stand.

»Mein Herr hat diese und auch venezianische Seifen im Lager«, erklärte Puckl und nahm einen Schluck aus seinem Becher.

»Die venezianische wird von den Weibsleuten geliebt, weil sie nach Blütenessenzen duftet. Ännchen verwendet sie. Lecker, die Maid. Sie hat so ein einladendes Wackeln, wenn sie Krüge trägt, findet ihr nicht auch?«

Dietrich machte ein verschlossenes Gesicht, und Puckl betrachtete seine tintenbeklecksten Finger.

»Oh, schon gut, ich verstehe. Die Qualitäten der hohen Damen stehen hier nicht zur Diskussion. Aber ein Bier bekomme ich doch trotzdem, oder?«, fragte Ismael, nun in normaler Stimme.

Dietrich griff hinter sich und reichte ihm einen Becher. Dann hob er den schweren Krug hoch und schenkte ein. Und Ismael wusste plötzlich, was ihm schon zuvor aufgefallen war. Dietrich benutzte die Linke häufiger als seine rechte Hand.

Interessant – ein Krüppel und ein Linkshänder.

Für manche Menschen Kuriositäten, einige glaubten sogar, Linkshänder seien mit dem Teufel im Bund. Das warf ein neues Licht auf Ritter Ulrich.

Entspannt lehnte Ismael sich zurück und schlürfte sein Bier. Dann sah er Puckl an.

»Macht's dir was aus? Ich meine …«

Erklärend zog er eine Schulter hoch.

»Nö, nicht besonders. Ich bin's gewöhnt.«

»Bist du schon lange bei dem Kaufmann?«

»Seit zehn Jahren ungefähr. Mir gefällt es. Ich gehe gerne mit Zahlen um, und seit letztem Jahr nimmt mich mein Oheim auch auf die Messen nach Frankfurt mit.«

»Ein weit gereister Mann.«

»Bis nach Aleppo hab ich es aber auch noch nicht geschafft«, entgegnete Puckl grinsend. »Aber dein Herr erzählt gut, Ismael. Und dreiste Lieder kennt er.«

»Die und viele andere mehr.«

»Bist du weit mit ihm herumgekommen?«

»Es geht so.«

»Wie lange dienst du ihm schon?«

»Seit fünf Jahren. Und du, Dietrich, wie lange bist du schon Knappe?«

»Seit vier Jahren bin ich bei Herrn Ulrich.«

Puckl nickte. »Just, seit der faule Wenzel vom Thron gestoßen wurde. Warst du anschließend auf Italienfahrt mit deinem Ritter?«

»Nein, der Herr Ulrich geht nicht mehr auf Ritterfahrt.«

»Oh, ah, na ja, aber auf Turniere hast du ihn sicher begleitet?«

Ismael bemerkte, dass Puckl geradezu glühte vor Begierde, etwas über Schlachten und Kämpfe zu hören.

»Herr Ulrich tritt auch nicht mehr auf Turnieren an. Aber selbstverständlich habe ich schon einigen beigewohnt. Mein Herr ist oft als Turniervogt für den Herzog tätig.«

»Erzähl, Dietrich. Wie geht es zu beim Tjost? Hast du schon mal erlebt, dass ein Ritter dabei getötet wurde? Ist es wahr, dass der Sieger die Rüstung des Unterlegenen erhält? Gibt es wirklich Damen, die ihre Bänder an die Lanzen heften? Hast du schon mal einem Ritter die Rüstung angelegt? Welche Farben trägt dein Herr?«

»Heiliger Laurentius auf dem Bratrost, erlöse uns von dieser Wissbegier!«, stöhnte Ismael auf.

Dietrich aber lächelte höflich und bewies, dass er sich in

Diplomatie etwas besser auskannte. Er beantwortete lediglich die letzte Frage.

»Mein Herr trägt seine Wappenfarben, Puckl. Wie du heute gesehen hast, sind sie Rot und Silber.«

»Und seine Wunden hat er schon vor der Zeit erhalten, die du bei ihm bist«, ergänzte Ismael trocken.

»So ist es.«

Es reizte ihn zwar sehr, weiterzubohren, aber Hardo hatte ihn gebeten, es nicht zu tun, und hin und wieder hielt er sich daran, was man ihm sagte. Auch er bewies, dass er geschickt ein Gespräch steuern konnte, und fragte: »Glaubt ihr, dass uns der Stern auf den Kopf fallen wird?«

Das entfachte eine lebhafte Diskussion über die Astrologie im Allgemeinen und Unglückssterne im Besonderen, doch Puckl war hartnäckiger als erwartet. Er lenkte geschickt die Unterhaltung wieder auf ritterliche Themen und wollte nun allerlei über die Konstruktion von Burgen wissen. Sowohl Dietrich als auch Ismael hatten unterschiedliche Burgen kennengelernt und befriedigten seinen Wissensdurst. Vor allem Geheimgänge hatten es Puckl angetan, mochte der heilige Laurentius wissen warum.

»Burgen haben selten Geheimgänge«, beschied Dietrich ihn. »Wo ein geheimer Ausgang, da ist auch ein Eingang. Und wer will schon, dass jemand von außen heimlich in die Burg geschlichen kommt?«

Das hatte etwas für sich, fand Ismael, aber der abenteuerlustige Secretarius war nicht davon abzubringen. Die zwei Becher Bier schienen seine Fantasie noch mehr als sonst zu beflügeln, und er machte einen Plan, wie man am nächsten Tag nach dem Geheimgang von Burg Langel suchen könnte.

»Ich hab mal gehört, dass sie meistens von der Kapelle aus nach draußen führen«, nuschelte er schon ein wenig undeutlich.

»Falls der Burgkaplan morgen wieder über den fallenden Stern und die bösen Omen predigen sollte, wird er ihn brauchen«, unkte Ismael, der an das Heiligenhäuschen dachte, dazu aber fein stille schwieg.

Puckl entwickelte noch ein paar wilde Vorstellungen dazu, Dietrich gähnte, und schließlich versiegte Puckls Rede, und vom ungewohnten Genuss des Bieres müde geworden, schlief er im Sitzen ein.

»Ziehen wir dem Trunkenbold die Stiefel aus, und legen wir ihn auf sein Lager.«

»Ich glaube nicht, dass er dem Trunk ergeben ist, Ismael.«

»Nein, ich scherzte.«

»Du verwirrst mich damit.«

Ismael grinste.

»Meine Absicht. Du wirst dich dran gewöhnen oder immer wieder ins offene Messer laufen.«

»Du bist deinem Herrn sehr ähnlich. Er verwirrt die Leute auch.«

»Glaubst du?«

»Sag mal, Ismael, hältst du mich eigentlich für blöd?«

»Weder dich noch deinen Ritter. – Frieden?«

Dietrich antwortete nur mit einem knappen Nicken und zog seine Stiefel ebenfalls aus. Schweigsam rollten die beiden jungen Männer sich unter ihre Decken.


**Nächtliche Gedanken**

Die Tür war hinter Ismael zugefallen, ich war alleine.

Manchmal, nicht immer, besaß der Junge ein erstaunliches Feingefühl. Es war nicht so, dass ich seine Gesellschaft unangenehm gefunden hätte; er war sauber wie eine Katze und geschickt darin, wenn es darum ging, uns Bequemlichkeiten zu verschaffen. Wir hatten wirklich schon viele Nächte miteinander verbracht, unter kargen Bedingungen oft, hatten uns in der Kälte gegenseitig gewärmt und einander das allgegenwärtige Ungeziefer aus den Haaren geklaubt.

Doch nicht, dass Ihr glaubt, unser Verhältnis zueinander wäre ein sündhaftes. Nein, dazu waren wir beide viel zu sehr der Minne zu den schönen Frauen verfallen. Auch wenn Ismaels junger, wohlgestalter Leib nicht nur die begehrlichen Blicke der Weiber auf sich zog.

Elf Jahre nur hatte ich diesem Jungen voraus, fast war er mir ein jüngerer Bruder, doch wenn ich auch manchmal als sein Beschützer, vielleicht sogar Lehrer wirkte, so hatte auch er mir schon in manch unseligen Lagen beigestanden. Mochte er jetzt seinen Spaß bei den Jünglingen haben. Er würde allerlei Klatsch und Tratsch dabei erfahren, und was immer davon ihm wichtig erschien, würde er mir weitersagen.

Auch was den edlen Ritter Ulrich von der Arken anging. Dieser Mann gab mir ebenfalls Rätsel auf, nicht jedoch wegen seines fehlenden Auges. Das ihm verbliebene war scharfsichtig genug, um die Gruppe derer zu beobachten, die er eingeladen hatte, um über die Zukunft der Burg Langel zu befinden. Die nächsten Tage mochten mir Antworten bringen.

Meine Gedanken aber wanderten nun, da ich alleine in dem Gemach war, auf anderen Wegen. Ich schenkte mir den Rest Wein ein und schaute wieder aus dem Fenster über die schlafende Welt. Still war es hier, nur die vertrauten Geräusche der Nacht wehten mich an – der Ruf eines Käuzchens, der verebbende Todesschrei eines kleinen Tieres, Beute eines hungrigen Jägers, vielleicht ein Fuchs oder eine Katze, das leise Rascheln des Laubs in der lauen Brise, die das Rheintal entlangzog. Im Geiste erklomm ich jedoch die schmalen Stufen der Wendeltreppe zu den Gemächern just über mir. Dort in den Kemenaten hatten sich nun wohl die Frauen zur Ruhe gebettet – oder auch nicht. Ein Lächeln flog mich an, als ich mir vorstellte, wie sie über mich tuschelten. Die Äbtissin wahrscheinlich nicht, vor allem nicht mit der keuschen Novizin Hildegunda. Aber die Hofdame Loretta und ihr keckes Jüngferchen mochten noch ihren Schwatz halten.

Ganz gewiss aber Jungfer Engelin und ihre Freundin. Als sie an der Tafel saßen, hatten sie ihre Schleier abgelegt und, wie es Sitte für unverheiratete Maiden war, ihre Haare offen getragen, nur von Chapels aus bunter Seide gehalten. Engelin in ihrem lichtblauen Gewand konnte ich mir lebhaft auf dem weißen Zelter vorstellen, das Kinn hochmütig gereckt, auf der Faust den weißen Falken. Ja, ein durchaus prachtvolles Bild wie aus einer bunt illuminierten Handschrift. Die andere Jungfer hingegen war braunhaarig, und glänzend wogten ihre Locken über den grünen Stoff ihres Surkot. Die beiden hatten mich beobachtet, unauffällig, doch oft genug hatte ich ihre Blicke auf mir gespürt, während ich sang und erzählte. Ich war weibliche Bewunderung gewohnt, ja legte es geradezu darauf an. Doch wenngleich der braunhaarigen Jungfer dunkle Augen zunächst wohlwollend auf mir geruht hatten – die von Engelin machten ihrem engelhaften Namen keine Ehre. Verachtung sah ich darin glitzern, Abscheu und Missfallen. Es mochte meinem Seelenfrieden ganz dienlich sein, dass ich ihren spitzigen Tiraden jetzt nicht lauschen konnte.

Ja, die sechs Frauen in den Kemenaten über mir standen mir nicht nur wohlwollend gegenüber. Ida, das Weib des Burgvogts, hingegen war freundlich, fast mütterlich gewesen und war auch mit stillem Vergnügen meinem Vortrag gefolgt. Nur dann und wann, wenn ihr Gatte ihr ein barsches Wort zugeworfen hatte, war sie verschreckt zusammengezuckt. Die letzte Frau aber, die an den Tafeln saß, Jonata, das Weib des Pächters, hatte sich völlig anders aufgeführt. Sie hatte mich nur einmal kurz angesehen, und wenn sie auch aufmerksam zugehört hatte, so wirkte sie doch, als hätte sie die ganze Zeit über mit den Tränen zu kämpfen gehabt. Schon bei der Abendandacht waren mir ihre verhärmten Züge aufgefallen, sie musste ein großes Leid erfahren haben. Ihr Mann hingegen war ein vierschrötiger Geselle, Cuntz mit Namen, der sie recht gleichgültig zu behandeln schien.

Ich atmete noch einmal die Luft der lauen Maiennacht ein, schenkte dem Schweifstern einen letzten Blick, schloss das Fenster und begab mich zur Ruhe.

Den Dolch aber legte ich griffbereit neben mich.

Denn Überraschungen liebte ich nicht.

# Der zweite Tag

So gewichtig,
Glück, so nichtig,
kreisend Rad, das weiterdreht,
hier erhoben,
dort zerstoben,
so entsteht, was bald vergeht;
als Bedrängnis
und Verhängnis
hangst du über meinem Haupt;
Würfelglücke,
deiner Tücke
dank ich, dass ich ausgeraubt.[4]

## Rosenlachen

Engelin erwachte, als das erste Morgenlicht durch das Fenster fiel. Sie hatten die Vorhänge des Alkovens nicht zugezogen, was sie jetzt ärgerte. Ihre Nacht war nicht angenehm gewesen.

Daran war nicht ihre Bettgefährtin schuld. Casta schlief ruhig, schnaufte nicht, wälzte sich nicht hin und her und beanspruchte nicht mehr von der Decke, als ihr zustand.

Nein, schuld war dieser vermaledeite Minnesänger mit seiner Geschichte. Sie hatte eigentlich gar nicht zuhören wollen, vor allem nachdem er dieses freche Lied angestimmt hatte. Ein Lied von einem Taugenichts, der mit

---

4 Carmina Burana CB 017, Carl Fischer

einem unschuldigen Kind sein Spielchen spielte und es dann sitzen ließ.

Verdammte Linden …

Minnesänger!

Aber dann hatte sie sich dem Bann der rauen Stimme nicht entziehen können.

Und alle anderen auch nicht.

Dabei war es eine kindische Mär gewesen.

Von einem kindischen Tölpel, der einer kindischen Chimäre nachjagte.

Engelin befahl sich, ruhig zu bleiben, um den Schlummer ihrer Freundin nicht durch heftige Bewegungen oder Geräusche zu stören. Auch sie hatte vergnügt der Geschichte gelauscht, aber später war sie doch wieder bedrückt gewesen. Der Ritter hatte sie keines Blickes gewürdigt.

Sturstiefel der.

Warum nahmen die Menschen die Minne nur so wichtig?

Sie förderte doch nur Leid und Schmerzen.

Fast hätte Engelin geknurrt, als sie an den Ausbruch ganz handfester Minne dachte, den sie abzuwehren gehabt hatte.

Dieser Burgvogt Sigmund war ein unangenehmer Lüstling. Als sie nach dem Mahl noch für eine Weile – innerlich um Haltung ringend, damit Casta ihren Groll nicht bemerkte – über den Hof gewandelt war, um im Stall im Zwinger noch einmal nach ihrem Pferd zu schauen, war er neben ihr aufgetaucht und hatte sie mit schleimiger Stimme gefragt, ob sie seine Begleitung wünschte. Tat sie aber nicht.

Aber er blieb aufdringlich an ihrer Seite, und als sie unter dem Brückenbogen standen, der zum Torzwinger führte, hatte er sie an die Wand gedrückt und versucht, ihr unter die Röcke zu greifen.

Eines hatte Engelin gelernt, das möglicherweise den feinen ritterbürtigen Fräulein nicht gelehrt wurde, und das war eine gesunde Handschrift.

Sie hatte dem Vogt ihr Missfallen ob seiner Handlung mit deutlichen Buchstaben ins lüsterne Gesicht geschrieben. Dummerweise war Puckl ebenfalls aufgetaucht, als sie dem Verwalter gerade eine eindeutige Drohung zuzischte. Ihr Vetter hätte sich sicher gerne als Held aufgespielt, um die Jungfrau in Nöten zu retten, aber der Mann war lautlos im Dunkel verschwunden.

Puckl hatte ihr Vorhaltungen gemacht, weil sie alleine in den finsteren Hof hinausgegangen war, und sie hatte sich reuig gezeigt, ihn aber gebeten, den Vorfall nicht ihrem Vater zu melden. Er hatte es zwar zugesagt, aber vermutlich würde er sich damit wieder wichtigtun.

Sie sollte sich davon nicht auch noch verdrießen lassen. War schon schlimm genug, dass ihre Freundin unter dem Herzensleid der Minne litt. Sie wusste, dass sie Ulrich von der Arken schon seit Jahren liebte, beinahe seit sie ein Kind war. Wie dumm, so sehr einer Kinderliebe nachzuhängen. Man musste erwachsen werden und über das Anhimmeln von Helden hinauswachsen.

Sie selbst hatte es ja auch geschafft.

Trübe starrte sie zum Fenster hin. Die Vögel jubilierten laut und übermütig ihren Morgensang, die Männchen, um die Weibchen zu betören, die Weibchen, um ihre Gefährten zu locken.

Minnesang, überall Minnesang.

Vorsichtig schlüpfte Engelin aus den Decken, zog sich leise ihre Cotte und den schlichten Surkot über, den sie auf der Reise getragen hatte, nahm ihre Schuhe in die Hand und schlich die Treppe hinunter. Noch schien alles in tiefem Schlummer zu liegen, Äbtissin, Hofdame, Ritter und Sänger. Unbehelligt erreichte sie den Hof, schlüpfte durch den Brückenbogen in den Zwinger und von dort zu dem Obstgarten, auf den sie vom Fenster ihrer Kemenate aus blicken konnte.

Der Tau netzte Gras und junges Laub, die Sonne ließ die Tröpfchen wie Diamanten aufblitzen. Sie wandelte unter den Ästen der Birnen- und Apfelbäume, die in dem Garten zwischen Burgmauer und Palas angepflanzt worden waren und schon die ersten Ansätze von Früchten trugen. Warm wurde es an der Südseite der Burg, warm genug, dass auch Mandeln, Pfirsiche, Kirschen und Aprikosen hier reifen würden. Tief atmete Engelin die reine Morgenluft ein und verspürte den leichten Hauch von Blütenduft. Sie folgte dieser Spur auf einem Pfad entlang der Mauer des Wohnturms und fand einen üppigen Rosenbusch, der sich an seinem Spalier an den warmen Steinen emporzog. Nun waren in der Morgensonne doch die ersten dunkelroten Knospen aufgesprungen und tränkten die taufeuchte Luft mit ihrem Wohlgeruch.

Ein zartes Gurren, das in ein leises Maunzen überging, lenkte sie von den Rosen ab. Ein schlanker Körper schmiegte sich an ihr Bein.

Engelin schaute nach unten und fand sich von einem grauen Kater angestarrt. Langsam ging sie in die Hocke. Er blieb wachsam, aber nicht ängstlich vor ihr sitzen.

»Na, mein Schöner? Auf der Jagd nach einem Frühmahl?«

Er gab ein zustimmendes Brummeln von sich und erlaubte ihr, mit ihrer Hand näher zu kommen. Neugierig schnüffelte er an ihren Fingern. Ihr Geruch schien ihn zufriedenzustellen; er schnurrte weiter und strich ihr um die Röcke. Dann aber verschwand er auf seinen eigenen, geheimnisvollen Wegen.

Engelin war wieder alleine mit dem Rosenbusch.

Ein kleiner Dämon mit Namen Neugier träufelte ihr etwas von fünf bärtigen Brüdern ins Ohr, und darum trat sie etwas näher, um zu untersuchen, ob es wirklich stimmte, was der Sänger am gestrigen Abend erzählt hatte.

Sie war gerade dabei, die Kelchblätter einer eben aufgeblühten Rose zu begutachten, als eine raue, leise Stimme neben ihr flüsterte:

> »Lache, du rosenroter Mund,
> sodass nicht zerstöre mir dein Lachen
> meine Freude und mein Heil,
> was doch bewirken soll dein gütig Lachen.
> Der Mai und all der Blumen Pracht
> Die können meinem hohen Mut
> nicht so viel Freude geben,
> wie dein Lachen, meinest du es gut.«[5]

»Ihr? Ein Lachen werdet Ihr mir nicht entlocken, Meister Hardo«, spuckte sie. »Oder wenn, dann wird es kein gütiges sein.«

»So böse mit mir, Euer Holdseligkeit?«

Der Unerträgliche pflückte jene Rosenknospe ab, die sie untersucht hatte, und hielt sie ihr mit einer geschmeidigen, höfischen Verbeugung hin. Er trug nur ein kurzes Hemd, das eben seine Oberschenkel bedeckte und seine Arme frei ließ. Eine ganz kurze Weile musste Engelin ihre Augen an ihm weiden. Hatte der Mann breite Schultern!

Nichts da! Solch lockere Vögel, die schon vor Tag und Tau Minneverse zwitscherten, durfte man in ihrer Selbstgefälligkeit nicht noch bestärken.

»Ein Jammer um die schöne Blüte, doch ich will ihr einen Platz an meinem Chapel geben.«

Sie streckte die Hand danach aus, aber er entzog sie ihr geschwind.

»Ich habe mich den Dornen ausgesetzt, schöne Herrin, so verdiene ich doch wenigstens einen Lohn dafür.«

»Lohn ist es Euch genug, wenn ich die Rose in meinem Haar trage.«

Er grinste und steckte sie sich selbst hinter das rechte Ohr.

»Geck, eitler!«

»Gebt mir einen Kuss, Euer Lieblichkeit, und sie ist Euer.

---

5 Graf Kraft von Toggenburg

Das Küssen wird Euch wohl gefallen, denn ich habe Honig gegessen, und meine Lippen schmecken süß!«

»Lasst Euch die Lippen von willigeren Buhlen ablecken. Der Preis für die Rose ist mir zu hoch!«

Sie drehte sich um und ging mit mühsam beherrschten Schritten aus dem Garten.

Was bildete dieser Wandersänger sich nur ein? Dass jedes Weib auf sein aufgeputztes Aussehen hereinfiel? Auf seine gedrechselten Worte und seine unzüchtigen Reime? Auf seine grünen Augen und seine raspelraue Stimme?

Heilige Jungfrau Maria, sie konnte einem durch Mark und Bein gehen, diese Stimme.

Konnte sie wirklich.

Gänsehaut bekam man davon.

Nur weg hier!

Sie suchte Zuflucht im Stall bei ihrem Zelter, den sie am vergangenen Abend nicht mehr besucht hatte. Dem schönen weißen Pferd ging es augenscheinlich gut, und nachdem sie es eine Weile gekrault und ihm freundliche Worte ins Ohr gemurmelt hatte, hatte sie auch ihre Haltung wiedergefunden. Im Hof war Geschäftigkeit entstanden. Zwei Mägde haspelten Wassereimer aus dem Brunnen, die Hühner pickten die Körner auf, die jemand ihnen ausgestreut hatte, Fensterläden wurden aufgestoßen, und der Knappe Dietrich saß auf der Treppe und fettete die Stiefel seines Herrn ein. Freundlich entbot er ihr einen guten Morgen; sie grüßte zurück und ging zu ihrer Kemenate hinauf, um sich die von der Nacht gelösten Flechten zu bürsten und aufzustecken. Castas Stimme hörte sie aus dem Gemach der Äbtissin, und so griff sie selbst zur Bürste. Sie hatte die zerzausten Zöpfe noch nicht gelöst, als sie des roten Blutstropfens auf ihrem Polster gewahr wurde.

Nicht Blut jedoch war es, sondern eine eben erblühte Rose.

»Hübsch, nicht, wohledle Jungfer Engelin?«, sagte Ännchen, die mit einer Kanne Wasser hinter ihr eintrat. »Diese Augenweide von einem Sänger bat mich, sie Euch aufs Bett zu legen.« Das Kammerjüngferchen kicherte. »Für einen Kuss hab ich versprochen, es zu tun. Er ist ein lecker Jung, der Meister Hardo.«

Engelin schluckte ein paar Äußerungen hinunter, die die sehr junge Maid sehr an ihrer vornehmen Herkunft hätten zweifeln lassen.

## Im Bannwald

Der Morgenandacht, in der wiederum dräuendes Ungemach beschworen wurde und wir zur Buße aufgerufen wurden, hörte ich nicht mit der gebührenden Frömmigkeit zu. Meine Gedanken weilten in den Gärten und dem erheiternden Zwischenspiel mit Engelin und Ännchen. Mochte der Tag auch diese oder jene Entscheidung bringen, die kleine Ablenkung hatte ich mir verdient.

Als der Gottesdienst sein Ende gefunden hatte, verkündete der Ritter, dass man sich nach der Sext zusammensetzen wollte, um den ersten Anspruch auf das Lehen anzuhören. Bis dahin stand es uns frei, unsere Zeit nach Gutdünken zu verbringen. Ich begab mich zu den Ställen, wo unsere Rösser untergebracht waren, lehnte Ismaels Hilfe und Begleitung ab und sattelte mein Pferd, um für eine Weile die Gegend zu durchstreifen. Nachdem ich die Zugbrücke über dem Wassergraben überquert hatte, wandte ich mich jedoch nicht gleich dem Land zu, sondern trabte langsam zum Rhein hinunter und folgte dem sandigen Ufer, das sich in der Kehre gebildet hatte. Einige Fischerboote lagen auf dem Kies, Flussmöwen umflatterten sie kreischend, Kinder flickten die ausgebreiteten Netze oder sammelten Treibholz. Langsam glitten einige Oberländer – die Schiffe, die südlich von Köln die Frachten übernahmen – auf dem Strom vorbei. Ihr hochgezogenes Heck mit dem großen Senkruder verlieh ihnen ein ganz unverwechselbares Aussehen. Gegen die Strömung wurden sie meist getreidelt, doch in dieser Biegung hier mussten Ruderknechte ihre harte Arbeit auf ihnen verrichten.

Sie fuhren die fernen Ziele an, bis Basel und Straßburg transportierten sie die Waren, die auf den Niederländer genannten Schiffen oder über Land nach Köln gelangt waren. Vor allem Tuche aus Flandern und England, Fisch aus der Nordsee und Salz aus der Bretagne kamen von Norden, aus dem Osten kostbare Pelze, Wachs und Bernstein. Die Schiffe aber, die von Süden eintrafen, trugen Weine und all jene wertvollen Waren aus dem mittelländischen Meer, Spezereien, Seide, Safran, Glas, Papier und viele andere seltene und teure Güter.

Die Rufe der Pferdeknechte und Ruderer hallten durch die Luft, und ein leichtes Fernweh ergriff mein Herz. Ich war lange auf Reisen gewesen, auch auf Schiffen wie diesen. Seither wusste ich, dass die Welt im Wandel begriffen war. Nicht der Schweifstern kündigte diesen Umbruch an, sondern viele kleine, sehr irdische Veränderungen. In Köln hatten vor acht Jahren die Bürger den Verbundbrief unterschrieben, und damit bestimmten sie nun das Schicksal der Stadt. Nicht der Erzbischof, nicht der Adel, sondern Kaufleute und Handwerker bildeten den Rat, und so geschah es in vielen anderen Städten auch.

So wie der Schweifstern mit seinem Kommen aus der Unendlichkeit das Bild eines unveränderbaren Universums in Frage stellte, so stellte auch der sich immer weiter ausdehnende, immer wichtiger werdende Handel das Bild einer streng nach Ständen geordneten Gesellschaft in Frage. Ich hatte auf meinen Reisen mit manchen belesenen und weisen Männern gesprochen. Die gemütliche Vorstellung eines Himmels, der sich wie eine feste Kuppel über einer flachen, meerumspülten Erdscheibe wölbte, durch deren unzählige Löchlein das Licht der göttlichen Sphären schimmerte, würde vermutlich bald keinen Bestand mehr haben. Einige der hochgebildeten Astrologen, die die Schriften der Griechen übersetzt und verstanden hatten, zweifelten an, dass die Erde der Mittelpunkt der Welt sei. Ja, sie mutmaßten sogar, sie sei eine Kugel, die um die Sonne kreiste, und nicht umgekehrt. Verstanden hatte ich nicht, wie sie zu derartigen Ableitungen kamen; weder die Schriften der alten Weisen noch die komplizierten Rechnungen der Astrologen waren mir vertraut. Aber die Idee, die sich dahinter verbarg, empfand ich als reizvoll, wenn auch einigermaßen erschütternd. Auf jeden Fall aber hatte sie mir jegliche Angst vor fallenden Sternen genommen.

Als ich den Auenwald erreicht hatte, beendete ich meinen Gedankenflug und gab meinem Ross zu verstehen, dass wir nun über Land reiten wollten. Am Vortag hatten Ismael und ich nur die Burg umrundet, mir stand heute Morgen der Sinn nach einem größeren Ausflug, um zu sehen, wie gut der Verwalter und die Pächter das Land bewirtschafteten. Ich besuchte einige kleine Weiler und verstreut liegende Gehöfte, begutachtete das fette Vieh auf den Weiden, sah etliche Stuten ihre Füllen säugen und erfreute mich an den ungelenken Sprüngen der Lämmer und Zicklein. Der Boden war fruchtbar, die Weiden grün und saftig, die Katen und Höfe einigermaßen in Ordnung gehalten. Das grüne Getreide wogte zwischen Obstgärten und den Kohlfeldern, in den Weingärten waren die Triebe der Reben bereits an den Stöcken aufgebunden, auf den Weihern schwammen Enten und Gänse. Kurzum, Burgvogt Sigmund sollte, wenn er ordentlich die Pacht eintrieb, kein Problem damit haben, seine Abgaben an die Lehnsherren zu entrichten.

Die Sonne war schon hoch gestiegen, als ich den Rand des Bannwalds erreichte.

Es zog mich hinein in den tiefen Forst mit seinen alten Bäumen. Die glatten, silbrigen Stämme der Buchen ragten hoch auf wie schlanke Pfeiler, und ebenso bildete das Geäst über mir Gewölbe wie das einer Kathedrale. Wann immer ich mich in einem solch ehrwürdigen alten Wald aufhielt, fragte ich mich, wie viel die Baumeister von der Natur abgeschaut haben mochten, wenn sie die Visionen ihrer Kirchen im Mauerwerk nachbildeten.

Zwei Eichhörnchen spielten Haschen den Stamm einer Eiche hinauf und hinunter, ein Häher glitt lautlos unter dem Laubdach zu seinem Hort. Der aufgewühlte Boden an einer schlammigen Pfütze zeigte mir, dass sich hier Wildschweine gesuhlt hatten. Die Bauern würden nicht sehr glücklich sein, wenn sie den Wald verließen und die Ernte für sich beanspruchten. Aber sie konnten wenig tun; das Wild im Bannwald gehörte dem Erzbischof von Köln. Und die Strafen auf Wilderei waren hart.

Dennoch gab es immer wieder Männer, die das Risiko eingingen – der Erzbischof selbst jagte selten in diesem Gebiet, und Wild gab es reichlich. Die Versuchung war groß, sich Fleisch und Felle zu besorgen. Man durfte sich eben nicht erwischen lassen.

Ich ritt einen schmalen Pfad entlang, ausgetreten von den Menschen, die den Wald zu ihren Zwecken nutzen durften. Den Holzsammlern, den Zeitlern, die aus den Bienenstöcken den Honig holten, Kindern, die Beeren pflückten, den Kräuterkundigen, die um die Wirkung von Pilzen, Blättern, Wurzeln und Borken wussten, und anderen, die ihren Nutzen aus der Fülle der Natur zu schöpfen vermochten.

Es war still unter den dicht belaubten Bäumen. Nur das Vogelgezwitscher und dann und wann das Keckern der Eichhörnchen unterbrach das Schweigen. Gedankenverloren ließ ich mein Ross seinen Weg suchen und gab mich der Freude an der friedlichen Natur hin. Das Geißblatt verströmte aus seinen gelblich weißen Blüten seinen weichen Duft, unter den alten Eichen hatten sich breite Flecken von Maiglöckchen gebildet, aber hier und da mischte sich auch der Knoblauchgeruch des Bärlauchs in die blumige Süße. Sonnenstrahlen flirrten durch das junge Laub und wärmten mir Haupt und Rücken. Leichtsinnig, wie ich war, genoss ich das Gefühl der Vertrautheit mit dem Wald.

Leichtsinnig und unaufmerksam war ich.

Sträflich unaufmerksam.

Nur ein tief verborgener Instinkt, die innige Vertrautheit mit dem Wald und seinen Geräuschen, ließ mich die Veränderung wahrnehmen.

Ein Rascheln, ein leises Quietschen.

Ich hieb meinem Ross die Fersen in die Seite.

Es stieg auf die Hinterhand.

Das Surren verklang und endete mit einem kleinen Plopp hinter mir.

Der Dolch lag schon in meiner Hand, als ich in die Richtung preschte, aus der der Armbrustbolzen gekommen war.

Mutig, meint Ihr?

Nein, es braucht seine Zeit, um eine Armbrust für den nächsten Schuss zu spannen.

Der Schütze jedoch schien das nicht in Erwägung zu ziehen. Ich sah seine Spuren im feuchten Boden. Sie verschwanden im Dickicht.

Dort hinein wollte ich ihm nicht folgen.

Wieder machte ich kehrt und nahm den Pfad zurück aus dem Wald. Schnell diesmal, denn noch einmal wollte ich nicht in den Hinterhalt geraten. In offenem Gelände war ein Angriff weniger wahrscheinlich. Dennoch blieb ich wachsam.

Doch niemand außer einem Schafhirten, zwei schnatternden Gänsehüterinnen und einem Wanderkrämer begegnete mir.

Nur einmal sah ich in der Ferne einen Reiter im gestreckten Galopp auf die Burg zureiten.

Ich würde herausfinden, wer es war. Denn die Wette, dass dieser Reiter wusste, wie man eine Armbrust bediente, würde ich jederzeit eingehen.

Ich ritt langsamer, um ihm einen Vorsprung zu lassen. Und um meine Gedanken zu ordnen. Mein Erscheinen in

Langel hatte etwas aufgeweckt, schneller und drastischer, als ich es erwartet hatte. Ich würde auf der Hut sein und noch genauer beobachten müssen. Offensichtlich hatte sich jemand an eine frühere Begegnung mit mir erinnert. Und wollte sichergehen, dass ich es meinerseits nicht tat. Derjenige musste meinen Ausritt beobachtet haben und mir gefolgt sein. Ich überlegte, ob mir irgendjemand aufgefallen war, aber dummerweise hatte ich mich sicher gefühlt, als ich meinen Gedanken über Handel und Wandel nachgehangen hatte, ohne meiner Umgebung große Aufmerksamkeit zu schenken. Fahrlässig, Hardo, sehr fahrlässig. So wurde man zu leichter Beute. Kurz erwog ich, dem Ritter von dem Anschlag zu berichten. Aber mein Misstrauen siegte. Es mochte vorerst besser sein, über diesen Vorfall zu schweigen.

In langsamem Schritt näherte auch ich mich nun der Burg. Das scheppernde Glöckchen der Dorfkirche kündigte misstönend den Mittag an, und ich fiel in einen eiligen Trab. Kurz darauf gab ich Dietrich die Zügel in die Hand, der sich erbot, das Tier abzusatteln und in den Stall zu bringen. Dann durchquerte ich den Burghof und erblickte Ulrich von der Arken, der mit einer Jungfer zusammen vor dem Bergfried stand, offensichtlich in eine ernsthafte Unterhaltung vertieft. Ansonsten war niemand zu sehen. Ich wollte mich zu meinem Gemach begeben, aber der Ritter winkte mich zu sich.

»Ihr habt recht gehabt mit Eurer Vermutung, Meister Hardo. Die Knechte und Mägde, die im Dorf wohnen, sind nicht zur Arbeit erschienen. Vermutlich liegen sie noch immer auf ihren Knien und beten für ihr Seelenheil, voll Furcht vor dem Unheil, von dem der Schweifstern kündete.«

»Was bedeutet, dass wir unsere Kammern selbst fegen und unsere Mahlzeiten selber bereiten müssen?«

»Nicht eben gastfreundlich, ich weiß, aber ich habe gerade dem edlen Fräulein Casta erklärt, dass ich mich um diesen misslichen Umstand kümmern werde.«

Ich begrüßte die schöne Jungfrau, in der ich Engelin van Dykes Freundin erkannte, mit einer tiefen Verneigung. Sie hingegen senkte nur leicht den Kopf. Also schenkte ich ihr keine weitere Aufmerksamkeit, sondern wandte mich wieder an den Ritter.

»Wäre das nicht die Aufgabe des Burgvogts, Herr Ulrich?«

»Wäre es«, knurrte der Ritter. »Wenn der Kerl nur aufzutreiben wäre. Weiß der Teufel, wo er sich heute Vormittag herumdrückt.«

»Ihr könntet die Mannen ausschicken, die säumigen Bediensteten in die Burg zu treiben.«

»Das werde ich auch tun, sowie …«

Den Satz sprach Ritter Ulrich von der Arken nicht zu Ende, und auch mir blieb jedes Wort im Hals stecken. Denn in diesem Moment schlug ein schwerer Körper mit einem dumpfen Geräusch neben uns auf das Pflaster des Hofes.

Casta schrie.

Ulrich fluchte.

Ismael kam aus der Kapelle gerannt, blieb wie angewurzelt stehen.

Für einen Augenblick wollte ich meinen Augen nicht trauen, dann gelang es mir wieder, die Herrschaft über meine Stimme zu gewinnen.

»Lasst das Tor schließen, das Fallgitter nach unten, Herr Ulrich.«

Der Ritter starrte den leblosen Mann noch immer an, dann straffte er sich und bellte Befehle an die Mannen. Kurz darauf rasselte das Fallgitter nach unten, und die beiden Torflügel schlossen sich.

Ismael hatte Casta den Arm um die Taille gelegt. Sie barg ihren Kopf an seiner Schulter und zitterte.

»Bring sie weg von hier.«

»Ja, Meister. Kommt, edles Fräulein, kommt. Ich helfe Euch. Ihr müsst fort von hier.«

Sie ließ sich wegführen, und der Ritter und ich gingen auf den Gefallenen zu. Er lag mit dem Gesicht nach unten auf dem Pflaster, eine Blutlache bildete sich um seinen Kopf, der von dem Aufprall zerdrückt war wie ein angeschlagenes Ei.

Dennoch gab es keinen Zweifel, um wen es sich handelte.

Der Fluch des Ritters war denkwürdig.

»Sigmund von Överrich, Burgvogt auf Langel. Vom Söller des Bergfrieds gefallen. Oder gestoßen worden«, fasste ich die Situation in nüchternere Worte als die seinen.

Der Ritter sah sich im Hof um. Ein halbes Dutzend Wachen hatte sich bereits versammelt, Dietrich kam aus den Ställen, Puckl vom Wehrgang.

»Drei Mann in den Bergfried. Bringt jeden runter, der sich darin aufhält«, befahl der Ritter.

»Dürfte schon ein bisschen zu spät sein«, murmelte ich. »Der Bergfried hat nicht nur einen Ausgang.«

»Richtig, ich hätte schneller reagieren müssen. Verdammt!

Wo sind die ganzen Leute? Hat jemand die Burg heute Morgen verlassen und ist noch nicht zurückgekehrt?«, blaffte der Ritter den Hauptmann der Wachen und seine Leute an.

»Der Kammerherr des Höflings ist nach Zündorf zum Hafen geritten, Meister Hardo«, sagte einer der Torwächter. »Der ist noch nicht zurückgekommen.«

»Und bleibt auch um seines eigenen Heils willen draußen, genau wie die säumigen Mägde und Knechte. Aber wo, in drei Teufels Namen, sind all die anderen?«

Der Ritter hatte seine Haltung wiedergefunden, war aber noch immer auf das Höchste verärgert.

»Hoffentlich alle in ihren Kammern«, antwortete ich ihm. »Da kommen die Wachen aus dem Bergfried.« Und dann entfuhr auch mir ein herzhaftes Schimpfwort, denn sie begleiteten Hinrich van Dyke und seine Tochter Engelin die Stiege hinunter und machten Anstalten, sie direkt zu dem zerschmetterten Leichnam zu führen.

»Ritter, erspart das der Jungfer!«

»Sollten sie nicht das Ergebnis ihres Handelns begutachten dürfen?«

»Ihr glaubt, der Kaufmann und sie hätten den Vogt hinuntergestürzt? Gut, mag sein. Aber wenn nicht …«

»Ihr habt eine mitleidige Seele, Meister Hardo. Wachen, bringt sie zum Palas.«

Ich stellte mich so, dass der Vogt vor ihren Blicken einigermaßen verborgen blieb, aber dennoch sah ich beide erbleichen. Van Dyke nahm seine Tochter am Arm und zog sie in Richtung Küche, wo die Treppe im Wohnturm endete.

»Dietrich, hol mit den Mannen eine Bahre und bringt den Leichnam in seine Wohnung. Sein Weib und seine Tochter mögen ihn zurechtmachen. Hilf ihnen dabei.«

»Wo finde ich Frau Ida und Frau Jonata, Herr?«

»Keine Ahnung. Verdammter Mist, man muss es ihnen sagen. Ich suche sie.«

Der Ritter ging zum Wohnhaus des Vogts voran, ich sah mir den jungen Knappen an. Er mochte etwa so alt sein wie Ismael, und vielleicht hatte er seinen Herrn schon in einen Kampf, zumindest aber zum Turnier begleitet. Dennoch wirkte er ziemlich weiß um die Nase.

»Lass die Bahre holen. Ich helfe den Mannen, den Toten hineinzutragen.«

»Nein, Meister Hardo. Es ist meine Aufgabe.«

Er raffte sich zusammen und ging zum Quartier der Wachen. Loyalität war eine ritterliche Tugend.

Ich für meinen Teil erklomm den Bergfried, um mich oben auf dem Turm umzusehen. Das Rund war mit mannshohen Zinnen bestückt, ein leichtes Holzdach auf Stützen schützte die Wachen, die hier oben Ausschau halten mussten, vor Sonne und Regen. Derzeit war aber keiner der Mannen auf diesem Posten gewesen. Staub lag auf dem Boden, die Scherben eines zerbrochenen Bechers und ein paar trockene Blätter, vom Wind hinaufgewirbelt.

Nichts deutete dem ersten Anschein nach auf einen Kampf hin. Das musste aber nichts zu sagen haben. Es war nicht so schwer, einen Mann über die Brüstung zwischen den Zinnen zu kippen, wenn er sich beispielsweise darüberlehnte, um unten etwas zu erspähen.

Langsam ging ich wieder hinunter. Die Dinge hatten tatsächlich eine höchst unerwartete Wendung genommen – Schweifstern hin oder her.

Ritter Ulrich von der Arken hatte befohlen, dass sich alle im Rittersaal versammeln sollten. Eingefunden hatten sich die Mannen, die Gäste, die drei Mägde und die beiden Stalljungen, die auf der Burg lebten. Ida und ihre Tochter Jonata saßen eng zusammengerückt auf der Bank, neben ihr hielten sich Casta und Engelin umschlungen, die Äbtissin und die Novizin beteten leise, Loretta und ihr Jüngferchen tuschelten. Die Männer hingegen zeigten wenig Regung.

Der Ritter hatte ihnen erklärt, was vorgefallen war, und verkündete jetzt: »Wir wissen nicht, ob Sigmund von Överrich durch einen Unfall vom Bergfried gestürzt ist oder ob es ein vorsätzlicher Mord war. Bis dieser Umstand aufgeklärt ist, wird das Tor geschlossen bleiben. Wir sind eine überschaubare Gruppe, und wenn ein Mörder unter uns ist, dann werden wir ihn entlarven.«

Gemurmel erhob sich, nicht grundlegend freundlich, doch der Ritter fuhr unbeirrt fort. Meine Achtung vor ihm stieg. In schwierigen Situationen behielt er einen kühlen Kopf und war in der Lage, sehr klare Anweisungen zu geben. Mochte es auch Murren geben, man beugte sich seiner Autorität.

»Nicht auf dem Turm war das edle Fräulein Casta, denn sie stand neben mir, als der Vogt herabfiel, desgleichen Meister Hardo Lautenschläger, der ebenfalls bei mir stand, mein Knappe Dietrich, den ich selbst in die Ställe geschickt hatte und der Meister Hardos Pferd in Empfang genommen hat. Auch der junge Bursche Ismael, der in dem Augenblick, als der Mann fiel, aus der Kapelle kam. Die Wachen waren auf ihren Posten, aber das werde ich selbst noch einmal überprüfen.« Er sah sich um und hatte dann eine eisige Kälte in der Stimme: »Alle anderen hier im Raum sollten bezeugen können, dass sie zu jenem Zeitpunkt nicht mit dem Toten zusammen waren.«

Sehr unwilliges Gemurmel erhob sich, aber der Ritter machte dem mit einer herrischen Handbewegung ein Ende.

»Die Beratungen über die Vergabe des Lehens werden verschoben, bis der gewaltsame Tod des Burgvogts Sigmund aufgeklärt ist. Des Weiteren – niemand verlässt die Burg, niemand kommt hinein. Darum werden wir, wenn wir etwas zu Essen haben wollen, für uns selbst zu sorgen haben.«

»Ich bestehe darauf, dass mein Diener eingelassen wird!«, rief der Höfling Lucas aus.

»Er bleibt draußen, Ihr werdet schon ohne Hilfe in Euer Wams kommen.«

»Ich werde ihm jedenfalls nicht dabei helfen«, flüsterte Ismael neben mir.

»Es wird ihm nicht schaden, seinen eitlen Balg selbst aufzuputzen.«

Ismael grinste.

Unser beider Gefühle dem edlen Herrn Lucas gegenüber waren haargenau die gleichen.

»Frau Ida, ich muss Euch bitten, trotz Eurer Trauer die Küche zu betreuen.«

»Ja, Herr Ulrich, selbstverständlich. Jonata wird mir helfen, sie ist eine gute Bäckerin. Und Cuntz versteht sich aufs Hühnerschlachten.«

»Sehr gut. Cuntz, Ihr führt ein Gut und seid in der Verwaltung geübt, vergebt Ihr die notwendigen Arbeiten an die beiden Mägde und die Stallburschen, die hier auf der Burg geblieben sind.«

»Herr, das wird nicht reichen. Es ist mehr Arbeit, als die zehn Hände bewältigen können. Wenn einer der wohledlen Herrn noch mittun wollte …«

»Ich scheu mich vor der Arbeit nicht«, erklärte van Dyke fest. »Wenn Holzscheite zu hacken oder Fässer zu rollen sind, das kann ich allemal. Und meine Tochter ist auch keine gezierte Jungfer. Sie kann wohl Gemüse putzen und Brei rühren.«

»Ja, Herr Ulrich«, pflichtete Casta dem Handelsherrn bei. »Engelin und ich werden Frau Ida zur Hand gehen.«

»Danke euch, Jungfern.«

»Ich bin nicht unerfahren in der Arbeit im Garten, wenn es also Bohnen zu ernten oder Unkraut zu rupfen gilt, will ich gerne helfen«, bot sich der Domgraf aus Speyer an.

»Gut. Cuntz, wann immer weitere Dienste benötigt werden, dürft Ihr Herrn Lucas, Magister Johannes, Doktor Humbert und Frau Loretta um Hilfe bitten.«

»Das gefällt der munteren Buhle aber gar nicht«, wisperte Ismael. »Hoffentlich lässt Cuntz sie die Nachtgeschirre ausleeren.«

»Ismael, du bist missgünstig.«

»Wüsstet Ihr eine passendere Arbeit für sie, Meister?«

»Ich wüsste für dich einige.«

»Ich werd dem zur Hand gehen, der mich braucht, wenn Ihr meine Dienste nicht benötigt.«

»Und es dir entsprechend entlohnen lassen.«

»Um Gottes Lohn ist wenig zu haben, Meister.«

Ich wies Ismael an zu schweigen, denn der Ritter verlangte wieder Aufmerksamkeit. Sigmund von Överrich sollte in seiner Wohnung aufgebahrt und am übernächsten Tag auf dem kleinen Lichhof neben der Kapelle begraben werden. Der Kaplan hatte sich um diese Angelegenheit zu kümmern. Trotz des großen Unglücks, das geschehen war, sollte ich, Hardo Lautenschläger, auch an diesem Abend weiter zur Erbauung aufspielen.

»Doch mit züchtigeren Liedern, Meister Hardo, dem Anlass angemessen.«

Ich versprach es.

## Kindesliebe

Engelin fühlte sich, als hätte man sie in ein Fass gesteckt und einen Berg hinuntergerollt. Sie hatte sich so fahrig mit dem Hackmesser angestellt, dass Ida sie aus der Küche gescheucht und ihr empfohlen hatte, sich im Obstgarten für eine Weile zu ergehen, um zur Ruhe zu kommen.

Sie hatte zunächst gezögert, diesen stillen Hort noch einmal aufzusuchen – die morgendliche Begegnung mit Minnesängern an Rosenbüschen wollte sie nicht wiederholt wissen –, aber die andere Möglichkeit, den kleinen Lichhof neben der Kapelle zu besuchen, machte ihr die dort herumschlendernde Frau Loretta zunichte. Der aufgeputzten Hofdame mit ihren verächtlich dreinblickenden Augen wollte sie lieber aus dem Weg gehen. Also trottete sie doch noch mal zu den Obstbäumen.

Der Tau des Morgens hatte sich aufgelöst, das Gras und die Wände hatten sich wohlig erwärmt. Bienen summten über den blühenden Brombeerbüschen, und Patta, der graue Kater, lag auf einem Mauervorsprung. Die Sonne hatte ihn so träge gemacht, dass er noch nicht einmal ein Lid hob, als sie ihm über den heißen Pelz strich. Es war ruhig hier, denn alle anderen gingen ihren Pflichten nach. Dem Müßiggang durfte offensichtlich nur sie frönen.

Engelin lehnte sich an die Wand und schloss die Augen.

Die Situation war grässlich.

In vielerlei Hinsicht.

Dass aber auch ausgerechnet sie und ihr Vater sich im Bergfried aufgehalten hatten, als das Unglück passierte. Und ein Unglück musste es gewesen sein, denn weder hatte sie den Mann über die Zinnen gekippt noch ihr Vater. Der war gar nicht in der Lage dazu gewesen. Schon während der Morgenandacht war ihr sein grünlich verfärbtes Gesicht aufgefallen, und sein eiliger Aufbruch aus der Kapelle hatte ihren Verdacht verstärkt. Als Puckl eine geraume Weile später aus seiner Kammer zu ihr in die Küche gekommen war, hatte er bestätigt, was sie vermutet hatte. Hinrich van Dyke war das gestrige Essen nicht bekommen; er litt unter einem erbärmlichen Durchfall und kam kaum vom Aborterker fort.

Engelin hatte kurz überlegt und sich dann Ida, dem Weib des Verwalters, anvertraut. Diese hatte ihre Hoffnung nicht enttäuscht. Sie verstand nicht nur, Kräuter in der Küche im richtigen Maß einzusetzen, sondern kannte auch deren Heilwirkungen. Mit ihr zusammen hatten sie einen Topf ungewürzten Brei hergerichtet und einen Kräuterauszug bereitet, der die aufgeregten Gedärme ihres Vaters beruhigen würde. Beides hatte Engelin selbst zu der Kammer in den Bergfried getragen, da Puckl mal wieder unauffindbar war. Der Secretarius war ein höchst unternehmungslustiger Bursche, eben ein Jahr älter als sie und, wenngleich geschickt als Schreiberling, so doch auch unausrottbar von den Gelüsten nach ritterlichen Abenteuern getrieben. Vielleicht war das seine Methode, mit seiner körperlichen Unzulänglichkeit fertigzuwerden. Seit sie ihn kannte, schwelgte er in Heldenmären, die er aus den unterschiedlichsten Quellen saugte. Einige Folianten bargen Geschichten von edlen Rittern, die gegen Feinde und Ungeheuer kämpften, ihrem König und ihrer Dame jedoch treu bis in den Tod dienten, den Mächten der Finsternis trotzten und den heiligen Kelch fanden. Andere Erzählungen erlauschte er von den Sängern und Gauklern, den Fahrenden und Scharlatanen. Der Aufenthalt auf einer Burg wie dieser mochte ihm wie die Erfüllung seiner kühnsten Träume vorkommen, weshalb er sie vermutlich bis in den letzten staubigen Winkel erforschte.

Sie war also zu den kargen Kammern hinaufgestiegen, die den Gästen zugewiesen worden waren, und hatte sich nach ihrem Vater umgeschaut. Seine Schlafstelle hatte sie gefunden, denn dort hing seine Heuke an einem Wandhaken. Er selbst war jedoch nicht anwesend. Sie stellte den Becher und die Schüssel auf die Truhe und rief nach ihm. Aber weder aus einem Nachbarraum noch vom Abtritt her bekam sie Antwort. Da aber auch sonst niemand auf ihre Rufe antwortete, stieg sie die Leiter nach oben und steckte ihre neugierige Nase auch in die anderen Kammern. Dort fand sie ihren Vater in derjenigen, die offensichtlich dem Höfling Lucas gehörte, denn hier duftete es leicht nach Ambra und dessen aufwendig besticktes Wams war auf dem Lager ausgebreitet. Der Besitzer desselben war jedoch nicht anwesend.

»Herr Vater, was macht Ihr denn hier?«

Überrascht, jedoch nicht schuldbewusst, drehte sich Hinrich van Dyke um.

»Mich umschauen.«

Da Engelin nicht wagte, ihrem Vater den Vorwurf der Schnüffelei zu machen, lächelte sie ihn nur an und erklärte ihm: »Puckl ist wieder einmal verschwunden. Darum habe ich Euch Brei und ein Heilmittel gebracht, damit Ihr Euch besser fühlt.«

Er nickte und folgte ihr wortlos in seine Kammer, um die Schüssel auszulöffeln und den Heiltrunk zu sich zu nehmen. Doch kaum hatte er den Becher geleert, als die Wachen in die Kammer gestampft kamen und sie nach unten führten. Erst wollte Engelin ihren Augen nicht trauen, als sie die Gestalt unten im Hof liegen gesehen hatte, aber als sie im Rittersaal auf Casta und den jungen Ismael traf, wurde das Entsetzliche zur Gewissheit.

Die Frage, ob ihr cholerischer Vater trotz allem Bauchgrimmen auf dem Söller gewesen war, hatte auch ihren Magen sich in Schmerzen zusammenziehen lassen. Denn Puckl hatte ihm vor der Morgenandacht von ihrem Zusammenstoß mit dem Burgvogt erzählt. Sie hatte das eigentlich verhindern wollen, denn sie wusste, dass ihr Vater, wenn es sich um die Ehre seiner Tochter handelte, zu ausgesprochen heftigen Reaktionen neigte.

Unter den Anwesenden, die sich nach und nach im Rittersaal einfanden, waren Dutzende von Fragen und Mutmaßungen aufgetaucht. Casta wirkte völlig aufgelöst und musste getröstet werden, dann waren alle zusammengekommen und von der Entscheidung des Ritters überrascht worden, dass sie hier auf der Burg eingeschlossen bleiben würden, bis die Angelegenheit geklärt war. Ihren Vater hatte der Ritter sofort in sein Gemach gebeten und ihn vermutlich eindringlich befragt. Ob seine Antworten ihn überzeugt hatten ... Sie konnte es nur hoffen. Er brauste schnell auf und polterte laut herum, aber zwischen Poltern und einen Mann vom Turm werfen war immerhin ein Unterschied. Und ganz freiwillig hätte sich der Vogt sicher nicht über die Zinnen kippen lassen. Es hätte schon ein wütender Kampf vorausgehen müssen, und danach hatte ihr Vater nicht ausgesehen, als sie ihn in der Kammer des Höflings vorgefunden hatte.

Engelin liebte ihren Vater, nicht völlig und ausschließlich, aber er war ein guter Vater und der festen Überzeugung, dass die Entscheidungen, die er für ihre Zukunft fällte, zu ihrem Nutzen und Frommen seien. Er war ein erfolgreicher Handelsherr, der mit den italienischen Städten in regem Warenaustausch stand, die von dort eingeführten Produkte mit großem Geschick und Gespür für Gewinne weiterverkaufte und damit eine ganze Truppe Gehilfen, Schreiber, Handelsknechte und Frachtführer beschäftigte. Für seine Tochter abcr wollte er unbedingt einen Gatten aus adligem Haus, und wenn er die Burg zu Lehen bekam, würde er nicht nur über deren beträchtliche Einkünfte verfügen, sondern sie würde auch einen Anreiz für mögliche hochgestellte Bewerber um ihre Hand darstellen. Bekäme er sie nicht, würde möglicherweise Lucas sie erhalten – der Höfling war ledig, und schon gestern hatte Hinrich van Dyke darauf geachtet, mit ihm ins Gespräch zu kommen.

Doch zwei Dinge hatte er bislang nicht in Erwägung gezogen, mutmaßte Engelin. Auch Casta hatte einen berechtigten Anspruch auf das Lehen – und die konnte sie nicht heiraten. Den geschniegelten Lucas jedoch würde sie nicht heiraten. Nie und nimmer. Und mochte er ihr von König Rupert selbst angetragen werden – den nicht! Gecken, die sich mit Buhlen wie Loretta schmückten, taugten, von Adel hin oder her, nicht dazu, dem Hause van Dyke Glanz zu verleihen. Eher würden sie ihren guten Ruf mit Schimmel, Fäulnis und schwarzen Pilzen überziehen.

Genau wie dieser andere Gimpel Hardo, der allen Weibern schöntat und sie wie ein ranziger Kater umschwänzelte.

Aber das stand jetzt nicht zur Debatte – der Vogt war tot, und sie waren alle gemeinsam auf Gedeih und Verderb in der Burg zusammengesperrt. Was am Tag zuvor noch wie ein erfreuliches Abenteuer ausgesehen hatte, war nun einem beklemmenden Szenario gewichen.

Wer weiß wie lange!

Andererseits – und hier zupfte der Übermut dann doch wieder an Engelins silberblonden Haarspitzen – langweilig würde es sicher nicht werden. Und für Casta gab es auf diese Weise Möglichkeiten, ja, ganz bestimmt Möglichkeiten, dem strengen Ritter etwas näherzukommen. Sie musste nur lernen, ihm etwas lästiger zu fallen.

Zufrieden mit dieser Sicht der Dinge kehrte Engelin in die Küche zurück und half Ida, Jonata und Casta bis zum Läuten der Vesperglocke, Brotteig zu kneten und Gemüse zu putzen.


**Geistliche Minne**

Zwar hatte man mir keine Aufgaben zugeteilt, aber ich wies Ismael an, wo nötig zuzupacken. Er hatte ein Talent für delikatere Aufgaben; er konnte einem Huhn das Ei unter dem Hintern wegnehmen, ohne dass es den Diebstahl überhaupt bemerkt hätte. Weshalb der Hühnerstall unter der Küche sein erstes Ziel war. Da die Frauen sich mit der Zubereitung der Mahlzeiten beschäftigten, würde er mit seiner Beute bei ihnen wohlwollend aufgenommen werden. Ich hingegen suchte nach Inspiration für meine abendliche Geschichte in den Ställen, wo ich nach unseren Rössern schaute. Ställe haben etwas Trauliches, es ist warm und riecht nach Heu und Pferd, es schnobert und scharrt und malmt und prustet. Es gibt Momente, da sind mir Tiere lieber als Menschen.

In ihrer Gemeinschaft bereitete ich mich ernsthaft auf das vor, was ich nach der Mahlzeit vortragen wollte. Aus mancherlei Gründen war es wichtig, die Worte und Szenen wohl zu wählen.

»Meister?«

Ismael tauchte mit einem verschmitzten Lächeln unter dem Gebälk auf.

»Du hast deine Pflichten erfüllt?«

»Und einen Honigkuchen dafür erhalten.« Er kaute mit vollen Backen daran, nuschelte dann aber: »Habt Ihr jetzt ein wenig Zeit? Ich muss Euch etwas berichten.«

»Ja, ich habe mir meine Mär für heute zurechtgelegt. Du hast die Ohren gespitzt?«

»Und mir die Augen gerieben. Meister, es ist doch wichtig zu wissen, wer sich wo aufgehalten hat, als der Sigmund vom Turm fiel.«

»Richtig. Du kannst jemandes Unschuld bezeugen?«

Ismaels Grinsen wurde womöglich noch breiter.

»Unschuld – ähm. Es heißt ja, dass Weihwasser alle Schuld abwäscht, nicht wahr?«

»Manche glauben das.«

»Dieser Gelehrte, der ehrenwerte Doktor Humbert, tut es auf jeden Fall.«

»Aha, und welche Sünde hat er damit abgewaschen?«

»Die der Unkeuschheit.«

Ismael mampfte weiter seinen Kuchen. Der Junge hatte ein Talent, Geschichten spannend zu erzählen. Ich gönnte ihm das Vergnügen und mimte den Ungeduldigen. Er kaute gründlich, schluckte, und seine Augen funkelten.

»Ich war in der Kapelle, wie Ihr wisst, Meister.«

»Warst du, just als der Burgvogt vom Söller segelte. Was, um der Liebe Christi willen, tatest du eigentlich dort? Um das Heil deiner verderbten Seele beten?«

»Noch immer zu spät. Aber Puckl, Ihr wisst schon, der

Secretarius, der hat gestern Nacht erzählt, dass es in Burgen immer Geheimgänge gibt. Er war ganz wild darauf, einen zu finden. Er glaubt, es könnte einer in der Kapelle sein, und darum habe ich sie mir mal genauer angesehen.«

Natürlich, Geheimgänge, verborgene Kammern, Verstecke – das musste die Jungen ja reizen. Ich lächelte in mich hinein.

»Neugier ist der Katze Tod.«

»Irgendwann. Diesmal nicht. Ich untersuchte also gerade so eine merkwürdige Stelle hinter dem Altar, als ich aus der Sakristei einen Laut hörte. Eigentlich zwei. Ziemlich lustvolle Laute, um es genau zu sagen.«

»Woraus ich schließen kann, dass sich der ehrenwerte Doktor Humbert nicht mit der Sünde Onans bekleckert hat?«

»Nein, er legte nicht selbst Hand an sich, sondern erlaubte dem Kaplan, diese liebliche Pflicht zu erfüllen.«

Mir blieb dann doch kurzfristig die Spucke weg.

Ismael weidete sich an meiner Sprachlosigkeit.

»Ich machte mich ganz klein und unsichtbar, Meister, denn kurz darauf kam der Gelehrte aus dem Raum, besuchte das Weihwasserbecken, lehnte seine Krücke an die Wand, lupfte den Talar und spülte sich die Sünde ab. Danach hinkte er durch den Ausgang, der zum Lichhof hinausgeht, wobei er beinahe über mich gestolpert wäre.«

»Der Kaplan hatte diese – äh – Waschung nicht vollzogen?«

»Nicht in der Kapelle. Er ordnete seine Kleider in der Sakristei und trank einen ordentlichen Schluck Messwein. Dann verließ er die Kapelle durch die Tür, die zu dem Nebengebäude führt, in dem er seine Wohnung hat. In dem Augenblick hörte ich die Jungfer Casta schreien und lief hinaus.«

»Damit kommen also diese beiden Herren nicht dafür in Frage, den Sigmund vom Leben in den Tod befördert zu haben. Gut zu wissen, Ismael. Aber dennoch solltest du deine Kenntnisse darüber zunächst einmal für dich behalten.«

»Macht Ihr was draus, Meister?«

»Mal sehen. Später. Aber wir können die hehre Gesellschaft bei der Abendandacht beobachten und auch später, wenn wir ihnen aufspielen.«

»Die belauern einander mit größtem Misstrauen.«

»Natürlich. Gönnen wir ihnen den Spaß.«

Ismael und ich wanderten von den Ställen zurück zum Hof und erklommen die Stiege des Palas. Erst als wir in meinem Gemach waren, fragte er wieder: »Wisst Ihr, wer es war, Meister?«

Ich erlaubte mir ein ganz feines Lächeln.

»Ich habe so meine Theorien.«

»Aber Ihr sagt sie mir nicht?«

»Nein.«

Sinnend sah mich der Junge an. Dann nickte er wissend.

»Es steckt mehr dahinter.«

»O ja.«

Plötzlich wurden seine dunklen Augen ganz schwarz vor Furcht.

»Meister, bringt Euch nicht in Gefahr.«

»Ich bemühe mich, mein Junge.«

Mehr konnte und mochte ich ihm aber nicht anvertrauen, denn auch ihn wollte ich nicht in Gefahr bringen.

»Und nun, Ismael, lass mich eine Weile alleine – mir steht ein langer Abend bevor.«

Er verließ mich, und ich streckte mich auf meinem Lager aus, um mich der Auswahl meiner Lieder zu widmen, die ich später singen wollte. Darüber döste ich allerdings ein.

Ein leises Geräusch und der warme Duft von Weihrauch und Myrrhe weckten mich. Ich blieb jedoch liegen und beschränkte mich auf das Lauschen. Nur meine Hand näherte sich dem Griff des Dolches an meinem Gürtel.

Jemand war in mein Gemach eingedrungen, unbemerkt und mit heimlichen Absichten. Ein Weib, dem Duft und Kleiderrascheln nach. Ich hätte erfreut sein sollen über diese köstliche Aufmerksamkeit, war es aber nicht. Vorsichtig hob ich meine Lider und schaute mich unter den Wimpern um.

Die Äbtissin – hoppla, welch eine Überraschung.

Sie stand vor der Laute, die in ihrem Behältnis an der Wand lehnte, und machte sich daran zu schaffen. Ich schätzte es überhaupt nicht, wenn sich jemand an meinem kostbaren Instrument vergriff, also gab ich ein unwilliges Schnarchen von mir und rollte mich auf die Seite.

Sie machte einen Satz zurück und drehte sich zu mir um.

»Ehrwürdige Mutter«, murmelte ich schlaftrunken.

Sie kam auf mich zu, und ich setzte mich auf.

»Meister Lautenschläger«, sagte sie lächelnd und trat näher. »Verzeiht mein Eindringen. Ich wollte mir die Burg etwas näher betrachten und habe Euch ganz übersehen.«

Ein Mann schaut nicht gerne zu einem Weib auf, wenn es nicht gute Gründe dafür gibt, also erhob ich mich von meinem Lager. Die Blicke der Äbtissin ruhten mit offensichtlichem Wohlgefallen auf mir, weshalb ich eine leichte Verneigung machte und mit einer Handbewegung in mein Gemach wies.

»Eine angenehme Unterkunft, die mir der Ritter zugewiesen hat, nicht wahr? Die ehemaligen Räume des Burgherren, will mir scheinen.«

»So ist es wohl. Und einem Meistersänger wie Euch gewiss angemessen.«

Sie kam noch etwas näher, offensichtlich in der Absicht, sich die Gobelins an den Wänden näher zu betrachten. Dabei streifte ihr üppiger Busen wie zufällig meinen Arm. Weich war der Stoff ihrer schwarzen Kutte, ein goldenes Kreuz, fast eine Spanne lang, hing an einer Kette, und der Rubin in seiner Mitte funkelte bei jedem Atemzug, der ihre Brust zum Beben brachte. Der balsamische Duft entströmte ihrem Gewand süß und betörend, und ich verspürte ein verräterisches Ziehen in meinen Lenden. Sie war eine sinnliche Frau, wenn auch nicht mehr in ihrer ersten Jugend. Doch das friedvolle Klosterleben und vermutlich auch zarte Salben und Elixiere hatten ihr eine samtig glatte Haut erhalten.

»Kunstvolle Arbeiten«, schnurrte sie und wies auf einen der Wandteppiche. Dabei berührte ihr Körper wiederum den meinen. Einen kurzen Moment war ich versucht, meine Hände um ihren vollen Busen zu legen und ihn mit festen Griffen zu kosen. Ich war mir ziemlich sicher, dass nicht empörtes Quieken, sondern lustvolles Stöhnen die Antwort gewesen wäre. Doch die Zucht siegte. Ich trat zurück.

»Betrachtet die Behänge nur in Muße, ehrwürdige Mutter. Ich für meinen Teil werde jetzt meinen Verpflichtungen nachkommen und mein Handwerkszeug zur Galerie der Musikanten bringen.«

»Es ist noch ein wenig Zeit, Meister Lautenschläger.«

»Nicht, wenn man eine so anspruchsvolle Geliebte besitzt wie die meine.«

Ich nahm die Laute von der Wand und verneigte mich sehr tief und respektvoll vor der Äbtissin.

Ihre Augen blitzten böse auf.

Die ehrwürdige Mutter schien Zurückweisungen nicht eben zu schätzen. Aber wenn ich auch einer raschen Tändelei selten abgeneigt war – das hier war ein etwas zu großer Brocken für mich.

Margarethe rauschte beleidigt aus dem Gemach.

Mit einem erleichterten Seufzer setzte ich mein Barett auf und strich die langen Federn glatt. Dann brachte ich die Laute, die Flöte und die Handtrommel in den Rittersaal und begab mich anschließend zur Kapelle, um mir wiederum über das böse Omen des Schweifsterns predigen zu lassen. Die Worte jedoch flossen an meinen Ohren vorbei, denn mannigfaltige Gedanken und Gefühle bewegten mich. Erst als das Paternoster gesprochen wurde, kehrte ich in die Gegenwart zurück und verließ die Kapelle mit den anderen. Auf die Benetzung meiner Finger mit dem Weihwasser verzichtete ich allerdings.

## Schwertübung

Ismael hatte einen langen Tag hinter sich. Schon im Morgengrauen hatte ihn das Krähen der Hähne im Burghof geweckt.
Er hatte sich um die Pferde gekümmert und sich danach
auf die Suche nach einer Wäscherin gemacht, aber da die
Dienstleute aus dem Dorf nicht zur Burg gekommen waren,
hatte er mit einer alten Magd höchstselbst seine und die Reisekleider seines Herrn gewaschen und sich dabei den Spott
der beiden kleinen Stallburschen zugezogen. Er luchste Ida
eine Schüssel Brei ab, und da sein Herr die Burg verlassen
hatte, stellte er schließlich auf eigene Faust weitere Nachforschungen an. Unter anderem nach dem Geheimgang.
Man sollte immer wissen, wie man das Gebäude verlassen
konnte, das man betreten hatte. Natürlich führte er seine
Suche ohne Puckl und Dietrich durch. Dabei hatte er sein
Erlebnis in der Kapelle gehabt, und der Vogt war vom Söller
gestürzt. Danach ging alles etwas durcheinander.

Immerhin hatte Puckl anerkennend gemeint: »Dein Herr
hat schnell reagiert. Ich hätte das von einem Minnesänger
nicht gedacht.«

»Mein Herr hat schon einige brenzlige Situationen erlebt.
Nicht nur Ritter sehen der Gefahr ins Auge.«

Prompt wollte Puckl wissen, was für Gelegenheiten das
gewesen waren. Aber die zu erzählen fühlte Ismael sich
nicht verpflichtet.

Später hatte er dann bei der Erledigung von allerlei Aufgaben mitgeholfen, um sich von seinen Sorgen um Hardo
abzulenken. Es war schon richtig, dass sie gemeinsam einige
ziemlich mistige Begebenheiten überstanden hatten, und der
Sense des Schnitters waren sie dann und wann nur durch
einen kühnen Sprung entkommen. Ein Teil seiner – Ismael
wusste kein rechtes Wort dafür – Zuneigung, so konnte
man es wohl nennen, stammte aus derartigen Erlebnissen.
Kurz und gut, er fühlte sich dem Minnesänger verpflichtet.
Daher hatte er sich auch einen Plan zurechtgelegt, wie er

dessen Vortrag an diesem Abend so gut wie möglich unterstützen konnte, damit die Burgbewohner von dem Tod des Vogts gründlich abgelenkt wurden. Aber dazu brauchte er die Hilfe seiner beiden neuen Kumpanen. Puckl zu einem solchen Vorgehen zu überreden würde ihm nicht schwerfallen, der Secretarius hungerte nach Aufregung. Dietrich aber war nüchtern und ernst.

Ihn galt es erst einmal aus der Reserve zu locken.

Ismael fand eine Gelegenheit noch vor der Abendandacht.

Er traf den Knappen im Zwinger, wo er ganz für sich alleine mit einem hölzernen Schwert Ausfälle gegen einen Pfosten übte. Seine Bewegungen waren fließend und kraftvoll, aber die Bandmarkierungen traf er nicht immer ganz genau. Ismael schlenderte näher.

»Holzhacken wird auch zu unseren nächsten Pflichten gehören. Spar dir deine Kräfte dafür. Ein Scheit zu treffen ist leichter als einen Gegner.«

Ohne in seinen Übungen innezuhalten knurrte Dietrich: »Dann wird das ja deine Aufgabe sein.«

»Du bist dir wohl zu fein dazu, was? Kann dir dein zerkratzter Ritter überhaupt noch das Schwertführen beibringen?«

»Mehr als genug davon!«

Das Holzschwert traf mit einem Knall den Pfosten, Dietrich verzog schmerzhaft das Gesicht und umfasste sein Handgelenk.

»Bisschen linkisch, das Edelknäppchen, was?«, höhnte Ismael und nahm den Reisigbesen zur Hand, der an der Mauer lehnte.

Wut blitzte in Dietrichs Augen auf, aber noch hielt die Selbstzucht.

Ismael vollführte eine lässige Drehung und tippte mit dem Besenstiel an die Bandmarkierung.

»Ist nicht schwer, einen unbeweglichen Gegner zu treffen. Das schaffe ich sogar mit links.«

Sprach's und tat es.

Das Holzschwert knallte auf den Besenstiel.

Ismael stemmte die Beine in den Boden und grinste. Dann stach er zu. Nicht nach den Regeln. Dietrich machte einen Satz nach hinten und ging zum Angriff über.

Nach den Regeln.

Ismael umging ihn, fegte ihm mit dem Reisig des Besens über die Beine, der Knappe stolperte in seinem Vorwärtsschwung mit dem Schwert.

Ein paar abfällige Bemerkungen stachelten dessen Wut weiter an, aber noch hielt seine Selbstzucht so weit, dass er die Formen des Schwertkampfes einhielt. Ismael musste zugeben, dass sich sein Gegner nicht ohne Talent wehrte. Aber er war es gewöhnt, sein Leben mit Tricks und unfeinen Täuschungsmanövern zu verteidigen. Und er wollte Dietrich reizen.

Holz prallte auf Holz, der Besenstiel zersplitterte. Ismael sprang behänd aus der Reichweite des Schwertes. Oben von der Wehrmauer kamen Anfeuerungsrufe der Wachen. Er warf mit dem Reisig nach Dietrich, der die trockenen Ästchen beiseitefegte und auf ihn eindrang. Ismael lief rückwärts um den Wassertrog, griff dabei hinein und spritzte den Knappen nass. Der stutzte einen winzigen Moment, und in diesem setzte Ismael über den Trog, warf sich auf ihn und entwand ihm das Schwert. Die Rangelei ging am Boden weiter. Meckernd flohen die beiden Ziegen, während die Fäuste zum Einsatz kamen. Ismael hatte alle Hände voll zu tun, denn nun ließ sein Gegner tatsächlich alle Selbstzucht fahren und attackierte ihn mit seiner weit geschickteren linken Hand.

»Linkshänder haben einen Pakt mit dem Teufel«, keuchte er, nachdem er einen derben Schlag in den Magen abbekommen hatte, und drehte Dietrich die Unterlippe zwischen den Fingern herum.

Der schlug trotz der Schmerzen noch mal zu, und Ismael ließ los. Es war Zeit, aufzugeben. Er machte sich schlaff unter dem Griff des Knappen.

»Gnade!«, wimmerte er.

Dietrich hielt inne. Doch seine Augen sandten immer noch wütende Blitze.

»Gnade mit dem Besiegten?«

»Ja, bitte.«

»Und deine Entschuldigung?«

»Sollst du bekommen. Du bist nicht linkisch.« Ismael grinste. »Das wollte ich nämlich wissen.«

»Was wolltest du wissen?«

Der Knappe rappelte sich auf und klopfte sich Gras und Erde vom Wams.

»Ob du es über dich bringst, mit deiner besseren Seite zu kämpfen, wenn es notwendig ist.«

Auch Ismael erhob sich und begutachtete seine zerraufte Kleidung. Ein paar ordentliche blaue Flecke würde er später darunter finden.

»Warum wolltest du das wissen?« Dietrich war weiterhin mürrisch.

»Man sollte immer wissen, welche Stärken und Schwächen der Mann an seiner Seite hat. Und ich habe den Verdacht, edler Dietrich, dass wir in den nächsten Tagen aufeinander angewiesen sein werden.«

»Du hast mich absichtlich geärgert.«

»Ja, und dafür entschuldige ich mich nicht.«

Der Knappe schüttelte den Kopf.

Ismael legte ihm den Arm um die Schulter.

»Ist Scheiße, wenn man wegen solcher Sachen gehänselt wird.«

»Das verstehst du nicht.«

»Doch.«

Sie gingen auf die Unterkunft zu. Es war Zeit, sich für den Abend bereitzumachen. Nicht nur ihre Kleider mussten sie in Ordnung bringen, sondern auch mithelfen, im Saal die Tische und Bänke aufzustellen. Und Ismaels Vorbereitungen für die Unterhaltung treffen.

Die Rauferei hatte ihren Zweck erfüllt, Dietrich war bereit mitzuhelfen, wenn auch unter Murren und Bemerkungen zur Pietätlosigkeit des Unterfangens angesichts des Todesfalles. Puckl hingegen war Feuer und Flamme für das Vorgehen.

**Der zweite Abend**

Als wir die Galerie der Musikanten betraten, hatte sich der Saal bereits gefüllt. Man saß in gleicher Ordnung wie am Abend zuvor, doch der Platz des Burgvogts blieb unbesetzt. Auch die Gespräche verliefen weit gedämpfter als am Vortag. Das Essen war ebenfalls schlichter, wenngleich die verbleibenden Mägde, unterstützt von Dietrich, Ismael und Ännchen, große Platten mit dampfenden Würsten, Schüsseln mit Suppe, Teller mit Schinken und Körbe voll Brot hineintrugen. Auch die Krüge mit Bier, Würzwein und Honigwasser erfreuten sich großen Zuspruchs. Die Vorratskammern der Burg mussten wohlgefüllt sein.

Ich wählte diesmal eine Flötenweise, die an den lieblichen Gesang der Vögel gemahnte, und ließ Triller, Zwitschern und melodiöse Rufe erklingen. Das war leicht und verlangte keine besondere Aufmerksamkeit von den Zuhörern. Allerdings hatte sich am offenen Fenster ganz in meiner Nähe eine Amsel niedergelassen, die mit großer Freude in ein Duett mit mir einfiel. Sie flatterte fort, als Dietrich mir einen Trunk und ein paar Schmalzbrote brachte.

»Ihr habt ein großes Talent, Meister Hardo, dass selbst wilde Vögel in Euer Spiel mit einstimmen.«

»Amseln lieben es, im Wettstreit mit anderen zu singen. Ich habe von ihnen manch eingängiges Liedchen gelernt. Von ihnen und auch von anderen gefiederten Sängern.«

»Kommt wieder an die Hohe Tafel, Meister Hardo, wenn die Platten abgetragen werden. Mein Herr meint, es täte uns allen gut, Ablenkung von dem Unglück zu finden. Es gab schon wieder viel Geraune wegen des Schweifsterns.«

»Das werde ich alsbald tun.«

Und dem Ritter den Rat geben, dem Kaplan einen Maulkorb zu verpassen. Die Bibel bot fruchtbarere Texte als den ewig vom Himmel stürzenden Luzifer.

Das Mahl fand ein baldiges Ende, und ich nahm meine Laute, um mich wieder auf die Stufen zu setzen, die zur Hohen Tafel führten. Ein kurzer Blick in die Runde zeigte mir, dass meine morgendliche Rosengabe keinen Gefallen gefunden hatte. Die Jungfer Engelin, nicht mit Blumen geschmückt, unterhielt sich angeregt mit ihrer Freundin Casta und gönnte mir keinen Blick. Es musste sie sehr anstrengen.

Außerdem fiel mir auf, dass an den hohen Kranzleuchtern die Kerzen ungewöhnlich weit heruntergebrannt waren; einige waren bereits erloschen. Na gut, meine Geschichte hatte dramatische Höhepunkte, die das Halbdunkel nur noch grausiger machen würden.

Ich griff in die Saiten und ließ zunächst eine sanfte, einschmeichelnde Melodie erklingen.

Nicht niedere Minne noch kecke Maiden waren mein Thema an diesem Abend, die Natur sollte auch weiter den Ton bestimmen. Und so stimmte ich die Weise der Nachtigall an:

> »Nachtigall sing einen Sang mit Sinn
> Meiner hochgemuten Königin!
> Künde ihr, mein treuer Sinn und mein Herze brenne
> nach ihrem also süßen Leib und nach ihrer Minne.«[6]

Man schwieg, hier und da nickte einer beifällig, Jungfer Engelin musste die Bänder ihres Chapels neu ordnen.

Ich wiederholte die süße Melodie ohne Worte und bat dann um Aufmerksamkeit für den zweiten Teil meiner Mär, die ich am vorherigen Abend begonnen hatte.

---

6 Unbekannter Dichter

## Die erste Bewährungsprobe

Gestern endete die Geschichte des Helden damit, dass er seinen Kummer in Wein ertränkte. Hört nun, wie sie weitergeht. Der Jüngling, von seinem Kater und seinem Liebesleid durch seine Jugend schnell genesen, machte sich nach der Erntezeit also wieder auf, die magische Laute zu erwerben. Er fragte hier und dort nach dem Instrumentenbauer, und man wies ihn des Wegs zu jenem verwunschenen Berggebiet, in dem der Lindwurm in einer Höhle über dem Rhein hauste. Immer zaghafter wurden seine Schritte, je mehr er unterwegs von dem Ungeheuer hörte. Riesig musste es sein, mit hornigen Schuppen bedeckt. Messerscharfe Klauen gruben sich in den Fels, wenn der Lindwurm erwachte und sich ein Opfer suchte. In seinen Augen glomm ein unheiliges Licht, und sowie er grollte, bebten mächtige Eichen. Besonders grauenvoll aber musste sein Auftreten sein, wenn er angegriffen wurde. Dann schossen Flammen aus seinen Nüstern und versengten seine Gegner, giftiger Schleim troff aus seinen Lefzen, und sein dornenbesetzter Schwanz riss wie eine Peitsche ganze Fetzen aus dem Fleisch seiner Feinde.

Kurzum, der junge Held kam nicht besonders zügig voran, und im Angesicht der dräuenden Berge am anderen Ufer verlor er gänzlich seinen Mut. Ein herbstliches Ungewitter zwang ihn zudem, Obdach zu suchen, und so sprach er auf einem Gutshof vor und bot seine Dienste an. Das Glück war ihm hold: Man brauchte helfende Hände bei der Weinlese, und als sich zeigte, dass er mit den Pferden eine gute Hand hatte, durfte er auch weiterhin als Gehilfe des Stallmeisters arbeiten. Dieser war ein kräftiger, kundiger Mann, von dem er das eine oder andere lernte, und auch das übrige Gesinde behandelte ihn freundlich. Der Gutsherr indes war ein seltsamer Mensch, wollte ihm scheinen, ein gestrenger Herr mit weißem Haar und Bart, doch schwarzen Brauen, die er im Grimm zusammenziehen konnte.

Der Simpel fürchtete sich lange Zeit vor ihm, und als er einmal Zeuge wurde, wie ein nachlässiger Knecht unter seiner Strafrede zu einem winselnden Häuflein zusammensank, kniete er nieder und sprach, wild Kreuze schlagend, die schützenden Worte vor Fluch und Unheil, die man ihm in der Kirche beigebracht hatte.

Doch ausgerechnet damit zog er den blitzenden Blick der kalten grauen Augen auf sich, und der Herr näherte sich ihm mit großen Schritten.

»Was murmelst du da für Sprüche, Kerl!«

Mit bebender Stimme flüsterte der Tropf: »Pattanosta, Herr, Kiesinkelis. Sanktifix!«

»Was!«, donnerte der Herr. Dem Jungen versagte die Stimme; er konnte nur noch zittern. »Wer hat dir die Worte beigebracht!«, kam es dann etwas ruhiger.

»D… der P…Priester, Herr. Sie sind heilig, Herr, hat er gesagt.«

»Tatsächlich. Und warum sprichst du sie im Angesicht meiner Strafpredigt aus, Junge!«

Das klang noch etwas milder, und dem Burschen gelang eine gestammelte Antwort, dergestalt, dass er sich vor dem Zorn des Allmächtigen habe schützen wollen. Mit fassungslosem Unglauben erkannte er in den Augenwinkeln des Gutsherrn einige Fältchen, die beinahe so aussahen, als erheitere ihn seine Antwort.

»Man hat dir nie erklärt, welche Bedeutung diese Worte haben, mein Junge!«

»Nein, Herr, nur dass sie heilig sind.«

»Bist du zur Schule gegangen!«

Das war eine Frage, die dem Helden höchst unangenehm war, denn einst hatte man ihn auf eine Klosterschule geschickt, wo man von ihm verlangt hatte, lateinische Texte auswendig zu lernen. Und hatte er doch ein gutes Gedächtnis für abenteuerliche Geschichten über Lindwürmer und andere Ungeheuer. Aber Sätze in einer ihm nicht verständlichen Sprache prägten sich ihm nicht gut ein. So war er denn nach wenigen Wochen aus der Schule davongelaufen, um wieder in den Ställen bei den Pferden zu helfen. Man schickte ihn nach einer Tracht Prügel zurück, aber auch ein zweites Mal blieb er nur wenige Tage in der Obhut der Mönche. Man züchtigte ihn abermals, nannte ihn einen unfähigen Dummkopf, und beschämt ob seiner Unfähigkeit ging er weiter Pflichten nach oder streunte in den Wäldern umher. Doch dieser Herr hier wollte eine ehrliche Antwort, das spürte er, und er würde sowieso jede Lüge entdecken, das las er in dessen kühlen Augen. Also beichtete er seine schmachvollen Taten.

»Also keine Bildung. Eine Schande. Und abergläubisch obendrein. Komm mit, Junge!«

Mit bangen Gefühlen folgte der Jüngling dem Gutsherrn und erwartete, von ihm mit der Gerte oder Schlimmerem durchgeprügelt zu werden. Doch der Herr setzte sich auf eine Bank an der Hauswand und hieß ihn, sich einen Schemel heranzuziehen. In der Oktobersonne leuchteten die Blätter einer Birke golden auf, der struppige Hofhund legte sich dem Herrn auf die Füße und blickte anbetend zu ihm auf. Nachlässig wurde er zwischen den Ohren gekrault.

»Höre, mein Junge. Auch wenn du nicht Lesen und Schreiben gelernt hast, wenigstens deine Gebete solltest du mit Sinn und Verstand sprechen und sie nicht vor dich hin murmeln wie heidnische Zaubersprüche.«

»Ja, Herr.«

»Das, was du Pattanosta nennst, ist das Gebet, das uns Gott der Herr selbst gegeben hat, damit wir seinen Namen und seine Gnade rühmen. Man spricht es in einer Sprache, die Latein genannt wird und die alle gebildeten Menschen auf der Welt verstehen.«

»Ehrlich, Herr?« Der Simpel hatte ganz große Augen bekommen.

»So ist es. Und nun sage mir, Junge, wie stellst du dir Gott selbst vor?«

Das war eine so ungeheuerliche Frage, dass der arme Tor

*vollkommen stumm auf seine großen Füße starren musste. Und da er nicht antworten konnte, schlich ihn wieder die Angst an, der Gutsherr mochte ihn wegen seiner Dummheit strafen. Doch der wartete nur geduldig und kraulte den struppigen Hund weiter. Darum raffte der junge Held allen Mut zusammen und flüsterte: »Ich weiß nicht, Herr.«*

*»Nein, du weißt nicht. Hast du einen Vater, Junge?«*

*Der Jüngling schluckte, und seine Schultern fingen an zu zucken.*

*»Er ... er ist tot.«*

*»Aber du hast ihn gekannt.«*

*»Ja.«*

*Zu seiner Überraschung ging der Gutsherr nicht weiter darauf ein, sondern erklärte: »Du wirst nun das ›Vaterunser‹ erst in der deutschen Sprache auswendig lernen, damit du seinen Sinn verstehst, und dann in seiner lateinischen Form, damit du in der Kirche mitbeten kannst. Höre, es lautet:*

*›Vater unser, der Du bist im Himmel,*

*Geheiligt werde Dein Name,*

*Dein Reich komme,*

*Dein Wille geschehe,*

*Wie im Himmel so auch auf Erden.‹*

*Sprich mir nach und memoriere jedes einzelne Wort!«*

*Der Gutsherr übte so lange mit dem jungen Mann, bis er das Gebet fehlerfrei aufsagen konnte. Danach übte er mit ihm das Paternoster auf gleiche Weise ein. Der Nachmittag war darüber vergangen, und in dieser Nacht, als der einfältige Bursche sich auf seinem kargen Lager schlaflos hin und her warf, geschah etwas Seltsames mit ihm. Immer wieder und wieder gingen ihm zwei Zeilen des Gebetes durch den Kopf und wollten ihn nicht loslassen.*

*»Und vergib uns unsere Schuld,*

*Wie auch wir vergeben unseren Schuldigern.«*

*Konnte es sein, dass ein Gott so gütig war, den Sündern zu vergeben? Man hatte ihn Gottesfurcht gelehrt, tagein, tagaus. Der Allmächtige sah alles und wusste um jede Ver-*

*fehlung und strafte und grollte, wenn man seinen Weisungen nicht folgte. Wie auch sein Vater es getan hatte. Und am Ende aller Tage würde er in der Hölle für all seine Sünden braten und von den Dämonen und Teufeln auf ewig gequält werden. So war es ihm vorbestimmt, so hatten die unseligen Sterne sein Schicksal für ihn eingerichtet.*

*Dennoch, dieser Mann heute, der so ehrfurchtgebietend auftrat, dessen jeden noch so leisen Befehl, ja jede Bitte alle umgehend befolgten, der hatte die Güte besessen, ihn die Bedeutung der Zauberworte zu lehren, geduldig und ohne Schelte und Schläge.*

*Als ihm der Wert der Güte aufging, drehte der junge Held sich zur Wand, rollte sich wie ein kleines Kind zusammen und weinte.*

Ich hielt inne mit meiner Geschichte und ließ die Laute erklingen. Doch bevor ich den Text singen konnte, kam Ida zu mir an die Stufen, kniete nieder und bot mir ein Körbchen mit Gebäck. Ich legte die Laute zur Seite, und sie ergriff meine Hand.

»Für Euch, Meister. Süße Mandelkuchen.«

Während sie das sagte, liefen ihr die Tränen aus den Augen. Es lag eine solche Trauer in ihrem Blick, dass ich nicht anders konnte, als ihre Wange sacht zu streicheln.

»Grämt Euch nicht, Ida. Es ist nur eine Geschichte aus alter Zeit«, sagte ich leise.

Sie neigte den Kopf und küsste meine Hand.

»Möge der Herr uns unsere Schuld vergeben.«

»Wie auch wir vergeben unseren Schuldigern. Erhebt Euch, Ida. Man fängt an zu tuscheln.«

Sie stand auf und ging mit lautlosen Schritten zu ihrem Platz hinten an der Tafel zurück. Ich aber nahm die Laute erneut zur Hand. Es war an der Zeit, die Gemüter wieder etwas aufzuhellen, denn neue Abenteuer standen bevor. Also sang ich die Worte zu der heiteren Weise, die ich gespielt hatte:

>>Die Nachtigall, sie schweiget
Ihr hoher Sang sich neiget
Den ich wohl hörte singen.
Doch tat mich sanfte Güte dingen
Die ich von einer Fraue hab.
Ich kehr mich niemals von ihr ab,
Biet ihr den steten Dienste mein.
So will ich nun und immer sein.<<[7]

Noch einmal fuhr ich über die Saiten, ließ die Melodie ausklingen und warf einen raschen Blick zu einer hartherzigen
Jungfer, die gelangweilt einen Kuchen zerkrümelte. Dann
erzählte ich weiter und ergötzte mein Publikum mit der
Begegnung mit einem Lindwurm.


### Aufbruch in die Gefahr

*Die fromme Gesinnung des jungen Mannes hielt nicht
lange vor, wenngleich er die Welt nun mit anderen Augen
sah. Nichtsdestotrotz sahen diese Augen auch die hübsche
Milchmagd, die auf dem Gut tätig war, und weil diese ein
freundliches Wesen hatte und manches lustige Wort für ihn
fand, träumte er davon, mit ihr die Freuden der Minne zu
teilen, wie er sie bei der Wäscherin genossen hatte. Doch die
Magd war seinen Aufmerksamkeiten nicht geneigt, sondern
schwenkte fröhlich ihre Röcke und lächelte den Stallmeister an. Der Winter kam und ging, und als der erste Mai mit
seinem frischen Grün die Menschen in die Wälder lockte,
da wurden die Träume des jungen Helden immer lustvoller.
Darum machte er sich in jener verzauberten Nacht genau
wie alle anderen auf, um die Gunst seiner Maikönigin zu
gewinnen. Die aber war mit ihren Freundinnen zu der heimeligen Quelle gewandert, wo ein uralter Stein mit den*

---

7 Der Burggraf von Rietenburg

drei heiligen Jungfrauen stand. Sie schmückten die Stelle mit Kränzen und Girlanden aus Maiblumen und Vergissmeinnicht, Veilchen und Buschwindröschen, Farnwedeln und Kleeblättern. Sie sangen Maienlieder und tanzten im Mondlicht, besprengten einander mit dem reinen, klaren Wasser der Quelle und schmückten auch sich mit Bändern und Blüten.

Der Jüngling beobachtete die Mädchen voll Staunen und Bewunderung, so wie auch andere junge Männer sich nach und nach an der Quelle versammelten. Sie alle hofften, dass eine der Maiden sie erwählen würde, für diese Nacht oder für ein Jahr.

Sie taten es, eine nach der anderen, doch zum größten Ärger des jungen Helden wählte das hübsche Milchmädchen den älteren, kräftigeren Stallmeister zu ihrem Maigemahl. Viel zu lange, viel zu bunt und viel zu bildhaft hatte er sich ausgemalt, wie er sich mit ihr in dem weichen Gras unter den blühenden Weißdornbüschen den Liebeswonnen hingeben würde, als dass er die Abweisung ertragen konnte. Wütend ging er auf den Stallmeister los und versuchte, die Maid von ihm wegzuzerren. Dieses unbotmäßige Benehmen mochte der Mann jedoch nicht dulden; mit einem harschen Befehl wies er den Jüngling an, sich zum Teufel zu scheren. Das aber reizte den eifersüchtigen Tölpel nur noch mehr, und er versuchte sein Recht mit den Fäusten zu erzwingen.

Ein Schlag folgte auf den nächsten, schon wälzten sich die beiden Männer auf dem feuchten Boden, kreischten die Maiden, flohen Fuchs und Hase. Und dann geschah das Entsetzliche – der Simpel stieß gegen den Jungfernstein, der löste sich von seinem morschen Sockel, stürzte in die Quelle und zerbrach in drei Teile.

Alle hielten in jedweder Handlung inne. Schweigen lastete über der Lichtung. Und einer nach dem anderen verschwand lautlos zwischen den Bäumen.

Der törichte Held saß ganz alleine mit blutender Nase

zwischen zertretenen Blüten und den geborstenen Steinen der heiligen Quelljungfern.

Scham und Trostlosigkeit übermannten ihn.

Nie würde er dem Fluch entkommen, der ihn wieder und wieder einholte und ihn ins Unglück führte.

Drei Tage wanderte er in den Wäldern umher, doch dann kehrte er zottig, hungrig und reumütig zum Gut zurück. Die Gutsherrin fand ihn zusammengekauert in den Ställen, und zu seiner unsäglichen Verwunderung strafte sie ihn nicht, sondern hieß ihn, sich zu waschen, gab ihm neue Kleider und ein Essen und redete ihm nicht unfreundlich ins Gewissen. Der Stallmeister, so sagte sie ihm, sei ein weit wichtigerer Mann für das Gut als ein junger, heißblütiger Bursche, und eifersüchtige Streitereien könne man nicht dulden. Sie zahlte ihm jedoch einen anständigen Lohn aus und empfahl ihm, sein Glück bei einem anderen Herrn zu suchen. Nichts anderes hatte der Jüngling vor, und so schnürte er sein Bündel, um sich erneut der Gefahr des Lindwurms zu stellen und endlich die Laute zu erlangen, die ihm helfen würde, ohne Schlägerei und Demütigung die Herzen der Frauen zu gewinnen.

An dem Morgen, als er aufbrach, fand er sich an der Grenze der Ländereien dem Gutsherrn gegenüber, der ihn mit einem Wink zum Stehen brachte.

»Geh, mein Sohn. Und Maria, die Mutter der Barmherzigkeit, möge über deinen Weg wachen.«

»Herr?«

Der Herr wies ihn auf die Knie, schlug das Kreuz über ihm und segnete ihn. Und dann lächelte er. »Ich habe vor vielen Jahren die Priesterweihe erhalten, Junge. Aber auch wenn dir das nichts bedeutet, so solltest du wenigstens den Segen eines alten Mannes nicht ausschlagen.«

Der Tölpel stammelte verwirrt seinen Dank, und der Gutsherr schritt davon.

### Der Kampf mit dem Lindwurm

Nach wenigen Tagen hatte der junge Held den Rhein überquert und stand nun am Fuße des Siebengebirges. Dort raffte er all seinen Mut zusammen und machte sich auf den Aufstieg zur Burg hoch droben auf dem Berg, denn dort, wie man ihm sagte, wohnte der Lautenbauer unter dem Schutz des Herrn Godard von Drachenfels. Um jedoch, sollte er dem Ungeheuer begegnen, gewappnet zu sein, stahl er von einem Haus die Axt, die dort unbeaufsichtigt in einem Hackklotz steckte, und befestigte sie an seinem Gürtel.

Die ersten Meilen waren zwar beschwerlich, denn nur ein schmaler Weg führte beständig bergan, aber das Tal war lieblich, und die jung belaubten Bäume ließen die Strahlen der Frühlingssonne noch den blumenbesternten Boden küssen. Hier und da gab ein Felsvorsprung den Blick über den Strom und das weite Land frei, das sich dahinter erstreckte. Doch mehr noch entzückten den Wanderer die bewaldeten Hänge, denn zwischen dunkelgrünem Tann und lichtgrünen Buchen erhoben sich anmutig und stolz die weiß blühenden wilden Kirschen wie Jungfrauen in weißen Schleiergewändern. Immer wieder blieb er stehen und nahm die Bilder in sich auf, und in seinem verzückten Geist formten sie sich zu Worten und Versen.

Er kam nur langsam voran, und je weiter der Tag vorwärtsschritt, desto wärmer wurde die Luft, und kaum ein Windhauch raschelte in den Blättern. Der Jüngling legte eine Rast ein, kramte aus seinem Bündel ein paar altbackene Wecken hervor und verzehrte sie. Dann schlief er ermattet ein.

Die köstlichste Musik, die er je gehört hatte, weckte ihn in der Dämmerung. Allüberall in den Büschen und Bäumen lockten, sangen, flöteten und schluchzten die Nachtigallen. Wie verzaubert setzte er sich auf und lauschte hingerissen und füllte seine Seele mit ihren Liedern.

Stunde um Stunde hörte er ihnen zu, bis auch sie verstummten, doch kaum hatte er in der Mitte der Nacht die Augen zugetan, da wurde er von den ersten Morgensängern aus dem Schlaf gelockt. Rotkehlchen und Zaunkönige tschilpten und zwitscherten um ihn herum, Amseln sangen ihre langen Strophen, der Kuckuck schmetterte seinen Ruf dazwischen, Meisen und Finken begrüßten lautstark den Sonnenaufgang.

Zwar war der Jüngling hungrig, doch reichte es ihm, sich aus einem klaren Bach Wasser zu schöpfen. Dann schnitt er von einem Holunderbusch einen trockenen Ast ab, und mit Geduld und großer Kunstfertigkeit schnitzte er sich aus dem hohlen Zweig eine Flöte. Den ganzen Tag übte er damit, und als die Dämmerung hereinbrach, war er in der Lage, einfache Tonläufe zu spielen, wie die Vögel sie ihm vorsangen.

Darüber hatte er nicht bemerkt, dass die Luft immer stickiger wurde und sich am Himmel dicke, schwarze Wolkenberge auftürmten. Er schlummerte in der Dämmerung ein, in der Hoffnung, dass die Nachtigallen ihn wieder wecken würden.

Doch als er diesmal aus seinen Träumen geholt wurde, war es nicht ihr lieblicher Gesang, sondern ein dumpfes Grollen.

Hier machte ich eine Pause, denn von oben auf der Galerie erklang ein leises Donnern. Ismael! Der Bursche hatte ein Talent, unseren Vortrag dramatisch zu gestalten. Ich hatte mir schon so etwas gedacht, als er mich gefragt hatte, welchen Teil der Geschichte ich erzählen würde. Er hatte sich offensichtlich mit allerlei Hilfsmitteln ausgerüstet. Sie verfehlten ihre Wirkung nicht. Ich griff in die Saiten und erzeugte ebenfalls bedrohliche Klänge. Dann fuhr ich fort.

Das Grollen schwoll an, und über den Baumwipfeln erschien ein geisterhaftes Leuchten. Der junge Held erinnerte sich schlagartig an den Lindwurm, der irgendwo hier *im Gebirge hauste, und eine Welle von Angst durchflutete ihn. Er sah sich mit ängstlichen Augen nach einem Fluchtweg um. Richtig, hier führte ein schmaler Aufstieg zwischen alten Baumriesen und Felsbrocken nach oben. Er warf sich sein Bündel über, lockerte die Axt in seinem Gürtel und erklomm den Pfad. Doch wieder ertönte das tiefe Grollen in der bewegungslosen, schwülen Luft. War der Lindwurm erwacht? Näherte er sich mit mächtigen Schritten, die den Boden erzittern ließen?*

*Geduckt verweilte der Jüngling an einem moosbewachsenen Stein.*

*Ein Feuerstrahl entflammte den nachtschwarzen Himmel.*

*Bebend biss er sich auf die Knöchel seiner Hand.*

*Das Grollen wurde lauter, näherte sich!*

Das Grollen von der Galerie wurde ebenfalls bedrohlicher, und ich sah Dietrich die Wände entlanghuschen und die Fackeln löschen. Nun denn!

*Groß war der Lindwurm, sagte man, haushoch, wenn er sich aufrichtete. Und sein Atem versengte ausgewachsene Bäume. Der junge Bursche vermeinte den Feuerhauch schon zu verspüren, denn Flammen entzündeten das sternlose Firmament. Er fasste an die Reliquie an seinem Hals und sagte in seiner Verwirrung wieder das Pattanosta auf. Dann ergriff er zitternd die Axt mit seiner schweißnassen Hand, bereit, sein Leben teuer zu verkaufen.*

*Das Grollen schwoll an. Und da!*

Ein greller Ton zerriss die atemlose Stille im Saal.

Nach und nach erloschen nun auch die letzten heruntergebrannten Kerzen der Leuchter.

*Vor seinen Augen barst eine alte Eiche, vom Feuerstrahl getroffen. Schwefelgeruch lag in der Luft. Kreischend riss*

*das Holz, und ein ohrenbetäubendes Krachen erschüt-*
*terte den Berg. Blitz um Blitz erhellte zuckend die Welt,*
*ein Sturmwind rauschte durch die Blätter, und Schritt für*
*Schritt näherte sich das Ungeheuer. Schon sah der Held,*
*wie sich der zottige Bart des Ungeheuers im Wind bewegte,*
*wie seine mächtigen Krallen sich in das Erdreich gruben,*
*knotige, graue, schuppenbedeckte Krallen, die Moos und*
*Wurzeln zermalmten. Angstvoll rollte er mit den Augen,*
*hob die Axt – und schlug zu.*

*Grell zischte das Feuer über ihn hinweg, bebte die Erde*
*unter dem wütenden Donner.*

*Er sah die gelben Augen des Untiers über sich und verlor*
*die Besinnung.*

Ich hielt inne, und auch das Donnern und Kreischen, Dröhnen und Gellen verklangen. Das geneigte Publikum starrte
mit runden Augen, manche mit offenem Mund, zu mir hin.
Hinter mir hörte ich ein leises: »Beeindruckend!«

Einige Momente überließ ich die Zuhörer ihrem Grauen,
dann klimperte ich auf den Saiten, sodass es sich anhörte
wie fallender Regen.

*Als der junge Held erwachte, war der Untergrund feucht,*
*und vom Laub über ihm tropfte stetig das Wasser. Verblüfft*
*darüber, dass er noch am Leben war, schüttelte er seine nas-*
*sen Haare. Noch war der Himmel bedeckt, die Sonne noch*
*nicht über die Bergkuppen gestiegen, doch es war hell genug,*
*dass er seine Umgebung erkennen konnte. Eine geborstene*
*Eiche weiter unten zeugte von der Gewalt, die in der Nacht*
*hier geherrscht hatte, doch davon völlig ungerührt sangen*
*die Vögel in ihren Ästen das Morgenlied. Über ihm schwank-*
*ten lange Efeuranken in der kühlen, frischen Brise, und als*
*er seinen ängstlichen Blick auf den Stiel der Axt richtete,*
*fand er nicht den erlegten Lindwurm, sondern lediglich ein*
*wenig gesplittertes Holz einer Buche, deren knotige, klauen-*
*artige Wurzeln sich in den Untergrund krallten.*

*Betreten gestand sich der Simpel ein, dass er sich von einem Gewitter hatte narren lassen. Nicht Ungetier, sondern ein Unwetter und seine eigenen Vorstellungen eines Lindwurms hatten ihn in Angst und Schrecken versetzt. Mit einigem Kraftaufwand zerrte er die Axt aus der Wurzel und steckte sie sich wieder in den Gürtel. Jetzt, da die Bedrohung vorüber war, merkte er, wie ungemütlich es in seinen nassen Kleidern war. Und auch ein nagender Hunger machte sich in seinem Magen breit.*

*Noch war er sich nicht ganz sicher, ob es feuerspeiende Ungeheuer gab oder nicht, aber er überlegte ernsthaft, ob solche Erlebnisse, wie er sie in dieser Nacht gehabt hatte, die Leute nicht dazu gebracht hatten, die Chimäre eines solchen Unwesens aufzubauen. Eine gute Geschichte ergab sie allemal.*

*Mit frischerem Mut machte er sich daran, zur Burg auf dem Drachenfelsen hinaufzusteigen.*

Hiermit beendete ich meine Erzählung und sang für meine Zuhörer ein weiteres fröhliches Liedchen:

>»Freut euch, ihr Jungen und Alten.
>Der Maie mit Gewalten
>Den Winter hat er bezwungen;
>Die Blumen sind entsprungen;
>Wie schön die Nachtigall
>Auf dem Reise
>Ihre süße Weise
>Singt, mit wunderlichem Schall.«[8]

---

8 Herr Neidhart

## Nächtliche Gespräche

»Womit, in Gottes Namen, hast du ein derartiges Spektakel angestellt, Ismael?«, fragte ich den Jungen, als wir in mein Gemach traten.

»Oh, Frau Ida war da sehr hilfreich. Ein großer Kupferkessel, ein hölzerner Schlegel, ein eiserner Spieß und zwei Pfannen erzeugten Donner und Blitz!«

»Überaus einfallsreich«, sagte Ritter Ulrich von der Tür her. »Und meinen Knappen hast du dabei zu deinem Spießgesellen gemacht.«

»Ja, Herr, obwohl es einer gewissen Überredung bedurfte.«

»Ich hörte davon.«

Ich sah den Ritter fragend an.

»Euer Begleiter und mein Knappe haben sich geprügelt.«

»Ah, daher die etwas hölzernen Bewegungen, mein Freund«, stellte ich fest. »Hast du ihn gewinnen lassen?«

»Sicher.«

Der Ritter schnaubte. Ismael kicherte.

»Er ist sehr streng zu sich, der edle Dietrich. Aber als wir uns schließlich einig waren, hatte er einige hilfreiche Ideen beizusteuern. Er fand es eine treffliche Idee, die Fackeln zu löschen, sodass nur noch das Licht der hohen Leuchter auf Meister Hardo fiel. Ich stimmte ihm unumwunden zu. Das Grauen wirkt in der Dunkelheit immer noch etwas beklemmender als im hellen Licht.«

»Klug beobachtet, Junge.«

»Die Kerzen in den Leuchtern habt ihr auch nicht erneuert«, fiel mir ein.

»Frau Ida bat mich darum, es zu tun, aber irgendwie ist es mir entfallen.«

Ismael grinste.

Dietrich brachte uns wieder eine späte Mahlzeit und verschwand dann höflich, ohne ein Wort zu sagen. Ismael betrachtete den Korb hungrig.

»Der Herr über Donner und Blitz sollte noch eine Stärkung zu sich nehmen«, meinte ich und nickte zu den Broten hin.

»Werdet Ihr wohl versorgt, Meister Hardo?«, fragte der Ritter.

»Ich weiß schon, wie ich meine Bedürfnisse stillen kann. Das aber dürfte wohl nicht das Anliegen sein, Herr Ulrich, das Euch zu dieser späten Stunde noch ein Gespräch mit mir suchen lässt.«

»Nein, das war nur ein Versuch, freundlich zu sein.«

Ich zuckte die Schulter. Über Freundlichkeit hatte ich keine Lust zu reden, über verschiedene andere Dinge schon. Aber ich gewährte ihm den Vortritt.

»Nun gut, Meister Hardo, kommen wir zu meinem eigentlichen Anliegen. Burgvogt Sigmund liegt aufgebahrt in seinem Gemach, doch Trauernde versammeln sich nicht um ihn.«

»Es wird ihn nicht mehr stören«, bemerkte ich nüchtern.

»Vermutlich nicht. Doch sein Weib lag Euch weinend zu Füßen.«

»Die traurige Geschichte brachte ihre Tränen zum Fließen, nicht der Gram um den verstorbenen Gatten. Doch Frauen sind unberechenbare Geschöpfe.«

Das eine Auge des Ritters blickte mich scharf an, dann schüttelte er den Kopf.

»Lasst das Theater, Meister Hardo.«

Ich goss mir von dem Würzwein ein. Frauen waren unberechenbar, in vielerlei Hinsicht. Ida war es nicht. Damit hatte er recht.

»Der Burgvogt hat sie gestern und noch heute früh sehr harsch angefahren«, sagte Ismael. »Dabei ist sie ein sehr sanftes Weib.«

»Das du in geübter Weise um deine Finger zu wickeln verstehst.«

»Warum nicht, Meister? Sie backt leckere Kuchen.«

»Glaubst du ebenfalls, dass sie nicht um Sigmund trauert, Ismael?«, wollte der Ritter wissen.

»Nein, das tut sie nicht. Sie ist nicht heiter gewesen, doch weder sie noch ihre Tochter Jonata haben in der Küche auch nur ein Wort über ihn verloren oder eine einzige Träne vergossen.«

»Nehmt Ihr diese Gefühllosigkeit jetzt zum Anlass, sie des Mordes an dem Mann zu zeihen, Herr Ulrich?«

»Ich stellte nur wie auch Ihr fest, Meister Hardo, dass sie wenig Trauer zeigen.«

Noch immer wusste ich nicht recht, woran ich bei dem Ritter war. Seine ursprüngliche Aufgabe war durch den Tod des Burgvogts in den Hintergrund getreten. Er hatte mich als Beobachter gewünscht, offensichtlich bestand dieser Wunsch bei ihm weiterhin. Aber ich wollte von ihm auch wissen, was er aus meinen Aussagen machte und welchen Verdacht er hegte. Darum bemerkte ich: »Hinrich van Dyke war im Bergfried.«

»Und verlangt nun empört Aufklärung. Doch hat er noch gestern einen Streit mit Sigmund ausgefochten.«

»Weil er die Ehre seiner Tochter verteidigte, unterstellt Ihr ihm jetzt den Mord?«

»Auch diesen Umstand stelle ich nur fest.«

»Dann dürft Ihr auch feststellen, dass Höfling Lucas ebenfalls einen Zank mit dem Burgvogt hatte und keinerlei Bedauern über dessen Ableben verlauten lässt.«

»Im Gegensatz zu seiner schönen Begleiterin, die sich an dem Skandal weidet.«

»Das ist die Art der Buhlen.«

»Aber kein Grund für sie, den Mann von der Zinne zu befördern, meint Ihr?«

»Ich stelle nur fest, Herr Ulrich«, entgegnete ich mit trockenem Ton.

»Aha, auch Ihr stellt fest.«

»Richtig. Der Domgraf von Speyer schien mir sehr still am heutigen Abend.«

»War er. Und soweit ich weiß, hatte er weder einen Streit mit dem Burgvogt noch irgendwelche Geschäfte abzuwickeln, aber das befreit ihn nicht von jedem Verdacht.«

»Der Stiftsherr van Huysen, Vertreter des Erzbischofs, hingegen hatte geschäftliche Angelegenheiten mit ihm abzuwickeln, die Sigmund nicht eben in rechtmäßiger Form erfüllte. Habe ich das nicht so verstanden?«

»Das habt Ihr richtig verstanden, Meister Hardo.«

»Man könnte auch fragen, ob der Pächter Cuntz ebenfalls mit seinen Pachtzahlungen im Verzug war.«

»Ja, Meister Hardo, das könnte man. Denn mir wollte scheinen, dass dieser Mann nicht eben in tiefster Betroffenheit die Nachricht vom Tode seines Pachtherrn entgegennahm.«

»Jedoch schien die Äbtissin erschüttert.«

»Ein Weib.«

Ich nickte.

»Unberechenbar.«

»Von frommer Natur.«

»Bestimmt ein Vorbild für ihre Novizinnen.«

Ismael, der wiederum mit untergeschlagenen Beinen auf meiner Bettstatt saß, machte eine kleine, beinahe unmerkliche Bewegung. Dem einäugigen Ritter entging sie nicht. Und ich wusste, was dem Jungen auf den Lippen brannte. Nun gut, er sollte seinen Auftritt haben. Aber nicht sofort.

»Ihr macht Euch Gedanken, warum einer der Anwesenden einen Grund gehabt haben könnte, den Burgvogt zu ermorden, Herr Ulrich?«

»Ja, das tue ich. Und Ihr auch, Meister Hardo.«

»Natürlich. Nur – in die Seele der Menschen zu schauen ist weit schwieriger, als ihre leibliche Gegenwart zu verfolgen. Mich interessiert viel mehr, wer sich wo aufgehalten hat, als der Sigmund vom Turm fiel. Einzig van Dyke und seine Tochter befanden sich in unmittelbarer Nähe, als es geschah.«

»Und beide hegten zumindest einen Groll gegen den Toten. Wollt Ihr Jungfer Engelin dem Henker ausliefern?«

Wenn mich diese Äußerung reizen sollte, verfehlte sie ihre Wirkung. Aber nur knapp.

»Wisst Ihr, Herr Ulrich, inzwischen, wo sich die anderen ehrenwerten Gäste im Einzelnen befanden?«

»Ich habe mich um die Wachen gekümmert, Meister Hardo. Sie zumindest waren auf ihren Posten. Auch der missgestalte Secretarius des van Dyke weilte unter ihnen. Vier Mann von ihnen bezeugten es.«

»Stimmt«, sagte Ismael. »Er ist ganz wild darauf, Hellebarden, Schwerter, Armbrüste und Äxte zu begutachten. Darum hat er den Hauptmann gebeten, die Waffenkammer aufsuchen zu dürfen, und hat dort den alten Waffenmeister um den Verstand gefragt.«

»Eine kriegerische Seele in einem missgestalten Körper.«

»Verachtet Ihr ihn, Herr Ulrich?«

»Nein.«

So langsam kam es mir vor, als ob der Ritter eine unsichtbare Rüstung trug, deren schwere Panzerung keiner meiner Pfeile durchdringen konnte. Und sein Visier hatte er ebenfalls geschlossen, so wenig konnte man in seinem Gesicht lesen. Nun, vielleicht gelang es Ismael, einen kleinen Spalt in der harten Schale zu öffnen, wenn ich ihm erlaubte, seine Beobachtungen zu schildern.

»Die Wachen und Puckl also sind vom Verdacht befreit, den Vogt vom Bergfried gestoßen zu haben. Wie steht es mit den anderen Gästen?«

»Ich habe sie natürlich befragt, aber glaubt Ihr denn, Meister Hardo, einer von ihnen würde zugeben, auf dem Turm gewesen zu sein?«

»Nein. Aber es sollte ja wohl tunlichst ein jeder einen Zeugen für seinen Aufenthalt haben.«

Der Ritter schnaubte.

»Haben sie aber nicht.«

»Oder sagen sie nicht. Wer war wo?«

»Die Äbtissin hielt sich allein in ihrer Kemenate auf und widmete sich frommer Andacht. Der Stiftsherr behauptet, er habe mich in meinem Gemach gesucht, um eine Frage des Lehens zu besprechen. Der feine Höfling verkostete Wein im Weinkeller, der Pächter Cuntz wollte in den Ställen gewesen sein, der Kaplan weilte allein in seiner Wohnung. Der Domgraf gab an, auf dem südlichen Wachturm die Aussicht genossen zu haben, Jonata war in den Vorratsräumen beschäftigt. Ida kümmerte sich um das Spalierobst, und der edle Doktor Humbert erging sich im Lichhof und sprach ein Gebet am Grab seines Bruders Eberhart.«

»Ein jeglicher ganz für sich. Dennoch lügen zumindest zwei von ihnen.«

»Vermutlich mehr, aber nicht alle haben sich auf dem Bergfried versammelt, um den Mord zu begehen.«

»Nein, man lügt auch aus anderen Gründen. Mein getreuer Gefolgsmann wird für zwei Männer bürgen, deren Aufenthaltsort er bezeugen kann.«

Der Ritter sah Ismael überrascht an.

»Du hast jemanden in der Kapelle getroffen? Ich erinnere mich, dass du aus der Tür gelaufen kamst, als das Edelfräulein schrie.«

Ismael nickte und setzte sich in Pose. Um seine Geschichte zu erzählen, legte er sogar sein angebissenes Brot beiseite. Wie er seine Entdeckung des unkeuschen Tuns der beiden ehrenwerten Herren schilderte, zeugte von einem nicht unbeträchtlichen Talent an Erzählkunst. Ich war stolz auf ihn.

Als er mit der Weihwasserwaschung geendet hatte, brach Ritter Ulrich tatsächlich in schallendes Gelächter aus.

»Sancta Maria! Nun, das ist ein bemerkenswerter Nachweis der Unschuld.« Aber dann wurde er plötzlich ernst. »Dennoch – vielleicht nicht gänzlich überraschend, nicht wahr, Meister Hardo?«

Ich zuckte mit den Schultern, sagte aber nichts. Ismael, der Junge mit dem flinken Verstand, nahm mir auch prompt die Rede ab.

»Ich habe mich schon den ganzen Nachmittag gefragt, Herr Ulrich ... Ich meine, darf ich Euch etwas fragen?«

»Nur zu, Junge.«

»Der Kaplan und der Gelehrte, die sind sich offensichtlich nicht erst hier begegnet, nicht wahr? Ich meine, eine solch unzüchtige Handlung begeht man doch nicht gleich mit einem Fremden.«

»Sehr wahrscheinlich nicht, aber auch das kann wohl vorkommen. Immerhin, deine Frage ist klug, und sie verdient eine Antwort. Nein, Magister Johannes und Doktor Humbert kennen sich nicht erst seit zwei Tagen.«

Der Ritter sah mich an.

»Erzählt nur, Herr Ulrich. Mich interessiert Eure Version der Geschichte ebenso wie Ismael.«

»Dann will ich ein wenig ausholen. Soweit ich weiß, hatte der Ritter, der einst mit dieser Burg belehnt wurde – ein Vasall des Kölner Erzbischofs –, drei lebende Kinder großgezogen. Eine Tochter, deren Name mir entfallen ist, den ältesten Sohn Eberhart und seinen um ein Jahr jüngeren Bruder Humbert. Die Tochter wurde mit einem Hofministerialen verheiratet, der ältere Sohn wurde zum Ritter erzogen, und jener Humbert besuchte zunächst eine Klosterschule. Hier lernte er Johannes Muhlenstein kennen. Ihre Wege trennten sich, denn Johannes besuchte das theologische Kolleg, Humbert ging nach Bologna und erwarb dort den Doktortitel. Aber die beiden Freunde verloren einander anscheinend nicht aus den Augen, und als Humbert zurückkam und als Hofastrologe in Kleve tätig wurde, sorgte er dafür, dass sein älterer Bruder Eberhart, der inzwischen das Lehen geerbt hatte, Magister Johannes die Stelle des Burgkaplans gab.«

»Klüngel«, grinste Ismael.

»Sicher.«

Ich schwieg mich dazu aus, denn wie ich Ismael kannte, würde er den Ritter weiter zum Reden bringen. Und schon brach die nächste Frage aus ihm heraus: »Wieso erbt denn der Doktor Humbert das Lehen nicht, Herr Ulrich? Wenn er doch der Bruder des ehemaligen Burgherrn ist.«

»Weil ein leiblicher Erbe vorhanden war: Karl, Eberharts Sohn. Doch der war erst zehn Jahre alt. Doktor Humbert hat es damals abgelehnt, als sein Vormund das Lehen bis zu dessen Volljährigkeit zu übernehmen. Er hatte, wenn ich es recht in Erinnerung habe, gerade die Berufung als Professor an die Universität in Köln erhalten. Daher haben wir es dem Burgvogt übergeben, bis Karl das rechte Alter erreicht hat.«

Ich sah es in Ismaels Gesicht arbeiten. Plötzlich bekam er kugelrunde Augen, als ihm die Erkenntnis dämmerte.

»Fräulein Casta erhebt Anspruch auf die Burg als Kunkellehen. Die Äbtissin – sie ist ihre Mutter. Dann ist das richtig: Die Äbtissin Margarethe war Herrn Eberharts Weib?«

»So ist es. Mit ihr hatte der Ritter zwei Kinder, zumindest zwei, die überlebten. Casta und Karl, jener Sohn und Erbe, der das schweigende Leben der Kartäuser gewählt hat und auf sein Erbe verzichtet. Weshalb wir uns hier zusammengefunden haben, um das Lehen neu zu vergeben.«

»Aber warum hat sie …?«

»Sie hat nach dem Tod ihres Gemahls die Burg im Gram verlassen und den Schleier genommen. Da sie aus der hochwohlgeborenen Familie derer von Fleckenstein stammt, nehme ich an, ist es ihr nicht schwergefallen, das hohe Amt der Äbtissin im Kloster zu Rolandswerth zu erhalten.«

»Seither hat der Sigmund alleine die Burg und die Ländereien verwaltet. Könnte es sein, dass es ihm nicht gefallen hat, dass er nun einen neuen Herrn bekommen sollte?«

»Vermutlich nicht. Aber wäre das ein Grund, vom Turm in den Tod zu springen?«

»Äh – nein. Aber er könnte sich mit jemandem darüber angelegt haben.« Und nun grinste Ismael unverschämt. »Zum Beispiel mit Euch, Herr Ulrich.«

»Hätte er. Aber wie du dich erinnerst, stand ich unten am Bergfried, als er fiel.«

»Schon, aber die Wachen gehorchen Eurem Befehl.«

Ich lächelte in mich hinein, sagte aber einigermaßen ungerührt: »So ist das, wenn jemand Feststellungen macht.«

Der Ritter nickte ernst.

»Ja, Ihr müsst großes Misstrauen mir gegenüber hegen, Meister Hardo. Ich bedaure es, aber ich kann es wohl nicht ändern.«

»Warum sollte Euch wohl daran liegen?«

»Weil ich trotz allem auf Vergebung hoffe.«

Ein Anflug von lange vergessener Bitterkeit stieg in meiner Kehle auf, und ich spülte ihn mit dem süßen Wein hinunter.

Ismaels Augen glitten zwischen uns beiden hin und her. Der Junge und ich kannten uns nun seit fünf Jahren, und die eine oder andere Begebenheit aus meiner Vergangenheit war ihm vertraut. Von meinem Verhältnis zu Ritter von der Arken aber wusste er nichts; er hatte keine Ahnung von dem, was uns miteinander verband. Aber er war gewitzt, und er zog rasch Schlüsse. Und eines war bisher noch nicht zur Sprache gekommen. Weshalb mich seine unvermittelte Frage nicht überraschte.

»Wann starb denn der Ritter Eberhart, Herr Ulrich?«

»Im Jahre des Herrn dreizehnhundertvierundneunzig.«

»In einer Schlacht?«

»Nein, hier auf der Burg.«

Wieder sah Ismael zwischen uns hin und her.

»Ein Unfall?«

»Nein, mein Junge. Er wurde ermordet.«

»Von wem?«

Ich nahm dem Ritter Ulrich von der Arken die Antwort ab.

»Er starb durch die Hand meines Vaters.«

In dem Schweigen darauf erhob sich der Ritter, verbeugte sich und verließ das Gemach.

»Aber ... aber Meister Hardo, ich dachte, das sei nur eine Eurer verrückten Geschichten, um die Räuber zu narren«, stammelte Ismael.

»Nicht alle verrückten Geschichten sind erfunden, mein Junge.«

## Gespräche unter harten Männern

Ismael war erschüttert und wanderte etwas ziellos durch den nächtlich dunklen Zwinger. In den Ställen scharrten und schnaubten leise die Pferde, über ihm schlurrten die Füße der Wachen den Wehrgang entlang.

In der Zeit, die er mit Hardo zusammen war, hatte er sehr viele seiner Geschichten gehört und hatte geglaubt, Wahrheit und Lügengespinst auseinanderhalten zu können. Dass der Meister selbst der Tölpel in der Mär war, die er gerade erzählte, hatte er gewusst. Diese Geschichte hatte er schon einmal gehört, daher kannte er auch die Stelle über den Kampf mit dem Lindwurm. Und dass dieser Tölpel vermutlich einst auf just dieser Burg hier aufgewachsen war, ahnte er seit heute. Doch dass Hardos Vater der Mörder des Burgherrn gewesen war – das hatte er nicht für wahr gehalten, auch wenn sein Meister darum ebenfalls einmal eine gar grausige Geschichte gesponnen hatte.

Nicht, dass er ihn deshalb nun verachtet hätte, im Gegenteil. Es erklärte weit mehr als alles andere, warum er hier in die Rolle des Minnesängers geschlüpft war.

Deshalb hatte er ihm so wenig zu dem Besuch gesagt, und deshalb galt es auch darüber zu schweigen.

Die eine oder andere Prellung, die er sich bei der Rangelei mit Dietrich zugezogen hatte, schmerzte Ismael, und darum brach er seine Wanderung durch den verlassenen Burghof ab und suchte das Quartier auf.

Der Knappe reichte ihm wortlos einen Topf mit gelber Salbe.

Puckl schwärmte, während er sie vorsichtig einmassierte, von dem beeindruckenden Spektakel und lästerte über den dummen Tor, der sich von einem Gewitter und einigen alten Bäumen so ins Bockshorn hatte jagen lassen.

Ismael schwieg dazu.

Dietrich auch.

»Was ist los, ihr beiden?«, wollte der Secretarius schließlich wissen, als ihm aufging, dass er ganz alleine vor sich hin schwatzte.

»Ich habe seit dem ersten Hahnenschrei gearbeitet, Puckl, ich bin etwas müde. Und die Geschichte habe ich schon ein gut Dutzend Mal gehört.«

»Oh, ach so. Ja, dein Herr ist ja ein Geschichtenerzähler. Und aus dieser Sache heute wird er sicher auch eine prächtige Mär machen können. Der fliegende Burgvogt oder so etwas. Was meint ihr? Wer hat den Sigmund vom Söller gestoßen?«

»Dein Herr war im Bergfried«, bemerkte Dietrich trocken.

»Och, der doch nicht. Engelin sagt, er hatte Dünnpfiff und saß auf dem Abort.«

»Weshalb sich auch Jungfer Engelin um ihn gekümmert hat, während du lieber die Geduld des Waffenmeisters auf die Probe gestellt hast.«

»Ich bin van Dykes Secretarius, nicht sein Bader oder Kammerherr.«

»Wie schön für dich.«

»Für einen Knappen gehört auch die Pflege eines verwundeten Ritters zu seinen Aufgaben, nicht wahr?«

Dietrich bestätigte das.

»Ja, und auch ich habe meinem Herrn schon das eine oder andere Mal beigestanden. Aber ich bin ja auch kein gebildeter Secretarius.«

Puckl hatte den Anstand, etwas verlegen auf seinem Lager hin und her zu rutschen.

Es stand wieder ein Krug Bier für sie bereit, aber Ismael lehnte den Becher ab, den Dietrich ihm reichte. Er hatte genug von dem Wein getrunken und war müde. Eigentlich hätte er am liebsten die Decke über seine Ohren gezogen, aber die beiden anderen waren augenscheinlich noch zu munter zum Schlafen. Also gähnte er einmal ausgiebig und fragte dann: »Der Herr Ulrich, auf welcher Burg ist er eigentlich zu Hause?«

»Mein Herr geht dem Hofdienst beim Herzog in Jülich nach. Dort sind wir untergebracht.«

»Er hat kein Lehen?«

»Er hatte eins. Ach, was soll's, es ist ja kein Geheimnis.«

»Was, dass er ein Ritter ohne Land ist? Wie kam es dazu?«

Ismaels Müdigkeit war mit einem Mal verflogen.

»Seinen Eltern gehörte die Burg Eibach als Erblehen. Soweit ich weiß, starb sein Vater vor vierzehn Jahren, und er übernahm es als ältester Sohn. Aber dann begann vor sieben Jahren die Kleverhammer Fehde, und er zog an der Seite des Herzogs Wilhelm von Berg, seinem Lehnsherrn, gegen die Kleverhammer. Dabei wurde der Herzog gefangen genommen. Um ihn wieder freizukaufen, musste ein immenses Lösegeld gezahlt werden. In Form von Geld, aber auch von Land. Dabei wurde auch die Burg Eibach verpfändet, und mein Herr verlor so sein Lehen und seine Einkünfte daraus.«

»Wie ungerecht!«, eiferte Puckl sich.

»Nein, so ist das nun mal geregelt. Mein Herr hat dem Herzog Gefolgschaft und Treue geschworen. Um ihn zu retten, hat er seine Burg aufgegeben.«

»Ein hartes Brot, so eine Gefolgschaft«, murmelte Ismael. Diese Nachricht würde Hardo höchst interessant finden.

»Der jetzige Herzog Rainald ist ein gütiger Herr.«

135

»Was heißt? Ich bin mit diesen ganzen Herzögen und Grafen und Dings und Das nicht so auf dem Laufenden.«

»Wilhelm der Dritte ist vor zwei Jahren gestorben. Das Amt hat sein jüngerer Bruder, eben der Rainald, übernommen. Der kümmert sich mehr um sein Land und seine Leute statt um die Bekehrung der Heiden und hat meinem Herrn einiges an Rechtsgeschäften übertragen.«

»Weshalb er sich also hier um die Lehensvergabe kümmert.«

»Richtig.«

»Nur ein eigenes erhält er nicht.«

Dietrich zuckte mit den Schultern.

»So genau kenne ich mich da nicht aus. Kann sein, dass er sich mit seinen Aufgaben Verdienste erwirbt.«

»Wirst du eine Burg erben?«, wollte Puckl dann auch gleich wissen.

»Vielleicht. Ich bin der älteste Sohn. Aber ich weiß nicht, ob ich es je zum Ritterschlag schaffe.«

Ismael zog eine Augenbraue hoch, sagte aber nichts. Die Linkshändigkeit konnte vielleicht wirklich ein Grund sein, warum man ihm diese Ehre verweigern würde. Dietrich strengte sich zwar an, alles mit seiner Rechten zu tun, doch geschickter war er mit links.

Na, das sollte Ismaels Problem nicht sein. Er streckte sich noch mal und meinte: »Der blöde Hahn kräht morgen schon wieder vor Sonnenaufgang. Lasst uns schlafen.«

Und er wollte, ganz gegen seine sonstigen Gewohnheiten, noch etwas grübeln.


**Nächtliche Gedanken**

Ich hatte Ismael ohne weitere Erklärungen fortgeschickt, anderntags würde ich ihm Rede und Antwort stehen. Aber die Nacht war vorangeschritten, und ich brauchte meine Einsamkeit, um das Geschehen des Tages in Ruhe zu durchdenken. Leise schlich ich die Stiege hinunter und wandte mich dem Obstgarten zu. Die Luft war warm, und der Rosenbusch duftete köstlich. Am Himmel war Dunst aufgezogen, dennoch erkannte man den Schweifstern noch immer deutlich. Allerdings hatte er seine Richtung geändert und wanderte weiter auf seinen geheimnisvollen Wegen am Himmelszelt. Nun ja, seinen Dienst hatte er getan, das Unheil war geschehen.

So sahen es einige der Anwesenden natürlich. Ich hatte Doktor Humbert sogar darüber dozieren hören, wie ein solches kosmisches Ereignis sich auf die geistige Gesundheit auswirkt. Ob er aber den Mörder für wirren Geistes hielt oder dem Burgvogt Selbstmord unter dem Einfluss des Kometen unterstellte, hatte ich nicht herausfinden können.

An beides aber glaubte ich nicht.

Ida, die Witwe des Burgvogts, kam mir in den Sinn. Ida, die um den jungen Simpel weinte. Nicht um ihren harschen Gatten. Ida hatte mich erkannt, sofort bei meiner Ankunft auf der Burg. Doch inzwischen wussten auch andere um meine wahre Identität, und Weitere ahnten wohl, wer ich war.

Einer von ihnen hatte versucht, mich umzubringen.

Ida war es nicht gewesen.

Ida, die auf ihre Art mir immer mehr Mutter war als die Frau, die mich geboren hatte. Sie war es, die mich mit süßen Kuchen, den gleichen, die sie mir heute gereicht hatte, getröstet hatte, wenn mein Vater wieder einmal meine Dummheit schmähte oder mich wegen meiner Tölpelhaftigkeit durchgeprügelt hatte. Wenn er mich mit meinem jüngeren Bruder verglich, der blöd geblieben war und nie älter als sieben Jahre werden wollte. Im Geiste, nicht am Leib. Der reifte weit schneller als bei anderen Jungen. Mit zwölf hatte er schon einen Bart, und sein Augenmerk richtete sich fast ausschließlich auf sein Geschlecht. Auch schlich er sich oft davon, um kopulierende Tiere zu beobachten. Das schien ihm ein besonderes Vergnügen zu bereiten. Ich hasste es, wenn mein Vater mich mit ihm gleichsetzte. Darum ging ich ihm so weit wie möglich aus dem Weg.

Meiner Mutter war all das gleichgültig. Sie hatte pflichtgetreu ihre Kinder geboren, hielt meine beiden älteren Schwestern dazu an, die häuslichen Arbeiten zu verrichten, und verbrachte, wann immer ihre Rolle als Margarethes Hofdame es zuließ, ihre Zeit in der Kapelle oder vor dem Heiligenhäuschen im Lindenhain. Der Schweifstern hätte ihr eine höllische Angst verursacht; sie fürchtete allerlei dämonische Mächte und war immer auf der Suche nach Schutz vor ihnen. Talismane, geweihte Zettelchen, vor allem aber Reliquien hielt sie für wichtig, um das Böse abzuwehren. Jedem dahergekommenen Scharlatan, der Holz aus dem Kreuz des Herrn oder Fasern aus seiner Windel, die Fingernägel, Blutstropfen oder Haarsträhnen irgendeines Heiligen anzubieten hatte, steckte sie ihre sauer gesparten Münzen zu. Jedem von uns Kindern hatte sie eine solche Reliquie um den Hals gebunden. Damit aber erschöpfte sich auch ihre Fürsorge. Mich aber hatte sie immer mit größtem Misstrauen behandelt, hatte man ihr doch bei der Geburt bereits erklärt, dass ich unter einem Unglücksstern das Licht der Welt erblickt hatte.

Ida musste mich damals immer genau beobachtet und meine Züge in ihr Gedächtnis eingebrannt haben, denn von dem Tropf mit den Simpelfransen, den ungelenken Gliedern und dem schmutzigen Gesicht war nun nicht mehr viel übrig geblieben. Ich war ein anderer geworden, nicht nur äußerlich.

Und weil ich ein anderer war, hatte nun auch mein ehemaliges Heim eine andere Bedeutung für mich. Meine Familie lebte hier nicht mehr, der Burgherr war gestorben, seine Gemahlin ins Kloster gegangen. Was immer mir hier widerfahren war an Demütigung, Strafe und Verachtung, es war Vergangenheit.

Zufrieden atmete ich den Duft der Rosen ein. Rosen, das Symbol der Minne, der Liebe.

Liebe war geblieben.

Idas Liebe.

Wenn dieses Gaukelspiel vorüber war, würde ich dafür sorgen, dass sie ihr vergolten wurde. Mit Zins und Zinseszins.

Natürlich würde ich sie vor allen Verdächtigungen schützen, ihren Gatten vom Söller gestoßen zu haben. Obwohl sie allen Grund dafür hatte. Sigmund hatte sie immer ausgesprochen schäbig behandelt, hatte sie oft vor den Leuten geohrfeigt und ihr beständig vorgeworfen, dass sie ihm keinen weiteren Sohn geschenkt hatte, nachdem ihr zweites Kind, ein Junge, gestorben war, gerade als er krabbeln konnte. Jonata war ihr erstes Kind; zwei Jahre nach mir war sie zur Welt gekommen, kurz nachdem Ida den Burgvogt geheiratet hatte. Sie musste damals sehr jung gewesen sein, ein Mädchen fast noch, denn sie war auch heute noch kein altes Weib. Wenn sich ihre Wangen in der Glut des Herdes röteten, ihre flinken Hände wohlriechende Kräuter zupften, dann war sie ein hübscher Anblick in ihrer adretten Schürze und dem weißen, ordentlichen Gebende.

Jonata war auch eine von denjenigen, die mich inzwischen erkannt hatten. Oder Ida hatte es ihr gesagt, obwohl ich das kaum glauben mochte, denn sie war nie eine Klatschbase gewesen. Auf jeden Fall aber konnte ich an Jonatas erstaunten Blicken merken, dass sie Vergleiche anstellte. Zu dem früheren Tölpel – und zu ihrem vierschrötigen Mann, den Pächter Cuntz. Sie fielen in beiden Fällen offensichtlich zu meinen Gunsten aus.

Sie hätte einst die Gelegenheit gehabt, nun war sie vorbei.

Andererseits – der törichte, liebestrunkene Bursche, der ich damals gewesen war, der sie mit seinem Katermaunzen umwarb, war sicher nicht das Wunschbild eines Liebhabers, gar eines Gatten. Mittellos, ungebildet, faul – und außerdem der Sohn eines Mörders.

Jonata hatte schon damals die Möglichkeit gehabt,

andere Jünglinge kennenzulernen, denn zu Lebzeiten des Herrn Eberhart war die Burg ein geselliges Anwesen, vor allem, wenn er von seinen Fahrten zurückkam. Dann wurden Gäste eingeladen, Spielleute unterhielten sie, und etliche Edelknaben aus vornehmen Familien, die von ihm zu Knappen ausgebildet wurden, warteten ihnen auf. Jungen und Jünglinge, die höfisches Benehmen lernten, bei Tisch bedienten, mit den Waffen übten und mit den Pferden, die ich betreute, ausreiten durften. Ich neidete ihnen ihr Leben, obwohl auch sie Härten auf sich nehmen mussten. Aber immer, wenn ich versuchte, mit einem von ihnen Freundschaft zu schließen, verbot mir mein Vater den Umgang mit ihnen. Ein Stoffel wie ich hatte nicht das Recht dazu, den edlen Knaben lästig zu fallen.

Dennoch war es Herr Eberhart, der dafür gesorgt hatte, dass ich nach Siegburg in die Klosterschule ging.

Und jämmerlich versagte.

Jonata wusste inzwischen, wer ich war, aber sie hatte gewiss nicht die Armbrust zur Hand genommen, um mir einen Bolzen in den Leib zu jagen.

Der Ritter mochte seine ritterlichen Bedenken gegen die Verwendung einer Armbrust hegen; in der Lage damit umzugehen war er gewiss. Ein schnelles Pferd besaß er ebenfalls.

Das traf natürlich auch auf den Burgvogt zu. Doch der würde dazu nichts mehr sagen.


Einer das Wachmänner wanderte oben auf dem Wehrgang entlang, sein Helm schimmerte im Licht des schleierverhangenen Mondes. Es herrschte Frieden draußen im Land – zumindest hier und zu dieser Zeit. Dennoch, eine Burg musste bewacht werden.

Wie klein und eng diese Welt war.

Und die Gefahr lauerte innerhalb der Mauern mehr als vor ihnen.

Morgen würde ich Ritter Ulrich bitten, mir zu erlauben, ebenfalls den Wehrgang benutzen zu dürfen. Das Einge-

sperrtsein in einem streng bewachten Gemäuer, so weit-
läufig es auch sein mochte, machte mich unruhig. Ich war
zu lange unterwegs gewesen. Acht Jahre waren verstrichen,
seit ich mein Heim verlassen hatte, zehn, seit der Mord an
dem Burgherrn mein Leben verändert hatte.

Was hatte Ulrich von der Arken dazu bewogen, mich zu
diesem Treffen einzuladen?

Beobachter hätte jeder andere kluge Mann sein können.

Eine Eule schwebte über den Wachturm und stieß ihren
mahnenden Schrei aus.

Ich brach noch eine Rose vom Busch und kehrte in mein
Gemach zurück.

Vielleicht würde der nächste Tag neue Erkenntnis bringen. Auf jeden Fall aber würde es ein erneutes Treffen mit
der Jungfer Engelin geben. Und das erfüllte mein Herz mit
Heiterkeit.

Sie war so ein kleiner Widerborst!

# Der dritte Tag

Rechter Wandel,
guter Handel,
alles nur ein Spott und Spiel.
Sich erheben,
sich ergeben;
kein Verweilen und kein Ziel.
Auf, ihr Leute,
und noch heute
rührt die Saiten jetzt und hier:
Glanz und Glücke,
Schicksalsstücke:
darum klaget all mit mir![9]

## Niedere Minne

Bei der Morgenandacht verzichtete Magister Johannes endlich darauf, die himmlischen Omen zu bemühen. Er traktierte uns mit der Apostelgeschichte und warnte uns vor den reißenden Wölfen, die bei uns eindringen und die Herde nicht schonen würden. Vermutlich hatte der Ritter ihm ins Gewissen geredet. Sehr viel erquicklicher war das Kapitel zwar auch nicht, und dass der Kaplan mich fixierte, als von den Wölfen gesprochen wurde, machte mich nachdenklich. Er hatte wohl nun auch den törichten Burschen von damals in mir erkannt. Viel gekümmert hatte er sich nie um mich, aber das hatte etwas damit zu tun, dass er überhaupt

---

9 Carmina Burana CB 017, Carl Fischer

keines der zahlreichen schmuddeligen Kinder wahrzunehmen schien, die sich in der Burg, im Zwinger und in den Ställen herumtrieben. Er fühlte sich zu Höherem berufen, als den Bälgern Gottesfurcht einzubläuen. Das überließ er dem Pfaffen im Dorf, einem bigotten alten Uhu, der, so vermutete ich mittlerweile, der lateinischen Sprache ebensowenig mächtig war wie ich und der die Bibel nie gelesen hatte. Von ihm hatte ich das Paternoster nachzuplappern gelernt und die Vorstellung von einem strafenden Gott vermittelt bekommen, dessen unablässig wachendes Auge bösartig jede meiner Handlungen verfolgte, um mich dafür später in einer Hölle, nicht unähnlich einem Schlachthaus mit großen Wurstkesseln, bis in alle Ewigkeit zu martern. Hin und wieder plagten mich diese Bilder noch immer in Albträumen, aber damals bewirkte es nur, dass ich immer mehr abstumpfte gegen solche Art von Drohungen. Es war gleichgültig, ob ich Gutes oder Böses tat, die Hölle war mir sowieso bestimmt.

Magister Johannes wandte sich nun der Warnung vor falscher Rede zu, und schon wieder schweifte sein Blick zu mir. Da ich mir aber keiner Schuld bewusst war, falsche Rede geführt zu haben, nahm ich an, dass er sich vermutlich nur an meiner Gestalt ergötzte und seinen unsittlichen Gedanken neue Nahrung gab. Je nun, das war das Schicksal eines Mannes, der sich seiner Umwelt als Augenweide anbot.

Ich ertrug es mannhaft. Sollte er jedoch von seinen Fantasien überwältigt werden und versuchen, von mir liebliche Dienste einzufordern, würde er sich auf eine herbe Abfuhr einstellen müssen.

Nach der Andacht trat Ulrich von der Arken wieder vor die Gemeinschaft und verkündete, es habe sich tags zuvor ergeben, dass zwei weitere der Anwesenden eindeutig von dem Verdacht befreit seien, den Burgvogt ermordet zu haben. Er nannte keine Namen, aber mit einer unbeweglichen Miene, die ich allmählich an ihm zu bewundern lernte, fügte er hinzu, dass eben die beiden Personen bei unkeuschem Tun beobachtet worden seien.

Ich sah mich unauffällig um und staunte darüber, wie viele Blicke sich zu Boden senkten, wie viele Ohren sich röteten, wie viele Füße unbehaglich scharrten.

Das war äußerst bemerkenswert und eröffnete ein völlig neues Feld der Spekulationen.

In Minneangelegenheiten war ich sehr hellhörig geworden.

Ismael auch. Er grinste mich an.

Ich sagte: »Pssst!«

Nach der Andacht gingen wir alle unseren Aufgaben nach – mehr oder minder freiwillig. Ich prüfte den Holzstapel an der Küche und befand, dass es Zeit war, Feuerholz zu machen. Also band ich meine Haare zu einem Zopf im Nacken zusammen und machte mich an die Arbeit. Mit van Dyke karrte ich vom äußeren Zwinger ein paar mächtige Buchenblöcke in den Hof, zerrte die Axt aus dem Hackklotz und hieb schwungvoll auf die dicken Scheite ein. Es war warm, der nächtliche Wolkenschleier hing auch an diesem Morgen noch vor der Sonne und sättigte die Luft mit Feuchtigkeit. Schon nach wenigen Schlägen begann mir der Schweiß den Rücken hinabzulaufen, und ich legte Wams und Hemd ab. Schließlich hatte ich nichts außer dem Spiel meiner Muskeln zu verbergen. Daran mochte sich der eine oder andere gerne erfreuen.

Besonders Jungfer Engelin, die für die Küche Wassereimer um Wassereimer aus dem Brunnen haspelte und sich als Einzige redlich bemühte, ihre Lider züchtig gesenkt zu halten.

Als der Stapel Feuerholz ordentlich angewachsen war, trat ich auf sie zu.

»Herrin, habt Ihr die Güte, mir einen Eimer des frischen Nass heraufzuholen? Ich habe schwere Arbeit geleistet und bedarf der Abkühlung.«

»Ach ja? Ein bisschen Holzhacken, und schon bedürft Ihr der Fürsorge eines Weibes?«

Ich lächelte sie an und breitete meine staubigen Hände aus.

»Ein kleiner Lohn nur, Herrin, weit geringer als der für die Rosenknospe, die Euer köstliches Lager mit Euch teilen durfte.«

Ein kühler Blick aus ihren schönen Augen glitt nun doch über mich, allerdings weit von Bewunderung entfernt, sondern mehr als verächtlich, und Verachtung troff auch aus ihren Worten, als sie mir antwortete: »Meister Hardo, wir alle hier erfüllen unsere Pflichten um Gottes Lohn.« Dann verzogen sich ihre Lippen zu einem bösen Lächeln. »Doch meiner Fürsorge sollt Ihr teilhaftig werden.«

Und schon hatte sie das Schaff Wasser über meine nackte Brust geleert.

Sehr kaltes Wasser.

Es befreite mich von Staub, Schweiß, Holzsplittern und dem Pochen in meinen Lenden.

Gründlich.

Ich bedankte mich tropfend, doch auf höfliche Art, aber sie war bereits wegstolziert.

Ein solcher Widerborst!

»Meister, Ihr seht begossen aus.«

Ismael kam mit einem Tragekumm von den Ställen. In zwei Eimern schwappte Milch.

»Es wird trocknen. Die Ziegen haben sich dir geneigt gezeigt?«

»Ihnen die Milch abzuzapfen hält die Finger geschmeidig, Meister.«

Für einen Mann seiner Profession ohne Zweifel ein wichtiges Argument. Doch ich sah Schalk in seinen Augen und mahnte: »Ich wäre dir verbunden, wenn du diese Eimer ungeleert in die Küche tragen würdest.«

»Ein Bad in Ziegenmilch, Herr, sagt man, gibt eine weiche Haut.«

»Ich, mein Junge, benötige aber eine Hornhaut.«

»Ein kratziges Jüngferchen?«

»Mit scharfen Zähnen.«

»Die sind die feinsten«, sagte Ismael und schlenderte zur Küche, wo seine Ausbeute aus dem Ziegenstall sicher wohlwollend aufgenommen werden würde. Wenngleich er etwas streng nach ebendiesen Tieren roch. Ein Bad würde auch ihm nicht schaden.

Ich setzte mich auf den Hackklotz und ließ mich in der Sonne trocknen, während ich das geschäftige Treiben auf dem Hof beobachtete. Der Domgraf werkelte selbstvergessen im Küchengarten herum, Jonata kehrte die Asche aus dem heißen Backes, um die erste Ladung Brote hineinzuschieben, Cuntz, der Pächter, schleppte ein halbes Schwein aus den Vorratsräumen herbei, van Dyke schob ein Weinfass auf einem Karren zum Rittersaal und Magister Johannes wandelte gemessenen Schrittes zum Lichhof. Vermutlich würde ihm in Kürze jemand zur Hand gehen müssen, um das Grab auszuheben, in dem der Vogt am nächsten Tag bestattet werden sollte.

Knappe Dietrich kam von den Pferdeställen, sah sich suchend um und wandte seine Schritte zielstrebig in meine Richtung. Ich langte nach meinem Hemd und zog es mir über den Kopf, um meine unziemliche Blöße vor ihm zu verdecken. Eine Geste der Höflichkeit dem Edelknaben gegenüber.

»Meister Hardo, mein Herr bittet mich, Euch etwas zu erzählen«, sagte er leise.

»Dann sprich, Dietrich.«

»Nicht hier, bitte.«

»Nun, dann suchen wir uns ein unauffälligeres Plätzchen.«

»Wenn Ihr mir zu den Pferden folgen würdet. Ihr könnt Euch dort vergewissern, dass es Eurem Ross an nichts fehlt.«

Wir gingen unter der Brücke zwischen Dienerquartier und Lichhof durch, ließen die Werkstätten an der Burgmauer hinter uns und suchten die Ställe im Zwinger vor dem Obstgarten auf. Natürlich hatte ich schon zuvor überprüft, ob unsere Tiere gut untergebracht waren. Die Ställe waren ausgezeichnet instand gehalten, und wenn auch derzeit nur zwei sehr junge Stallburschen ihren Dienst verrichteten, waren sie doch ordentlich ausgekehrt und die Pferde mit reichlich Futter und Wasser versehen worden. Doch schon bald würden die Tiere unruhig werden. Ihnen fehlte es an Bewegung. Dietrich wies mit der Hand auf einen der Ställe, in dem eine Leiter zum Heuboden hochführte. Ich sah nach oben.

»Dort, Meister Hardo«, begann er mit leiser Stimme, »hörte ich vorgestern, als Ihr mir Euer Ross nach dem Ausritt übergabt, ein Weib stöhnen und seufzen.«

»Ein hübscher Ort, um sich im Heu zu tummeln, nicht wahr?«

Ich grinste ihn an, und der Knappe wich meinem Blick aus. Aha, solche kleinen Abenteuer hatte er also auch schon genossen.

»Es war auch ein Mann dabei, das stimmt«, murmelte er.

»Und du weißt, wer es war.«

»Ich glaube ja, Meister Hardo. Ich sah die Stiefel. Lohfarbene Raulederstiefel.«

»Der Pächter Cuntz trägt dergleichen.«

»Ja. Und seine Stimme war es auch.«

»Er sprach mit seiner Liebsten?«

»Ja, doch ... minnigliche Worte waren es nicht. Eher ziemlich derbe.«

Der Knappe errötete bei der Erinnerung daran.

»Was mich nicht wundert. Der Pächter scheint mir ein recht maulfauler Kerl zu sein und der Poesie wenig Anerkennung zu schenken. Aber seine unzüchtige Tat sagt uns, dass er nicht gleichzeitig den Burgvogt vom Turm hat werfen können.«

»So ist es. Ich meldete diese Entdeckung meinem Herrn erst heute Morgen, denn gestern kam es mir gar nicht in den Sinn, dass es wichtig sein könnte. Verzeiht, Meister Hardo. Ich war nachlässig.«

Er sah betreten drein, ein Jüngling wie Ismael, doch auf ganz andere Weise erzogen. Sein Pflichtversäumnis schien ihn noch mehr zu bedrücken als die Kenntnis wollüstiger Spielereien im Heu. Ich versuchte ihn ein wenig zu beruhigen und meinte: »Nein, Dietrich, du warst nur wie wir alle vermutlich von dem Geschehen ein wenig durcheinander. Wir können nun den Pächter von der Liste streichen, doch hast du auch bemerkt, mit wem er den Freuden der Minne frönte?«

»Nein, Meister Hardo. Ich habe mich hier nicht lange aufgehalten, sondern nur Euer Pferd dort drüben hingeführt und abgesattelt. Ich wollte den Cuntz ... mhm ... nicht stören.«

»Vornehm gedacht.«

Ich streichelte die weiche Pferdenase des weißen Zelters, die sich mir entgegenstreckte, und überlegte laut.

»Vermutlich war es nicht sein Weib Jonata, mit dem er sich dort im Heu vergnügte.«

»Nein, vermutlich nicht.«

»Das edle Fräulein Casta stand bei deinem Herrn, und Jungfer Engelin befand sich im Bergfried bei ihrem Vater.«

»Die Mägde brachten den Wachleuten das Essen. So hat mein Herr es bestätigt gefunden.«

»Was also bedeutet, dass Cuntz sich entweder mit der Äbtissin ...«

Dietrich sog entsetzt die Luft ein.

»... ihrem Novizchen ...«

»Meister!«

»Hat es alles schon gegeben. Aber es könnte auch seine Schwiegermutter Ida gewesen sein.«

Seine junge Unschuld reizte mich, ihn herauszufordern.

»Niemals, Meister Hardo!«

»Ja siehst du denn diese drei Frauen lieber als Mörderinnen denn als Unzüchtige?«

Dietrich wurde rot und stammelte. Ich hatte Erbarmen

mit ihm und fügte hinzu: »Aber wir haben ja auch noch Loretta und ihre Kammerjungfer.«

Der Jüngling schluckte, fing sich aber wieder.

»Das Ännchen tändelt gerne.«

»Ja, das tut sie.« Ich erinnerte mich an einen sehr willigen Kussmund.

»Und Loretta ist eine aufgeputzte Hure«, entfuhr es Dietrich.

Anerkennend nickte ich.

»So ganz weltfremd bist du also doch nicht mehr.«

»O nein, Meister Hardo. Ich bin schon weit herumgekommen mit meinem Herrn und habe viel gesehen.«

Ich unterdrückte ein Lächeln. Wie sehr erinnerte ich mich an jene Zeit, in der ich ebenso stolz auf meine Erfahrungen war.

»Ich danke dir, Dietrich, dass du mir die Angelegenheit geschildert hast. Ich werde mich eine Weile hier umsehen.«

Er verstand die Entlassung und verließ den Stall. Ich tätschelte noch einmal den weißen Zelter, der mir freundlich am Ohr knabberte. Das schöne Tier war weit entgegenkommender als seine Herrin. Dann kletterte ich die Leiter nach oben, um das Liebesnest zu untersuchen. Aufgeputzte Huren pflegen bei losen Spielen gelegentlich ihren Putz zu verstreuen.

Das Minnelager war leicht entdeckt, die Kuhle im Heu noch deutlich sichtbar. Doch es brauchte eine Weile, bis ich unter welkem Klee und trockenen Gräsern fündig wurde. Ein Perlenstrang war es, aus buntem Glas und Flittergold, wie es die Weiber gerne verwenden, um ihr Chapel damit zu schmücken.

Ich nahm es mit, um seine Herkunft zu prüfen, obgleich ich schon eine starke Vermutung hatte, wem der billige Tand gehörte. Die Frage war nur, ob Herrin oder Dienerin sich hier vergnügt hatten.

# Küchenlatein

»Jungfer Engelin, das war nicht sehr nett«, rügte Ida, als Engelin mit einem weiteren Schaff Wasser in die Küche trat. Sie kippte es in den Kessel über dem Feuer, in dem das Badewasser für die Frau Äbtissin heiß wurde.

»Ein aufdringlicher Gimpel hat nichts als einen kalten Guss verdient«, knurrte sie und ließ sich auf den Schemel fallen. Die Wasserschlepperei war anstrengend. »Der Kessel ist fast voll.«

»Lasst es gut sein, Jungfer. Die wohledle Frau Äbtissin ist üppig genug, um den Rest des Zubers auszufüllen.«

Engelin musste trotz ihrer Empörung über den Minnesänger kichern.

»Nun stärkt Euch mit einem Becher süßen Wein, Jungfer. Einen Kuchen haben wir hier auch noch übrig.«

»Danke, Ida. Ihr seid so nett zu mir. Dabei bleiben so viele Pflichten an Euch hängen.«

»Arbeit stört mich nicht, Jungfer. In der Küche habe ich schon immer mit Vorliebe gewirkt. Nur sah es der Burgvogt nicht gerne. Es war seinem Stand nicht angemessen.«

»Eurem Stand?«

»Gina, das Weib des Marschalls, und ich, die Gattin des Vogts, sollten der Burgherrin dienen. Ihr Gesellschaft leisten, ihre Kleider richten, sticken und nähen. Ihr wisst schon, wie die Hofdamen.«

Engelin nippte an ihrem Becher und betrachtete die schlanke Frau, die geschickt eine Eiercreme rührte. Am Tag zuvor war ihr Mann gestorben, vermutlich ermordet worden. Doch sie zeigte wenig Betroffenheit darüber. Gut, dieser Sigmund hatte sich ihr selbst gegenüber als mieser Stoffel aufgeführt. Besonders liebevoll hatte er sein Weib auch vor den Gästen nicht behandelt.

Engelin überlegte, ob sie Ida darauf ansprechen sollte. Sie trank noch einen weiteren Schluck Wein und nahm dann all ihren Mut zusammen, um der schweigend arbeitenden Frau ihre Frage zu stellen.

»Ihr trauert nicht so sehr um ihn, nicht wahr?«, murmelte sie.

»Nein, Jungfer Engelin. Ich trauere nicht. Auch wenn ich den Tod eines Menschen bedauernswert finde.«

»Aber er war Euer Gatte.«

»Das war er.« Ida stellte die Schüssel ab, setzte sich ebenfalls auf einen Schemel und faltete die Hände in ihrem Schoß. »Ich sehe, dass Ihr Euch Gedanken darüber macht.«

»Ja, weil …«

Engelin rutschte unbehaglich auf ihrem Platz hin und her.

»Ich weiß, Jungfer Engelin. Ihr möchtet, dass Euer Vater von dem Verdacht befreit wird. Und weil ich nicht von Schmerzen zerrissen bin, wollt Ihr wissen, ob ich einen Grund hatte, meinen Mann vom Turm zu stoßen, nicht wahr?«

Engelin wurde es noch unbehaglicher zumute, aber sie war eine ehrliche junge Frau und mochte nicht heucheln.

»Er war Euch kein liebevoller Mann.«

»Nein, das war er nicht. Er hat mich behandelt wie ein Stück Dreck. So wie er alle Frauen behandelt hat. Außer jenen vielleicht, die ihm Lust bereitet haben.«

Die Röte stieg Engelin in die Wangen, und sie schaute auf ihre verschränkten Finger.

»Warum, Ida? Ihr seid ein so freundliches Weib.«

»Nicht freundlich genug, ihm eine Schar Kinder zu schenken. Hört, Jungfer Engelin. Ich wurde mit ihm verheiratet, als ich eben fünfzehn war. Mein Vater war ein Pächter, und wir waren fünf Töchter zu Hause. Es bot sich eine gute Gelegenheit, mir einen angesehenen Mann zu verschaffen. Nicht jeder wird Verwalter einer Burg. Auch ich hatte nichts dagegen, denn Sigmund schien mir ein ansehnliches Mannsbild zu sein, der Vertraute des Burgherrn, und er lebte hier in Wohlstand und Bequemlichkeit. Aber schon in der Hochzeitsnacht wurde mir klar, dass er mich nur als Gefäß für seinen Samen betrachtete und als willige Dienerin seiner Bedürfnisse aller Art. Vielleicht hätte er mir mit den Jahren mehr Achtung entgegengebracht, wenn ich ihm ein paar kräftige Söhne geboren hätte. Ich wurde auch sogleich schwanger, aber Jonata habe ich unter großen Schwierigkeiten zur Welt gebracht. Ein Jahr später kam unser Sohn zur Welt, und danach war ich lange krank. Ich habe dann nie wieder empfangen, und er mied mein Lager, als er das schließlich bemerkte, und schmähte mich eine unfruchtbare Ziege.«

»Aber das war doch nicht Eure Schuld!«

»Wen interessiert das schon.«

»Was ist mit Eurem Sohn?«, entfuhr es Engelin.

»Er starb, als er zwei Jahre alt war. Sigmund gab mir und dem Burgherrn die Schuld daran.«

»Ihr müsst ihn gehasst haben!«

»Ach nein, Jungfer, nein. Das ist das Schicksal vieler Weiber. Ich hatte meine Tochter, die ich lieben konnte, der Burgherr war ein freundlicher Mann, die Herrin behandelte mich gut, und auch ihre kleine Tochter, Eure Freundin Casta, tollte oft mit Jonata im Hof herum und ließ sich von mir verwöhnen.«

»Ja, sie spricht sehr liebevoll von Euch, Ida.«

Ida lächelte sie nun wieder an.

»Wollen wir hoffen, dass ihr ein besseres Los beschieden ist mit ihrem zukünftigen Gatten. Ihr und sie, Ihr mögt die Minne so kennenlernen, wie sie die Dichter besingen, Jungfer Engelin. Ich wusste jedoch nichts von ihr und hörte erst später davon, wenn Herr Eberhart Gäste einlud und zu ihrer Unterhaltung Sänger aufspielten. Natürlich lauschte ich hingerissen den Liedern und träumte von einem Ritter, der sich vor Sehnsucht nach einem Kuss von mir verzehrte. Aber mir war immer klar, dass es nur Geschichten waren, ähnlich denen, wie sie die Priester vom Paradies berichten. So etwas war nicht für dieses Leben bestimmt, sondern würde nur in einer anderen, besseren Welt zu finden sein.«

»Glaubt Ihr wirklich?«

Ida schüttelte den Kopf.

»Heute nicht mehr. Einer der wirklich großen unter den Sängern, Meister Urban, der uns einmal aufsuchte, hatte die Güte, sich lange mit mir zu unterhalten. Er wusste so viele Lieder und Dichtungen, und wenn auch die Minne zwischen Mann und Weib darin eine große Rolle spielte, so zeigte er mir doch auch, dass Liebe viele Seiten hat.«

Patta trabte mit hoch erhobenem Schwanz in die Küche und legte Ida eine tote Maus zu Füßen. Dann setzte er sich stolz auf und blickte sie an.

»Seht Ihr, Jungfer Engelin, auch das ist Liebe.«

Ida streichelte den Kater, warf die Maus in den Abfall und schnitt ein Wurstzipfelchen ab. Sehr würdig nahm Patta ihr die Gabe aus den Fingern und verzehrte sie genüsslich unter dem Tisch.

»Man brachte ihn zu mir, als er noch ein ganz kleines Kätzchen war. Seine Mutter war eine Stallkatze, doch sie war einem Marder erlegen, ebenso wie die drei anderen ihrer Kinder. Dieser hier aber überlebte, denn ich zog ihn heimlich hier in der Küche auf, ließ ihn Milch von meinen Fingern lecken und hackte Fleisch für ihn klein, obwohl die Köchin damals murrte. Aber er wurde schon bald ein gewitzter Mäusefänger, und so wurde er geduldet.«

Patta hatte sein Mahl beendet und sprang Ida auf den Schoß. Dort rollte er sich zufrieden zusammen und schnurrte, als ihre rauen Hände ihn kraulten.

»Ja, Ihr habt recht, auch das ist Liebe«, stimmte Engelin ihr zu.

»Ich habe Euch Eure Fragen freimütig beantwortet, Jungfer Engelin. Gestattet Ihr mir, auch Euch eine zu stellen?«

»Natürlich. Sprecht nur.«

»Warum habt Ihr Meister Hardo mit kaltem Wasser begossen und durchbohrt ihn mit flammenden Blicken? Er ist ein ansehnliches Mannsbild, und sein Benehmen scheint mir sehr gefällig.«

»Er ist ein eingebildeter Gockel und ein weibischer Geck,

der seine Finger nicht bei sich behalten kann«, fauchte Engelin.

»Holla, Jungfer! Ist er Euch zu nahe getreten?«

»Nicht mit Taten, aber mit Worten.«

»Ja, mit Worten ist er sehr gewandt. Aber ich kann mir nicht vorstellen, dass er Euch beleidigen wollte.«

»Er beleidigt mich, weil er jedes Weib, jede Magd, jede Jungfer mit denselben schleimigen Schmeicheleien beschwatzt. Weil er bei jeder nach Küssen und Kosen giert. Weil er sich einbildet, sein schöntuerisches Gehabe würde ihn unwiderstehlich machen und mit seiner grässlichen Stimme alles, was Röcke trägt, betören zu können.«

Ida lachte auf, biss sich dann aber auf die Lippen.

»Verzeiht, Jungfer Engelin, aber das hört sich mir ganz danach an, als ob Ihr ihn weit lieber hättet, wenn er ausschließlich Euch schmeicheln und betören würde.«

»Und wenn er hundert Minnelieder nur für mich singen würde, ich wollte ihn nicht mit der Feuerzange anpacken«, giftete Engelin. Doch dann besann sie sich wieder und fuhr sich über die Stirn, als wollte sie etwas fortwischen. »Nein, das ist nicht richtig, Ida. Ach, ich kann es nicht erklären. Er reizt mich, weil ich ... weil ich immer das Gefühl habe, dass er mich verspottet.«

Patta spitzte plötzlich die Ohren, sprang auf den Boden und ging seines Weges.

»Aus welchem Grund mag er das tun wollen, Jungfer? Sicher ist er ein gewandter, kunstreicher Mann und weiß, dass er eine Augenweide ist. Aber das darf er als Sänger auch sein, denn wie beim Mahl die Augen mitessen, so ergötzen sie sich auch beim Vortrag der minniglichen Dichtung an dem Sänger. Aber ich wüsste nicht, dass er deshalb überheblich wäre und auf andere spöttisch herabblickte. Könnte es wohl sein, Jungfer Engelin, dass Ihr ihm Anlass gebt, Euch zu necken?«

»Nur weil ich keine Rosen von ihm will und sein Geturtel bei mir nicht verfängt?«

»Manche Männer reizen vor allem die dornigsten Rosen.«

Engelin schluckte die Antwort darauf hinunter, denn Hildegunda, die Novizin, trat durch die Tür von der Badestube in die Küche und erkundigte sich, ob das Badewasser für ihre Herrin inzwischen heiß geworden sei. Ida stand auf und prüfte den Kessel.

»Heiß genug. Jungfer Engelin, wenn Ihr so freundlich sein würdet, noch drei Eimer kaltes Wasser zu holen. Wir haben lange genug geschwatzt.«

Das hatten sie, und als Engelin sich auf den Weg machte, ihre Aufgabe zu erfüllen, hätte sie beinahe Ismael umgerannt, der mit zwei Eimern im Eingang stand.

»Hoppla, wohledle Jungfer, verschüttet nicht das, was ich drei störrischen kleinen Ziegen abgerungen habe.«

Engelin maß ihn von oben bis unten.

»Du hast gelauscht, Bengel!«

»Ich doch nicht, Jungfer. Ich kam eben die Stiege hoch.«

»Kaum, denn sonst würde der Kater nicht mit einem weißen Milchbart neben dem Eimer sitzen.«

Der Junge sah sich um, der Kater zu ihm hoch.

»Verräter!«, sagte Ismael zu ihm.

»Ein kluges Tier. Du kannst deinem Herrn aber getrost alles genau so ausrichten, wie du es gehört hast.«

»Dass Ihr eine dornige Rose seid, wohledle Jungfer?«

»Wenn er mir zu nahekommt, wird er sich blutige Kratzer holen. Und nun lass mich durch!«

Ehrerbietig, doch mit glitzernden Augen, trat der Bursche zur Seite, und Engelin rauschte an ihm vorbei.

Als sie die letzten Schaff Wasser abgeliefert hatte, traf sie Casta auf dem Hof, die mit dem Reisigbesen vor der Kapelle fegte. Mit einem gespielt verzweifelten Blick wies sie auf ihren feuchten Kittel und die staubige Schürze ihrer Freundin.

»So viel zu uns ehrenwerten Burgfräulein.«

»Tja, in seidenen Gewändern am Arm eines starken

Mannes durch den Lindenhain wandeln würde mir auch besser gefallen.«

»›Verdammte Linden …‹«

»Hast du schlechte Erfahrungen mit Männern unter Linden gemacht? Komm, erzähl, Engelin.«

»Lieber nicht. Bah, du hast ja erschreckend gute Laune heute, Casta. Wo ist denn dein Ritter heute Vormittag? Ich habe ihn noch nicht gesehen.«

»Meiner ist er noch lange nicht. Aber er hat mich heute zumindest einmal wahrgenommen, als ich ihm den Morgenbrei auf den Tisch gestellt habe. Er murmelte etwas davon, dass er mir sehr dankbar sei, dass ich die schmutzigen Küchenarbeiten übernähme. Aber als ich ihn in ein Gespräch verwickeln wollte, behauptete er, die Pacht- und Abgabeaufzeichnungen des Verwalters durchsehen zu müssen.«

»Verständlich. Das muss er wohl tun, um die Angelegenheiten zu regeln.«

Engelin sah ihre Freundin eine Weile an, dann nahm sie ihr den Besen aus der Hand.

»Sauber genug hier. Wir haben uns etwas Kurzeweil verdient, meinst du nicht auch?«

»Ja, ich glaube auch. Frau Loretta kann ihre Kammer ruhig selber fegen.«

»Hat sie dich damit beauftragt?«

»Wie eine Herzogin ihre Magd.«

»Ein eingebildetes Völkchen hat sich hier zusammengefunden.«

»Sicher, aber wir sollten lieber auf den Wehrgang gehen, wenn wir uns über sie unterhalten wollen«, meinte Casta mit einem Blick auf den Höfling, der trotz der frühsommerlichen Wärme in einer weiten, dunkelgrünen Heuke mit Pelzbesatz zum Rittersaal stolzierte.

»Dürfen wir denn auf den Wehrgang?«

»Meister Hardo hat Herrn Ulrich gebeten, es zu erlauben. Die Mannen wissen Bescheid und sollen nur darauf achten, dass keiner von uns von den Zinnen in das Wasser des Burggrabens springt.«

So gingen sie also zur Torburg und kletterten dort die hölzerne Treppe nach oben.

Engelin blieb gleich an der ersten Zinne stehen und betrachtete staunend das Land. Die weite Rheinschleife schimmerte im Sonnenlicht, und gemächlich zogen die Schiffe durch den weiten Bogen. Mitten im Fluss war die Fähre an ihrer Kette befestigt und schwang sich der Strömung folgend von einem Ufer zum anderen. Auf der anderen Seite säumten hohe Pappeln die Gestade, und über ihren Wipfeln erhob sich eine Kirchturmspitze.

»Ich habe als Kind hier oft gestanden und von der großen Welt geträumt«, sagte Casta leise.

Engelin zuckte zusammen.

»Wie dumm ich bin, Casta. Ich habe mir bisher gar nicht vor Augen geführt, dass du ja hier geboren und aufgewachsen bist.«

»Woher solltest du es wissen, Engelin? Als wir uns damals in Koblenz trafen, habe ich nicht von dieser Burg hier gesprochen – wir hatten andere Sorgen. Und als du mir im April die Botschaft sandtest, dass dein Vater hierhin eingeladen worden war, habe ich mich nur gefreut, dich wiederzusehen. Mir ist gar nicht in den Sinn gekommen, dir von meinem Anspruch zu berichten.«

»Alles das ist jetzt ziemlich unwichtig geworden.«

»Erst einmal ja. Aber ich hoffe, es wird sich bald eine Erklärung für dieses Unglück finden.«

»Ich weiß nicht. Ich habe den Eindruck, niemand kümmert sich so recht darum.«

»Nun ja, immerhin hat man zweien die Unschuld nachgewiesen.«

»Wem nur, Casta?«

»Herr Ulrich wird seine Gründe haben, warum er keine Namen nennt. Wer will schon öffentlich der Unkeuschheit geziehen werden?«

»Was der aufgeputzten Loretta vermutlich zum Vorteil gereicht«, knurrte Engelin.

»Es könnten auch andere gewesen sein. Ich mag niemandem etwas unterstellen.«

»Nein, dazu bist du zu sanftmütig. Dann will ich mir dich zum Vorbild nehmen. Aber ich habe mich vorhin mit Ida unterhalten. Sie hat mir kein schönes Bild von dem Burgvogt gemalt. Sag, du musst dich doch an ihn erinnern können.«

Casta stieß sich von der Mauer ab und machte einige Schritte auf den südlichen Wachturm zu. Engelin folgte ihr, und die Wachen ließen sie mit einer Verbeugung passieren. Erst als sie außer Hörweite der Mannen waren, hielt Casta inne und lehnte sich wieder an die brusthohe Zinne.

»Ja, ich erinnere mich an ihn, aber nicht besonders gut. Soweit ich weiß, hat er sein Amt von seinem Vater geerbt, der es bereits unter dem alten Burgherrn innehatte. Das ist oft üblich.«

»Und erklärt, warum Sigmund sich Söhne wünschte.«

»Natürlich. Ich habe wenig mit ihm zu tun gehabt, Engelin. Er kümmerte sich nicht um uns Kinder. Das tat sein Weib jedoch gerne. Ida steckte uns oft gedarrte Früchte zu oder Honigmilch und verband unsere kleinen Wunden. Der Kaplan unterrichtete meinen Bruder Karl und Jonata und mich, denn mein Vater war oft mit seinem Lehnsherren unterwegs, und meine Mutter – nun, du hast sie ja kennengelernt. Sie ging schon immer gerne ihres Weges. Als mein Bruder acht und ich zwölf waren, wurden wir zu unseren Verwandten nach Koblenz geschickt, um dort unsere weitere Erziehung zu erhalten.«

»Dort habt ihr in einem Patrizierhaushalt gelebt. Das wunderte mich schon damals. Sollte dein Bruder nicht zum Ritter erzogen werden?«

Casta wedelte mit der Hand, um eine brummelnde Hummel zu verscheuchen, und seufzte dann leise.

»Karl war immer ein kränkliches Kind, Engelin. Ich

glaube, mein Vater war recht unglücklich darüber. Dort drüben auf dem Lichhof liegen drei Knaben, die die ersten Wochen ihres Erdendaseins nicht überlebt haben. Ein Dienst als Knappe kam für Karl nicht in Frage, die Härten hätte er nicht überstanden. Darum begleitete er mich zu der Base meiner Mutter.«

»Es ist ein vornehmes Haus, das sie führen.«

Casta lachte leise.

»O ja, und weit bequemer als eine Burg, nicht wahr? Ich fühlte mich wohl dort und lernte die Annehmlichkeiten bald schätzen. Mein Bruder war es auch zufrieden, aber er war immer ein stilles Kind und wurde dann auch zu einem stillen, in sich gekehrten Jüngling. Mich überraschte es nicht besonders, dass er sich schließlich für den geistlichen Stand entschied. Die schweigenden Kartäuser sind genau die Gemeinschaft, in die er gut hineinpasst.«

Engelin beschattete ihre Augen mit der Hand und schaute über die Äcker, Weiden und Weingärten, die sich hier vor der Burgmauer ausbreiteten. Reiches, fruchtbares Land, das dem Herrn der Burg auskömmliche Einkünfte sichern würde.

»Was wirst du tun, wenn dir die Burg zugesprochen wird?«

»Nun, zusehen, dass ich einen Ritter finde, der sie für mich führt.«

»Es sollte ein hübsches Angebinde für den Herrn Ulrich von der Arken sein.«

Doch Castas Miene verdüsterte sich wieder.

»Er wird zu stolz sein, mich der Mitgift wegen zu freien.«

»Männer!«, grollte Engelin.

»Ja, Männer.«

Sie schwiegen, und Engelin wandte ihren Blick von den wohlbestellten Feldern zur Burg hin. Vor der Mauer lag der wassergefüllte Graben, hinter ihr schaute man auf die Dächer der Stallungen. Soweit sie es erkennen konnte, war alles ausgezeichnet in Ordnung gehalten. Mochte auch das Holz verwittert sein, so waren alle schadhaften Stellen

160

sorgfältig ausgebessert, in dem Zwinger waren an Pflöcken einige Ziegen angebunden, die das Gras niedrig hielten, der Eimer des Ziehbrunnens lief lautlos und ohne zu quietschen über seine Rolle, die Tränke war mit klarem Wasser befüllt. An den Mauern rankte sich fachgerecht aufgebundenes Spalierobst. Was immer man von Sigmund als Mann halten mochte, als Verwalter hatte er gründlich und sorgsam gearbeitet. Es würde schwer werden für den neuen Eigner, einen derart fähigen Burgvogt zu finden.

Das scheppernde Glöckchen der Dorfkirche rief die Mittagsstunde aus, und Casta stupste Engelin an.

»Wir werden gebraucht, um das Essen zu verteilen, Engelin. Schluss mit Schwatz und Kurzeweil!«

»Ja, du hast recht. Die Pflicht ruft.«


### Die dornige Rose

Die dornige Rose hatte Brot und Quark vor mir auf den Tisch geklatscht und auch Ismael in ähnlich freundlicher Manier bedient. Gut, der Junge hatte gelauscht und mir getreulich von ihrem Gespräch mit Ida berichtet. Er wusste, wie sehr es mich amüsieren würde. Und die Aussicht auf den heutigen Abend erheiterte mich noch viel mehr. Es stand mir nämlich ein ganz persönliches Vergnügen bevor.

Aber bis dahin war es noch etwas Zeit.

Nach der mittäglichen Labung folgte ich der nicht unerwarteten Bitte des Kaplans, mich um das Ausheben der Grube zu kümmern, und machte mich mit der Schaufel daran, ein Grab im Lichhof zu richten. Sigmund würde neben seinem Vater, dem früheren Burgvogt, und seiner Mutter seine letzte Ruhe finden. Die Herren der Burg, wenn sie denn hier gestorben und nicht im Feindesland gefallen waren, hatten jedoch ehrenwertere Plätze an der Kapellenwand.

161

Während ich Grassoden ausstach und die sandige Erde lockerte, gingen mir etliche Gedanken durch den Kopf.

Die Stimmung in der Burg war naturgemäß etwas angespannt, und vermutlich bildeten sich immer neue Gruppen und Grüppchen, die sich gegenseitig belauerten und verdächtigten. Über kurz oder lang mochte es zu heftigen Reaktionen kommen. Beschimpfungen, tätliche Angriffe – oder Gedanken an Flucht.

Um die beiden Ersteren konnte der Ritter sich kümmern. Auf Letzteres würde ich ein Auge haben.

Als die Grube tief genug war, stellte ich die Schaufel zur Seite, ging zur Pferdetränke, um mich zu waschen – gründlicher als Engelin es mit ihrem Schaff Wasser getan hatte –, und suchte die Kapelle auf. Der neugierige Puckl hatte gar nicht so falsch gelegen mit seiner Vermutung, dass es einen Geheimgang aus der Burg gab.

In der Kapelle war es kühl, der Duft von Weihrauch und Wachskerzen hing noch in der Luft, und durch die bleiverglasten Fenster fiel nur gedämpft das Nachmittagslicht. Die Blumen, die Ida wohl noch immer alle paar Tage zu Füßen der Heiligen in Krüge stellte, waren verwelkt. Nun ja, sie hatte derzeit andere Aufgaben zu erfüllen, und die Heiligen mochten ihr verzeihen, dass sie in dieser Pflicht nachlässig geworden war.

Ich wollte eben um den Altar herumgehen, als sich die Tür öffnete und Jungfer Engelin ihren Schatten auf den hellen Marmorboden warf. Sie trat ein, und mir stockte der Atem. Auch wenn sie nur einen unförmigen Arbeitskittel trug und die Haare mit einem braunen Tuch zurückgebunden hatte, wirkte sie um vieles schöner als selbst die Engel, nach denen sie benannt worden war. Die Sonnenstrahlen, die von draußen hereinfielen, umgaben sie mit einer goldenen Gloriole. Ein Strauß eben erblühter Rosen lag in ihrer Armbeuge, in der Hand hielt sie einen blau glasierten Tonkrug. Sie bemerkte mich nicht, sondern ging zielstrebig auf die Heiligenfigur zu.

Ich stellte mich leise hinter sie, als sie die welken Blumen aus dem Krug nahm, und raunte ihr ins Ohr:

>>Könnt' ich doch erleben, dass ich Rosen
mit der Minniglichen sollte lesen,
wollt' ich mit ihr scherzen und so kosen,
als ob Freunde wir schon längst gewesen.
Würde mir ein Kuss zu einer Stunde
zuteil von diesem roten Munde,
wär' von meinen Leiden ich genesen.<<[10]

Die Rosen fielen auf den Boden, und mit zornblitzenden Augen drehte Engelin sich zu mir um.

Umsichtig nahm ich ihr den Krug mit Wasser aus der Hand.

>>Einmal waschen reicht am Tag, Jungfer Engelin. Sogar bei solch eitlen Gockeln wie mir<<, verwies ich sie und zeigte ihr ein breites Grinsen.

>>Stellt Ihr mir nach, Meister Hardo?<<, zischte sie mich an.

>>Aber nein, Herrin. Eher stellt doch Ihr mir nach, denn ich war vor Euch in dieser kühlen Kapelle.<<

>>Was habt Ihr wohl in einem Gotteshaus zu suchen? Hat man Euch Reuegebete aufgegeben?<<

>>Was sollte ich bereuen, schöne Herrin? Nein, ich suchte nach den Hostien.<<

Es freute mich, dass sie zunächst Überraschung und erst dann Verachtung zeigte.

>>Was wollt Ihr denn mit den Hostien.<<

>>Nun, ich dachte, ich könnte mir eine um die Kehle binden. Wie man sagt, übt der Leib Christi große Heilkraft aus. Und da Euch meine raue Stimme nicht behagt, hoffte ich, ich könnte sie damit wieder sanfter und schmeichelnder machen, sodass Euch mein Gesang und meine Dichtkunst besser gefallen.<<

---

10 Walther von der Vogelweide

Einen winzigen Lidschlag lang leuchtete so etwas wie ein entfernter Schmerz in ihren Augen auf. Dann aber riss sie sich zusammen, musterte mich kühl von oben bis unten und sagte: »Bah. Nicht nur ein eitler Geck, auch noch ein abergläubischer Wicht. Reliquien, Talismane, Zaubersprüche und Hostien – und an welche Wunderwirksamkeiten glaubt Ihr denn sonst noch?«

»Gewiss nicht an den Zauber einer schönen Frau!«, ertönte die glatte Stimme des Höflings Lucas van Roide vom Eingang her. Er schwenkte seine faltenreiche Heuke und machte einen Kratzfuß vor Engelin. »Schenkt dem Spielmann nicht Eure Gunst, edle Jungfer, und schenkt ihm schon gar nicht diese Rosen. Seinesgleichen sind mit grobem Brot und Grutbier gut belohnt.«

»Die Rosen, Herr Lucas, sind eine Gabe an diese Heilige hier.«

Vergnügt stellte ich fest, dass die liebliche Engelin zu ihm sogar noch eisiger werden konnte als mir gegenüber. Ob ihr seine aufgeputzte Erscheinung nicht gefiel? Der Höfling hatte seine braunen Locken mit Schmalz geglättet, sie glänzten wie eine Speckschwarte, und er verströmte die schweren Düfte des halben Morgenlands. Vermutlich trug er eine Parfümkugel mit Ambra und Moschus unter seiner pelzgefütterten Kleidung.

Jedem das seine; ich zog den leichten Rosenduft vor, und deswegen bückte ich mich auch nach den Blumen, sammelte sie auf und reichte sie meiner liebreizenden Herrin.

»Auch grobes Brot und angebrannter Brei sind Köstlichkeiten, wenn sie von liebevoller Hand gereicht werden«, murmelte ich und machte ebenfalls eine anmutige Verbeugung. Sie entriss mir den Strauß, und die Blumen hinterließen einige blutige Dornenkratzer auf meinen Händen.

»Würden die wohledlen Herren mich nun alleine lassen? Ich möchte meine Gebete verrichten.«

»Um Geduld, Euer Lieblichkeit?«

»Um geradezu engelhafte Geduld, Meister Hardo!«

## Ein brennender Augenblick

Der Blick in eine der silbernen Platten, die Ismael gerade auf der Truhe stapelte, damit Ida später den Braten für die Hohe Tafel darauflegen konnte, zeigte ihm, dass der dunkle Flaum in seinem Gesicht ihn weniger männlich als vielmehr schmuddelig aussehen ließ, und er beschloss, etwas für die Schönheitspflege zu tun. Nicht das heiße Bad: Das Wasserschleppen zum Kessel in der Küche war ihm zu aufwendig und zu langwierig – harte Männer kamen auch mit kaltem Wasser zurecht. Für die Mannen gab es einen Bottich im Zwinger, den er zu nutzen gedachte. Er suchte also Hardos Gemach auf, packte Leinentuch, Seife und Barbiermesser zusammen, um sich einer gründlichen Reinigung und einer Rasur zu unterziehen.

Als er unter den Durchgang vom Burghof zum Zwinger trat, sah er, dass auch Dietrich ebendiese Absicht hatte, denn er trug bereits zwei Wassereimer zu dem Verschlag neben der Schmiede, weil es hier gewöhnlich durch das Kaminfeuer immer etwas wärmer war. Nun, das war eine Gelegenheit, dem Knappen einen Freundschaftsdienst zu erweisen – nicht ohne bei passender Gelegenheit natürlich eine Gegenleistung einzufordern.

Vergnügt und unmelodisch vor sich hin summend schlenderte er ihm hinterher. Die Werkstätten waren verwaist, die Handwerker, die im Dorf wohnten, ausgesperrt. Weshalb Ismael sich wunderte, warum die Tür zur Schmiede halb offen stand. Er warf einen vorsichtigen Blick hinein und staunte. Dort an der Bretterwand drückte sich der humpelnde Humbert herum. Offensichtlich hatte er einen Spalt oder ein Astloch gefunden, durch das er das Geschehen im Badebottich beobachten konnte.

»Hab ich dich!«, murmelte Ismael und schlenderte weiter. Dietrich hatte das runde Schaff gefüllt und war eben dabei, sich auszukleiden. Ismael trat ein, musterte kurz die Wand des Verschlags und entdeckte auch sofort den etwa daumenbreiten Spalt. Er stellte sich so, dass dem heimlichen Beobachter der Blick auf den nackten Knappenrücken verstellt war, und sagte leise zu Dietrich: »Nicht erschrecken. Du hast einen Bewunderer in der Schmiede nebenan, der bei dem Anblick deines lilienweißen Leibes dem heiligen Onan huldigt.«

Dietrich zuckte nur kaum merklich zusammen.

»*Was* tut er?«

»Er holt sich einen runter.«

Der Knappe äußerte etwas erstaunlich Unflätiges und wollte aus dem Verschlag stürmen.

»Gemach, dem werden wir den Spaß verderben. Steig ins Wasser, aber dreh dich erst um, wenn ich ›Jetzt‹ sage.«

»Was …«

»Vertrau mir einfach.« Und lauter erklärte er: »Hier ist ein Stück Seife, Dietrich.«

»Danke. Aus Aleppo?«

»Natürlich. Ich helfe dir nachher beim Barbieren.«

Ismael hatte sich rasch umgesehen und eine irdene Schale gefunden, die er auf den Schemel neben dem Bottich stellte. Dann nahm er die leeren Eimer und ging damit noch einmal zum Brunnen. Unterwegs las er einen langen Strohhalm auf. Wieder zurück in dem Verschlag hielt er sich außerhalb des Blickwinkels auf, den der Gelehrte haben musste, und verrührte etwas Seife mit dem Wasser in der Schale, während sich Dietrich umständlich und ohne allzu viel von seinem bloßen Leib preiszugeben die Haare wusch. Leise bewegte Ismael sich auf die Bretterwand zu. Dahinter hörte er heftiges Atmen. Geschwind tauchte er den Strohhalm in die Seifenlauge, sog an und näherte sich dem Spalt von der Seite.

»Jetzt!«

Dietrich drehte sich zur Wand um.

Ein schneller Blick, Zielen und ein heftiger Luftstoß, und die ätzende Brühe landete genau im weit aufgerissenen Auge des Betrachters.

Ein Stöhnen erklang, ein Rumpeln, das von einem herben Rückwärtsfall zeugte, und ein unterdrückter Fluch wurde laut.

»Die Seife ist gut, nicht, Dietrich? Du musst nur aufpassen, dass dir nichts von der Lauge in die Augen kommt. Das brennt grässlich.«

»Ja, habe ich schon gemerkt«, sagte der Knappe, und ein Grinsen breitete sich auf seinem schaumigen Gesicht aus. »Reich mir doch bitte mal einen Eimer Wasser.«

Ismael tat es, und der Knappe murmelte: »Danke. Ist er weg?«

Ein kurzer Blick nach draußen zeigte den Gelehrten, der mit beiden Händen Wasser in sein Gesicht klatschte.

»Doktor Humbert kämpft gegen seinen Sehverlust – ähm, sagt man nicht, dass diese Art der Befriedigung blind macht?«

»Der Gelehrte? Heilige Jungfrau!«

»Wusstest du das nicht?«

»Nein. Aber dass manche Männer lüsterne Gedanken bekommen, wenn sie mich sehen, das ist mir schon einige Male passiert. Es ist widerlich.«

»Du bist eben ein hübscher Edelknabe. So, und jetzt machen wir dich noch hübscher. Ich habe auch die Klinge aus Damaszenerstahl dabei, die das harte Gestrüpp deines Bartes sauber lichten wird.«

Schweigend ließ sich Dietrich den Flaum abschaben und murmelte dann: »Das ist etwas, das ich nie mit meiner rechten Hand machen werde.«

»Nein, außer du willst so schartig aussehen wie dein Ritter. Haben sie dich sehr gehänselt?«

»Nicht nur das. Ich war der ungeschickteste aller Pagen, ein richtiger Tölpel. Kein Ritter wollte mich als Knappen. Verstehst du das?«

»Herr Ulrich wollte dich, und ihm macht es nichts aus.«

»Mhm.«

»Mir auch nicht.«

»Er lehrt mich die ritterlichen Tugenden, aber ich werde mit ihm nie auf Ritterfahrt gehen.«

»Und? Dann steht dir ein langes, gesundes Leben bevor.«

»Aber die Ehre …«

»Erlangt man Ehre nur durch das Töten von Feinden?«

»Dir ist das egal, nicht?«

»Ehre? Vollkommen!«, tönte Ismael im Brustton der Überzeugung.

»Lügner.«

»Nenn mich nicht Lügner, solange ich das Barbiermesser in der Hand halte.«

»Vermutlich ein guter Rat.«

Ihr Geplänkel fand ein Ende, denn nun trat auch Puckl mit Handtuch und Wasserschaff ein.

»Ich rieche feine Seife.«

»Ist aufgebraucht bis auf den Rest, der für mich bestimmt ist«, beschied ihn Ismael und legte die Klinge beiseite. »Nett, dass du mir frisches Wasser mitgebracht hast.«

»Das ist für mich bestimmt, hol dir dein eigenes.«

Dietrich trocknete sich ab und nahm den zweiten leeren Eimer.

»Ich hole es für dich.«

»Spielst du jetzt den Badeknecht für uns?«

»Für meinen Barbier, Puckl. Nur für den.«

Der Secretarius musterte Dietrichs glatte Wangen und verbeugte sich gen Ismael.

»Wir baden dich und du barbierst uns!«

In freundlicher Stimmung, jedoch nicht ohne derbe Neckereien verbrachten sie eine Weile mit ihren Planschereien, wobei sowohl der Knappe als auch Ismael über den ungebetenen Besuch zuvor schwiegen. Puckl war wieder den Wachen lästig gefallen und schwatzte endlos über deren Ausrüstung. Als sie sauber, aber mit glatten Wangen und nassen Haaren in der Sonne vor der Schmiede saßen, wollte er schließlich alles über die Rüstung des Ritters wissen, und da auch Ismael dazu eine leichte Neugier entwickelte, gab Dietrich bereitwillig Auskunft, erklärte Harnisch und Halsberge, Kettenhemd und Gliederpanzer, sprach von Visier und Helmbusch und den Schwierigkeiten, die sich aus der Panzerung für die Beweglichkeit des Kämpfers ergaben.

»Vermutlich braucht so eine Rüstung viel Pflege«, sinnierte Ismael, der wie so oft die praktischen Probleme erkannte. »Dieser Damaszenerstahl rostet nicht, aber daraus wird man wohl die Rüstung nicht fertigen. Also rostet sie vermutlich ziemlich schnell.«

»Ja, sie muss andauernd geölt werden.« Der Knappe schilderte auch diese Aufgabe, und Ismael pries sich glücklich, einem ungepanzerten Herrn zu dienen.

»Wird die Rüstung auch in Wappenfarben bemalt?«, wollte Puckl dann wissen.

»Nein. Wenn man die zeigen will, trägt man den Wappenrock darüber oder den entsprechend gefärbten Helmbusch. Allerdings gibt es farbige Rüstungen. Ich habe mal eine grüne gesehen, und die meines Herrn ist schwarz.«

Ismael hielt die Luft an.

War Ulrich von der Arken etwa der schwarze Ritter, von dem Hardo berichtet hatte?

Ob er das wusste?

Und wenn – warum hatte der Ritter einst die Burg angegriffen? Warum hatte er seinen Herrn gejagt?

Diese Fragen konnte ihm Dietrich natürlich nicht beantworten. Aber der Herr Ulrich würde ihm alles das heute Abend, wenn er sich wieder zu seinem Gespräch mit Hardo in ihrem Gemach einfände, beantworten müssen.

Entschlossen stand er auf und verkündete seinen beiden Freunden, dass es an der Zeit war, die Tafeln im Saal zu richten.

## Der dritte Abend

Ich sah noch mal nach unseren Pferden und suchte dann mein Gemach auf, um mich für den Abend vorzubereiten. Während ich die meinem Stand angemessene Gewandung anlegte und meine Haare bürstete, trat Ritter Ulrich nach einem kurzen Klopfen ein.

»Ich sehe, Ihr wollt uns wieder eine Augenweide bieten«, sagte er, und sein rechter Mundwinkel verzog sich zu einem wissenden Lächeln.

»Es lenkt von vielerlei trüben Gedanken ab, Herr Ulrich.«

»Richtig. Mein Knappe hat Euch berichtet, was er herausgefunden hat?«

»Er zeigte mir die Stelle im Heu. Ich fand ein kleines Spielzeug, dessen Herkunft ich noch untersuchen muss. Dann sollte auch ein Weib vom Mordverdacht befreit sein.«

»Dieser Cuntz ist ein zweifelhafter Geselle«, brummte der Ritter. »Sigmund und er haben sich wohl in kleine Unredlichkeiten verstrickt, was die Pachtabgaben anbelangt. Ich muss dem Stiftsherrn recht geben, wenn er sich über Unregelmäßigkeiten beklagt. Eine grässliche Arbeit, diese Erbsenzählerei.«

Vor allem das Lesen und Rechnen nur mit einem Auge, dachte ich sofort, aber das sagte ich nicht. Dafür fiel mir aber eine Lösung ein.

»Ihr hättet Euch van Dyke zu Hilfe holen sollen. Oder besser noch seinen Secretarius Puckl.«

»Ihr habt ganz brauchbare Ideen unter Eurer Haarpracht, Meister Hardo.«

»Die eine oder andere.«

»Setzt Euch heute Abend an den linken Tisch, dort, wo Cuntz und der Kaplan sitzen.«

»Und die schöne Loretta und der vornehme Höfling. Es wird mir ein Vergnügen sein. Doch wer wird die Tischmusik machen? Ismael kann die Trommel schlagen, aber mit seinen sonstigen musikalischen Darbietungen ist es nicht weit her.«

»Das edle Fräulein Casta hat sich bereit erklärt, die Harfe zu spielen. Wir haben das Instrument schon auf die Galerie gebracht. Ihr aber werdet uns hoffentlich nach dem Mahl weiter mit Eurer Mär unterhalten.«

»Nur zu gerne, Herr Ulrich.«

Ich brachte meine Laute früh genug und vor allen Gästen in den Rittersaal und legte sie auf den Stufen zur Hohen Tafel bereit. Dann spähte ich nach den Aufwärtern aus und entdeckte auch recht bald Ännchen, die die Aufgabe hatte, die Pokale auf den Tischen zu verteilen. Ismael kam mit zwei Krügen Bier aus der Küche, und ich gab ihm einen kleinen Wink.

»Meister?«

»Deine Manieren werden immer höfischer«, würdigte ich seine gewandte Verbeugung.

»Man muss täglich daran arbeiten, sich zu vervollkommnen.«

»Wohl wahr. Und nun setze deine neu erworbene Artigkeit bei dem kecken Ännchen ein und versuche herauszufinden, wem dieses Kleinod gehört.«

Ich ließ das Kettchen unauffällig in seine Hand gleiten, er warf einen müßigen Blick darauf und zog die Nase kraus.

»Tand.«

»Sicher, aber der eines unschuldigen Weibes.«

»Wird sich weisen.«

»Kommt auf die Unschuld an.«

»Ich kümmere mich darum.«

»Und ich werde heute am Tisch sitzen.«

»Hab die Harfe schon gesehen.«

Ich hörte sie jetzt. Jemand strich über die Saiten, leise nur, aber mit Kenntnis. Ich nickte Ismael zu und begab mich auf die Galerie.

Casta saß an dem Instrument, und ihre schlanken Finger

entlockten ihm windzarte Töne. Es klang, als suche sie nach einer Melodie, und so zog ich die kleine Flöte aus meinem Gürtel und setzte sie an die Lippen.

Überrascht sah sie zu mir, dann zogen sich ihre dunklen Brauen zusammen, und ihr Blick wurde vorwurfsvoll. Ich hielt ihm stand und spielte weiter mein kleines Liedchen. Lange konnte die sanfte Jungfer ihren Groll dabei nicht aufrechterhalten; es lag eine ganz eigene Magie in meinem Flötenspiel. Und schon fuhren ihre Hände über die Saiten, umwoben meine Tonfolgen, gaben der Melodie Fülle und Stand, und als ich die Flöte absetzte, war ihre Miene freundlich geworden.

»Das war ein Lied, das mein Vater gerne spielte«, sagte sie leise.

»Ein hübsches Liebeslied«, sagte ich unverbindlich, und sie strich wieder spielerisch über die Saiten. Wehmütig klangen die Läufe, und sie murmelte, wie in Erinnerungen verloren: »Er spielte die Laute wie Ihr, Meister Hardo.«

»Und brachte Euch das Harfenspiel bei?«

»Nein, das tat ein alter Sänger, nicht hier, sondern im Haus meiner Verwandten.«

»Er hat eine gelehrige Schülerin gehabt, wohledles Fräulein.«

»Ich habe viel geübt.«

»Übung macht den Meister. Begabung den Künstler.«

Überrascht ließ Casta die Hände sinken.

»Ihr nennt Euch Meister.«

»Ganz recht.«

»Ihr seid ein seltsamer Mann, Meister Hardo.«

»Ein Mann wohl, doch nicht seltsamer als andere.«

Jetzt war ihr Blick geradezu freundlich zu nennen.

»Ihr seid sanfter, als Ihr zugeben wollt.«

»Ihr irrt, wohledles Fräulein.«

Ich verbeugte mich höflich und schwieg. Sie irrte sehr – ich bin durchaus bereit zuzugeben, dass ich sanft sein kann. Man lernt das mit wachsender Erfahrung. Man lernt auch

Masken zu tragen. Ich setzte die meine auf und begab mich zu den Gästen am linken Tisch – dem nicht ganz so vornehmen wie dem rechten.

Dietrich, aufmerksam wie immer, wies mir einen Platz zwischen Ida und Jonata zu. Mir gegenüber saßen Cuntz, der Pächter, der duftende Höfling, Loretta und der Kaplan. Eine bunte Mischung von Freundlichkeit, Gleichgültigkeit und Ablehnung schlug mir entgegen. Ich lächelte alle mit derselben Herzlichkeit an.

Dann wurde das Essen aufgetragen. Ich zollte Ida meine Achtung, denn die Suppe war gehaltvoll, die Pasteten, mit einer Mischung aus Bärlauch und Eiern gefüllt, saftig, der goldgelbe Käse gut gereift. Doch das Tischgespräch verlief schleppend. Jonata neben mir hatte sich ganz in sich zurückgezogen und aß ohne aufzuschauen Löffel für Löffel ihre Schüssel leer. Cuntz, ihr Gatte, mampfte mit vollen Backen und schielte immer mal wieder zu Loretta hin, die jedoch ihre ganze Aufmerksamkeit dem Kaplan widmete. Mit geringem Erfolg. Denn der hatte mich als Gesprächspartner gewählt und schwadronierte über die geistliche Minne. Ja, einige Werke aus dieser Gattung hatte ich natürlich auch erlernt, aber ich hatte wenig Lust, ihm davon Einzelheiten zu berichten. Also machte er eine lobende Bemerkung zu dem Harfenspiel, das melodisch von der Galerie herunterperlte.

»Weit kunstreicher als das Gedudel eines fahrenden Musikanten«, warf Lucas ein.

»Natürlich«, antwortete ich ihm gelassen. »Es spielt ja auch die Herrin des Hauses.«

Ich erntete einen giftigen Blick.

»Die? Nie! Da gehen ältere Rechte vor.«

»Sie ist die Tochter des verstorbenen Herrn«, sagte nun auch Ida.

»Ein Weib. Wenn der Ritter auch nur einen Funken Verstand im Leib hat, wird er ihr doch nicht das Lehen zusprechen.«

»Herr Ulrich von der Arken dürfte seine Entscheidung wohl abwägen.«

»Der hätte doch das Lehen am liebsten für sich selbst. Er ist doch bloß ein armer Schlucker, dessen Heim der Herzog verpfändet hat.«

Davon hatte mir Ismael am Nachmittag berichtet, und ich war noch unentschlossen, ob es mein Misstrauen dem Ritter gegenüber mindern oder stärken sollte. Darüber wollte ich ohne gründliche Überlegung aber noch nicht entscheiden. Und erst recht wollte ich nicht mit dem Höfling darüber plaudern, also wandte ich mich an meine stumme Tischnachbarin und bot ihr von den in Wein und Honig eingelegten Aprikosen an.

Jonata schüttelte den Kopf.

»Sie sind köstlich, Jonata, und ihre Süße lindert Trauer und Schmerz.«

»Schöne Worte«, flüsterte sie.

»Sollte ich andere wählen? Nun, dann sagt mir, Jonata, habt Ihr Kinder?«

Sie betrachtete weiterhin ihre leere Schüssel, antwortete mir aber.

»Ja, vier. Drei Buben und ein kleines Mädchen.«

»Wie alt sind sie?«

»Die Jungen sechs, fünf und drei, das Mädchen eben ein Jahr alt.«

»Es sind kluge Kinder, Meister Hardo«, erklärte Ida stolz. »Und es wäre gut, wenn die Knaben bald etwas lernen würden.«

»Das muss Cuntz entscheiden«, murmelte Jonata in ihre Schüssel.

Ida seufzte leise.

Ich verstand – die Kinder waren Sigmunds Enkel, und sie hätten, da Ida keine weiteren Söhne bekommen hatte, auf der Burg leben und hier die Verwaltung der Güter lernen sollen. Cuntz, der Pächter, aber schien mir ein Mann von geringem Ehrgeiz zu sein. Nun, auch darum sich zu kümmern würde eine Aufgabe des neuen Burgherrn werden.

Die Mägde kamen, um die leeren Platten und Schüsseln abzutragen, und ich spürte eine leichte Berührung an meiner Schulter.

Ismael.

Seine Stimme neben mir nur ein Hauch: »Loretta.«

Aha, er hatte aus Ännchen herausgekitzelt, wem der bunte Flitter gehörte. Was Cuntz' missmutige Blicke erklärte, wenn er die prunkende Buhle betrachtete, die ihre Reize so sehr dem Kaplan anzudienen versuchte.

Ich trank noch einen Schluck gewässerten Wein und stand dann auf, um mich meiner Aufgabe als Sänger zu widmen.

Die Gespräche verstummten, als ich zur Laute griff, und ich sah auch Casta die Treppe der Galerie hinunterkommen, um an Engelins Seite Platz zu nehmen.

Ich hatte ein bittersüßes Liebeslied gewählt, bei dem gewöhnlich die Frauen und Jungfrauen zu seufzen begannen. Nachdem ich einige Male die Melodie gespielt hatte, sang ich die erste Strophe:

>>O weh, soll mir denn nimmermehr
leuchten durch die Nacht,
noch weißer danne als der Schnee
ihr Leib so wohl gemacht?
Der trog die Augen mein,
ich wähnt, es sei des lichten Mondes Schein –
da ward es Tag.«[11]

Meine Erwartung erfüllte sich, man war gerührt.

Nur Engelin gab sich unbeeindruckt, aber das hatte ich erwartet. Und mit diebischer Freude begann ich, meine Mär fortzusetzen.

---

11 Herr Heinrich von Morungen

### Die Jungfrau in Nöten

Nachdem der Jüngling so heldenhaft den Kampf gegen den Lindwurm geführt hatte, war er mit neuem Mut zur Burg hoch droben auf dem Drachenfels aufgebrochen. Hier, so hatte man ihm erklärt, lebte der Lautenbauer, den er suchte. Steil war der Pfad, der lehmige Weg rutschig, der Abgrund immer nahe. Doch er bezwang den Berg, und schon sah er die Torburg mit dem mächtigen Fallgitter über sich auftauchen. Just da kam ein Tross von Reitern von der anderen Seite herbei, Rüstungen blinkten, Rösser schnaubten, und über ihnen flatterte das Banner des Ritters. Der selbst saß in seiner pechschwarzen Rüstung auf einem pechschwarzen Pferd, das Visier geschlossen. Der schwarze Helmbusch wiegte sich im Wind, einzig das Silber des Schildes schimmerte. Sein Herold rief mit lauter Stimme die Wachen an und begehrte Einlass.

Bebende Furcht übermannte den Jüngling. War ihm der schwarze Ritter bis hierher gefolgt? Trachtete er noch immer danach, alle Bewohner seiner heimischen Burg zu vernichten?

Angstvoll suchte er nach einem Versteck und fand es in der Wurzelhöhle eines mächtigen Baumes. Er kroch in die Dunkelheit, stieß auf etwas Weiches und wurde äußerst schmerzhaft in den Bauch gestochen. Nur die namenlose Angst vor der Entdeckung half ihm, einen Schrei zu unterdrücken. Er fasste mit dem Mut der Verzweiflung nach dem Angreifer, einem wilden Tier mit harten Krallen oder Stacheln, wie er vermutete, und packte zu.

»Finger weg, du Idiot!«, zischte das Tier. »Verschwinde!«

Daraus, dass das Tier sprechen konnte, schloss der Held, dass es eine Seele besitzen müsse und damit vielleicht sogar ein menschliches Wesen war. Ein kleines, junges. Ein verängstigtes Geschöpf. Zu disputieren aber war es nicht der rechte Augenblick, denn schon hörte er draußen die Stimmen der Mannen, das Klirren der Waffen und den Befehl: »Durchkämmt den Wald!«

Bewegungs- ja atemlos drückten sich die beiden Verfolgten tief in die Höhle hinein.

Es dauerte lange, bis der junge Held sich getraute, einen vorsichtigen Blick nach draußen zu werfen.

Es schien alles ganz friedlich im Wald. Die Vögel sangen, ein Reh mit zwei Kitzen stand zwischen den hohen Bäumen, ziehende Wolken verteilten Licht und Schatten über dem Laubdach. Nur Hufspuren zeigten, dass Reiter hier durchgekommen waren.

Der Jüngling kroch aus dem Versteck, das Reh floh, ein Vogel flatterte auf, und hinter ihm krabbelte ein mageres, struppiges Kind ans Tageslicht. Es trug einen ungebleichten, sehr schmutzigen Kittel, gehalten von einem zu langen Ledergürtel, staubige, dünne Beine steckten in ausgetretenen Schuhen, und ein Büschel brauner, borstiger Haare hingen zottelig in das verschmierte Gesicht.

»Du hattest Schiss vor dem Ritter«, stellte das Schmuddelkind fest.

»Du auch!«

»Ich hatte einen Grund!«

»Ach ja? Und welchen?«

Das Geschöpf zog die Nase hoch.

»Ich will Knappe werden. Aber nicht bei dem schwarzen Ritter. Der ist grausam. Ich will zum Drachenherrn.«

»Knappe? Du?«

Der Simpel hatte schon Edelknaben getroffen, wohlerzogene Jungen, die ihre Körper in Waffenübungen stählten und die Schlachtrösser ihrer Herren zu bändigen wussten.

Der kleine Bursche reckte das Kinn nach oben.

»Natürlich ich. Nur weil mein Kittel staubig ist, brauchst du nicht zu meinen, dass ich aus der Gosse stamme. Und was willst du auf der Burg? Ganz bestimmt nicht in den ritterlichen Dienst. Solche tollpatschigen Tröpfe wie dich nehmen die nicht.«

»Du musst es ja wissen«, brummte der Jüngling.

»Na, das sieht man doch! Also, was willst du da, und warum hast du Schiss vor dem Ritter?«

»Ich bin auf dem Weg, die magische Laute zu erwerben!«, verkündete der junge Held und erntete schallendes Gelächter.

»Magische Laute? Und, willst du dir dann mit dem Spiel einen Goldschatz herbeizaubern?«

»Davon verstehst du nichts.«

»Ach nein? Ah, du willst die Weiber betören, was?«

»Davon verstehst du nichts«, wiederholte der Tropf. »Dazu bist du noch viel zu klein.«

»Meinst du? Ich bin dreizehn Jahre alt. Ich weiß, wie es in der Welt zugeht.«

Der Jüngling erlaubte sich, sein Gegenüber daraufhin ein wenig gründlicher zu mustern, und unter all dem Schmutz und Staub erkannte er das zierliche Mädchen.

»Du wolltest nie ein Knappe werden. Du hast gelogen, Jüngferchen!«

Das Mädchen senkte ganz kurz die Lider, dann schniefte sie noch einmal.

»Dumm, ja. Ich sag wohl besser die Wahrheit. Aber du musst sie auch sagen.«

»Aber ich will wirklich den Lautenbauer auf der Burg aufsuchen. Nur dass der schwarze Ritter hinter mir und den Meinen her ist und uns wegen einer Fehde vernichten will.«

»Ah so. Aber er ist hinter mir her. Ich war nämlich Köchin an seinem Hof. Und er hat ein lüsternes Auge auf mich geworfen. Er wollte mich schänden, aber ich konnte ihm eben noch entfliehen.«

»Eine so hässliche kleine Kröte wie dich hat er lüstern angesehen?«

Da in der Ferne wieder Männerstimmen zu hören waren, gab die Maid keine Antwort, sondern kroch eilig ins tiefere Unterholz. Der Jüngling folgte ihr ebenso flink.

Lange durchsuchten die Gewappneten den Wald, und

der junge Held und seine neue Begleiterin, die sich Line nannte, wanderten immer weiter von der Burg fort.

Der Jüngling, der vor Zeiten schon immer gerne durch die Wälder gestreift war, fand genug, um sie beide zu ernähren. Er kannte essbare Beeren und Pilze, konnte Fische aus kleinen Bächen fangen und mit der Schleuder Vögel von den Bäumen holen. In einer verlassenen Köhlerhütte fanden sie einen alten Topf, und er bat das Mädchen, aus dem, was er gesammelt und gejagt hatte, eine schmackhafte Suppe zu kochen. Er gab Line sein Messer und einen Hasen und machte sich zu einem weiteren Streifzug auf.

Als er zurückkam, lag der Hase noch in seinen Pelz gehüllt neben dem Feuer, aber ein paar hübsche rote Pilze mit weißen Punkten auf dem Hut schwammen in dem Kessel.

»Du bist keine Köchin, Line«, warf er ihr vor. »Oder wolltest du mich vergiften, damit ich dein dunkles Geheimnis nicht verrate?«

Das Mägdelein schmollte und grollte, aber sie musste, während der Jüngling den Hasen herrichtete, zugeben, dass sie keine Köchin war. Eine Wäscherin, behauptete sie nun gewesen zu sein. Doch er sagte nichts dazu, sondern machte sich seine eigenen Gedanken.

Die Tage vergingen, warm und sonnig, und dem Jüngling gefiel das freie Leben. Er hatte einen Unterstand aus Zweigen und Laub gebaut, hin und wieder fand er einen alten Baumstumpf, in dem wilde Bienen Waben mit Honig gefüllt hatten, und brachte ihn zu einem kleinen Weiler, um ihn gegen Brot, ein paar Decken oder einen Kittel zu tauschen.

Auch Line schien die Freiheit zu behagen, und meist klebte sie wie eine lästige Klette an dem jungen Mann.

Ich machte eine Pause, um den Zuhörern die Möglichkeit zu geben, sich ihre eigenen Gedanken zu der neuen Wendung zu machen. Dietrich kredenzte mir Wein; ich wieder-

holte die Melodie, mit der ich die Geschichte eingeleitet
hatte, und sang dann die zweite Strophe.

>>O weh, soll er denn nimmermehr
Den Morgen sehen tagen?
Dass uns die Nacht vergeh
Dass wir nicht dürfen klagen:
›O weh, nun ist es Tag‹,
wie er's mit Klage sagt,
da er jüngstens bei mir lag –
da ward es Tag.<<

Die Augen der Frauen vor mir an den Tischen begannen vor
Rührung zu glänzen, wie ich es gewollt hatte. Ein Augenpaar aber schoss grimmige Blitze gegen mich.

Ratet, welches!

Ich klimperte die Melodie noch einmal und fuhr dann
mit der Mär fort.


### Lektionen und angebrannter Brei

*Der Sommer verging, und als es nach einer kühlen Nacht
im Erntemond Tag wurde, fauchte ein mächtiger Sturm um
den Berg. Schlimmer als die Dämonen der Hölle heulte er
zwischen den Bäumen und um die Felsen, trockenes Laub
riss er von den Ästen, hart prallten Graupel auf den not-
dürftigen Verschlag, und ängstlich drückte sich Line an den
Jüngling, der ebenfalls mit Zagen den entfesselten Natur-
gewalten lauschte. Doch war es seiner Umsicht zu verdanken, dass sie gerade noch eben entkamen, als die hohe
Fichte mit einem Krachen umstürzte und den Unterstand
unter sich begrub.*

*Kalt war es geworden, und zitternd saßen die beiden im
feuchten Laub, die Kleider nass, die Glieder klamm und
die dürftigen Vorräte vernichtet.*

»Wir brauchen eine Unterkunft für den Winter«, stellte der junge Held schließlich fest.

»Ich geh aber nicht zurück«, trotzte Line, obwohl auch sie durchnässt ihr dünnes Hemd um sich wickelte.

»Wär aber besser für dich.«

»Nein. Ich bleibe bei dir. Du wirst schon einen Weg finden.«

Missmutig betrachtete der Jüngling die aufsässige kleine Kröte an seiner Seite, aber dann raffte er sich zusammen. Sie mochte eine erbärmliche Klette sein, aber ihr Vertrauen in ihn weckte den unerwarteten Wunsch, ihr beizustehen.

»Na gut, dann suchen wir uns eben gemeinsam einen Unterschlupf. Ich kann für Bett und Brot arbeiten, aber du wirst das auch tun.«

»Ich kann arbeiten!«

»Ja, vor allem kochen!«

»Ich hab's doch jetzt gelernt!«

»Du kannst einen Fisch am Stecken braten, aber den Brei lässt du noch immer anbrennen.«

»Du auch!«

Sie zankten sich den ganzen Weg über, den der Jüngling eingeschlagen hatte. Mit seinen langen Beinen war er ihr immer einen Schritt voraus, und sie hoppelte zeternd hinter ihm her.

»Wo willst du überhaupt hin?«

»Zu dem Lautenbauer. Ich hab mein Ziel nicht vergessen.«

»Ich will nicht auf die Burg!«

»Wir gehen nicht zur Burg.«

Auf seinen Streifzügen hatte der Jüngling vor einigen Tagen einen Kesselflicker getroffen und, wie es so seine Art war, ein Gespräch mit ihm begonnen. Da er tatsächlich sein Ziel nicht aus den Augen verloren hatte, hatte er ihn auch nach dem Lautenbauer gefragt und erfahren, dass der inzwischen ins Tal gezogen war und dort in einem kleinen Dorf am Rhein lebte.

Line gab endlich Ruhe, und zwei Tage später hatten sie sich zu dem Häuschen durchgefragt, in dem der Handwerker sein Heim gefunden hatte.

Doch hier traf sie eine bittere Enttäuschung. Das Weib des Instrumentenmachers teilte ihnen mit, ihr Mann sei vor zwei Monaten gestorben. Der junge Held wurde mutlos und wollte sich abwenden, doch Line hielt ihn am Kittelzipfel fest.

»Wir suchen Arbeit, werte Frau. Wir sind fleißig und stark.«

Die Witwe maß sie abschätzig, nickte dann aber.

»Ich brauche einen Knecht. Und die Wäsche könnte auch häufiger gewaschen werden.«

So erhielten die beiden ein Strohlager neben dem Küchenherd und täglich ihren Brei. Aber das Weib war geizig und hartherzig. Zwar hatte ihr Mann mit seinen Instrumenten gutes Geld verdient, doch sie war nicht willens, das als Lohn für ihre Helfer zu verschwenden. Sie trug es zu den Tuchhändlern und Schneidern und ließ sich einen roten Surkot machen und prunkte damit vor ihren Gevatterinnen im Dorf.

Der Held kam seinen Aufgaben recht geübt nach, hackte Holz und werkte im Gemüsegarten, fegte die Kammern und schleppte Wassereimer. Lines Brei aber schmeckte weiterhin angebrannt, und sie wurde darob bös gescholten. Als es ans Wäschewaschen ging, entfleuchte ihr ein Hemd im Rhein, und sie bezog Prügel von der Witwe. Also nahm sich der Jüngling auch der Wäsche an, und zusammen holten sie sich aufgesprungene Hände im eisigen Wasser.

Line war so ungeschickt in allen groben Arbeiten, und mehr als einmal dachte er darüber nach, was sie wohl in Wirklichkeit sein mochte. Denn sie hatte über ihre Herkunft bisher nur gelogen, und er hatte nicht weiter gefragt. Aber als er sie einmal beobachtete, wie sie mit sehr zierlichen Stichen eine Cotte umsäumte, kam ihm der Verdacht, sie könne möglicherweise ein entflohenes Nönnchen oder *eine Novizin sein. Das erklärte ihm auch ihre kurzen, struppigen Haare, die sie jetzt immer unter einem ausgefransten Tuch versteckte. Noch mehr verdichtete sich dieser Verdacht, als er sie eines Tages, als die Witwe wieder einmal ihren Lustbarkeiten nachging, über einem Büchlein sitzen sah.*

*»Was ist das?«, wollte er wissen.*

*»Lies selber«, antwortete sie und hielt ihm den Band hin.*

*Verlegen starrte er auf die Buchstaben. Rechnen konnte er gut, aber nur im Kopf. Das Lesen hatte man ihm nicht beibringen können.*

*Line zog ihm das Buch wieder weg und meinte hämisch: »Simpel. Zu dumm zum Buchstabieren!«*

*»Na und? Dafür kann ich einen ordentlichen Brei kochen.«*

*»Wer nur Brei im Kopf hat, braucht auch nicht mehr.«*

*»Pah, eher lerne ich lesen als du Brei kochen.«*

*»Werden wir sehen.«*

*Und mit einem Wachstäfelchen und Griffel lehrte Line den Helden, die Buchstaben zu deuten. Es verdutzte sie beide, dass es ihm in kurzer Zeit gelang, und als das neue Jahr begann, konnte er selbst die Lieder und Gedichte entziffern, die in dem Büchlein standen.*

*Lines Brei aber schmeckte auch noch im Januar angebrannt.*

Ich unterbrach meine Erzählung, um die Gesellschaft mit meiner Musik zu unterhalten. Dabei betrachtete ich die Gesichter vor mir. Es war der ruhige Teil meiner Mär, die vom Lernen und von täglichen Pflichten handelte, von innerem Wachstum und stiller Kameradschaft. Allenthalben schien man diese Entwicklung zu genießen, und aufgewühlte Gemüter waren dadurch zur Ruhe gekommen.

Fast alle.

Ich stimmte die nächste Strophe an.

»O weh, sie küsste ohne Zahl
In meinem Schlafe mich,
da fielen hin zu Tal
ihre Tränen all auf mich,
doch konnt ich trösten sie,
dass sie ihr Weinen ließ
Und sie mich ganz umfing –
da ward es Tag.«

Jonata wischte sich verstohlen über die Wangen, Ida schnupfte ungeniert, Loretta starrte in ihren Becher. Ännchen aber, die an den Tafeln Wein ausschenkte, sandte Ismael heiße Blicke. Allzusehr zierte sie sich offensichtlich nicht mehr. Er aber mimte den Gelassenen. Schlingel, der er war.

Ich widmete mich dem Fortgang der Geschichte.

### Die Spur der magischen Laute

*Die kalten Wintertage wurden nun wieder länger, und nachdem schließlich die Witwe erkannt hatte, dass Line geschickt mit der Nadel umgehen konnte, hieß sie sie in der warmen Kammer spinnen, weben, nähen und sticken. Der junge Mann aber erledigte weiter die groben Arbeiten, und dann und wann hörte er sich im Dorf um. Und so erhielt er endlich den Hinweis darauf, dass die Witwe die letzte Laute, die ihr Mann gefertigt hatte, einem fahrenden Händler als Bezahlung für einen Ballen Stoff mitgegeben hatte. Er beschloss, diesen Händler zu suchen, und als das Osterfest vorüber war, kündigte er der Witwe den Dienst auf. Als Line das erfuhr, legte auch sie ihr Nähzeug nieder und sagte der Frau, sie habe ebenfalls keine Lust mehr, Tag um Tag an den Kleidern zu sticheln. Das nahm das geizige Weib ihnen übel, und statt ihnen einen Lohn zu zahlen, drückte sie dem Jüngling das zerlesene Buch in die Hand,* mit dem sie selbst nichts anfangen konnte. Er wollte aufbegehren, doch Line nahm es ihm ab und wickelte es in ihr Bündel. Als sie auf der Straße waren, zischte sie ihn an: »Das ist wertvoller als die paar Münzen, die sie uns gegeben hätte.«

»Ach ja? Aber essen kann ich's nicht.«

»Nein, aber du kannst draus vorlesen. Dafür werden wir unser Essen schon kriegen. Und wenn du die magische Laute hast, kannst du die Lieder zu deinem Geklimper singen.«

An diese Möglichkeit hatte der junge Held noch gar nicht gedacht, und heimlich zollte er der lästigen kleinen Kröte Anerkennung. Aber er zeigte es ihr nicht, denn wie könnte ein tapferer Jüngling einer kleinen Maid gegenüber eingestehen, dass sie klügere Ideen hatte als er selbst? Also gab er sich weiter mürrisch und überließ es ihr, in den Schenken und Gasthöfen mit klarer Stimme die Gedichte vorzulesen, die von süßer Minne und Herzeleid sprachen. Sie bekamen meist ihre Mahlzeit dafür, und er hörte sich überall nach dem fahrenden Händler um.

Im wonniglichen Monat Mai endlich hatte er seine Spur gefunden, doch bevor er sie aufnehmen konnte, wurde Lines Stimme heiser. Ihre Nase lief, und ihre Augen schwollen zu. Heiß wurde ihre Haut, und sie redete nachts wirr im Fieber. Hilflos betrachtete der junge Held das immer magerer werdende Mädchen, das trotz allem versuchte, mit ihm Schritt zu halten. Als sie eines Mittags jedoch mitten auf der Straße schwankte und niederfiel, hob er sie wie einen Sack Mehl auf die Schultern und trug sie zum nächsten Haus. Hier wollte man ihn nicht einlassen aus Furcht vor Pest und Seuchen, aber man riet ihm, die Kranke zu den Nonnen auf Rolandswerth zu bringen. Die Benediktinerinnen dort unterhielten ein Hospiz und würden sich ihrer annehmen.

Erleichtert über diese Lösung schleppte der Jüngling Line bis zur Fähre, klopfte dann an die Pforte des Klosters und lud seine Last ab.

Von dieser Bürde befreit heftete er sich endlich ernsthaft auf die Fährte des Händlers. Rheinaufwärts führte ihn die Spur, und dann, bei Linz am Rhein, fand er den Mann, der mit seinem Eselskarren auf dem Markt stand und allerlei Tand anbot. Bunte Bänder verkaufte er den Maiden, Chapels und Schleier, Ketten aus gefärbten Holzkugeln oder Glasperlen, Krüglein mit allerlei Tinkturen und Beutel mit trockenen Kräutern, die Krätze und Fallsucht heilen sollten. Der junge Held heuchelte Gefallen an dem Angebot, spähte aber dabei nach der Laute aus. In einem Lederfutteral, das musste sie sein, verborgen unter allerlei bunten Tüchern und Borten wölbte sich der Leib des magischen Instruments. Zufrieden atmete er auf – noch hatte der Händler den kostbaren Schatz nicht verkauft. Vielleicht wusste er gar nicht um dessen Wunderwirksamkeit. Aber kaum war der Jüngling seiner Beute ansichtig geworden, fiel ihm auch wieder ein, dass er keinen Gegenwert hatte, den er gegen die Laute hätte eintauschen können. Seine Kleidung bestand aus zwei rauen Hemden und abgetretenen Stiefeln, an seinem Gürtel hing das schartige Messer, in seinem Beutel klimperten drei winzig kleine Münzen. Darüber hinaus besaß er nur noch das zerlesene Buch.

Das allerdings mochte er nicht zum Tausch anbieten, auch wenn er inzwischen viele der Lieder auswendig gelernt hatte.

Also wanderte er am Gestade des Stromes entlang und grübelte.

Schließlich setzte er sich auf einem angeschwemmten Baumstamm nieder und zupfte die Reliquie aus seinem Ausschnitt. Der Fingernagel des heiligen Kunibert war in ein wenig kunstvoll geschnitztes Beingehäuse gesperrt, aber bisher hatte der Heilige ihn vor größerem Unheil bewahrt, überlegte er. War er nicht dreimal dem schwarzen Ritter entkommen? Hatte er nicht dem Lindwurm getrotzt – oder *zumindest dem Unwetter? Hatte er sich und Line nicht vor dem umstürzenden Baum retten können?*

*Nun, dann würde der gute Kunibert ihm auch helfen, dem Händler die Laute zu entwenden.*

*Zur Sicherheit betete er auch noch ein gutes Dutzend Paternoster, dann machte er sich auf die Suche nach dem Ort, an dem der Händler Unterkunft genommen hatte.*

*Eine schäbige Taverne war es, und der Mann hatte am Abend seinen Esel samt dem Wagen in einer wackeligen Scheuer abgestellt. Der junge Held wartete, bis es tiefe Nacht geworden war, und schlich sich dann hinein. Im Wald hatte er gelernt, sich lautlos zu bewegen, und mit Tieren hatte er eine gute Hand. Der kleine Esel blieb ganz ruhig, als er ihn kraulte, und so untersuchte er mit flinken Fingern in der Dunkelheit die Ladung. Es war nicht schwer, die Laute zu ertasten, und ganz vorsichtig zog er sie unter den Haufen von Tand hervor.*

*Aufregung packte ihn – das begehrte Instrument lag in seinem Arm. Er hatte das Ziel seiner Wünsche erreicht. Leise wollte er sich aus der Scheuer entfernen, als sein Fuß im Stroh gegen einen Widerstand traf.*

*Der Händler erwachte mit einem lauten Schnarchen.*

*Der Held stolperte.*

*Der Händler fluchte.*

*Der Jüngling umklammerte die Laute, starr vor Entsetzen.*

*Der Mann sprang auf, schrie Zeter und Mordio.*

*Endlich gehorchten dem Helden die Füße wieder, und er suchte sein Heil in wilder Flucht.*

Ich brach ab, wohl wissend, dass man zu gerne erfahren hätte, ob diese Flucht gelang. Das Geraune zeigte mir, dass ich die Zuhörer in meinen Bann gezogen hatte. Aber damit sie nicht aufgewühlt in ihre Betten kriechen mussten, ließ ich die sanfte Melodie wieder erklingen und sang ihnen

die letzte Strophe des Liedchens über die sehnsuchtsvolle
Liebe, die da endet, wenn es Tag wird.

>>O weh, dass er so oft sich
An mir festgesehen hat,
Als er entdeckte mich,
da wollt er ohn Gewand
meine Arme sehen bloß.
Es war ein Wunder groß,
dass ihn auch nichts verdross –
da war es Tag.<<

Mochte der eine oder andere sich fragen, warum ich gerade
diese Weise gewählt hatte, die augenscheinlich so gar
nichts mit der Mär zu tun hatte – ich hatte meine Gründe
dafür.

Vielleicht erzähle ich sie Euch später. Aber nur unter
dem Siegel der Verschwiegenheit.

**Nächtliche Gespräche**

Wie an den Abenden zuvor kam der Ritter in mein Gemach,
Dietrich mit dem Weinkrug im Gefolge. Ismael, diesmal
wohl endlich einmal gesättigt, nahm wieder mit untergeschlagenen Beinen auf meinem Bettpolster Platz und ließ
sich von dem Knappen grinsend den Pokal reichen.

>>Du genießt es, den Mops zu spielen<<, bemerkte ich
amüsiert.

>>Man muss in allen Rollen überzeugend sein.<<

>>Die des Schlingels ist dir allerdings auf den Leib geschrie-
ben. Dietrich, du hast das Recht, ihn zu verprügeln, wenn er
dich zu sehr ärgert.<<

>>Danke, Meister Hardo. Aber ich werde auch auf andere
Weise mit ihm fertig.<<

»Erstaunlich. Verrate sie mir, denn ich scheitere allzu oft.«

»Ach ja nun, er ist empfindsam, was seine Mannesehre anbelangt. Dabei kann man ihn packen.«

Ich musste schmunzeln und erwiderte: »Das, Knappe Dietrich, würde ich nie wagen. Dazu ist mir die meine viel zu kostbar.«

»Glückt auch bei mir nicht. Außerdem kenne ich fiesere Tricks beim Raufen als der Edelknabe«, fügte Ismael hinzu, und ich hatte den Eindruck, dass die beiden jungen Männer sich recht gut verstanden. Das harte Lager zu teilen verband offensichtlich.

Dietrich verließ uns jedoch wieder, und der Ritter lehnte sich in seinem Sessel zurück. Ich wandte mich an Ismael.

»Berichte du uns über den kleinen Tand, den ich gefunden habe.«

»Oh, ein billiger Klimperkram, doch Anlass, dass Ännchen gar heftig ausgezankt worden ist, denn die schöne Loretta unterstellte ihr nachlässigen Umgang mit ihrem Putz.«

»Loretta also«, sagte der Ritter.

»Loretta, die leichtfertig ihre Gunst verschenkt, und Cuntz, ein Tropf, der darauf hereinfällt. Dennoch hat es die beiden vom Verdacht befreit.«

»Hattet Ihr sie im Verdacht, Meister Hardo?«

»Man weiß nie, was die Gemüter bewegt. Hat Sigmund Loretta derb zurückgewiesen und sie damit auf den Tod beleidigt? Hat Cuntz Geschäfte getätigt, die Sigmund nicht offenbaren sollte? Der Möglichkeiten gibt es viele. Ismael, hast du Ännchen gesagt, woher du das Kettchen hattest?«

»Gefunden, auf den Stufen zur Kemenate.«

»Prächtig gelogen!«

»Hilfreich, natürlich.«

Der Ritter nippte an seinem Wein und sah mich dann fragend an.

»Ihr seid also auf Euren Wanderungen der Äbtissin begegnet?«

Ulrich von der Arken hatte demnach meine Mär endgültig durchschaut und erkannt, dass ich es war, der Line im Kloster von Rolandswerth abgeliefert hatte, dem die Äbtissin Margarethe vorstand. Oder zumindest gab er jetzt zu, dass er meine Rolle in dem Stück kannte.

»Damals traf ich die Äbtissin zwar noch nicht leibhaftig, später dann schon. Doch sagt, wie nahm sie es auf, Herr Ulrich? Ich habe leider keine Augen im Hinterkopf.«

»Sie hat es nun verstanden, dass Ihr eine wahre Geschichte erzählt. Ob sie Euch erkannt hat – ich weiß es nicht. Sie setzte eine völlig undurchdringliche Miene auf.«

»Sie wird sich zumindest Gedanken darüber machen.«

»Stört es Euch?«

»Nein, warum?«

»Ihr tragt gerade diese Mär ja nicht ohne Absicht vor.«

»Nein, ich verfolge eine Absicht damit.«

Aber ich würde ihm nicht verraten, warum ich es auf diese meine eigene Weise tat; das war ausschließlich meine Angelegenheit. Und mein Vertrauen in ihn war nur wenig gewachsen, wenngleich er sich um einen freundlichen Umgang mit mir bemühte.

Ismael aber, der meine Geschichte nicht zum ersten Mal hörte, inzwischen aber erkannt hatte, dass Burg Langel einst mein Heim gewesen war, konnte seine Neugier nicht bezähmen. Ich sah es ihm nach.

»Meister, Ihr erwähntet dreimal den schwarzen Ritter.«

»Ja, Ismael. Eine düstere Gestalt, das personifizierte Böse, das den Helden immer weiter in die Flucht treibt.«

»Wer ist es, Meister?«

»Wer könnte es sein?«

Ismaels kluge dunkle Augen gingen zwischen Ulrich und mir hin und her.

»Der Ritter von der Arken nennt eine Rüstung sein Eigen. Puckl hat Dietrich beschwatzt, sie ihm zu beschreiben. Sie ist schwarz, Meister.«

»Herr Ulrich?«, fragte ich.

»Ja, alle jungen Ritter wollen im Turnier in prachtvollen Farben in die Schranken treten. Doch als ich den Ritterschlag empfing, war ich mit der Düsternis des Todes vertraut, und so wählte ich das Schwarz. Heute dünkt es mich nicht minder eitel als die bunten Wappenfarben der anderen.«

»Warum habt Ihr meinen Meister gejagt?«

»Habe ich das, Meister Hardo?«

»Die Kunst, Ismael, eine Geschichte zu erzählen, liegt darin, wohl zu erwägen, aus wessen Sicht man sie berichtet. Ich schildere die Erlebnisse des jungen Tölpels, der nur seine kleine Welt auf der Burg und den darumliegenden Wäldern kannte.«

»Klug geantwortet, Meister Hardo.« Der Ritter nickte anerkennend.

In Ismaels Gesicht arbeitete es indes, und gespannt wartete ich auf seine nächste Frage. Er stellte sie auch gleich darauf.

»Und wie, Herr Ulrich, würdet Ihr die Geschichte erzählen?«

»Anders.«

Ein Mann der lakonischen Antworten, der Ritter. Ich konnte nicht leugnen, er gefiel mir immer mehr. Ismael teilte dieses Gefühl nicht. Er gab sich nicht zufrieden mit der Auskunft und fragte nach: »Ihr habt diese Burg hier überfallen, Ihr habt das Gut überfallen, Ihr habt meinen Meister bis zur Drachenburg verfolgt. Was hat Meister Hardo Euch angetan, Herr Ulrich?«

»Habe ich Euch etwas angetan, Herr Ulrich?«, fragte ich sanft.

Ulrich von den Arken zeigte plötzlich einen gequälten Ausdruck in seinem vernarbten Gesicht.

»Nein, Meister Hardo. Das habt Ihr nicht.«

Sollte der Ritter tatsächlich von Schuldgefühlen geplagt sein? Aufmerksam sah ich ihn an.

Wir schwiegen beide, wussten warum.

Ismael nicht.

»Wovor hatte dann mein Meister wirklich Angst?«, platzte er heraus.

Ich sagte es ihm.

»Ulrich von der Arken hat meinen Vater dem Henker übergeben.«

Ismael sprang auf und schüttete mit Schwung den Inhalt seines Pokals in das Gesicht des Ritters.

Der blieb unbewegt sitzen.

»Ismael, ein Tuch!«, befahl ich scharf. Der Junge sah mich verzweifelt an, folgte aber und holte von der Waschschüssel einen Lappen.

»Auf die Knie!«

Er kniete vor mir nieder, ich wies mit der Hand auf den Ritter. Gehorsam drehte er sich um und reichte Ulrich das Tuch. Der wischte sich den Wein ab und nickte dann.

»Loyalität ist eine Tugend.«

»Wenn sie dem Richtigen gilt, Herr Ulrich.«

Ismael wollte sich erheben, aber ich deutete nur mit einem Finger nach unten, und er blieb auf den Knien.

»Stirn auf den Boden!«

Er folgte.

»Es gibt Loyalität und Loyalität, da habt Ihr recht, Meister Hardo. Man kann sie sich erkaufen, man kann sie erzwingen, und man kann sie sich verdienen.«

»Nehmt meine Entschuldigung für das unstatthafte Benehmen meines Begleiters an, Herr Ulrich.«

»Nehmt Ihr meine Freundschaft dafür an, Meister Hardo?«

Das Öllämpchen flackerte, denn es hatte sich ein Wind erhoben, und ein leichter Regen tröpfelte auf das Holzdach des Wehrgangs.

Ich liebte eigentlich keine Überraschungen.

Diese hier kam für mich höchst unerwartet.

Warum mochte der Ritter meine Freundschaft erstreben? Wie viel wusste er von meiner Familie, von meinem langen

Weg? Vor allem, von wem wusste er es? Denn er hatte vor zwei Monaten meinen Aufenthaltsort gekannt und Dietrich mit seiner Einladung zu mir geschickt. Ich konnte ihm jetzt vermutlich all diese Fragen stellen, aber das würde er erwarten, und wenn er nicht antworten wollte, bereits genügend Ausflüchte bereithalten. Also versuchte ich auf andere Weise, Antworten zu erhalten. Außerdem war ich zurückhaltend geworden, was Freundschaftsangebote anbelangte. Dieses hier galt es ernsthaft zu prüfen.

»Erzählt mir von Euch, Herr Ulrich. Ich hörte, dass Ihr Eures Lehens verlustig gingt.«

»Ja, nach der Kleverhammer Fehde. Ich akzeptiere Euer Misstrauen, Meister Hardo. Doch selbst wenn es mich Burg und Höfe kostete, um das Lösegeld für den Herzog aufzubringen, ist Loyalität dem Lehnsherrn gegenüber die höchste Tugend eines Ritters. Und die ritterlichen Tugenden wurden mir von Kindheit an eingeprägt.«

Er füllte seinen Pokal auf und schloss sein Auge. Dann hob er das Lid wieder und lächelte schief.

»Ihr wollt meine Geschichte hören. Nun gut, dann erzähle ich Euch einen Teil davon.«

Ich nahm meine Laute auf und spielte sehr leise eine kleine Melodie. Geschichten erzählen sich leichter, wenn Musik sie begleitet. Der Ritter verstand und begann seinen Vortrag.

»Ich erblickte das Licht der Welt wohl zehn Jahre vor Euch auf der Burg Eibach im Herzogtum Berg. Mein Vater war mein erster Lehrer, und mit liebevoller Zuwendung lehrte er mich und meine Geschwister die Bedeutung von Ehre, Maßhalten und Treue. Doch nicht durch Predigten und Belehrung, sondern durch Vorbild und Vorleben. Meine Eltern hielten ihre Versprechen, ich kannte sie nur als gerecht und verlässlich.«

»Ein Schicksal, das nicht allen Kindern widerfährt.«

»Nein, Meister Hardo, ich weiß. Aber auch für mich endete diese Zeit, als ich vierzehn Jahre alt wurde. Wie es sich für den ältesten Sohn gebührt, wurde ich einem Ritter zum Knappen gegeben. Bei ihm lernte ich, dass zum ritterlichen Leben nicht nur Tugenden gehörten. Ich erlebte Willkür, Grausamkeit und Jähzorn. Mein Herr liebte das Kämpfen, er liebte das Töten, und er liebte es zu quälen. Mensch und Tier. Er war gefürchtet auf den Turnieren, mehr noch in den Schlachten. Ich zog früh mit ihm, und Blut, Wunden und sinnloser Tod wurden mir vertraut. Im Jahr dreiundachtzig, ich war eben siebzehn geworden, gingen wir auf Preußenfahrt – Herzog Wilhelm hatte einen missionarischen Eifer, die Ostpreußen mit dem Schwert zu bekehren, und mein Herr erfreute sich an dieser Gelegenheit. Doch auch er war nicht gefeit gegen den Tod, und eine Hellebarde beendete sein gewalttätiges Leben. Ich hingegen tötete seinen Gegner, und als Anerkennung für diese Tat wurde ich noch auf dem Schlachtfeld vom Herzog selbst zum Ritter geschlagen.«

»Im Angesicht der Heiden. Ein höchst ehrenvoller Ritterschlag.«

»So sagt man. Doch es brachte mir wenig Verdienst. Ich war ein unbelehnter Ritter, Vasall am Hofe des Herzogs. Ich focht in Turnieren, übte mich mit den Waffen und bekam einen Edelknaben zur Ausbildung zugewiesen. Als mein Vater im Jahr neunzig starb, erbte ich die Burg. Doch drei Jahre später rief der Herzog zur nächsten Preußenfahrt. Ich wurde verwundet, mein Knappe rettete mich vor dem Tode. Mein Auge konnte er nicht retten.«

»Ein treuer Begleiter.«

»Georg vam Steyne. Ein loyaler Junge.«

»Bezahlt, erzwungen oder verdient?«

»Weder bezahlt noch erzwungen, gewiss aber unverdient. Ich war verroht, Meister Hardo, und ich musste erst wieder lernen, was man mir als Kind und Page einst beigebracht hatte. Mühsam und unter einigen Schmerzen erinnerte ich mich daran, dass die ritterlichen Tugenden einen besseren Menschen aus uns machen sollten.«

»Habt Ihr es wieder gelernt?«

»Ich hoffe es. Ich erhielt unerwartete Hilfe. Und ich büßte und bereute und habe Wiedergutmachung geleistet. Doch so wie auch Ihr Eure Mär immer dann abbrecht, wenn wir Weiteres erfahren möchten, halte ich es nun auch. Ein anderes Mal sollt Ihr mehr hören.«

»Ihr habt schnell erkannt, wie man die Zuhörer in seinen Bann zieht. Das Lernen scheint Euch also doch nicht so schwerzufallen.«

»Es gab Tage, da war es unerträglich schwer. Aber auch davon, Meister Hardo, könnt Ihr wohl ein Lied singen.«

Ich nickte.

»Erlaubt dem Jungen, sich zu erheben.«

»Steh auf, Ismael! Herr Ulrich bittet darum.«

Schweigend kam Ismael auf die Füße und zog sich auf seinen Platz auf dem Bett zurück. Er wirkte unerwartet betroffen.

Der Ritter erhob sich, und ich tat es ihm gleich. Wir standen voreinander.

»Mein Angebot, Meister Hardo, gilt noch. Ich biete Euch meine Freundschaft.«

Es war wohl an der Zeit, Schuld zu vergeben. Ja, manches hatte auch ich gelernt, nicht immer auf die einfachste Art.

Ich reichte ihm die Hand.

Er drückte sie fest.

»Ihr seid hier, Hardo, um eine alte Missetat aufzudecken.«

»Ja, Ulrich. Ein Grund, warum mir Eure Einladung zupasskam.«

Wir sahen einander an, und ich spürte seine Aufrichtigkeit und sein Leid. Vielleicht spürte er auch meinen kalten Wunsch nach Vergeltung. Erst als dieser sehr ernste Augenblick verflogen war, ließ er meine Hand los und drehte sich zu Ismael um.

»Wirst auch du mir die Güte deiner Freundschaft erweisen, mein Junge?«

»Sicher. Aber nicht um Gottes Lohn, Herr.«

Ulrich lachte.

»Bezahlte Loyalität, was? Nun, wir werden verhandeln. Demnächst.«

Er verließ uns, und ich betrachtete meinen Begleiter. Der ruckelte etwas unbehaglich auf seinem Polster herum und sagte schließlich: »Ihr habt ihm von Anfang an misstraut, Meister. Ehrlich. Ich hab doch Augen im Kopf.«

»Ja, ich habe Vorsicht walten lassen.«

»Und warum lasst Ihr sie jetzt fahren?«

»Weil ich inzwischen das Gefühl habe, dass er ein ehrenwerter Mann ist. Es sind zehn Jahre vergangen, seit er meinen Vater verurteilt hat. Wir haben jeder eine Wandlung durchgemacht.«

Mehr konnte ich ihm dazu auch nicht sagen. Gefühle sind nichts, das man erklären kann. Ismael musste zu seinem eigenen Entschluss kommen.

Er stützte das Kinn in die Hände.

Ich ging zum Fenster und schaute in die trübe Nacht hinaus. Kein Mond, keine Sterne, kein Schweifstern, der Regen fiel aus der Schwärze auf das Land. Auf dem Holzdach unter mir schimmerte in der Nässe das Licht aus dem Fenster. Alles sonst war dunkel.

»Dietrich ist ihm sehr ergeben«, meinte Ismael leise.

»Ja, den Eindruck habe ich auch.«

»Er sagt, der Ritter achtet streng auf die Tugenden. Was sind die ritterlichen Tugenden, Meister? Kennt Ihr sie?«

»Ich kann sie dir aufzählen.« Ich sammelte mich und memorierte: »Das Maß, also Zurückhaltung in allen Dingen. Die Zucht, worunter man Anstand und gute Erziehung und das Beherrschen der Triebe versteht. Ehre natürlich, die Würde und das Ansehen vor der Welt. Die Treue und der hohe Mut – nicht der Hochmut, sondern Ausgeglichenheit. Selbstverständlich die Höflichkeit. Dann die Demut und die Mildtätigkeit. Beständigkeit, Güte und Tapferkeit.«

»Und damit kommt man in der Welt weiter?«

»In einer edlen Welt voller edler Menschen – ja.«

»Mhm. Das fürchte ich auch.«

Wir hatten eine weit unedlere Welt kennengelernt, in der schneller Witz, Behändigkeit, Entschlusskraft, gelegentlich sehr flinke Beine und auch ein paar fiese Tricks das Überleben sicherten. Aber dennoch …

»Ein Mensch, der nach diesen Tugenden strebt, bemüht sich um ein gutes Leben.«

»Und Ihr glaubt, dass der Ritter das tut.«

»Ich halte ihn für ehrlich. Aber er verschließt vieles hinter seiner Tugend.«

»Demnach seid Ihr ihm ähnlich, Meister.«

»Ja, aber ich verstecke viel hinter meinen Untugenden«, beschied ich ihn und grinste ihn an.

Kichernd stand Ismael auf.

»Wenn Ihr erlaubt, Meister, suche ich jetzt mein tugendhaftes, doch hartes Lager auf.«

»Quäl Dietrich nicht bis in die Morgenstunden mit deinen Fragen.«

»Och – mal sehen …«


**Harte Männer unter sich**

Ismael hatte mit Erleichterung auf die freundlichen Worte seines Meisters reagiert, aber tief in ihm rumorte es noch. Zwar hatte er mit seiner heftigen Reaktion endlich Antworten auf seine Fragen erhalten – auch solche, die Hardo hatte hören wollen, dessen war er sich völlig sicher –, aber es ärgerte ihn, dass er die Haltung verloren hatte. Nicht die Unhöflichkeit als solches oder die Demütigung danach kratzten an seinem Selbst, sondern dass er aus der Rolle gefallen war. Das passierte Hardo nie, der blieb immer beherrscht und kaltblütig, selbst in den brenzligsten Augenblicken. Und das bewunderte Ismael an seinem Herrn und

Meister wirklich. Missmutig und mit sich selbst unzufrieden trollte er sich zu den Unterkünften und bediente sich dann auch gleich aus dem Bierkrug, der sich zwischen Dietrich und Puckl eingefunden hatte.

Der Secretarius aber war es, der Ismael mit seiner ersten Frage die Möglichkeit gab, sein angeschlagenes Selbstbild wieder in die richtige Größenordnung zu katapultieren.

»Sag mal, Ismael, wie hast du eigentlich den Meister Hardo kennengelernt?«

»Ah!« Ismael kreuzte die Beine auf dem Lager und drückte sich beide Zeigefinger theatralisch an die Schläfen. »Das ist eine lange Geschichte.«

»Lange Geschichten hören wir gerne, nicht wahr, Dietrich?«

»Wenn sie denn wahr sind.«

»Jedes Wort, Dietrich, jedes Wort.«

»Dann erzähl!«

Noch einmal fuhr Ismael sich durch die Haare und seufzte: »Ach, wo beginnen?«

»Am Anfang?«, schlug Puckl vor.

»Ja, am Anfang.«

»Bei deiner Geburt«, ergänzte Dietrich mit einem feinen Lächeln. »Sicher eine schwere, begleitet von Donner und Blitz und tobendem Sturm in einer eisigen Winternacht in einer verlassenen Hütte ...«

»Nein, nein, nicht Bethlehem war es, und auch ein Schweifstern beleuchtete nicht meinen Eintritt in diese Welt. Ganz im Gegenteil, es heißt, ich flutschte wie eine Mandel aus dem Schoß meiner Mutter und wurde freudig willkommen geheißen. Ich war der erste Sohn einer glücklichen Ehe zwischen einer Dame aus vornehmem Haus und einem ruhmreichen venezianischen Kapitän. Als der Erbe wuchs ich in einem großen Haus auf der Insel Giudecca in der Lagune von Venedig auf. Meine Kindheit war sonnig, die besten Lehrer sorgten für meine Erziehung.« Ismael ignorierte Dietrichs leises Schnauben und fuhr unbeirrt fort: »Man umgab mich mit Luxus und Zuneigung. Mein Vater war stolz auf mich und wünschte sich nichts mehr, als dass ich ebenfalls zur See fahren würde. Er war Herr eines großen Handelsschiffes, mit dem er das mittelländische Meer befuhr, um die Waren aus der Levante heimzubringen. Er nahm mich schon als Knabe mit auf seine Fahrten, und ich lernte den Kurs des Schiffes an den Sternen abzulesen und die Strömungen des Meeres zu deuten. Doch das Schicksal hatte andere Pläne mit mir als er. In einer stürmischen Nacht wurden wir von Piraten überfallen. Sie meuchelten die Mannschaft, versenkten das Schiff, und lediglich mich nahmen sie gefangen, um mich auf dem Sklavenmarkt zu verkaufen. Ich war ein hübscher Junge, und der schmierige Händler fand sehr bald einen Käufer für mich. Der Majordomus eines hohen Würdenträgers aus Damaskus nahm mich mit, und nach einer entsetzlichen Reise durch wüstes Land gelangte ich in den Palast meines neuen Herrn.«

Ismael stärkte sich mit einem Schluck Bier, schloss kurz, wie von unsäglicher Qual erschüttert, die Augen und berichtete seinen staunenden Zuhörern weiter.

»Ich trauerte um meinen Vater, ich hatte Heimweh, die Sprache war mir fremd und ebenso die Gewohnheiten des Landes – doch auch wenn alles das furchtbar war, so kümmerte man sich doch nicht unfreundlich um mich. Meine Aufgaben waren leicht, ich lernte die fremde Zunge bald sprechen und, mehr noch, die wunderschönen Frauen in jenem Haus zu bewundern. Ich war jung, fast ein Knabe noch, und wohl in ihren Augen ansehnlich, und so steckten sie mir manche Süßigkeiten zu, ließen mich vom Sherbet schlürfen und fütterten mich mit gebrannten Mandeln. Eine unter den Schönen aber berührte mein Herz. Eine Maid war es, schmal und feingliedrig, doch mit großen, sanften Augen wie ein junges Reh und schwarzen Haaren, die ihr zu den Füßen niederwallten. Sie war die Tochter meines Herrn, und oft ruhten ihre Blicke freundlich auf mir, wenngleich sie nie ein Wort an mich richtete. Sie betörte mich dennoch, und so folgte ich ihr eines Tages heimlich in den Hammam der Frauen, um mich an ihrem Anblick zu ergötzen.«

Ismael seufzte sehnsüchtig auf, und wie erwartet fragte Puckl: »Hammam? Wohin bist du ihr gefolgt?«

»In das Bad, Herr Secretarius. Doch das dürft ihr euch nicht so erbärmlich vorstellen wie unsere Badebütt hier. Nein, das sind prächtige Räume, ganz in weißem Marmor. Mosaike schmücken Boden und Mauern, und in Alabasterbecken fließt das Wasser aus goldenen Rohren aus der Wand. Tiefe Wannen, im Boden eingelassen, laden zum Verweilen im warmen und kalten Wasser ein, feinste Öle massiert man sich in die Haut, duftiger Seifenschaum reinigt die Glieder und Haare, Blüten und aromatische Kräuter schwängern die dampfende Luft mit ihrem Wohlgeruch. Die Dienerinnen tragen hauchdünne Seidenhemden, die ihnen feucht an den Leibern haften, sie zupfen und salben und bürsten und kämmen ihre Herrinnen … Ich weidete meine Augen ungesehen an dem jungen Reh. Nun, aber leider wurde ich doch entdeckt, und die Wächter des Palastes packten mich und brachten mich vor meinen Herrn. Sein Urteil war schnell gefällt – ich sollte entmannt werden.«

Dietrich und Puckl sogen beide gleichzeitig den Atem ein.

Ismael grinste.

»Ist noch alles dran.« Dann nahm er einen weiteren Schluck Bier und fuhr fort: »Ich hatte Glück im Unglück. Das sanfte Reh hörte von meinem Missgeschick und half mir in jener Nacht, dem Palast zu entfliehen. Es gelang, und ich schlüpfte in den Bazar von Damaskus, denn in diesem endlosen, verwinkelten Labyrinth würde es den Häschern schwerfallen, mich zu finden. Ah, meine Freunde, der Bazar von Damaskus! Ein gewaltiges Gebäude, überdacht von Hunderten von Kuppeln, um Händler, Handwerker und Käufer vor der brennenden Sonne zu schützen. Meilen um Meilen Gänge, durch Verkaufsstände und Werkstätten gebildet. Eine Warenfülle, die ihr euch nicht vorstellen könnt. In einem Bereich werden Gewürze angeboten, es duftet nach allen noch so wundersamen Spezereien. Daneben stößt man auf Pyramiden von Früchten, Orangen, Limonen, Datteln, Pfirsiche, Feigen. Einen Gang weiter wird Brot gebacken und süße Kuchen oder scharf gewürzte Pasteten. Dann gibt es Töpferwaren, farbenprächtig und glänzend glasiert, oder ziselierte Messinggefäße in hohen Stapeln. Aber die wirklichen Kostbarkeiten, die findet man erst in der Nähe der Moschee. Dort sitzen auf den erlesensten Seidenteppichen die Kaufleute und ihre Kunden, trinken und essen und plaudern, und dabei werden die Geschäfte getätigt. Kostbarste Seiden, golddurchwirkte Brokate, zart gewebte Schleierstoffe fließen wie in schimmernden Bächen von den Borden, wenn die Bahnen ausgebreitet werden. Goldschmiede hämmern und fertigen die filigransten Schmuckstücke an, Edelsteine in funkelnder Farbenpracht liegen zu Hauf in silbernen Körben, erlesene Essenzen werden in hauchdünnen Glasphiolen angeboten, die herrlichen Damaszenerklingen werden hier zur Schau gestellt. Ja, es ist einfach atemberaubend.«

Mit einem erinnerungsschweren Seufzer lehnte Ismael sich zurück und schloss beseligt die Augen. Dann aber riss er sie wieder auf und sagte in nüchternerem Tonfall: »Doch zurück zu meinem Geschick. Ich war zunächst wie berauscht von all der Pracht, aber dann klärte sich mein Blick, und ich versuchte, eine Möglichkeit zu finden, meiner Lage als Verfolgter zu entkommen. Ein Zufall half mir. Zwischen den Gängen zogen nicht nur die ehrbaren Kaufleute umher, sondern auch bösartiges Gesindel versuchte, sich auf niederträchtige Art zu bereichern. Ich erwischte einen schmutzigen Taschendieb, just als er einem wohlgewandeten Händler in die Börse griff. Der Mann zeigte sich dankbar, vor allem, als er bemerkte, dass ich nicht nur die dortige Sprache, sondern tatsächlich sogar seine heimatliche Zunge beherrschte. Er lud mich in seine Unterkunft ein und ließ sich von mir meine Erlebnisse schildern. Er war ein gottesfürchtiger, guter Mann, nahm mich als seinen Gehilfen an und gab mir so die Gelegenheit, mit ihm in meine Heimat zurückzukehren. Doch ach, welch traurige Rückkehr! Meine Mutter war vor Gram gestorben, mein Bruder auf der Suche nach mir auf dem Meer verschollen, meine Schwester im Kindbett gestorben. Ich stand ganz alleine da. Ich hätte bei dem Händler bleiben können, doch ins Morgenland mochte ich nicht mehr zurückkehren. Aber die Arbeit als sein Gehilfe hatte mir gefallen, also suchte ich den Fondaco dei Tedeschi auf, die Handelsniederlassung der Deutschen, um dort eine Arbeit zu suchen. Es gelang mir. Ein Kaufmann nahm mich in seinen Dienst, und mit ihm bereiste ich nun die Länder hinter den Alpen. Ich erlernte die neue Sprache und die neuen Sitten, und mein Herr war es zufrieden mit mir. Bis zu jenem unseligen Tag, da wir einer Räuberbande in die Hände fielen. Mein Herr wurde getötet, ich wie tot liegen gelassen. So fand mich Meister Hardo, der Sänger, auf seinem Weg zur Burg Lahnstein. Er nahm mich auf und pflegte mich gesund. Und seither begleite ich ihn als sein Diener.«

Ismael streckte sich und trank den Rest Bier aus.

»Ja, so war das«, setzte er hinzu, als er die glasigen Augen seiner Kameraden sah.

»Was für ein Schicksal!«, sagte Puckl. »Bemerkenswert.« Und dann schüttelte er den Kopf. »Du kannst maurisch sprechen? Sag mal etwas in dieser Sprache«, forderte er.

Ismael spuckte einen Schwall arabischer Worte aus, von denen nur er wusste, dass es so ziemlich die zotigsten Beschimpfungen waren, die diese Zunge zu bieten hatte. Puckl war aber noch immer nicht befriedigt.

»Nur ein paar Fragen hätte ich da noch …«

»Puckl, mein Mund ist schon ganz fusselig vom Reden. Stell sie morgen.«

Demonstrativ zog Ismael sich die Stiefel aus und begann sein Wams aufzunesteln, in der eindeutigen Absicht, sich zur Ruhe zu begeben.

»Ja, es ist spät geworden. Gehen wir schlafen«, stimmte

Dietrich ihm zu, und zufrieden mit seiner Leistung und seinem frisch aufpolierten Selbstbild schlüpfte Ismael unter die Decken.

## Nächtliche Gedanken

Ich hatte Ismael nicht eben sanft behandelt, aber wenn ich ihn auch verstand, seine heftige und beleidigende Handlung hatte ich nicht durchgehen lassen können. Immerhin aber hatte es Ulrich bewogen, ein Stückchen mehr von sich preiszugeben, weshalb ich dem Jungen nicht zürnte.

Aber wieder einmal hatte mich Ulrich, der Ritter von großen Tugenden, nachdenklich gemacht.

Vor zehn Jahren war er aufgetaucht, wenige Tage nachdem Eberhart von Langel ermordet worden war. Er vertrat seinen Lehnsherrn, den Herzog Wilhelm von Berg, und sollte den Tod des Burgherrn untersuchen. Er stellte einige Fragen, und schon einen Tag später wurde mein Vater Gerwin in Ketten fortgebracht, seinem unrühmlichen Tod als verurteilter Mörder gewiss.

Meine Welt brach zusammen.

Die meiner Mutter ebenfalls. Wir wurden geschmäht und beschimpft und trauten uns nicht mehr aus der Burg. Hier zumindest aber hatten wir Wohnrecht behalten, der Burgvogt Sigmund war dazu angewiesen worden. Meine Mutter zog sich noch mehr als zuvor in ihre Gebete zurück, ich verschwand tagelang im Wald. Niemand hatte mir je die Frage beantwortet, warum mein Vater den Herrn der Burg umgebracht haben sollte. Gerwin war sein Marschall, sein Stallmeister, gewesen, und ich hatte immer den Eindruck, dass die beiden Männer sogar so etwas wie Freundschaft verband. Zumindest begleitete mein Vater den Burgherrn, wann immer ein Turnier oder eine Schlacht anstand, und versorgte seine Pferde. So auch schon vor meiner Geburt, denn von dem Italienfeldzug des Kaisers Karl brachte mein Vater Gina mit, sein Weib, meine Mutter. Von ihr stammte die dunkle Seite meines Aussehens, die schwarzen Haare und die Haut, die durch die Sonne tief gebräunt wurde. Ihr verdankte ich auch meinen Aberglauben, der mir die ersten Jahre meines Lebens mit Angst und Albträumen vergällte. Sie war fromm, sicher, aber von einer derartigen Höllenfurcht durchdrungen, dass sie sich an alles klammerte, was ihr Schutz versprach – Gebete wie Zaubersprüche, Reliquien wie Talismane, vor allem aber Maria und alle Heiligen.

Mein Vater gehörte nicht zu jenen, die ihr Schutz in der Fremde boten.

Er hatte sie aus ihrer Heimat in die Burg gebracht, aber ihre Angst vor der neuen Umgebung hatte er ihr nicht genommen. Er zeugte seine Kinder und ging mit seinem Ritter auf die nächste Fahrt.

So kehrten sie an einem heißen Sommertag im Jahre dreizehnhundertvierundneunzig von einem Turnier in Jülich zurück, und zwei Tage später geschah der Mord.

Ich war hierhergekommen, um Antworten zu erhalten. Ich wäre auch ohne die Aufforderung des Ritters nach Langel zurückgekehrt, doch seine Einladung traf im gleichen Moment ein, in dem ich die Entscheidung fällte. Zufall? Oder hatte Ulrich gewusst, aus welchen Quellen auch immer, dass ich heimzukehren gedachte? Hatte er mich deswegen hergebeten, um mir Erklärungen zu geben oder gar selbst eine zu finden?

Vielleicht, doch schnelle Antworten würde es nicht geben, einfache wohl auch nicht.

Und dann hatte jemand mit der Armbrust auf mich geschossen.

Gleich darauf war der Burgvogt Sigmund vom Söller gefallen.

Und unter den Gästen taten sich recht eigenwillige Beziehungen auf.

Ich ging zu Bett und fiel in einen unruhigen Schlaf, und so wachte ich auf, noch bevor die Morgendämmerung die Nacht vertrieb. Ich lauschte ins Dunkel und merkte, dass die launenhafte Fortuna eine Überraschung für mich vorbereitete.

Sagte ich Euch schon, dass ich Überraschungen nicht liebe?

Auch solche nicht.

Denn während ich geschlummert hatte, hatte sich in meinem Bett eine Besucherin eingefunden. Ein warmer Duft von Moschus, Lilien und Weib kitzelte mich in der Nase. Und an meiner Männlichkeit kitzelte mich eine weiche Hand.

Nun ist das nicht die unangenehmste Art, geweckt zu werden, und das Feuer der Begierde züngelte dann auch recht eifrig in mir auf. Zumal auch ein bloßer, weich gerundeter Frauenleib sich an meinen bloßen Rücken schmiegte.

Dennoch kroch meine Hand zum Dolch unter dem Polster, und trotz allem blieb mir ein Rest Verstand. Darum gab ich vor, weiterhin in tiefem Schlaf zu liegen, bis ich mir darüber im Klaren war, wer mir dieses unerwartete Geschenk darbrachte. Sicher nicht die dornige Rose, denn sie war eine keusche Jungfer, und ihr Duft war mir lieblicher und leichter vorgekommen – frisch wie Minze und Maiblumen, rein wie eine Frühlingsbrise und nicht schwer und lüstern wie der, der jetzt meine Nase füllte. Die ehrwürdige Mutter verbreitete kirchliche Aromen, wenn auch nicht fromme; das edle Fräulein Casta aber war ebenso züchtig wie der Lavendelduft, der sie umgab.

Loretta, die schöne Buhle, trieb ihr kundiges Spiel mit meinem Leib.

Ich streckte mich und versuchte, von ihr abzurücken. Sie klammerte sich fester an mich.

»Nicht weil ich von Minne singe, bin ich bereit, einem jeglichen Weib den Minnedienst zu leisten«, sagte ich mit ätzendem Ton.

»Aber gewiss doch«, schnurrte es an meinem Hals, und eine feuchte Zunge erkundete mein Ohr.

Ich schauderte.

Nicht vor Lust.

Sie lachte kehlig auf.

»Holla, da schrumpft er ja. Verweigert Ihr den Minnedienst, weil Ihr nicht wollt oder weil Ihr nicht könnt, *Meister* Hardo?«

»Ich will es nicht, denn die Manneszucht verbietet mir, ein Lager mit der Buhle eines anderen zu teilen.«

»Züchtig seid Ihr? Kaum doch. Keiner, der sich derart vor den Weibern spreizt, hat auch nur einen Funken Zucht im Leib. Kommt, schöner Hardo, lasst uns lustige Spiele treiben. Die Nacht ist noch jung, der Morgen fern.«

»Geht hoch in Eure Kemenate, und wenn es Euch juckt, kratzt Euch selbst«, fuhr ich sie an und befreite meinen Leib von ihren gierigen Fingern.

»Nein, nein, wir tummeln uns ein wenig. Das seid Ihr mir schuldig.«

»Tatsächlich? Und warum?«

»Vielleicht, um mein Schweigen zu belohnen, schöner Hardo?«

Eigentlich liebe ich die Frauen. Ich finde sie geheimnisvoll und köstlich, auch die sündigen und die von leichter Sitte. Die heimtückischen aber gefallen mir nicht. Darum drehte ich mich abrupt um, packte die nackte Loretta bei den Schultern und drückte sie in die Polster. Der Streifen Mondlicht fiel aus dem Fenster auf ihr Gesicht. Es enthüllte gnadenlos, dass sie die erste Blüte bereits hinter sich und das Welken bereits begonnen hatte. Sie tat mir leid, doch im Mitleid schwang Verachtung.

»Eher, Loretta, wollt Ihr wahrscheinlich *mein* Schweigen erkaufen. Doch mit dieser Münze, die Ihr anzubieten habt, handle ich nicht. Verschwindet jetzt auf der Stelle, und Euer Name soll nicht genannt werden. Bleibt und fallt mir weiter lästig, und ich male ein Bild von Euch in meiner Mär, das die Hure Oholiba wie eine Madonna wirken lässt.«

Ich ließ sie los, und sie sammelte ihren Rest von Witz und ihr leichtes Hemd zusammen und huschte aus dem Gemach.

Ein Mann, der mich tot sehen wollte, zwei Weiber, die meinen köstlichen Leib begehrten.

Das Leben auf der Burg bot einiges an Kurzweil.

An Schlaf aber war nicht mehr zu denken. Ich zog mein Hemd über, nahm meinen Umhang vom Haken an der Wand und legte ihn mir über. Die regnerische Nacht war kühl, aber das Tröpfeln hatte aufgehört. Mir stand der Sinn nach einem kleinen Rundgang, um meinen Kopf auszulüften.

Der Wächter lehnte an der Wand und schnarchte leise. Ich schlich mich an ihm vorbei. Das war keine Nacht, in der Feinde die Burg überrennen würden. Unten im Wassergraben quakten nur die Frösche, irgendwo bellte ein Hofhund.

Nächte im Freien, wie hatte ich sie immer geliebt. Jener Sommer mit Line im Wald war so ganz anders gewesen als meine einsamen Streifzüge zuvor. Ja, ich hatte mich oft darüber geärgert, dass sie sich ständig an meinen Hemdzipfel hängte, alles erklärt haben wollte, immer eine schnippische Antwort hatte, wenn ich sie wegschicken wollte. Aber es war auch schön, einen Kameraden zu haben, gemeinsam Beeren, Kräuter, Pilze und Nüsse zu suchen, den Vögeln zu lauschen und ihre Stimmen mit kleinen, geschnitzten Flöten nachzuahmen. Auch ihr hatte ich eine Flöte geschnitzt. Sie war anhänglich, aber auf ihre ungeschickte Weise auch fürsorglich. Mehr als einmal hatte sie mir Dornen aus der Hand oder dem Fuß gezogen, hatte Bienenstiche ausgesaugt und mir die Zecken aus den Haaren geklaubt. Und als die Nächte kälter wurden, hatte sie sich im Schlaf an mich geschmiegt.

Sie war ein kleines, mageres Geschöpf, ein Kobold mehr

als ein Mädchen, eine jüngere Schwester vielleicht. Sie aber sah in mir einen Mann. Und das fand ich entsetzlich albern.

Als wir bei der Witwe Unterkunft hatten, da versuchte diese kleine Kröte sogar, mich neben dem warmen Herdfeuer zu verführen. Ungeschickt war sie darin, und ihre Küsse waren die eines Kindes.

Ich hatte sie harsch abgewiesen und mich dem leisen Schluchzen verschlossen, mit dem sie sich in den Schlaf weinte.

Bis ich nicht mehr anders konnte, als sie in meinen Arm zu ziehen. Es war ihr Trost genug, und sie schlummerte ein.

Doch in meinen Lenden erwachte ein unerwartetes Regen. Nicht mehr ein Kind lag hier neben mir, sondern eine mannbare Jungfer. Willig war sie und anschmiegsam, und es wäre so leicht gewesen, meine Lust an ihr zu befriedigen.

Doch dann war sie wieder Line, die kleine, vertrauensvolle Line, die mich anhimmelte und beschimpfte und mit mir zeterte und mich unschuldig küsste.

Ja, auch ich kann, wenn es notwendig ist, Zucht beweisen und Maß halten.

Aber ich gewöhnte mich daran, dass sie Nacht für Nacht in meinen Armen lag, ich zügelte meine jungen Triebe und stellte mich schlafend, wenn sie mich streichelte, und auch wenn manchmal ihre Tränen auf mein Gesicht tropften.

Es war ihre heimliche Liebe, die mich erschreckte, vor der ich im Schlummer nicht fliehen konnte und es des Tags dann auf grobe Weise tat.

Hier draußen in der kühlen, feuchten Maiennacht traf mich der süße Schmerz der Sehnsucht mit aller Macht. Was für ein dummer Tropf ich einst war. Ich hatte mir Minne gewünscht, des Burgvogts Töchterlein war die erste – sie wies mich höhnisch ab. Die Wäscherin war ein lustiges Weibchen und ließ mich sitzen, als ein anderer kam. Die Milchmagd aber tändelte nur und zog einen Mann dem Tölpel vor.

Die Liebe, geschenkt von einem jungen, vertrauensvollen Mädchen, trat ich mit Füßen. Ja, ich redete mir sogar ein, froh zu sein, sie endlich im Kloster loszuwerden.

Doch diese Sicht der Geschichte vertraue ich nur Euch an und bitte Euch, darüber zu schweigen.

Erneut fiel Regen, wurde sogar zu einem heftigen Guss.

Ich kehrte zurück in mein Gemach, entkleidete mich und begab mich zu Bett.

Bald wurde es Tag ...

# Der vierte Tag

Die Wunden, die Fortuna schlug,
muss ich laut beklagen,
ihrer Gaben schlimmen Trug
weinend nun entsagen.
Wahr ist,
was geschrieben steht:
Glück hat vorne Haare!
Aber wenn es weitergeht,
sind sie hinten rare.[12]

**Da ward es Tag**

Als Engelin aufwachte, summte noch immer das Lied vom gestrigen Abend in ihrem Kopf herum.

Er wusste ganz genau, warum er das gewählt hatte, der niederträchtige Strolch.

Und was war Casta begeistert von seiner Mär, und was musste sie sich selbst zum Schweigen zwingen.

Draußen rauschte der Regen nieder, und den Tag über würden sie vermutlich sogar verdammt sein, in der Kemenate zu bleiben. Heilige Mutter Gottes, wie langweilig. Nicht nur dass sie in der Burg auf unbestimmte Zeit eingesperrt waren, dann auch noch in den Räumen, in denen man keinen Moment für sich alleine hatte.

Casta gab im Schlaf einen knurrenden Laut von sich und drehte sich so, dass sie die Decke von ihr fortzog. Engelin

---

12 Die Wunden, die Fortuna schlug, Carmina burana, CB 16, Carl Fischer

knirschte mit den Zähnen und stand auf. Klamm war es in dem Gemach, und sie legte geschwind ihre Kleider an. Nicht jene, die sie abends getragen hatte, sondern den Kittel, den ihr Ida für die groben Arbeiten geliehen hatte. Castas wollenen Umhang warf sie sich um die Schultern und setzte sich in die Fensternische, um in das kaum heller werdende Morgengrauen hinauszusehen.

Freiheit, selbst wenn es bedeutete, im Regen im nassen Laub zu schlafen, war ein begehrenswertes Gut für sie geworden. Und Freiheit wollten sie ihr alle nehmen.

Gestern Nachmittag erst hatte die Äbtissin wieder auf sie eingeredet. Das Leben im Kloster wollte sie ihr schmackhaft machen. Doch mochte es auch Bequemlichkeit und Sicherheit bieten, es gab vieles, was ihr daran nicht gefiel. Gut, man konnte die Krankenpflege dort lernen oder fromme Schriften kopieren, feinste Handarbeiten zur höheren Ehre Gottes anfertigen und für sein Seelenheil beten. Ja, sie hatte dort ein Jahr verbracht, und ja, sie hatte sich gelehrig gezeigt. Es hatte ihr Freude gemacht, mit der Apothekerin über heilende Kräuter zu reden und sich manche Zubereitung zeigen zu lassen. Es hatte ihr gefallen, der Schwester Celleraria dabei zu helfen, die Vorräte für das Kloster zu disponieren und einzukaufen. Es hatte ihr sogar eine Weile gutgetan, sich dem strengen Tagesablauf aus Gebeten und Arbeit zu beugen. Aber trotzdem!

Abgeladen hatte er sie dort wie einen Sack fauliger Spelzen.

Lästig war sie ihm gewesen.

Eine hässliche Kröte.

Bittere Galle sammelte sich in Engelins Kehle, als sie an den vergangenen Abend dachte.

Was bildete er sich nur ein, das vor allen Leuten zu erzählen? Breitzutreten? Auszumalen?

Sie zerrte an dem Umhang, und nur der hervorragenden Qualität, die englische Tuchweber herzustellen in der Lage waren, war es zu verdanken, dass sie ihn nicht in Stücke riss. Betroffen ließ Engelin den Zipfel los, den sie gequält hatte.

War es nicht genug, dass er ihr beständig auflauerte und ihr seine Sprüchlein in die Ohren raunte? Musste er sie auch noch vollends bloßstellen?

Na gut, er hatte ihren richtigen Namen nicht genannt, aber die Äbtissin würde es sich jetzt zusammenreimen, wenn sie nicht mit Blindheit geschlagen war. Sie hatte gestern Abend schon sehr verbiestert dreingeschaut. Wahrscheinlich würde sie als Nächstes ihr Seelenheil in die Waagschale werfen, um sie dazu zu überreden, den Schleier zu nehmen. Aber freiwillig würde sie nicht ins Kloster gehen. Nein. Dann lieber einen Mann heiraten, den ihr Vater für sie erwählte.

Aber bloß nicht den duftenden Höfling.

Dann doch lieber das Kloster.

Aber nicht das auf Rolandswerth.

Mürrisch legte Engelin die Stirn an die kühlen Scheiben.

Gestern Abend war es ihr klargeworden, dass Hardo seine eigene Geschichte erzählte. Seine und die ihre.

Natürlich hatte sie ihn bereits am ersten Abend erkannt, als er auf den Stufen vor der Hohen Tafel Platz genommen hatte. Es war eine entsetzliche Prüfung gewesen, stillzusitzen und sich nichts anmerken zu lassen. Erst hatte sie tatsächlich geglaubt, er würde einfach nur eine kindische Mär erzählen, aber als er dann die magische Laute erwähnte, hatte sie zu ahnen begonnen, dass er mit dem dummen Tölpel sich selbst schilderte.

Warum tat er das?

Um sie zu kränken? Zu demütigen? Auf ihren Platz zu weisen? Ein hinterhältiges Spiel mit ihr zu treiben?

Weil sie ihm so lästig war?

War er denn so nachtragend?

Das war ihr früher nicht aufgefallen. Aber er hatte sich verändert, und in ihm steckte eine gewisse Boshaftigkeit. Oder war es Härte?

Einst war er ihr Held gewesen. Doch sie war noch ein Kind und hatte ihn angehimmelt. Das war doch wohl verständlich, oder? Er wusste so viel über die Wälder, die Tiere, die Früchte, das Wetter. Er hatte ihr ein Leben in Freiheit und Ungebundenheit gezeigt. Er war ihr stark und mutig erschienen.

Und ja, sie hatte, genau wie in dem Lied, manchmal, wenn er schlief, sein Gesicht gestreichelt. Doch wenn es Tag wurde, dann hatte sie sich um Haltung bemüht, seinen Brei anbrennen lassen und ihn ausgezankt.

Deswegen hatte er sie weggeschickt, im Kloster abgeladen wie einen Sack fauliger Spelzen.

Sie schluckte die Bitterkeit hinunter und blickte wieder auf das regennasse Land. Heute wollte es aber auch gar nicht Tag werden. Dunkel und drohend hingen die Wolken über dem Rheintal.

Ihre Gedanken wanderten über seltsame Wege, während sie den Tropfen folgte, die an den runden Scheiben hinunterrannen. Wie oft musste sich der Junge, der er einst gewesen war, hier ebenfalls bedrückt und gefangen gefühlt haben. Er hatte sich selbst als Simpel geschildert, und man hatte ihn als Simpel behandelt. Aber er war nicht dumm. Was immer es Neues zu lernen gab, hatte er schnell gelernt. Zum Beispiel das Lesen.

Sie selbst hatte Lehrer gehabt, ihre Mutter war der Meinung, dass ein Weib seinem Mann eine Hilfe im täglichen Leben sein sollte, und da Kaufleute des Rechnens, Schreibens und Lesens kundig sein mussten, hatten sie und ihre Geschwister es beizeiten gelernt. Nicht in der Klosterschule allerdings, sondern von einem gutherzigen Magister, der sie nicht mit unverständlichen lateinischen Versen traktiert, sondern ihnen den Abakus erklärt und das ABC anhand eines Büchleins mit Bildern beigebracht hatte. Gelesen hatten sie allerlei Legenden, aber auch, vor allem als Puckl zu ihnen kam, Heldenmären und – ja, verflixt noch mal – auch die Verse der berühmten Dichter und Minnesänger.

Aber deren Sinn hatte sich ihr damals als Kind noch nicht erschlossen. Dazu musste sie erst von zu Hause ausreißen und sich einem dummen Tropf anschließen, der sie wie eine lästige Kröte behandelte.

Und sie jetzt als seine liebliche Herrin verspottete.

»Engelin, was machst du denn da am Fenster?«, kam es verschlafen vom Alkoven her.

»Tropfen zählen, was sonst.«

»Es ist noch dunkel, komm wieder zu Bett.«

»Es ist schon Tag, aber hell will es heute nicht werden.«

Casta drehte sich zur Wand und schnaufte.

Na gut, sie war auch träge und lustlos. Nein, eigentlich unglücklich. Wieder verfolgte sie die Regentropfen an den Butzenscheiben und geriet dabei ins Träumen.

Sie hatte sich geborgen gefühlt in den Armen dieses ungelenken jungen Mannes, damals, am Herd der Witwe. In jenen Tagen hatte er sie auch oft geneckt oder mit ihr gezankt, aber es hatte ihr nie wehgetan. Es tat erst jetzt weh.

Er war kein ungelenker junger Mann mehr, Heilige Jungfrau, nein.

Wie er wohl reagieren würde, wenn sie jetzt zu ihm hinunterschliche und sich wieder in seine Arme schmiegte? Wenn sie wieder, wie in jenen Nächten, heimlich sein Gesicht streicheln würde? Wenn sie sanfte Küsse auf seine Lippen drücken würde?

Ob er sie umfangen würde? An sich ziehen, ihr Hemd zur Seite schieben und ihren bloßen Leib kosen würde? Ihre Finger prickelten, als sie sich vorstellte, seinen harten Körper zu berühren, die Schultern, die breit geworden waren, die festen Muskeln seines Rückens.

Sie wollte ihre Finger in seinen Haaren vergraben, seinen Kopf an ihre bloßen Brüste ziehen, wollte …

Sie hörte sich selbst leise stöhnen.

Schluss damit. Sofort und gründlich Schluss mit derartig unkeuschen Gedanken!

Dass sie sich selbst so streng maßregelte, hatte zur Folge, dass sie nun wirklich hellwach war. Und mit großem Ernst und gestrafften Schultern widmete sie sich den Aufgaben des kommenden Tages.

Da galt es bestimmten Machenschaften einen Riegel vorzuschieben. Auch wenn sie dabei Gefahr lief, Dinge zu verraten, die besser unter dem Deckmantel der Verschwiegenheit aufgehoben waren. Beispielsweise dem Ansinnen der Äbtissin, dem sie sich widersetzen musste. Ihr Vater könnte ihr dabei helfen, allerdings bestanden da gewisse Schwierigkeiten, die sie sich selbst eingebrockt hatte.

Engelin besaß ein offenes, aufrichtiges Gemüt, und Wissen, das sie nicht freimütig preisgeben durfte, belastete sie. Doch noch unangenehmer war die Vorstellung, dass ihr Vater von der Äbtissin erfahren könnte, dass jene Line seine Tochter war, denn sie hatte ihm zwar erzählt, dass sie einige Monate im Kloster verbracht hatte, nicht aber, wie sie dorthin gelangt war. Hardos Rolle hatte sie in ihrer Beichte bei ihrer Heimkehr wohlweislich ausgespart.

Er würde früher oder später draufkommen.

Eine klare Aussprache wäre jetzt wohl sinnvoll.

Mit ihrem Vater. Oder sollte sie Hardo bitten, nicht weiterzuerzählen?

Eines war so unangenehm wie das andere.

Ein Streifen hellen Lichts tauchte über dem Horizont auf, das Tröpfeln hatte nachgelassen.

Engelin atmete tief durch. Was waren sie und Casta doch für zwei traurige Geschöpfe. Sie quälte sich, weil Hardo sie nicht ernst nahm, und ihre Freundin, weil ihr Ritter sie so überhaupt nicht wahrnehmen wollte.

Vielleicht sollte auch sie den edlen Herrn einfach mal zur Rede stellen?

Na ja, einfach …

Obwohl – da gab es mehr Möglichkeiten als in ihrem Fall. War nicht der Domgraf aus Speyer Castas Onkel und Fürsprecher in Sachen Kunkellehen? Der Mann – er saß abends mit ihnen an der Tafel – schien ein verständiger Mensch zu sein. Anders als dieser trübsinnige Gelehrte, der immer nur an seinen Fingern herumpulte oder langatmige Monologe zu Sternen und Schicksalen von sich gab. Wen interessierte es schon, ob Saturn alle sieben Jahre Unglück heraufbeschwor oder Mars in dieser oder jener Position Kriege anzettelte?

Der Domgraf hatte sich mit ihrem Vater sehr angeregt unterhalten und verstand wohl eine Menge von der Verwaltung der Kirchengüter und auch einiges vom Handel. Außerdem hatte sie ihn einmal sagen hören, als ihr Vater sich abfällig über fahrende Sänger und ihre abergläubischen Geschichten geäußert hatte, dass man gewisse Leute besser nicht unterschätzen sollte. Sein Seitenblick zum Sänger auf den Stufen hatte ihr verraten, dass er Hardo meinte.

Und den brauchte man zwar nicht zu schätzen, aber man durfte ihn wirklich nicht unterschätzen.

Kurzum, der Domgraf war ein kluger, aber auch freundlicher Mann, und Casta sollte sich ihm vielleicht anvertrauen.

»Casta, ich habe eine Idee. Komm aus den Federn, es wird Tag!«


## Die Sünden der Väter

Auch an diesem Morgen verkündete der Ritter der versammelten Gesellschaft nach der Morgenandacht, dass zwei weitere Mitglieder der Gruppe vom Mordverdacht befreit seien. Es erhob sich ein Raunen, und hier und da wurden verstohlene Blicke gewechselt. Hinrich van Dyke grollte, der wohledle Herr Ulrich solle endlich Namen nennen, doch der wies ihn kühl ab, er habe seine Gründe, darüber zu schweigen.

»Unhaltbar, dieser Zustand«, erboste sich auch der Höfling Lucas. »Ich brauche meinen Diener. Lasst ihn ein.«

»Euer Diener bleibt vor dem Tor.«

»Er braucht eine Rasur, der Schönling«, wisperte Ismael.

»Du kannst ihm ja deine Dienste anbieten.«

»Noch nicht mal für einen Batzen Gold. Aber Ihr braucht auch eine.«

Ich fuhr über mein Kinn. Er hatte recht. Drei Tage war mein Bart alt und schwärzte meine Wangen mit seinen Stoppeln.

»Wir werden selbst das Wasser schleppen müssen.«

»Heute Nachmittag.«

»Ist recht.«

Wir fragten Ida, welche Arbeiten wir übernehmen sollten, und sie bat uns, die schweren Kranzleuchter im Rittersaal endlich mit neuen Kerzen zu bestücken. Ismael half mir, ein Brett auf zwei Böcke zu legen, sodass ich an den eisernen Reifen gelangen konnte, um erst mit dem Messer das heruntergebrannte Wachs abzulösen und dann die neuen Kerzen auf die Dornen zu stecken. Er selbst aber wollte sich wieder mit den Ziegen vergnügen.

Ich werkelte also in dem leeren Saal vor mich hin, als sich die Tür öffnete und die Äbtissin hereinrauschte. Sie baute sich an meinem wackeligen Gestell auf und befahl: »Komm da runter, Hardo. Ich habe mit dir zu reden.«

Der Meister Lautenschläger war also durchschaut, der ehemalige Tölpel wieder an seine Stelle getreten.

»Sehr wohl, ehrwürdige Mutter«, antwortete ich beflissen, steckte aber in Ruhe die letzten Kerzen auf und sprang dann nach unten.

Ich mag keine Überraschungen, aber diese hatte ich geahnt.

»Zu Diensten, ehrwürdige Mutter.«

»Was bildest du dir eigentlich ein, hier aufzutauchen und den Gockel zu spielen?«

»Nichts, ehrwürdige Mutter!«

»Hör auf, den Trottel zu mimen!«

»Gelte ich nicht schon von der ersten Stunde meines Lebens an als Trottel?«

Ihr üppiger Busen wogte unter dem schwarzen Habit, und ihre Miene zeigte brennenden Zorn.

»Ja, du spielst und gaukelst uns etwas vor. Was soll das? Was willst du damit gewinnen?«

»Hätte ich etwas zu gewinnen, ehrwürdige Mutter?«

Sie fauchte förmlich vor Wut.

»Wenn du hergekommen bist, um einen Anspruch auf das Lehen zu erschleichen, Hardo, dann werde ich mit allen mir zur Verfügung stehenden Mitteln versuchen, das zu verhindern. Ulrich von der Arken wird genau von mir erfahren, dass du der Sohn des Mörders bist, den er selbst überführt hat.«

»Bemüht Euch nicht, ehrwürdige Mutter, er weiß es längst.«

Ihr Unterkiefer verlor kurzfristig seinen Halt und senkte sich. Aber sie fing sich rasch.

»Und ich habe ihn für einen achtbaren Mann gehalten. Weiß Gott, wie man sich irren kann. Aber er wird dir die Burg nicht zusprechen, darum kümmere ich mich schon. Und solltest du dich, du mieser kleiner Maulheld, noch ein einziges Mal meiner Tochter nähern, dann werde ich eigenhändig dafür sorgen, dass du hier auf dem Hof ausgepeitscht wirst.«

»Seltsame Gelüste habt Ihr für ein frommes Weib«, sagte ich und grinste sie anzüglich an.

Sie kollerte.

Ich wartete.

Es dauerte nicht lange.

»Du unverschämter Lump, du niederträchtiger Tagedieb, du frecher ...«

»Minnesänger, ehrwürdige Mutter, Minnesänger.«

»Du und dieser dreckige Levantiner, ihr habt euch

das schön ausgedacht, was? Den Ritter rumzukriegen oder meine Tochter, damit du dir das Lehen ergaunern kannst.«

»Ich würde Ismael nicht eben als dreckigen Levantiner bezeichnen, ehrwürdige Mutter. Er ist ein sauberes Kerlchen und steht nicht im ungewaschenen Ruch der Heiligkeit.«

Ach ja, man konnte sie wunderbar reizen. Mit einem halben Blick nahm ich wahr, dass Ulrich an der Tür stand und interessiert zuhörte.

»Er ist ein schmieriger kleiner Gauner und treibt es mit den Weibern wie mit den Männern, so wie er sich spreizt.«

»Richtig, derzeit vergnügt er sich mit den Ziegen im Stall. Ihr scheint eine vortreffliche Kenntnis aller Laster zu haben, ehrwürdige Mutter.«

»Genug, um sie zu erkennen, wenn ich sie sehe – oder höre! Besonders deine, du mit deinen unsauberen Liedchen und Geschichten. Du wirst das einstellen, verstehst du mich? Du wirst sofort aufhören, diese unsägliche Mär zu erzählen!«

»Ich höre Euch zu, ehrwürdige Mutter. Und verstehen tue ich Euch auch.« Ich grinste breiter. »Ihr fürchtet wohl, ich könne etwas enthüllen, das Ihr lieber verbergen möchtet? Was sollte das sein? Vertraut Euch mir an, dann weiß ich, welche Peinlichkeit ich verschweigen soll.«

Sie gab ein gluckerndes, halb ersticktes Geräusch von sich.

»Meister Hardo wird seine Geschichte erzählen, ehrwürdige Mutter, und zwar genau so, wie es ihm gefällt«, ließ sich Ulrich vernehmen und kam näher. Auch ihn traf ein flammend wütender Blick.

»Ihr wisst, wer er ist, und verteidigt ihn noch?«

»Er hat Euren Gatten nicht umgebracht. Und die Sünden der Väter haben nicht die Söhne zu tragen. Was mich aber zu der Frage bewegt, ehrwürdige Mutter – wo habt Ihr Euch wirklich aufgehalten, als der Burgvogt vom Turm fiel?«

»Das hat Euch gar nichts anzugehen«, giftete sie, drehte sich um und rauschte kochend aus dem Rittersaal.

»Ein leidenschaftliches Weib, die Frau Äbtissin«, meinte Ulrich und verfolgte ihren Abgang.

»O ja, voll Glut und Ungestüm.«

»Hat sie einen Grund, Eure Enthüllungen zu fürchten?«

»Ja.«

Ulrichs schmallippiges Lächeln entlockte mir nur ein Kopfschütteln.

»Nein, mehr erzähle ich Euch jetzt nicht.«

»Dann werde ich mich mit Geduld wappnen müssen. Unsere jugendlichen Begleiter haben sich übrigens auf Abenteuerfahrt begeben und untersuchen das Verlies unter dem Bergfried auf einen Geheimgang.«

»Ismael und Dietrich?«

»Und Sebastian, den sie Puckl nennen. Ein kluger Bursche übrigens und geschickt mit den Zahlen. Ich habe ihnen die Erlaubnis erteilt, sich den Kerker anzusehen. Werden sie einen Geheimgang finden?«

»Nein.«

»Hardo?«

Ich lächelte. Gut, er hatte ein Recht darauf, es zu wissen.

»Dort nicht. Aber es gibt einen.«

»Das dachte ich mir. Durch den seid Ihr damals entkommen, als ich zur Burg kam.«

»Richtig.«

»Wer weiß alles davon?«

»Sigmund, Jonata, Eberharts Bruder, der Gelehrte und möglicherweise der Kaplan.«

»Und andere, außerhalb der Burg?«

»Vielleicht, aber ich glaube es nicht, dass ihn jemand in den Jahren, die ich fort war, benutzt hat. Der Eingang im Lindenhain war unberührt, als ich vorbeikam, das Gitter verrostet, alte Vogelnester und Spinnenweben bewohnten ihn.«

»Es könnte aber in den letzten Tagen jemand dort hineingeschlüpft sein.«

»Unerkannt auf den Bergfried gestiegen sein, Sigmund hinuntergestürzt haben und dann durch ebendiesen Gang wieder verschwunden sein, während sich Ismael, der Kaplan und der Gelehrte in der Kapelle aufhielten.«

»In der Kapelle also. Von dort aus führt ein Gang nach draußen?«

»Ja, unter dem Altar befindet sich der Einstieg. Dort, wo Ismael ihn auf Puckls Vermutung hin suchte, just als der Burgvogt fiel.«

»Es war nur so ein Gedanke.«

Ulrich sah zum Fenster hinaus. Der Regen hatte sich verzogen, und ein zaghafter Sonnenstrahl fiel durch die Scheiben.

»Es ist nicht schlecht, auch Seitenwege zu verfolgen«, sagte ich, und er fragte: »Hat die Äbtissin einen Grund, Sigmund den Tod zu wünschen?«

»Schwer zu sagen. Sie hat die Burg nach dem Tod ihres Mannes verlassen. Ob sie zehn Jahre einen inneren Groll hegte oder ob er ihr in jenen wenigen Tagen ihres Hierseins einen Grund gegeben hat, kann ich nicht beurteilen.«

»Sie ist eine aufbrausende Frau und kräftig dazu.«

»Ja, das ist sie. Ich werde sehen, was das scheue Novizchen zu ihrem Aufenthalt zu sagen hat. Vielleicht hat sie wirklich still in ihrer Kammer gesessen und gebetet.«

»Ich werde mir den Pächter Cuntz vornehmen – er hat zwar die fragliche Zeit mit Loretta gebuhlt, doch er muss mir Rede und Antwort zu den Pachtabgaben stehen.«

»Machen wir uns an die Arbeit!«

Ich fegte die Wachsreste zusammen, stellte Böcke und Brett zurück und begab mich auf die Suche nach meinem jungen Freund, dem es sicherlich gefallen würde, Hildegunda sanft, aber unbarmherzig auszufragen. Die Novizin war kaum älter als er, sie wirkte überaus verschüchtert, aber das konnte an der erdrückenden Persönlichkeit der Äbtissin liegen. Üblicherweise verloren sechzehnjährige Jungfern in Ismaels Gegenwart schnell ihre Zurückhaltung, fromm oder nicht.


## Keusche Minne

»Jungfer Engelin, das Schwein ist schon tot, Ihr müsst es nicht noch einmal schlachten. Wenn Ihr weiter so wütend drauflos hackt, schneidet Ihr Euch noch ins eigene Fleisch.«

Ida wollte der Jungfer das Hackmesser aus der Hand nehmen, aber die zischte nur: »Ich pass schon auf!«

»Haltet dennoch ein, das ist fein genug zerkleinert. Hier sind noch ein Dutzend Zwiebeln zu schälen.«

Und dann schnüffelte Ida.

»Fräulein Casta, die Grütze brennt an.«

Casta griff zum Löffel und begann hektisch im Kessel zu rühren. Es spritzte heißer Brei heraus, und sie schrie auf, als er ihre Hand traf. Ida nahm ihr den Löffel ab.

»Was ist los mit euch beiden Maiden? Ihr seid schlecht gelaunt und unaufmerksam. Habt ihr euch gestritten?«

»Nein«, muffelte Engelin.

»Nein«, sagte Casta und leckte sich die verbrühte Stelle an der Hand.

»Steck die Hand in kaltes Wasser«, riet Engelin ihr und hackte jetzt mit Wucht auf die Zwiebeln ein. Die Tränen rannen ihr dabei über das Gesicht.

»Ich glaube, meine lieben Jungfern, ihr habt für heute genug in der Küche gearbeitet. Der Regen hat aufgehört, schaut! Geht für eine Weile in den Garten, ich komme hier alleine zurecht.«

»Ihr braucht mich nicht zu verzärteln, Ida«, schniefte Engelin und wischte sich die Wangen mit dem Schürzenzipfel ab.

»Nein, das tue ich auch nicht. Vielmehr möchte ich die dumpfe Stimmung aus dieser Küche haben, die ihr verbreitet«, sagte Ida energisch. »Raus mit euch!«

»Komm, Engelin.«

Casta zupfte ihre Freundin am Ärmel und drängte sie nach draußen.

Unwillig trottete sie hinter ihr her in Richtung Durchgang. Auf dem Hof hatten sich Pfützen gebildet, ein paar Spatzen badeten mit aufgeregtem Tschilpen darin und verspritzten das Wasser mit ihren Flügeln. Doch der possierliche Anblick heiterte die beiden Jungfern nicht auf. Auch die ersten Sonnenstrahlen, die die Tröpfchen im Gras des Zwingers glitzern ließen, erhellten nicht ihre Gemüter. Vom Dach des Stalles rann das Wasser in die großen Regentonnen, die Ziegen knabberten genießerisch an den feuchten Halmen, und im Obstgarten zwitscherten die Meisen in den Zweigen aus voller Kehle.

»Du hast nicht geschlafen heute Nacht, deshalb bist du so grantig«, sagte Casta, als sie zwischen den Bäumen entlangschlenderten.

»Du hast auch nicht geschlafen«, entgegnete Engelin trotzig. »Du hast dich ständig hin und her gewälzt.«

»Richtig.«

»Hast du mit deinem Oheim gesprochen?«

»Nein.«

»Warum denn nicht, im Namen der Jungfrau?«

»Wann denn? Hier findet man doch keinen Augenblick Muße. Und so wichtig ist es nicht.«

»Ach, auf einmal ist dir der Ritter nicht mehr wichtig?«

»Nicht so, dass ich mich ihm an den Hals werfe!«

Ja, sie hatten beide schlechte Laune, weil sie körperlich und seelisch erschöpft waren. Weil Engelin das einsah, gab sie ihrer Freundin nicht die harsche Antwort, die ihr auf der Zunge lag. Später aber würde sie selbst den Domgrafen aufsuchen. Wenigstens etwas, das man tun könnte.

Sie schwiegen.

Und in der Stille hörten sie das gedämpfte Schluchzen.

»Was ist das?«

»Jemand weint.«

Engelin ging in die Richtung des Geräusches. Casta folgte ihr, und so fanden sie, in die Ecke der Wehrmauer gelehnt, die junge Novizin Hildegunda. Sie bot ein solches Bild des Jammers, dass Engelin umgehend ihre eigenen Sorgen vergaß, auf sie zuging und ihr die Hand auf die bebende Schulter legte.

»Was ist Euch, Hildegunda? Ist Euch ein Leid geschehen?«

Ein langes, trauriges Aufschniefen war die Antwort, doch das Mädchen hob dabei den Kopf. Ihre linke Wange war tief gerötet.

»Ihr habt eine böse Ohrfeige bekommen. Wer hat Euch das angetan, Liebelein?«

»Meine Herrin, edle Jungfer.«

»Meine Mutter hat heute Morgen eine diabolische Laune, ich weiß. Aber sie sollte sie nicht an Euch auslassen«, sagte Casta und streichelte die Novizin ebenfalls. »Womit habt Ihr sie verärgert?«

»Ich … ich hab mit dem Jungen gesprochen. Aber nur ganz kurz. Und da hat sie mich von ihm weggezerrt und ihn beschimpft. Und weil ich gesagt habe, dass er keine böse Absicht hatte, hat sie mich geohrfeigt.«

»Meine Mutter grummelt und grollt seit gestern Abend, als hätte sie Mahlsteine gegessen und nicht saftige Pasteten. Mit mir hat sie auch schon gezankt, Hildegunda.«

»Ich versteh das nicht, sie ist sonst freundlich zu mir. Aber seit wir hier sind, ist sie immer so gereizt.«

Engelin streichelte den Arm der Novizin.

»Wir sind alle gereizt, weil wir nicht aus der Burg dürfen und jeder jeden verdächtigt. Und nichts wird getan, um diesen dummen Zustand zu ändern.«

»Doch, Engelin«, sagte Casta. »Du hast doch gehört, was Herr Ulrich heute verkündet hat.«

Hildegunda hatte ihre Tränen getrocknet und schaute etwas munterer drein.

»Doch, sie kümmern sich, Jungfer Engelin. Der Junge ... Er wollte von mir wissen, wo ich an dem Morgen war, als der Vogt vom Bergfried fiel.«

»Ismael?«

Sie nickte ernsthaft.

»Ich sagte doch, es war nichts Lasterhaftes. Er hat nur die eine Frage gestellt, ganz höflich.«

Engelin spitzte die Ohren. Sie und Casta hatten nachts in ihrer Kemenate leise wispernd auch schon etliche Überlegungen angestellt, vor allem, weil sie selbst hoffte, ihren Vater zu entlasten.

»Und wo wart Ihr, Hildegunda?«

»Hier im Garten, Jungfer Engelin. Weil ... die ehrwürdige Mutter hat mich doch runtergeschickt.«

»Mit welchem Auftrag?«, wollte auch Casta wissen.

Wieder wurden die Augen der jungen Novizin feucht.

»Ich hatte Wein verschüttet, den die ehrwürdige Mutter trinken wollte. Aber nicht mit Absicht. Doch nur, weil sie gestolpert war und an meinen Arm gestoßen ist.«

»Darum wurde sie harsch und hat Euch weggeschickt?«

»Ja, ich sollte verschwinden und nicht eher zurückkommen, bis ich den hundertneunzehnten Psalm auswendig hersagen kann. Und der ist doch so lang.«

»Das güldene ABC, o ja, der ist sehr lang.«

»Ich kann ihn noch immer nicht, weil ... da war doch das mit Sigmund.«

»Richtig. Wart Ihr eigentlich ganz alleine im Garten, oder hat Euch jemand gesehen?«

Hildegunda errötete und starrte auf ihre Hände.

»Oder habt Ihr jemanden gesehen?«, hakte Casta nach.

Die Finger des Mädchens verwickelten sich miteinander.

»Ihr habt jemanden im Garten gesehen. Wer immer hier

war, Hildegunda, konnte den Vogt nicht vom Bergfried stürzen. Also wäre es sehr hilfreich, wenn Ihr uns sagen würdet, wer es war.«

Die Schultern der Novizin zuckten, in ihrem geröteten Gesicht spiegelten sich Scham und Verzweiflung, und Engelin spürte eine leise Heiterkeit in sich aufsteigen.

»Der Ritter hat uns verkündet, dass zweimal zwei Personen vom Verdacht des Mordes befreit sind, jedoch stattdessen Unzucht getrieben haben. Habt Ihr etwa ein Paar beobachtet, das sich unkeuschen Tuns hingab?«

Hektisch nickte das Mädchen.

»Ihr braucht uns nicht zu erzählen, was sie getan haben, Liebes. Nur wer es war. Bitte Hildegunda«, schmeichelte Engelin.

»Die … die Frau Ida und … und der Domgraf. Er hat sie im Arm gehalten und … und sie gekost.«

Engelin und Casta sahen sich ungläubig an.

»Ich denke nicht, dass das sehr unkeusch war, Hildegunda. Es gibt ganz bestimmt einen anderen Grund dafür. Hat einer von beiden Euch gesehen?«

»Nein, nein, ich glaube nicht. Ich habe mich ganz hinten an die Wand gedrückt, da, wo der Wehrgang anfängt. Und als der Aufruhr begann, waren die beiden schon vor mir aus dem Garten gelaufen.«

»Gut. Dann solltet Ihr das am besten Herrn Ulrich berichten.«

»Das … das kann ich nicht. Ich darf nicht mit ihm sprechen.«

»Warum …?«, fragte Engelin erstaunt.

»Das erkläre ich dir gleich, Engelin. Ist gut, Hildegunda, wir kümmern uns darum. Am besten geht Ihr jetzt wieder zu meiner Mutter nach oben und helft ihr, sich für die Beerdigung zurechtzumachen. Sonst regt sie sich nur noch mehr auf.«

»Ja, ja, da habt Ihr recht.«

Und wie beschworen gellte oben aus dem Fenster des

Palas die Stimme der Äbtissin, die herrisch nach der Novizin rief. Hildegunda huschte davon.

»Armes Geschöpf. Mutter kann dämonische Launen entwickeln. Ich habe meinen Anteil heute auch schon abbekommen.«

»Womit hast du ihren Ärger erregt?«

»Indem ich gestern Abend eine Weile mit dem Sänger auf der Galerie musiziert habe und mich dann mit ihm unterhielt. Über Musik, Engelin, nichts weiter.«

»Er ist ein Weiberheld.«

»Er war höflich und züchtig. Was hast du nur gegen ihn? Ich glaube sogar, dass er Herrn Ulrich sehr wohl hilft, den Tod des Vogts aufzuklären. Nur ...«

»Er ist ein loses Mannsbild, und ich kann deine Mutter verstehen.«

»Nein, Engelin, das ist er nicht. Er tritt ein wenig geziert auf, aber muss das nicht jeder Barde und Sänger – sich ein wenig spreizen? Außerdem war das nicht der Grund dafür, dass sie mir verboten hat, auch nur in seine Nähe zu kommen.«

»Nicht, sondern?«

»Sie glaubt, er sei der Sohn des Mannes, der meinen Vater ermordet hat.«

»Was?«

»Na ja, sie kennt ihn von früher.«

Engelin machte den Mund auf und schloss ihn wieder.

Das war ihr vollkommen neu. Heilige Mutter Gottes – davon hatte er nie gesprochen.

»Er ist hier auf der Burg geboren. Der Sohn des Stallmeisters und ihrer Hofdame. Ich habe ihn allerdings nicht erkannt. Damals gehörte er einfach irgendwie zu den vielen Kindern, die hier herumliefen. Außerdem war ich noch klein. Aber meine Mutter hat ihn wohl gestern an irgendetwas erkannt.«

Engelin wollte etwas sagen, presste aber entschlossen die Lippen zusammen. Immerhin war die Äbtissin Castas Mutter, und wenn sie ihre Meinung zu dieser Frau kundtat, war es vermutlich vorbei mit ihrer Freundschaft.

Versonnen fuhr Casta jedoch fort: »Ich hätte stutzig werden müssen, als er das Lieblingslied meines Vaters auf der Flöte angestimmt hat. Mein Vater hat übrigens auch gerne die Laute gespielt, und er hatte ein wunderschönes Instrument, zumindest in meiner Erinnerung. Aber er hat es mich nie in die Hand nehmen lassen. Es war wohl recht kostbar.«

Damit versank auch Casta in tiefes Nachsinnen.

Engelin aber schüttelte sich leicht und straffte die Schultern.

»Casta, du musst den Ritter über Hildegundas Beobachtungen berichten.«

»Was? Oh – kann ich nicht. Meine Mutter hat mir auch verboten, mit ihm zu sprechen.«

»Warum denn das nun schon wieder?«

»Weil er weiß, wer Hardo ist, und ihn in sein Vertrauen gezogen hat, statt ihn in den Kerker zu werfen. Oder so ähnlich. Sie ist furchtbar verbissen und verbittert im Augenblick. Ich will sie nicht weiter reizen. Aber du könntest es Herrn Ulrich weitersagen. Oder Meister Hardo.«

»Dem bestimmt nicht. Aber mit dem Ritter kann ich sprechen. Ja, das mache ich nachher, wenn wir den Vogt zu Grabe getragen haben.«

Die Beerdigung sollte dann auch wenig später auf dem Lichhof stattfinden, und während der Andacht in der Kapelle kniete Engelin in der vorletzten Reihe. Die Litaneien, die der Kaplan mit eintöniger Stimme herunterleierte, der Weihrauchduft, das gedämpfte Licht, das durch die bleiverglasten Fenster fiel, die Wärme, die die Menschen um sie herum ausstrahlten, lullten sie ein. Seit dem Morgengrauen hatte sie für die Mahlzeiten gesorgt, Brotteig geknetet, Wassereimer geschleppt, die Nacht über aber nur wenig geschlafen, und so schlummerte sie selig ein. Sie merkte nicht, dass sie sich dabei an einen starken Körper lehnte, der sie sanft umfing und verhinderte, dass sie zur Seite kippte.

Erst als das Glöckchen läutete, fuhr sie aus ihrem erschöpften Schlaf auf, bemerkte die Arme, die sie hielten, erkannte den Mann, zu dem sie gehörten, und machte sich mit einer wilden Bewegung los.

»Was fällt Euch ein!«, zischte sie leise.

»Viel, liebreizende Herrin«, sagte Meister Hardo mit einem Lächeln in der raspelrauen Stimme.

Schauder fuhren ihr über den Rücken. Aber sie riss sich zusammen. Nur um keine weitere Aufmerksamkeit zu erregen, knurrte sie lediglich und rückte ein Stück von ihm weg. Sie lehnte auch seine Hilfe beim Aufstehen ab und erhob sich einigermaßen anmutig, um der Gemeinschaft auf den Lichhof zu folgen, wo der Leichnam ins Grab gesenkt werden sollte.

Wieder stand Hardo hinter ihr, und als die Erde auf den in Leintücher gewickelten Toten fiel, streifte sie die Ahnung der Endlichkeit. Hier war ein Mensch gestorben, und wie es schien, trauerte keiner, der ihn kannte, sonderlich um ihn. Ja, selbst sein Weib Ida vergoss keine Träne. Sie hatte sogar zum Zeitpunkt seines Todes mit einem anderen Mann getändelt. Wie musste es sein, so ungeliebt zu sterben – schlimmer noch, so ungeliebt zu leben?

Er musste einen Feind gehabt haben, der ihn auf den Tod hasste. Der ihm nicht vergeben hatte.

»Pater noster, qui es in caelis: Sanctificetur nomen tuum«, betete der Kaplan am Grab, und die Anwesenden murmelten tonlos mit.

Pattanosta, Sanktifix!, ging es Engelin durch den Kopf, und beinahe hätte sie gelächelt. Doch dann rezitierte Magister Johannes:

»Et dimitte nobis debita nostra,
Sicut et nos dimittimus debitoribus nostris.«

Engelin zuckte betroffen zusammen. Ja, auch sie hatte

einmal Menschen sehr wehgetan, Menschen, die sie liebten und ihr gut wollten. Und obwohl sie ihnen unendlich Sorgen bereitet hatte, hatten sie ihr verziehen. Weil sie sie liebten. Die Äbtissin, die hier ganz in ihrer Nähe mit frommem Blick um Vergebung der Schuld betete und gleichzeitig einen Mann für die Sünde seines Vaters verachtete, musste eine Heuchlerin reinsten Wassers sein.

Jener Mann stand hinter ihr und sprach das Gebet in seiner samtig-rauen Stimme und so aufrichtig, dass sie ihm fast glauben wollte, als er sagte.

»Et ne nos inducas in tentationem,

sed libera nos a malo.«

Die schmeichelnde, heisere Stimme erzeugte schon wieder ungewollte Schauder in ihr, aber sie besann sich mit starkem Willen auf die frommen Worte.

Erlöse uns von dem Bösen – das konnte man Gott dem Herrn überlassen, aber in kleinen Dingen war es auch die Aufgabe jedes einzelnen Menschen. Ihre eigenen bösen Gedanken konnte sie selbst verbannen, für ihren Zorn und ihre Gereiztheit war sie selbst verantwortlich. Wahrscheinlich würde sie sich besser fühlen, wenn sie sich in christlicher Nächstenliebe übte.

Nur in der natürlich!

Und mit Haltung.

Als das Amen gesprochen war, drehte sie sich zu dem Minnesänger hinter sich um und sagte leise: »Ich muss Euch alleine sprechen, Meister Hardo.«

»Dann bleibt hier, ich werde die Grube noch mit den Grassoden bedecken und das Kreuz aufrichten«, gab er ebenso leise und ganz ohne neckenden Ton zurück.

Die Gemeinschaft zerstreute sich sehr schnell – auch ein Zeichen, dass niemand den Toten so recht betrauerte. Engelin zögerte noch etwas, gab Casta zu verstehen, dass sie gleich nachkommen würde, und schließlich war sie mit dem Sänger alleine. Er hatte bereits die Schaufel in der Hand und wuchtete die Grassoden auf das sandige Grab. Dann sah er auf.

»Casta und ich haben mit Hildegunda gesprochen, der Novizin, die die Äbtissin begleitet«, begann Engelin.

»Ich weiß, wer Hildegunda ist.«

»Sie hat zwei Leute beobachtet, als dieser Mann hier vom Söller fiel.«

»Das hatte ich fast vermutet. Aber sie ist sehr schüchtern. Hat sie gesagt, wen und wo?«

Engelin gab sich Mühe, die Tatsachen so trocken wie möglich zu berichten, ohne die kleine Novizin weiter zu demütigen. Der Minnesänger hörte ihr aufmerksam zu und nickte dann.

»Ida und der Domgraf. Danke, wohledle Herrin. Ihr habt mir einen großen Dienst erwiesen.«

Doch seine achtungsvolle Verbeugung wartete Engelin nicht ab; was sie getan hatte, war genug der Nächstenliebe.

Sie eilte zum Palas zurück, um Casta zu melden, dass sie ihre Erkenntnis weitergegeben hatte. Und sich heimlich dem süßen Schauder hinzugeben, den die Stimme des Meisters in ihr auslöste.

Verdammt!


**Badewonnen**

Dank der edlen Jungfern wusste ich nun um zwei weitere Unschuldige, wenngleich ich die Annahme, dass Ida und der Speyrer Domgraf ein Liebespaar waren, nicht ganz glauben konnte. Doch dass die beiden eine Gemeinsamkeit hatten, dessen war ich mir ganz sicher.

Dass sie mit mir zu tun hatte, darauf würde ich meine Schalmei verwetten.

Als ich mir nach der Beerdigung ein Käsebrot von Ida richten ließ, verschwieg ich ihr gegenüber jedoch zunächst mein Wissen. Später würde ich den Domgrafen nach diesem Vorfall befragen. Ida bat ich nur darum, die Badestube benutzen zu dürfen.

»Der Herr Lucas wollte auch in den Zuber«, antwortete sie.

»Dann wird er sich auch das Wasser dazu schleppen.«

»Er hat Cuntz befohlen, das zu tun.«

»Aha.«

»Mhm.«

Der Pächter würde ganz bestimmt weder dem schmucken Höfling noch uns die Wanne richten. Also – selbst ist der Mann. Ich hielt nach den drei jungen Männern Ausschau und entdeckte sie, wie von Ulrich angekündigt, im Bergfried, in dessen Erdgeschoss sich das Verlies befand. Es war ein feuchtes, lichtloses Loch, auf dessen Boden modriges Stroh lag. Man gelangte nur durch eine runde Öffnung im Gewölbe hinein und hinaus, durch die ein mit Knoten versehenes Tau herabhing.

Heraus kam natürlich nicht der armselige Gefangene, der unten schmachtete, denn üblicherweise lag das Tau aufgerollt oben neben der Angstluke.

Als ich in den Raum über dem Kerker trat, fand ich Ismael am Einstiegsloch sitzen, damit beschäftigt, die beiden Helden unten mit Hohn zu begießen und das Tau neckisch immer wieder aus ihrer Reichweite zu ziehen. Als er mich bemerkte, grinste er breit.

»Ich bin ein Feigling, Meister. Ich bin nicht hinabgestiegen.«

»Ich verstehe. Aber selbst wenn der Knappe und der Secretarius gewiss etliche Missetaten zu büßen hätten, fänden ihre Herren doch wohl die Kerkerstrafe zu hart für sie. Wir brauchen sie über der Erde und in Freiheit. Lass also das Tau nach unten und kümmere dich um die Aufgabe, die ich für dich habe.«

Er gehorchte, und gemeinsam zogen wir Puckl und Dietrich nach oben.

»Wir haben nach einem Geheimgang gesucht, Meister Hardo«, erklärte mir Puckl mit leuchtenden Augen.

»Den werdet ihr hier unten nicht finden.«

»Sondern wo?«, fragte auch Dietrich höchst wissbegierig.

Junge Männer brauchten solche Geschichten. Wer war ich, sie ihnen vorzuenthalten?

»Ich erzähle es euch nachher. Aber jetzt gilt es Pflichten zu erfüllen.«

Sie waren gutwillig und halfen mit, den großen Kessel über dem Herdfeuer zu füllen. Während das Wasser wärmte, holte ich meine gewaschenen Kleider aus meiner Truhe, und Ismael sammelte sein Barbierzeug zusammen.

»Ich gehe und richte den Zuber, bevor unser duftender Höfling mir zuvorkommt«, sagte ich zu Ismael, der das Messer sorgsam schliff.

Ich hatte den Bottich schon zur Hälfte gefüllt, das Wams bereits abgelegt, mein Hemd klebte mir vom Wasserschleppen nass am Körper, als ich einen heftigen Wortwechsel im Durchgang vom Palas zur Badestube hörte.

Zunächst wollte ich mich nicht darum kümmern, Ismael würde mit dem Hofherrn schon fertigwerden, doch ein Schmerzensschrei änderte meinen Entschluss.

Ismael war gewöhnlich hart im Nehmen.

Ich machte einen Schritt zur Tür hinaus und sah, wie Lucas meinen jungen Freund mit einem hässlichen Griff am Ohr festhielt.

»Du wirst sehr wohl tun, was man dir befiehlt«, schnauzte der den Jungen an.

»Was wünscht Ihr, Herr Lucas, das mein Diener für Euch tut?«, säuselte ich.

»Mir das Bad richten und mich barbieren.«

»Oh, ich überlasse Euch gerne das Wasser, wenn ich gebadet habe. Nicht aber meinen Barbier. Lasst ihn los, Herr Lucas.«

Stattdessen verstärkte der Höfling seinen hässlichen Griff, und Ismael wand sich.

»Loslassen!«

»Gefällt Euch wohl nicht, wie ich Euren süßen Knaben behandle, was, Meister Hardo?«

»Nein, es gefällt mir nicht.«

Und dem wohledlen Herrn Höfling gefiel es einen Lidschlag später überhaupt nicht, wie ich seine schöne Heuke behandelte.

Der Pelzbesatz riss ab und fiel auf den feuchten Boden.

»Seid Ihr des Wahnsinns?«, keuchte Lucas und lockerte seinen Griff. Ismael flutschte davon.

Ich feixte den Höfling an.

»Wisst Ihr, es ist so unpassend, im Wonnemonat Mai noch Pelz zu tragen«, belehrte ich ihn mit näselnder Stimme. »Oder benötigt Ihr ihn, um den Flöhen ein Heim zu geben?«

Ich trat den Besatz mit der Fußspitze in eine Pfütze.

Lucas ballte die Fäuste und kam auf mich zu.

Ich erwartete ihn mit Freude. Sein erster Schlag ging knapp an meinem Ohr vorbei, sein zweiter landete bedauerlicherweise an der rauen Wand.

Er war von kraftvoller Wut getragen.

»Soll ich pusten, damit das Händchen wieder heile wird?«

Der Höfling wurde gemein. Er bekam mich am Hemdausschnitt zu fassen und wollte mich zur Stiege in den Hof drängen. Mir gefiel die Vorstellung nicht, die hölzernen Stufen hinunterzufallen, also opferte ich mein Hemd, indem ich mich losriss, mich umdrehte und Lucas meine Faust in den Magen grub.

Er stolperte rückwärts, bekam gerade noch das Geländer zu fassen und kämpfte mit dem Gleichgewicht. Ich half ihm mit dem Stiefelabsatz nach, indem ich damit sacht seine Brust berührte.

Wirklich nur sacht.

Er rutschte vier Stufen nach unten, hielt sich wieder fest und stieß unschöne Worte aus.

»Höfischer Minnesang ist das aber nicht, Herr Lucas«, höhnte ich und folgte ihm nach unten. Ein heftiger Klopfer mit meiner Hand auf seinen zerschrammten Knöchel führte dazu, dass er seinen Halt aufgab und die restlichen sechs Stufen im Flug nahm. Die schöne, faltenreiche Heuke dämpfte seinen harten Aufprall, ebenso wie die Schlammpfütze, in der er nun saß. Die badenden Spatzen tschilpten empört und flatterten auf, Hühner stoben gackernd davon, und Pattas Schwanz peitschte unwillig, da ihm seine Beute entflogen war. Ich schlenderte gemächlich die Stiege nach unten und reichte Lucas die Hand, um ihm beim Aufstehen zu helfen.

Er lehnte das ab und rappelte sich selbst auf.

Wir hatten inzwischen ein begeistertes Publikum um uns versammelt, und ich beschloss, für die Galerie zu spielen. Lucas gab mir das Stichwort, indem er schnaubend wie ein Stier auf mich zukam.

Er stolperte über meinen Fuß, der Ärmste, und taumelte. Ich ließ ihn.

Unbedachterweise ermangelte es ihm an Einsicht. Nachdem er sich erneut erhoben hatte, versuchte er wieder, mich mit seinen Fäusten zu traktieren. Ich gönnte ihm einen Treffer auf meinen Bauch. Der konnte das vertragen. Es sollte ja nicht so aussehen, als ob ich einen Schwächeren verprügeln würde.

Den zweiten Schlag, den er gemeinerweise tiefer ansetzte, wusste ich jedoch zu verhindern. Unnötige Schmerzen an meiner Männlichkeit trüben mein Vergnügen.

Immerhin hatte ihn der eine Treffer mutig gemacht, und er versuchte sein Glück noch einmal.

War sein Pech. Ich drehte mich um, und tat das, was ich einst von einem netten, aber störrischen Esel gelernt hatte.

Ich keilte aus.

Und traf.

Mitten ins Schwarze!

Der Höfling gab ein wunderliches Quieken von sich und

klappte gepeinigt zusammen. Ich erklomm die Stiege und lud ihn noch einmal ein, später mein abgekühltes Badewasser zu nutzen.

Ismael erwartete mich an der Tür. Sein Ohr war rot und geschwollen, aber er lachte leise.

»Hübscher Tanz, Meister. Und ganz ohne Musik.«

»Er hat mich dazu aufgefordert.«

»Das wird er zukünftig meiden.«

Wir füllten den Rest heißen Wassers in den Zuber.

In der Küche hörte ich Ida lachen und Engelin empört über brutale Raufbolde giften, die keinem Streit aus dem Weg gingen und jede Auseinandersetzung mit den Fäusten austragen mussten.

»Aber, aber, Jungfer Engelin, Ihr argumentiert recht wankelmütig. Gestern noch beschwertet Ihr Euch, der Meister Hardo sei ein weibischer Geck, heute ist er ein brutaler Raufbold. Weibische Gecken aber können selten mit den Fäusten umgehen.«

»Der schon. Da nützt ihm auch das ganze Minnegesäusel nichts.«

»Nun, Jungfer Engelin, ich würde sagen, das macht ihn zu einem faszinierenden Mannsbild.«

»Mein Geschmack ist er nicht!«

Die kurze Anwandlung von Freundlichkeit war also schon wieder verschwunden.

Immerhin war sie kurzfristig da gewesen, und genau so, wie ich mich an der kleinen Weile erfreut hatte, als sie in der Kapelle in meinen Arm gelehnt geschlummert hatte, nahm ich diese ersten zarten Risse in ihrer harten, hohen Wehrmauer, die sie um sich gezogen hatte, als Hoffnungsschimmer, die Feste vielleicht doch noch erstürmen zu können.

Ohne großes Blutvergießen hoffentlich.

Mit bis auf den dünnen Bartstreifen glattem Kinn und in trockene Gewänder gekleidet, musste ich geraume Zeit später den drei jungen Männern Rede und Antwort stehen.

»Der Geheimgang, so sagt die Geschichte, wurde vor ungefähr hundertfünfzig Jahren von dem Erbauer der Burg angelegt. Hintz Flecko, so heißt es, hat ihn aber nicht deswegen erbauen lassen, weil er einen geheimen Ausschlupf aus der Burganlage haben wollte, sondern einen Einschlupf. Und zwar für sein Liebchen aus dem Dorf, das nachts, ohne dass die Wachen und vor allem sein Weib es bemerkten, dort ein- und ausgehen konnte. Ob das wahr ist ...« Ich zuckte mit den Schultern.

»Woher wisst Ihr das nur?«, wollte Puckl wissen. Er war ein Mensch, der allem immer auf den Grund gehen musste. Aber von mir würde er nicht alles erfahren.

»Ich höre viele Geschichten, Sebastian. Diese, und auch die von dem Skelett, das man einst dort in dem Gang gefunden hat. Niemand weiß genau, wer dort umgekommen ist. Vielleicht hat man einfach einen unliebsamen Besucher dort hinabgestürzt und verhungern lassen oder ein unvorsichtiger Eindringling hatte sich dort eingeschlichen und den Ausgang nicht mehr gefunden.«

Sie hatten ihre Freude an grausigen Vorstellungen und schmückten sie mit wahrer Wonne aus. Ich half ihnen mit ein paar Zutaten nach. So entstanden faszinierende Geschichten – aus ein paar Tatsachen und einem Haufen fantasievoller Vermutungen dessen, was glaubhaft hätte sein können. Wir fabulierten mit Lust, bis Dietrich die Frage stellte: »Und wo ist denn nun dieser geheime Gang?«

Es war nur so eine Ahnung, dass es möglicherweise ganz nützlich sein konnte, wenn außer mir noch jemand davon wusste. Ritter Ulrich spielte ein nicht ganz gefahrloses Spiel. Auch über mir schwebte eine gewisse Drohung von Gewalt. Das Eingesperrtsein in der Burg, die gegenseitigen Verdächtigungen und das Gespitzel untereinander heizten die Stimmung auf. Meine Mär trug ein Weiteres dazu bei, dass unliebsame Erinnerungen aufkamen. Dass Lucas handgreiflich und die Äbtissin streitsüchtig geworden war, waren die ersten Anzeichen dafür, dass es mit der Höflichkeit zu Ende ging. Meine Geschichte würde auch in ihrem Weitergang in den nächsten Tagen nicht eben besänftigend wirken. Ulrich und ich ließen die Anwesenden auf einem schmalen Grat wandeln, und wir beide mussten aufpassen, dass kein Unschuldiger stolperte und in den Abgrund gerissen wurde.

Der Fluchttunnel konnte möglicherweise von Nutzen sein, wenn sich die Lage zuspitzte.

Darum erklärte ich den dreien, nachdem ich ihnen das feierliche Versprechen abgenommen hatte, tiefstes Schweigen zu wahren, dass sich der Eingang des Gangs unter dem Altar in der Kapelle befand. Eine der marmornen Bodenplatten, jene, die mit einem Kreuz verziert war, konnte angehoben werden, darunter führte ein steiler Schacht senkrecht nach unten. Dann folgten einige Stufen zu dem geraden Stollen unter dem Wassergraben durch, eine Steintreppe wieder nach oben, und der Fluchtweg endete in dem Heiligenhäuschen im Lindenhain.

Ismael nickte unmerklich, als ich das erklärte. Er hatte es sich vermutlich schon zusammengereimt.

»Und wie kommt man aus dem Heiligenhäuschen heraus?«, fragte Puckl. »Ich habe mir das neulich angesehen. Es steht doch nur eine Muttergottes darin.«

»Auf einem Sockel, den man drehen kann, dann geht eine schmale Tür auf.«

»Ist das nicht gefährlich? Ich meine, das könnte doch jemand herausfinden und unbemerkt in die Burg eindringen.«

»Könnte. Aber dazu müsste ein anderer in der Burg den Altar von der Platte wegschieben. Der ist recht schwer; von unten kann man ihn nicht anheben.«

»Ja, das ist richtig«, gab Puckl zu. Er schien sich in seiner Fantasie schon allerlei Gelegenheiten auszumalen, was geschehen sein könnte oder was passieren würde. »Es könnte auch jemand jetzt aus der Burg durch den Gang zu fliehen versuchen.«

»Ja, das könnte jemand. Und würde damit wohl sein eigenes Urteil fällen, nicht wahr?«

Puckl nickte. »Derjenige würde damit seine Schuld eingestehen.«

Ismael war schweigsam. Wie immer, wenn er versuchte, meine Gedanken zu verfolgen.

Dietrich war weit nüchterner, er kümmerte sich um Recht und Ordnung, diese Eigenart schien sein Wesen zu bestimmen. Er fragte: »Weiß mein Herr davon?«

»Ja, Dietrich. Ich habe es ihm gesagt.«

»Danke, Meister Hardo. Ich mag es nicht, wenn ich ihm etwas verschweigen muss.«

»Loyalität, ich weiß. Aber Sebastian …«

»Ja, Meister Hardo?«

»Hinrich van Dyke und Engelin wissen es nicht und sollten es auch nicht wissen, es sei denn, die Not gebietet es.«

»Selbstverständlich, Meister Hardo.«

Wahrscheinlich auch Loyalität.

Ich beließ es dabei.


**Minnigliche Verlockung**

Ismael schmerzte das Ohr noch immer, das der Höfling so derb gezerrt hatte, dass er befürchtet hatte, er wolle es ihm vom Kopf drehen. Hätte Hardo ihn nicht auf so elegante Weise verprügelt, wäre er selbst hochgradig in Versuchung gewesen, dem ambraduftenden Schönling weit kostbarere Teile vom Körper abzudrehen. Er lobte sich selbst ob der Selbstzucht, denn die Möglichkeit hätte durchaus bestanden.

Sein Ohr würde sich wieder beruhigen, zumal das niedliche Ännchen gerade eben im Vorübergehen eine kleine Schmeichelei hineingeflüstert hatte.

Die Kammerjungfer war eine wandelnde Verlockung, und

Ismael verwendete eine ganze Weile in der kühlen Kapelle darauf, sich zu überlegen, wie er dieser Versuchung würde nachgeben können. Dann aber schüttelte er den Gedanken doch wieder ab – entweder ergab sich eine Möglichkeit oder nicht, wichtiger war es, den Eingang zu dem geheimen Ausschlupf aus der Burg zu finden. Er umkreiste den Altar, schob ihn unter großer Anstrengung ein Stückchen nach vorne und fand tatsächlich in die Marmorplatte, auf der er stand, eine Gravur eingeritzt, die zu einem Kreuz gehören konnte.

Nachdenklich betrachtete er den Platz. Wer immer unbemerkt aus der Burg kommen wollte, brauchte einen Helfer, der anschließend den schweren Altar wieder an die Stelle schob. Oder er war so dreist und ließ den Eingang offen, was aber vermutlich recht schnell bemerkt werden würde.

Ismael grinste. Von ihm. Und Puckl. Und Sebastian.

Sie drei würden nämlich von jetzt an ihre Stundengebete verrichten. Na ja, nicht richtig beten, sondern alle Stunde, wenn die Glocke im Dorf schepperte, einen Blick in die Kapelle tun. Damit hätte, wer immer floh, allerhöchstens eine Stunde Vorsprung. Zu Fuß!

Mit diesem Plan machte Ismael sich auf die Suche nach seinen Freunden. Puckl war leicht zu finden. Er saß in der Kammer des Verwalters. Diese lag in dem Gebäude neben der Kapelle, das dem Vogt zur Wohnung diente, und wurde durch zwei Fenster erhellt. An der Wand lehnte ein Bord, auf dem sich ledergebundene Folianten stapelten, ein Schreibpult stand nahe dem Fenster, ein Tisch, ebenfalls bedeckt mit Pergamenten, Federn, einem Abakus, einer Münzwaage, Griffeln und Wachstafeln. Das alles sah nach zäher Arbeit aus.

»Na, Federfuchser?«

»Na, Schandmaul?«

»Warum Schandmaul? Ich hab doch mein Maul noch kaum aufgemacht.«

Puckl blinzelte ihn ein wenig kurzsichtig an.

»Du hast es gestern aufgemacht. Ich habe meinen Oheim gefragt, ob das, was du da in maurischer Sprache von dir gegeben hast, echt ist. Es hat ihm fast die Augen aus den Höhlen treten lassen.«

»Hinrich van Dyke ist der arabischen Sprache mächtig?«

»Zumindest kennt er die gängigen Flüche.«

»Ja, sie erleichtern einem gelegentlich das Leben.« Um weitere Fragen zu unterbinden, berichtete Ismael dann von dem Geheimgang und den Ideen, die er dazu entwickelt hatte. Puckl war sofort Feuer und Flamme. Er sehnte sich derart nach Abenteuern, dass er vermutlich selbst die Nachtwache mit Begeisterung übernehmen würde.

»Wir sprechen das noch mit Dietrich ab. Schließlich haben wir ja auch noch unsere Aufgaben zu erledigen.« Ismael wies auf die Registerbände. »Macht dir das eigentlich Spaß?«

»Och ja, ich arbeite gerne mit Zahlen. Hinter diesen Aufzeichnungen verbergen sich auch einige Geheimnisse, die man lüften kann, wenn man sie versteht.«

»Mhm.«

»Ja, doch. Der Cuntz zum Beispiel, der macht irgendwelche krummen Dinger. Ich hab noch nicht genau rausgefunden, wie er es macht, aber ich rieche das sozusagen an den Zahlen.«

»Der Cuntz scheint mir eigentlich nicht sehr helle zu sein.«

»Schlau ist er schon.« Puckl kratzte sich mit dem Federkiel in den Haaren. »Meinst du, der hat vielleicht den Sigmund vom Turm gestoßen, weil der ihm auf die Schliche gekommen ist?«

»Nein.«

»Nein?«

»Nein. Cuntz hat sich zu der Zeit mit Frau Loretta im Heu gesuhlt.«

»Nein!«

»Doch.«

»Aber ... aber ...«

»Dietrich hat sie beobachtet.«

»Aber die Frau Loretta ist doch eine Dame von hohem Stand.«

»Was hat denn der Stand damit zu tun? Der niederen Minne frönen sie oben wie unten.«

Ein Anflug von Mitleid mit dem verwachsenen Secretarius streifte Ismael. Puckl betrachtete seine tintenbeklecksten Finger und murmelte: »Ich habe noch nicht viele Frauen näher kennengelernt. Ich kenn eigentlich nur meine Base Engelin. Und die würde noch nicht mal einen unkeuschen Gedanken hegen.«

»Mhm.«

»Nein, wirklich nicht. Und Fräulein Casta ist auch eine ehrenwerte Jungfer. Bestimmt, Ismael.«

»Natürlich.«

Eigentlich wollte Ismael sich mit Puckl nicht weiter in dieses gefährliche Gebiet hineinwagen, aber der junge Mann war wissbegierig.

»Du ... du hast bestimmt viele Erfahrungen mit den Weibern, nicht?«

Eigentlich hätte er Selbstzucht beweisen und schweigen müssen, aber dieser kleine, großmäulige Teufel in ihm gewann die Schlacht.

»Na ja, einige.«

»Erzähl mal, wie ist das, wenn man ... ich meine, wenn ein Weib ... also, wie macht man das?«

»Das kommt drauf an. Auf das Weib. Die einen mögen es so und die anderen so«, meinte Ismael unverbindlich.

»Die Weiber sagen einem, was man machen soll?«

»Wenn sie klug sind.«

»Ach, Mist. Dann werd ich es wohl nie lernen. Mich nimmt ja keine.«

Das Mitleid mit Puckl wurde größer. Ismael räusperte sich und fragte: »Hast du Geld?«

»Ja, ein bisschen. Warum? Oh, du meinst, ich sollte zu den Huren gehen, nicht? Die machen es doch für Geld.«

»Zum Beispiel.«

Der arme Secretarius war über und über rot geworden.

»Ich glaub, das trau ich mich nicht. Die lachen doch über mich.«

»Nicht unbedingt. Es gibt auch nette unter ihnen. Weißt du was? Wenn wir hier rauskönnen, dann nehm ich dich mit in ein Frauenhaus. In Köln gibt es doch bestimmt so etwas.«

»Das würdest du machen? Ehrlich?«

Ismael lächelte den um zwei Jahre älteren Puckl an.

»Mach ich.«

»Woher weißt du ... ich meine, wann hast du das erste Mal ...?«

»Mein Meister hat mich vor zwei Jahren in ein Hurenhaus mitgenommen.«

»Oh, tatsächlich? Das würde mein Oheim nie tun.«

»Natürlich nicht, der ist ja auch dein Oheim und ein ehrenwerter Mann.«

»Aber Meister Hardo ist doch auch ein ehrenwerter Mann.«

»Aber zum Glück nicht mein Oheim«, feixte Ismael. »Und jetzt suche ich den ehrenwerten Dietrich und frage ihn, ob er ebenfalls ein Auge auf den Geheimgang halten wird.«

»O ja, der Geheimgang.«

Ismael vermutete, dass die Aussicht auf die bevorstehenden Abenteuer den Secretarius von seinen minniglichen Gedanken ablenken würde. Aber viel Hoffnung hatte er nicht.

Andererseits – es gab doch Schlimmeres als eine verwachsene Schulter, oder? Wunden und Narben und fehlende Gliedmaßen, die Krätze und Ausschlag und all das – und dennoch fanden auch solche Männer irgendwann ein Weib. Vielleicht nicht das schönste unter Gottes Sonne, aber möglicherweise doch ein williges.

Wie sagte Hardo so oft? – Die Minne hat viele Seiten. Und Ismael war ihm mehr als dankbar, dass er ihn vor ihren dunkleren bewahrt hatte.


**Vierter Abend**

Casta, so hatte Dietrich gesagt, sollte wieder die Harfe spielen, doch diesmal würde ich sie nicht vor dem Essen auf der Galerie aufsuchen. Die feurige Äbtissin zu reizen behagte mir zwar, aber nicht auf Kosten ihrer Tochter. Es würde andere Gelegenheiten geben.

Nach der Unterhaltung mit den drei jungen Männern zog ich mich für eine Weile in mein Gemach zurück, in der Absicht, mir die abendliche Geschichte durch den Kopf gehen zu lassen. Nachdem ich mit meiner Zusammenstellung zufrieden war, wollte ich die passenden Lieder dazu auswählen. Doch als ich zur Laute greifen wollte, erlebte ich eine herbe Überraschung.

Ich hasse Überraschungen.

Und diese kam mehr als unerwartet.

Meine Laute war verschwunden.

»Ismael!«, rief ich in den Hof hinunter.

Jonata, mit einem Korb voll Brot am Arm, hörte mich und wies auf die Kapelle. Aha, die Neugier.

»Holt ihn mir!«

Sie nickte, stellte den Korb ab und ging in die kleine Kirche.

Nicht dass ich Ismael das Verschwinden des Instruments anlasten wollte, aber diese neue Entwicklung musste durchdacht und unsere Pläne möglicherweise geändert werden.

»Meister?«, schnaufte der Junge, als er zur Tür hereinkam.

»Man hat mir meine Laute geklaut.«

245

»Heiliger Laurentius auf dem Bratrost!«

»Wird uns wenig helfen. Ich habe sie gestern neben die Truhe gestellt, und als ich vorhin vom Baden kam, war sie noch da.«

»Als ich das Barbiermesser zurücklegte ...« Ismael fasste sich an die Nase und überlegte. »Ja, da stand sie auch noch dort. Man muss sie entwendet haben, als Ihr uns von dem geheimen Gang erzählt habt.«

»Irgendjemandem scheinen meine Lieder nicht zu gefallen.«

»Der schmucke Höfling beklagte mehrmals Euren rauen Vortrag. Und Euer heutiger kleiner Tanz mit ihm mag ihn erbittert haben.«

»Ja, auch ich zog ihn als Erstes in Erwägung. Er hat ein kleinliches, rachsüchtiges Gemüt.«

»Soll ich ihm meine Aufwartung in seiner Kammer machen, um ihn zu barbieren?«

Seine Miene war hoffnungsvoll. Er war geschickt mit Messern aller Art.

»Kein Blutvergießen, Ismael, wenn es sich vermeiden lässt.«

»Wenn Ihr darauf besteht.«

»Du hast doch kein ebensolches rachsüchtiges Gemüt?«

»Doch. Mein Ohr schmerzt noch immer.«

»Es könnte auch ein anderer gewesen sein.«

»Vielleicht. Aber wer, Meister?«

»Jemand, der an die Magie glaubt, die in der Laute steckt, mhm?«

»Abergläubisch ist dieser Gelehrte mit all seinen Planeten und Berechnungen ... und dem Weihwasser, meint Ihr nicht auch?«

»Die Astrologia ist in den Augen vieler eine ernst zu nehmende Wissenschaft und kein Aberglaube.« Ich erlaubte mir ein Grinsen. »Ebenso wie die Verwendung von geweihtem Wasser, um die Sünden abzuwaschen.«

»Äh, ja.« Auch Ismael feixte. In unserer Einschätzung

des Gelehrten lagen wir beide gleich. Er war tatsächlich ein abergläubischer Mensch, der allen möglichen Schicksalsmächten die Verantwortung für das weltliche Geschehen zuschrieb.

»Aber der würdige Doktor Humbert würde nicht mit der Laute die Frauenherzen betören wollen. Und ich glaube nicht, dass die anderen Männer hier seiner Neigung entgegenkommen«, meinte Ismael.

»Unter den harten Mannen ...? Du verbringst die Nacht bei ihnen, Ismael.«

»Die sind kaum mit Lautenspiel zu betören, eher mit Schwerterklang. Auch Lorettas Bemühungen bei den Männern fallen auf wenig fruchtbaren Boden, wenn ich es richtig beobachte.«

»Ich bezweifle, dass sie einen wohlklingenden Ton aus den Saiten herausbekommt. Aber sie ist nicht die Hellste. Mag sein, dass sie der Magie vertraut.«

»Es könnte sie aber auch einer genommen haben, Meister, dem Euer Vortrag nicht gefällt – einer, der ahnt, was Ihr demnächst erzählen werdet.«

»Ja, das könnte auch sein. Und wütend auf mich ist auch die Äbtissin.«

»Was wollt Ihr tun, Meister?«

»Ich glaube, ich wiege den Dieb in Sicherheit. Den heutigen Abend werde ich von einem rechten Raufbold erzählen. Und von einem Jungen, der flinke Finger besitzt.«

»Oh.«

»Oder soll ich diesen Teil auslassen, mein Junge?«

Einen Moment lang zögerte Ismael mit seiner Antwort. Dann schüttelte er den Kopf.

»Nein, Meister. Erzählt es nur. Es wird meinen üblen Ruf festigen.«

»Es kommt immer darauf an, Ismael, wie man die Geschichte erzählt und welchen Punkten man dabei die größte Wichtigkeit beimisst.«

Er sah etwas verlegen drein.

»Schämst du dich deiner Loyalität, Ismael?«

»N… nein, Meister.«

»Gut, dann wollen wir uns bereit machen. Ich brauche deine flinken Finger zu meiner Unterstützung.«

»Wessen Beutel wünscht Ihr zu überprüfen?«

Ich lachte. Sehr loyal, der Junge.

»Keine Beutel, die Trommel sollst du schlagen. Wir werden ein deftiges Sauf- und Rauflied anstimmen. Dazu ist die Laute nicht unbedingt erforderlich.«

»Nein, nur Eure raue Stimme.«

Ich gesellte mich beim Mahl wieder zu der Gesellschaft am linken Tisch. Lucas, der prächtige Höfling, hatte wohl doch jemanden gefunden, der ihm den Bart geschabt hatte, jedoch nicht sehr sorgfältig. Ein paar verschorfte Kratzer zeugten von grober Hand und schartiger Klinge. Er sandte mir einen missgünstigen Blick und schwieg schlecht gelaunt vor sich hin. Jonata saß wie am Abend zuvor mit gesenktem Blick neben mir und schwieg ebenfalls, der Kaplan bedankte sich hingegen artig bei mir dafür, dass ich das Grab so ordentlich hergerichtet hatte, und lud mich ein, später in seiner Wohnung noch einen Becher Wein mit ihm zu trinken.

Aber davon würde ich weiten Abstand nehmen.

Immerhin mochte Loretta inzwischen zu dämmern beginnen, dass der würdige Magister Johannes nicht ihr williges Opfer sein würde, und sie versuchte, den missmutigen Lucas mit ihren aufgeputzten Reizen zu erfreuen. Das aber schien Cuntz nicht recht zu gefallen, und er mampfte griesgrämig die köstliche Lauchtorte auf.

Einzig Ida zeigte eine gelassene Laune und erzählte mir von Pattas Streichen in der Vorratskammer.

Die Platten wurden abgetragen, die Becher frisch gefüllt, Casta beendete ihr Harfenspiel, und ich gab Ismael den Wink, sich zu mir auf die Stufen zur Hohen Tafel zu setzen.

Die Äbtissin schnaufte erbost, aber Ulrich sagte leise etwas zu ihr, und sie gab Ruhe.

Mein Begleiter klemmte sich die Handtrommel unter den Arm, ich nahm den Schellenkranz. Er wusste, welches Lied ich singen würde, und seine flinken Finger huschten rhythmisch über das Fell. Ich setzte mit dem Schellenkranz ein, und als wir der Aufmerksamkeit gewiss waren, erhob ich meine Stimme.

»Wenn wir in der Schenke sitzen
und bei unserm Spiele schwitzen,
kümmert uns kein heut und morgen,
denn wir haben andre Sorgen.
Füglich, was allda man handelt,
wo sich Geld in Wein verwandelt,
das ist wichtig, ist die Frage,
drum passt auf, was ich euch sage.

Manche würfeln, manche saufen,
andre lärmen, schreien, raufen.
Derer, die ein Spiel begannen,
ziehet mancher nackt von dannen;
andre sich ein Wams gewinnen,
andre gehn im Sack von hinnen.
Keiner denkt der Todesstunde,
Bacchus gilt die Würfelrunde.«[13]

Ja, man kannte es, das Tavernenlied. Ich sah Füße im Takt wippen, Finger auf den Tisch klopfen. Später würden sie es mitgrölen.

Aber nun wollte ich erzählen.

---

13 Carmina Burana CB 196, Carl Fischer

### Der Raub der magischen Laute

Der junge Held hatte die magische Laute erbeutet, doch ihr Besitzer war ihm hart auf den Fersen. Immerhin war der Jüngling flink wie ein Hase und wendig wie ein Aal und schaffte es, in den verwinkelten Gassen seinem Verfolger zu entkommen. Bis zum Morgengrauen versteckte er sich in einem Ziegenstall und überdachte sein weiteres Vorgehen. Er konnte nicht bleiben, der Händler würde alle Welt auf ihn hetzen. Es galt also, so viel Abstand wie möglich zwischen sie beide zu bringen. Ein schnelles Ross wäre ihm das Liebste gewesen, doch in dem kleinen Dorf würde es, wenn überhaupt, nur schwerfällige Karren- und Treidelpferde geben.

Der Treidelpfad aber brachte ihn auf eine Idee. Am Ufer lag einer der großen Oberländer, und vor Tag und Tau schlich der diebische Bursche sich zu dem Schiff. Die Besatzung war an Land, die Wachen unaufmerksam; sie schliefen an einige Fässer gelehnt. Er band sich mit dem Lederriemen die kostbare Laute auf den Rücken und hangelte sich an den Tauen an Bord. Hier kroch auch er unter einige leere Säcke.

Das Glück war ihm hold: Das Schiff legte ab, als die Sonne aufging. Ruderknechte bewegten die schweren Riemen, und ganz selbstverständlich gesellte der junge Held sich zu ihnen und ergriff ebenfalls eine der Stangen. Niemand stellte bei der schweren Arbeit Fragen. Rheinaufwärts zu reisen war schweißtreibend und knochenzermürbend, musste er bald feststellen. Erst gegen Mittag wechselten sie die Rheinseite, und acht Gäule wurden an den Treidelmast gebunden. Die Ruderknechte setzten sich nieder und aßen, ihm aber knurrte der Magen. Es fragte ihn zwar niemand, woher er kam, aber es teilte auch keiner von ihnen das Brot mit ihm.

Bis zum Abend reiste der Jüngling auf dem Schiff, und als sie schließlich am Kai einer Ansiedlung festmachten, griff er nach seiner Laute und machte sich, so schnell er konnte, davon. Er fand magenknurrend einen Unterschlupf in einem Heuschober, und am nächsten Morgen suchte er die kleine Stadt auf, die sich am Rheinufer entlangzog. Einige Marktstände hatten sich rund um die Kirche angesammelt, und sein Magenknurren wurde lauter, als ihm die Düfte von Brot, Pasteten, geräucherten Würsten und gebratenem Fisch in die Nase stiegen. Er war kurz davor, eine der drei Kupfermünzen in seinem Beutel für einige Wecken auszugeben, als seine Aufmerksamkeit von einem listigen Schauspiel geweckt wurde. Ein Bürschchen, kaum elf oder zwölf, stieß mit einem wohlbeleibten Mann zusammen. Hätte der junge Held nicht außergewöhnlich scharfe Augen gehabt, wäre ihm nicht aufgefallen, dass die Finger des Jungen höchst geschickt in den Beutel des Mannes geglitten waren.

Der Bestohlene hatte nichts bemerkt, und auch die Matrone mit der bebänderten Haube spürte nicht, dass ihr in die Tasche am Gürtel gelangt wurde.

Amüsiert verfolgte der Held den Weg des Diebs und schlenderte dann in dessen Richtung. Als sie sich begegneten, aber war er gewarnt. Mit einem schnellen Griff umklammerte er die emsigen Finger des Jungen. Dann packte er ihn mit starker Hand an der Schulter und hielt ihn fest.

»Herr?«

»Es sind nur ein zerlesenes Buch und drei Münzen darin. Und ich bin hungrig.«

Die dunklen Augen des Burschen wirkten klug auf den Jüngling. Der Taschendieb leugnete seine Tat nicht, aber er musterte ihn neugierig.

»Ihr braucht die Münzen nicht, um ein Mahl zu bekommen, Herr.«

»Da ich deine Fähigkeiten nicht besitze, wäre es mir doch lieber, ich würde sie behalten, um mir ein Essen zu kaufen. Was soll ich mit dir tun, Junge? Dich den Wachen übergeben?«

»Ich habe Euch nichts getan, Herr.«

»Mir nicht, aber etliches, was sich in den Beuteln rechtschaffener Bürger befand, würde man bei dir finden.«

»Nicht mehr!«, grinste der Junge. »Aber Ihr könntet Schwierigkeiten damit bekommen, zu erklären, wie sie in Euren Beutel gelangt sind.«

Der junge Held brach in schallendes Gelächter aus.

»Nun, dann ist es jetzt meine Beute, nicht wahr?«

»Ich bekomm sie schon wieder, Herr.«

»Vielleicht. Vielleicht auch nicht. Was wolltest du mit dem Geld?«

»Den größten Teil opfere ich Fortuna«, sagte der Bursche mit einer Grimasse.

Fortuna kannte der Jüngling, denn sie wurde in den Liedern in seinem Buch besungen. Sie war so etwas wie die Herrin des Glücks. Allerdings ziemlich wankelmütig. Er wollte eben nachfragen, bei welchen Spielen der Bursche das Geld auszugeben gedachte, als der plötzlich begann, sich unter seinem Griff zu winden.

»Besser, Ihr lasst mich jetzt los, Herr.«

Ein aufmerksamer Blick in die Runde zeigte dem Jüngling, dass sich die Marktbüttel näherten. Ein zweiter, dass auch der Händler, den er selbst bestohlen hatte, hier angekommen war.

»Besser, wir beide verschwinden hier. Los!«, sagte er leise.

»Ach, Ihr auch«, war die einzige Bemerkung, die der Bursche machte, und schon eilte er mit geschickten Windungen durch die Buden den Gassen zu. Der Held folgte ihm auf dem Fuße, bis sie schließlich am Waldrand zum Stehen kamen. Dichtes Gebüsch verbarg sie beide, und eine Weile war nur ihr heftiges Atmen zu hören.

»Ich hab Euch gar nicht bei der Arbeit bemerkt – mhm – Herr.«

»Es ist auch nicht meine übliche Arbeit.«

»Warum musstet Ihr dann vor den Bütteln fliehen?«

*Und dann pochte er mit einem Knöchel auf das Lederfut-
teral, das dem Helden noch immer über den Rücken hing.
»Was ist da drin?«*

*»Eine Laute.«*

*»Oh. Ihr seid ein Spielmann?«*

*Der Jüngling war ohne Falsch, und das Lügen kam ihm
nicht in den Sinn.*

*»Nein. Oder – noch nicht. Aber ich habe ein Lieder-
buch.«*

*Der Taschendieb setzte sich auf einen Baumstumpf und
sah ihn an.*

*»Ihr seid dumm.«*

*»Ich weiß.«*

*Müde ließ der junge Held seine Schultern sinken. Dumm
hatte man ihn schon immer genannt. Wahrscheinlich
stimmte es.*

*»Nein, nicht dumm. Eher arglos«, verbesserte sich der
Taschendieb, und mit dem Finger an der Nase dachte er
nach, sprang dann auf und sagte: »Kommt mit.«*

*»Wohin?«*

*»Zu Fortuna. Sie liebt die Musik und die Lieder. Viel-
leicht nimmt sie Euch für eine Weile auf!«*

*Durch den zu einem Hügel ansteigenden Wald folgte der
junge Held dem gewandten Burschen, und tief im unzu-
gänglichen Forst fand er eine Ruine aus uralter Zeit, die mit
Ästen und Matten bedeckt war. Ein Räubernest, in dem
Ausgestoßene und Gesetzlose sich ihr Lager eingerichtet
hatten. Angeführt aber wurden sie von einer fetten Frau mit
feuerroten Haaren.*

*Fortuna rief man sie, und sie beäugte den Jüngling mit
lüsternen Augen.*

*»Er singt Lieder, Fortuna«, stellte ihn der kleine Taschen-
dieb vor.*

*»Dann sing. Rühr mich zu Tränen, dann kannst du blei-
ben.«*

*Der junge Mann gehorchte, denn in den Liedern der*

*Minne hatte er die Sehnsucht erkannt, die zu Tränen rüh-*
*ren konnte. Und so erfand er, der Not gehorchend, schmei-*
*chelnde Melodien, wie er sie von den Nachtigallen gelernt*
*hatte. Zu ihnen sang er die lieblichen Verse mit klarer*
*Stimme und zupfte dabei ein wenig hilflos an den Saiten*
*des magischen Instrumentes.*

*Und Fortuna weinte.*

*Anschließend nahm sie den jungen Mann unter ihre Fit-*
*tiche.*

*Doch ihr Schutz war nicht allmächtig, und wie jene gött-*
*liche Fortuna verteilte auch sie ihre Gunst nach Laune. For-*
*tunas Mannen waren wild und rüde. Sie raubten Händler*
*aus und stahlen den Bauern das Vieh von der Weide. Wer*
*sich wehrte, wurde brutal zusammengeschlagen. Was sie*
*erbeutet hatten, verprassten sie in wüsten Gelagen, und der*
*Jüngling lernte schnell, sehr schnell, die Laute zu spielen,*
*um sie zu ihren grölenden Liedern zu begleiten.*

Ich nahm den Schellenkranz wieder auf, und Ismael griff zur
Trommel. Der Rhythmus war aufpeitschend, und niemand
durfte sich wohl jetzt über meine Stimme beklagen, denn
ihre Rauheit passte zu dem Lied:

> »Erster Wurf, ein Prost den Spendern,
> weiter geht's bei den Verschwendern:
> Prost auf die in schweren Ketten,
> drei, die sich durchs Dasein fretten,
> vier auf brave Christenscharen,
> fünf auf die so hingefahren,
> sechs auf Schwestern, die Novizen,
> sieben auf die Strauchmilizen.
>
> Acht auf Mönche, töricht, bieder,
> neun landauf, landab die Brüder,
> zehn auf den, der setzt sein Segel,
> elf auf Raufbold, Rüpel, Flegel,

zwölf dann, wer im Bußgewand ist,
dreizehn, wer da über Land ist.
So auf Papst und so auf Kaiser
trinkt und brüllt sich alles heiser.«

Das derbe Lied, die Geschichte von Räubern und Dirnen – es war für diesen Abend genau die richtige Wahl. Meine Zuhörer hatten allen Zwist untereinander vergessen, und als ich die Strophen ein zweites Mal sang, fielen einige Stimmen mit ein.

Sie sollten auch noch weiter auf ihre Kosten kommen.

### Im Räubernest

*Je häufiger der junge Held Fortuna und die Räuber mit seinem Lautenspiel unterhielt, desto fester wurde sein Glaube an die Magie seines Instruments. Anders konnte er sich nicht erklären, warum er bei ihnen bleiben durfte. Obwohl er sich natürlich auch auf den Raubzügen bewährt hatte. Seine gute Hand für Pferde schätzten die Räuber, sein unschuldiges Gesicht und seine gewitzte Art, mit dem erbeuteten Gut zu handeln, ebenfalls. Vor allem aber liebten sie die aufregenden Geschichten, die er ihnen abends am Lagerfeuer erzählte.*

*Der kleine Taschendieb hatte ihn darauf gebracht.*

*»Erzählt Eure Schandtaten, das hören sie gerne. Und berichtet vor allem von wunderbaren Rettungen.«*

*»Durch Heilige und Engel?«*

*»Wenn's sein muss. Wir sind eine gottlose Horde. Und je gottloser, desto lieber glauben wir an Wunder.«*

*Dem Jüngling schien der junge Langfinger ungewöhnlich weise, und so unterhielt er die Männer mit abenteuerlichen Geschichten, lernte geschickt, Lüge und Wahrheit zu vermischen. Die Achtung der Gesetzlosen gewann er vor allem damit, dass er angab, er sei der Sohn eines Gehenk-*

ten. Ihre grenzenlose Bewunderung erwarb er, als er die Reliquie an seinem Hals hervorzog und von dem Schutz erzählte, die sie ihm bei so vielen Gelegenheiten gewährt hatte.

Da er den ganzen Winter über auch nicht erwischt wurde, glaubten die Räuber bald tatsächlich, dass er unter der besonderen Hut des Heiligen stand. Mochte das Leben unter den Vaganten auch rau und erbarmungslos sein, der Held ergab sich darein und versuchte nicht mehr, auf den rechten Weg der Tugend zurückzukehren, denn wie ihm einst von den Sternen bestimmt und in die Wiege gelegt worden war, würde er als Verbrecher enden, noch ehe er zwei Dutzend Jahre gelebt hatte.

So ertrug er auch klaglos, dass das Zusammenleben in der wilden Horde nicht immer friedlich verlief. Eifersüchteleien, Habgier und Trunkenheit führten oft zu Handgreiflichkeiten, und der Jüngling lernte schnell und meist schmerzhaft, auszuweichen, sich zu wehren und zu kämpfen.

Freundschaften schloss er mit keinem der Männer. Sie waren gefühllose Gesellen, Totschläger und Frauenschänder. Der Einzige, dem er vertraute, war der junge Dieb, denn wenn er auch mit großem Geschick seinen Langfingereien nachging und sich auch mit einigen hinterhältigen Tricks zu verteidigen wusste, war er doch nicht grausam.

Außerdem war er sauber wie eine Katze.

Die anderen, einschließlich ihrer Anführerin, hielten wenig von Wasser, weder als Getränk noch als Mittel zur Reinigung ihrer Körper und Kleider. Darum suchte der tapfere Held sich auch ein Lager im trockenen Laub statt in der alten Ruine, wo er seine Nächte verbrachte. Und als Fortuna ihn auf ihr Lager befahl, versagte ihm erstmals in seinem jungen Leben die Männlichkeit, als er das fette, stinkende und verlauste Weib beglücken sollte.

Sie goss vor allen anderen Häme über ihn.

Doch er lernte auch noch etwas anderes von den Räubern – erstmals in seinem Leben besaß er einen Beutel voll Münzen. Geld rutschte den anderen durch die Finger wie fließend Wasser, er aber behielt seines und versteckte es im Futteral seiner Laute, die niemand zu berühren wagte, seit er von ihren magischen Kräften berichtet und vorsichtshalber auch etwas von einem Fluch dazugesponnen hatte, der jeden treffen würde, der sich an ihr vergriff.

Auch seine sonstigen Besitztümer mehrten sich. Das schartige Messer war einem scharfen Dolch gewichen, der ausgewaschene Kittel gegen ein grünes Wams und bunte Beinkleider getauscht, die zerschrammten Bundschuhe gegen glatte Stiefel. Die Überfälle auf fahrende Händler bescherten ihnen oft die unterschiedlichsten Waren, und er hatte seine Freude an farbenprächtigen Kleidern, Federn und Pelzen. Vor allem aber freute er sich an dem Klang der sich mehrenden Münzen.

Auch hierin ähnelte er dem kleinen Taschendieb. Denn eines Tages entdeckte er, dass auch der Junge seine Schätze hortete. Er war jedoch nicht der Einzige, der das Versteck in der Asthöhle fand, und als ein krätziger Alter versuchte, ebendiesen Hort zu plündern, verprügelte der Held ihn nach Strich und Faden.

In der Nacht kam der Junge zu ihm.

»Sie sagen, Ihr seid ein Sodomit und liebt die Knaben.«

»Ich weiß. Und warum kommst du zu mir?«

»Lieber Ihr als die, Herr.«

Der Jüngling schnaubte.

»Lieber du als Fortuna. Aber noch viel lieber eine dralle Wäscherin.«

»Ihr wollt mich nicht?«

»Ebenso wenig wie du mich. Aber wir können es sie glauben machen.«

Und das taten sie auch. Die Räuber sahen es einem Sänger mit Spott nach. Ihm blieben Fortunas Aufmerksamkeiten erspart, dem Jungen die der Männer.

Der Winter ging vorüber, der Wald grünte, die Kaufleute bevölkerten die Fernstraßen. Doch es hatte sich herumgesprochen, dass es in der Gegend häufig zu Übergriffen kam, und so reisten die Händler nur in Gruppen, manchmal sogar mit gewappnetem Geleit.

Es war die wundertätige Reliquie, die Fortuna auf den Gedanken brachte, einen solchen Konvoi anzugreifen. Dem Jüngling wurde es zwar mulmig bei der Vorstellung, sich bei einem großen Überfall auf das kleine Stückchen heiligen Fingernagels zu verlassen, aber er wollte nicht als Feigling dastehen und stimmte zu, an dem Handstreich teilzunehmen.

Sie hatten eine Stelle ausgewählt, wo die Hügel nahe an den Rhein rückten, sodass die Straße wenig Möglichkeiten zum Ausweichen bot. Hier errichteten sie im Wald ein Lager und warteten den nächsten Händlerzug ab. Als sich einer nach zwei Tagen ankündigte, fielen die Räuber mit der üblichen Grausamkeit über die Gruppe von zehn Kaufleuten her. Blut floss, Ballen platzten, Fässer rollten über die Straße, Karrengäule wieherten, Maultiere brachen aus.

Der Jüngling hatte seinen Dolch gezogen, und der Händler, den einer der Plünderer mit einem Knüppel niedergeschlagen hatte, lag nun zu seinen Füßen.

»Gib deinem Dolch Futter«, empfahl der Räuber und wandte sich dem nächsten Kaufmann zu.

Der junge Held aber konnte es nicht über sich bringen, den halb Bewusstlosen kaltblütig zu ermorden. Er schubste den Mann mit dem Stiefel an und zischte ihm zu: »Verschwindet!«

Der Händler kroch ins Unterholz.

Doch diese gute Tat brachte das Unglück über sie, und die schützende Wirkung der Reliquie versagte. Denn offensichtlich hatte der Verschonte im nächsten Ort um Hilfe gebeten, und schon am Abend stürmten die Truppen des Mainzer Kurfürsten, der Herr über diesen Landstrich war, *das Lager. Die Räuber flohen, ließen ihre Beute zurück, doch etliche fielen unter den Schwertern der Bewaffneten, und der Held wurde zusammen mit dem jungen Taschendieb gefangen genommen.*

*Mit einer tiefen Wunde am Bein landete er in dem dunklen, modrigen Kerker der Burg Lahneck, benommen, blutend, von Schmerzen gepeinigt. Die Laute hatte er verloren und mit ihr seinen Münzschatz.*

Dietrich kam, wie jeden Abend, mit dem Weinkrug und dem Pokal zu mir. Diesmal reichte er auch Ismael einen der silbernen Becher. Wir tranken den Herrschaften am Hohen Tisch zu und dann auch den Zuhörern an den langen Tischen vor uns.

Launig stimmte ich dann die nächste Strophe des Sauflieds an.

>»Weiber trinken, Laffen trinken,
Söldner trinken, Pfaffen trinken,
Kranke samt den Armen trinken,
Fremde zum Erbarmen trinken,
Junge trinken, Alte trinken,
Pfarrer, Hochbestallte trinken,
Er und Sie sich zausend trinken,
Hundert trinken, tausend trinken.«

Der Wein hatte seine Wirkung getan, und diesmal sangen alle begeistert mit. Zweimal musste ich die Strophe wiederholen; die Krüge kreisten, die Becher klirrten, und in tiefen Zügen wurde der schwere Wein getrunken.

Eine ordentliche Bettschwere war nicht zu verachten, wenn die Stimmung gereizt war. So würden bald alle in ihre Kissen sinken und keine weiteren Streitigkeiten beginnen. Auch die Spekulationen um den Wahrheitsgehalt der Geschichte würden sich in Grenzen halten. Dazu war am morgigen Tag noch genug Zeit.

Doch die Fähigkeit, aufmerksam zuzuhören, litt auch unter der Süße des Weines, und so hielt ich den letzten Teil meiner Mär kurz.

## Im Verlies

*Der Kerker war ein finsteres Loch, und nur einmal am Tag ließen die Wächter eine Kanne Wasser und etwas hartes Brot zu ihnen hinunter. Die Tage liefen für den Helden ineinander, von Wundfieber geschüttelt wollte er weder essen noch trinken, doch sein junger Freund zwang ihn wieder und wieder dazu. Irgendwann heilte die Wunde, klang das Fieber ab. Aber nun setzte die dumpfe Verzweiflung ein. Es schien die Herren der Burg, den Erzbischof und Kurfürsten von Mainz, nicht sonderlich zu interessieren, was mit den beiden gefangenen Räubern geschehen sollte. Vermutlich hatte er vor, sie in diesem feuchten Verlies verrotten zu lassen.*

*Es war dem trickreichen Bürschchen zu verdanken, dass sich das Schicksal wendete. Der nämlich fing an, den Wächtern wieder und wieder zu erzählen, welch hochgerühmten Sänger sie eingekerkert hielten. Dreist log er von Fürstenhöfen, an denen er gesungen haben sollte, von schönen Frauen, die seiner engelsgleichen Stimme gelauscht hatten, von reichen Gaben, die er für seinen Vortrag erhalten habe. Und er sprach von der kostbaren Laute, die sie doch sicher in dem Lager gefunden hätten.*

*Zwar schien all dieses bunte Gespinst die Wächter nicht zu beeindrucken – sie zogen die derben Sauflieder vor. Aber die Kunde von dem gefangenen Minnesänger drang in aufmerksame Ohren, und eines Tages wurde das Knotenseil herabgelassen. Der Jüngling war so schwach, dass man ihn hinaufziehen musste. Es hieß, er solle nach Stolzenfels gebracht werden, sagte der Wächter. Er aber bestand darauf, dass sein Diener ihn begleiten müsse. Man gestand ihm das schulterzuckend zu, und geschwind wie ein Eichhörnchen kletterte der Junge ebenfalls an dem Seil hoch.*

*Sie durften sich im Trog vor den Ställen waschen und erhielten grobe Kittel, dann wurden sie in Ketten gelegt und über den Rhein gebracht. Vor ihnen ragte auf einem bewaldeten Fels stolz eine Burg auf, und man sagte ihnen, dass sie Werner von Falkenstein gehörte. Doch war es nicht Freiheit, die dieser Herr ihnen gewährte; nein, nicht einmal einen Prozess wegen der Räubereien sollte es geben.*

*Weit Schlimmeres hatte der Erzbischof von Trier mit dem jungen Helden vor. Und das ihm vorbedeutete Schicksal schien sich vollenden zu wollen.*

Damit beendete ich meine Erzählung und sang den Anwesenden noch die letzte Strophe vor.

> »Ha, sechs Nummern hier kaum reichen,
> wo man wahrlich ohnegleichen,
> ohne Maß und ohne Ziel trinkt,
> wenn auch voller Hochgefühl trinkt!
> So sind aller Braven Spott wir,
> also leben stets in Not wir.
> Fluch den Spöttern, jenen schlechten,
> streicht im Buch sie der Gerechten!«

Nicht alle waren trunken, bemerkte ich dabei. Engelin, Casta und Hildegunda waren nahe zusammengerückt und verließen noch während der letzten Verse den Saal.

Zu gerne hätte ich diese Nacht eine Tarnkappe besessen, um mich in ihre Kemenate zu schleichen – aber wahrscheinlich war es für mein Seelenheil auch diesmal besser, wenn ich ihrem Getuschel nicht lauschte.

Ismael stellte die Trommel ab, und wir sahen zu, wie sich nun auch die anderen schwankend erhoben und zu ihren Unterkünften gingen. Wir warteten, bis der Rittersaal sich geleert hatte, um nicht von einem von ihnen angesprochen zu werden. Auch Ulrich war geblieben.

»Gestattet Ihr mir, dass ich Euch wieder aufsuche, Hardo?«

»Natürlich. Und bringt Wein mit, ich habe auf mein Quantum so gut wie verzichtet.«


## Nächtliche Gespräche

Ulrich brachte den Weinkrug selbst in mein Gemach.

»Nun dürfte es auch dem Letzten klargeworden sein, von wem die Mär handelt«, begann er.

»Spätestens morgen, Ulrich. Heute werden die meisten sehr schnell einschlafen. Ihr habt schweren Wein ausschenken lassen.«

»Aber auch wer nun weiß, dass Ihr Eure eigene Geschichte erzählt – nicht jeder kennt alle Ereignisse und Zusammenhänge, nicht wahr?«

»Nein, manche der Anwesenden habe ich erst unterwegs getroffen, andere habe ich früh verlassen.«

»Wollt Ihr mir anvertrauen, wer Euch erkannt hat?«

Ich überlegte, was ich Ulrich damit in die Hand gab. Wohl nicht mehr, als er sich sowieso schon dachte. Er war ein scharfsinniger Mann, und er wusste mehr als ich über manche Dinge. Ein Tauschhandel würde möglicherweise zu unser beider Nutzen sein.

»Ida hat mich in dem Augenblick erkannt, als ich den Burghof betrat.«

»Und das, obwohl sie Euch jahrelang nicht gesehen hat?«

»Sie war mir Mutter, mehr als die eigene.«

»Und liebt Euch.«

»Weit mehr als die eigene. Und darum schwieg sie auf mein Geheiß.«

»Auch gegenüber ihrer Tochter Jonata?«

»Ich glaube schon, doch auch sie erkannte mich alsbald. Spätestens als ich von der Jungfer sprach, der der junge Tölpel Liebeslieder sang. Auch sie schwieg, ich denke, aus Scham.«

»Weshalb ihr Mann, der Pächter Cuntz, erst heute die richtigen Schlüsse zog.«

»Er ist nicht der Hellste.«

»Nein, wahrhaftig nicht. Puckl hat seine Betrügereien bei den Abgaben sehr schnell durchschaut. Es wird Folgen für ihn haben. Wenn alles vorbei ist.«

Ismael, mit gekreuzten Beinen auf meinem Lager sitzend, ergänzte: »Der Kaplan hat es auch heute erst bemerkt, als mein Meister von dem Taschendieb berichtete. Er hat mich plötzlich sehr interessiert angesehen, der Magister Saufaus.«

»Magister Johannes hat sich damals einen feuchten Dreck um das niedere Volk geschert. Und so ist es auch geblieben. Er ist dem Wein zugetan und seinen Büchern. Um die christlichen Seelen sorgt er sich nur, wenn sie von Adel sind.«

»Das Gleiche gilt für seinen Freund und Gönner Doktor Humbert, nehme ich an«, sagte Ulrich.

»Richtig, auch wenn er dann und wann hier seinem Bruder Eberhart Besuche abstattete, so hat er den Stallburschen nie beachtet, der ich damals war. Es wird beide irritieren, weshalb dieser tumbe Tor, der unter dem Unglücksstern geboren war, nun auf einmal ein geachteter Sänger ist. Mag sein, dass sie in mir wieder nur den Sohn des Mörders erkennen.«

»Stört es Euch?«

»Stört es die Eiche, wenn ein Wildschwein sich an ihr kratzt?«

Ulrich lachte.

»Hochnäsigkeit ist Euch nicht fremd.«

»Nein, ich habe genug davon zu spüren bekommen. Man kann aus allem lernen, habe ich festgestellt.«

»Auch von der Äbtissin …?«

»Nein, nicht von der Äbtissin. Verachtung und Selbstgerechtigkeit machen ihr Wesen aus. Diese beiden Eigenschaften suche ich zu vermeiden.«

»Sie ist recht engstirnig, ich weiß. Ich habe sie und ihre Kinder nach dem Tod ihres Gatten hin und wieder aufgesucht. Sie hätte es vorgezogen, wenn auch Casta ins Kloster eingetreten wäre, aber das edle Fräulein entschied anders.«

»Immerhin hat ihr Sohn Karl die Kutte genommen.«

»Was sie nicht befriedigt, denn sie hätte ihn gerne als Erben der Burg gesehen. Besitzgier gehört auch zu ihrem Charakter.«

»Casta hat auch erkannt, dass die Mär von Euch handelt, nicht wahr, Meister?«

»Ihre Mutter wird dafür gesorgt haben. Aber ob sie sich an mich erinnert, wage ich zu bezweifeln. Sie war noch sehr jung, als ich hier lebte, und wurde früh zu ihren Verwandten gegeben.« Ich lächelte Ulrich an. »Das edle Fräulein hat viel von ihrem Vater, und den habe ich als gerechten Mann in Erinnerung.«

»Ja, das edle Fräulein ist ohne Fehl, ein sanftes Weib, doch klug und besonnen. Aber auch sie hat schlimmes Leid erfahren. Und ich trage meinen Anteil Schuld daran.«

Also hatte mich mein Gefühl nicht getrogen. Zwischen Ulrich und Casta bestand ein feines Band, das schon vor langer Zeit geknüpft worden war. Welcher Natur es war, das wusste ich nicht recht zu ergründen, aber die niedergeschlagene Miene des Ritters sagte mir, dass Hoffnungslosigkeit dabei im Spiel war.

Ich ließ die Bemerkung auf sich beruhen; diese Verstrickung zu untersuchen war auch später noch Zeit.

Er würdigte mein Schweigen und fuhr fort: »Der Neffe des Gelehrten, Lucas van Roide, ist Euch vermutlich auf dieser Burg hier nie begegnet.«

»Nein, den duftenden Höfling lernte ich später kennen, genau wie die schöne Buhle Loretta und den Domgrafen von

Speyer. Davon werdet Ihr in den nächsten Kapiteln mehr erfahren.«

»Zumindest Lucas scheint Euch recht frühzeitig erkannt zu haben.«

»Der Domgraf weit vor ihm. Dann Loretta. Der Stiftsherr van Huysen ist mir zwar schon einmal begegnet, hat mich aber ganz gewiss nicht in meiner heutigen Gestalt erkannt. Nur van Dyke habe ich nie zuvor gesehen.«

»Und die Jungfer Engelin?«

Ich grinste.

»Oh, na gut«, sagte der Ritter und rieb sich das vernarbte Auge.

Ich wägte kurz das Für und Wider ab, entschied ich mich dann, von dem Vorfall am zweiten Tag zu berichten.

»Einer aber erkannte mich und wollte verhindern, dass ich meine Mär weiter berichte. Er lud seine Armbrust, und im Bannwald des Königs sollte ich sein Opfer werden.«

»Hardo?«

»Meister?«

Ich schilderte Ulrich und Ismael den Angriff auf mich im Bannwald.

»Ihr solltet im Arsenal prüfen, ob eine der Waffen fehlt, Ulrich. Ich glaube nicht, dass der Mann die Armbrust zurückgebracht hat.«

»Das werde ich tun, aber wer, verdammt, glaubt Ihr, war es?«

»Jemand, der sich auf das Schießen versteht, dem keine Fragen gestellt wurden, als er eine Armbrust an sich nahm, der sich an jenem Vormittag nicht in der Burg aufhielt, der ein schnelles Ross beherrscht und der kurz vor meinem Eintreffen zurückkam.«

»Sigmund.«

»So nehme ich an.«

»Und weil der Anschlag scheiterte, fiel er vom Bergfried.«

»So könnte man es ausdrücken.«

»Warum habt Ihr mir das nicht sofort erzählt, Hardo?«

»Weil ich nicht ausschließen konnte, dass Ihr der Mann mit der Armbrust wart.«

Der Ritter schwieg. Dann sagte er: »Sancta Maria.«

»Mein Meister hatte recht, Herr Ulrich. Warum habt Ihr meinen Meister hergelockt?«

»Weil mein Gewissen mich drückt. Und ich habe ihn nicht gelockt, sondern eingeladen. Aber ich verstehe euer beider Misstrauen.«

Der Ritter wirkte unsagbar gequält, und darum sagte ich: »Es ist gut, Ulrich. Ihr wart es nicht.«

»Ich schwöre es bei meiner Ehre und meinem Leben, Hardo. Ich wollte Euch nie ein Leid tun.«

»Nein, aber andere. Und die gilt es zu finden. Darum sollten wir uns wieder um den Tod des Burgvogts kümmern.«

»Ja, tun wir das.«

Aber er sah noch immer betroffen drein, und um ihn von seinen trüben Gedanken abzulenken, berichtete ich von Hildegundas Beobachtungen.

»Ida und der Domgraf? Die sich zum Kosen im Obstgarten treffen? Ihr habt mir schon zwei seltsame Paare genannt, aber dieses hier setzt mich wirklich in Erstaunen, Hardo.«

»Mich nicht, Ulrich. Ich glaube, Ida war traurig, nachdem sie meine Geschichte vom ersten Abend gehört hatte. Der Domgraf hat doch angegeben, dass er auf dem Wachturm am Obstgarten gewesen sei. Fragt ihn, ob er sich mit ihr über mich unterhalten hat.«

»Ihr meint, er hat sie getröstet?«

»Er ist ein freundlicher Mann, Ulrich.«

»Sieht so aus.«

»Freundlicher als seine Schwester, die Äbtissin«, knurrte Ismael.

»Das ist nicht schwer. Nun gut, wir haben zwei weitere Unschuldige, und darum bin ich recht froh. Und nun, mein Junge, wirst du meine Neugier befriedigen? Der flinke Taschendieb bist du, und Hardo wird ganz gewiss den Versammelten nicht deine ganze Geschichte erzählen.«

»Aber Ihr wollt sie von mir hören? Ein Tauschhandel, Herr Ulrich – die Eure gegen die meine.«

Der Junge verfolgte doch sehr ähnliche Gedankengänge wie ich. Ich unterdrückte ein Schmunzeln.

»Meine kennst du schon.«

»O nein, nein. Ihr seid ein Meister des Verschweigens, und für mich sind viele Fragen noch offen.«

»Genau wie für mich, Ismael«, sagte ich. »Aber ebenso wie ich meine Mär so erzähle, dass die Wahrheit immer nur in kleinen Stückchen enthüllt wird, so möchte es Ulrich auch tun. Ein Geschichtenerzähler respektiert den anderen.«

Ich nickte dem Ritter zu, und er neigte zustimmend den Kopf.

Aber Ismael verdiente noch eine Erklärung mehr, darum sagte ich: »Herr Ulrich wird uns, so vermute ich, das, was ihn mit meiner Mär verbindet, dann berichten, wenn es einen Anlass dazu gibt und ich in der Lage und bereit bin, sein Handeln zu verstehen.«

»Ihr grollt ihm nicht, dass er Euren Vater gerichtet hat?«

»Ich habe ihm lange gegrollt, Ismael, aber nach und nach erkenne ich, dass weit größere Verflechtungen hinter seinem Handeln stecken. Richtig, Ulrich?«

»Ja, Hardo. Wie Ihr inzwischen wohl sehr gut wisst.«

»Nicht alles weiß ich, und an manchen Stellen sind die Fäden der Handlung noch bis zur Unkenntlichkeit verknäuelt. Doch wenn man erzählt, muss man darauf achten, dass auch die Unbedarften die Zusammenhänge begreifen. Und bei sehr verworrenen Geschichten braucht das seine Zeit. Deshalb entwirre du jetzt deinen Faden, Ismael, damit der Ritter erkennt, welche Rolle du in dem Spiel innehast.«

»Na gut, aber ich muss dazu meine Kehle schmieren.«

Er hielt mir den Becher hin, und ich füllte ihn aus dem Krug.

Arroganz hatte er auch schon geübt, der Frechdachs.

»Hebt an, Meister Ismael!«, forderte ich ihn auf.

»Ähm – ja. Also, ich bin der Enkel eines heldenhaften, frommen Kreuzritters, der einst in die Levante zog. Dieser würdige Herr fand dort ein schönes, tugendhaftes Weib, das er zu seiner Frau nahm. Er brachte sie mit in sein Heimatland und lebte mit ihr auf einer prächtigen Burg. Sie bekamen sieben Kinder, die alle bezaubernd schön waren. Ihre Augen glänzten dunkel wie schwarze Kirschen, ihre Haare umrahmten in vollen Locken ihre Antlitze, ihre Haut war sanft gebräunt, ihre Glieder lang und geschmeidig. Die vier Jungfern fanden edle Gatten unter den Grafen und Herzögen des Landes, die drei Knaben wurden zu Rittern erzogen und machten sich in unzähligen Schlachten um die Krone verdient. Der Jüngste unter ihnen ehelichte eine liebliche Maid aus altem angesehenem Geschlecht, und bald darauf kam ihr erster Sohn zur Welt. Ich!«

Ismael schlürfte seinen Wein, und der Ritter starrte ihn ungläubig an.

»Fahr fort, Ismael«, forderte ich den Jungen auf.

»Ich wuchs auf, umgeben von Fürsorge und Freundlichkeit. Meine Kleider waren aus Samt und Seide, ich hatte ein Pferdchen und goldlockige Hunde und Diener, die mir jeden Wunsch von den Augen ablasen. Doch das Schicksal ist unbarmherzig. Meine Großeltern reisten noch einmal in die Levante, um die Familie meiner Großmutter aufzusuchen. Als sie zurückkamen, versammelte sich die ganze Familie auf ihrer Burg. Und drei Wochen später waren alle bis auf mich und einen knorrigen alten Wächter der Seuche erlegen, die ein levantinischer Diener eingeschleppt hatte. Damals war ich eben acht Jahre alt, und der Wächter war der Einzige, der sich um mich kümmerte. Wir zogen von der Burg fort und fristeten unser Leben mit Tagelöhnerarbeiten, aber oft waren wir so hungrig, dass wir aus der Not heraus unser Brot erbetteln oder gar stehlen mussten. Dabei wurde mein Freund ertappt, und man hackte ihm die Hand ab. Daher musste fürderhin ich alleine für unser Leben sorgen.«

Ismael seufzte dramatisch.

Ulrich hatte eine Augenbraue hochgezogen. Er wirkte heimlich erheitert.

»Der Zufall wollte es, dass ich Fortuna begegnete und sie meine Begabung erkannte. Nun, den Rest wisst Ihr, Herr Ulrich.«

»Eine eindrucksvolle Geschichte, Jung Ismael. Wenn ich mich recht entsinne, ist der letzte Kreuzzug in die Levante zwar weit über einhundert Jahre her, aber deine Familie mag ein sehr zählebiges Geschlecht sein, denn sicher war dein Großvater bereits im Erwachsenenalter, als er gegen die Ungläubigen auszog.«

Ismael sah mich vorwurfsvoll an.

»Ihr habt gesagt, kaum einer würde das nachrechnen.«

»Womit wir feststellen dürfen, dass der edle Ritter Ulrich von der Arken nicht ›kaum einer‹ ist, sondern ein erstaunlich gutes Zahlenverständnis hat. Du hättest deinen Ahnherrn zu deinem Urgroßvater machen sollen.«

»Pfff.«

Ulrich lachte leise.

»Eine gute Geschichte ist immer ein Gewebe aus Wahrheit und Lüge, nur so wird sie glaubhaft. Den Levantiner nehme ich dir ab, Ismael, aber nicht den Kreuzritter. Eher einen Händler.«

»Noch nicht mal das, Herr Ulrich. Weiß der Teufel, woher ich die schwarzen Haare hab. Vermutlich direkt aus der Hölle. Soweit ich mich erinnern kann, war meine Mutter recht dunkel. Mein Vater war ein abtrünniger Mönch, der als Wanderprediger den Leuten Angst einjagte, um ihnen das Geld aus der Tasche zu ziehen. Und was sie nicht freiwillig herausrückten, um das erleichterte meine Mutter sie. Aber die andere Geschichte gefällt mir besser.«

»Ohne Zweifel.«

»Besser sogar noch als die, die ich Eurem Knappen und Puckl erzählt habe.«

»Welche war die?«, fragte ich, denn ich kannte ein Halbdutzend Variationen zu diesem Thema, eine farbenprächtiger als die andere.

»Oh, der Sklavenjunge aus Damaskus.«

»Zu Herzen gehend, ja.«

»Und leider weit von der grauen Wirklichkeit entfernt.« Ismael verbeugte sich zum Ritter hin. »Meine Eltern und ich waren häufig auf der Flucht, Demütigungen und Strafen waren unsere ständigen Begleiter. Mein Vater schloss sich allerdings tatsächlich Fortunas Bande an, als ich so ungefähr acht Jahre alt war. Meine Mutter hatte mir schon sehr früh das Beutelschneiden beigebracht, weshalb ich bleiben durfte, auch als sie nach einer Fehlgeburt im Winter darauf starb. Mein Vater verschwand kurz danach ohne Abschied. Er mochte mich nicht besonders.«

»Eine glaubhafte Version. Danke, Ismael.«

Der Ritter verbeugte sich leicht in seinem Sessel, und Ismael grinste ihn an.

»Ihr werdet es nicht weitertragen, denn jetzt bin ich auf dem Weg, ein reicher und geachteter Mann zu werden.«

»Ein großes Ziel. Und es wirft natürlich die Frage auf, wie du auf diesen Weg gekommen bist.«

»Alles zu seiner Zeit, Herr Ulrich, alles zu seiner Zeit. Denn auch diese Zusammenhänge müssen wohlüberlegt dargestellt werden.«

»Er ist ein Großmaul und ein Klugschwätzer«, fuhr ich dazwischen. »Ich fürchte, irgendwann wird er sich noch mal in die Schlinge reden.«

»Euch hat er zumindest aus dem Kerker herausgeredet.«

Ismaels Hände verkrampften sich in seinem Schoß.

»Herr Ulrich, das habe ich zwar getan, aber besser habe ich es damit nicht gemacht. Das werdet Ihr morgen erfahren.«

»Ich übe mich in Geduld. Heute habt Ihr diesen Kerker hier besichtigt, wie ich hörte?«

»Hat Euer Knappe sich beklagt?«

»Nur ein wenig. Und ich werde ihm den Hinweis geben, dich nicht noch einmal der Feigheit zu zeihen. Ich würde auch kein solches Verlies ohne Grund aufsuchen, wenn ich etliche Wochen unfreiwillig darin zugebracht hätte.«

Um Ismael die Verlegenheit zu nehmen, erwähnte ich den Geheimgang noch einmal.

»Ihr solltet den Kaplan befragen, ob er den Zugang unter dem Altar kennt.«

»Das tue ich morgen.«

»Und Ihr solltet Ida bitten, Ismael den Schlüsselring der Burg für eine Weile zu überlassen.«

»Warum das, Hardo?«

»Weil man mir meine Laute gestohlen hat.«

»Sancta Maria, was soll dieser Unfug nun schon wieder?«

»Ja, das Zusammenleben nimmt seltsame Formen an. Ich glaube aber, dass wir die Laute wiederfinden werden, wenn der Dieb sie nicht zerschlagen und im Kamin verfeuert hat. Davor könnte sie ihr magischer Ruf schützen.«

»Hoffentlich. Ismael, du erhältst die Schlüssel …«

»Ich brauch sie nicht, Herr Ulrich.«

»Vermutlich nicht, aber es wird besser sein, die Räume nach deiner Überprüfung wieder zu verschließen.«

»Ah, na gut.«

»Und lass dich nicht erwischen.«

»Ich?«

»Nein, er wird sich nicht erwischen lassen, und sollte das doch passieren, vertraue ich fest auf sein geöltes Mundwerk.«

Ulrich erhob sich und wünschte uns eine gute Nacht. Aber Ismaels verflixtes Mundwerk wollte noch nicht stillstehen. Immerhin stellte er die Frage, die mich auch brennend interessierte, also unterbrach ich ihn nicht.

»Herr Ulrich, Ihr wisst weit mehr über meinen Meister, als Ihr zugebt.«

»Mehr als er glaubt und weniger als er fürchtet.«

»Woher?«

»Von meinem Oheim, dem Sänger Urban.«

Und damit ging er.

Mir fehlten kurzzeitig die Worte.

»Sein Oheim?«

»Heilige Apollonia von den Zahnschmerzen!«, entfuhr es mir endlich. »Urban, der alte Sänger, war es, der Hardo, dem dummen Tropf im Wald, die Rätsel aufgab und ihn schließlich auf die Suche nach der magischen Laute schickte«, erklärte ich Ismael.

Wie ich Überraschungen hasste!

Was für ein Spiel spielte Ulrich?


## Freundschaft unter harten Männern

»Lügenmaul«, empfing Dietrich Ismael, als er in die Unterkunft trat.

»Aber begabt.«

»Dieb und Schandmaul«, stellte auch Puckl fest.

»Auch darin begabt.«

Neugierig sah Ismael von einem zum anderen. Würden sie ihn nun verachten und der Kammer verweisen, oder würde das junge, zart geknüpfte Band der Freundschaft halten?

Nicht dass es ihm etwas ausgemacht hätte, wenn es gerissen wäre.

»Du solltest dich entweder zwei Jahre älter machen oder zwei Jahre in Hardos Begleitung unterschlagen, wenn du die Geschichte das nächste Mal erzählst«, erklärte Puckl nüchtern. Und Dietrich pflichtete ihm bei: »Es klang ein bisschen unglaubwürdig, dass ein elfjähriger Junge die Liebe einer morgenländischen Prinzessin weckt.«

»Ihr seid genauso grässlich wie der Ritter. Der hat gesagt,

mein Ahnherr sei wohl über hundert Jahre alt geworden. Verdammt, warum können so viele Leute so gut rechnen?«

Doch mit einer für ihn selbst überraschenden Erleichterung setzte er sich nieder und ergriff den Becher mit Bier, den ihm Puckl reichte.

»War trotzdem eine gute Geschichte. Ich habe die Gewürze auf dem Bazar förmlich gerochen. Irgendwie bewundernswert, wie ihr Geschichtenerzähler so etwas erfinden könnt, ohne es je gesehen zu haben.«

Ismael ließ sich zu einer weiteren Lüge hinreißen und sagte: »Ja.«

»Die Mär, die Hardo uns erzählt, ist nicht erfunden, nicht wahr?«, wollte Dietrich wissen.

»Nein.«

»Sie handelt von ihm selbst, und er wird sich damit gewaltigen Ärger zuziehen.«

»Vermutlich.«

»Einige Leute hier kennen ihn und fürchten, dass sie in seiner Erzählung irgendwann auftauchen werden.«

»Richtig.«

Und Puckl fügte hinzu: »In wenig ruhmreichen Rollen, nehme ich an.«

»Auch das ist richtig.«

»Weshalb ich jetzt meine Runde zur Kapelle mache. Dein Meister hat nämlich auch dem Letzten unter den Zuhörern klargemacht, dass er nicht ohne Absicht hier ist.«

»Ich war eben in der Kapelle.«

»Kann nicht schaden, wenn ich gleich auch noch mal gehe.«

»Cuntz hat Dreck am Stecken«, murmelte Puckl.

»Er und andere auch«, sagte Ismael leise. »Aber das offenzulegen müssen wir meinem Meister überlassen. Wir sollten lediglich wachsam bleiben.« Und dann rutschte ihm gegen seinen Willen heraus: »Ich habe Angst um ihn.«

Seine beiden Freunde sahen ihn leicht überrascht an. Verlegen wand sich Ismael auf seinem Lager hin und her.

»Man hat mit der Armbrust auf ihn geschossen, gleich am ersten Morgen, kurz bevor der Vogt starb.«

»Wer?«

»Weiß er nicht. Oder sagt er nicht. Er hatte wohl deinen Ritter in Verdacht.«

Dietrich fuhr auf, wollte etwas sagen, hielt aber dann die Luft an. Sehr langsam stellte er seinen Becher ab und sah Ismael an.

»Nein, das glaube ich nicht. Herr Ulrich redet wenig über das, was er tut oder plant, aber über Meister Hardo hat er immer nur gut gesprochen.«

»Ich sag ja auch nur, dass er den Verdacht *hatte*. Jetzt glaubt er es nicht mehr. Aber irgendwas hat der Oheim deines Ritters damit zu tun, dieser Sänger Urban. Hat er dir von dem schon mal etwas erzählt?«

Dietrich schüttelte den Kopf.

»Nein, von seiner Familie spricht er nie. Manchmal denke ich, es wäre besser, er täte es. Er ... er will alles immer alleine machen. Ich weiß auch, dass Fräulein Casta sich deshalb grämt«, fügte er traurig hinzu.

»Darum wird sich meine Base schon kümmern«, sagte Puckl. »Engelin hat sie sehr gern, und sie ist eine pfiffige Maid.«

»Fürwahr«, sagte Ismael. »Fürwahr.«

»Kennst du sie etwa auch schon von früher?«

Ein geheimnisvolles Lächeln war alles, was er darauf antwortete.

»Verflixt, sie war doch im Kloster und danach bei meiner Mutter – Scheiße!«

»Was?«

»Line, nicht wahr?«

»Meine Lippen sind versiegelt.«

Dietrich kicherte unerwartet.

»Du besitzt ja doch einen Rest von Ehre, Ismael. Wie erschütternd! Wechseln wir also das Thema. Habt ihr gemerkt, dass der Schweifstern blasser geworden ist?«

»Und kein Unglück ist über uns gekommen«, ergänzte Puckl.

»Doch, der Vogt ist ermordet worden.«

»Ob das ein Unglück war, wird sich zeigen«, murmelte Ismael.

»Nun ja, für ihn gewiss. Aber sag mal, Ismael, was hat es mit dem Unglücksstern auf sich, von dem dein Meister hin und wieder spricht? Stand bei seiner Geburt auch ein Schweifstern am Himmel?«

»Nein, davon hat er mir nichts berichtet. Aber was immer die Menschen über die Sterne sagen, muss nicht stimmen. Ich meine, mein Meister steht eigentlich mehr unter einem Glücksstern, soweit ich ihn kenne.«

Puckl kratzte sich hinter den Ohren, dann nickte er.

»Na ja, wenn das alles stimmt, was er erzählt hat, dann hat er ja wirklich einige sehr gefährliche Abenteuer lebend überstanden.«

»Ja, lebend. Aber damals im Kerker – da war er schon sehr nahe dran, diese Welt zu verlassen«, antwortete Ismael und unterdrückte ein Schaudern. Die dunklen Tage und Nächte, die er mit Hardo in dem fauligen Stroh verbracht hatte, in denen dieser fiebernd und frierend um sein Leben gerungen hatte, gehörten zu seinen entsetzlichsten Erinnerungen. Viel wirres Gestammel hatte er von dem halb bewusstlosen Mann zu hören bekommen, manche Dinge waren einfach nur grauenvoll. Nicht nur die Schmerzen der Wunde hatten ihn gequält, auch die Dämonen in seinen Träumen. Es war die Zeit, in der Ismael manche Nacht seinen zitternden Körper festgehalten und die Angst kennengelernt hatte, einen guten Freund sterben zu sehen.

Aber darüber wollte er jetzt nicht sprechen. Denn wenn sie beide auch schließlich entkommen waren, dann nur durch eine noch größere Schuld, die er selbst auf sich geladen hatte. Mit einiger Anstrengung drängte er die Erinnerung zurück und grinste Dietrich und Puckl an: »Wie es sich so in einem Verlies anfühlt, habt ihr beide ja heute auch kennengelernt.«

»Wie seid ihr da wieder rausgekommen?«

»Das, nehme ich an, wird Meister Hardo morgen berichten.«

»Er muss einen Glücksstern in seinem Leben haben«, mutmaßte Dietrich versonnen. »Ein Stallbursche, ein dummer Tropf, ein Räuber – und nun ist er ein berühmter Minnesänger. Ihr habt mich richtig neugierig gemacht, wie ihm das gelungen ist.«

»Auch manche wahren Geschichten bergen die unglaublichsten Überraschungen«, bestätigte ihm Ismael. Puckl setzte an, ihm mehr zu entlocken, aber Ismael schwieg beharrlich, und schließlich gab der Secretarius es auf, ihn zu befragen, und machte sich mit Dietrich noch einmal auf, den Geheimgang in der Kapelle zu inspizieren.

Es war alles ruhig, berichteten sie, als sie zurückkehrten, und Ismael zog die Decke über den Kopf, um anzuzeigen, dass er nun schlafen wollte. Aber er wusste schon, dass in dieser Nacht seine Träume nicht glücklich sein würden.


**Nächtliche Gedanken**


Als uns der Ritter nach seiner Offenbarung, dass der Sänger Urban sein Oheim war, verlassen hatte, wäre Ismael noch gerne geblieben und hätte sich in wilden Spekulationen ergangen, aber ich schickte ihn fort zu seinen harten Männern.

Ich selbst entschloss mich zu einem Rundgang auf der Wehrmauer. Den ganzen Tag über waren zwar noch Wolken über den Himmel gezogen, aber es hatte nicht mehr geregnet, und als ich auf den Gang trat, konnte ich den allmählich verblassenden Schweifstern sehen. Unten gaben die

Frösche wieder ihr Konzert, und Patta streifte an meinem Bein vorbei, ebenfalls auf seinem nächtlichen Rundgang. Er erlaubte mir, ihm den Pelz zu zauseln, streckte dann aber den Schwanz hoch und marschierte seiner Wege. Irgendwo raschelte es in einem Baum, dann ein Plumps. Der Kater war im Obstgarten gelandet.

Oben im Palas, dort wo sich die Kemenaten befanden, fiel noch ein goldener Lichtstrahl aus dem Fenster. Loretta und die Äbtissin hatten dem Wein kräftig zugesprochen und schliefen vermutlich tief und fest. Die jüngeren Maiden aber tuschelten wahrscheinlich noch.

Ich würde sie mit einer kleinen Melodie unterhalten.

Lächelnd setzte ich die Flöte an die Lippen und spielte den Sang der Nachtigallen. Doch dann und wann ließ ich auch andere Melodien darin einfließen, und wenn die eine oder andere Jungfer genau zuhörte, dann wusste sie auch, was ich damit ausdrücken wollte.

Ich bekam keinen Applaus, und darum stellte ich das Musizieren nach einer Weile ein und wanderte um den südlichen Wachturm am Palas vorbei auf den Bergfried zu, wo vor dem Wassergraben der Lindenhain begann. Die Feuchtigkeit der Regenfälle hing noch in den Blättern der Bäume, und ein leichter Nachtwind wirbelte den süßen Duft der Lindenblüten zu mir hinauf. Ich sog ihn in tiefen Zügen ein.

Just als ich mich in dieser köstlichen Atmosphäre den neuen Erkenntnissen widmen wollte, hörte ich das unterdrückte Schluchzen.

Leise ging ich in diese Richtung und erkannte eine an eine Zinne gelehnte weibliche Gestalt, die ein weites Tuch um Schultern und Haupt gewickelt hatte. Mein erster Verdacht war Ida, die sich trotz allem ihrer heimlichen Trauer hingab. Aber als ich näher kam, bemerkte ich den zierlicheren Wuchs des Weibes.

Es gab mir einen leichten Stich.

Engelin?

Um wen weinte sie?

Sehr sanft legte ich meinen Arm um die Jungfer, und schon zuckte sie angstvoll zurück.

»Pschscht«, wisperte ich.

Und sah in Castas verweintes Gesicht.

»Edles Fräulein, wer bringt Eure Tränen zum Fließen? Vertraut es mir an; ich will ein böses Spottlied auf ihn singen.«

Sie schnupfte und tupfte sich die Wangen mit dem Zipfel ihres Tuches ab.

»Meister Hardo. Oh, verzeiht, ich bin ein so törichtes Weib.«

»Ganz gewiss nicht, Fräulein Casta. Kummer ist ein schlimmes Gefühl, selbst wenn die Linden lieblich duften und die Nachtigallen singen.«

Sie seufzte und schaute in den mondhellen Hain.

»Doch, Meister Hardo, ich bin töricht. Im Vergleich zu dem Leid, das Ihr erfahren habt, ist das meine jämmerlich und keine Träne wert.«

»Ihr habt eine mitfühlende Seele, edles Fräulein, und ich danke Euch. Nicht jeder hat erkannt, dass der dumme Tropf seinen eigenen Kummer verspürte. Aber der meine ist fast vorbei. Der Eure ist ganz frisch.«

»Nein, das ist er nicht. Er nagt schon lange an mir, nur heute, in dieser milden Nacht, wurde er wieder übermächtig.«

»Gibt es etwas, das Euch helfen könnte, ihn zu bezwingen?«

Da sie sich gegen meine leichte Umarmung nicht wehrte, ja sogar erschöpft ihre Stirn an meine Schulter legte, keimte in mir der Verdacht, dass es sich um einen Herzensschmerz handeln müsse. Da ich das hoffnungslose Gesicht des Ritters vor Augen hatte, als er von ihr sprach, wagte ich, sie zu fragen: »Ist es ein unerfülltes Sehnen, das Euch trauern lässt? Ich sah heute dergleichen schon einmal im Antlitz eines Mannes.«

Sie hob ihren Kopf von meiner Schulter und sah mich fragend an.

»Ihr seid ein Minnesänger geworden, und das scheint Euch feinfühlig für diese Dinge gemacht zu haben.«

»Das mag sein. Vor allem aber hat es mein Verständnis für Herzensnöte geweckt. Wenn Ihr Euch mir anvertrauen wollt, edles Fräulein, so verspreche ich Euch, darüber zu schweigen wie ein Beichtiger. Manchmal hilft es, einem Freund die Umstände zu schildern, die so hoffnungslos zu sein scheinen.«

»Ja. Ja, vielleicht. Ich habe meiner Freundin versucht, es zu erklären, aber sie ist ein wenig … verbittert. Aus verschiedenen Gründen, glaube ich.« Dann seufzte Casta noch einmal, und ich spürte, wie ihr Körper sich wieder ein wenig anspannte. »Ihr seid abends noch immer lange mit Herrn Ulrich zusammen, nicht wahr?«

»Wir halten Rückschau auf die Ereignisse des Tages.«

»Er ist Euer Freund, nicht wahr?«

»Er hat mir seine Freundschaft angeboten, und ich habe sie angenommen. Aber er ist ein undurchdringlicher Mann mit vielen Schatten in seinem Gemüt.«

»Ja, mit sehr vielen. Und ich bin so töricht, Meister Hardo, ihn dennoch zu lieben.«

»Das habe ich vermutet. Er weiß es nicht?«

Sie hob die Schultern.

»Ihr habt ihn nach dem Tod Eures Vaters kennengelernt, nicht wahr?«

»Ja, vor zehn Jahren. Ich war ein Kind noch, gerade auf der Schwelle zur Jungfrau. Damals erschien er mir nur freundlich, denn er kümmerte sich darum, dass wir von hier fortgehen konnten, dass wir unsere Einkünfte erhielten und mein Bruder und ich ein angenehmes Leben bei meinen Verwandten führen konnten. Damals besaß er noch seine Burg, und er behandelte mich mit großer Ehrerbietung. In seiner Begleitung, Meister Hardo, befand sich sein Knappe, ein junger Mann von hoher Geburt, mutig und von herzlichem Wesen. Georg vam Steyne fand Gefallen an mir, und ich war nicht abgeneigt, der Verbindung zuzustimmen. Es wurde zwischen seinen Eltern und meiner Mutter die Verlobung vereinbart, und wir sollten heiraten, nachdem Georg seinen Ritterschlag erhalten hatte. Das hätte zwar noch eine Wartezeit von vier Jahren bedeutet, aber wir waren beide einverstanden.«

»Ulrich sprach mit großer Achtung von dem jungen Mann. Er hat ihn auf dem Schlachtfeld gerettet, als er verwundet war.«

»Das Auge verlor, ich weiß. Georg war ihm sehr ergeben, er nannte ihn einen guten Herrn. Aber dann brach die Fehde um Kleverhamm aus, und beide mussten in den Kampf ziehen. Georg verlor sein Leben, Herr Ulrich sein Lehen. Und ich meinen Verlobten.«

»In jungen Jahren ein großer Schmerz für Euch, edles Fräulein.«

»Nein, Meister Hardo. Auch wenn Ihr mich nun für hart haltet, aber so tief war der Schmerz nicht. Ich bedauerte den armen Jüngling, natürlich, der Tod hatte einen Mann hinweggerafft, der von edlem Charakter war. Aber wir hatten uns selten gesehen, freundlich waren wir zueinander, doch die Liebe war nicht zwischen uns entflammt. Ich hätte ihn gerne geheiratet, und mit den Jahren wären wir sicher glücklich miteinander geworden. Aber so hatten wir keine Gelegenheit, es zu versuchen.«

»Sein Tod hat demzufolge Ulrich weit mehr getroffen als Euch.«

»Ja, das hat er wohl. Zwischen Männern kann, glaube ich, eine tiefe Freundschaft entstehen, wenn sie gemeinsam Gefahren trotzen müssen.« Casta zeigte plötzlich ein Lächeln. »So wie zwischen einem kleinen Taschendieb und einem Minnesänger, nicht wahr?«

»So ungefähr, edles Fräulein.«

»Ich glaube, neben seinem eigenen Schmerz gab sich Herr Ulrich auch die Schuld an meinem Leid, das er für gleich tief oder gar tiefer als das seine einschätzte. Ich aber, Meister Hardo, bemerkte mehr und mehr, dass meine Neigung ihm gegenüber wuchs. Er hatte eine furchtbare Verwundung überlebt, sein Freund war gefallen, sein Lehen verpfändet. Er musste als Vasall des Herzogs Wilhelm Hofdienst in Jülich machen, abhängig von den Launen dieses Ver … dieses Mannes.«

»Herzog Wilhelm hatte nicht den besten Ruf. Der eines streitsüchtigen Verrückten passt ganz gut«, knurrte ich. Seine idiotische Idee, die Preußen mit dem Schwert zu bekehren, hatte auch an anderer Stelle für Leid und Elend gesorgt.

»Ja, das tut es wohl, Meister Hardo. Und ich hätte Herrn Ulrich gerne einen Ausweg gezeigt. Mein Bruder hatte mir damals schon anvertraut, dass er sich nicht zum Burgherrn berufen fühlte, und in seiner stillen Art widersetzte er sich dem Drängen meiner Mutter, diese Aufgabe zu übernehmen. Karl und ich sprachen darüber, dass ich es zum Kunkellehen bekommen sollte und somit für den Ritter eine angemessene Mitgift vorweisen konnte. Doch bevor Karl mit ihm darüber reden konnte, hatte Herr Ulrich eine andere Ehevereinbarung getroffen. Und meine Mutter lag mir in den Ohren, ins Kloster einzutreten oder einem anderen Bewerber die Hand zu reichen. Sie ist sehr herrschsüchtig, und es hat viele Zerwürfnisse zwischen uns gegeben in den letzten Jahren.«

»Ihr habt Euch behauptet, und der Ritter ist noch immer unbeweibt. Was hindert Euch jetzt, eine Ehe zu arrangieren? Braucht Ihr einen Fürsprecher, nachdem Euer Bruder das Schweigen gewählt hat?«

»Ich habe einen, Meister Hardo. Mein Oheim, der Domgraf, sprach heute für mich. Doch der Ritter lehnte es ab.«

»Aber warum nur?«

»Sein Stolz, Meister Hardo. Er glaubt, mich störe seine Narbe, seine Mittellosigkeit, sein Alter, Georgs Verlust und – Herrgott noch mal – weiß der Teufel, was sonst noch. Dabei liebe ich ihn!«

Die Tränen begannen wieder zu fließen, und ich drückte sie an mich, um ihren Rücken zu streicheln.

»Edles Fräulein, fasst Euch. Ulrich hat seinen eigenen Kampf auszufechten, und ein Teil davon hat auch mit mir zu tun. Wenn sich die Gelegenheit ergibt, werde ich mich für Euch einsetzen. Denn wenn mich nicht alles täuscht, Casta, ist er Euch inniglich zugetan.«

Langsam hob sie wieder den Kopf. Ich wischte ihr mit dem Finger die Tränen von der Wange und lächelte sie an.

»Ihr seid ein seltsamer Mann.«

»Das sagtet Ihr schon einmal.«

Dann sah sie mich an, und ich merkte, dass für sie eine ganze Kaskade ungeordneter Wörter zu einem vollständigen Gedicht wurden.

»Line ist Engelin, nicht wahr?«

»Ja, damals war Engelin Line. Eine garstige kleine Kröte.«

»Diese Beschreibung hat sie ungeheuerlich gefuchst.«

»Ich weiß. Sollte es auch.«

»Oh! Aha! Na ja, Meister Hardo, da habt Ihr Euch aber etwas vorgenommen!«

»Hat sie einen solch abgrundtiefen Hass gegen mich entwickelt?«

Casta legte den Kopf ein wenig schief, und wieder huschte ein Lächeln über ihre sanften Züge.

»Hass? Sie ist teuflisch wütend. Ihr müsst ihr reichlich Anlass dazu gegeben haben.«

»Habe ich.«

»Überzieht es nicht, Hardo. Sie ist auch verletzlich.«

»Auch das weiß ich.«

»Ich habe sie erst vor dreieinhalb Jahren kennengelernt, und damals hat sie mir von jener Zeit am Drachenfels und bei der Witwe des Lautenbauers nichts erzählt. Nur dass sie Zuflucht bei meiner Mutter im Kloster gesucht hatte.«

»Und mir hat sie nichts davon erzählt, dass sie die Tochter eines wohlhabenden Kaufherrn ist. Das habe ich erst sehr viel später herausgefunden. Zu spät beinahe.«

»Wir sind eine verschwiegene Gesellschaft, nicht wahr?«

»Oh, ich trage mein Herz ganz und gar auf der Zunge.«

»Euer Herz vielleicht, Meister Hardo, aber Eure Gedanken wisst Ihr wohl zu hüten.«

»Seht Ihr, edles Fräulein, nun könnt Ihr wieder lächeln. Geht zurück in Eure Kemenate und schlaft. Das Rad der Fortuna dreht sich weiter.«

»Und der Stern ist nicht vom Himmel gefallen.«

Ich begleitete sie über den Wehrgang zurück und sah ihr nach, wie sie die Treppe emporstieg. Dann ging auch ich zu Bett.

Und träumte von Engelin.

Was, das erzähle ich Euch besser nicht.

# Der fünfte Tag

So saß ich auf Fortunas Thron,
stolz emporgehoben,
mit der bunten Blumenkron
des Erfolgs umwoben.
Wie ich auch gegrünet hab
glücklich einst vor Zeiten,
ach, ich stürzte tief hinab,
bar der Herrlichkeiten.

## Abakusgeklapper

Engelin hatte besser geschlafen in dieser Nacht, und offensichtlich hatte auch Casta, als sie endlich von ihrer Wanderung über den Wehrgang zurückgekommen war, einen friedlichen Schlummer gefunden.

Obwohl – Engelins Schlaf war nicht so ganz friedlich gewesen. Sie hatte lebhaft geträumt, und Casta hatte sie sogar einmal wecken müssen, weil sie so heftig das Kopfpolster umarmt hatte.

In ihrem Traum war es aber kein Polster gewesen.

Sondern ein Minnesänger.

Dabei taugten Minnesänger doch gar nichts.

Aber schön war der Traum trotzdem gewesen, wenn sie ehrlich zu sich war.

Vorsichtig hatte sie während der langweiligen Morgenandacht zu Hardo hingeschaut, der gelangweilt dem nuscheligen Gefasel des Kaplans lauschte. Ob Gott der Herr diesem halbtrunkenen Magister auch nur einen Zipfel seines Ohres leihen würde, mochte dahingestellt sein. Sie tat es jedenfalls nicht. Aber ihre Augen ließ sie weiden …

Er hatte sich gestern wieder barbieren lassen, doch über Nacht hatten sich dunkle Schatten auf seinem Kinn gebildet. Sie machten sein Gesicht hart, und allmählich fragte sie sich, warum er sich mit dem fein gezupften Zierbärtchen solche Mühe gab. Er spielt hier doch nur den Gimpel, dämmerte es ihr plötzlich. Er wollte, dass man ihn unterschätzte.

Wollte er auch, dass sie das tat?

Versteckte er vor ihr auch sein wahres Gesicht hinter Neckereien und spöttisch vorgetragenen Minneversen?

Und wenn – was war sein wahres Gesicht?

Das unnachgiebig zielstrebige? Das spöttisch boshafte? Das kühle kühne? Das ernsthaft besorgte? Das freundschaftlich übermütige, das er oft in Ismaels Gegenwart zeigte?

Ismael! Er kannte ihn besser als alle anderen. Er wusste, welches Spiel er mit ihnen hier trieb. Ihn wollte sie zwar nicht ausfragen, aber da gab es ja noch andere Möglichkeiten.

Der buckelige Rücken ihres Vetters zog ihren Blick an. Sebastian war von dem Ritter gebeten worden, die Pachtaufzeichnungen der letzten zehn Jahre zu prüfen. Aber auch wenn er Stunde um Stunde über den Büchern verbrachte, so wurde ihm doch genügend Freizeit gewährt, die er mit Dietrich und Ismael verbrachte. Oder bei den Mannen.

Die Männer sprachen mit Sicherheit auch über den seltsamen Minnesänger, und über diesen Klatsch und Tratsch wollte Engelin nun auch Bescheid wissen.

Eigentlich hätte sie wieder in der Küche helfen müssen, aber sie hatte schon vor der Andacht den Teig geknetet und Körner für den Brei geschrotet; man würde eine Weile auf ihre Dienste verzichten können. Und so heftete sie sich nach dem letzten Gebet an Puckls Kittel und folgte ihm in den Raum, in dem der Verwalter seine Arbeit getan hatte. Zahllose Bücher stapelten sich auf dem Tisch. Engelin äußerte angesichts dieser Menge an Aufzeichnungen ihr Mitgefühl.

»Grässlich«, bestätigte Puckl ihr. »Diese Registerbände – ein vollständiges Durcheinander.«

Die Klage nahm Engelin nicht allzu ernst, Sebastian hatte eine Leidenschaft – und die hieß Ordnung schaffen.

»Er hat zwar alles notiert, dieser Sigmund, aber einfach nur der Reihenfolge nach. Wachskerzen und Pferde, Weinfässer und Stecknadeln, Heugabeln und Brokatvorhänge. Ich habe dem Ritter vorgeschlagen, Haushalt und Pacht auseinanderzurechnen, damit man sehen kann, wie hier gewirtschaftet wurde. Aber es ist eine Höllenarbeit.«

»Ich kann dir ja beim Addieren helfen, Puckl. Das Klappern auf dem Abakus wäre für meine geschundenen Finger mal eine Abwechslung vom zähen Teigkneten.«

»Und dann kriegen wir heute Mittag kein Brot.«

»Doch, doch, das wird schon noch gebacken, du Gierschlund. Auf, du nennst mir die Beträge, ich addiere. So wie in Vaters Kontor.«

Sebastian grinste sie an.

»Wer bin ich, eine solche Hilfe abzulehnen? Auf geht's!«

Sie arbeiteten gut zusammen, flink schob Engelin die Kugeln auf dem Rechenbrett hin und her, während Puckl die Posten auf den Täfelchen notierte. Dann hatte sie einen der Registerbände durch, und er lehnte sich zurück und betrachtete das Ergebnis.

»Irgendetwas stimmt nicht, Engelin. Aber ich komme nicht dahinter, was es ist. Ich habe nur so ein Gefühl, dass die Proportionen der Zahlen nicht schlüssig sind.«

»Vielleicht erschließt es sich, wenn wir noch einen Band durchrechnen.«

»Ja, vielleicht. Oder ich muss noch mal nachdenken. Bei den Pachteinnahmen ist alles schlüssig. Oder besser, da weiß ich jetzt, wo gemogelt wird. Aber diese Pferdezucht …«

»Hast du mit Herrn Ulrich schon darüber gesprochen?«

»Werde ich, sowie ich ein besseres Gefühl dafür habe. Denn das wird Folgen für einige Leute haben.«

»Er ist ein strenger Herr, der Ritter, nicht wahr?«

»Das ist nicht schlecht, Engelin. Dein Vater ist auch streng. Aber genau wie er trägt Herr Ulrich auch schwer an der Verantwortung. Und er ist immer gerecht. Das sagt auch Dietrich.«

Engelin ließ die Finger müßig über die Kugeln des Abakus gleiten.

»Du hast schnell zwei gute Freunde gefunden, will mir scheinen?«

»O ja, Ismael und Dietrich sind großartige Kumpanen. Und was die schon alles erlebt haben! Ich meine, wir haben den armen Ismael ja mächtig aufgezogen, weil er nicht in das Verlies mit runterwollte, aber seit gestern kann ich das verstehen. Herr im Himmel, wie schaurig, wochenlang da unten zu hocken. Man kann sich kaum bewegen, es stinkt, es ist feucht, es gibt Ratten und Ungeziefer in Mengen.«

»Ja, aber Ismael war wenigstens nicht verletzt«, murmelte Engelin.

Puckl sah sie plötzlich mit großen Augen an.

»Warum hast du mir nie erzählt, dass du diesen Hardo damals getroffen hast, Engelin?«

»Warum hätte ich das tun sollen? Es war nicht eben meine rühmlichste Zeit.«

»Aber du warst mit ihm zusammen. Und Mann, Engelin! Der ist vielleicht ein Kerl! Ismael sagt, der kennt Tausende von Geschichten, und der weiß sie zu erzählen. Mann! Ehrlich! Alles, was ich bisher gehört und gelesen habe, war nicht halb so gut. Und dann diese Stimme, Engelin, ist die nicht fantastisch?«

»Mhm.«

»Ismael sagt, früher war die völlig anders, ganz rein und klangvoll. Ob er das wohl geübt hat, so heiser zu sprechen?«

»Besser, du übst es nicht«, sagte Engelin trocken.

»Nein, natürlich nicht. Aber Ismael sagt, er hat auch das Kämpfen gelernt, da bei den Räubern, und er war richtig gut darin. Ich habe erst gedacht, er sieht gar nicht so aus, als ob er raufen könnte, so geschniegelt, wie er auftrat. Aber als er den Lucas verprügelt hat, sah man, dass er ein paar fiese Tricks draufhat.«

»Mhm.«

»War er früher auch so?«

»Nein.«

»Ismael sagt, er ist unheimlich flink im Kopf. Der ist kein Trottel.«

»Nein.«

»Aber der alte Waffenmeister sagt, die haben ihn hier immer mit seinem Bruder verglichen. Und der ist blöd geblieben.«

Engelin merkte auf.

»Bruder?«

»Hat er dir das nicht erzählt? Er ist doch hier aufgewachsen. Er und seine Geschwister. Na ja, vielleicht schämt er sich ja deswegen. Wo sie ihn doch immer für einen Simpel gehalten haben. Ist schon seltsam, dass er es jetzt erzählt, nicht?«

»Ja. Was wusste der Waffenmeister denn sonst noch?«, fragte Engelin, um weitere Spekulationen zu unterbinden.

»Unheimlich viel. Der war schon Wachmann, als der alte Burgherr noch lebte – nicht der Eberhart, sondern dessen Vater. Damals hat es auch ein paar Angriffe gegen die Burg gegeben, und da hat er die ersten Armbrüste anschaffen lassen. Du, der Waffenmeister hat mir gezeigt, wie man damit schießt und …«

»Wer waren denn Hardos Eltern?«, fiel Engelin in Puckls überschäumenden Redeschwall ein.

»Och, ich dachte, das wüsstest du? Der Stallmeister und sein Weib. Die Frau stammte aus Venedig, stell dir vor! Die hat er nach dem Feldzug nach Italien mitgebracht, damals unter Kaiser Karl. Darum ist Meister Hardo wohl auch so dunkel.«

»Venedig«, seufzte Engelin. »Ich wünschte, Vater ließe mich einmal dorthin reisen. Immer wenn ich im Lager die Waren von dort sehe, packt mich die Sehnsucht.«

»Ja«, sagte Puckl ebenfalls verträumt. »Obwohl die Reisen sehr beschwerlich sind.«

»Mhm. Feldzüge sind aber wohl noch beschwerlicher.«

»Ja. Aber das ist Männersache. Jedenfalls, von den vier Brüdern ist nur einer hiergeblieben, sagt der Waffenmeister.«

»Vier Brüder? Von Hardo?«

»Nein, Eberhart und die drei anderen. Die haben zusammengehalten wie Pech und Schwefel, sagt er, nur der Jüngste, der konnte nicht mitmachen. Weil der krank geworden ist, als er eben sieben Jahre alt war. Auf den Tod krank, und dann ist ein Wunder geschehen, und er ist vom Sterbebett aufgestanden. Nur ein Bein war anschließend lahm.«

»Oh, Doktor Humbert!«

»Ja, genau der.«

»Und wer waren die anderen Brüder?«

»Hab ich den Waffenmeister nicht gefragt, weil … das interessierte mich nicht so sehr. Ich war ja wegen der Armbrust bei ihm.«

»Ah, natürlich.«

Engelin hätte ihre Befragung gerne weiter durchgeführt, aber in diesem Augenblick trat der Ritter in das Gemach, und Puckl wurde sofort zum beflissenen Secretarius.

»Jungfer Engelin hat mir geholfen, die Ausgaben zu addieren«, erklärte er ein wenig schuldbewusst.

»So beherrscht Ihr auch das Rechnen, wohledle Jungfer?«

»Ich helfe meiner Mutter oft bei der Buchführung, Herr Ulrich.«

»Ein nützliches Wissen, gewiss, nur glaube ich, dass derzeit Ida in der Küche Eurer geneigten Unterstützung bedarf.«

»Natürlich. Ich gehe augenblicklich.«

Überrascht sah sie, dass der Ritter sie freundlich anlächelte.

»Ich bin Euch zu großem Dank verpflichtet, Jungfer Engelin. Ich weiß, dass es nicht zu Euren üblichen Pflichten gehört, als Küchenmagd zu arbeiten.« Dann vertiefte sich sein Lächeln sogar noch. »Auch wenn der Brei gelegentlich ein etwas strenges Aroma hat.«

Verflixt, er hatte es auch bemerkt.

Dabei hatte sie den Brei gar nicht anbrennen lassen.

Sie streckte ihr Kinn hoch und rauschte aus dem Raum.


## Freundes Rat und Trost

Ich hatte wieder einmal einen ordentlichen Stapel Feuerholz gehackt, um mich so dem Gerede über mich zu entziehen, das nach der Morgenandacht entstanden war. Diese war recht bedächtig ausgefallen, Magister Johannes hatte übernächtigt – oder eher verkatert – gewirkt. Auch einige andere zeigten schwere Lider und dünsteten schalen Weinatem aus. Nichtsdestotrotz waren mir einige sehr finstere Blicke zuteilgeworden, die mich ahnen ließen, dass nach dem letzten Gebet die Mutmaßungen beginnen würden.

Allerdings war ein Blick nicht nur finster gewesen. Nein, der war sogar – ich wusste gar nicht, wie ich es nennen sollte – neugierig? keck? verheißungsvoll? gewesen. Meine Herrin schien wohl geruht zu haben, und ihr untergründiges Grollen mochte verflogen sein. Dieser Umstand wärmte mein Herz, sodass ich das nuschelige Psalmodieren des Kaplans gutmütig über mich ergehen lassen konnte.

Anschließend hatte Ulrich mit ausgesucht trockenen Worten verkündet, dass zwei weitere Personen vom Verdacht des Mordes am Burgvogt Sigmund befreit seien. Dann empfahl er den Anwesenden, munter den Aufgaben nachzukommen, die Cuntz und Ida zu verteilen hatten.

Wer rechnen konnte, der durfte sich jetzt an seinen Fingern abzählen, dass sechs der Besucher noch keinen Nachweis ihrer Unschuld erbracht hatten. Auch das hatte einen verstörenden Einfluss auf die Gäste.

Nachdem das Holz ordentlich neben dem Backes aufgeschichtet war, räumte ich auf Idas Geheiß drei leere Weinfässer aus dem Saal und begab mich anschließend in den Weinkeller, um neue nach oben zu bringen. Mit der Pechfackel in der Hand betrat ich den kühlen, säuerlich riechenden Keller und sah mich um. Er war wohl gefüllt, weit besser, als es einer Burg ohne Herrn anstand. Und nicht nur heuriger Sauerampfer befand sich in den Fässern, wenn man den Brandmarken glauben konnte, sondern schwerer Burgunder und süßer Rheinwein.

Ein Luftzug zeigte mir an, dass oben jemand die Tür geöffnet und wieder geschlossen hatte, und Schritte kamen die Steinstufen hinunter. Meine Hand lag am Griff meines Dolches.

»Lasst ihn stecken, Hardo. Ich komme nicht, um mich von Euch meucheln zu lassen.«

Hager, mit leicht gebeugten Schultern und welligem Grauhaar stand der Domgraf von Speyer im Schein der Fackel.

»Gottfried von Fleckenstein, welch unerwartetes Vergnügen.«

Ich meinte es ernst.

»Gestattet, Hardo, dass ich hier unten ein paar Worte mit Euch wechsle?«

»Die Tür habt Ihr verschlossen.«

»Und die Wände sind dick. Ich habe Euch als Fremden behandelt, weil mir schien, dass Ihr hier dem einen oder anderen nicht mehr von Euch preisgeben wolltet als unbedingt notwendig.«

»Sehr richtig beobachtet.«

»Und doch erkennen Euch nun die meisten.«

»Nein, manche erkennen den Tölpel, manche den Dieb, andere den Sohn des Mörders.«

»Ich verstehe. Unser Gastgeber, der Ritter Ulrich von der Arken, hat mich vorhin angesprochen – nur um das klarzustellen, Hardo. Ich habe an jenem Tag, als der Vogt zu Tode kam, wirklich auf dem Wachturm gestanden und über das

Land geschaut. Der Rhein ist ein beeindruckender Strom, und der Handel pulsiert. Aber das nur nebenbei. Ich dachte über Euch nach und versuchte, mir einen Reim aus Eurem Verhalten zu machen. Da sah ich Frau Ida, die einige Äste aufband und sich plötzlich wie von Kummer übermannt an die Mauer lehnte.«

»Worauf Ihr nach unten gingt und sie nach ihrem Leid fragtet.«

»Ich hatte am Morgen mitbekommen, wie ihr Mann sie geprügelt hat.«

»Schade, dass ich das nicht gesehen habe. Er hätte anschließend die Stufen zum Bergfried hinauf nicht mehr geschafft.«

»Und wäre noch am Leben, um sie weiterzuprügeln.«

»Auch wahr.«

»Kurzum, sie dauerte mich, und ich sagte ihr einige tröstende Worte. Sie begann zu schluchzen und vertraute mir an, dass Eure Geschichte vom Vorabend sie zutiefst gerührt habe. Ich erlaubte mir, Hardo, ihr zu versichern, dass diese Mär einen guten Ausgang nehmen würde.«

»Dabei habt Ihr sie gekost, und das arme Novizchen hat geglaubt, dass Ihr unkeusche Gefühle zueinander hegt.«

»Ein verschüchtertes kleines Ding und wohl auch etwas weltfremd.«

»Allerdings. Mich wundert es, dass Eure Schwester sie als Begleitung mitgenommen hat.«

»Mich auch, Hardo. Aber die Jungfer ist willig und naiv und ein hübsch frommer Schild, hinter dem Margarethe sich verbergen kann.«

»Die ehrwürdige Mutter ist nicht gut auf mich zu sprechen, das wisst Ihr sicher.«

»Sie hat Gift und Galle gespuckt. Andererseits, Hardo, mir war auch nicht klar, dass Ihr einst hier aufgewachsen seid, und dass Ihr unter der unseligen Tat Eures Vaters zu leiden habt, wurde auch mir erst gestern bewusst.«

»Und nun bin ich Eurer Achtung nicht mehr würdig.«

Es gab nicht viele Menschen auf der Welt, deren Achtung mir wichtig war. Ich war wählerisch geworden in den vergangenen Jahren. Gottfried von Fleckenstein war einer von ihnen, an dessen Wohlwollen und Freundschaft mir gelegen war.

»Hardo!«

Vorwurf klang in seiner Stimme.

»Die Sünden der Väter ... Ihr wisst schon.«

»Das Einzige, was mich jetzt an Euch enttäuscht, ist Euer mangelndes Vertrauen in mich. Wir haben doch nicht umsonst nächtelang disputiert – über Sünde und Vergebung, über die menschliche Natur, ihre Tugenden und ihre Schwächen, über die Macht des Wissens und die Schande des Unwissens. Wie könnt Ihr von mir annehmen, dass diese neue Erkenntnis mein Urteil über Euch umwirft? Im Gegenteil, Ihr habt eine weit schwerere Last zu tragen, als ich bisher ahnte.«

»Eine, die ich gewohnt bin.«

»Aber heute wird sie Euch wieder schwerer werden, fürchte ich. Meine Schwester ist eine starke Frau, und sie führt ihr Kloster bewundernswert und mit eiserner Hand. Aber sie ist Euch gegenüber nachtragend und unversöhnlich. Fragt mich nicht, warum das so ist.«

Ich erlaubte mir ein kurzes Schnauben.

»Ihr werdet es noch erfahren.«

»Das heißt also, Ihr wisst etwas von ihr, was sie lieber geheim hält. Und bisher habt Ihr dazu geschwiegen. Ihr scheint mir ein noch weit gefährlicherer Mann zu sein, als ich dachte.«

»Wissen ist Macht.«

»Ich bitte Euch, werdet nicht leichtsinnig.«

»Soll ich schwermütig werden?«

»Das auch nicht. Was auch sei, ich werde an Eurer Seite stehen, Hardo.«

»Danke, doch tut es nicht zu offensichtlich. Die Kräfte, die hier wirken, müssen sich auf ihre Weise entfalten.«

»Was hat das alles mit diesem Sigmund zu tun, Hardo? Ihr kennt ihn doch von früher.«

»Ja, ich kannte ihn von Kindheit an. Er war immer hier, während mein Vater und Herr Eberhart in Schlachten oder auf Turniere zogen. Die Burg verwaltete er gut, möchte ich heute sagen.«

»So scheint es mir auch. Aber sein Weib behandelte er weit schlechter.«

»Ja. Er führte alle, die ihm zu gehorchen hatten, mit Strenge und wenig Nachsicht.«

»Ein junger Tropf hatte vermutlich unter ihm zu leiden?«

»Ich galt als dumm, doch mit Pferden konnte ich umgehen, weshalb ich im Stall arbeitete. Und dann und wann den Karren zu den Pächtern fuhr, um die Abgaben einzusammeln, oder zum Markt, um Vorräte zu kaufen. Handeln, Gottfried, konnte ich schon immer ziemlich gut.«

»Rechnen fiel Euch leichter als Schreiben.«

»Dazu brauchte ich erst mal nur meine Finger.«

»Pasteten für zwei Dutzend Gäste auszurechnen braucht es mehr als zehn Finger.«

»Ich war eine Weile bei einem Küfer in der Lehre. Der brachte mir bei, mit Maßen zu rechnen.«

Ich lächelte bei der Erinnerung.

»Wann das, Hardo?«

»Drei Jahre lang, das war in der Zeit, als der Burgherr gegen Brabant zog. Sigmund wollte mich aus dem Weg haben. Mir war es ganz recht. Die Arbeit mit dem Holz hat mir gefallen, und ich wurde nicht so häufig geprügelt.«

»Wie alt wart Ihr da?«

»Lasst sehen – mit neun musste ich in die Schule, mit zehn riss ich zum zweiten Mal aus, und in dem Jahr begann ich, als Lehrjunge zu arbeiten. Bis ich dreizehn war – da kehrte der Burgherr zurück, und mein Vater befahl, dass ich mich wieder um die Pferde kümmern sollte. Eberhart aber wollte, dass ich von dem Verwalter lernte. Der jedoch bewies mir tagtäglich, was für ein Trottel ich war.«

295

»Und dann habt Ihr Euch auch noch in seine Tochter verliebt.«

»Eben, ein rechter Trottel. Und nun helft mir, dieses Fass nach oben zu schaffen!«

Wir brachten die Fässer zum Saal, und als ich das erste angestochen hatte, erklang das Glöckchen im Kapellenturm, um die Bewohner zusammenzurufen.

Ulrich betrat den Raum und nickte mir zu.

»Setzt Euch wie üblich auf die Stufen, Hardo. Ich werde ein Tribunal halten müssen.«

»Gericht über den Sohn des Mörders?«

»Es wird die Fronten klären.«


**Das Tribunal**

Der Ritter thronte alleine an der Hohen Tafel, ich nahm, wie er es gewünscht hatte, auf der obersten Stufe davor Platz; die anderen versammelten sich vor ihm im Saal. Die Tische waren noch nicht aufgebaut, und die Bänke standen an den Wänden. Niemand setzte sich also, aber ich beobachtete, dass man sich in Gruppen zusammenfand. Gruppen, die gleicher Meinung waren, wie ich stark vermutete. Links hatte sich aus der Äbtissin, dem Pächter, dem Höfling und Loretta eine Gemeinschaft gebildet – ein gemeinsamer Feind verursacht eigenartige Koalitionen! Rechts standen der Domgraf, Ida, Casta und, zu meiner Verwunderung und heimlichen Freude, auch Engelin beieinander. In der Mitte, ohne einander anzusehen, der Kaplan, der Gelehrte, van Dyke, der Kölner Stiftsherr und Jonata. Die aber warf ängstliche Blicke zu ihrer Mutter Ida auf der einen und ihrem Mann, dem Pächter Cuntz, auf der anderen Seite. Sie fühlte sich von allen offensichtlich am meisten unwohl.

Ismael kam auf leisen Sohlen die Wand entlanggeschlichen und setzte sich zu meinen Füßen. Sein Blick war unerwartet ängstlich.

»Sie haben ziemlich hässliche Sachen verbreitet«, flüsterte er mir fast ohne Lippenbewegung zu.

»Ich weiß.«

Der Junge war aufgeregt, versuchte aber Gelassenheit zu zeigen. Er hatte Angst vor Anklagen; Gerechtigkeit hatte er bisher selten kennengelernt. Ich konnte mit ihm fühlen, auch ich war der Willkür Opfer gewesen.

Doch hier war es anders – nicht meine Tat war es, über die gerichtet werden sollte. Selbst wenn ich mich zutiefst in Ulrich getäuscht hatte und er den Anklagen folgen würde, hatte ich noch immer ein paar andere Mittel bei der Hand, zumindest einigen Schaden anzurichten, den der eine oder andere wohl lieber vermeiden würde.

Dennoch beobachtete ich die Versammlung mit einer gewissen Anspannung.

Ulrich hatte eine Handglocke, die er nun läutete, und das Geraune verstummte.

»An mich wurde von einigen unter euch die Bitte herangetragen, Meister Hardo Lautenschläger und seinen Begleiter Ismael zu strafen und der Burg zu verweisen«, eröffnete er die Verhandlung. »Ich bitte euch, laut und vernehmlich die Vorwürfe vorzutragen.«

In der linken Gruppe sahen sich die vier Personen fragend an. Offensichtlich hatten sie diese Entwicklung nicht geahnt. Es war immer leichter, einem Einzelnen seine Anklagen zu unterbreiten, als sie vor einer Gruppe zu rechtfertigen. Mut brauchte man dazu, und den hatten weder der Höfling Lucas noch die Buhle Loretta. Und Cuntz schon erst recht nicht. Die Äbtissin hatte ihn.

Sie trat vor.

»Dieser Mann, der sich heute Meister Hardo Lautenschläger nennt«, sie spuckte Titel und Namen förmlich aus, »ist einst auf dieser Burg hier aufgewachsen. Sein Vater Gerwin war der Marschall meines Gatten, des Herrn und Ritters Eberhart von Langel. Gerwin war ein devoter Speichellecker und hat beständig versucht, sich bei seinem Herrn einzuschmeicheln. Bei jeder Fahrt, die mein Gatte unternommen hat, musste er dabei sein. So ritten sie auch im Jahre des Herrn dreizehnhundertvierundneunzig zu einem Turnier in Jülich, und als sie zurückkamen, stürzte dieser heuchlerische Unhold Gerwin sich im Stall auf meinen Gatten und erstach ihn. Ihr selbst habt Gerwin verurteilt und dem Henker übergeben, Herr Ulrich. Und nun holt Ihr uns den Sohn des Mörders ins Haus und ehrt ihn wie einen Vornehmen. Gerwins Söhne sind blöde geblieben, der eine starb, der andere machte sich mit dem Abschaum gemein. Das hat er sich erdreistet, uns selbst zu erzählen. Wer weiß, ob er nicht genau wie sein Vater plötzlich einem von uns in seinem Irrwitz die Gurgel durchschneidet. Er ist von Geburt an mit einem Fluch beladen!«

Jetzt wurde auch Lucas, der Schmucke, mutig.

»Sein gewalttätiges Handeln habe ich gestern selbst erlebt, Herr Ulrich. Nur weil ich seinen lieblichen jungen Freund gebeten habe, mich zu barbieren, hat er mich brutal die Treppen hinuntergestoßen und mich zu Boden getreten.«

»Und mir hat der schmutzige Junge kostbare Perlen gestohlen«, giftete Loretta los.

Ismael zuckte zusammen. Ich legte ihm die Hand auf die Schulter. Haltlose Anschuldigungen waren etwas, das er oft genug erlebt hatte. Er sollte wissen, dass ich ihn beschützen würde.

Ulrich hatte sich das alles schweigend angehört und wandte sich jetzt an Cuntz, den vierten im Bunde.

»Und Ihr, Pächter? Was habt Ihr Meister Hardo vorzuwerfen?«

»Das wisst Ihr doch selbst.«

»Was weiß ich selbst?«

»Damals, da habt Ihr gefragt. Und ich hab's Euch gesagt, wie's war.«

»Ja, das habt Ihr. Wiederholt es noch mal, denn die anderen hier wissen es nicht.«

»Na, das mit dem Mord. Wo doch der Herr Eberhart in den Stall kam. Und da ist der Stallmeister auf ihn los. Ich hab's mit eigenen Augen gesehen. Ich stand ja bei dem Ross vom Herrn.«

»Er ist einfach auf ihn los und hat ihn erstochen?«

»Nee, die haben gestritten.«

»Worum ging es bei dem Streit, Pächter?«, fragte Ulrich.

»Um den Trottel, den Hardo. Der wo doch nix gelernt hat. Und der Herr wollte ihn mitnehmen. Gutmütig wie der war. Aber der Gerwin wusste doch, wie blöd sein Sohn ist und dass der das Unglück anzieht. Und der wollt' das nicht.«

Auf der rechten Seite erhob sich Gemurmel.

Tief in mir erwachte der alte Schmerz. Demütigung vergessen Kinder und junge Menschen nie.

Ismael lehnte sich an mein Knie.

Aber manches heilte.

Ulrichs Stimme hinter mir erklang kühl.

»Ich fasse also zusammen: Ihr, ehrwürdige Mutter, Herr Lucas, Frau Loretta und Cuntz, wünscht, dass Meister Hardo Lautenschläger bestraft und von der Burg verwiesen wird, weil sein Vater im Streit – um ihn – den Burgherrn Eberhart von Langel erstochen hat?«

»Und weil er gefährlich ist und uns ermorden wird!«, fauchte die Äbtissin.

»Ihr wollt jemanden für eine Tat strafen, die er noch gar nicht begangen hat und von der wir überhaupt nicht wissen, ob er sie begehen will?«, empörte sich van Dyke. »So etwas Verrücktes habe ich ja noch nie gehört. Ich kenne den Mann nicht, ich bin ihm noch nie vorher begegnet, und das, was ich hier von ihm gesehen habe, zeigt mir einen gespreizten Gockel, der sich aufs Musizieren und Geschichtenerzählen versteht, aber von harmlosem Gemüt ist.«

Der Domgraf drehte sich zum Fenster um. Ich sah, dass es in seinem Gesicht verdächtig zuckte.

»Sein Vater hat zwei faule Äpfel gezeugt, Kaufmann. Und die fallen bekanntlich nicht weit vom Stamm«, konterte die Äbtissin.

»Ich habe auch Euren Gatten und seinen Stallmeister nicht gekannt, ehrwürdige Mutter. Aber Euch habe ich inzwischen kennengelernt. Ihr scheint mir reichlich rachsüchtig zu sein für eine gottesfürchtige Ordensfrau. Außerdem gefällt es mir nicht, wie Ihr meiner Tochter zusetzt, in Euer verdammtes Kloster einzutreten!«

Ich hätte applaudieren können. Der knurrige Handelsherr fing an, mir zu gefallen.

»Herr Ulrich, das muss ich mir nicht bieten lassen!«

Die Äbtissin plusterte sich auf, und Ulrich hinter mir sagte in weiterhin kühlem Ton: »Hinrich van Dyke, das Kloster ist nicht verdammt.«

»Nein, das ist es nicht. Verzeiht.«

»Ansonsten habt Ihr das Recht auf Eure Meinung, und die Entscheidung darüber, ob Eure Tochter ins Kloster geht oder nicht, bleibt selbstverständlich die Eure.«

Ida trat vor, was mich überraschte. Sie hatte die Schürze in den Händen verknäuelt, und sie stammelte zuerst, aber Ulrich hörte ihr ruhig zu, und schließlich kamen ihre Worte flüssiger.

»Er war nicht blöde, Herr Ulrich. Und er hat nicht Schuld an dem Tod des Burgherrn. Er war nur einsam. Weil sich keiner um ihn kümmerte. Und es ist grausam, einen unbescholtenen Mann einer Tat zu zeihen, die er weder getan hat noch tun wird.«

»Der und unbescholten? Ein Räuber, der im Kerker saß? Der mit einem Taschendieb umherzieht und Leuten die Beutel schneidet?«

Die Äbtissin machte ein paar Schritte auf Ida zu, die vor ihr zurückwich.

»Wer im Kerker saß, ist ein Verbrecher, und wer im Kloster sitzt, ist fromm?«, fragte Engelin mit klarer Stimme.

Ich wäre beinahe in haltloses Gelächter ausgebrochen.

Die ehrwürdige Mutter sah aus, als ob sie jemand mit Teufels Grillspieß gepiekt hätte. Nun ja, meine Herrin hatte sie kennengelernt, damals, nachdem ich sie an der Klosterpforte abgeliefert hatte.

Nicht Engelin aber fuhr die Äbtissin an, sondern ihre Tochter.

»Casta, ich verbiete dir, auch nur noch ein Wort mit dieser Jungfer zu sprechen!«

Das wiederum brachte die sanfte Casta nun auf, und sie erklärte: »Frau Mutter, Ihr habt mir verboten, mit Meister Hardo, Herrn Ulrich, Ismael, Frau Loretta und Herrn Lucas zu sprechen. Reicht es nicht, dass mein Bruder Karl ein Schweigegelübde abgelegt hat? Soll ich es ihm jetzt gleichtun?«

Die Stimmung konnte man wirklich nur noch als gereizt bezeichnen, denn nun begann die Äbtissin ihre Tochter auszuzanken.

Ulrich fuhr mit der Schelle und Donnerstimme dazwischen.

»Hat sonst noch jemand Klage gegen Meister Hardo zu führen?«

In der schweigenden Runde kam zunächst keine Antwort, dann sagte der Domgraf lakonisch: »Nein.« Es schloss sich ihm der Kaplan an, ebenso der Stiftsherr. Jonata rückte von ihrem Mann noch weiter ab in Richtung ihrer Mutter und schüttelte stumm den Kopf. Da war weiterer Ärger zu erwarten. Der Gelehrte zuckte mit den Schultern und sagte nichts. Er schien wieder einmal nicht von dieser Welt zu sein.

»Gut dann. Ich habe Eure Bedenken zur Kenntnis genommen, ehrwürdige Mutter. Ich selbst habe Meister Hardo eingeladen, wohl wissend, um wen es sich bei ihm handelt. Ich habe die Entscheidung darüber zu fällen, wem das Lehen zugesprochen werden soll. Seine Meinung ist mir wichtig, denn er kennt die Verhältnisse auf der Burg. Er ist zudem eindeutig unschuldig an dem Tod des Verwalters Sigmund

und hat sich überaus umsichtig bei der Aufklärung dieses Falles gezeigt. Und darum wird er als geachteter Sänger und Erzähler bei uns bleiben, bis mein Entschluss gefallen ist. Es steht Euch jedoch frei, ehrwürdige Mutter, die Mahlzeiten in Eurer Kemenate einzunehmen. Ihr, Herr Lucas, habt nicht über die Diener anderer Herren zu befinden, weshalb Meister Hardo mit Recht Eure Bitte abgelehnt hat, Ismael Euch barbieren zu lassen. Frau Loretta, Euer Tand wurde gefunden, nicht entwendet.«

»Das sagt Ihr, weil der kleine Lügner Euch das erzählt hat.«

Ich sah hoch und lächelte sie an.

»Möchtet Ihr wirklich wissen, wo *ich* Euren wertlosen Flitterkram gefunden habe?«

Da sie sich das denken konnte, hielt sie prompt den Mund.


## Weltlicher Tand

»Was ist nur in meine Mutter gefahren?« Casta setzte sich auf die Truhe, die sie eigentlich hatte öffnen wollen, und sah Engelin verzweifelt an. »Sie war schon immer herrschsüchtig, aber jetzt verhält sie sich wie von Sinnen. Was hat ihr Meister Hardo nur angetan?«

Engelin setzte sich auf die Bank neben dem Kamin. Auch sie hatte der heftige Angriff der Äbtissin überrascht, jedoch nicht ganz so sehr wie Casta.

»Sie hat Angst vor ihm.«

»Ja, aber warum? Er war – lass mich nachrechnen – achtzehn Jahre alt, als mein Vater umgebracht wurde. Glaubst du, er hat mit seinem Vater Gerwin gemeinsame Sache gemacht?«

»Wir wissen nicht viel von Hardo Lautenschläger, Casta. Nur das, was er uns selbst erzählt. Und wie er auftritt.«

»Ja, aber …«

»Du kennst ihn, seit er ein Kind war. War er als Junge bösartig und grausam?«

Casta rieb sich die Schläfen, als ob ihr der Kopf schmerzte.

»Nein. Ich kann mich nicht genau an die vielen Kinder hier erinnern. An seinen Bruder schon. Der war wirklich ein Idiot. Der brauchte keine Aufgaben zu übernehmen, aber er spielte auch nie die wilden Spiele der andern Jungen mit. Er saß immer nur im Stall oder im Hof und sah den Tieren zu. Meistens kaute er auf irgendetwas herum. So war Hardo aber nicht. Er drückte sich vor der Arbeit, aber das taten die anderen Jungs auch. Und sie haben oft gerauft, ja, aber das tun sie eben.«

»In den Wäldern kannte er sich wirklich gut aus«, sinnierte Engelin.

»Er verschwand oft, das stimmt. Darum nannte der Vogt ihn auch faul.«

»Und blöd ist er nicht«, setzte Engelin ihren eigenen Gedankengang fort. »Er hat das Lesen sehr schnell gelernt. Viel schneller als ich zuzeiten.«

»Oh – mhm – ja, du hast es ihm ja beigebracht. Warum werfen sie ihn dann nur mit seinem kindischen Bruder in einen Topf? Ich verstehe das nicht.«

»Jonata war länger hier als du und gehörte auch zu den Dienstleuten. Vielleicht sollten wir sie befragen. Ich meine, sie hatte vorhin keine Anklage genannt.«

»Richtig. Und Ida weiß auch mehr von ihm.« Damit richtete Casta sich auf und fragte staunend: »Du hast doch die ganze Zeit auf ihn geschimpft, Engelin. Und jetzt bist du plötzlich auf seiner Seite.«

»Bin ich nicht. Ich mag nur nicht, wenn man jemanden ungerecht behandelt.«

»Aber irgendwas hast du ihm auch vorzuwerfen.«

»Er hat mich wie eine lästige Kröte behandelt«, murrte Engelin.

»Wie hätte er dich denn behandeln sollen, lieb Engelin? Wie eine hehre Jungfrau? Mit struppigen Haaren und in schmutzigem Kittel, eine Küchenmagd, unfähig Brei zu kochen, und eine Wäscherin, unfähig Wäsche zu waschen?«

Engelin stand von der Bank auf und fegte durch die Kemenate. Ja, sie war im Unrecht. Ja, sie hatte Fehler gemacht. Ja, sie war undankbar für die Hilfe, die er ihr hatte zuteilwerden lassen. Und ja, sie hatte deshalb ein schlechtes Gewissen.

Und grollte mit sich selbst.

»Du bist in ihn verliebt!«

»Casta!«, schrie Engelin auf und blieb mitten in ihrem Hin- und Herlaufen stehen.

»Doch, bist du.«

»Bin ich nicht. In diesen Schöntuer, der wahllos alle Frauen betören will? Nie und nimmer!«

»Wie du meinst, Engelin. Ich jedenfalls werde jetzt in dieser Truhe nach Schätzen suchen. Ich bin das grüne Kleid so leid. Und für dich werden wir auch ein anderes finden. Zuzeiten hat meine Mutter sehr kostbare Gewänder getragen.«

»Sie wird Feuer spucken, wenn sie uns in ihren Kleidern sieht.«

»Soll sie. Es war ihre Entscheidung, die schwarze Kutte der Benediktinerinnen zu nehmen. Und wie du vielleicht festgestellt hast, ist die ihre nicht aus rauem Stoff, sondern aus feinstem flandrischem Tuch gefertigt, und ihre Cotten sind noch immer aus weißer Seide.«

»Du lehnst dich gegen sie auf?«

Casta seufzte leise.

»Engelin, du hast dich auch einmal aufgelehnt, um deinen Willen durchzusetzen. Ich bin immer folgsam gewesen. Und habe nichts damit erreicht.«

»Ich bin jetzt auch folgsam.«

»Du bist folgsam, weil du dich durchgesetzt hast. Aber warte ab, wenn dein Vater dir den nächsten edlen Herrn als Gatten präsentiert.«

Engelin dachte flüchtig an ihres Vaters Bemühungen, mit Lucas van Roide ins Gespräch zu kommen, und gab unwillkürlich ein leises Schnauben von sich.

»Siehst du!«

Casta stand auf und hob den Truhendeckel an.

Kostbare morgenländische Brokate schimmerten darin. Edelsteinfarben leuchteten sie in Meerblau und Smaragdgrün, Aprikosenrosa und Safrangelb.

Beide Jungfern seufzten sehnsüchtig. Dann griffen sie mit beiden Händen zu.

Etwas später hatten sie ihre Auswahl getroffen und baten Ännchen, die gelangweilt an einem ausgefransten Hemdsaum stichelte, die Gewänder zu bürsten und auszulüften und hier und da eine kleine Änderung vorzunehmen. Das Mädchen ließ sich die eifrigen Hände mit einigen Silbermünzen schmieren, und Engelin und Casta machten sich auf die Suche nach Jonata.

Sie fanden das Weib des Pächters vor dem Hühnerstall, eifrig eine von dessen Bewohnerinnen rupfend. Zwei weitere Hühner lagen schon vom Federkleid entblößt in einem Korb, drei weitere warteten noch darauf, das ihre zu verlieren. Ohne große Worte zu machen nahm sich Engelin eines der Tiere vor und rupfte ebenfalls. Casta hingegen sammelte Federn auf und stopfte sie in den bereitliegenden Jutesack.

»Ihr braucht mir nicht zu helfen, edle Jungfern«, wehrte Jonata halbherzig ab.

»Wir müssen es nicht, wir tun es aber. Die Arbeit geht leichter von der Hand, wenn man sie gemeinsam erledigt.«

»Und wenn man ein Lied dabei singt«, fügte Casta hinzu und begann eine alte Weise zu summen. Engelin erkannte sie und fiel mit ein. Dann fand auch Jonata ihre Stimme, und gemeinsam sangen sie vom schönen Mai, den Blumen und dem Vogelsang. Der Domgraf blieb im Hof stehen und lauschte ihnen, van Dyke lächelte seiner Tochter zu, und Ida brachte ihnen eine Kanne Most zur Belohnung.

»Ein hübsches Lied«, sagte sie. »Der Burgherr hat es damals oft gesungen, nicht wahr, edles Fräulein?«

Ida nahm die fertigen Hühner und trug sie in die Küche.

Casta erklärte: »Und Meister Hardo hat es neulich auf der Flöte gespielt.« Sie nahm einen Schluck von dem süßen Getränk. »Er kennt viele Lieder. Aber ich kann mich gar nicht daran erinnern, dass er früher, als er noch hier gelebt hat, gesungen hätte.«

»Hat er auch nicht.«

Engelin gab sich mit Jonatas kurzer Antwort nicht zufrieden.

»Ich dachte, er hat Euch ein Ständchen gebracht. Oder war das die Freiheit des Dichters, dass er es so berichtete?«

Jonata rupfte wütend an dem nächsten Huhn, schwieg aber.

»Als ich ihn kennengelernt habe, hatte er noch eine schöne, reine Stimme«, lockte Engelin sie.

»Ja, hatte er.«

»Du glaubst auch nicht, dass er blöde ist wie sein Bruder und uns ermorden wird, nicht wahr, Jonata? Erinnerst du dich an ihn?«

»Ja, Fräulein Casta. Aber er war nicht sehr klug.«

»Nein, klug war er damals wahrscheinlich nicht. Er hat ja nichts gelernt.«

»Du hast ihn verspottet, als er für dich sang.«

»Ja, das habe ich getan.«

»Aber er wollte dich beschützen, als der schwarze Ritter die Burg angriff.«

»Und hat mich dabei in seinem Ungeschick die Stiege hinuntergeworfen. Ich habe mir das Bein gebrochen.«

»Das trägst du ihm heute noch nach?«, fragte Engelin.

Jonata hatte den Kopf gesenkt. Jetzt schüttelte sie ihn.

»Nein. Er hat's gut gemeint.«

»Und hat dich und seine Mutter zu einem Pächter gebracht.«

»Ja.«

Engelin sah plötzlich einen Zusammenhang.

»Zu Cuntz, nicht wahr?«

Jonata nickte und rupfte.

»Der hat Euch gesundgepflegt. Und dann habt Ihr ihn geheiratet.«

»Ja.«

Engelin nahm das letzte Huhn, ließ es aber in ihrem Schoß liegen.

»Er ist ein grober Klotz, der Cuntz.«

Jonata zuckte mit den Schultern.

»Dass Ihr heute für Meister Hardo Stellung genommen habt, wird er Euch übelnehmen.«

»Hat er schon.«

Casta machte den Mund auf, um etwas zu sagen, aber Engelin deutete ihr an zu schweigen. Eine Weile arbeiteten sie still vor sich hin, dann brach es aus Jonata heraus: »Ich war die Dumme, damals. Ich hätte seinem Werben nicht nachgeben sollen. Er ist ein Großmaul, der Cuntz, und verspricht immer mehr, als er halten kann. Es hat auch andere Bewerber gegeben. Ein anständiger Goldschläger drüben aus Köln wollte mich zum Weib und ein Weinbauer auch. Aber ich dachte, ich bin auf dem Gut näher bei meiner Mutter. Und dem Vater war der Cuntz genehm.«

»Was hat er gegen Meister Hardo?«

»Weiß ich nicht. Aber er mochte dessen Vater nicht. Ich glaube, die beiden hatten einen Streit um Gerwins älteste Tochter.«

»Worum ging es?«

»Cuntz hat um sie angehalten, hat mir seine Mutter erzählt. Aber Gerwin wollte höher hinaus. Sie hat dann ja auch einen Apotheker geheiratet. Aus Jülich.«

»Das ist doch üblich, deswegen streitet man doch nicht.«

»Cuntz schon. Er kann es nicht ertragen, wenn ihm etwas verwehrt wird. Er bildet sich dann immer ein, man würde ihn nicht genügend achten. Es ist ganz furchtbar. Er macht so viel falsch, aber man darf ihm nie sagen, dass es seine Schuld ist, wenn der Fuchs in den Hühnerstall kommt, weil er die Tür offen gelassen hat, oder das Schaf beim Lammen stirbt, weil er sich nicht gekümmert hat, oder der morsche Ast durch das Dach bricht, weil er ihn nicht abgesägt hat.«

Engelin tätschelte Jonatas Schulter, als sie aufschluchzte.

»Ich wär sogar bei der Geburt meines Zweiten fast gestorben, weil er die Hebamme nicht geholt hat, sondern mit den Fischern in der Schenke saß.«

»Aber du hast vier gesunde Kinder, nicht wahr?«, sagte Casta in sanftem Ton.

»Ja, die hab ich. Und sie sind es wert, dass ich ihn ertrage.« Sie wischte sich mit dem Ärmel die Tränen ab. »Aber wenn ich Hardo heute sehe, edles Fräulein, dann denke ich, ich hätte ihn besser erhört.«

»Er ist eine Augenweide geworden, nicht wahr?«

»Pfff!«, machte Engelin.

»Doch, edle Jungfer, damit hat Fräulein Casta recht. Und auch wenn seine Stimme heute rau ist, singt er so schön, und mir gehen seine Lieder zu Herzen. Was ist schlimm daran, wenn ein Mann die Gaben, die der Herr ihm verliehen hat, auch vorzeigt? Wir Frauen tun es doch auch. Wir schmücken unsere Haare mit Kränzen und schnüren unsere Gewänder eng um den Leib.«

Betroffen dachte Engelin an die wundervollen Kleider, die sie gerade eben aus der Truhe befreit hatten. Darum hielt sie weiter den Mund und ließ Jonata reden.

»Ich finde Meister Hardo und den Jungen viel hübscher anzusehen als Cuntz mit seinem Schmerbauch in seinem schmuddeligen Kittel oder den feisten Kaplan mit seiner roten Säufernase oder den rundschultrigen Domgrafen.«

»Dann müsste dir auch der hübsche Höfling gut gefallen«, forderte Casta sie mit einem kleinen Lachen heraus.

»Der? Der ist kein Mann. Der ist ein hohles Ei, auch wenn er in prächtigen Gewändern herumstolziert.«

»Nun, darin sind wir uns einig!«

Das letzte Huhn hatte seine Federn gelassen, und Engelin stand auf.

Ein Mann war Hardo Lautenschläger gewiss geworden. Und eine Augenweide leider auch.

Aber trauen konnte man ihm nicht.

Ihm und seinen schönen Worten.

Und der samtrauen Stimme.

Und roten Rosen.

Und so.

**Vergangene Leiden**

Ich hatte mich mit einer von Idas Pasteten auf den Wehrgang zurückgezogen und schaute nach Osten über das Dörfchen hinweg. Eine beschauliche Ansiedlung von Katen und Häuschen, Gemüse- und Weingärten, Stallungen und Scheunen, einer Kirche mit einem Holzturm. Seit der Wanderprediger samt Schweifstern davongezogen war, hatten sich die Gemüter auch wieder beruhigt. Obwohl die Saat für künftige Änderungen auch hier schon im Boden lag. Wie lange mochten sich die Menschen von derartigen Prophezeiungen noch in Angst und Schrecken versetzen lassen? Wie lange noch freiwillig Fronarbeit leisten? Was in den Städten geschehen war, würde irgendwann auch auf das Land übergreifen. Dort, wo Handwerker und Händler die Geschicke der Verwaltung selbst in die Hand nahmen, erwuchs ihnen ein neues Selbstbewusstsein. Und auch die Niederlage König Wenzels im August vor vier Jahren war ein Zeichen der neuen Zeit. Man stelle sich vor, der König von Gottes Gnaden wird von den Kurfürsten abgewählt, und der Papst muss zähneknirschend zustimmen.

Gut, die Königswahl in Lahnstein, die würde eine schöne Kulisse für die Geschichte am heutigen Abend abgeben.

Ich ließ meinen Blick zu dem Waldgebiet wandern,

das hinter den grünenden Äckern begann. Der Bannwald, der Königsforst, war der Hort meiner frühen Jahre, meine Schule, mein verwunschenes Land. Ich verspürte auch jetzt den unbändigen Wunsch, mich auf mein Pferd zu schwingen und dorthin zu reiten. Zuflucht zu suchen vor den Anfeindungen, die mir entgegengeschlagen waren. Andererseits – auch der Frieden dort war nun gestört worden durch die hinterhältige Tat des Burgvogts. Er hatte mich erkannt und umgehend meinen Tod beschlossen. Oder es hatte ihn jemand gedungen, mich mundtot zu machen.

Die Jahre, die vergangen waren, hatten mir viele Antworten zu den Vorgängen auf der Burg geliefert, aber genauso viele Fragen aufgeworfen. Warum Eberhart sterben musste, war noch immer nicht geklärt. Ich war wachsam, aber ich hatte auch Angst. Nicht vor einem offenen Kampf, sondern vor der Heimtücke des wahren Mörders.

Er weilte in dieser Burg, dessen war ich mir ziemlich sicher.

Er hatte Geduld und würde auf einen günstigen Zeitpunkt warten.

Wie ich Überraschungen hasste!

Sicher, nach außen hin wahrte ich meine gleichmütige Haltung. Das hatte ich mit den Jahren gelernt. Es hinderte mich auch nicht, weiterhin meine Ziele zu verfolgen, meine Geschichten zu weben, meine Lieder zu singen. Aber ich musste auch dabei aufpassen, denn manche Stacheln saßen tief, und ihr Gift brannte immer noch in meiner Seele. Und dieses Gift mochte in unbedachten Worten seinen Weg über meine Lippen finden.

Es war ein Kampf gegen Schatten, den ich führte, und mein Gegner hielt sich im Verborgenen auf.

Zeit, sich den Schatten zu stellen, um sein Gesicht zu enthüllen.

Einer der giftigen Stacheln, der besonders schmerzte, war der ständige Streit zwischen meinem Vater und Burgherrn Eberhart, bei dem es um mich gegangen war. Ich wusste, dass sie meinetwegen einige Male hart aneinandergeraten waren, aber ich hatte nie ganz verstanden, warum sie sich stritten. Ich war dumm und faul gewesen – so hatte es mein Vater gesehen. Und ich war unter einem Unstern geboren, der meinen Lebensweg vorgab und mich auf Abwege führen würde. Herr Eberhart aber betrachtete es offensichtlich anders. Er glaubte daran, mich vor mir selbst retten zu können. Damals sah ich das allerdings nicht so, sondern war der Meinung, dass auch er mich nur drangsalieren wollte. Er zwang mich, die Schule zu besuchen, was mir nicht gefiel. Mein Vater schickte mich zu dem Küfer in die Lehre und verschwand auf einem Feldzug. Als er zurückkam, gab es wiederum einen Streit, den ich mitbekam – der Burgherr wollte, dass ich die Lehre abbrach und als Adlatus des Burgvogts tätig werden sollte. Mein Vater hielt mich aus den üblichen Gründen nicht für geeignet. Sigmund auch nicht. Heute war mir klar, warum. Er hatte keinen eigenen Sohn, und Eberhart wollte mich zu seinem Nachfolger machen. Das konnte dem Vogt natürlich nicht gefallen, und so ließ er keine Gelegenheit aus, mir meine Unfähigkeit zu beweisen und mich den anderen vorzuführen. Er stellte mir unmögliche Aufgaben, verdrehte, was immer ich richtig machte, zu Fehlern, blähte jedes Missgeschick zu einer Katastrophe auf und wurde nicht müde, meinem Vater Beweise für meine Tölpelhaftigkeit zu liefern.

Sein Hass auf mich musste gewaltig gewesen sein. Hass oder Eifersucht. Heute wollten mir einige Zufälle auch noch in einem ganz anderen Licht erscheinen. Beispielsweise, dass ich einmal von genau dieser Stelle aus in den Burggraben gefallen war. Hätten nicht anhaltende Herbstregen den Graben anschwellen lassen und hätte ich nicht von den Fischerjungen am Rhein das Schwimmen gelernt, ich wäre mit Sicherheit ertrunken. Wer mich gestoßen hatte, wusste ich nicht, ich vermutete damals einen Jungenstreich dahinter. Ebenso wie hinter den Ereignissen an jenem schrecklichen Nachmittag, an dem ich im Räucherhaus eingesperrt und nur dem Erstickungstod entkommen war, weil Ida noch einen Schinken hatte hineinhängen wollen.

Immer wieder prügelte mich der Burgvogt wegen meiner Ungeschicklichkeit, und immer wieder floh ich in die Wälder und vernachlässigte meine Pflichten. Dumm und faul, unzuverlässig, blöde, von Missgeschicken verfolgt – so sahen sie mich. Und allmählich glaubte wohl auch Eberhart diese Mär.

Ich war aber nur der Prügelknabe – buchstäblich. Hinter all dem Hass musste ein auslösendes Erlebnis gesteckt haben.

Eine klamme Hand griff nach meinem Herzen.

Was wusste Ida, die Frau des Burgvogts, darüber?

Warum hatte sie an dem zweiten Abend unter Tränen um Vergebung ihrer Sünden gefleht? Musste ich wirklich nun auch die Frau verdächtigen, die mich in meinem damaligen Elend immer getröstet hatte?

Nein, ich war noch nicht so weit, in ihr kaltherzig die Mittäterin oder Mitwisserin zu sehen.

Eine Amsel landete auf der Zinne und zwitscherte eine kleine Melodie. Ich bedauerte, meine Flöte nicht bei mir zu haben. Dennoch freute ich mich, dass das Vöglein gekommen war, um mich von den trüben Überlegungen und Erinnerungen abzulenken. Die Zeit war vorüber, ich war nicht mehr der dumpfe Tropf, als den man mich auf dieser Burg hier kannte.

Außer für einige wenige.


**Allerlei Fundstücke**

Ida hatte Ismael einen eisernen Reif übergeben, an dem gut ein Dutzend Schlüssel hingen. Er hatte von ihr auch einen Korb mit Gebäck und einen Krug Most erbeten, sodass er nötigenfalls immer die Ausrede hatte, jemandes Bitte um eine Erfrischung zu folgen. Er machte sich frohgemut auf die Suche nach der Laute, die Hardo entwendet worden war. Das Tribunal war glimpflich verlaufen, und seine innere Beklemmung war seiner üblicherweise sonnigen Laune gewichen.

Den größten Verdacht hegte er dem duftenden Höfling gegenüber, der am Vortag eine herbe Demütigung durch Hardo und ihn erfahren hatte. Also betrat er den Bergfried und kletterte die hölzernen Stiegen empor. Es war verhältnismäßig einfach, Lucas' Kammer zu finden, er musste nur seiner Nase folgen. Er fand dessen Unterkunft auf der obersten Ebene, just unter dem überdachten Söller mit seinen Zinnen. Er stellte seinen Korb ab und lauschte auf Anzeichen menschlicher Anwesenheit, doch weder Gespräche noch leises Atmen oder gar Schnarchen war zu hören, also trat er durch die Tür, die lediglich angelehnt war.

Mit geübtem Blick sah er sich um und bemerkte auch sogleich die lohnenswerten Objekte wie beispielsweise die kostbaren Ambrakügelchen in ihren silbernen Gefäßen, eine goldene Gewandnadel mit dem Karfunkelstein und einen Beutel mit den Münzen in der Truhe. Doch so sehr es ihn in den Fingern juckte, blieb er doch tugendsam und hielt nur nach der Laute Ausschau. Die allerdings befand sich weder unter der samtbesetzten Heuke noch unter der rauen Decke auf dem Strohlager auf der einen Seite. Also nahm er sich das zweite Lager vor, das offensichtlich dem gelehrten Doktor Humbert zugewiesen worden war. Die schmutzigen Gedanken, die ihm bei dem Umstand durch den Kopf schossen, dass der Liebhaber schöner Männer hier ausgerechnet mit dem eitlen Höfling zusammenhauste, schob er auch flugs beiseite und untersuchte die Habseligkeiten des Gelehrten. Der verfügte über keine nennenswerten irdischen Güter außer einem sonderbaren Kästchen, das er unter seinem Kopfpolster verborgen hatte. Neugierig hob Ismael es hoch, lauschte vorsichtshalber noch mal zur Stiege hin, und als er alles als ruhig befand, untersuchte er das Behältnis aus dunklem Holz, in das seltsame Zeichen in Elfenbein und Perlmutter eingelegt waren. Eine kostbare Arbeit, die den Verdacht aufkommen ließ, dass es etwas mindestens ebenso Kostbares enthalten müsse. Doch als seine sensiblen Finger den Öffnungsmechanismus erspürt und ihn mithilfe seines spitzen Dolches geöffnet hatten, war er aufrichtig enttäuscht. Lediglich ein faustgroßer, metallisch schimmernder Stein oder Erzklumpen lag da auf roten Samt gebettet. Er war zwar schwer und lag kühl in seiner Hand, aber etwas wirklich Besonderes war er nicht. Außer vielleicht, dass die Oberfläche einige regelmäßige Gravuren enthielt, die aber kein ihm bekanntes Muster bildeten. Ismael legte ihn zurück, schloss das Kästchen wieder und schob es an seine Stelle unter dem Kopfpolster. Dann nahm er seinen Korb wieder auf und kletterte eine Etage tiefer.

Auch hier waren die Bewohner ausgeflogen, und obwohl Ismael weder Hinrich van Dyke noch den Domgraf von Speyer ernsthaft verdächtigte, Hardos Laute entwendet zu haben, erlaubte er sich doch, sich einen kurzen Überblick über deren Gepäck zu verschaffen. Wie nicht anders zu erwarten, verfügten beide Herren über wohlgefüllte Börsen – Ismael widerstand mannhaft der Versuchung, die Münzen zu zählen – und Gewänder aus edlen Stoffen. Die Laute befand sich, wie erwartet, nicht bei ihnen.

Ismael verließ also den Turm und machte sich auf, die Unterkünfte in dem Wohngebäude zwischen Bergfried und Kapelle zu untersuchen, die gewöhnlich den Verwalter und seine Familie sowie den Kaplan beherbergten. Hier hatte auch der Stiftsherr von Sankt Gereon eine Kammer zugewiesen bekommen. Sie war unverschlossen, ordentlich aufgeräumt und barg, außer einem verlockenden Brevier in edelsteinbesetztem Einband, keinerlei Versuchungen. Er ließ es liegen, obwohl der erbauliche Inhalt sicher zu seiner Läuterung gedient hätte. Die Laute fand er nicht. Ismael wandte sich der Wohnung des Kaplans zu, und diesmal musste er auch den Schlüssel einsetzen, denn Magister

Johannes achtete peinlich genau auf seine Privatsphäre. Aus gutem Grund offensichtlich, denn wertvolles Silbergeschirr, vor allem Pokale und Krüge, nannte er sein Eigen. Der Kaplan soff mit Stil, stellte Ismael fest, einen Hang zur Musik aber hatte er nicht. Idas Wohnung suchte er nicht auf, warf aber einen Blick aus dem Fenster auf den Hof und stellte befriedigt fest, dass die drei Jungfern Engelin, Casta und Jonata vor der Küche Hühner rupften und die ehrwürdige Mutter unter dem Durchgang zum Zwinger den Domgrafen in einen heftigen Disput verwickelt hatte. Ismael wandte sich daraufhin dem Palas zu. Es schien ihm eine günstige Gelegenheit, zumal er bei einem Blick aus dem Fenster von Hardos Gemach auch Loretta im Zwinger lustwandeln sah, vermutlich in der Absicht, die Wachen auf den Türmen zu ergötzen.

Ismael hatte, neben dem Höfling, noch einen weiteren, sehr ernsten Verdacht, wer die Laute an sich genommen haben konnte, und so stieg er die Wendeltreppe zu den Kemenaten hinauf. Der Besuch der Frauenkammern verursachte ihm darüber hinaus ein wonnigliches Gefühl in seinen Lenden.

Auch hier lag ein zarter Duft in den Räumen, da von Myrrhe und Weihrauch, dort wie von Rosen und Maiblumen. Beseligt sog er die Luft ein, dann klaubte er den Schlüssel aus dem Korb und öffnete die erste Tür.

**Rosenopfer**

Ich lockte die Amsel auf der Zinne mit einem gepfiffenen Liedchen, und sie zeigte sich an einem Duett interessiert. Das lenkte mich endlich von dem Ausflug in meine unschöne Vergangenheit ab. Die nähere Vergangenheit musste auch überdacht werden – so das eben durchgeführte Tribunal. Ulrich hatte kein weiteres Wort mit mir gewechselt, nachdem er die Versammlung beendet hatte. Auch für die anderen war ich unsichtbar geblieben. Entweder weil sie vor Wut über den gescheiterten Vorstoß, mich zu verbannen, schäumten, oder weil sie sich nicht trauten, mit einem Stigmatisierten zu sprechen. Nein, das war nicht ganz richtig. Ida war freundlich wie immer gewesen, der Domgraf hatte mir stumm, aber aufmunternd zugenickt, und Casta hatte mich zaghaft angelächelt. Meine Herrin aber hielt die Lider züchtig gesenkt.

Die Amsel flatterte auf, und mit einem breiten Grinsen näherte sich Ismael.

Noch eine erfreuliche Ablenkung.

Ich war gespannt, was er mir zu vermelden hatte, denn nach dem Tribunal wollte er sich auf die Suche nach der Laute machen.

»Du siehst aus, als hättest du einen Napf Sahne leer geleckt, Junge.«

»Hab auch an einem Sahnetöpfchen genascht, Meister. Und Eure Laute steht wieder in Eurem Gemach.«

»Das nenne ich eine gute Nachricht. Wo fandest du sie?«

»Oh, das ist eine lange Geschichte.«

»Ismael!«

»Nun ja, ich hatte die Schlüssel zu allen Gemächern, nicht wahr?«

Ja, ich war ihm Vorbild in vielen Dingen. Auch im Erzählen. Na, dann sollte er seinen Spaß haben. Ich lauschte geduldig seinen weitschweifigen Schilderungen der Unterkünfte und seines tugendsamen Verhaltens angesichts der materiellen Verlockungen. Nur einmal musste ich ihn unterbrechen.

»Einen Stein fandest du in dem Kästchen?«, fragte ich, tatsächlich überrascht.

»Oder einen Brocken Metall, Eisen vielleicht.«

»Faustgroß, grau, mit seltsamen Gravierungen?«

»Ja. Wisst Ihr, was das ist, Meister?«

»Ein Stück des Himmels.«

»Ihr foppt mich?«

»Nur ein bisschen. Berichte weiter.«

»Na gut. Also anschließend schlich ich mich hinauf zu den Kemenaten. Es war alles völlig ruhig, doch befürchtete ich, möglicherweise auf das Novizchen zu stoßen.«

»Was hättest du dann getan?«

»Ihr eine fromme Lüge erzählt. Aber es kam nicht dazu; die Kammer der ehrwürdigen Mutter war leer. Doch ach, Meister, unter dem Umhang an dem Wandhaken wölbte sich ein zart gerundeter Leib. Und als ich unter das weiche Tuch griff, fanden meine Finger die sanfte Wölbung Eurer Geliebten.«

»Die Laute!«, sagte ich trocken.

»Habt Ihr eine andere, Meister?«

»Nur in meinen Träumen. Du nahmst sie an dich?«

»Ja, und damit verließ mich mein Glück.«

»Wie das?«

»Aus dem Nebenraum kam Ännchen getänzelt, gurrte: ›Edles Fräulein, wollt Ihr …‹ Und dann quiekte sie bei meinem Anblick auf.«

»Vor Entsetzen?«

»Ach nein, vor Entzücken. Ich band ihr ein kleines Bärchen auf, dergestalt, dass ich die Laute, die Ihr, mein Meister, der ehrwürdigen Mutter leihweise überlassen hättet, Euch zurückbringen sollte. Sie glaubte es, denn ich lenkte sie mit einigen heißen Küssen von weiteren Fragen ab.«

»Ich habe dich vor ihr gewarnt, mein Junge!«

»Doch ja, Meister. Aber es gibt Momente, da muss ein Mann sich opfern.«

»In welcher Art?«

»Sie liebt das Kosen, und meine anmutige Gestalt hatte Begehrlichkeit geweckt, seit sie meiner ansichtig wurde. Wer bin ich, einer schönen Maid die Freude zu verderben?«

»Es hätte eine der Frauen zurückkommen können.«

»Das eben dachte ich auch, und darum überredete ich Ännchen, sich Euer Gemach einmal in Ruhe anzuschauen.«

»Schlingel!«

»So etwas Ähnliches sagte sie ebenfalls zu mir, doch klang es lange nicht so vorwurfsvoll wie aus Eurem Mund, als meine Hand sich unter ihren Kittel stahl. Ach, Meister, sie hatte ein festes kleines Hinterteil, einem jungen Apfel gleich. Und sie konnte so voll Lust seufzen, als meine Finger ihre Geschicklichkeit bewiesen. Drum erlaubte sie mir auch, Euer Lager zu nutzen und ihr zu huldigen. Ich tat es mit Hingabe, wie es die Minne verlangt.«

»Auf meinem Lager!«, knurrte ich, und der Neid auf diesen Bengel wuchs. Genau das, was er dort getrieben hatte … Manneszucht, Hardo, Manneszucht!

»Gute Taten tragen ihren Lohn in sich, Meister, darum werdet Ihr mir vergeben. Denn als Ännchen ihr letztes erfülltes Stöhnen verhauchte, begann sie zu kichern.«

»Nicht ungewöhnlich bei den Frauen, die das Tändeln leicht nehmen.«

»Nein, aber sie erinnerte sich daran, ein ebensolches Stöhnen aus der Äbtissin Gemach gehört zu haben, und war darob sehr erheitert.«

»Die ehrwürdige Mutter wird ein inbrünstiges Gebet gesprochen haben.«

»O ja, Gott den Herrn hat sie dabei auch angerufen, mehr aber noch den Herrn Anselm van Huysen.«

»Den Stiftsherrn von Sankt Gereon, Vertreter des Erzbischofs. Eine sehr passende Paarung.«

Jetzt kicherte auch Ismael.

»So könnte man es beschreiben. Und Ännchen, die damals allein in Lorettas Kemenate gewesen war – ein kleiner Schlummer hatte sie übermannt, während, wie wir ja wissen, ihre Herrin sich mit Cuntz im Heu wälzte, befriedigte ihre Neugier, indem sie durch den Vorhang spitzte und dabei lernte, dass Frau Äbtissin und der Herr es trieben wie Rüde und Hündin. Wobei mich diese Vorstellung nicht sonderlich ergötzte, denn das Hinterteil der ehrwürdigen Mutter gleicht doch eher einer überreifen Birne denn einem frischen Äpfelchen. Immerhin erschien Ännchen und mir die Übung bemerkenswert, und wir stellten sie mit großem Genuss nach.«

Ich warf einen kritischen Blick auf die Lenden des jungen Hochstaplers.

»Doch, doch, Meister. Er ist stark und kräftig und stand stracks wie ein junges Bäumchen.«

»Angeber! Und hast du an die Folgen gedacht?«

»Nö, aber Ännchen hatte kein Blümchen mehr zu verlieren, und ich denke, Frau Loretta kennt das eine oder andere Kraut, das mögliche Folgen beseitigt.«

»Sonst hätte sie wohl auch schon eine Schar Kinder um sich versammelt, das ist wohl wahr.«

Ismael grinste nur und fuhr dann mit seinem Bericht fort.

»Kurzum, was die frommen Herrschaften taten, frommte auch uns, vor allem, weil wir dabei nicht so unzart wie die beiden durch den Sturz des Burgvogts vom Bergfried unterbrochen wurden.«

»Oh!«

»Seht Ihr, deshalb lohnt es sich, Opfer zu bringen.«

Und dann brachte auch ich noch ein Opfer.

Denn nach Ismaels Besuch wollte ich mich zunächst einmal versichern, dass meiner Laute kein Missgeschick widerfahren war, und besuchte sie in meinem Gemach. Die Äbtissin hatte sie wohl aus ihrem Futteral genommen, aber nicht beschädigt. Das beruhigte mich, denn sie war ein wertvolles Instrument und mit großer Kunstfertigkeit hergestellt. Ich stimmte die Saiten, spielte leise ein paar Läufe darauf und legte sie zurück in ihr Behältnis. Dann brachte ich sie in Ulrichs Gemach und schob sie dort unter das hohe Bett. Sollte die ehrwürdige Mutter ihre Abwesenheit bemerken und sie nochmals bei mir suchen, würde sie sie nicht so schnell wiederfinden.

Um irgendwelche Aufgaben drückte ich mich in bewährter Manier an diesem Nachmittag. Ich hatte keine große

Lust, mit irgendwelchen missgünstigen Gestalten Wasser zu schleppen oder beim Holzhacken bohrende Fragen zu beantworten. Ich steckte meine Flöte ein und schlenderte zum Obstgarten unten am Palas. Hier war es ruhig, nur die Bienen summten geschäftig über den Blüten der Himbeer- und Brombeersträucher, und Schmetterlinge tanzten über den weißen Dolden des Holunders. Das Gras unter den Bäumen war weich, von der Sonne warm und duftend. Lieber wäre ich im Lindenhain gewandert, doch auch hier hatten sich unzählige Vögel auf den schwankenden Zweigen niedergelassen und trillerten ihre Liedchen mit mir zusammen.

Und dann fand ich sie.

Schlummernd unter dem Kirschbaum, ein halb gefüllter Korb mit den ersten reifen Früchten darin. Der grau gewaschene Kittel, den sie zur Arbeit trug, hatte einige rote Flecken bekommen, ihre Finger, gefaltet auf ihrer Brust, waren schwärzlich von Obstsaft. Sie hatte die Holzpantinen ausgezogen und ihre Füße zierlich gekreuzt. Das Tuch, mit dem sie tagsüber ihre Haare bedeckte, war verrutscht, und silbrig schimmerten die Strähnen, die sich aus ihren Zöpfen gelöst hatten, im Sonnenlicht.

Behutsam kniete ich neben ihr nieder. So zart war ihre Haut, leicht gerötet, ihre Lippen ein wenig geöffnet, der Fächer ihrer Wimpern lag ausgebreitet auf ihren Wangen. Ihr Busen hob und senkte sich unter den ruhigen Atemzügen, und mir wurde beinahe schwindelig bei dem Gedanken, ihn mit meinen Fingerspitzen zu kosen. Verdammter Ismael – was hatte er mir für Bilder von festen, jungen Äpfeln in den Kopf gesetzt. Solche Spielchen, wie er sie trieb, waren leichtfertigen Maiden wie Ännchen überlassen.

Manneszucht, Hardo, Manneszucht!

Es half nicht viel, doch ich bezähmte mich und beugte mich nur über sie, um ihre Lippen mit den meinen zu berühren. Sie schnurrte leise, und ich strich ihr die Locken aus dem Gesicht. Träge öffnete sie die Lider, und ich flüsterte ihr zu:

»Wohl mir heut und immermehr, ich sah ein Weib,
deren Mund von Röte brannt wie feurig Zunder,
der ihr wohl lieblich minniglicher Leib,
hat mich in den Kummer bracht;
Von der Minne Wunder
an ihrer Schöne Gott hat nichts vergessen.
Ist es recht, wie ich es kann ermessen,
so hat sie eine rote Ros' gegessen.«[14]

Die rote Rose brannte auf meiner linken Wange, von ihrer
rauen Hand gepflanzt.

Das Opfer war gebracht.


## Wunden und Narben

Unzufrieden mit sich selbst strolchte Engelin über das Gras
des Zwingers und wandte sich dann kurzentschlossen zu
den Pferdeställen. Ihre weiße Stute gab einen freudigen Laut
von sich, als sie zu ihr trat und ihr einen der schrumpeligen
Äpfel aus der Vorratskammer reichte.

»Es macht uns alle kratzborstig, hier eingesperrt zu sein«,
murmelte sie dem schönen Tier ins Ohr. »Nur du bist so
geduldig. Obwohl du bestimmt lieber auf der großen Weide
vor der Burg herumwandern würdest.«

Ihr Pferd schnaubte ihr liebevoll ins Haar.

»Ich hätte ihn nicht gar so fest ohrfeigen müssen. Warum
reizt er mich nur immerzu?«

Sie umarmte den Hals der freundlichen Stute.

»Immer raunt er mir mit seiner rauen Stimme liebliche
Worte zu. Und immer schaudert es mich vor Wonne. Wenn
ich ihm doch nur trauen könnte. Ja ja, Casta hat recht, ich bin
noch immer in ihn verliebt. Oder gar schlimmer noch – ich

---

14 Werner von Homberg

verzehre mich vor Sehnsucht nach ihm wie in jenen Tagen, als wir gemeinsam am Herd der geizigen Witwe schliefen. Er war gut zu mir, das weiß ich jetzt. Er hat Rücksicht genommen auf meine Unschuld. Aber er hat mich dennoch harsch zurückgestoßen, mit anderen gebuhlt.« Sie schniefte in die Mähne des geduldigen Zelters. »Jetzt tändelt er mit mir und neckt und foppt mich, und ich weiß nicht, woran ich bin. Bin ich ihm lästig? Ein Kind, so wohlgetan? Sieht er nicht die Frau in mir? Was für ein Spiel treibt er nur?«

Das weiche Maul des Pferdes knabberte an ihrer Schulter.

Engelin dachte an den jungen Handelsgehilfen, mit dem sie vor zwei Jahren ein paarmal im Warenlager getändelt hatte. Es war mehr Neugier gewesen als Liebe, sie hatte endlich wissen wollen, wie es war, geküsst zu werden. Mehr nicht, nein, aber sie hatte einiges bei diesen heimlichen Treffen gelernt. Der junge Mann war sehr leidenschaftlich gewesen und hatte auch süße Gefühle in ihrem Leib geweckt. Aber nur dort. Ihr Verstand war kühl geblieben, ihr Herz ungerührt. Und darum hatte sie, als sie einmal beinahe entdeckt worden waren, die Zusammenkünfte ohne Bedauern eingestellt.

Seither aber wusste sie, dass Hardo ihr Herz berührt hatte und sie schier um den Verstand brachte. Der Himmel mochte wissen, was er in der Lage wäre, mit ihrem Leib anzurichten.

»Ich weiß, ich weiß, er ist nicht der Mann, den mein Vater für mich wählen würde«, vertraute sie den Pferdeohren an. »Ein fahrender Sänger, so ruhmvoll wie auch immer, ist nicht der rechte Schwiegersohn für einen Kölner Ratsherrn und reichen Fernhändler. Ich müsste mit ihm ziehen – verdammt, ich würde mit ihm ziehen, wohin er seine Schritte auch lenkt.«

Sie streichelte traurig die weiche Nase des frommen Tieres und lehnte sich dann an den warmen Pferdeleib. Doch gleich darauf zuckte sie zusammen, als sie erkannte, dass sie sich nicht alleine im Stall befand. Ein paar Schritte von ihr entfernt stand der Ritter neben seinem großen, schwarzen Ross und schien ebenso wie sie Zwiesprache mit dem Tier zu halten.

Ein aufsässiger Funke entzündete sich in Engelin. Bisher hatte sie noch keine einzige Gelegenheit gehabt, sich mit Ulrich von der Arken zu unterhalten. Er verschanzte sich vor den Anwesenden höchst gekonnt hinter seinen Aufgaben und selbst gewählten Pflichten.

Sie tätschelte noch einmal ihren Zelter und näherte sich dann dem Ritter, der sie bisher noch nicht bemerkt zu haben schien.

»Herr Ulrich?«

Tatsächlich schreckte auch er überrascht zusammen.

»Wohledle Jungfer! Sorgt Ihr Euch um das Wohlergehen Eures Pferdes?«

»Ein wenig, obwohl es gut gepflegt wird. Aber wie wir alle sehnt es sich nach Bewegung und Freiheit. Wann, Herr Ulrich, werdet Ihr das Tor wieder öffnen lassen?«

»Wenn meine Fragen beantwortet sind.«

»Eure Fragen. Was sind Eure Fragen denn? Können die nicht auch beantwortet werden, wenn sich die Pferde auf den Weiden tummeln?«

»Nein, wohledle Jungfer, das können sie nicht.«

»Seid Ihr immer so hart und streng zu aller Kreatur, Herr Ulrich?«

Engelin beobachtete, wie ein freudloses Lächeln über die unverletzte Gesichtshälfte huschte. Ein dunkler Mann, ein herber Mann, ein Mann von Macht und Autorität, der auf dem Schlachtfeld den Feinden getrotzt hatte. Er verbreitete Düsternis um sich, die nicht nur aus der Vertrautheit mit dem Tod stammte.

»Was, Jungfer Engelin, glaubt Ihr wohl, was geschehen würde, wenn ich das Burgtor öffnen ließe?«, fragte er sie ruhig.

»Der Mörder des Burgvogts würde entfliehen. Wenn es denn einen Mörder gab.«

»Ihr glaubt nicht daran, Jungfer?«

Sie schnaubte leise.

»Ich war im Bergfried. Mein Vater hielt sich ebenfalls dort auf. Wir beide haben niemanden gesehen, der den Sigmund hätte hinabstoßen können. Und, Herr Ritter, ich weiß, dass mein Vater es nicht tat.«

»Ja, ich auch.«

Überrascht sah sie ihn an.

»Also – warum haltet Ihr uns denn dann noch gefangen?«

»Ich habe meine Gründe dafür, Jungfer Engelin. So leid es mir tut, Ihr werdet diese Gefangenschaft noch eine Weile ertragen müssen.«

Engelin musterte ihn mit leicht schief gelegtem Kopf. Sie war nicht so töricht, dass sie dem Ritter vor sich reine Willkür unterstellte. Er hatte gute Gründe für sein Tun. Und in Windeseile fielen ihr einige der Dinge ein, die am Morgen bei dem Tribunal gesagt worden waren.

»Es geht gar nicht um den Vogt, nicht wahr, Herr Ulrich?«

»Nicht nur um ihn geht es, da habt Ihr recht.«

»Es geht um den Tod des Burgherrn, den Ihr einst aufklären solltet, stimmt's?«

Der Ritter sah sie ernst und mit neuer Aufmerksamkeit an.

»Ja, wohledle Jungfer, darum geht es.«

»Und dass Hardo nicht der Sohn eines Mörders ist. Ich fange an, das zu verstehen, Herr Ulrich.«

»Dann versteht Ihr auch, warum ich das Tor geschlossen halte.«

»Vermutlich müsst Ihr es tun, wenn Ihr glaubt, dass sich der wahre Mörder oder jemand, der die Wahrheit kennt, hier in den Mauern befindet.« Sie sah ihn nachdenklich an. Mochte sie Hardo auch grollen, dass er sie zurückgestoßen hatte und nun erbarmungslos neckte, tief in ihrem Herzen war sie noch immer Line, die einst seine Kameradin gewesen war, dem sie dankbar für seine Hilfe und Fürsorge war, als sie in ihrer Not vor dem schwarzen Ritter geflohen und in den Wäldern herumgeirrt war.

Der schwarze Ritter – nun endlich stand er vor ihr. Und wenn er ihr auch Ehrfurcht einflößte, die namenlose Angst und das Grauen, das sie damals empfunden hatte, waren verflogen.

»Herr Ulrich«, sagte sie sanft zu ihm, »vor Jahren habe ich Euch tief beleidigt, indem ich, ohne Euch kennenlernen zu wollen, vor Euch und der Ehe mit Euch davongelaufen bin. Verzeiht mir. Ich hätte besonnener handeln müssen.«

»Jungfer Engelin, dasselbe gilt für mich. Ich habe ebenfalls nicht die richtige Entscheidung getroffen.«

Sie legte ihm ihre Hand auf den Arm. »Herr Ulrich, lasst uns diese Angelegenheit ausräumen. Wollt Ihr mich bitte auf einen der Türme begleiten?«

»Ich habe wenig Zeit ...«

»Ihr habt nie Zeit, scheint's, wenn es um die Herzensdinge von Frauen geht. Nehmt sie Euch jetzt, ich bitte Euch.«

Resigniert hob er die Schultern und geleitete sie aus dem Stall zur Treppe, die auf den Wehrgang führte. Höflich ließ er sie vor sich gehen und gesellte sich erst wieder auf der Plattform des südlichen Wehrturms zu ihr.

»Ich habe damals nicht gewusst, Herr Ulrich, dass Ihr auf meine Mitgift angewiesen wart. Ich sah nur, verzeiht mir, einen sehr viel älteren, harten Mann, der den Ruf hatte, ein grausamer Kämpfer zu sein.«

»Und der entstellt und grausam aussieht.«

»Herr Ulrich, ich war noch fast ein Kind.«

»Ich weiß, Jungfer. Genau das hätte ich bedenken sollen. Aber ich war lange der Gesellschaft edler Frauen entwöhnt, und die Männer schreckte mein Aussehen nicht. Oder wenn, dann wussten sie es – und wissen es – noch immer gut zu verbergen.«

»Ich denke, sie werten Eure Narben als Zeichen der Tapferkeit. Und so sehe ich es jetzt auch, Herr Ulrich. Sagt mir, was hättet Ihr getan, wenn ich in die Ehe eingewilligt hätte?«, fragte Engelin und lehnte sich an eine der Zinnen.

»Von Eurer Mitgift ein Gut gekauft und Pferde gezüchtet. Eine standesgemäße Aufgabe, Jungfer Engelin.«

»Die nicht nach Gewürzkrämerei riecht.«

»Erbittert Euch das?«

»Heute nicht mehr. Wie alle Herrschaften von hohem Adel habt Ihr wohl nie darüber nachdenken müssen, wie Eure Handlungen auf andere Menschen wirken, nicht wahr? Der faule König Wenzel tat es ebenso wenig wie der verrückte Wilhelm von Jülich, Euer Lehnsherr.«

»Ihr stellt mich mit ihnen auf eine Stufe, Jungfer Engelin. Soll ich mich ob dieses Komplimentes geschmeichelt fühlen?«

»Ganz bestimmt nicht. Ich versuche nur, Euch zu verstehen. Denn andererseits muss es Euch sehr geschmerzt haben, Euer Lehen zu verlieren.«

Wieder hob er nur die Schultern.

»Es muss Euch ebenfalls große Schmerzen bereitet haben, die Verwundungen zu ertragen und Euer Auge zu verlieren.«

»Ja.«

»Es hat Euch auch geschmerzt, Euren Knappen Georg vam Steyne zu verlieren.«

»Sicher.«

»Ihr habt alles verloren, was Euch lieb und wert war, Herr Ulrich. Und nichts dafür zurückbekommen.«

»Meine Schuld, Jungfer Engelin.«

»Die Ihr nun bereut. Puckl, mein Vetter Sebastian, hat sich mit Dietrich angefreundet. Und er vertraute mir an, dass Euer Knappe große Achtung vor Euch hat, Herr Ulrich.«

»Das gehört zu der Loyalität, die er mir schuldet.«

»Richtig. Und Ihr bemüht Euch darum, Hardos Achtung zu erringen, habe ich recht, Herr Ulrich?«

Wieder zuckte das freudlose Lächeln über sein Gesicht.

»Mache ich auf Euch den Eindruck, dass ich um seine Gunst buhle?«

»Dazu seid Ihr viel zu stolz, Ritter«, zischte sie, und er lachte jetzt wirklich. Sie aber blieb ernst, ja merkte sogar, wie sehr seine Haltung sie erboste.

»Stolz, das ist Euer größter Fehler, Herr Ulrich von der Arken. Ihr mögt Verluste und Schmerzen erlitten haben, Euren Stolz habt Ihr nicht eingebüßt. Darum flieht Ihr, was Ihr Euch wünscht und ersehnt, und erhaltet es nicht.«

»Und Ihr, Jungfer, wisst, was ich mir wünsche und ersehne?«

»Natürlich. Achtung, Vertrauen und Liebe, Herr Ulrich.«

War es ein Anflug von Betroffenheit, den sie in dem vernarbten Gesicht erkannte, dessen zerstörte Seite er ihr jetzt zuwandte?

»Weiber denken immer an Liebe«, sagte er tonlos.

»Nein, Herr Ulrich, das tun wir nicht – oder besser, wir sehen, dass es mehr Arten von Liebe gibt als die, die Ihr Euch von gefälligen Huren kaufen könnt.«

Sie drehte sich wütend um und wollte den Turm verlassen.

»Jungfer Engelin!«

»Nein, ich entschuldige mich nicht.«

Er lächelte sie jetzt mit echter Herzlichkeit an.

»Eine sehr dornige Rose seid Ihr, da muss ich Hardo zustimmen.«

»Beide, Herr Ulrich, er und Ihr, müsst die Kratzer erdulden, solange ihr blind seid gegenüber dem, was man euch freiwillig schenkt.«

Sie ließ ihn endgültig stehen und eilte hinunter in den Obstgarten. Aufgebracht über die Sturheit des Ritters und unzufrieden mit sich selbst, weil sie nicht erreicht hatte, was sie erstrebte, lehnte sie sich an einen knorrigen Apfelbaum.

Konnte es sein, dass Ulrichs Herz wirklich so verhärtet war? Waren Castas Hoffnungen so sinnlos? Konnte er denn nicht sehen, dass sie ihm genau das entgegenbrachte – Achtung, Vertrauen und Liebe?

Patta schlich durch das Gras, sah sie und kam mit einem kleinen Maunzen zu ihr, um ihr um die Beine zu streichen. Sie beugte sich nieder und hob den grauen Kater auf den Arm. Seine Schnurrhaare kitzelten sie an der Wange, sein tiefes, behagliches Brummen besänftigte sie.

»Nein, Patta, verhärtet ist es nicht, aber ganz sicher vernarbt. Mit den rechten Mitteln wird man es erweichen können. Anders als das flatterhafte Herz von Meister Hardo, dem Minnesänger. Der tut nur so, als ob er die Liebe kennt.«

Patta zappelte und sprang aus der Umarmung, schaute sie missbilligend an und streunerte davon.

»Kater und Männer!«, schnaubte Engelin.


**Fünfter Abend**

Als ich an diesem Abend den Rittersaal betrat, kam Dietrich sogleich auf mich zu.

»Meister Hardo, mein Herr bittet Euch, heute am rechten Tisch zu sitzen.«

»Welche Ehre, Dietrich.«

»Gewiss.« Der Knappe verbeugte sich, doch nicht spöttisch. »Ismael bittet mich, Euch zu fragen, ob er, wenn er später Eure Laute nach vorne bringt, ebenfalls Trommel und Schellenkranz dabeihaben soll.«

Ismael hatte ich seit unserem Treffen auf dem Wehrgang nicht mehr gesehen, was mich aber nicht weiter verwunderte. Er ging gerne seiner eigenen Wege und fand dabei manche Belustigung.

»Ja, das wäre wohl nützlich. Sag ihm, die Laute findet er unter dem Bett deines Herrn.«

»Ach so.«

Dietrich bemühte sich, keine Überraschung zu zeigen. Er war wirklich ein wohlerzogener Jüngling.

Meinen Platz nahm ich diesmal zwischen dem Domgrafen und van Dyke ein; neben dem saß am hinteren Ende der Tafel der Gelehrte. Auf Tafelmusik hatte man heute Abend verzichtet, Casta spielte nicht die Harfe, sondern saß mir gegenüber, dann folgte Engelin und schließlich Hildegunda. Von dem edlen Fräulein wurde mir ein freundliches Nicken zuteil, Engelin übersah mich hochmütig, doch mit lieblich geröteten Wangen, die Novizin schaute schüchtern auf ihre gefalteten Hände.

Das Tischgespräch verlief hier in ganz anderen Bahnen als am Nachbartisch. Van Dyke sprach von den Folgen des Italienfeldzugs König Ruperts auf den Handel. Er beurteilte diesen gescheiterten Versuch, die Visconti zu den ausstehenden Zahlungen zu zwingen, nicht eben freundlich. Seine Beziehungen zu Mailand litten derzeit unter den politischen Verwicklungen.

»Andererseits dürfte für Euch der England- und der Ostseehandel wieder lukrativ werden, seit die Vitalienbrüder besiegt wurden«, meinte ich, und er sah mich leicht verdutzt an.

»Stimmt, Meister Hardo, da haben wir weniger Risiken zu erwarten. Andererseits habe ich mein Geschäft auf die Spezereien aus dem Süden ausgerichtet und handle nicht mit Fisch und Pelz.«

»Das heißt, Ihr führt die Waren nicht über den Seeweg ein? Es gibt doch einen regen Schiffsverkehr von Genua und Venedig nach Flandern.«

»Ach nein, wir nutzen den Alpenpass, den Brenner. Der ist für Fuhrwerke auch befahrbar gemacht worden.«

»Aber wie man hört, machen da Raubritter und Straßenräuber die Wege gefährlich«, ließ der Domgraf einfließen.

»Wie überall.« Und dann grinste van Dyke mich an. »Zum Beispiel in der Gegend von Neuwied.«

»Zum Beispiel dort. Aber wie es heißt, ist dieses Räubernest nun auch ausgeräuchert.«

Ich hob meinen Becher und trank ihm zu. Er hatte wohl

329

verstanden, was passiert war, und trug es mir nicht nach. Dennoch war ich ganz froh, dass der Domgraf ihm die nächste Frage stellte.

»Das heißt, Ihr führt Eure Waren über Verona, Meran und dann auch über Speyer ein?«

»Ganz richtig.«

»Und bringt dabei vor allem Spezereien mit?«

»Überwiegend, Meister Hardo. Aber auch Seidenstoffe und dann und wann roten Wein.«

»Und als Tauschware bietet Ihr was an?«

»Lederwaren, Harnische. Die aus Kölner Werkstätten sind begehrt dort.«

»Habt Ihr ein Kontor in einer der italienischen Städte, van Dyke?«, wollte der Domgraf nun wissen.

»Zwei Handelsgesellen im Fondaco dei Tedeschi in Venedig, einen Kompagnon in Mailand. Ich selbst gehe nicht mehr gerne auf Reisen. Früher bin ich einmal im Jahr selbst auf Fahrt gegangen.« Und plötzlich sah er mich an. »Seid Ihr auf Euren Wanderungen auch bis nach Italien gelangt?«

»Ja, ich habe auch eine Weile in Venedig verbracht. Die Menschen dort sind sehr musikalisch«, antwortete ich mit einem kleinen Lächeln. Mehr brauchte den Handelsherrn im Augenblick nicht zu interessieren.

Die drei Jungfern am Tisch hatten schweigend gegessen, aber einmal, als ich von Venedig gesprochen hatte, war Engelins Blick zu mir geglitten, und in ihren Augen hatte ein überraschtes Funkeln gestanden. Vermutlich hätte sie gerne mehr über diese Zeit gewusst.

Sollte sie fragen, ich würde ihr antworten.

Aber nicht jetzt und hier.

Der Gelehrte, bisher schweigend, fing nun an, sich über die Universität von Bologna auszulassen, wo er einst die Astrologia studiert hatte und mit deren Mitgliedern er noch immer korrespondierte. Vor allem über die Frage, ob die Sterne nicht nur das materielle Geschehen in der Welt vorgaben, sondern auch das Schicksal des Menschen bestimmten.

Er legte in dozierender Weise seine unverrückbare Meinung dazu dar, und da alle anderen am Tisch offensichtlich nicht an das vorhersehbare Fatum glaubten, blieb seine Rede ein langatmiger Monolog.

Zunächst rauschte sein Vortrag an meinen Ohren vorbei, aber je mehr er sich ereiferte, desto mehr beschlich mich der Eindruck, dass Doktor Humbert sich mit seiner Meinung nicht nur Freunde gemacht haben konnte. Ich wusste wenig über ihn, den jüngeren Bruder des Burgherrn Eberhart. Ja, eigentlich konnte ich mich kaum an ihn erinnern, selbst wenn er hin und wieder auf der Burg zu Gast gewesen war. Eberhart war achtunddreißig gewesen, als der Tod ihn ereilte; er wäre jetzt achtundvierzig. Sein Bruder mochte ein oder zwei Jahre jünger sein. Wenn er in Bologna studiert hatte, dann vor zwanzig und mehr Jahren, zum Zeitpunkt meiner Geburt hatte er vermutlich bereits seinen Doktortitel erworben. Die Kölner Universität war aber erst dreizehnhundertachtundachtzig gegründet worden. In der Zeit zwischen seinem Aufenthalt in Bologna und Köln hatte er sich in Kleve aufgehalten, wie lange aber, das entzog sich meiner Kenntnis. Und wenn ich ehrlich war, wollte ich auch gar nicht wissen, was dieser Klugschwätzer im Einzelnen getrieben hatte. Wahrscheinlich hatte er sich Ärger eingehandelt. Denn die Beobachtung der Himmelskörper war zwar eine anerkannte Wissenschaft, aber die gängige, auch von der Kirche akzeptierte Meinung lautete, dass Sterne, die der materiellen Welt angehörten, lediglich die Materie beeinflussten. Nicht jedoch die immateriellen Bereiche des Lebens, die Vernunft, den freien Willen, die Seele, wie Doktor Humbert es darstellte.

»Quark!«, murmelte van Dyke einmal leise neben mir, als Doktor Humbert sich weitschweifig über den Einfluss Merkurs auf den Handel und die mit ihm beschäftigten Personen ausließ, und ich unterdrückte ein Lächeln. Van Dyke und ich glaubten beide an die eigene Verantwortung, die der Mensch für sein Leben hatte. Ein Mann, der sich erfolgreich der Kaufmannstätigkeit widmet, ist es gewöhnt, die Fäden seines Tuns in der Hand zu halten. Weder die Glaubwürdigkeit eines Kompagnons, die Zahlungsfähigkeit eines Kunden oder die Ankunftszeit einer Handelskogge waren dem Horoskop zu entnehmen, darin waren wir uns vermutlich einig. Ich selbst war noch weniger geneigt, an die Macht der Planeten zu glauben, ebensowenig wie an die Unordnung, die Schweifsterne im Uhrwerk des Himmels verursachten. Königsmord, Krieg und Landesverrat wurden nicht von fernen Gestirnen gelenkt, sondern von Menschen verursacht. Lediglich bei Pestilenz, Überschwemmung und ähnlichen Naturkatastrophen würde ich vielleicht mit mir reden lassen.

Andererseits gab es eine große Menge Leichtgläubiger, die den Vorhersagen solcher Scharlatane wie Doktor Humbert ihr Ohr liehen. Denn wie einfach war es, das eigene Leben, und auch das der anderen, als ein vorhersehbares Zusammenspiel kosmischer Kräfte zu begreifen. Gut und Böse ließen sich auf diese Weise so schön bestimmen, ohne dass man sich auch nur einen einzigen eigenen Gedanken machen musste, nichts zu hinterfragen brauchte, sich nicht mit Gewissen oder Schuld belasten musste. Meine Mutter hatte mir das *ad nauseam* vorgelebt. Aber ich verbannte meinen Ärger darüber. Jetzt und hier aber standen andere Themen an, und als die Mägde die Tische abräumten, ging ich wieder nach vorne, um mich auf die Stufen zur Hohen Tafel zu setzen.

Die Äbtissin hatte das Angebot, sich das Essen in die Kemenate bringen zu lassen, nicht angenommen. Sie schätzte wohl doch die Geselligkeit mehr als die fromme Einkehr. Aber sie presste missbilligend ihre Lippen zusammen, als ich mich vor der Tafel verbeugte.

Ohne Zweifel war die Erwartung an meine Mär erheblich gestiegen, da nun allen bekannt war, dass ich selbst der junge Held war. Und auch mein anrüchiger Hintergrund mochte den Kitzel noch erhöhen.

Gut, sie sollten etwas geboten bekommen. Schon mit dem ersten Teil des Auftritts. Denn nun kam Ismael in den Saal und durchquerte ihn zwischen den beiden Tischen in majestätischer Haltung, der kleine Strolch. Meine Laute hatte er aus dem Futteral genommen und trug sie wie den Heiligen Gral vor sich her. Er überreichte sie mir kniend und flüsterte: »Das Gesicht der ehrwürdigen Mutter leuchtet rot wie die Abendsonne.«

»Es wird seine Farbe schon noch wechseln«, gab ich leise zurück und nahm das Instrument in die Arme, um einige Saiten zu zupfen, bis Stille eintrat.

»Das Wunder der magischen Laute liegt darin, dass sie immer wieder zu dem Herrn zurückkehrt, der sie verdient«, erklärte ich dem Publikum. »Von ihrem Verlust und ihrem Wiederfinden will ich euch heute berichten.«

Ismael schielte nach oben und wisperte: »Wird blass!«

»Gut.«

»Die Äbtissin und der Stiftsherr, Meister – ich hab nachgedacht. Das wirft ein ganz neues Licht auf die Ereignisse in Lahnstein, die Ihr sicher gleich besingen werdet, nicht wahr?«

»Das wirft es, Ismael.«

»Dann weiß es Eure Herrin auch.«

»Ja, das tut sie wohl.« Ich dachte an ihre trockene Bemerkung, dass die, die im Kloster leben, ebenso fromm sind, wie Menschen, die im Kerker sitzen, Verbrecher sind.

»Aber sie ist stolz, Meister.«

»Ja, das ist sie. Still jetzt.«

Ich hatte meine Melodie gesucht und spielte den fröhlichen Tanz einmal ohne Worte, dann sang ich dazu den Text, den Herr Neidhart einst gedichtet hatte:

»Einst verlor ein Ritter seine Scheide.
Da tat er einer Dame also leide:
Sie sprach: ›Herr, ich will Euch eine leihen,
das wird mein leidiger Mann verzeihen.

Es ist nicht lang, dass er sie verwarf.
Kommt nun ein anderer, der ihrer bedarf,
wie wohl ich daran handle,
geb ich sie ihm ganz ohne Handel.‹«[15]

»Jetzt ist sie grün geworden!«, wisperte Ismael.
Das dachte ich mir.

### Errettung aus der Unterwelt

*Ihr alle wisst nun, dass ich euch die Geschichte von Hardo,*
*dem dummen Tropf von Langel, erzähle, der seinen Weg*
*durch die Welt machte und dabei allerlei Fährnissen begeg-*
*nete. Ja, ich habe gegen einen Lindwurm gekämpft und*
*eine Laute gefunden, ich habe mich einer Räuberbande*
*angeschlossen und bin in den Kerker von Burg Lahneck*
*geworfen worden. Ja, ich habe einen jungen Taschendieb*
*namens Ismael getroffen, der heute noch immer mein*
*Begleiter ist und dem ich es verdanke, dass ich im Frühling*
*des Jahres vierzehnhundert zur Burg Stolzenfels gebracht*
*wurde.*

*Ohne meine Laute.*

*Das Jahr vierzehnhundert, wohledle Herrschaften, ist*
*euch sicher noch allen in Erinnerung. Die Kurfürsten hat-*
*ten wieder und wieder König Wenzel beschworen, den*
*Landfrieden zu retten, die andauernden Konflikte zwischen*
*den Städten und den Fürsten einzudämmen, die religiösen*
*Spannungen im Lande zu mildern und die Auseinanderset-*
*zungen mit Italien zu beenden. Doch der König, ein schwa-*
*cher, verweichlichter Mann, gab sich lieber seiner Trunk-*
*sucht hin, schlimmer noch, er duldete und, ja, veranlasste*
*grausame Morde an Ratsherrn und Klerikern. Er hat unter*
*seinen Verwandten Ämter vergeben, sodass sie sich zum*

---

15 Herr Neidhard

Schaden des Reiches bereichern konnten, und war selbst ein Verschwender.

Die Kurfürsten also, deren Bitten und Forderungen nicht erhört wurden, versammelten sich im Sommer jenes Jahres in Oberlahnstein, und dort wurde darüber beraten, wie man den faulen König Wenzel entmachten konnte.

Von all dem wusste ich nichts, denn ich genoss die Gastfreundschaft Werners von Falkenstein, des Kurfürsten und Erzbischofs von Trier, auf seiner Burg Stolzenfels am Rhein. Ismael und ich bewohnten ein Gemach im Keller der Burg, bekamen zwei Mahlzeiten am Tag, und dann und wann durfte ich auch einen weiteren Raum betreten.

Der Winter ging in einen kühlen Frühling über, die Abende wurden länger, die Vögel sangen vor meiner Fensternische.

Ich hatte wenig Freude daran.

Dann aber, eines Nachmittags, öffnete sich die verschlossene Tür unseres Gemachs mit einem leisen Knarren, und nicht der Taubstumme mit Brot und Wasser trat ein, sondern ein wohlgewandeter Herr, der verstohlen die Schweigegeste machte.

Überflüssig bei mir, doch Ismael wollte zu reden beginnen.

»Beeilt euch!«, flüsterte der Mann.

»Er kann nicht gehen«, erklärte Ismael.

Der Fremde nickte, bückte sich und warf mich über seinen Rücken wie einen Lumpensack. Ich wehrte mich nicht. Als wir durch den Gang schritten, bemerkte ich zwei Gewappnete, die laut schnarchend an der Wand lehnten. Draußen wartete ein zweiter Mann, der mich geschwind in eine Decke hüllte, sodass ich nichts mehr sehen konnte. Ich spürte aber, wie ich über den Rücken eines Pferdes gelegt wurde und sich das Tier dann in Bewegung setzte.

Ich erwachte wieder in einem hellen Raum, in einem gepolsterten Bett, eine weiche, saubere Decke über mir

335

und ein Krug mit süßem, gewürztem Most auf einem Tisch. Ismael, gewaschen und in frischen Kleidern, saß auf einem Schemel und begann, sowie er meine geöffneten Augen sah, zu reden. Und so erfuhr ich, dass wir uns im Haus eines angesehenen Tuchwebers in Lahnstein befanden, zu dem uns jener Mann gebracht hatte. Der war, und das wollte mir wie ein Wunder erscheinen, ein Sänger und Dichter, dessen Ruf an allen Fürstenhöfen gerühmt wurde. Er hatte davon erfahren, dass ein begabter Kollege widerrechtlich gefangen genommen worden war – so drückte sich Ismael aus –, und hatte versucht, bei dem Erzbischof meine Freilassung zu erwirken. Der aber hatte sich dieser Bitte verweigert, und so heuerte der Sänger Helfer an, und während der Burgherr sich auswärts aufhielt, hatten sie den Wachen einen betäubenden Trank verabreicht und uns dann über den Rhein gebracht.

Ich hätte dem Sänger gerne gedankt, doch er blieb verschwunden. Allerdings hatte er für unseren Aufenthalt dem Tuchweber eine großzügige Summe bezahlt, und so verbrachte ich die nächsten drei Monate in einem mir bisher unbekannten Luxus.

Der Sommer wärmte meine Glieder, die Sonne färbte meine fahle Haut, und dann und wann übte ich meine Finger an der Flöte, die ich mir geschnitzt hatte. Ismael und die Tuchmacherin brachten mir allerlei Neuigkeiten, und so erfuhr ich schließlich von dem Besuch der Kurfürsten und ihrem Gefolge.

Ich hatte die Befürchtung, dass der Herr von Lahneck – Johann, Kurfürst von Mainz –, dessen Mannen mich im Herbst zuvor gefangen genommen hatten, mich wieder einkerkern könnte, aber offensichtlich hatte der Fürst keinen weiteren Gedanken an den erbärmlichen Räuber und seinen Begleiter zu verschwenden. Weit wichtigere Dinge standen an. Wimpelgeschmückte Zelte wurden rund um die Burg errichtet, Höflinge eilten mit gewichtigen Aufträgen zwischen ihnen und der Burg hin und her, reich geputzte Damen versuchten, ihre Aufmerksamkeit auf sich zu lenken, oder bildeten schwatzende Grüppchen.

Das alles beobachtete ich still, bewunderte die höfische Pracht, die Wappen und Banner, die Gewänder und Juwelen. Mich aber musterte man mit nachsichtigem Mitleid, einem heruntergekommenen Bettler gleich saß ich auf meinem Schemel in der Sonne neben der Kirche, nickte häufig ein und löffelte gehorsam den dünnen Brei, den mir Ismael reichte. Manchmal belustigte es mich, dass mir gutherzige Menschen kleine Münzen zuwarfen. Aber im Grunde war ich ihnen sogar dankbar. Das Los des unseligen Armen war mir bestimmt, zu schwach zum Arbeiten, stumm. Das Fatum hatte sich erfüllt, ich schickte mich drein.

Nicht alle jedoch hatten Mitleid mit dem Elend. Einen Herrn beleidigte mein nutzloses Dasein zutiefst. Er herrschte mich an, meinen Schemel zu nehmen und zu verschwinden. Die Kirche würde von den hohen Herrschaften aufgesucht, die durch meinen Anblick nicht angeekelt werden sollten. Da ich noch nicht wieder schnell genug auf den Beinen war, half er mir unfreundlich nach, indem er mir einen herzhaften Tritt versetzte.

Ich fiel in den Staub und erhielt einen weiteren Tritt in die Rippen, der mir den Atem raubte.

Ismael hatte diesen rühmlichen Auftritt aus der Entfernung mitbekommen, er feilschte gerade mit einer Bäuerin um ein paar Aprikosen. Er bewahrte mich vor einem dritten Tritt, indem er mir wortlos aufhalf und sich höflich vor dem Herrn verbeugte und Entschuldigungen murmelte.

Der maß meinen jungen Freund mit einem herablassenden Blick, wischte sich den Staub vom Talar und schritt erleichtert die Stufen zur Kirche hinauf.

Das Gewicht seiner schweren Börse drückte ihn nicht mehr. Sie lag kurz darauf in meiner Hand.

Manche gute Tat zahlt sich spät aus, für manch böse zahlt man gleich.

Ich lächelte in die Runde und vermied es, einen Blick an die Hohe Tafel zu werfen. Ob der edle Stiftsherr sich wohl an den schmutzigen Bettler erinnerte?

Bestimmt aber hatte ihn der Verlust seines Geldbeutels geschmerzt, denn der war reich mit Goldstücken gefüllt gewesen und hatte uns für die nächsten Wochen ein bequemes Leben gewährt. Aber darüber wollte ich an dieser Stelle keine Worte verlieren, sondern nahm den Faden meiner Handlung wieder auf.

*Vielleicht war es ein Glück, dass der edle Herr mich von meinem Platz verwiesen hatte. Am nächsten Morgen suchten wir eine andere Stelle, von der aus wir das bunte Treiben beobachten konnten.*

*Und dann sah ich sie – im Gefolge der schwarzen Benediktinerinnen zog eine Jungfer in schlichtem grauem Gewand und weißem Schleier zu einem der hohen Zelte.*

*»Line!«, entfuhr es mir, und Ismael an meiner Seite juchzte auf.*

*»Meister, Ihr könnt sprechen!«*

*»Sprechen ist zu viel gesagt«, krächzte ich. Aber doch, die Stimme hatte sich wieder eingefunden, und mit dem Wissen um ihre Gegenwart übte ich von jenem Tag an wieder, sie zu benutzen. Ich wiederholte alle die Lieder, die ich auswendig gelernt hatte, deklamierte sie leise erst, dann immer lauter, und jene, die mir zuhörten, blieben stehen und spendeten mir Beifall.*

*Eines Tages blieb auch Line stehen und sah mich mit ungläubigen Augen an.*

*Ich hatte mich verändert, seit ich sie im Kloster abgeliefert hatte. Meine Haare waren lang gewachsen, mein Gesicht bärtig, meine Stimme rau geworden. Ein Wunder, dass sie mich überhaupt erkannte. Aber sie tat es, und sie stahl sich aus der Obhut der Ordensfrauen, um sich zu mir zu setzen und zu erzählen. Man hatte sie, als sie krank war, im Hospiz sorgfältig gepflegt, und als sie wieder gesund war,*

*hatte die Äbtissin ihr angeboten, im Kloster zu wohnen.
Sie hatte Gefallen an der Ruhe gefunden, an dem geregelten Tagesablauf und der Gesellschaft gleichaltriger Novizinnen. Doch als der Winter vorüber war und sie ein Jahr auf Rolandswerth verbracht hatte, weckte der Frühling in ihr wieder die Abenteuerlust – zudem hatte die Äbtissin begonnen, sie mehr und mehr zu drängen, den Schleier zu nehmen. Danach stand ihr jedoch nicht der Sinn, aber sie war mit Begeisterung dabei, als es hieß, dass die ehrwürdige Mutter zu dem Treffen der Fürsten und Edlen des Landes nach Lahnstein ziehen wollte, um den Vertreter des Kölner Erzbischofs zu begleiten. Insgeheim hoffte sie, hier eine Möglichkeit zu finden, der Obhut der Ordensfrauen zu entkommen.*

»Jetzt wird die ehrwürdige Mutter grau im Gesicht, Meister!«, zischelte Ismael.

»Sie wird wissen, warum.«

Laut fuhr ich mit meiner Geschichte fort.

*Mich aber fragte Line, ob ich die Laute, nach der ich mich auf der Suche befand, als sie krank geworden war, nun auch gefunden hatte. So berichtete ich ihr von unseren Erlebnissen und dem Verlust des kostbaren Instruments. Es war ihr Einfall, sich bei den Wachen nach dem Verbleib der Laute zu erkundigen, und mein getreuer Gefolgsmann machte sich auf die ihm eigene geschickte Art daran, ihre Spur aufzunehmen.*

Hier machte ich eine Pause und spielte wieder die heitere Melodie. Der Äbtissin würde sie überhaupt nicht gefallen, und schon gar nicht die nächste Strophe über des Ritters Schwertscheide. Aber vieles, was sie zu mir und über mich gesagt hatte, hatte mir ebenfalls nicht gefallen, also musste sie es jetzt eben leiden.

»›Frau, lass mich deutlich wissen,
ob sie am Rande nicht verschlissen.‹
›O nein, auf meiner Seel und Treue,
gab ich sie meinem Manne einst wie neue.
Sie ist so feste wie ein Brett
außer an der einen Stätt,
dorten an dem Hängeband:
Das schad nicht Euch noch sonst jemand.‹«

Gedämpftes Lachen kam von den Tischen, hinter mir aber
grollte es empört. Doch weder Ulrich noch der Stiftsherr
erhoben ihre Stimme, um mir Einhalt zu gebieten. Also fuhr
ich mit meiner Geschichte fort.


### Die Rückkehr der Laute

*Ismael fand nach wenigen Tagen heraus, dass die Laute, die
ich in das Räuberlager mitgenommen hatte, in die Hände
der Mannen des Erzbischofs gelangt war. Die hatten damals
die fliehenden Räuber bis zu ihrer Unterkunft verfolgt und
alles mitgenommen, was sich dort an Beute angesammelt
hatte. Lohn für ihre Arbeit – so sahen sie es wohl. Mit dem
Musikinstrument konnten die rauen Kerle weniger anfangen als mit goldenen Fibeln, Münzen und Weinfässchen.
Der Hauptmann der Wache hatte die Laute eine Weile bei
sich behalten, er ahnte wohl, dass sie einen gewissen Wert
darstellte, und als die hohen Herrschaften so nach und
nach eintrafen, hatte er auch einen Käufer dafür gefunden.*

    *Die Laute befand sich nun in den Händen eines Höflings,
der zwar das Saitenspiel nicht beherrschte, sich aber einen
Nimbus künstlerischer Gewandtheit damit zulegen wollte.
Nachdem Ismael mich auf ihn aufmerksam gemacht hatte,
beobachtete ich ihn, wie er, schmuck in goldbesticktem
Wams und mit zierlich gedrehten Locken, den Minnesänger spielte. Dabei klampfte er unmelodiös ein paar Töne*

und gab gestelzte Verse von sich, die vermutlich seiner eigenen Dichtkunst entsprungen waren. Da er aber seiner Umgebung eine Augenweide bot, blieben etliche von den aufgeputzten Damen bei ihm stehen und ließen sich seine blumigen Komplimente gefallen.

Die Laute entfaltete sogar bei ihm ihre Magie, wollte mir scheinen, wenngleich Line mich deswegen kräftig aus-lachte. Trotzdem jammerte es mich, das Instrument in der-art unwürdigen Händen zu sehen, und ich überlegte laut, wie ich es wieder an mich bringen konnte.

Ismael und Line stimmten in diese Überlegungen ein, und es war der Jungfer zu verdanken, dass wir eine Lösung fanden. Sie hatte nämlich bemerkt, dass der Höfling dem Würfelspiel zugeneigt war, und entwarf einen Plan, ihm die Laute im Spiel abzugewinnen. Es mag ein Glück für mich gewesen sein, dass ich das genaue Vorgehen nicht selbst miterlebt habe, denn das Spiel war weit gefährlicher, als die beiden mich glauben machen wollten.

Ismael, der Fingerfertige, nämlich lieh sich irgendwo in den Zelten ein paar Frauenkleider aus, malte sich ein hübsches Dirnengesicht und überredete Line, dasselbe zu tun. Gemeinsam suchten sie den Höfling auf, stellten sich als Geschwisterpaar vor, bekundeten ihre Freude an seiner Darbietung, und Ismael lud ihn dann zu einer Würfelrunde ein. Ich will nicht leugnen, dass mein junger Begleiter einige Kunstfertigkeit besitzt, wenn es darum geht, die richtige Augenzahl zu werfen. Sie spielten erst um kleine Münzen, dann um höhere Einsätze, und als Ismael immer mehr und mehr verlor, setzte er schließlich die Gunst seiner »Schwes-ter« Line als Preis aus – und forderte als Gegeneinsatz die Laute.

Sie gewannen.

Die Laute war zu mir zurückgekehrt.

Ich sah in die Runde und bemerkte die bösen Blicke, die der duftende Höfling mir zuwarf. Er schien sich lebhaft an die

Posse zu erinnern. Allerdings mochte es ihn überraschen, dass Ismael die kecke Dirne war, die ihn übertölpelt hatte. Ich hoffte allerdings, dass er Line nicht wiedererkannte.

Nach einigen Tonläufen setze ich meine Erzählung fort.

Der August schritt voran, und die Kurfürsten setzten ihre Beratungen darüber fort, was mit dem ungeliebten und unfähigen König Wenzel zu geschehen hatte. Ich übte meine Stimme, und seit der sanft gewölbte Leib meiner Laute sich wieder an den meinen schmiegte und ihre Saiten perlende Töne um mich webten, fand ich auch wieder zum Gesang zurück. Auch begann ich mehr und mehr an den Mächten des Schicksals zu zweifeln. Denn die zwei Dutzend Jahre meines Lebens waren verstrichen, und weder Kerker noch Galgen waren mein Los geworden, wie man es mir vorhergesagt hatte. Sollte der Unglücksstern, unter dem ich geboren war, seine Macht über mich verloren haben? Oder wartete der härteste aller Schläge einfach noch auf mich?

Oder wirkten die magischen Kräfte der Laute als Gegenmittel gegen mein böses Geschick? Denn obwohl meine Stimme ihre Reinheit und Klarheit verloren hatte, lauschten mehr und mehr Menschen mir, wenn ich auf meinem Schemel zwischen den Zelten saß und meine Lieder vortrug.

Darüber wurde selbst Rupert von der Pfalz auf mich aufmerksam, und so erhielt ich die Einladung, bei den Mahlzeiten der hohen Herrschaften aufzuspielen. Reichen Lohn erhielt ich dafür, dass ich die Lieder der hohen und der niederen Minne spielte, wenn es gewünscht wurde auch derbere Sauf- und Rauflieder oder die sanften Weisen, die der Natur abgelauscht schienen.

Niemand erkannte mehr in mir den Räuber, den man einst ins Verlies geworfen hatte, und so genoss ich die edle Gesellschaft. Ich hatte einst auf meiner heimatlichen Burg Feste und Feiern erlebt, und auch wenn ich als Tölpel nicht daran teilnehmen durfte, so hatte ich doch fasziniert beobachtet, wie die wohlgewandeten Gäste üppig bewirtet und von allerlei Künstlern unterhalten worden waren. Der Hofstaat der Fürsten jedoch war eine ganz andere Welt. Ich staunte und lernte und versuchte, mich ihnen anzupassen. Auch Ismael beobachtete und lernte flink von den Edelknaben das vornehme Gebaren. Wir ergötzten uns an den prunkvollen Gewändern und sahen darauf, uns ebenfalls höfisch zu kleiden. Auch die Badefreuden entdeckten wir, und gewandte Badermaiden brachten meine Haare zum Glänzen und legten sie in Wellen. Ja, sie schabten und zupften an meinem wirren Bart herum und gaben ihm seine elegante Form. Sie massierten meine wiedererstarkten Muskeln mit duftenden Ölen und leisteten mir auch ansonsten allerlei willige Dienste.

Mein Ruf als Sänger verbreitete sich, mein Ruhm mehrte sich, und ich vergaß für eine Weile die Demütigungen der Vergangenheit.

Doch eine war immer da und erinnerte mich auf störende Weise daran, dass ich auch einmal monatelang wie ein Landstreicher in den Wäldern gelebt hatte. Line in ihrem grauen Kleid klebte wie damals beständig an meinen Fersen. Es war offensichtlich leicht, der Obhut der Äbtissin zu entkommen, denn sie ging ihren eigenen Lustbarkeiten nach.

Doch dann wurde der faule König Wenzel abgesetzt und Rupert von der Pfalz zum neuen Herrscher gewählt. Wir alle zogen nach Rhens, um zuzusehen, wie er auf dem Königsstuhl dort am Rhein die Krone empfing.

Tage danach löste sich das Lager allmählich auf, die Zelte wurden abgebrochen, die Wagen beladen, die Pferde gesattelt.

Line tauchte bei dem Tuchweber auf und bettelte, wir möchten sie verstecken, denn in das Kloster wollte sie nicht mehr zurückkehren. Ich disputierte mit ihr, haderte und zankte, aber sie blieb hartnäckig. Ich wollte mein neues Leben genießen, denn wenn auch viele der hohen

Herren abgereist waren, einige blieben noch, und in deren Gunst sonnte ich mich. Eine lästige kleine Kröte an meiner Seite konnte ich dabei nicht gebrauchen. Ganz abgesehen davon glaubte ich inzwischen auch nicht mehr, dass sie aus armem Hause stammte, zu gut waren ihr die Gebräuche der Vornehmen vertraut. Ich befragte sie nach ihrer Familie, doch dazu tischte sie mir jedes Mal eine neue Mär auf. Mal war sie die Tochter eines Prälaten, der sie nicht anerkennen wollte, mal die eines Hansekaufmanns, der sie verstoßen hatte, mal die eines Ritters, der verarmt gefallen war – was immer sie erfand, es schien keine Familie zu geben, zu der sie zurückkehren konnte. Dennoch mahnte ich sie, nicht das unstete Leben einer Dirne zu führen, und sie schlug mir vor, ich solle sie als mein Weib ausgeben. Ich brach daraufhin in schallendes Gelächter aus.

Ismael schließlich half ihr gegen meinen Willen, andere Gewänder für sie zu besorgen und sie im Durcheinander des Aufbruchs in einer Fischerkate zu verstecken.

Die Äbtissin reiste mit ihrem Tross ab, und Line, jetzt wie eine bürgerliche Jungfer gekleidet, schloss sich mir an und hatte dabei die Idee ausgeheckt, mich als meine jüngere Schwester zu begleiten.

Ich konnte mich nicht mehr widersetzen, denn nach dem, was ich an der Äbtissin beobachtet hatte, war die junge, unschuldige Maid in ihrer Obhut auch nicht gut aufgehoben gewesen.

Hier unterbrach ich meine Erzählung wieder und spielte zur Freude der Zuhörer die letzte Strophe des anzüglichen Liedchens von dem Ritter, der die Scheide für sein Schwert verloren hatte.

>>Er wollt sein Messer in die Scheide schieben;
Da begann die Klinge sich zu biegen
Bis wieder ganz ans Hefte
Doch stieß er rein mit all sein Kräfte.

Sogleich hat er sie rausgezogen.
›Es hat ein schwarze Kräh gelogen:
wer hätte ihr das zugetraut?‹
›Zieh wieder; die Würze ist noch nicht gebraut!‹«

»Die ehrwürdige Mutter hat rote Flecken in ihrem grauen Gesicht bekommen«, wisperte mir Ismael zu. »Und der Stiftsherr sieht schon die ganze Zeit so aus, als ob er aus Granit gemeißelt wäre. Und Herr Ulrich macht sich so seine Gedanken.«

»Es werden schon die richtigen sein, er ist ja nicht blind.«

»Zumindest nicht auf dem rechten Auge.«

Das Geraune und Gelächter war verklungen, und ich setzte zu dem letzten Teil meiner Geschichte an diesem Abend an.

### Glaube, Liebe, Hoffnung

*Der Aufenthalt bei dem Erzbischof und Kurfürsten von Mainz und dem anschließenden Verweilen bei dem Erzbischof und Kurfürsten von Trier hatte nicht nur mein Äußeres verändert, sondern auch meine Seele verwandelt. Ich hatte auf jenen zwei Burgen den Glauben verloren und war nun ein anderer Mensch. Die Reliquie, die meine Mutter mir zum Schutz meiner Gesundheit mitgegeben hatte, war in dem verrotteten Stroh des Kerkers verloren gegangen, mein Vertrauen in ihre Heilsamkeit an derselben Stelle geblieben. Den Glauben an die zauberischen Worte des Pattanosta hatte mir jener Gutsherr schon fast genommen, ihre Wirkung versagte vollends in dem Dunkel des Verlieses. Und auch das Gebet an Gottvater, das ich an seiner Stelle aufzusagen gelernt hatte, nützte mir nichts in jenen Tagen, die ich auf Stolzenfels verbrachte. Der Allmächtige hatte sich von mir abge-*

wandt, mein schäbiges kleines Dasein war es nicht wert, beachtet zu werden. Und so wandte auch ich mich von ihm ab.

In jenen Monaten aber hatte ich auch die Hoffnung verloren, die Hoffnung auf ein Leben in Freiheit, die Hoffnung auf Gerechtigkeit, die Hoffnung auf einen leichten Tod.

Immerhin, die Freiheit wurde mir wiedergegeben, als mein Retter uns aus der Gastfreundschaft des Trierers erlöste.

Nun hatte ich mein neues Leben als Sänger und wurde bewundert und geachtet. Dass ich meinen Glauben verloren hatte, bekümmerte mich wenig, denn mit ihm, so merkte ich nun, hatte ich auch sehr viel Angst verloren. Lindwürmer gab es nicht, Dämonen waren Einbildungen und böse Träume, Flüche nur billige Worte. Die düstere Prophezeiung, die an den Unglücksstern meiner Geburt geheftet war und die mein Leben überschattet hatte, schien sich als Trugbild zu erweisen. Gefährlich werden konnten mir nur Menschen aus Fleisch und Blut. Und gegen die hatte ich gelernt, mich zu wehren. Mit Taten, aber auch immer mehr mit Worten. Ich lernte den Spott einzusetzen, die Anspielungen und Andeutungen in den Dichtungen wurden mir immer klarer, die feinen Dolchstöße aus Sätzen und Reimen, Doppeldeutigkeiten und Hintergründigem lernte ich mit Geschick zu platzieren.

Und mein Lautenspiel vervollkommnete sich.

Daher erwachte auch das Vertrauen in die betörende Magie des Instruments wieder, denn die Bewunderung der Jungfern und Frauen wurde mir zuteil, wenn ich die Saiten rührte.

Und die Liebe erwachte. O ja, eine große, leidenschaftliche, verzehrende Liebe. Denn ich war einem wundervollen Weib begegnet. Dem schönsten unter Gottes Sonne, so wollte mir scheinen. Sie war im Gefolge des Burggrafen Friedrich von Nürnberg mit angereist, eine junge Witwe aus adligem Haus. Noch hatte sie mich keines Blickes gewürdigt, denn der schmucke Höfling warb um sie. Eifersucht nagte an mir, und ich suchte, ihm zu gleichen. Ismael erwarb sich die Kenntnis, mein Haupthaar zu bürsten und zu flechten und meinen Bart aufs Feinste zu stutzen. Ich kaufte mir farbenprächtige Kleider und Federn für mein Barett, weiche Stiefel mit gebogenen Spitzen und kleinen Schellen daran, heftete bunte Seidenbänder an meine Ärmel und tränkte meinen Leib mit Rosenöl.

Ich besang die rotgoldenen Locken der Schönen, ihre rosigen Lippen, ihre weißen Hände und ihre Tugend. Ich kniete zu ihren Füßen und brachte ihr Blumenkränze und schließlich einen goldenen Ring. Ich spielte die süßesten Melodien auf meiner Laute, und sie betörte ihr Herz, genau wie man es ihr nachsagte.

Im Herbstmond wurde die Schöne mein.

Und ich verlor etwas, von dem ich bis dahin nicht wusste, dass ich es besaß.

Die Liebe.

Meine Finger spielten wie von selbst eine melancholische Weise, und irgendwo im Saal hörte ich ein ersticktes Schluchzen.

Man verließ den Raum an diesem Abend seltsam leise.

### Nächtliche Gespräche

»Ihr seid ein Meister der Auslassung, Hardo.«

Ulrich goss uns den Wein ein und machte es sich im Sessel bequem.

»Ich erzähle, was für den Hergang der Ereignisse wichtig ist.«

»Und was Euch selbst betrifft, verschweigt Ihr. Mir aber drängen sich viele Fragen auf. Werdet Ihr mir die eine oder andere beantworten?«

Ich beobachtete den grauen Kater, der mit uns zusammen in mein Gemach geschlüpft war. Er schien sich hier auszukennen, denn unten in der Tür hatte ich schon gleich am ersten Tag eine Aussparung bemerkt, die vermutlich den Burgkatzen als Einschlupf diente. Mäuse gab es schließlich überall. Patta achtete nicht auf uns; er hatte wohl eine Beute erspäht, die seiner Kralle würdig war.

»Die eine oder andere, ja, Ulrich.«

»Beginnen wir mit Eurem frechen Lied.«

»Wie Ihr wünscht.«

Ulrich lachte leise. »Es war sehr böse. Die Äbtissin bekam Wallungen. Ich fragte mich nach dem Grund, Hardo, denn grundlos habt Ihr diese Verse nicht gewählt.«

Patta hatte die Maus entdeckt, die sich unter der Truhe versteckt hatte. Im Schein der Öllampe konnte sogar ich ihre Augen blinken sehen. Vollkommen regungslos saß der Kater vor ihr, doch in seinem Körper war jede Sehne, jeder Muskel gespannt.

Ich wies mit der Hand auf ihn, und Ulrich betrachtete ebenfalls das Geduldsspiel von Raubtier und Opfer.

Die Maus versuchte zu fliehen.

Ein Fehler.

Kaum hatte sie die schützende Unterkunft verlassen, schlug die Kralle zu.

Doch Patta tötete sie nicht mit einem Biss, sondern setzte sich auf die Hinterpfoten und ließ seine Beute wieder los. Die Maus, vermeintlich die Gelegenheit zur Flucht ergreifend, schoss auf die Bettstatt zu.

Sie kam nicht weit.

Patta schlug mit der Tatze zu und warf sein Opfer in die Luft.

»Ein grausames Spiel«, sagte Ulrich.

»Ein Machtspiel aus Geduld und Wissen. Die Maus kann gewinnen, wenn sie keinen Fehler macht.«

»Eure Maus hat einen Fehler begangen?«

»O ja. Ismael, deine Stunde naht. Berichte Herrn Ulrich, was du erfuhrst, als du meine Laute wiedergefunden hast.«

Ismael schaffte es, trotz seiner untergeschlagenen Beine eine tiefe Verbeugung in meine Richtung zu machen. Dann gab er sich ganz dem Vergnügen hin, die Buhlerei zwischen dem Stiftsherrn und der Äbtissin wortgewaltig zu schildern. Immerhin war er Ehrenmann genug, Ännchens Rolle darin außen vor zu lassen.

»Sancta Maria!«, murmelte der Ritter, als Ismael seinen lustvollen Bericht beendet hatte.

»Was überrascht Euch mehr – die Unzucht der ehrwürdigen Mutter oder die Lüsternheit des Stiftsherrn?«

Ulrich schüttelte den Kopf, als wollte er ein paar lästige Bilder loswerden. Ismael hatte nicht mit blumigen Ausschmückungen gegeizt.

»Dass Margarethe von Fleckenstein ein vollblütiges Weib ist, habe ich eigentlich schon immer gewusst. Aber ich dachte, sie würde mehr Zucht beweisen, jetzt, da sie ein frommes Amt innehat. Und Anselm van Huysen ... Er ist so ein trockener Furz! Nun ja, man weiß nie, was sich hinter der Maske verbirgt. Ihr habt sie ihnen jedoch mit einem ziemlich festen Ruck heruntergerissen.«

»Mit dem Ergebnis, dass sie nicht den Verwalter vom Turm gestoßen haben können.«

»Ah ja. Auch richtig.« Und nach einem tiefen Schluck aus seinem Pokal stellte er fest: »Sie hat Euch die Laute entwendet, in der Hoffnung, dass Ihr damit die Geschichte nicht weiter erzählt.«

»Ein weiterer Fehler und ein kurzsichtiger obendrein. Genau wie die Anklage, ich sei gemeingefährlich, weil mein Vater ein Mörder war. Und ihr Besuch in meiner Kammer gleich am zweiten Abend.«

»Bitte?«

»Erst dachte ich, sie suche mich auf, weil sie meinen köstlichen Leib begehrte, aber sie hatte es schon damals auf meine Laute abgesehen.«

349

»Warum Eure Laute?«

»Sie mag sie an etwas erinnern. Auch der Herr Eberhart wusste die Saiten zu schlagen.«

»Es wird ein Lied mit mehreren Strophen daraus, wenn man es so betrachtet.«

»Und die letzte ist noch nicht gesungen, Ulrich.«

»Ihr kennt sie?«

»Ein, zwei Zeilen.« Ich streckte mich und sah Patta einen Moment zu, der jetzt die Maus durch die Zimmerecken jagte. »Eberhart von Langel besaß ein kostbares Instrument, das aus der Hand jenes Lautenbauers stammte, den auch ich aufsuchte. Ich habe ihm als Junge manches Mal heimlich gelauscht. Vielleicht sind einige der Melodien, die mir später eingefallen sind, von ihm gespielt worden.«

»Schmerzliche Erinnerungen?«

»Wer weiß.«

In diesem Augenblick sprang Patta auf, biss zu, und die Maus hauchte mit einem letzten Quiekser ihr Seelchen aus.

»Meister der Auslassung – ich verstehe. Gestattet Ihr mir noch eine Frage?«

»Stellt sie; ich entscheide, ob ich sie beantworte.«

»Gewiss. Eure Stimme, Hardo. Wodurch verlort Ihr sie eigentlich?«

»Wollt Ihr das wirklich wissen?«

Ulrich sah mich an, und ich erkannte Verständnis in seinen Zügen.

»Ich habe mein Auge verloren und zahlreiche andere Wunden erhalten. Ich weiß, was Menschen Menschen antun.«

»Menschen schlagen sich in der Schlacht Wunden. Irrsinnige benutzen andere Menschen im Namen ihrer Wissenschaft.«

»Wie meint Ihr das nun schon wieder?«

»Werner von Falkenstein, Ulrich, ist ein leidenschaftlicher Alchimist. Er war fest davon überzeugt, dass er die

Seele eines Menschen extrahieren könne. Und da er davon ausging, dass er sie einfangen könne, war ich ihm ein willkommenes Opfer. Ein Sänger musste doch wissen, wie er seine Seele in seinen Gesang zu legen hatte. Doch Singen alleine, Ulrich, förderte meine Seele nicht zu Tage, auch als ich Stunden um Stunden meine Lieder vorgetragen hatte. Also versuchte er es mit dem Schreien. Er sorgte auf kundigem Weg dafür, dass ich mir die Seele aus dem Leib schrie.«

»O Gott.«

»Er hat sie nicht eingefangen, Herr Ulrich, aber mein Meister hatte seine Stimme verloren. Und er war blutig und schwach und konnte sich kaum mehr bewegen. Ich war ... sehr unglücklich ... damals. Denn ich hatte doch die Mär von dem berühmten Sänger aufgebracht.«

»Ismael, ich glaube nicht, dass Hardo dir die Schuld an Wahnsinn und Folter gibt. Du hast zu ihm gestanden, und das alleine zählt.«

»Ich hab zu ihm gestanden, weil er mir versprochen hat, mir meinen Verlust zu ersetzen.«

»Du hattest Verluste durch Hardo erlitten?«

Ich lächelte Ismael an. Wenn er es so darstellen wollte, na gut. Ich erklärte es.

»Ismael hatte bei den Räubern einen kleinen Schatz gehortet, weil er sich beizeiten von ihnen trennen wollte, um sein eigenes Leben zu führen. Dadurch, dass wir bei dem Überfall auf den Händlerkonvoi bei Neuwied durch meine Schuld aufgerieben worden waren, hatte er sein Erspartes verloren. Ich versprach ihm, sobald wir frei wären, ihm den Weg für ein anständiges Dasein zu ebnen.«

»Ja, ja, Loyalität kann man kaufen!«, meinte Ulrich trocken.

»Ein Mann muss an seine Zukunft denken«, sagte Ismael grinsend.

»Wohl wahr. Und wie sieht die deine aus?«

Der Junge sandte mir einen fragenden Blick. Ich nickte. Einen kurzen Moment zögerte er, öffnete den Mund, schloss ihn wieder. Machte dann noch einmal eine Verbeugung in meine Richtung.

»Das hängt von Meister Hardo ab, Herr Ulrich.«

Ulrich verbeugte sich ebenfalls, aber in Ismaels Richtung und meinte: »Ein Diplomat.«

»Ein Mann mit vielen Talenten.«

»So wie Ihr auch. Ich werde Euch jetzt besser nicht nach Euren zukünftigen Plänen fragen, denn eine Antwort darauf erhalte ich nicht.«

»Ein kluger Mann weiß, wann er zu schweigen hat.«

»In dieser Angelegenheit. In einer anderen nicht – eine Frage stelle ich Euch noch, Hardo, obwohl ich die Antwort, glaube ich, schon kenne.«

»Dann vergewissert Euch.«

»Eure Line – heute ist es die Jungfer Engelin, nicht wahr?«

»Eine kleine, lästige Kröte.«

»Lügner.«

»Eine Frage der Darstellung.«

Ismael fuhr auf und starrte den Ritter an. Er hatte offenbar gerade eine Erkenntnis gehabt. Ich hatte bisher diese Verknüpfung noch nicht angesprochen, aber es war nur eine Frage der Zeit, bis sein reger Verstand auch hier zu einem Schluss kam.

»Ihr stellt verdammt viele Fragen, Herr Ulrich, aber Ihr solltet meinem Meister jetzt endlich mal erklären, was Ihr der Jungfer Engelin angetan habt!«

»Er weiß es vermutlich schon.«

»Nein, Ulrich, obwohl ich mir gewisse Gedanken gemacht habe. Sie ist vor Euch geflohen. Ihr müsst ihr – wie auch mir – große Angst eingejagt haben.«

Der Ritter seufzte.

»Euch wollte ich erschrecken, bei ihr lag es mir fern. Und es tut mir unendlich leid, dass es so kommen musste, wie es kam.«

»Ein Teil meiner Vorbehalte gegen Euch, Ulrich, liegt in Eurem Verhalten ihr gegenüber begründet.«

»Was ich verstehen kann. Aber ich bin Jungfer Engelin nie zu nahe getreten, das schwöre ich Euch.«

»Hätte ich heute noch immer geglaubt, was sie mir berichtet hat, Ihr hättet inzwischen auch Euer gutes Auge eingebüßt. Also, was hat sie zur Flucht veranlasst?«

»Meine Werbung um sie.«

So ähnlich hatte ich es mir schon zusammengereimt.

»Ihr hattet nach der Kleverhammer Fehde Eure Burg verloren und damit auch Euer Einkommen. Eine großzügige Mitgift hätte Euch helfen können.«

»Stimmt, aber es gehörten zwei dazu, Hardo. Auch einer, der die Mitgift als Lockvogel einsetzt. Ich lernte van Dyke bei dem Kölner Erzbischof kennen. Ihr wisst, er wickelt Geschäfte mit ihm ab.«

»Er gibt ihm Kredite, von denen er nie wieder einen Heller sehen wird.«

»Er nennt es Investition, und er kann es sich leisten.«

»Natürlich.«

»Er ist ein ehrgeiziger Mann, der van Dyke, und er will seinen Einfluss auch über den Adel geltend machen. Weshalb er seine Tochter gerne in jenen Kreisen verheiratet sehen würde. Nur, Hardo, vornehme Herren sind von großem Dünkel und lieben nicht den Geruch von Krämerware in den ehelichen Betten. Ich hingegen konnte meine Abneigung überwinden.«

»Ihr klingt bitter.«

»Ihr seid ein weit gereister Mann, Hardo, und habt die Zeichen der Zeit zu lesen gelernt. Jene Stände, die ihren Einfluss schwinden sehen, klammern sich mit immer größerer Gier an ihre Privilegien. Und doch bröckelt das Standessystem. Hier und da werden Risse sichtbar, gewinnen immer mehr Bürgerliche Gewicht in den Entscheidungen der Herrschenden. Geld bestimmt die Entscheidungen. Männer wie van Dyke erkennen es mit todsicherem Gespür. Ich tat es auch. Ich hatte nichts mehr zu verlieren, Hardo.«

»Loyalität gegenüber einem Irrwitzigen wie Graf Wilhelm von Jülich hat einen hohen Preis.«

»Von meiner Loyalität gegenüber dem Herrn, dem ich Treue geschworen hatte, konnte ich nicht zurücktreten, aber mein Stolz gehört mir. Ein so großes Opfer schien es mir nicht, eine hübsche Jungfer aus reichem Haus zu heiraten. Van Dyke war erfreut.«

»Engelin nicht.«

»Richtig. Und das, obwohl wir uns nur einmal begegnet sind, in Gegenwart ihrer Eltern und Verwandten. Eine Woche später war sie verschwunden, van Dyke außer sich vor Wut und Sorge. Ich verpflichtete mich, sie mit meinen Mannen zu suchen.«

»Sie floh vor dem schwarzen Ritter.«

»Sie und ihre Kammerjungfer. Sie narrten mich gründlich. Irgendwo bei Bonn wechselten sie die Kleider. Ich stöberte zwar die Dienerin auf, die sich jedoch weigerte, auch nur einen Ton zu sagen. Ein tapferes Mädchen, denn auch ich verstehe es tatsächlich, Angst einzuflößen. Ich tat ihr kein Leid, Hardo, aber ich drohte ihr. Und so erfuhr ich zumindest, dass Jungfer Engelin die Fähre über den Rhein genommen hatte. Am Fuße des Drachenfels nahm ich ihre Fährte wieder auf, denn hier hatte sie nochmals die Kleider gewechselt – und sich die Haare abgeschnitten. Eine klatschsüchtige Matrone hatte sie beobachtet und bot mir für teures Geld den Zopf an.«

»Wenn ein Weib die Haare opfert, muss es verzweifelt sein.«

»Das kam mir nicht in den Sinn, Hardo. Ich bin wohl in diesen Dingen wirklich sehr blind. Ich wollte sie nur zu ihrem Vater zurückbringen. Und die Vereinbarung wieder lösen. Eine Frau, die mich derart verabscheute, dass sie vor mir floh, wollte ich nicht heiraten. Und dass ich verabscheuungswürdig aussah, wusste ich zwar, hatte aber in meinem Dünkel angenommen, dass mein hoher Stand diesen Fehl wettmachte.«

»Wie lange habt Ihr sie gesucht?«

»Nach zwei Wochen habe ich es aufgegeben. Ihr wart geschickt darin, Spuren zu verwischen, Hardo.«

»Eines meiner Talente.«

»Der anschließende Besuch bei van Dyke war nicht angenehm.«

»Das kann ich mir denken.«

»Ich mied die Stadt für geraume Zeit.«

»Und seid noch immer unbeweibt. Warum, Ulrich?«

Er schnaubte verächtlich.

»Seht mich an, Hardo. Ein vernarbtes Gesicht, ein spärliches Einkommen, abhängig von der Gunst meines Herrn. Auf Turnieren glänze ich nicht mehr, in der Schlacht tauge ich nichts mehr – der schwarze Ritter hat ausgedient.«

»Ich habe festgestellt, dass es Frauen gibt, die hinter die Maske schauen.«

»Manche kann man kaufen – wie auch Loyalität.«

»Nein, Ulrich, es gibt auch unbestechliche. Ihr müsst nur Euer Auge dafür öffnen.«

»Was wollt Ihr mir damit sagen, Hardo?«

»Dass Ihr nicht nur Euren eisernen Panzer ablegen solltet, sondern auch den, der Eure Seele umfängt.«

»Ungepanzert ist man Verletzungen ausgesetzt.«

»Gepanzert der Einsamkeit.«

»Und außerdem habe ich mich immer gefragt, wie man, wenn man in der Rüstung steckt und vom hohen Ross fällt, eigentlich wieder raufkommt«, mischte sich Ismael ein.

»Gute Frage, Junge. Ich werde sie überdenken. Denn eine sehr dornige Rose hat heute Nachmittag einen Stachel zwischen die Glieder meines Panzers gerammt.«

Ich lachte auf.

»Meine Herrin hat Euch ausgezankt?«

»Mit großer Kunstfertigkeit, und ich gestehe, ich habe dadurch einiges an Verständnis für Euch gewonnen. Sie trägt nicht nur scharfe Dornen, die schöne Rose, sondern hat auch einen scharfen Blick. Sie vermag Masken und Panzer zu durchschauen. Angenehm, Hardo, ist das nicht.«

»Nein, angenehm ist das nicht, aber ich nehme die Kratzer liebend gerne hin, denn sie weiß auch den Schmerz zu lindern, die Wunden zu heilen und die Narben zu glätten. Wenn sie Euch wehgetan hat, Ulrich, dann bedenkt, warum sie Euch an dieser Stelle treffen konnte.«

»Zu diesem Behufe werde ich Euch nun verlassen. Wenn ich es richtig sehe, bleiben uns nur noch wenige Tage der Klausur, nun, nachdem die Äbtissin und der Stiftsherr nicht als Sigmunds Mörder gelten können. Wie viele Kapitel wird Eure Geschichte noch haben, Hardo?«

»Nun, beliebig, nicht wahr? Der Held muss hier in Langel ankommen, und auf seinem Weg sind ihm noch etliche Erkenntnisse zugewachsen. Wie viel Zeit soll ich mir nehmen?«

»Die Unruhe wächst, und Ihr habt Euch Feinde gemacht. Und auch Euer junger Freund lebt nicht ungefährlich.«

»Wir bleiben wachsam. Für morgen wird es einen Bericht über jene geben, die mir zu Freunden wurden.«

»Und ich werde eine Lektion dazulernen, wie man das wird, nehme ich an.«

»Ihr macht das schon recht gut, Ulrich.«

Er schüttelte mit einem Lächeln den Kopf und ging.

»Warum will er unbedingt Euer Freund sein, Meister?«, wollte Ismael wissen.

»Ich weiß es nicht. Ich weiß es wirklich nicht. Genauso wenig, wie ich weiß, warum er mir damals versucht hat Angst zu machen. Er hat einen Grund – er hatte auch damals einen Grund, und irgendwie habe ich das Gefühl, dass es auch etwas mit dem alten Sänger Urban zu tun hat.«

»Ja, er sagte neulich, der sei sein Oheim. Ich werde Dietrich wohl doch mal vorsichtig einer Inquisition unterziehen.«

»Nein, den Knappen solltest du nicht mit in diese Dinge

hineinziehen. Außerdem glaube ich nicht, dass er weiß, was und warum sich die Dinge vor zehn Jahren abgespielt haben.«

Ich streckte mich und massierte meine Schläfen.

»Die Verurteilung Eures Vaters ...?«

»Irgendetwas damit, ja.«

»Hat Euer Vater den Burgherrn tatsächlich umgebracht, Meister?«

»Nein. Und ich glaube, dass Ulrich sich seit Langem diese Frage ebenfalls gestellt hat und zu einer anderen Antwort gekommen ist.«

»Um den Mörder zu entlarven, sind wir hier, nicht wahr?«

»Deshalb nur bin ich wirklich zurückgekommen, Ismael.«

»Jemand hier weiß etwas darüber. Und derjenige wollte Euch ans Leben und hat den Verwalter dazu gebracht, auf Euch zu schießen, richtig?«

»Möglich.«

»Als er diesen Auftrag nicht erfüllte, hat er ihn vom Bergfried gestoßen.« Ismael fuhr sich mit allen zehn Fingern durch die Haare, als ob seine Gedanken dadurch glatter würden. »Aber es sind nur noch Frau Jonata, der Höfling, der van Dyke und Jungfer Engelin übrig.«

»Auch richtig.«

»Der Handelsherr war im Bergfried. Kannte er den Burgherrn Eberhart?«

»Das weiß ich nicht. Es wird sich zeigen – früher oder später, nicht wahr?«

»Meister?«

»Ich bleibe über Nacht hier.«

»Warum, mein Junge?«

»Ich habe Angst um Euch.«

»Du hast nur Angst, dass ich meinen Verpflichtungen dir gegenüber nicht nachkomme.«

Ismael druckste herum.

»Das … das hab ich doch nur so gesagt.«

»Weiß ich. Und du weißt, dass für dich bereits gesorgt ist. In jedem Fall.«

»Ja, Meister.«

»Geh zu deinem harten Lager unter harten Männern, aber vielleicht versuchst du, über Tag ein Auge auf mich zu halten. Wachsamkeit kann nicht schaden.« Ich grinste ihn an. »Es wird dich von den jungen, festen Äpfelchen fernhalten.«

»Kurzfristig, Meister, nur kurzfristig. Sie sind allzu köstlich, wisst Ihr.«

»Mach, dass du fortkommst!«

Patta, der nach der Mausejagd zusammengerollt auf meinem Umhang gelegen hatte, erhob sich gähnend und streckte sich. Dann marschierte er geradewegs zu meinem Lager und ließ sich darauf nieder. Auffordernd maunzte er mich an.

»Also gut, Kleiner, dann gehen wir jetzt gemeinsam zu Bett. Aber nicht, dass du daraus Ansprüche ableitest. Ich hätte viel lieber eine dornige Jungfer neben mir.«

»Mirrr?«

»Genau die.«

»Brmmm!«


## Nächtliches Getuschel

»Horch, er bringt dir wieder ein Ständchen«, wisperte Casta und lauschte verzückt.

»Es ist die Nachtigall und nicht die Flöte«, murrte Engelin. Aber auch sie lauschte eine Weile sinnend und verträumt dem lieblichen Nachtgesang des kleinen braunen Vogels. Was für ein Dummkopf Hardo war. Oder? Er war doch ein Dummkopf, dass er immer wieder versuchte, sie mit schönen Worten zu betören. Mit zärtlichen Liedchen und Küssen.

Und dieser verboten rauen Stimme, die eine solche Sehnsucht in ihr weckte.

»Engelin?«

Sie zuckte leicht zusammen, als Castas Flüstern ihre Erinnerungen unterbrach.

»Ja?«

»Du trägst es ihm nach, dass er sich der Hofdame zugewandt hat, nicht wahr?«

»Loretta!«, zischte Engelin mit einem Blick zur Nachbarkemenate, in der die Holde mit Ännchen untergebracht war.

»Ja, darauf bin ich auch schon gekommen. Er ist aber nicht bei ihr geblieben. Sie hat sich wieder an diesen Lucas gehängt.«

»Wer weiß, warum. Wahrscheinlich ist ihr sehr schnell aufgegangen, was für ein lockerer Vogel Hardo ist.«

»Er ist kein lockerer Vogel, Engelin. Er tut nur so. Und das weißt du ganz genau.«

Engelin zog ihr Umschlagtuch fester um ihre Schultern, ging zum geöffneten Fenster und schaute hinaus. Der leise Vogelsang füllte die nächtliche Luft und mischte sich mit dem Zirpen der Grillen, dem Quaken der Frösche und dem Unken der Kröten unten im Wassergraben.

»Nein, ist er nicht. Es ist nur so – ach, es ist so, dass er mich ausgelacht, sie aber angebetet hat. Das hat so wehgetan. Ich war die Törin damals. Ein unbedachtes Kind, das einen Mann anhimmelte.«

»Der in dir nur die lästige Kröte sah, und dem erst klarwurde, wie sehr er dich brauchte, als du gegangen warst.«

»Meinst du?«

»Hat er es nicht vorhin mit seinen letzten Worten gesagt, Engelin?«

»Vielleicht. Ich weiß nicht.«

»Er ist schwer zu durchschauen, aber du machst es auch niemandem leicht.«

»Fang du nicht auch noch an, mir Vorwürfe zu machen.«

»Mach ich doch gar nicht.«

Engelin drehte sich mit Schwung herum und warf sich auf das Lager ihrer Freundin.

»Ja, ja, ich bin die Dumme, ich bin undankbar und eine Schande und alles.«

Casta hockte sich neben sie und legte ihr den Arm um die Schulter. Das Nachtlicht in seiner durchbrochenen Tonschale verbreitete nur einen kleinen unsteten Lichtkreis.

»Was ist geschehen, Engelin?«

»Mein Vater hat mir vorhin noch einen Höllentanz gemacht wegen dieser Zeit damals.«

»Ich dachte, du hast dich mit ihm versöhnt.«

»Hab ich ja auch. Aber …«

»Aber?«

»Na ja, ich hab ihm damals gesagt, ich sei gleich ins Kloster gegangen, nachdem ich weggelaufen bin.«

»Oh. Mhm. Dann hat er heute erst erkannt, dass jene Line …«

»Mhm.«

»Autsch.«

»Er will morgen Hardo das Fell über die Ohren ziehen.«

»Ich glaube, das wird ziemlich schwierig werden. Meister Hardos Fell sitzt recht fest auf seinem wohlgestalten Leib, habe ich den Eindruck.«

»Ich will nicht, dass sie sich streiten. Es herrscht genug Zank und Böswilligkeit auf dieser vermaledeiten Burg.«

»Aber du hättest es ahnen können, dass diese Geschichte ans Licht kommt, Engelin.«

»Ja, ja, ja.«

»Warum hast du sie nicht früher deinem Vater gebeichtet?«

Engelin hatte sich schon, seit sie Hardo auf der Burg wiedergesehen hatte, dasselbe gefragt und sich immer wieder vorgenommen, ihrem Vater die Wahrheit anzuvertrauen. Aber immer wieder hatte sie sich davor gescheut. Weil sie ein schlechtes Gewissen hatte. Weil sie Hardo nicht bloßstellen wollte. Weil sie mit ihrem eigenen Gefühlsdurcheinander viel zu beschäftigt war.

Aber nun war es bekannt geworden.

Sie sprang wieder von der Bettstatt auf und trottete mit hängenden Schultern in der Kemenate auf und ab. Der Teil der Geschichte, den sie heute gehört hatte, wühlte sie noch immer auf. Vierzehn, fast fünfzehn war sie gewesen, als sie den mageren, kaum seiner Stimme mächtigen, von Schrunden und Wunden bedeckten Hardo wiedergesehen hatte. Und durch Ismael von seiner Tortur erfahren hatte. Das Herz hatte es ihr schier aus dem Leib gerissen. Sie hatte angefangen, sich um ihn zu kümmern, hatte ihm zugehört, ihm neue Liedtexte aufgeschrieben, von ihrer Zeit im Kloster allerlei muntere Geschichtchen erzählt und versucht, ihm dabei zu helfen, seine Stimme zu üben. Sogar die Laute hatten sie mit einer wüsten Posse zurückgewonnen.

Und dann hatte er sich dieser aufgeschminkten Ziege an den Hals geworfen.

Ja, sie war schön, ja, sie war eine echte Frau, kein spilleriges Mädchen, ja, sie wusste um die minniglichen Spiele.

»Engelin, du weckst noch unsere Nachbarin mit deinem Geschnaube und Geraunze.«

»Uh.«

»Setz dich wieder zu mir. Und dann erzähl mir doch endlich, warum du überhaupt auf die Idee gekommen bist, von zu Hause wegzulaufen. Aber leise!«

Engelin krabbelte zurück auf das Bett, schob sich ein Polster zurecht und seufzte.

»Ja, ich muss es dir wohl gestehen. Aber bitte sei mir nicht böse, Casta.«

»Warum sollte ich dir böse sein, Liebes?«

»Weil ich vor deinem Ritter davongelaufen bin.«

»Was?«

Casta sah sie mit großen Augen an.

»Der Herr Ulrich hat meinem Vater gebeten, um mich freien zu dürfen.«

Casta entfuhr ein quiekender Laut, und sie schlug sofort die Hände vor den Mund, um nicht noch weitere entfleuchen zu lassen.

»Mein Vater war begeistert, Casta. Weil er mich doch so gerne mit einem hohen Herrn verheiratet sehen würde. Aber ich fand den Ritter einfach furchtbar. Tut mir leid, Casta, tut mir so leid.«

Sie legte die Arme um ihre Freundin und wiegte sie leicht.

»Schon gut, Engelin. Lass nur. Ich kann mir denken, wie es dir gegangen ist. Die Wunde in seinem Gesicht sah damals noch entsetzlich aus.«

»Ja, wie eine Höllenfratze kam sie mir vor. Jetzt ist die Narbe verwachsen, und wenn man ihn kennt, merkt man es kaum noch. Er ist ein kluger, ehrenhafter Mann. Aber damals – ich war dreizehn, Casta. Mich grauste es unbeschreiblich vor ihm.«

»Vor Hardo hat es dich nicht gegraust, als du ihn in Lahnstein wiedergetroffen hast.«

»Nein, vor ihm nicht. Obwohl auch er entsetzlich aussah. Aber …«

»Das macht den Unterschied aus, nicht wahr? Ich liebe Herrn Ulrich. Mich dauert es, dass er diese Verletzung erlitten hat. Aber es ändert nichts an seinem Wesen.«

Engelin hatte die Beine angezogen und lehnte mit der Stirn an den Knien. Dann hob sie den Kopf wieder und sah in dem spärlichen Licht geradeaus in das Gesicht ihrer Freundin.

»Du hast recht, Casta.«

»Nicht immer, aber in diesem Fall wohl schon. Und nun – warum hast du deinem Vater damals nicht einfach gesagt, dass du dich von dem Ritter abgestoßen fühltest? Ich habe den Eindruck, dass Hinrich van Dyke auch an deinem Wohlergehen liegt. Du warst noch so jung. Es hätte auch andere Bewerber gegeben.«

»Meine Schuld. Und ein bisschen die von Puckl.«

»Dem Secretarius?«

»Sebastian ist mein Vetter, weißt du. Der Sohn meiner Mutterschwester, meiner Tante Agathe, die in Koblenz lebt. Er ist ein überaus heller Kopf, trotz seines Buckels, und mein Vater hat ihn schon als Jungen zu sich genommen, um ihn im Handelsgeschäft auszubilden. Er hat sich im Kontor immer sehr geschickt angestellt. Ich mochte ihn von Anfang an; er war nicht so wild wie meine Brüder, eher versonnen. Und er kannte so viele Geschichten. Manche hatte er gelesen, andere gehört, aber viele hat er sich auch selbst ausgedacht. Ich glaube, für ihn ist es wichtig, von Heldentaten zu träumen, von edlen Rittern, die Jungfrauen in Not retten, die Drachen besiegen und magische Schwerter erringen. Er kannte auch etliche Minnelieder und las sie mir aus einer alten Handschrift vor. Kurzum, als ich ihm anvertraute, was mein Vater geplant hatte, malte er mir den berüchtigten schwarzen Ritter in derart schaurigen Farben aus, dass ich mich heulend vor Angst unter meine Bettdecke flüchtete. Weshalb er daraufhin sofort den wilden Plan entwickelte, dass ich fliehen müsse. Und zwar zu seiner Familie nach Koblenz. Er verehrt seine Mutter sehr, und Tante Agathe ist auch eine liebe und herzliche Frau. Er glaubte, bei ihr würde ich Verständnis finden, sie würde mir gegen meinen Vater beistehen.«

»Stimmt, deine Tante ist ein freundliches Weib, so habe ich sie auch kennengelernt. Aber die Idee war ziemlich gefährlich, die Puckl da hatte. Es ist nicht einfach für eine junge Maid, unbehelligt alleine zu reisen.«

»Weiß ich, wusste ich auch, darum überredete ich meine Kammerjungfer, mit mir zu kommen. Sie war begeistert von dem Abenteuer – viel älter als ich war sie nicht, gerade achtzehn Jahre alt und von leichtfertigem Gemüt. Puckl sorgte dafür, dass wir ausreichend mit Münzen versorgt waren. Wir hätten eine Fahrt mit dem Schiff bezahlen können. So gefahrvoll wäre es nicht gewesen. Aber dann wurde unsere Flucht viel zu früh entdeckt, und wir mussten uns zunächst einmal im Hafen verstecken. Herr Ulrich mit sechs seiner Mannen war uns dicht auf den Fersen. Wir schafften es, bis nach Bonn zu kommen, zu Fuß und auf Frachtkarren, haben in Schuppen und Scheunen übernachtet. Und dann … na ja, dann hatte ich die Idee mit den Jungenkleidern, die auf einer Wiese zum Trocknen lagen.«

»Und hast dir die Haare abgeschnitten.«

»Weil mir die Mütze immer runterrutschte, tat ich es, als ich drüben in Königswinter angekommen war. Es hat mich geschmerzt, Casta. Ich hatte einen Zopf, der mir fast bis in die Kniekehlen reichte. Ich schnitt ihn mit einem schartigen Messer ab und warf ihn in ein Feld. Meine Haare sahen danach grässlich aus.«

»Und wie hast du sie braun bekommen?«

»Erst mit Dreck.« Engelin grinste. »Und dann habe ich einer Krämerin eine Nusstinktur abgekauft. Ein scheußliches Zeug, aber hilfreich.«

»Trotzdem hat Herr Ulrich dich gefunden.«

»Er ist ein guter Fährtenleser, und vermutlich hat er meine Kammerjungfer erwischt. Sie ist übrigens nie wieder zu uns zurückgekommen, das arme Ding. Ich hoffe, sie hat in einem anderen Haus eine Arbeit gefunden.«

»Und was wolltest du auf der Drachenburg?«

»Nichts. Ich hatte mich verlaufen. Ständig war ich auf der Suche nach Verstecken – ja, und da fand mich dann Hardo.«

»Und ihn hast du auch beschummelt.«

»Ich hätte ihm doch nicht die Wahrheit sagen können. Ich hatte Angst, er würde mich dann dem Ritter ausliefern. Und – na ja, später machte es mir dann richtig Spaß, mit ihm im Wald zu leben, und auch bei der Witwe war es eigentlich ganz lustig.«

»Zumindest hast du auf diese Weise mehr von der Welt gesehen als ich.«

»Ja, nicht? Deshalb graut es mir auch davor, auf einer Burg wie dieser eingesperrt zu sein. Ich meine, als Weib eines Burgherrn oder so.«

»Ja, ich verstehe dich. Obwohl mir das nichts ausmachen würde. Eine Burg ist ein sicheres Heim.«

»Das schon, aber die Welt ist so groß, Casta. Ich habe nach meiner Rückkehr oft meiner Mutter im Kontor geholfen und war auch häufig mit meinem Vater in den Lagern. Du – was es da alles gibt. Nicht nur die Spezereien, sondern auch Glaswaren aus Venedig und hauchdünne Seiden aus dem Morgenland und Früchte, Casta. Früchte, die hier nicht wachsen, Apfelsinen und Mandarinen, Limonen und Zitronen und Datteln und Feigen. Und Zucker aus Rohr, wunderbar süß, viel köstlicher als Honig. Und die Geschichten, die die Fernhändler erzählen – von einer Stadt, die keine Straßen, sondern nur Kanäle hat, und einem Berg, der raucht, und dem Meer.« Engelin seufzte. »Ich möchte das Meer sehen und die springenden Fische und die bunten Korallen.«

»Mach eine Pilgerreise nach Rom.«

»Pfff.«

Casta lachte leise.

»Hardo Lautenschläger kommt als Sänger sicher viel herum.«

Engelin seufzte noch einmal.

»Mein Vater würde es nie erlauben, selbst wenn er um meine Hand bitten würde.«

Trübsinnig starrte Engelin auf die tanzenden Schatten an der Wand. Casta wusste natürlich nichts darauf zu erwidern.

»Wir sind zwei Maiden mit einem traurigen Schicksal«, murmelte Casta schließlich.

»Du weniger als ich. Ich glaube nicht, dass man gegen eine Ehe mit deinem Ritter etwas einzuwenden hätte. Auch wenn deine Mutter derzeit mit ihm grollt. Seit Rainald von Jülich sein Herr ist, hat er wieder Möglichkeiten, ein ritterliches Leben zu führen. Der Herzog scheint ihm wichtige Aufgaben zu übertragen. Zumindest hat mein Vater das behauptet.«

»Möglich. Aber …«

»Sei doch nicht so ein Häschen, Casta! Deinen Ritter musst du nur betören.«

»Aber was soll ich denn machen? Nach unten gehen und mich in sein Bett drängen wie eine Dirne?«

»Hättest du dabei etwas zu verlieren außer deinem Jungfernkränzchen?«

»Meinen Stolz, meine Ehre, meine Tugend.«

»Und zu gewinnen?«

Casta schwieg eine Weile. Dann schüttelte sie den Kopf. »Ich kann das nicht.«

»Nein, wahrscheinlich nicht. Aber ... Ich habe mich heute mit ihm unterhalten. Ich musste das mit meiner Flucht doch klarstellen, weißt du? Er hat das verstanden. Aber er hat sein Herz wegen all dem Leid, das ihm widerfahren ist, allzustark gewappnet. Er sieht nur seine Pflichten, nicht den Lohn, den er erhalten könnte.« Engelin schwieg, schnäuzte eine flackernde Kerze und folgte dem kleinen Funken, der dabei zu Boden fiel. Ein Glühpünktchen und ihm gleich ein Gedankenfünkchen. Dann setzte sie sich wieder zu ihrer Freundin und meinte: »Das ist es, Casta. Du musst ihn bei seinem Pflichtbewusstsein packen.«

»Aber er hat keine Verpflichtung mir gegenüber«, antwortete sie trostlos.

»Er hat eine ritterliche Verpflichtung allen Jungfern in Not gegenüber.«

»Ich bin aber nicht in Not.«

»Dann gerate bitte in eine solche!«

»Was denn, soll ich mich auf die Zinnen stellen, mit den Armen wedeln und versuchen zu fliegen?«

»Hübscher Gedanke, aber viel zu gefährlich. Du könntest ausgleiten und fallen. Nein, ich dachte an etwas viel Harmloseres. Du müsstest ihn nur dazu bringen, sich zu dir zu bekennen.«

»Wie das?«

»Mit einer Hinterlist. Mich würde neugierig machen, wie er darauf reagiert, wenn du mit Hardo anbändeln würdest.«

»Heilige Mutter Gottes, nein. Dazu hast du viel zu scharfe Krallen, Engelin.«

»Mhm, ja, stimmt. Dann mit dem schmucken Lucas. Der ist für jede Schmeichelei zu haben. Je dicker sie aufgetragen ist, desto besser.«

»Dann fährt mir Loretta in die Haare!«

»Und Ulrich muss dich retten«, kicherte Engelin.

»Glaubst du …?«

»Ich weiß es nicht, aber ich an deiner Stelle würde versuchen, es herauszufinden. Ännchen hat die Gewänder gerichtet, Casta. Wir werden morgen eines von den schönsten für dich auswählen. Sehen wir mal, ob der einäugige Ritter nicht doch noch zu blenden ist.«

»Ich könnt's versuchen. Aber jetzt bin ich müde, Engelin. Wir müssen morgen früh wieder Brote backen.«

»Und den Brei anbrennen lassen.«

»Du, nicht ich.«

»Pah!«

Der achte Tag

# Der sechste Tag

Das Glücksrad reißt in raschem Lauf
Fallende ins Dunkel,
einen andern trägt's hinauf:
hell im Lichtgefunkel.
Thront der König in der Höh
wird des Sturzes inne!
Unterm Rad liegt Hekuba,
eh'dem Künniginne!

**Väterliche Inquisition**

Während der Morgenandacht war die Stimmung bereits angespannt, Magister Johannes verhaspelte sich ein paarmal bei seinen Litaneien, die Äbtissin jodelte schriller als sonst, van Dyke sandte mir wütende Blicke, was mich kurzfristig verblüffte, denn beim Abendmahl zuvor hatte er sich ausgesprochen jovial gegeben. Casta wirkte zappelig, Engelin ebenfalls unruhig, Ida und Jonata vergrämt. Auch zwischen den Übrigen war Reizbarkeit zu spüren. Sie wurde auch nicht gemildert, als der Ritter der Gemeinschaft ankündigte, lediglich Jonata und der Hofherr Lucas van Roide hätten noch nicht befriedigend nachweisen können, wo sie sich zum Todeszeitpunkt des Burgvogts Sigmund aufgehalten hätten, und Hinrich van Dyke und seine Tochter Engelin müssten ihn noch überzeugen, dass sie sich nicht oben auf dem Turm aufgehalten hätten, sondern in der Kammer des Handelsherrn. Man marschierte äußerst schweigend auseinander, jeder in tiefes Sinnen versunken. Immerhin waren alle, die von dem Verdacht des Mordes befreit waren, zuvor der Unzucht gerügt worden, und einige der Herrschaften machten sich wohl höchst eindringlich Gedanken darüber, wer sie wohl bei ihrem unkeuschen Tun beobachtet hatte und welche Folgen das zeitigen würde. Andere wiederum waren sicher ins Grübeln über meine Rolle in der Gemeinschaft gekommen.

O weh, die Lage wurde brenzlig.

Ich sah, wie Ulrich den Kaplan daran hinderte, die Kapelle zu verlassen. Vermutlich würde er ihn wegen des Geheimgangs zur Rede stellen. Ich spürte noch einmal van Dykes zornigen Blick in meinem Rücken und beschloss, mit Ida über Blumen für die Kapelle zu sprechen.

»Das sollten besser die Jungfern übernehmen, Meister Hardo«, sagte sie. »Aber wenn Ihr unbedingt im Schmutz wühlen wollt, dann bringt den Lichhof in Ordnung. Dort muss Unkraut gerupft, und die Rosen müssen gegossen werden. Früher habt Ihr das gerne gemacht.«

»Eine ausgezeichnete Idee.«

Ich verneigte mich vor ihr, haspelte einen Eimer Wasser aus dem Brunnen und begab mich zu dem kleinen ummauerten Friedhof, um dem Handelsherrn die Möglichkeit zu schaffen, das Gespräch mit mir zu suchen. Inzwischen war mir nämlich die Ahnung gekommen, dass sein Töchterchen ihn möglicherweise über bestimmte Aspekte ihrer Wanderjahre im Dunkeln gelassen hatte. Und der gestrige Teil meiner Geschichte mochte ihm da einige neue Erkenntnisse beschert haben.

Ich fand eine Hacke und einen groben Weidenkorb und kniete mich nieder, um die Erde unter den Rosenbüschen zu lockern und allerlei wild rankendes Grünzeug zu entfernen. Lange brauchte ich dieser Arbeit nicht nachzugehen; van Dyke warf kurz darauf seinen Schatten über mich.

»Meister Hardo«, grollte er und machte Anstalten, mich am Kittel zu packen.

Ich erhob mich geschwind, um mich mit ihm auf gleicher Höhe zu unterhalten.

»Wohledler Herr?«

»Ihr habt mir Rechenschaft abzulegen. Und zwar auf der Stelle, Lautenschläger.«

»Selbstverständlich.«

»Mimt hier nicht den aalglatten Zieraffen. Was habt Ihr meiner Tochter angetan?«

»Ich habe die Jungfer Engelin stets mit Achtung behandelt – was sie leugnen wird, weil sie die Bezeichnung Kröte nicht besonders schmeichelhaft fand.«

»Hört auf mit dem Geschwätz!«

Er packte mich am Ausschnitt meines Hemdes und schüttelte mich.

Ich gestattete es ihm erst einmal. Die Hacke ließ ich aber vorsichtshalber fallen. Ich wollte einem zu Recht wütenden Vater ja nicht wehtun.

»Was soll ich Euch denn erzählen, Hinrich van Dyke?«

»Ihr habt mein Kind dazu verführt, monatelang mit Euch alleine in der Wildnis zu leben. Wollt Ihr mich ernsthaft glauben lassen, dass Ihr mit lauterer Absicht gehandelt habt?«

»Ihr sagt es, wohledler Herr, sie war ein Kind. Nichts mehr, und das auch noch lästig. Und hässlich obendrein!«

»Meine Tochter ist weder lästig noch hässlich!«, blaffte er mich an und schüttelte mich erneut.

»Heute nicht mehr, wohledler Herr.«

»Und auch nicht in Lahnstein, wo Ihr sie zum zweiten Mal in Eure Gewalt gebracht habt.«

»Nein, da war sie bereits eine hübsche Jungfer. Aber in meiner Gewalt war sie nie. Oder hat sie es Euch so geschildert?«

Die Frage brachte ihn für einen Moment zum Schweigen, und ich machte seine Fäuste an meiner Kleidung los. Es tat ihm etwas weh, denn ich musste seine Daumen dabei ein wenig malträtieren.

»Ihr seid ein Weiberheld«, fauchte er jetzt. »Und ich soll Euch glauben?«

»Nun, es bleibt Euch nicht viel anderes übrig.«

»Ich habe jetzt endlich verstanden, warum sie keinen der Bewerber nehmen will. Beschädigte Ware, was? Ihr habt ihr die Ehre genommen und sie dann in die Gosse gestoßen. Ihr habt Schande über meine Tochter gebracht. Ihr habt ihre Zukunft zunichtegemacht! Wie soll ich einen Gatten für sie finden? Zur Dirne habt Ihr sie gebrandmarkt.«

Er redete sich immer mehr in Rage, und voller Wut schlug er mir plötzlich mit der Faust auf das Kinn. Mir flog der Kopf nach hinten, und ein greller Schmerz schrillte durch meinen Kiefer. Heilige Apollonia von den Zahnschmerzen!

Den zweiten Faustschlag fing ich ab. Genug des Märtyrertums.

»Lasst es, van Dyke, ich kenne üblere Tricks als Ihr, wenn es ums Raufen geht.«

»Hochnäsiger Kerl!«, brüllte er und wollte wie ein Stier mit gesenktem Kopf auf mich losgehen.

Ich sprang zur Seite und fasste ihn am Ärmel seiner Heuke, damit er nicht über meine Hacke stolperte.

»Wohledler Herr, hört mir zu!«

Doch die gelbe Galle hatte Besitz von ihm ergriffen, und ein cholerisch heißes Gemüt kann man nur beruhigen, wenn man es abkühlt. Als er wieder auf mich losging, leerte ich den Wassereimer über seinen Kopf.

Er blieb verwundert stehen und schüttelte sich.

»Verzeiht, wohledler Herr, aber meinen Argumenten gegenüber wart Ihr nicht mehr zugänglich.«

Er schüttelte sich nochmals, und Tröpfchen flogen von seinen ergrauenden Haaren. Dann fuhr er sich mit beiden Händen über das nasse Gesicht.

»Bin ich ein Idiot, Meister Hardo?«

»Nein, ein guter Vater.«

Er stapfte tropfend zwischen den Gräbern auf und ab. Dann blieb er wieder vor mir stehen.

»Ich weiß, wie junge Männer sind!«

»Ja, das denke ich mir. Aber welche Versicherung kann ich Euch geben, dass ich die Jungfer Engelin nie angerührt habe? Ich weiß, das Wort des Sohnes eines Mörders gilt nichts.«

»Quark.«

»Jungfer Engelin kann, wenn es nötig ist, ein wenig durchtrieben sein, wohledler Herr. Könnte es sein, dass ihre Darstellung nicht mit der meinen übereinstimmt?«

»Angelogen hat sie mich!«

»Ich denke, um Euch zu schonen. Ihr habt ein aufbrausendes Gemüt.«

»Ist das ein Grund?«

»Ja, in meinen Augen schon.«

»Und Ihr seid kalt wie eine Hundeschnauze!«

»Nein, wohledler Herr. Ich trage meine Gefühle nur nicht offen zur Schau.«

»Sie hätte es mir sagen müssen.«

»Und dann? Hättet Ihr Euch auf die Suche nach mir gemacht, um mich im Rhein zu ersäufen?«

»Verdammt gerne.« Er fuhr sich mit den Fingern durch die nassen Haare. »Der Ritter schätzt Euch sehr.«

»Ja, Ulrich von der Arken bringt mir Achtung entgegen, und ich ihm ebenfalls.«

»Trotz allem?«

»Manches ist nicht so, wie es scheint.«

»Ihr seid ein Ehrenmann?«

»In einigen Dingen durchaus.«

»Gebt mir Euer Wort, dass Ihr Engelin nicht geschändet habt.«

»Mein Wort habt Ihr. Und sie wird es Euch bestätigen. Ebenso Ismael. Denn er ist auf seine Art auch ehrlich.«

»Ein Schlawiner.«

»Aber ein ausgesucht kluger.«

»Was habt Ihr mit der Äbtissin?«

»Einen alten Händel.«

»Meine Tochter spricht nicht viel über sie. Was ist da vorgefallen?«

»Ich glaube, Eure Tochter ist eine ebenso gute Beobachterin wie Ihr, Hinrich van Dyke.«

Er nickte. Die animalische Ausdünstung der ehrwürdigen Mutter war ihm nicht entgangen.

Er atmete ein paarmal tief durch und begutachtete die Grabsteine. Sein Blick blieb an dem des Eberhart von Langel hängen.

»Wie ist der Burgherr eigentlich zu Tode gekommen, Meister Hardo? Ihr wart zu jener Zeit noch hier auf der Burg.«

»Ich war nicht dabei, auch ich kann nur berichten, was gesagt wurde. Eberhart hatte in den Morgenstunden einen Streit mit meinem Vater Gerwin, dort drüben in den Stallungen. Mein Vater war Stallmeister, wie Ihr wisst. Der Streit uferte aus, mein Vater zog den Dolch, den er wie üblich am Gürtel trug, und stach ihn dem Burgherrn ins Herz. Der brach zusammen, mein Vater kümmerte sich wieder um seine Geschäfte. Cuntz, der Pächter, jedoch hatte beide beobachtet und Zeter und Mordio geschrien. Die Wachen nahmen auf Sigmunds Geheiß meinen Vater fest und brachten ihn in das Verlies unter dem Bergfried.«

»Er hat die Tat zugegeben?«

»Man schickte Nachricht von der Tat umgehend an den Grafen von Jülich, den Lehnsherrn der Burg, und der sandte Ulrich von der Arken als seinen Vertreter, um die Angelegenheit zu klären.«

»Er hat sich damit nicht viel Mühe gemacht.«

»Die Lage muss ihm eindeutig erschienen sein.«

»Euer Vater hat den Burgherrn auf seinen Fahrten begleitet, erzählt man. Mich erstaunt es, dass er ihn hier in seinem Heim umgebracht hat. Und sich noch nicht einmal die Mühe gemacht hat, die Tat zu verdecken. Verdammt, das stinkt doch irgendwie. Ich meine, wenn er ihn hätte töten wollen, hätte er genug Möglichkeiten gehabt, es unerkannt zu tun. In der Fremde geschehen viele Untaten, die nie entdeckt werden. War Euer Vater von jähzornigem Wesen?«

»Kalt wie eine Hundeschnauze, wohledler Herr.«

»Ich werde langsam den Verdacht nicht los, Meister Hardo, dass Ihr aus einem ganz anderen Grund hier seid, als um uns mit Eurem Gesang zu ergötzen. Was habt Ihr in Venedig getan?«

Ich erlaubte mir ein kleines Lächeln.

»Das werdet Ihr, wenn ich den heutigen Tag überlebe, am Abend erfahren.«

Er sah mich lange an, und ich konnte die Gedanken hinter seiner Stirn geradezu rasen sehen. Er war ein schneller Denker. Und ein präziser.

»Passt auf Euch auf. Hier ist ein Sumpf aufgerührt worden, aus dem fauliger Leichengestank emporquillt. Wenn ich könnte, wie ich wollte, würde ich meine Tochter so schnell wie möglich von hier fortbringen.«

»Ich verspreche Euch, van Dyke, ich werde, so weit es mir irgend möglich ist, sie hüten wie meinen Augapfel. Aber Euch und Engelin droht hier noch die geringste Gefahr. Dem Ritter könnt Ihr trauen und dem Domgrafen, Frau Ida und Fräulein Casta ebenfalls.«

»Dem Domgrafen von Speyer – der sich so gut mit den Handelswegen auskennt.«

»Ein Freund.«

»Bemerkenswert.«

»Warum?«

»Ich habe so das eigenartige Gefühl, Hardo Lautenschläger, dass ich mich mächtig in Euch getäuscht habe, als ich Euch harmlos nannte.«

Ich breitete meine Handflächen zum Himmel aus, lächelte dümmlich und zog die Schultern hoch.

»Blödmann!«, sagte er trocken.

Ich nahm das als Kompliment.

Anschließend hatte ich wirklich eine Weile Ruhe, um mich dem Unkraut und den Rosen zu widmen und hier und da das Moos von den Grabsteinen zu entfernen, die in die Umfassungsmauer eingelassen waren. Eine ganze Reihe alter Bekannter traf ich dabei an. Nicht alle waren mir in diesem Leben begegnet, aber ihre Namen waren mir vertraut. Hier die Reihe der Vögte und ihrer Familien, die mit dem frischen Grab des Sigmund von Överrich endete. Vor ihm lag sein Sohn, zwei Jahre alt nur war er geworden. Er war zwar zu meinen Lebzeiten gestorben, aber erinnern konnte ich mich nicht an ihn. Ich musste, wenn man dem Todesdatum glauben konnte, eben vier Jahre alt gewesen sein, als er starb. Kurz vor ihm hatte seine Großmutter das Zeitliche gesegnet und einige Jahre zuvor Sigmunds Vater. Eine Reihe Vorfahren folgten, etliche hatten das Kindesalter nicht überlebt. So war das nun mal – Krankheiten und Unfälle forderten ihren Tribut.

Genau wie bei den Burgherren. Auch hier schloss das Grab des letzten Herrn von Langel, Eberhart, die Reihe der Gedenksteine ab, diesmal an dem bevorzugten Platz an der Kapellenmauer, und davor lagen die Gräber von sechs Kindern, vier davon Totgeburten ohne Namen und zwei, die die ersten Wochen nicht überlebt hatten.

Es stimmte mich nachdenklich. Nicht wegen der Zerbrechlichkeit und Endlichkeit des Lebens, sondern weil mir früher nie aufgefallen war, dass Margarethe als Eberharts Weib so oft gesegneten Leibes gewesen war. Gut, einen Tropf wie mich hatte das auch nicht zu interessieren gehabt, und die Kemenaten waren ohnehin verbotene Kammern für die männlichen Bewohner der Burg.

Sorgsam entfernte ich Flechten und Ranken, Moos und altes Laub von den kleinen Steinen.

Und dann schreckte mich ein lauter Schrei von meiner stillen Arbeit auf.

## Blumen für die Heiligen

Patta hatte Freundschaft geschlossen. Er fand großen Gefallen daran, dass Engelin ihn nach einem langen Bastfaden haschen ließ, den sie eigentlich dazu verwenden wollte, die Blumen zu Kränzen zu winden, um die Kapelle damit zu schmücken. Einen ganzen Korb hatte sie gepflückt, die meisten im Obstgarten, wo Ida sie stehen gelassen hatte. Im Küchengarten duldete sie nur Kräuter und Gemüse, keine weißen Margeriten oder Lichtnelken, keine gelben Schlüsselblumen oder Löwenzahn, keine blauen Glockenblumen oder Vergissmeinnicht, keine roten Wicken oder Rosen. Hier aber gediehen sie im Schatten der Bäume oder in der Wärme der schützenden Mauern, um den Wassertrog herum oder zwischen den Halmen der Gräser.

Das Blumenpflücken hatte Engelin einigermaßen beruhigt, denn schon vor der Morgenandacht hatte sie noch einmal eine Auseinandersetzung mit ihrem Vater auszustehen gehabt, die nur knapp an einer Inquisition mit Daumenschrauben und Streckfolter vorbeiging. Ob Hardo ihr die Ehre geraubt habe, das war sein dringendstes Anliegen. O Gott, sich dem Vater gegenüber in solchen Dingen rechtfertigen zu müssen, das war schlichtweg entsetzlich. Vor allem, weil er einfach nicht glauben wollte, dass Hardo sie nie angerührt hatte. Noch immer wurde sie rot, wenn sie daran dachte, wie sie selbst versucht hatte, ihn zu verführen. Wie sie sich nachts an ihn geschmiegt hatte, wenn er schlief, und ihn manches Mal heimlich geküsst hatte.

Hatte er geschlafen?

Heute war sie sich nicht mehr ganz so sicher.

Heute wusste sie mehr von den Männern als damals, als sie noch ein unbedachtes Kind war. Der Aufenthalt im Kloster war auch zu diesem Zweck sehr lehrreich gewesen. Die Novizinnen, nicht alle fromme Seelen, die freiwillig die Ehe mit Jesus Christus einzugehen wünschten, hatten ihr die Worte der Minnelieder, die sie ihnen zitierte, auf sehr deutliche Weise ausgelegt. Was es hieß, bei einem Mann zu liegen, war ihr damals klargeworden, und manches Mal hatte sie sich mit hochrotem Kopf daran erinnert, wie sehr sie ihren Kameraden bedrängt hatte. Damals verlangte es sie nach Zärtlichkeit, nach Wärme und Schutz. Sie wollte in seinen Armen liegen, ihn kosen – doch alles das ohne das Begehren, das sie jetzt verspürte. Er aber war damals schon ein Mann, er musste gewusst haben ... Heilige Mutter Gottes, besser nicht daran denken.

Patta knabberte an einer Rosenknospe, fand sie augenscheinlich aber nicht wert, verschlungen zu werden, und maunzte, damit sie wieder die Bastschnur hinter sich herzog. Sie tat ihm den Gefallen, und er folgte ihr aus dem Garten bis zum Brunnen im Hof. Engelin setzte sich auf den gemauerten Rand und legte die Blumen in ihren Schoß. Doch ihre Finger blieben untätig.

Damals in Lahnstein, als sie ihn nach einem Jahr wiedergetroffen hatte, war sie vorsichtiger geworden. Aber dort war er ein hilfsbedürftiger, kranker Mann gewesen, und ihre Fürsorge hatte er sich, genau wie die Ismaels, dankbar gefallen lassen.

Bis er dann wieder gesund und zu Ansehen gekommen war.

Da hatte er sie zurückgewiesen. Ja, mehrmals hatte er sie barsch, spöttisch, nüchtern, verächtlich zurückgewiesen.

Und um die Gunst der schönen Loretta geworben.

Es hatte sie verletzt, es tat heute noch weh, aber nach der strengen Befragung durch ihren Vater und einigen heftigen Gewissensbissen war ihr eine unbequeme Einsicht gekommen.

Immerhin war es möglicherweise doch klug von Hardo gewesen, sie von sich zu weisen, denn hätte sie sich seinem unsteten Leben angeschlossen, dann wäre sie heute nicht besser dran als die aufgeputzte Buhle. Wie entsetzlich. Sie stand in seiner Schuld, denn er hatte sie damals davor bewahrt, sich zur Närrin, schlimmer noch, zur Dirne zu machen.

Das dem Vater zu erklären, ging über ihre Kraft!

Sie wickelte ein Stück Bast auf und überließ Patta das Knäuel, das er fachgerecht jagte und zerzupfte. Sie selbst band die Blumen mit dem übrigen Bast zusammen und formte zwei Kränze daraus, die restlichen richtete sie zu bunten Sträußen. Dann haspelte sie einen Eimer Wasser hoch und nahm alles, Blumen, Krüge und Eimer, um es in die Kapelle zu tragen.

Kühl war es in dem Raum, der Duft von Weihrauch und Wachs, verblühten Rosen und ein seltsam modriger Geruch trafen sie, als sie eintrat. Patta hatte beschlossen, sie zu begleiten und nach armen Kirchenmäusen Ausschau zu halten. In der dämmrigen Kapelle wähnte sich Engelin im ersten Moment alleine. Sie stellte ihre Habseligkeiten ab und wollte sich daranmachen, die vertrockneten Sträuße aus den Krügen zu nehmen, als sie eine Bewegung hinter dem Altar wahrnahm. Sie hielt inne und drehte sich um.

»Cuntz! Was macht Ihr denn da hinter dem Altar? Und wieso steht der so weit vorne?«

»Muss was wegräumen«, grunzte der Pächter und zerrte an dem steinernen Tisch. Engelin, neugierig wie Patta, ging auf ihn zu und wunderte sich dabei über die nassen Fußspuren, die rund um den Altar zu sehen waren.

Cuntz sah sie mit einem wilden Blick an, und sie fragte sich, ob der Mann wohl an Schwindel litt. Schon wollte sie ihm zu Hilfe kommen, als sie fast in die Öffnung zu ihren Füßen gestolpert wäre. Patta schlich um das Loch und wollte unter den Altar schlüpfen, da packte der Mann ihn mit einem festen Griff und warf ihn in die Tiefe.

Engelin schrie.

Cuntz sah sie an, sprang über die Öffnung und gab ihr einen festen Stoß.

Sie taumelte, stolperte, rutschte aus, und mit einem weiteren Schlag in ihren Rücken fiel sie den dunklen Schacht hinunter.

Hart schlug sie auf, ihr Kopf prallte an die Wand, und sie verlor das Bewusstsein.

»Meister Hardo! Zu Hilfe! Hilfe, ein Seil, schnell!«

Cuntz kam aus der Seitentür der Kapelle gestürzt. Ich erhob mich von den Knien.

»Was ist passiert?«

»Jungfer Engelin, Herr. Ein Unfall!«

Nun war mir ein gewisses Misstrauen inzwischen zur zweiten Natur geworden, und ich näherte mich vorsichtig der Kapelle.

»Was ist ihr geschehen?«

»Der Kater! Er ist in das Loch gefallen. Und sie ist hinterher und gestürzt.«

»Welches Loch, Cuntz?«

»Das hinter dem Altar.«

Alle Alarmglocken begannen in meinem Kopf zu läuten. Aber es galt abzuwägen. Engelin mochte tatsächlich in Gefahr sein, auf welche Weise auch immer sie in den Schacht des Geheimgangs geraten war.

»Holt Ihr das Seil aus den Werkstätten, ich sehe mir die Sache mal an«, beschied ich den Pächter. Er trottete in geschwindem Schritt durch den Torbogen, ich begab mich in die Kapelle. Der Altar war verschoben, die Bodenplatte zur Seite gestellt. Unten war es dunkel, aber sehr vernehmlich maunzte und miaute der Kater in der Tiefe. Von Engelin war nichts zu sehen oder zu hören. Ich griff nach einer der Kerzen und zündete sie an dem ewigen Licht am Kreuz an. Doch ihr Schein erhellte das finstere Loch nicht genügen.

Der Pächter kam zurück, ein aufgerolltes Tau über der Schulter.

»Wieso ist der Gang offen, Cuntz?«

»Keine Ahnung. Heute nach der Andacht sind Magister

Johannes und der Ritter hiergeblieben. Vielleicht haben sie etwas überprüft.«

Möglich war das.

»Fackel!«, befahl ich.

»Muss ich erst aus dem Lager holen.«

Das Maunzen wurde zu einem Kreischen, dann folgte ein herzzerreißendes Stöhnen.

Die Blumen, die Kannen, der Wassereimer – ja, es mochte Engelin sein.

Es galt abzuwägen.

Ich nahm das Seil und schlang es um die erste Sprosse der Stiege in den Schacht hinunter. Immerhin wusste ich, wohin der Gang führte.

»Ruft Hilfe, Cuntz. Auf der Stelle!«

Er trabte los, und ich tastete mich mit dem Fuß vorsichtig nach unten. Knapp zwei Mannlängen tief war der Einschlupf zu dem Geheimgang, daran konnte ich mich noch erinnern. Und auch, dass der Schacht feucht und glitschig war.

Von unten kam wieder ein Stöhnen. Sehr vorsichtig setzte ich meine Schritte auf die hölzernen Sprossen. Eine gab nach, brach. Ich musste mich mit den Händen festklammern, fand aber wieder Halt. Dann war ich unten angekommen, und auf dem sandigen Boden lag wirklich Engelin. Im schmalen Lichtkegel, der von oben einfiel, erkannte ich einen Streifen Blut an ihrer Schläfe. Ich kniete mich auf den feuchten Boden und hob ihre Schultern an.

»Line! Line, komm zu dir«, bat ich sie eindringlich.

Ihre Lider flatterten, und sie tastete nach meinem Hals, um sich festzuhalten.

»Cuntz. Er hat mich gestoßen. Und Patta …«

Der Kater war auf Katzenart gelandet und lediglich empört.

»Cuntz hat dich …«

In diesem Moment scharrte es, es wurde dunkel, und giftig erklang es durch den letzten schmalen Spalt: »Fahrt zur Hölle!«

## Wachdienst

Ismael war schon den ganzen Morgen von Unruhe getrieben gewesen, und daran waren nicht seine nächtlichen Umtriebe schuld. Obwohl die ihn ein wenig Schlaf gekostet hatten. Denn als er sich von Hardo verabschiedet hatte, war er noch einmal über den Burghof geschlendert. Irgendetwas hatte ihn dazu veranlasst, nicht sofort sein hartes Lager aufzusuchen. Er sagte sich selbst, dass er besser noch mal nach den Pferden schauen sollte, und so lenkte er seine Schritte zu den Stallungen im Zwinger.

Die Pferde waren wohl versorgt, natürlich.

Aber als er sich, einem Instinkt folgend, dem Obstgarten näherte, um dem lieblichen Gesang einer Nachtigall zu lauschen, da drang ein leise erhofftes Wispern an sein Ohr.

»Ismael?«

Oben aus dem Fenster der Kemenaten winkte eine zarte Frauenhand.

Er winkte zurück.

Und wartete.

Nicht lange wurde seine Geduld auf die Probe gestellt; schon wenige Augenblicke später huschte eine zierliche Gestalt in einem weißen Hemd, über das nur flüchtig ein Tuch geworfen war, zwischen den Bäumen auf ihn zu. Kein Gespenst, wie es hätte scheinen mögen, sondern Ännchen, mit gelösten Haaren und einem einladenden Lächeln auf den Lippen.

Er nahm die Einladung willig an, und unter den grünenden Apfelbäumchen widmete er sich noch einmal den jungen, festen Früchten.

Dann aber war ihr beider Hunger gesättigt, und Ännchen schlüpfte zurück in den Palas. Er selbst machte noch einmal einen Abstecher in die Kapelle. Es fiel nur wenig Mondlicht durch die Fenster, aber dennoch bemerkte er, dass der Altar ein kleines Stückchen verschoben worden war. Andere Spuren aber gab es nicht.

Beunruhigt suchte er sein hartes Lager auf, nur um festzustellen, dass seine beiden Freunde schon fest schliefen.

Er überlegte, ob er sie wecken sollte, ließ es nach kurzer Überlegung jedoch bleiben. Denn entweder war jemand mit Hilfe eines Komplizen geflohen, dann müssten sie die ganze Belegschaft aufscheuchen, oder es hatte sich nur jemand nach dem Eingang umgeschaut, um seine Flucht zu planen. Derjenige aber würde gewarnt sein, wenn er jetzt Alarm schlug.

Bei der Morgenandacht würde sich zeigen, ob einer der Besucher verschwunden war.

Es hatte keiner gefehlt, wie sich zeigte, und darum stieg seine Unruhe.

Puckls und Dietrichs ebenfalls.

Sie waren ihren Pflichten nachgegangen, Puckl über seinen Büchern, Dietrich in den Ställen, er selbst im Rittersaal, wo zu fegen war und die Kerzen in den Leuchtern und die Fackeln erneuert werden mussten. Aber alle drei hielten sie ein Auge auf die Kapelle, und just als Ismael den Kehricht zu einem Haufen zusammengefegt hatte, kam Puckl vor Aufregung schnaufend in den Saal gehetzt.

»Ismael, da stimmt was nicht!«

»Was?«

»Engelin ist weg!«

Ismael warf den Besen hin.

»Wo hast du sie zuletzt gesehen?«

»Sie wollte Blumen binden, für die Kapelle.«

»Heiliger Laurentius auf dem Bratrost! Warst du in der Kapelle?«

»Ja, und da sind seltsame Spuren.«

»Such Dietrich! Könnte bei den Pferden sein.«

Dann rannte Ismael los, hielt aber in seinem Lauf inne, als er den Burghof erreichte, und schlenderte betont langsam zu dem Kirchlein. Im ersten Augenschein wirkte alles unberührt, doch dann sah auch er einige feuchte, sandige Fußspuren hinter dem Altar.

Dietrich trat ein, gefolgt von Puckl.

»Mein Herr ist nach der Andacht mit dem Kaplan hier in der Kapelle geblieben«, sagte der Knappe und musterte die Abdrücke auf dem Marmorboden. »Vielleicht stammen die Spuren von ihnen.«

»Ich weiß nicht, Dietrich. Engelin wollte die Heiligen mit Blumen schmücken. Die Blumen sind noch da, siehst du, aber einfach in die Krüge gestopft. So würde sie es nie machen«, gab Puckl zu bedenken.

»Nein, das würde sie nicht. Sie ist sorgfältig in solchen Dingen. Hier ist etwas passiert.«

»Aber sie wird doch nicht die Burg durch den Gang verlassen haben?«

»Nein, das würde mich sehr wundern. Ich glaube nicht, dass sie etwas von dem Gang weiß.«

»Dann hat sie jemand mitgenommen?«

»Das wäre verrückt!«

»Als Geisel?«

Unbehagen verkrampfte Ismaels Eingeweide.

»Sucht ihr Engelin, ich suche meinen Meister.«

Sie verteilten sich, und Ismael fragte als Erstes den Domgrafen, der im Kräutergarten irgendwelche Stauden aufband. Gottfried von Fleckenstein sah ihn freundlich an.

»Ich sah ihn vorhin gerüstet für ähnlich irdische Arbeiten wie diese hier. Ich meine vernommen zu haben, dass Frau Ida ihm riet, im Lichhof das Unkraut zu entfernen, mein Junge.«

Ismaels Unbehagen wuchs ins Unermessliche, als er den umgestürzten Korb und die Hacke fand, nicht aber Hardo. Er trabte zur Unterkunft zurück, wo sich kurz darauf auch Dietrich und Puckl einfanden.

»Der Kaplan ist noch da und alle anderen auch.«

»Nur Engelin ist verschwunden. Fräulein Casta hat mich nämlich gefragt, ob ich sie gesehen hätte. Sie wollten Ida in der Küche zur Hand gehen«, sagte Dietrich.

»Und mein Meister ist fort.«

»Engelin und dein Meister – könnte es nicht ein, dass sie

sich heimlicher Tändeleien hingeben? Meister Hardo sieht sie oft sehr begehrlich an.«

»Meine Base Engelin ist eine ehrbare Jungfer, Herr Knappe. Noch eine solche Bemerkung, und ich wasch dir das Maul mit Seife aus«, fuhr ihn Puckl an.

»Ist ja schon gut, ich dachte nur …«

»Hör auf zu denken, sonst müssen wir wieder raufen, Dietrich. Und dazu haben wir jetzt keine Zeit.«

Dietrich wurde rot.

»Ich muss nachdenken«, sagte Ismael, und alle drei schwiegen. Er fuhr sich mehrmals mit den Händen durch die Haare, bis sie ihm wild vom Kopf abstanden.

»Es gibt eigentlich nur eine denkbare Möglichkeit«, meinte er schließlich. »Mein Meister hat aus irgendeinem unerfindlichen Grund den Gang benutzt, um Jungfer Engelin in Sicherheit zu bringen.«

»Eine kluge Idee.«

»Vielleicht, aber er hat mir aufgetragen, wachsam zu sein. Also wird er sich darauf verlassen, dass ich ihm helfe, wenn er in Schwierigkeiten ist.«

»Wieso sollte er in Schwierigkeiten sein? Er ist mit meiner Base draußen und kann gehen, wohin er will«, wandte Puckl ein.

»Nein, kann er nicht. Es würde sehr seltsam aussehen, wenn er mit Engelin einfach verschwunden bliebe.«

»Ich werde Herrn Ulrich Bescheid geben«, sagte Dietrich und wollte aufstehen.

»Nein, wartet noch eine Weile damit. Mein Meister ist ein findigreicher Mann, und ich glaube, er wird eine Möglichkeit finden, uns ein Zeichen zu geben.«

»Wenn er noch lebt«, sagte Puckl dumpf.

Und damit fasste er Ismaels tiefste Ängste in Worte.

»Er muss leben. Er schuldet es mir«, presste er zwischen den Zähnen hervor.

Aber es standen ihm noch einige Stunden voller Sorgen bevor, bis er Gewissheit hatte.

## Unter den Linden

»Scheiße!«, entfuhr es mir, als der Eingang über uns geschlossen wurde. Ich hätte es wissen müssen.

»O mein Gott, Hardo!«

»Psst, ruhig, Line. Was tut dir weh? Kannst du deine Glieder bewegen?«

»Wir sind gefangen!«

Sie zitterte.

»Nein, sind wir nicht. Es gibt einen Ausgang. Aber wir müssen vorsichtig sein. Hast du dir etwas gebrochen?«

Sie bewegte sich in der Dunkelheit, stöhnte ein-, zweimal, aber bewahrte bewundernswert die Fassung.

»Das Schlimmste ist der Kopf. Ich habe eine Beule. Mein Knie tut weh, kann es aber bewegen, die Arme sind abgeschürft.«

»Gut. Der Boden ist zum Glück aus Sand, nicht aus Stein, das hat das Schlimmste verhindert. Wir werden jetzt ein paar Stufen nach unten gehen und dann in einen schmalen Gang kommen, er ist nicht sehr hoch, und man kann leicht an die Stützbalken stoßen. Er führt unter dem Burggraben durch und endet in dem Lindenhain.«

»Du kennst ihn?«

»Ich musste ihn schon einmal benutzen. Komm, wir müssen uns vorantasten. Es geht noch ein Stück nach unten. Bleib hinter mir und halte dich an meinem Gürtel fest.«

»Ja, Hardo.«

»Patta, komm, kleiner Freund. Für dich ist es leichter.«

Aber das war ein Trugschluss. Der Kater war um meine Beine geschlichen, ich spürte ihn, dann aber begann er protestierend zu maunzen und wollte zurück.

Gleich darauf merkte ich es auch.

Der Boden wurde nass, ja, es stand sogar das Wasser darin. Und von oben tropfte es. Verdammt, das war eine unsichere Angelegenheit, vor allem im Stockfinstern.

»Bleib hier stehen, rühr dich nicht, Line.«

»Du kannst nicht alleine gehen!«

Angst schwang in ihrer Stimme mit.

»Nur ein paar Schritte. Ich komme zurück. Halt den Kater fest.«

Besser, sie hatte etwas zu tun. Aber mir war mulmig zu Mute.

Das Wasser wurde tiefer. Ich wusste nicht genau, wo ich mich befand. War das schon die tiefste Stelle des Ganges?

Noch zwei Schritte, drei. Es lief mir zu den Stiefeln hinein. Dann stieß ich mir den Kopf an einem Balken, und ein Schwall Wasser ergoss sich von oben.

»Line, komm. Schnell!«

Ich hörte sie hektisch atmen und durch das Wasser waten. Ihre Hand traf meinen Rücken.

Von oben floss das Wasser in einem breiten Strom nach.

»Schneller!«

Ich zerrte sie voran. Das Wasser reichte mir bis zur Hüfte, stieg weiter.

»Schneller!«

Bis zum Bauch. Hinter mir rauschte es.

Patta kreischte.

Line war still, keuchte nur.

Da, es ging aufwärts!

»Gleich geschafft, Line.«

Ich kämpfte mich voran. Obwohl der Gang anstieg, stieg auch das Wasser.

Dann endlich, die Stufen.

Ich griff nach hinten, zog Line fester an mich.

Es krachte dumpf, knarrte, rauschte. Dann schwappte das Wasser von hinten gegen uns.

Die Stufen hoch, fast bis zur Brust stand es uns nun. Weiter! Weiter!

Endlich sank Stufe für Stufe der Wasserspiegel.

Ich stieß mir noch einmal in der Dunkelheit den Kopf. Tastete nach oben. Fand das Drehkreuz.

»Heilige Apollonia von den Zahnschmerzen, hab Dank«, murmelte ich und drehte das Ding nach rechts.

Ein Streifen Sonnenlicht machte mich blinzeln. Die süße Luft des Lindenhains verursachte mir beinahe Schwindel.

Dennoch blieb ich wachsam. Wer wusste schon, was uns hier am Heiligenhäuschen erwartete? Vorsichtig schob ich meinen Kopf nach oben, löste den Dolch vom Gürtel.

Vogelgesang, zwei Hasen mümmelnd im Gras, ein Eichelhäher glitt zwischen den Stämmen hindurch. Keine Menschen – oder wenn, dann nur jemand, der wusste, wie man sich still zu verhalten hatte.

Dem konnte ich dann auch nicht mehr helfen.

»Scheint alles in Ordnung zu sein. Ich gehe vor.«

Ich drehte die Marienstatue ganz zur Seite und stieß das Gitter auf, das dank Ismaels Behandlung mit feinem Öl lautlos aufschwang.

Immer noch war alles vollkommen ruhig. Ich zuckte zusammen, als Patta neben mir auf den Grasboden plumpste und sich ungehalten das Fell zu putzen begann. Dann stieg auch ich aus dem Häuschen und rief Line, mir zu folgen.

»Heilige Mutter Gottes«, murmelte sie.

Ich drehte den Sockel wieder so, dass die Statue vorne stand, und schloss das Gitter.

»Ja, ihr dürfen wir danken. Aus dem einen oder anderen Grund, Line.«

Ihre Kleider waren völlig durchnässt, ihre zerzausten Haare tropften, das Blutrinnsal war weggewaschen. Sie blinzelte ebenfalls in das sonnenflirrende Laub der Linden. Dann kniete sie nieder und sprach ein leises, sehr aufrichtiges Dankgebet.

Ich wrang meine Haare aus und flocht sie zu einem festen Zopf. Obwohl die Sonne hoch am Himmel stand, war es mir kalt in den nassen Kleidern, und ich hielt nach einer Stelle Ausschau, wo wir uns aufwärmen konnten. Es musste allerdings außerhalb der Sichtweite der Burgwachen sein, denn noch wollte ich niemanden auf uns aufmerksam machen. Zu viel stand auf dem Spiel.

»Was werden wir tun, Hardo?«

»Uns in die Sonne legen und nachdenken.«

»Gut.«

Sie war eine wirklich bemerkenswerte Frau, die Jungfer Engelin. Sie folgte mir schweigend, und nach einer Weile hatte ich ein Plätzchen gefunden, das meiner Vorstellung entsprach. Hier war durch zwei umgestürzte Bäume eine kleine Lichtung entstanden, deren Boden mit weichem Gras bedeckt war.

»Wir müssen unsere Kleider trocknen, Line. Mir ist kalt, und du zitterst auch.«

»Natürlich.«

Ich löste den Gürtel und zog den einfachen Kittel über meinen Kopf und kämpfte mich dann aus den nassen Stiefeln. Etwas zögerte ich, die Hose auszuziehen. Als ich fragend aufblickte, sah ich, dass Line hilflos an den Nesteln ihres Gewands zupfte.

»Du musst mir helfen, ich krieg sie nicht auf.«

Es war schwierig, mit den klammen Fingern die nassen Knoten zu lösen, doch schließlich gelang es mir, und sie legte das Obergewand ab und warf es über einen Busch. Die dünne Kotte klebte ihr am Leib, und meine Entscheidung fiel schlagartig.

Die Hose blieb an.

Und dann bemerkte ich ihren Blick.

Er lag auf mir.

Still stand sie da und betrachtete mich.

Oder besser, sie weidete ihre Augen an mir.

»Line?«

Sie hob eine Hand und strich mir über die Schulter, dann über die Brust.

Von irgendwoher stahl sich ein Seufzer über meine Lippen.

»Der Tod war nahe«, flüsterte sie.

»Ja, er war greifbar nahe.«

»Halt mich fest, Hardo.«

Sie lehnte sich an mich, und was hätte ich anderes tun können? Ich umfing sie mit meinen Armen. Und als sie ihr Gesicht zu mir hob, da waren ihre Augen ernst und fragend.

Und ihre Lippen so weich und so nah.

Manneszucht, Hardo, Mannes…

Gut, auch ich habe Grenzen.

Ihre Arme schlossen sich um meinen Nacken, ihr Körper schmiegte sich an den meinen. Ich hätte etwas sagen sollen, all die vielen tausend minniglichen Worte, doch keines wollte sich finden. Wir sanken in das weiche Gras unter den Linden und zerdrückten die Blumen unter uns.

Und was dann geschah, das werde ich Euch nicht erzählen. Das bleibt ein Geheimnis zwischen Engelin und mir.


Die Sonne war über den Zenit gewandert. Amseln sangen Duette in den Bäumen, Bienen summten, und im Wind wirbelten kleine, weiße Blütenblättchen. Engelins blonde Haare hatten sich mit meinen schwarzen gemischt, ihre weißen Arme lagen auf meinem dunklen Leib. Hier und da hatten sich auf ihrer zarten Haut rote und blaue Flecken von dem Sturz in den Geheimgang gebildet, aber sie schien die Schmerzen vergessen zu haben. Träge maunzte sie und schlug die Augen auf.

Sie lächelte. Und sang leise:

»›Ich war ein Kind, so wohl getan,
virgo dum florebam …‹
Verdammte Linden?«
Jetzt kicherte sie sogar.
»›Die Minne drängte sehr den Mann,
ludum faciamus.‹«

Sie hob die Hand und zog mit dem Finger versonnen die feine Linie meines Bartes nach. Ich zuckte etwas zusammen, als sie die geprellte Stelle am Kinn traf.

»Oh, hast du dich gestoßen?«

»Überall, aber da nicht. Das war eine Faust.«

Sie gluckste leise.

»Raufbold!«

»Ich nicht.«

»Wer hat dich geprügelt?«

»Dein Herr Vater.«

»Au weh, das habe ich geahnt.«

»Er war um deine Ehre besorgt.«

»Nun ja, dann hast du ja im Voraus bezahlt.«

»Es hat sich gelohnt«, flüsterte ich in ihre Haare. Sie aber strich mir über die Brust und murmelte dann: »Du hast breite Schultern bekommen. Erst dachte ich, das läge nur an dem protzigen Wams mit den Fuchsschwänzen.«

Ich lachte leise.

»Nein, die Schultern sind echt und bedürfen keiner Polsterung. Aber du hast auch die eine oder andere anmutige Rundung bekommen.«

Äpfelchen, dachte ich und schloss meine Hand um ihren Busen.

Und er da unten stand stracks wie ein junges Bäumchen.

Line bemerkte es und kicherte.

»›cuspide erecta …‹«

Ich strich ihr über die sacht gerötete Wange.

»Ja, ja, ein Verräter. War er schon immer.«

»Wir könnten …«

»Könnten wir, Line, und ich verspreche dir, später gerne wieder zu Diensten zu sein, wenn du es wünschst, meine Herrin. Doch es ist an der Zeit, sich mit einer anderen Kleinigkeit zu befassen.«

Schlagartig wurde auch sie ernst.

»Ja, eine Kleinigkeit. Warum, Hardo? Warum wollte Cuntz mich umbringen?«

»Mich, nicht dich, Line. Du warst nur Mittel zum Zweck. Ein ziemlich kluger Plan von diesem Tropf. Wenn man uns vermisst, wird es heißen, wir beide wären durch den Geheimgang geflohen, um unser altes Vagantenleben wieder aufzunehmen.«

»Das glaubt doch keiner.«

»Wer weiß? Menschen glauben vieles, wenn man es ihnen nur überzeugend darstellt.«

»Na gut, aber warum will Cuntz dich ermorden?«

»Weil er gemerkt hat, dass ich mehr weiß, als er möchte. Line, mein Vater ist vor zehn Jahren auf Grund seiner Aussage verurteilt und gehenkt worden.«

»Aber dein Vater hat den Burgherrn gar nicht umgebracht, nicht wahr? Der Pächter hat falsches Zeugnis abgelegt.«

»So ist es. Ich weiß zwar noch immer nicht, warum, aber das werde ich noch herausfinden.«

»Darum bist du hier, nicht wahr?«

»Ja, darum bin ich zurückgekommen. Und darum ist auch Ulrich von der Arken hier. Die Lehnsvergabe ist nur ein passender Anlass.«

»Was ist mit dem Verwalter?«

»Wäre er nicht vom Bergfried gefallen, hätte Ulrich vermutlich einen anderen Grund gefunden, die Anwesenden zusammenzuhalten.«

»Du glaubst nicht, dass mein Vater den Sigmund gestoßen hat, nicht wahr?«

»Nein, das glauben weder Ulrich noch ich.«

»Was werden wir jetzt tun?«

»Unsere Kleider anlegen, sie sind einigermaßen trocken. Und dann dafür sorgen, dass wir möglichst ungesehen in die Burg zurückgelangen.«

»Wie willst du das machen? Der Gang ist voll Wasser.«

»Ja, aber es gibt das eine oder andere wachsame Augenpaar in der Burg. Ismael weiß, dass ich in Gefahr schwebe, er wird nach mir Ausschau halten. Wie ich ihn kenne, hat er auch Dietrich und Puckl dazu überredet.«

»Du bist ein vorsichtiger Mann geworden, Hardo.«

»Nicht immer, Line. Aber in diesem Fall schon.«


## Mit Hilfe treuer Freunde

Unsere Kleider waren zwar noch ein wenig klamm, aber innere und äußere Wärme machten diesen Mangel erträglich. Wir lenkten unsere Schritte zur Wehrmauer hin, und ich blickte suchend zu den Zinnen empor. Die Wachen wanderten langsam von einem Turm zum anderen; der Dienst war nicht besonders aufregend, und offensichtlich hatte auch noch niemand unser Verschwinden zum Anlass genommen, sie zu alarmieren.

»Wie kommen wir denn da nur ungesehen rein?«, fragte Engelin.

»Ich denke, mit einem langen Seil. Allerdings fürchte ich, dass wir dazu noch ein weiteres Bad werden nehmen müssen.«

Engelin schniefte.

»Sei kein Frosch!«, neckte ich sie.

»Weder Frosch noch Kröte.«

»Nein, Kröte nicht mehr.«

Sie piekte mich mit dem Finger in die Rippen, und ich zuckte zusammen.

Dann aber widmete ich mich wieder dem Wehrgang. Der Wachmann war verschwunden, oben schlenderte Loretta mit dem Domgrafen hinter den Zinnen entlang.

»Die versucht es auch bei jedem«, zischte Engelin.

»Nicht immer mit Erfolg.«

»Warum hast du sie verlassen? Oder hat sie dich sitzenlassen?«

»Wir haben einander sitzenlassen, aber das ist eine Geschichte, die ich heute Abend noch erzählen will. Vermutlich nicht zu Lorettas Entzücken.«

»*Mich* stört das nicht.«

»Nicht mehr eifersüchtig?«

»Doch, aber nicht mehr so sehr.«

»Ich habe dir sehr wehgetan, damals. Ich weiß, Line. Es gibt viel, was ich dir noch erklären muss.«

»Das eine oder andere. Manches, Hardo, habe ich aber inzwischen auch selbst eingesehen und verstanden.«

Ich nahm ihre Hand und drückte sie.

»Du bist schon ein ganz besonderes Weib, meine Herrin.«

»Eigentlich nicht. Nur eine Krämerstochter.«

»Aber mutig und verständig, von schnellem Witz und starkem Willen.«

»Das ist es, was du an mir bewunderst?«

»Neben deinem keuschen Leib – ja.«

Ihre Augen blitzten zufrieden auf.

Und ich entdeckte Ismael.

Er wanderte langsam den Wehrgang entlang und schaute immer mal wieder über den Wald. Kluger Junge. Ich machte den Ruf eines jagenden Käuzchens nach, und er hielt in seinem Gang inne.

Käuzchen jagen nachts.

Noch einmal ließ ich das Uhuuhuhh ertönen und trat noch etwas weiter unter den Bäumen hervor.

Er entdeckte mich.

Ich zupfte Line am Ärmel, sodass sie neben mich trat, und er machte eine beredte Geste des Erstaunens. Dann gab ich ihm mit Handzeichen zu verstehen, dass wir ein Seil brauchten, an dem wir über die Mauer hinten am Obstgarten klettern konnten.

Er nickte und deutete auf den Wachturm. Ich machte einen Buckel, und er grinste. Dann zeigte ich auf unsere Kleider und wrang sie mit großer Geste aus. Er schüttelte den Kopf und gab mir zu verstehen, dass er eine bessere Idee hatte. Dann gab ich ihm mit den uns beiden vertrauten Handzeichen noch schnell einen Überblick über unsere

Lage. Wieder nickte er und deutete an, dass wir Richtung Palas gehen sollten.

»Was hast du eben gemacht, Hardo? Ich meine, mit den Handbewegungen?«

»Oh, das ist eine nützliche Fähigkeit in manchen Situationen. Ich habe das sehr schnell gelernt, als ich meine Stimme verloren hatte. Irgendwie musste ich mich mit Ismael verständigen. Dabei haben wir eine einfache Zeichensprache erfunden.« Ich grinste sie an. »Die Räuber verwenden so etwas Ähnliches.«

»Ja, und die schweigenden Mönche auch.«

»Komm, gehen wir.«

Sie trottete wortlos neben mir her; plötzlich hielt sie inne.

»Patta. Was ist mit Patta? Irgendwann ist er auf der Lichtung verschwunden.«

»Wenn er klug ist, wird er sich dort auch ein paar Tage vergnügen und zurückkommen, sowie das Tor wieder offen ist. Mach dir um ihn keine Sorgen. Er kennt den Wald, und für ihn gibt es hier ausreichend Nahrung.«

»Ja, das stimmt wohl.«

Wir hatten die Rundung des Wehrturms am Palas erreicht, hielten uns aber so gut es ging außerhalb des Blickfelds der Wachen.

»Warum soll uns eigentlich niemand sehen, Hardo? Ich meine, Cuntz muss doch wegen seiner Tat zur Rechenschaft gezogen werden.«

»Wird er auch, aber auf meine Weise. Ich verspreche dir, die wird ziemlich fies für ihn sein.«

»Du hast einen Plan.«

»Habe ich.«

»Und was soll ich tun?«

»So unauffällig wie möglich in deiner Kammer verschwinden und mit niemandem über das reden, was passiert ist.«

»Mh.«

»Nein, meine liebliche Herrin, auch über das nicht. Dein Vater hat eine harte Faust.«

Sie kicherte noch einmal, und das junge Bäumchen regte sich.

Ich wies es an, Ruhe zu halten.

Tat's nicht.

Aber dann erschien Ismael wieder, und ich winkte ihm zu.

Ein langes Tau ringelte sich die Mauer hinab, und er gab mir ein Zeichen, schnellstmöglich zu handeln.

»Kannst du schwimmen?«

»Nein.«

»Dann halte dich an mir fest. Vertraust du mir?«

»Vertraue ich dir nicht schon seit jeher, Hardo?«

Eine heiße Stichflamme durchfuhr mich bei diesen Worten.

An ihnen würde ich mich später erfreuen. Jetzt war leider keine Zeit dafür.

»Auf geht's!«

Das Wasser war kalt und nass und schlammig, aber breit war der Graben zum Glück nicht. Ich bekam das Ende des Taus zu fassen. Vorausschauend hatte Ismael bereits eine Schlinge geknüpft.

»Mit beiden Händen umfassen, Line. Dann zieh dich so weit hoch, dass du einen Fuß in die Schlinge stecken kannst. Die da oben werden dich hinaufziehen!«

Es war etwas mühsam für uns beide, das alles in dem tiefen Graben zu bewerkstelligen, aber Line war hartnäckig und jammerte auch nicht, als sie sich die Ellenbogen und Knie an den rauen Steinen aufschürfte. Als sie sicher am Seil hing, rief ich leise »Hoch!« nach oben, und sie wurde hinaufgehievt. Dann kam das Seil wieder nach unten, ich packte es und kletterte daran nach oben. Engelin war bereits verschwunden, als ich mich über die Zinne fallen ließ. Ismael und Dietrich nickten mir zu.

»Eure Kleider liegen unten. Rasch, Meister. Puckl fällt den Wachen lästig, aber deren Geduld ist begrenzt.«

Ich rannte die Stiege nach unten und suchte Schutz unter den Obstbäumen. Line zog sich eben einen trockenen Kittel über. Ihre Haare waren diesmal nicht nass geworden.

»Lauf, Line. Ich schick dir Nachricht, wenn du wieder aus der Kemenate kommen kannst.«

»Ist gut!«

Bewundernswert – ein Weib, das einfachen Befehlen einfach gehorcht!

Ich riss mir die nassen Kleider vom Leib und zog die trockenen an, die Ismael besorgt hatte, woher auch immer. Eine fadenscheinige Bruche, ein knielanger Bauernkittel, einfache Bundschuhe. Der Ledergürtel mit der Dolchscheide musste auch nass genügen.

»Und jetzt, Meister Hardo?«, fragte Dietrich.

»Jetzt holen wir uns Cuntz. Wir drei, sonst keiner. Traut ihr euch das zu?«

Selbst der vornehme Edelknabe Dietrich grinste geradezu teuflisch.

»Darf Puckl helfen, Meister?«

»Wenn er kann.«

»Er ist ein verdammt schlauer Kerl.«

»Dann holt ihn.«

Ismael schoss los, und ich überlegte, wie ich die drei Helfer am geschicktesten einsetzte. Als Erstes als Kundschafter. Ich musste wissen, wo der Pächter sich aufhielt. Dann mussten wir ihn an einen Ort locken, wo ich ihn, ohne dass es Aufsehen erregte, überwältigen und fesseln konnte. Danach würde er in dem gastlichen Raum unten im Bergfried Wohnung nehmen. Aber vorher wollte ich gerne einen kurzen Bericht darüber hören, wie die Jungen mein Verschwinden entdeckt hatten.

»Puckl war es, Meister«, begann Ismael, als die drei sich unter den Obstbäumen eingefunden hatten. »Er hat die Spuren in der Kapelle entdeckt.«

»Und darum wird Sebastian mir selbst erzählen, was passiert ist.«

Der buckelige Junge sah aus, als hätte er lieber Ismael das Reden überlassen. Er räusperte sich dreimal, fing dann aber an zu berichten. Ich hörte schweigend, aber mit wachsender Anerkennung zu, bis er mit den Worten endete: »Schließlich hörten wir das Käuzchen schreien. Den Rest wisst Ihr.«

»Ja, Meister Hardo. Aber warum habt Ihr den Gang genutzt?«, wollte Dietrich wissen.

Ich gab den dreien eine kurze, zensierte Zusammenfassung der Ereignisse und legte ihnen dann meinen Plan vor.

Puckl glühte vor Aufregung, bewahrte aber einen kühlen Kopf, als ich geendet hatte.

»Die Vorratskammer unten im Wohnturm neben der Küche, Meister Hardo, wäre wohl für Euer Unterfangen geeignet. Dort kann man sich recht gut verbergen, und sie liegt nicht weit vom Verlies entfernt.«

»Gefällt mir.«

Dietrich nahm den Faden auf. »Ich könnte Cuntz den Wunsch meines Herrn mitteilen, dass Ida für das Mahl heute einen Braten zubereiten soll. Es hängen Schweinehälften in der Kammer.«

»Und leere Mehlsäcke finden wir dort auch.«

»Sehr schön. Lederriemen, einen Knebel und – ich werde aus der Küche einen Fleischklopfer benötigen.«

»Um den Pächter weichzuklopfen, selbstverständlich!« Puckl nickte verstehend. »Ich kümmere mich darum.«


Die Ausführung des Plans gelang fast reibungslos. Ich betrat die Vorratskammer, einen kühlen, großen Raum, der halb in die Erde eingelassen war. Nur zwei schmale Belüftungsschlitze spendeten etwas Helligkeit. An einer Wand stapelten sich die Säcke mit Mehl, getrockneten Erbsen und Körnern. Auf Borden standen Steinguttöpfe mit allerlei eingelegtem Gemüse und Obst, Schmalzfleisch, Honig und Öl. Käse reiften auf Gestellen, und Butterklumpen lagen in Salzwasser. Dörrfisch, gesalzener Schinken, aber auch allerlei Gewürze verbreiteten ihren Duft.

Ich verbarg mich hinter den drei von der Decke hängenden halben Schweinen. Cuntz betrat den Raum und ging geradewegs auf die Hälften zu. Er wuchtete die erste vom Haken und drehte mir dabei zuvorkommend den Rücken zu. Der hölzerne Fleischklopfer tat sein Werk, Cuntz brach lautlos unter dem Borstentier zusammen. Ich schob es zur Seite und zog die Lederriemen aus dem Gürtel. Kurz darauf war Cuntz sauber verschnürt, und ein Knebel hinderte ihn an etwaigen Protesten. Ich winkte Ismael, der vor der Tür stand, herein, und wir zogen ihm noch zwei Mehlsäcke über, einen über den Kopf, den anderen über die Beine, und befestigten beide mit einem Hanfseil in seiner Mitte.

»Häng du das Schwein wieder an den Haken, Ismael. Wär schade um das schöne Fleisch. Ich bringe dieses Lumpenpack zu seiner neuen Behausung.«

Ismael half mir noch, mir den Bewusstlosen über die Schulter zu legen, dann schleppte ich ihn den kurzen Weg durch den Küchengarten zum Bergfried. Doktor Humbert hinkte an seinem Gehstock über den Hof und beobachtete mich misstrauisch, aber ich mied seinen Blick. Der Mann würde eine Erklärung für mein Handeln aus den Sternen ablesen müssen. Ich erklomm die Stiege, Puckl öffnete mir die Tür. Dietrich wartete schon am Verlies und hatte die Angstluke hochgehoben. Ich legte meine Last auf dem Boden ab.

»Werfen wir ihn in den Kerker? Oder lassen wir ihn am Seil runter?«

»Wisst ihr, dieser Kerl hat Line den Schacht hinuntergestoßen.«

»Ach ja?«

Puckl gab dem verpackten Pächter einen derben Fußtritt, und der schlug unsanft auf dem strohbedeckten Boden auf. Da er daraufhin zappelte, hatte er sich wohl nicht den Hals gebrochen.

Wir legten den Deckel wieder auf die Luke.

»Und nun?«

»Nun werde ich deinen Herrn mal über die Vorgänge in Kenntnis setzen, Dietrich. Ihr aber hüllt euch in tiefstes Schweigen darüber, wenn ich bitten darf.«

»Selbstverständlich.«

»Ehrenwort.«

»Klar, Meister!«

»Ach, und Ismael – schwatz Ida etwas von ihrer Heilsalbe ab. Jungfer Engelin hat sich ein paar schmerzhafte Prellungen zugezogen.«

»Vom Sturz, Meister?«

»Ausschließlich vom Sturz!«

Aber dieser Teufelsbraten hatte ein Glitzern in den Augen, das mir seine Gedanken viel zu genau verriet.

Na und?


Ulrich saß in dem Raum, in dem der Verwalter seine Bücher und Verträge aufbewahrte, und machte Aufzeichnungen auf einer Schiefertafel. Er sah überrascht auf, als ich eintrat.

»Eine ungewöhnlich bäuerliche Gewandung, Hardo.«

»Der Not gehorchend. Können wir dem Söller des Bergfrieds einen Besuch abstatten, Ulrich?«

»Zu welchem Zwecke?«

»Der Aussicht wegen.«

»Mhm.«

Er legte den Griffel nieder und erhob sich. Schweigend stiegen wir zum Söller empor. Der Himmel war dunstig geworden, der Blick über den Rhein getrübt.

»Es könnte ein Gewitter geben«, sagte ich.

»Ja, die Luft wird schwer.«

»Und die Menschen noch gereizter als bisher.«

»Auch das. Aber ich nehme nicht an, dass Ihr hier oben, fern von den lauschenden Ohren, mit mir *darüber* sprechen wollt.«

»Nein. Ich wollte Euch mein heutiges Abenteuer berichten.«

Ich tat es in aller Gründlichkeit und ließ nur wieder ein

kleines Zwischenspiel aus. Ulrich hörte mit unbewegter Miene zu, aber seine Fäuste ballten sich einige Male.

»Ich habe mir erlaubt, das Verlies zu nutzen«, schloss ich die Erzählung.

»Sehr vernünftig. Cuntz also.« Er wischte sich über das vernarbte Gesicht. »Cuntz, der durch seine falsche Aussage Euren Vater dem Tod geweiht hat. Und ich hirnloser Idiot habe ihm damals geglaubt, ohne weitere Untersuchungen anzustellen. Hardo, Ihr ahnt nicht, wie sehr mich das heute schmerzt.«

»Es ist geschehen.«

»Ja, und es gilt jetzt, den Fehler wiedergutzumachen, soweit es irgend möglich ist. Ihr habt Cuntz festgesetzt. Wie sollen wir weiter mit ihm verfahren?«

»Ihr lasst am besten verlautbaren, dass Ihr ihn mit einem dringenden Auftrag fortgeschickt habt.«

»Das kann ich tun. Aber über kurz oder lang müssen wir Gericht über ihn halten.«

»Er wird gesprächiger sein, wenn er eine Weile Bedenkzeit hatte. Das ist der eine Grund; der andere ist, dass wir ihm die richtigen Fragen stellen.«

»Dass *ich* endlich die richtigen Fragen stelle, meint Ihr.«

»Das auch.«

Der Ritter ging zur anderen Seite des Bergfrieds, schaute über das dunstige Land und kam zurück.

»Cuntz hat Eurem Vater Gerwin die Schuld an Eberharts Tod gegeben. Gerwin aber hat Eberhart nicht umgebracht. Es gab einen anderen, der ihn ermordet hat und dem diese Lösung gerade recht kam.«

»So ist es.«

»Hat Cuntz selbst den Burgherrn erstochen?«

»Nein.«

»Ihr wisst, wer es war, nicht, Hardo?«

»Ich weiß es, kann es aber nicht beweisen.«

»War es einer der Anwesenden?«

»Ja.«

»Ein Meister der Auslassung!« Bitter lächelte mich Ulrich an. Und dann wurde er plötzlich ernst. »Verflucht, es liegt auf der Hand, nicht wahr?«

»Ja.«

»Darum habt Ihr mich hier hoch gebeten.«

»Einer der Gründe.«

Ulrich beugte sich über den Mauerrand. Ich hielt ihn am Ärmel fest.

»Nicht zu weit, mein Freund.«

Er kam zurück und sah mich lange an.

»Danke. Sigmund hat Euch am ersten Tag erkannt und gewusst, dass Ihr der Wahrheit auf der Spur seid oder sie schon kanntet. Er beschloss, Euch umzubringen. Er hat die Armbrust genommen, so viel habe ich von dem Waffenmeister erfahren. Es fehlt eine, genau wie Ihr vermutet habt. Er kam zurück, nachdem er versagt hatte, um sich selbst zu richten.«

»So ungefähr.«

»Cuntz, den er vermutlich damals zu der falschen Aussage überredet hat, fühlte sich zunächst sicher, hat aber inzwischen gemerkt, dass auch seine Schuld entdeckt wurde oder in Kürze offenbar sein würde. Weshalb er Euch daran hindern wollte, sie laut werden zu lassen.«

»Ich glaube, zuerst hat er versucht, selbst aus der Burg zu fliehen. Er wusste von dem Geheimgang, denn ich hatte Jonata einst durch ihn auf das Gut gebracht. Sie wird ihm davon berichtet haben. Aber dann hat er entdeckt, dass Wasser im Gang stand, und hat Angst bekommen. Daher die nassen Fußspuren.«

»Unseligerweise betrat, kurz bevor er den Eingang wieder verschließen konnte, Jungfer Engelin mit den Blumen die Kapelle.«

»Immerhin hat er schnell gehandelt und die Gelegenheit geradezu diabolisch gut genutzt.«

»Er ist maulfaul, Hardo, aber er besitzt eine ausgeprägte Bauernschläue. Puckl hat alle Hände voll zu tun, seine unsauberen Geschäfte nachzuvollziehen.«

»Deshalb wird er auch jetzt wieder versuchen, sich herauszuwinden.«

»Wir werden es nicht zulassen. Hardo, wenn Sigmund den Burgherrn umgebracht und Cuntz die Tat beobachtet hat, dann muss er ihn entweder überredet oder gezwungen haben, gegen Euren Vater auszusagen.«

»Es sind noch viele Fragen offen. Ich hoffe, dass mir in den nächsten Tagen Antworten zuteilwerden. Lasst mich meine Geschichte zu Ende erzählen, Ulrich. Noch vor Pfingsten wollen wir Gericht halten.«

»Pfingsten ist in drei Tagen.«

»So lange wird Cuntz schon noch überleben. Ihr könnt ihm ja die Fesseln abnehmen lassen und Wasser und Brot geben. Aber schickt dazu mindestens zwei der Wachen zu ihm. Morgen.«


**Ehrenrettung einer Dame**

Ismael, Dietrich und Puckl waren von Ida sanft gescholten worden, weil sie angeblich gefaulenzt hatten, statt ihren Pflichten nachzukommen, und mit demütiger Miene hatten sie alle drei die Schuld auf sich genommen und Besserung gelobt. Jetzt stellten sie die Tafeln und Bänke im Saal auf, um für das gemeinsame abendliche Mahl zu decken. Die Fenster hatten sie geöffnet, und linde Maienluft wehte Vogelzwitschern hinein. Die drei gingen schweigsam ihren Pflichten nach; der Nachmittag war zu ereignisreich gewesen, um jetzt schon darüber in Muße zu plaudern. Darum schrak Ismael auch zusammen, als Dietrich, der am Fenster zum Hof stand, plötzlich sagte: »Das gefällt mir nicht!«

»Was gefällt dir nicht?«, wollte Puckl wissen und ließ die Bank los, die er eben an den Tisch schieben wollte.

»Dass Fräulein Casta sich mit dem Höfling unterhält.«

Ismael trat ebenfalls ans Fenster und sah zu den beiden

hin. Das Edelfräulein hatte sich aufgeputzt, aber das tat sie für das Essen eigentlich jeden Tag. Aber sie machte dem duftenden Lucas, wenn er es richtig deutete, tatsächlich schöne Augen.

»Nein, das gefällt mir auch nicht«, sagte er. »Man sollte sie warnen. Der Lucas ist ein schmieriges Ekel und den Frauen gegenüber ein Rohling.«

»Woher weißt du das?«, wollte Dietrich wissen.

»Ännchen. Sie hat sich schon mal gezwungen gesehen, ihm eine Gewandnadel ins Bein zu rammen.«

»Ja, und Engelin hat ihm auch schon mal eine gescheuert«, ergänzte Puckl.

»Ich gehe runter zu ihr«, sagte Dietrich und wollte den Saal verlassen.

»Hol besser Herrn Ulrich«, riet Ismael, nicht ohne Hintergedanken. Er erinnerte sich an manche Äußerungen, die zwischen Hardo und dem Ritter gefallen waren. »Ich gehe nach unten. Schau, sie verschwinden im Lichhof. Eil dich, Knappe!«

Dietrich verschwand, und Ismael bat Puckl: »Bleib am Fenster und beobachte das von hier oben aus. Das könnte nützlich sein.« Dann schlüpfte auch er aus dem Saal, überquerte den Hof und betrat die Kapelle. Leise öffnete er die Seitentür, die in den Lichhof führte.

Und hier wurde er Zeuge, wie Casta versuchte, sich aus dem zudringlichen Griff des Höflings zu winden. Ihr Chapel war bereits zu Boden gefallen, sie schlug ungeschickt nach dem Mann. Ismael wollte gerade eingreifen, als der Ritter in den Lichhof stürmte, gefolgt von Dietrich.

Ulrich von der Arken sagte nichts, drohte nicht und warnte schon erst recht nicht. Er bekam den jämmerlichen Freier am Hals seines Wamses zu packen, und mit einem eisernen Griff an seinem rechten Arm zwang er ihn zu Boden.

Ismael winkte den Knappen zu sich, und der reagierte auch sofort.

»Kommt, Fräulein Casta, hier hinein!«

Dietrich schob sie zur Kapelle, und hier empfing sie Ismael.

»Dummerchen«, flüsterte er ihr ins Ohr. Sie schlug beide Hände vor ihre Lippen und starrte nach draußen. Ulrich hatte den Höfling an seinen geölten Locken gepackt und den Kopf nach hinten gerissen, sodass er zu ihm aufschauen musste. Mit einer Stimme, scharf wie bester Damaszenerstahl, sagte er: »Wenn Ihr Euch noch ein einziges Mal auch nur zehn Schritte weit an Fräulein Casta oder eine der anderen Jungfern und Frauen nähert, Lucas van Roide, dann werde ich alle meine ritterlichen Tugenden auf einen Schlag vergessen und Euch wie einem räudigen Köter das verflohte Fell in Fetzen vom Leib reißen. Haben wir uns verstanden?«

Ob der Höfling zu einer geschliffenen Replik in der Lage war, konnten sie nicht hören. Der Ritter ließ ihn los, und er stand taumelnd auf, um schnellstmöglich Abstand von dem wütenden Kämpen zu gewinnen. Dietrich reichte Casta ihr Chapel.

»Kommt, edles Fräulein, ich begleite Euch zum Palas. Ihr müsst Eure Haare richten.«

»Ja, danke, Dietrich.« Dann wandte sie sich an Ismael, und mit Erstaunen sah er ihre Augen vergnügt aufblitzen. »Mag dumm gewesen sein, aber das war es wert.«

»Denke ich auch. Aber jetzt weg mit Euch.«

Die beiden verließen die Kapelle, und Ismael ging dem Ritter hinterher, der am Brunnen nach dem Eimer griff. Ismael nahm ihm den ab und haspelte eine Ladung Wasser nach oben.

»Danke, mein Junge. Ich muss mir das ranzige Fett von den Händen waschen. Der Kerl hat das Schmalz von drei Schweinen in seine Locken geschmiert.«

»Erlaubt, Herr Ulrich, dass ich Euch eine Frage stelle?«

Ein flüchtiges Lächeln erhellte die ansonsten so düstere Miene des Ritters.

»Das hast du dir wohl verdient. Ein ereignisreicher Tag war das heute für euch, nicht wahr?«

»Es gab so einige bemerkenswerte Momente, das ist richtig.«

»Was willst du denn wissen?«

»Herr, Ihr habt eben eine – ähm – nicht eben ritterliche Haltung bewiesen.«

»Sag es nicht weiter.«

»Nein, aber Ihr solltet Eurem Knappen den einen oder anderen faulen Trick beibringen. Er kämpft tapfer, aber er hält sich viel zu streng an die Regeln.«

»Nein, Ismael, das kann und werde ich nicht tun. Schlimm genug, dass er es eben bei mir mit ansehen musste.«

»Herr Ulrich, verzeiht, dass ich widerspreche, aber im wirklichen Leben kann ein fieser Trick manchmal zwischen Leben und Tod entscheiden.«

Der Ritter musterte ihn lange, und Ismael bemerkte, dass sein gesundes Auge von einem tiefen Grün war.

»Bei deiner Ehre, Ismael, du hast nie gehört, was ich jetzt sage.«

»Ich schwöre.«

»Bring du ihm die faulen Tricks bei. Ich werde wegsehen, wenn er sie einsetzt.«

»Danke, Herr Ulrich.«

Der Ritter schüttelte das Wasser von den nassen Händen und ging ohne ein weiteres Wort zum Palas zurück.

Und Ismael machte Pläne. Vermutlich würden sie wieder eine ganze Menge von der gelben Salbe aus Idas Arzneitruhe brauchen, wenn er mit Dietrich fertig war.

Sie beide.


### Schändliche Minne

Ich hatte, nachdem Cuntz im Verlies gelandet war, Puckl gebeten, Engelin auszurichten, dass sie, da Cuntz nun in Gewahrsam war, ihre Kemenate verlassen konnte, und ich war mir sicher, dass der Secretarius es genossen hatte, ihr die Vorgänge der Gefangennahme genauestens zu schildern. Ich selbst legte meine bäurische Kleidung ab und fand, welche Truhen Ismael auch geplündert haben mochte, einige saubere Kleider vor, die meinem Stand angemessener waren. Der blaue Surkot war aus weichem Wollstoff, fiel in reichen Falten bis zu meinen Knien, Saum und die weiten Ärmel waren mit Samt besetzt. Vermutlich ein Kleidungsstück, das dem Burgherrn gehört hatte. Es stand auch mir recht gut. Ich bürstete mir gerade die Haare aus, in denen sich noch ein paar Blättchen und Kletten von der Lichtung im Hain befanden, als es an der Tür kratzte. Ich öffnete und fand zu meiner Überraschung Jonata vor mir.

»Meister Hardo, ich … ich muss mit Euch reden.«

»Dann tretet ein. Oder wollen wir an einen anderen Ort gehen?«

»Nein, besser hier, wenn es Euch nicht lästig ist.«

Ich bat sie in den Raum, räumte die Kleider von der Bank und zog den Schemel zu ihr, als sie sich setzte.

»Was bedrückt Euch, Jonata?«

Sie schlug die Hände vor das Gesicht, und ich fürchtete schon einen Tränenstrom, aber ihre Augen blieben trocken.

Was fast noch schlimmer war.

»Jonata!«

»Ihr habt meinen Namen nicht genannt; ich danke Euch dafür.«

»Aber deshalb seid Ihr nicht hier.«

»Nein. O Gott, es fällt mir so schwer. Meister Hardo, glaubt Ihr, dass ich meinen Vater vom Bergfried gestoßen habe?«

»Weil Ihr noch nicht zufriedenstellend erklären konntet, wo Ihr Euch zu diesem Zeitpunkt aufgehalten habt? Der Ritter sagte mir, Ihr habet behauptet, Euch in den Vorratskammern befunden zu haben. War dem nicht so?«

Sie schüttelte den Kopf.

Ich vermutete Angst und Scham. Cuntz war nicht eben ein Vorbild als Gatte. Wusste sie, dass er sich mit der Buhle Loretta im Heu vergnügt hatte? Was wusste sie überhaupt von ihrem Ehemann? Es war möglicherweise ein guter Zeitpunkt, mehr von ihr zu erfahren. Also blieb ich geduldig.

»Auf dem Bergfried aber wart Ihr auch nicht, nehme ich an.«

Wieder schüttelte sie nur den Kopf. Ihre Wangen brannten.

Beinahe hätte ich lachen müssen. Was für eine Ansammlung wunderlicher Pärchen hatte sich hier eingefunden.

»Jonata«, begann ich sanft. »Wir wissen inzwischen, wo sich alle anderen aufgehalten haben, nur Ihr und Lucas van Roide seid noch eine Erklärung schuldig. Wollt Ihr mir gestehen, dass Ihr und der Höfling zusammen wart?«

Sie nickte, die Finger fest verschränkt, sodass die Knöchel weiß wirkten.

»Wo? Lucas gab an, im Weinkeller den Burgunder verkostet zu haben. Hat er dabei auch Euch gekostet?«

Wieder ein stummes Nicken.

»Mit Eurem Einverständnis oder gegen Euren Willen?«

»Ich wollt' es nicht. Ehrlich.«

»Hat er Euch Gewalt angetan?«

»Gedrängt, Meister Hardo. Unten im Keller. Ich wollte ein Fässchen Wein holen. Ich habe ihn erst nicht gesehen. Und dann hat er mich angefasst. Ich … ich hab mich nicht gewehrt. Es war nicht so schlimm.«

»Nicht so schlimm wie mit Cuntz, was?«

Jetzt schniefte sie doch.

»Aber Ihr konntet es nicht zugeben, weil Euer Ehemann Euch dafür gestraft hätte.«

Wieder nur stummes Nicken.

»Warum habt Ihr ihn geheiratet, Jonata? Dass er ein grober Klotz ist, musste Euch doch schon von Beginn an klar gewesen sein.«

»Ja, Meister Hardo. Aber mein Vater befahl es mir.«

»Das wundert mich, ehrlich gesagt. Er hätte für Euch eine weit bessere Ehe vereinbaren können. Ein Burgvogt hat eine achtbare Stellung.«

»Er mochte mich nicht.«

»Warum nicht?«

»Ich weiß nicht. Er wollte immer einen Sohn. Aber nachdem mein Bruder umgekommen ist …«

»Ich sah seinen Grabstein heute. Aber ich erinnere mich nicht mehr an ihn. Ja, das muss Euren Vater sehr geschmerzt haben. Nur ist das kein Grund, Euch an einen ungeschlachten Pächter zu verheiraten. Ihr hättet einen Edelknecht oder auch einen Handelsherren heiraten können. Wenn auch nicht den Burgtölpel mit seinem Katergesang«, versuchte ich sie etwas aufzumuntern.

»Ihr … Ich habe Euch damals … Gott, ich war so dumm. Verzeiht mir, Meister Hardo.«

»Schon lange, Jonata. Ich war wirklich ein Tropf, und überheblich dazu.«

»Aber Ihr habt mich gemocht, und ich habe Euch mit Spott und Häme übergossen.«

»Und einem Krug Schmutzwasser. Vergesst es, mir sind weit herbere Abfuhren erteilt worden. Aber es gibt etwas, das ich gerne von Euch wissen möchte, Jonata.«

»Was denn?«

»Ich habe Euch damals zusammen mit meiner Mutter durch den Gang hinten in der Kapelle aus der Burg gebracht. Habt Ihr je einem anderen Menschen gegenüber diesen Gang erwähnt?«

»Nein. Oder – doch, ja, ich habe es einmal Cuntz erzählt. Ist etwas damit?«

»Nur Cuntz oder auch anderen?«

»Nein, nein, nur ihm. Und er wusste auch schon davon. Vermutlich von meinem Vater.«

»Ach so, ja, das kann sein.«

Das sagte ich so leicht dahin, aber diese Tatsache fand ich bemerkenswert. Warum sollte Sigmund einem Pächter den geheimen Zutritt zur Burg verraten? Es formte sich ein neuer Vers in meinen Gedanken.

»Meister Hardo?«

»Nein, Jonata. Ich glaube nicht, dass Ihr Euren Vater vom Söller gestoßen habt. Obwohl Ihr vermutlich nicht eben freundliche Gefühle für ihn hegtet.«

»Nein«, flüsterte sie. »Ich habe oft gegen das vierte Gebot verstoßen.«

»Nicht Eurer Mutter gegenüber.«

»Nein, ihr gegenüber habe ich immer Liebe und Achtung empfunden. Aber mein Vater war auch nicht gut zu ihr.«

»Ich weiß.«

»Meister Hardo …«

»Welche Sorge drückt Euch noch? Sollte ich noch etwas mehr wissen?«

Es war ein sehr schwerfälliges Gespräch, aber da ich bereits ein Goldkörnchen aufgepickt hatte, wappnete ich mich weiterhin mit Geduld.

»Es ist, weil der Ritter Cuntz fortgeschickt hat. Sonst wäre ich nicht gekommen.«

»Er ist zwei, drei Tage unterwegs, um eine dringende Besorgung zu machen, sagte mir Herr Ulrich. Was sollten wir wissen, wenn er zurückkommt, und wie können wir Euch helfen, damit Ihr keinen Schaden davon habt?«

»Er, der Cuntz, betreibt unrechte Geschäfte.«

Goldkörner in Mengen!

»In welcher Form?«

»Mit den Pferden, Meister Hardo. Der Burgherr hielt seine Rösser auf seinen Weiden, und auch mein Vater ließ es dabei. Wir … wir haben einige Einnahmen aus der Zucht. Aber Cuntz zweigt immer was ab. Er verkauft manchmal alte Pferde für junge.«

»Wie habt Ihr das bemerkt?«

»Wegen der Farbe, der Bilsensamen und dem Pfeffer im Stall.«

Ein Rosstäuscher, sieh an. Mit Wallnusstinktur wurden

410

Mähne und Schweif oft gefärbt, um die Tiere jünger aussehen zu lassen, Bilsensamen oder gar Pfeffer machte sie lebhaft – eine Quälerei in meinen Augen. Vermutlich hatte er auch die Zähne der Tiere bearbeitet. Ich hatte lange genug mit Pferden zu tun gehabt, um solche Betrügereien schnell zu durchschauen, aber manch unbedarfter Kunde mochte sich davon täuschen und sich eine alte Mähre andrehen lassen. Dann aber war der Pferdehändler oft schon über alle Berge.

»Der Ritter ist die Bücher Eures Vaters durchgegangen und hat einige Ungereimtheiten gefunden. Mag sein, Jonata, dass Ihr uns gerade eine Erklärung dafür gegeben habt. Ich werde mich mit Herrn Ulrich beraten, was zu tun ist. Und wie wir Euch und Euren Kindern helfen können.«

»Danke, Meister Hardo. Aber sagt auch meiner Mutter nichts davon. Sie hat Sorgen genug.«

»Ich werde schweigen, soweit es geht. Und nun sollten wir zur Andacht schreiten; die Glocke hat bereits gerufen.«


**Sechster Abend**

Ich nahm beim abendlichen Mahl, wie am Vortag, am Tisch neben van Dyke Platz. Er begrüßte mich mit einem schiefen Lächeln.

»Wird es der Braten sein, oder werdet Ihr mit Brei vorliebnehmen, Meister Hardo?«

»Könnt Ihr mit den Fingern essen, oder muss ich Euch füttern?«

Er betrachtete seine Faust und schüttelte den Kopf.

»Ich muss auf einen Fels getroffen sein. Sie schmerzt noch immer.«

»Ihr übertreibt, wohledler Herr, so empfindlich seid Ihr nicht. Aber – habt Ihr mit dem Stiftsherrn ebenfalls einen Händel gehabt?«

»Mit dem van Huysen? Nein, gewiss nicht, warum?«

»Mir scheint, er leidet an einer aufgeplatzten Lippe.«

Van Dyke blickte zur Hohen Tafel, an der heute nur der Ritter und der Stiftsherr saßen, die Äbtissin schien diesmal wirklich in ihrer Kemenate das Mahl zu sich zu nehmen. Oder zu fasten.

»Tatsächlich, je nun, die Stimmung ist gereizt. Ich hörte auch den Kaplan mit dem Stiftsherrn hadern und Frau Loretta gar giftig ihre Jungfer auszanken.«

Hildegunda hatte offensichtlich auch eine herzhafte Abreibung erhalten, denn sie saß mit gesenktem Haupt und völlig verschüchtert an ihrem Platz.

Ich sagte nichts weiter dazu, denn das Essen wurde aufgetragen, und während der Handelsherr sich dem Fleisch widmete, sah ich zu meiner Herrin hin, die mir gegenübersaß. Sie hatte ein anderes Kleid an. Nicht mehr das lichtblaue, das sie abends immer angelegt hatte, sondern eines in blassem Grün, und ihre Wangen leuchteten rosig. In ihrem Chapel aus grünen und weißen Bändern steckte eine rote Rosenknospe. Sicher nicht jene, die ich ihr geschenkt hatte, aber doch eine Erinnerung daran. Ein kleines Lächeln huschte über ihre Lippen, dann aber senkte sie wieder züchtig die Lider.

Ein wenig überraschte es mich, dass auch Casta lieblich errötete, wenn sie in Richtung der Hohen Tafel schaute. Sollte Ulrich endlich Mut gefasst haben? Für die zarten Schwingungen der Minne war ich derzeit recht empfänglich. Casta bemerkte, dass ich sie musterte, sah mich lächelnd an und fragte: »Werdet Ihr uns heute von Euren Fahrten in ferne Länder berichten, Meister Hardo?«

Aha, eine Jungfer Neugier!

»Nein, wohledles Fräulein. Dazu müsst Ihr Euch noch ein wenig gedulden. Aber ein Lied von einer Fahrt ins Heilige Land will ich Euch singen.«

»Keines der Minne heute?«, wollte der Domgraf wissen.

»Der Gottesminne wohl. Die Minne hat viele Seiten, und

nicht alle sind von Süße und Zärtlichkeit, sondern handeln von herber Pflicht und Opfern.«

Der Gelehrte war an diesem Abend nicht zum Dozieren aufgelegt, sondern aß mit grämlich unbewegter Miene sein Mahl auf. Ich ermunterte den Handelsherrn, uns von seinen Reisen in die Länder um das mittelländische Meer zu berichten, der Domgraf fragte ihn nach seinen Erfahrungen mit den heidnischen Völkern aus, und ich musterte dieweil mein hübsches Gegenüber. Engelin mochte von dem Sturz doch einige Schmerzen haben, aber die Beule an ihrer Schläfe verdeckten geschickt die blonden Locken, so wie die weiten Ärmel ihrer Houppelande die Abschürfungen und Prellungen an ihren Armen bedeckten. Sie würde Casta gegenüber einige Ausreden erfunden haben, denn wie ich die Maiden kannte, hatten sie sich beim Ankleiden gegenseitig geholfen. Auch Casta hatte ein anderes Gewand gewählt, das mir entfernt bekannt vorkam. Aus safrangelbem Brokat war das ihre und mit schmalen, gestickten Borten besetzt.

Safrangelb und mit prächtigem braunem Pelzbesatz versehen, so hatte ich es einst an Margarethe von Langel, der Burgherrin, gesehen. Also hatten die Jungfern die Truhen geöffnet, in denen der Putz der ehemaligen Burgherrin ruhte. Verständlich, denn mit großem Gepäck war das Reisen beschwerlich, und vermutlich hatte auch niemand mit einem tagelangen Aufenthalt gerechnet.

Nur gut, dass die Äbtissin beschlossen hatte, ihre Kemenate zu hüten. Dieser Raubzug durch ihre kostbaren Kleider mochte ihren Unwillen schüren und den jungen Frauen zornige Reden bescheren.

Ich hatte es früher als gegeben hingenommen, dass die Burgherrin in prachtvollen Kleidern prunkte. Doch später hatte ich bemerkt, dass auch die wohledlen Damen des Alltags schlichte Kleider trugen und nicht wenige von ihnen sich tatkräftig an den Arbeiten in Haus und Hof beteiligten. Margarethe hingegen hatte allenfalls ein paar zierliche Stickereien ausgeführt.

Es war an diesem Abend schwül im Saal, und vor den Fenstern wurde es dunkel. Der Dunst hatte sich zu Wolken verdichtet, ein leises Donnergrollen kündigte ein Unwetter in der Ferne an. Vielleicht würde es vorbeiziehen, vielleicht sich über unseren Häuptern entladen. Auf jeden Fall aber drückte es auf die Stimmung.

Es wurde Zeit, ein Lied anzustimmen.

Ismael hatte die Laute bereits zur Hohen Tafel gebracht und setzte sich auch gleich wieder zu mir, als ich sie ergriff.

»Hat Krawall mit der Ehrwürdigen gegeben«, wisperte er.

»Sieht so aus. Darum kümmern wir uns später. Jetzt wollen wir das Palästinalied anstimmen. Rühr die Trommel, Ismael.«

Er tat es, und martialischer Rhythmus brachte die Anwesenden zum Schweigen. Ich fiel mit der Melodie ein, und dann sang ich zu Trommelschlag und Donnergrollen.

>>Nun erst lebe ich in Würde,
seit mein sündiges Auge sieht
das hehre Land und auch die Erde,
der man viele Ehren gibt.
Mir ist geschehen, worum ich bat:
Ich bin kommen zu der Statt,
da Gott als Mensch auftrat.«[16]


### Die Buße des Helden

*Hört nun, was mir geschah, als der neue König gekrönt, die Zelte in Lahnstein abgebrochen waren. Eine glückliche Zeit brach für mich an. Eine schöne Geliebte war mein, man hatte mir reichen Lohn für meinen Gesang gezahlt, und so beschloss ich, den Herzenswunsch meiner Mutter zu erfüllen.*

---

16 Walther von der Vogelweide

In jenen dunklen Tagen der Leiden hatte ich oft an sie gedacht, und auch wenn ich meinen Glauben an Gottes Gnade verloren hatte, der ihre war immer unerschütterlich und fest gewesen. Ich hatte sogar dann und wann daran gedacht, zu ihr zurückzukehren, doch das neue Leben lockte weit mehr. Also war der Besuch bei einer Heiligen das, was ich stattdessen in Erwägung zog.

Heilige, und das konnte ich nicht leugnen, übten auf mich noch immer einen gewissen Reiz aus, auch wenn der Fingernagel des Kunibert nicht eben wirkungsvoll seine Hand schützend über mich gehalten hatte. Ich gab den betrügerischen Reliquienhändlern die Schuld daran, die mit allerlei gefälschten Knöchelchen und Zähnen, Holzsplittern und Tuchfetzchen ihr Geschäft mit den Leichtgläubigen machten. Auf den Märkten, die ich inzwischen kennengelernt hatte, waren mir derartige Schwindler oft genug aufgefallen.

Aber wahre Reliquien, die Gebeine einer echten Heiligen, die mochten noch immer Segen spenden.

Hildegard von Bingen, die wundertätige Äbtissin, hatte vor zweihundert Jahren im Kloster zu Rüdesheim gewirkt, und auf dem Rupertsberg lag sie begraben.

Mein Vorhaben fand nicht die Billigung meiner Geliebten. Ihr Sinn stand mehr nach weltlichen Vergnügungen, und sie drängte mich, König Rupert zu folgen, um an dessen Hof als Sänger meinen Ruhm zu mehren. Bedauerlicherweise hatte sie auch begonnen, meinen jungen Freund zu schmähen und zu schikanieren. Tausenderlei kleine Dienste verlangte sie von ihm, beschimpfte ihn ständig und hielt mir seine Schandtaten und seine Unfähigkeit vor.

Ich bat sie daher, auf mich zu warten, während ich alleine nach Eibingen ziehen würde, doch auch davon wollte sie nichts wissen. Sie packte also ihren Putz zusammen – und davon besaß sie viel – und schloss sich uns an. Wir kamen nur langsam voran, da sie in einer Sänfte getragen werden wollte, und nach und nach beschlich mich die Erkenntnis,

dass die Schöne beständig mehr von mir verlangte, als sie
selbst zu geben bereit war. Sehnsüchtig dachte ich immer
mal wieder an Line, die nicht nur bereitwillig auf steinigen
Wegen neben mir hergetrottet war, sondern auch wissbegierig alles Neue aufgenommen hatte und sich über allerlei
Themen zu unterhalten wusste. Ja selbst ihre spitzzüngigen
Zänkereien vermisste ich, denn meine Begleiterin hatte nur
einen Gegenstand, über den sie zu plaudern in der Lage
war – sich selbst.

Aber Line war verschwunden, ohne Abschied, ohne eine
Spur zu hinterlassen. Ich selbst hatte in meinem Liebes-
rausch zwar nicht nach ihr gesucht, aber Ismael hatte es
getan. Und auch er war ratlos über ihren Verbleib.

Wir wanderten bereits über fünf Tage durch die Wälder
des Taunus, was mir großes Vergnügen bereitete, meiner Geliebten jedoch die Stimmung gänzlich verdarb. Der Schlaf
unter dem Blätterdach behagte ihr nicht, die Mahlzeiten
am offenen Feuer zubereitet schmeckten ihr nicht, das klare
Quellwasser erquickte sie nicht. Ihre Nörgeleien nahmen
kein Ende, ihre Vorwürfe wurden von Tag zu Tag herber.

Und dann kamen wir am sechsten Tag auch noch einer
zornigen Menge in die Quere. In einem Dorf nahe unserem
Ziel traf plötzlich ein spitzer Stein die Sänfte. Geworfen
wurde er von einem aufgebrachten Bauern, der eigentlich auf eine fliehende Frau gezielt hatte. Zehn oder zwölf
andere Bewohner der Ansiedlung warfen ebenfalls Steine
auf das arme Wesen, das blutend und stolpernd diesem
bösen Hagel zu entgehen suchte.

Was immer sie sich hatte zu Schulden kommen lassen,
ich fand die fluchende und brüllende Gruppe, die eine Wehr-
lose zu steinigen beabsichtigte – allen voran der Pfaffe mit
Weihwasserkessel und Wedel, der dieser Strafmaßnahme
offensichtlich seinen Segen gab –, ausgesprochen unfreundlich. Mein Ross war genügsam und gehorchte meinem
Befehl; ich sprengte auf die Gruppe zu, entriss dem Pfaffen
seinen Wedel und schlug ihn ihm um die Ohren.

Das lenkte die Aufgebrachten auf der Stelle ab, und ihr Zorn richtete sich auf mich. Doch waren es lediglich wütende Worte, die mich trafen, nicht Steine.

Aus ihnen entnahm ich, dass man dem Weib vorwarf, eine diebische Heidin zu sein, aus dem Preußenland hergekommen, um Verderben über das Dorf zu bringen.

Worte aber waren meine Waffen, und ich ließ einen Sermon auf die Menschen niederprasseln, der eines feurigen Predigers würdig war. Ich sprach von Nächstenliebe und Gottesminne, und dass der Herr die Christen, die Juden und die Heiden gleichermaßen geschaffen hatte. Ich fesselte sie mit Phrasen und Versen, während Ismael das Weib auf sein Pferd nahm und das Weite suchte.

Als ich ihn in sicherer Entfernung wähnte, gab ich unangekündigt meinem Ross die Fersen. Es bäumte sich auf, schlug aus und machte mir den Weg durch die Menge frei.

Ich folgte Ismael.

Ich bekenne, die Sänfte mit meiner Geliebten beachtete ich nicht weiter. Die beiden Männer, die sie trugen, wussten, welches Ziel wir hatten. Sie würden uns folgen.

Ich fand Ismael an der Nothgottes, einer Kapelle mitten im Wald. Hier hatte er die Frau auf das weiche Gras gebettet und ihre Wunden mit einem nassen Tuch gekühlt. Sie war bei Bewusstsein und schreckte auf, als ich vom Pferd sprang.

»Beruhigt Euch, Nele. Er ist mein Meister«, sagte Ismael zu ihr, aber ihre Augen waren noch immer voll Angst.

»Was hat die Dorfbewohner gegen Euch aufgebracht?«, fragte ich sie und setzte mich neben sie auf den Boden.

»Sie hat Weihwasser aus der Kirche geklaut.«

»Hast du, Weib?«

»Nein. Nicht Wasser. Nur bringen Blumen an stille Frau.«

Die Verständigung würde schwierig werden; sie sprach nur wenige Worte Deutsch und die mit einem schweren

*Akzent. Immerhin hatte Ismael herausbekommen, dass sie vor zwei Jahren nach einer der zahlreichen Preußenfahrten mit dem Gefolgsmann eines Ritters in unser Land gekommen war. Der Mann war aber verstorben oder fortgegangen. Sie war allein und hatte versucht, ein kleines Stück Land zu bebauen. Den Dorfbewohnern war sie unheimlich, weil sie eine Heidin war.*

*Mich dauerte sie. Sie war noch nicht alt, kräftig und hatte schöne, dicke blonde Zöpfe. Ihre Wunden waren zum Glück nicht allzu tief, und am nächsten Morgen wusste ich, wie ich ihr helfen konnte. Wir nahmen sie mit nach Bingen, und dort am Rhein vereinbarte ich mit einem Schiffer, der nach Köln fuhr, sie nach Langel zu bringen und sie dort in die Obhut meiner Mutter zu geben. Als Magd würde sie auf der Burg immer eine Arbeit finden.*

Hier machte ich eine Pause und genoss die flammenden Blicke von Loretta und die zärtlichen von meiner Herrin. Mir war zumindest von ihr verziehen worden.

Ismael begann unaufgefordert die Trommel zu schlagen, und nach einem Vorspiel stimmte ich die nächste Strophe an:

> »Schönes Land, so reich und hehre,
> was ich sonst noch hab gesehen,
> so bist du ihrer aller Ehre.
> Was ist Wunders hier geschehen!
> Dass eine Magd ein Kind gebar,
> höher als aller Engel Schar,
> war das nicht ein Wunder gar?«

Das Donnergrollen hatte sich gelegt, aber dann und wann erhellte Wetterleuchten die hohen, schmalen Fenster des Rittersaals. Noch war das Unwetter nicht vorbeigezogen, und die Spannung lag weiterhin in dem hohen Raum. Getuschel und Unruhe machten es mir schwer, einen neuen Anfang zu finden, und so spielte ich weiter auf der Laute und gab Ismael das Zeichen, die Trommel kräftiger zu rühren. Das wirkte schließlich, und ich fuhr mit meiner Geschichte fort.

### Verrat und neue Hoffnung

*Ismael und ich suchten in Eibingen ein Gasthaus auf und warteten darauf, dass meine Begleiterin erscheinen möge. Doch sie ließ auf sich warten. Darum besuchte ich einige Tage später die Kapelle auf dem Rupertsberg, in der die Gebeine der ehrwürdigen Äbtissin Hildegard in einem kostbaren Schrein lagen. Ich zündete eine dicke Wachskerze davor an und kniete nieder, um einige Fürbitten für meine Mutter zu sprechen. Und dann erinnerte ich mich an die Magie der Laute, die die Herzen der Frauen rührte, und hielt es für eine passende Idee, der hochverehrten Wohltäterin ein sanftes Lied vorzutragen. Ich stimmte die Saiten und sang ihr von der frommen Minne.*

*Ganz versunken war ich in mein Spiel und bemerkte nicht, dass der Pfaffe aus jenem Dorf in die Kapelle gekommen war. Er hatte vier kräftige Gesellen bei sich, und sie fielen ohne Warnung über mich her. Die würdige Hildegard wurde Zeugin einer gewaltigen Schlägerei, bei der nicht nur ich und die tapferen Knechte Schaden nahmen, sondern leider auch meine Laute in die Hände des Pfaffen fiel.*

*Er nannte sie ein verfluchtes Zauberding und zertrümmerte sie vor meinen Augen.*

*Ich hätte schluchzen können!*

*Mit einiger List gelang es mir schließlich dennoch, aus der Kapelle zu entkommen. Haken schlagend rannte ich vor meinen Verfolgern davon und versteckte mich, mit schmerzenden Gliedern, aber mit weit mehr schmerzendem Herzen, im Wald. Erst zwei Tage später traute ich mich wieder hervor und schlich mich wie ein geprügelter Hund zu unserem Quartier. Ismael und unsere Pferde waren verschwun-*

den. Den Wirtsmann wollte ich nicht nach ihrem Verbleib fragen, aus Angst, dass er mich verraten würde. Von meiner Begleiterin war jedoch auch keine Spur zu finden.

Abgerissen und mittellos trieb ich mich am Rheinufer herum, und in einer heruntergekommenen Taverne endlich fand ich auch Ismael wieder, der ebenso wie ich vor den aufgebrachten Gefolgsleuten des Pfaffen geflohen war.

Wie sich herausstellte, war dieser Überfall das Werk meiner hinterhältigen Geliebten gewesen. Sie hatte, ungehalten wegen meiner Vernachlässigung ihrer kostbaren Person, beschlossen, Schutz bei den Dorfbewohnern zu suchen, denen sie einige schaurige Geschichten über meinen unredlichen Lebenswandel aufgetischt hatte. Vor allem aber hatte sie dem Pfaffen gebeichtet, ich habe Zauberei betrieben und sie mit meiner magischen Laute verhext, sodass sie gezwungen war, mir auf immer zu folgen und, wann immer es mich gelüstete, mir zu Willen zu sein. Sie brachte die Leute so weit, dass sie mich verfolgten, und da sie wusste, wohin ich mich wenden wollte, war es ihnen leicht, mich zu überrumpeln.

Sie hatte gründliche Arbeit geleistet, irgendein Spitzel hatte uns gesehen und den Mannen einen Hinweis auf unseren Unterschlupf gegeben. Sie erschienen eines Abends in der Taverne, um uns gefangen zu nehmen.

Uns gelang die Flucht, und das war mein Glück, denn hätten sie mich gefasst, wäre ich den Schergen der Inquisition übergeben worden, und die Anklage der Zauberei hätte weitere Folter und Kerkerhaft bedeutet. Dank Ismaels umsichtiger Hilfe aber schafften wir es, ungesehen zu entkommen und auf der anderen Seite des Rheines eine Unterkunft zu finden. Noch hatten wir einen kleinen Vorrat an Münzen, aber meine wichtigste Einnahmequelle war versiegt, die Laute vernichtet.

Das lange Lied meiner Leiden hatte eine neue Strophe erhalten.

## Die Wandlung des Helden

Wir wanderten südwärts, und völlig geknickt landeten Ismael und ich einige Tage später in einer Taverne in Mainz. Unsere Mittel waren erschöpft; Ismael erwog, die Pferde zu verkaufen, um von dem Erlös eine neue Laute für mich zu erstehen.

Es würde jedoch nie wieder solch ein magisches Instrument sein, wie das, was ich verloren hatte. Doch die Pferde verkauften wir dann doch, um unseren Unterhalt zu bestreiten.

Mag es sich für Euch auch anhören wie der Jammer eines dummen Tropfes – ich hatte jahrelang nach dieser Laute gesucht, ich hatte sie verloren und unsägliche Qualen durchgemacht, bis sie wieder in meinen Händen lag. Ich hatte Ruhm und Ehre mit ihr gewonnen, ja reichen Lohn erhalten, ein schönes Weib erobert und verstoßen, und durch ihre List war nun das, was das Ziel meiner ganzen Wanderung war, unwiederbringlich zerstört.

Man könnte sogar sagen, meine Seele war mit ihr zusammen zerstört.

Ich war ohne Kraft, ohne Willen, lebte wie ein Geist vor mich hin, nicht bereit, mein Schicksal in die Hand zu nehmen. Ein Tag nach dem anderen verging, der Erlös aus dem Verkauf der Pferde verschwand in den gierigen Händen des Wirts, der Winter rückte näher, das Reisen würde beschwerlich, fast unmöglich werden. Außerdem wusste ich nicht, wohin ich mich wenden sollte, ziellos war mein Leben geworden.

Doch als ich an dem tiefsten Punkt meines Unglücks angekommen war, vollführte das Rad der Fortuna eine neue Drehung.

Ich saß bei einem Krug Wein in der Taverne, die um die Nachmittagsstunden beinahe leer war, und starrte in das lodernde Feuer im Kamin. Die Tür öffnete sich, und mit einem Schwall kalter Luft traten drei Männer ein. Härene

Mäntel, lange Wanderstäbe, breitkrempige Hüte, Lederta-
schen und Gurden am Gürtel wiesen sie als Pilger aus. Der
Wirt grüßte sie ehrerbietig und wies ihnen die Plätze an der
Feuerstelle an.

Sie entboten mir einen freundlichen Gruß und setzten
sich zu mir. Aus den Worten, die sie mit der Schankmaid
wechselten, entnahm ich, dass sie auf dem Rückweg von
Köln waren, wo sie die Heiligen Drei Könige aufgesucht
hatten.

Plötzlich starrte mich einer der drei Pilger an. Er war ein
älterer Mann, seine Haare schon ergraut, doch sein Gesicht
wirkte lebhaft, seine Augen scharf. Etwas füllig war er
unter seinem rauen Mantel, doch nicht fett, sondern unter-
setzt und kräftig.

Ein seltsamer Anflug von Wiedererkennen wehte auch
mich an.

Ich hatte ihn schon einmal getroffen.

»Herr«, sagte er. »Mein Name ist Erasmus von der Heyd,
und ich glaube, wir sind einander schon einmal begegnet.«

»Euer Name, wohledler Herr, sagt mir nichts, doch Euer
Gesicht kommt auch mir bekannt vor. Mich nennt man
Hardo.«

»Hardo? Sonst nichts?«

»Nichts mehr. Aber das ist eine andere Geschichte.«

»Ich bin Kaufmann – sind wir uns in Geschäften begegnet?«

Kaufmann – das Gesicht verband sich mit einem Ereignis. Der Mann, den ich bei dem Überfall auf den Händlerkonvoi hatte laufen lassen. Der uns anschließend die Mannen des Erzbischofs hinterhergehetzt hatte.

Wenn ich gekonnt hätte, wäre ich wieder geflohen.

So aber senkte ich nur den Kopf, um ihm nicht in die
Augen sehen zu müssen.

»Oh!«, sagte er plötzlich. »Die drei Könige scheinen mir
gut zugehört zu haben. Ich tat einst ein Gelübde, zu ihnen
zu pilgern, wenn ich heil aus einem Überfall auf unsere

Reisegruppe entkommen würde. Ein junger Räuber, der bereits den Dolch in der Hand hielt, um mich zu ermorden, gab mir stattdessen einen derben Fußtritt und forderte mich auf zu verschwinden. Ich war mein Lebtag noch nie so dankbar, mit Füßen getreten zu werden, wie in diesem Augenblick.«

Ich traute mich nicht, den Kopf zu heben.

»Hardo von Nirgendwo, wart Ihr jemals in Neuwied?«

»Wohledler Herr, ich werde es nicht leugnen. Aber wenn Ihr auch nur einen Funken Güte kennt, dann gebt mir einen Vorsprung«, flüsterte ich verzweifelt.

»Mhm. Ich kenne keinen Funken Güte. Aber ich bin verdammt neugierig. Erzählt mir Eure Geschichte, dann will ich entscheiden, wie groß Euer Vorsprung sein soll.«

Worte – meine Waffen, mein Schutzschild, meine Rüstung.

Ich erzählte um mein Leben – die Mär kennt Ihr.

Erasmus von der Heyd hörte zu, Stunde um Stunde. Ismael gesellte sich zu uns, und auch er berichtete. Das Feuer im Kamin war niedergebrannt, die Weinkannen leer, die Krümel vom Tisch gewischt. Selbst der Wirt war schon in seine Kammer gegangen. Ich erzählte, der Kaufmann lauschte, fragte dann und wann etwas, das ihm wichtig erschien. Und schließlich war ich mit meiner Reise in Mainz angekommen, an jenem Tisch, an dem wir saßen, und er nickte.

»Geht in Frieden schlafen, Meister Hardo Lautenschläger. Wir wollen morgen früh ausgeruht über Eure Zukunft nachdenken.«


Ich machte eine Pause und spielte, ohne zu singen, die Melodie des Liedes, doch ohne Trommelschlag und auf trauervolle Weise. Loretta kochte. Wenn sie nicht aufpasste, würde sie sich gleich selbst verraten. Meine Herrin grinste und tuschelte mit ihrer Freundin.

Ich beendete mein Saitenspiel und machte mich daran,

den letzten Teil für diesen Abend zu berichten. Ich würde es kurz halten müssen – zum einen, weil die drückende Luft und das dräuende Gewitter die Aufmerksamkeit schwinden ließ, zum anderen, weil ich das Ende meiner Geschichte für den nächsten Abend vorgesehen hatte.

*Todmüde wankte ich in jener Nacht in meine Kammer, doch die Sorgen ließen mich nicht ruhen. Erst in den Morgenstunden fand ich einen dünnen Schlummer, aus dem Ismael mich mit einem kräftigen Rütteln weckte. Der Handelsherr wünschte mich zu sprechen.*

*Ein Topf mit Brei, Honig und gedörrten Früchten wartete auf dem Tisch am Kamin, und Erasmus von der Heyd bat mich, mit ihm das Morgenmahl einzunehmen.*

*Ich bekam kaum einen Löffel hinunter, und als er das bemerkte, lächelte er mich an.*

*»Was haltet Ihr davon, nach Speyer zu gehen?«*

*»Jeder Ort hat seinen eigenen Reiz«, gab ich vorsichtig zurück. »Gewiss auch Speyer.«*

*»Ja, es ist eine schöne Stadt, das Klima ist mild, der Wein süß, der Dom beeindruckend. Und mein Haus ist groß, meine Lager gefüllt, reichlich Arbeit wartet darauf, getan zu werden. Ich könnte ein, zwei Gehilfen brauchen, die zu handeln verstehen, die mit Zahlen umgehen können und die bereit sind, auf Reisen zu gehen.«*

*»Wohledler Herr?«*

*Ich konnte es kaum glauben, was er mir da anbot. Die Worte, die mir ansonsten mit Leichtigkeit von den Lippen flossen, blieben in meiner Kehle stecken, ich konnte nicht einmal mehr stammeln. Ismael trat mir unter dem Tisch ans Schienbein, und erst da fasste ich mich.*

*Ja, das Angebot würde ich annehmen. Und auch mein junger Begleiter sprudelte Dank hervor.*

*Auf diese Weise gelangten wir in die wunderschöne Stadt Speyer, bezogen Wohnung in dem großen Patrizierhaus, arbeiteten im Lager und im Kontor, bis wir das Ge-*

schäft mit den Waren aus dem Morgenland und den italienischen Städten verstanden. Ich legte meinen selbst
gemachten Meistertitel ab, er gebührte mir als Handels-
knecht nicht. Und Lautenschläger mochte ich mich nach
dem Verlust meines Instrumentes auch nicht mehr nennen.
Und so wurde ich unter den Kaufleuten bekannt als Hardo
von Langel.

Ein Weinkrug fiel um, ergoss seinen Inhalt über den Gelehrten am linken Tisch. Ich unterdrückte ein Lächeln. Da war
soeben jemandem eine erschütternde Erkenntnis gekommen. Ich tat jedoch so, als hätte ich den Zwischenfall nicht
bemerkt, und erzählte weiter.

Im Frühjahr unternahm ich meine erste Reise. Wir suchten
die Messe in Straßburg auf, und mir gefiel das bunte Treiben der Kaufleute und Händler, der Gaukler und Musikanten, der Dirnen und Krämerinnen. Fremde Zungen hörte
ich, Männer in ungewöhnlichen Roben, mit gebärdenrei-
cher Sprache und kalten, berechnenden Augen. Ich lernte
mein Talent auf völlig neue Art kennen. Das Handeln fiel
mir leicht, aber leicht fiel es mir auch, die Sprachmusik zu
verstehen. Ich eignete mir Brocken von dem und von jenem
an, lernte all die fremdländischen Münzen umzurechnen,
führte meine Aufzeichnungen, und mein Herr war zufrieden mit mir und auch mit Ismael.
    Im Sommer zogen wir nach Venedig.
    Im Fondaco dei Tedeschi führten drei Gehilfen des Eras-
mus von der Heyd die Geschäfte. Er wies mich an, dort für
ein Jahr zu bleiben und von ihnen zu lernen. Im kommenden Jahr würde er wiederkommen und mich prüfen.
    Es war ein erstaunliches Jahr, das ich in dieser erstaun-
lichen Stadt verbrachte. Ich lernte von den musikalischen
Einwohnern nicht nur neue Weisen und neue Lieder, sondern auch die Sprache und die Art, wie man Geschäfte ein-
träglich führt.

*Meine Aufgaben musste ich wohl zur Zufriedenheit meines Herrn erledigt haben, denn im nächsten Sommer schickte er mich nach Alexandria. Im darauffolgenden Frühjahr kehrte ich auf einem Schiff, reich mit den Schätzen des Orients beladen, nach Venedig zurück, und er gab mir als Lohn einen Anteil an der Fracht. Zusammen mit diesem Lohn gab er mir auch den Rat, dieses Geld gewinnbringend einzusetzen. Also machte ich meine zweite und dritte Handelsfahrt in den Orient und kehrte erst im nächsten Jahr im Herbst als wohlhabender Mann und reich an Erfahrungen, neuem Wissen und tiefen Einsichten nach Speyer zurück.*

*Denn ich hatte auch das Heilige Land betreten.*

>»Christen, Juden und die Heiden
>Wähnen, dass dies ihr Erbe sei;
>Gott müsste es zu Rechte scheiden
>Durch die seinen Namen drei.
>All die Welt streitet daher:
>Wir sind an dem rechten Begehr:
>Recht ist das er uns gewähr.«

Das Gemurmel konnte ich selbst mit meinem lauten Gesang nicht übertönen. Nun gut, es mochte eine kleine Überraschung für jene sein, die den albernen Minnesänger belächelt hatten. Hinrich van Dyke war in ein lebhaftes Gespräch mit dem Domgrafen von Speyer verwickelt, Engelin strahlte mich an, widmete sich dann aber sofort wieder ihrer Freundin Casta. Loretta sah säuerlich drein. Tja, eine Gelegenheit durch Genörgel verpasst. Doktor Humbert, der Gelehrte, war von seinem Platz am rechten Tisch aufgestanden und zu seinem Neffen Lucas getreten. Auch die beiden würden etwas zum Nachdenken haben. Der Kaplan mischte sich in ihr Gespräch ein, Ida lächelte mir zu, und Jonata sah mich traurig an.

Ismael erzeugte noch einen kräftigen Trommelwirbel,

dann ließen wir die Instrumente schweigen, und Ulrich gab das Zeichen, die Tafeln aufzuheben.

Er legte mir im Vorbeigehen die Hand auf die Schulter.

»Ihr habt ordentlich für Trubel gesorgt, Meister«, sagte Ismael und reichte mir die Hülle meiner Laute.

»Eine unerwartete Wendung der Geschichte, ich weiß.«

»Werdet Ihr morgen vom Bazar erzählen und von den Karawanen? Und den morgenländischen Bädern und den Schlangen, die zur Flöte tanzen, und den Karfunkelsteinen?«

»Nein, Ismael. Für all diese Geschichten bräuchten wir mehr als tausendundeine Nacht. Und wir haben nur noch eine – die morgige.«

Ein greller Blitz erhellte den Rittersaal, der Donner krachte gleich darauf mit gewaltigem Getöse – das Gewitter war mit aller Macht zurückgekehrt!


**Nächtliche Gespräche**

Ismael hatte Ida wieder einen Korb voll Pasteten abge- schmeichelt und saß mampfend auf meinem Lager. Ulrich ließ auf sich warten, aber ich war sicher, dass er noch kom- men würde, um die übliche nächtliche Unterhaltung mit uns zu führen.

Vor den dicken Mauern tobte sich lautstark das Unwet- ter aus, ich hatte die Holzläden vor dem Fenster zugezogen, und die Sturmböen ließen den Regen gegen sie prasseln. Die Fackel rußte, die Öllampe tänzelte unstet, es klapperten Hagelkörner auf die Holzschindeln des Wehrgangs.

»Besser hier drin zu sitzen als auf einem Schiff«, nuschelte Ismael zwischen zwei Bissen. Ich nickte. Der Junge mochte ein fähiger Reisender sein, aber sowie er sich auf See befand, litt er erbärmlich unter dem Geschaukel. Was ihn aber nicht hindern würde, weitere Reisen zu unternehmen.

Ich langte ebenfalls in den Korb mit dem herzhaften Gebäck und aß schweigend. Was ich heute preisgegeben hatte, würde verschiedene Reaktionen hervorrufen. Fast bedauerte ich, dass die Äbtissin nicht ihren üblichen Platz an der Hohen Tafel eingenommen hatte. Aber irgendwer würde ihr die Nachricht schon überbringen. Und mir würde ebenfalls irgendjemand erzählen, woher der Stiftsherr seine aufgeplatzte Lippe hatte.

Schließlich kam Ulrich und brachte den frisch gefüllten Weinkrug mit.

»Es zieht westwärts ab«, verkündete er.

»Es wird einigen Schaden hinterlassen. Es ist an der Zeit, die Tore wieder zu öffnen.«

»Das liegt an Euch, Hardo.«

»Ich weiß. Morgen beende ich die Geschichte.«

»Ihr habt den Anwesenden recht deutlich klargemacht, welchen Fehler sie einst – und vielleicht auch jetzt noch – gemacht haben.«

»Tat ich das?«

»O ja, Hardo. Und das war die Absicht, die hinter dieser Mär steckte, nicht wahr?«

»Eine davon.«

»Es ist fatal, einen Menschen zu unterschätzen, nur weil er anders ist als andere. Das haben viele bei Euch getan. Allen voran Euer Vater.«

»Ja, doch kann ich das heute zumindest verstehen, Ulrich. Mein Bruder war blöd geblieben, sein Geist war der eines kleinen Kindes. Meiner ging so ganz andere Wege, die mein Vater genauso wenig zu verstehen in der Lage war. Darum war Gerwin enttäuscht über seine Söhne, beschämt vermutlich auch.«

»Eberhart aber hat erkannt, dass Ihr einen weit lebendigeren Geist besaßt – eine hohe Begabung, die sich nicht in feste Formen pressen lassen wollte.«

»Das hat er möglicherweise erkannt, nicht aber, dass mein Vater das nicht sehen wollte. Daher ihr Zerwürfnis über meine Ausbildung und meine zukünftige Position.«

»Mein Oheim, Urban der Sänger, war ein weltkluger Mann, Hardo. Er kannte Eberhart schon aus der Zeit, als er als Knappe in Jülich Dienst tat. Wusstet Ihr, dass er selbst ihm damals das Lautenspiel beigebracht hat?«

»Nein, aber es nimmt mich nicht wunder. Urban war in den Sälen der Vornehmen gern gesehen, und an den Fürstenhöfen rühmte man seinen Gesang und seine Geschichten.«

»Er hat Eure Fähigkeiten erkannt.«

»Und hat mich geprüft, damals im Wald. Das weiß ich heute.«

»Vermutlich mit weit findigreicheren Fragen als mit zwei einfachen Rätseln und einer Rechenaufgabe, nehme ich an. Er war ein hochgebildeter Mann und sein Wissen umfänglich wie eine ganze Klosterbibliothek.«

»O ja, es war eine lange Unterhaltung, die wir führten, und seltsamerweise empfand ich sie nicht als Prüfung. Es bereitete mir Freude, seine kniffeligen Fragen zur Natur, den Maßen, Gewichten und Größen und meiner Sicht der Welt zu beantworten. Aber in einer Mär, wie ich sie den Menschen erzähle, muss weniges für vieles stehen.«

»Pars pro toto.«

»Wie man sagt.«

»Die lateinische Sprache habt Ihr inzwischen auch gemeistert?«

»Das, was man als Händler so braucht«, sagte ich grinsend. »Psalmen kann ich noch immer nicht rezitieren.«

»Euer Seelenheil wird nicht davon abhängen. Also hat Urban Euch dazu gebracht, aufzubrechen und die magische Laute zu suchen?«

Ich lachte – ja, inzwischen konnte ich über diesen Trick lachen, den er angewendet hatte, um einen törichten Jüngling dazu zu bringen, sein Schicksal selbst in die Hand zu nehmen.

»Ja, er hat mich auf die Fährte gelockt. Und doch wäre ich feige hier auf der Burg geblieben, hätte weiter die Schikanen geduldet und mich, wenn es mir zu viel wurde, in die Wälder geflüchtet, wäre nicht der Schwarze Ritter gekommen, um die Burg anzugreifen und mich in panische Angst zu versetzen.«

»Ich kam nie, um sie anzugreifen, Hardo. Ich kam, um Fragen zu stellen. Zwei Jahre, nachdem ich Euren Vater dem Henker übergeben hatte, war mein Gewissen erwacht – aus verschiedenen Gründen. Ich kam, aber der Burgvogt wollte mich nicht empfangen, sondern ließ das Fallgitter herunter, zog die Brücke hoch und ließ einen Pfeilhagel auf uns niedergehen.«

»Was heute verständlich scheint, denn er musste befürchten, dass Ihr seine Tat entdecken würdet, wenn Ihr genauere Fragen stelltet.«

»So nehme ich es jetzt ebenfalls an. Damals verärgerte er mich nur gründlich, weshalb einige tapfere Mannen auf den Zinnen zu Schaden kamen. Von Eurer Flucht durch den Tunnel ahnte ich natürlich nichts, Hardo, weshalb ich auch nicht wusste, dass Ihr mit Eurer Mutter und Jonata bei Cuntz Obdach gefunden hattet. Ich wollte auch den Pächter lediglich befragen, nicht plündern und brandschatzen. Aber Ihr seid geflohen – und Cuntz war verschwunden. Das allerdings gab mir damals schon zu denken.«

»Ihr habt ihn nicht gefunden?«

»Nein, er ist ebenfalls ein gewitzter Mann, und er wusste sehr wohl, was auf dem Spiel stand.«

»Eigentlich erstaunlich, dass er so arglos hier auf die Burg kam, als Ihr zur Lehnsvergabe zusammenrieft«, überlegte Ismael laut.

»Er mag misstrauisch gewesen sein, aber zehn Jahre sind eine lange Zeit, und ich hatte mich anschließend nie wieder hier sehen lassen. Er und Sigmund mussten geglaubt haben, dass Gras über die Angelegenheit gewachsen war.«

»Bis sie meinen Meister sahen.«

»Ja, Ismael, bis sie Hardo sahen und in ihm Gerwins Sohn erkannten.«

»Was Sigmund früher tat als Cuntz.«

Ich schenkte mir einen Becher Wein ein. Ulrich hatte mir gerade eine Antwort gegeben, die ich von ihm erwartet hatte – warum er damals zur Burg gekommen war.

»Euer Auftritt damals ist mir immer rätselhaft geblieben, Ulrich. Dumm, wie ich war, glaubte ich, er gälte mir, dem Sohn des Mörders.«

»Nicht dumm, aber in Eurer eigenen Welt gefangen. Und mein Ungeschick war es, allzu martialisch aufzutreten. Ich hätte nicht unbedingt die schwarze Rüstung anlegen und mit einem Trupp Bewaffneter auf die Burg zupreschen müssen. Ich wollte einschüchtern, hätte aber zweifellos mehr erreicht, wäre ich als Gesandter meines Herrn aufgetreten. Aber wie ich Euch vor einigen Nächten schon sagte, ich war verroht, hielt gnadenlose Gewalt für das Mittel, ein Ziel zu erreichen. Auch ich habe meine Leidenszeit gehabt, Hardo. Heute weiß ich es besser.«

»Ja, das habt Ihr wohl – und ja, Ihr wisst es auch.«

Ismael hatte die letzte Pastete verputzt und nahm sich nun von dem Wein. Er hatte nachdenklich zugehört, aber wie üblich hatte auch er seine Fragen.

»Herr Ulrich, habt Ihr denn gar nichts herausgefunden damals?«

»Doch, ich habe trotz allem mit einigen Leuten gesprochen, und was ich erfuhr, hat mein Unbehagen nicht gemildert.«

»Wollt Ihr mir verraten, was Ihr gehört und welche Schlüsse Ihr daraus gezogen habt?«

»Ja, das will ich. Auch wenn es ein Bußgang ist, Hardo. Als Erstes will ich zugeben, dass das Wissen über meine Ungerechtigkeit mich seither plagt, denn mir wurde bald klar, dass ich den falschen Mann zum Tode verurteilt hatte. Nur – wer der wahre Mörder war, das konnte ich damals nicht herausfinden.« Er schwieg einen Moment und rieb seine vernarbte Gesichtshälfte. »Vielleicht wollte ich es auch gar nicht«, sagte er leise. »Auch ich bin feige.«

»Wir sind es alle irgendwann in unserem Leben. Berichtet weiter«, forderte ich ihn auf.

»Ich kam, nachdem ich weder auf der Burg willkommen noch auf dem Pachtgut erfolgreich war, auf den Gedanken, die Nachbarn des Burgherrn zu befragen. Der Ritter Ludwig von Zündorf nannte Eberhart einen großzügigen Gutsherrn, mit dem er nie im Streit lag, sein Weib Aylken jedoch äußerte sich wenig freundlich über die Burgherrin, die sie als hochmütig schilderte. Über den Burgvogt wussten sie beide nur zu sagen, dass er die Ländereien gut verwaltete und dass sich auch Eberhart nie über ihn beklagte. Euren Vater nannten sie den ergebenen Vertrauten des Burgherrn, und ich spürte deutlich, dass sie mir vorwarfen, ein falsches Urteil gefällt zu haben. Sie hielten Gerwin nicht für den Mörder, wie immer sich auch die Umstände darstellten. Aber weitere Gedanken hatten sie sich nicht gemacht oder wollten sie mir nicht mitteilen.«

»Ja, ich erinnere mich an den Ritter von Zündorf. Er ging mit dem Burgherrn oft zur Jagd, und wenn es Feste zu feiern gab, gehörte er regelmäßig zu den Gästen. Wie übrigens auch der andere Nachbar, der Vogt von Lülsdorf.«

»Ein Mann, der mir größere Kunde geben konnte. Auch ein Freund Eberharts und auch voll Unverständnis für den Mord durch Gerwin. Er aber teilte mir, wenn auch barsch und unfreundlich, seine Gedanken dazu mit.«

»Der fünfte Ludwig von Lülsdorf ist ein heißblütiger Mann.«

»Weitergeholfen hat er mir nur damit, dass er mich an Peter van Auel in Lohmar verwies, und dort hörte ich, was ich schon weit früher hätte erfragen müssen. Denn Eberhart war an jenem Tag, bevor er das Opfer seines Mörders wurde, mit dem dortigen Burgherrn verabredet. Doch Eberhart traf nie auf der Burg Auel ein.«

»Der Weg nach Lohmar führt durch den Bannwald«, bemerkte ich.

»Aber der Leichnam wurde am nächsten Morgen in

den Pferdeställen hier im Zwinger gefunden«, ergänzte Ismael.

»Genau das weckte meine Wissbegier und mein Misstrauen. Und darum machte ich mich auf die Suche nach den Knappen des Herrn Eberhart.«

»Sie haben die Burg kurz nach seinem Tod verlassen und sind zu ihren Familien zurückgekehrt. Daran erinnere ich mich«, meinte ich.

»Ja, die beiden Edelknaben waren heimgekehrt. Von Lülsdorf hatte ich ihre Namen bekommen und suchte ihre Angehörigen auf. Beide Knappen taten inzwischen bei anderen Herren Dienst, der eine war jedoch mit seinem Ritter nach Brabant gezogen. Ihn zu suchen hatte ich nicht die Zeit. Den anderen fand ich als Gefolgsmann eines Bergischen Ritters. Es war der Jüngling, der mich am Tag, als ich die Untersuchung des Mordes am Burgherrn durchführte, versucht hatte zu sprechen, den ich aber abgewiesen hatte, da mir die Zeugenaussage des Pächters ausreichte. Als ich ihn gefunden hatte, hörte ich ihm jedoch aufmerksamer zu. Er erklärte mir nämlich, dass der Leichnam bereits in der Starre gelegen habe, als man ihn im Stall entdeckte. Ich bin kein Medicus, Hardo, aber ich habe genug Tote in meinem Leben gesehen. Ich hätte aufmerken müssen – Eberhart war nicht an jenem Morgen gestorben, sondern viele Stunden vorher.«

»Ein Umstand, der auch anderen hätte auffallen müssen, meint Ihr nicht?«

Ulrich starrte mich an.

»Ja, das hätte er wohl. Aber keiner hat ein Wort darüber verloren.«

»Was die ganze Angelegenheit in ein völlig neues Licht rückt.«

»Ich wollte dem nachgehen, Hardo, doch mein Herzog rief mich zu den Waffen. Die Kleverhammer Fehde ...«

»Eure Verwundung, der Verlust Eures Lehens – ja, es traten andere Ereignisse in den Vordergrund. Ich verstehe.«

»Deshalb trage ich noch immer an der Schuld, die ich endlich begleichen möchte, Hardo.«

»Damit gebt Ihr meinem Vater das Leben nicht zurück.«

»Nein, aber die Schuldigen sollen ihre Strafe erhalten.«

»Sigmund hat sie selbst gewählt.«

»Und kann uns leider nicht mehr Rede und Antwort stehen. Wann und wo hat er ihn umgebracht?«

Ismael schüttelte heftig den Kopf.

»Ihr fragt falsch, Herr Ulrich – Ihr kommt weiter voran, wenn Ihr fragt, warum er ihn umgebracht hat.«

»Alles das, Ismael, gilt es zu beantworten. Und das Erste und Zweite ist vermutlich leichter herauszufinden als das Dritte.«

Der Junge nickte.

»Der Wald.«

»Richtig, der Wald. Wenn Sigmund wusste, dass Eberhart an jenem Tag nach Lohmar zu reiten beabsichtigte, dann hatte er eine gute Möglichkeit, ihm dort aufzulauern.« Ulrich sah mich an. »Das reimt sich auf seinen Versuch, Euch dort zu ermorden.«

»Und mich wie damals den Burgherrn als das Opfer eines Wegelagerers dort liegen zu lassen.«

»Oder eines Wilderers.«

»Soll ich Euch auch darauf einen Reim machen?«, fragte ich.

»Tut es.«

»Cuntz ging der Wilderei nach. Ich wusste das, denn ich trieb mich ja oft genug in diesen Wäldern umher. Er stellte Fallen auf. Der Bannwald ist Wohnstätte vieler Tiere, deren Felle begehrt sind – Füchse, Luchse, Waldkatzen, Dachse. Ich habe nicht nur einmal verletzte Gefangene befreit. Was, wenn Sigmund Eberhart überfallen und ermordet hatte, aber von Cuntz dabei entdeckt wurde?«

»Dann würde es wohl zu einem Handel zwischen den beiden geführt haben«, war Ulrichs naheliegende Vermutung.

»Der entweder durch Drohung oder Versprechen besiegelt wurde.«

»Genau. Auf Wilderei im Königsforst steht die Todesstrafe. Beide, Pächter und Burgvogt, hatten das dringende Bedürfnis, ihre Taten zu verstecken.«

Ismael fuhr sich mit beiden Händen durch die Haare, ein sicheres Zeichen dafür, dass er aufgewühlt war. Offensichtlich wurde er der Flut seiner Gedanken nicht mehr Herr. Ich bat um eine Weile Bedenkzeit für uns alle. Denn auch ich musste erst wieder Ordnung in die einzelnen Tatsachen bringen.

Dass Eberhart im Wald ermordet worden war, erschien mir wahrscheinlich. Es gab zwar etliche Wege durch den Forst, die von den Bauern, den Beeren und Pilze sammelnden Weibern und Kindern, den Zeitlern oder Köhlern genutzt wurden, aber das Gebiet war groß, und man konnte lange Strecken gehen, ohne einer Menschenseele zu begegnen. Für einen Meuchelmörder gab es genügend Hinterhalte, um einem einsamen Reisenden aufzulauern. Es war leichtsinnig genug von Eberhart, ohne Begleitung dieses Gebiet zu durchqueren, aber andererseits führte er das Schwert nicht ohne Geschick, war ein starker und gewandter Kämpfer, und von größeren Räuberbanden hatte man in dem Gebiet nicht gehört. Wilderer pflegten im Geheimen zu arbeiten und gingen Bewaffneten lieber aus dem Weg.

Sigmund hatte mit Sicherheit gewusst, wohin sich der Burgherr begeben wollte, andere Bewohner der Burg ebenfalls. Es war ja kein heimliches Treffen, sondern wahrscheinlich eine Verwaltungs- oder Rechtsangelegenheit, die es zu klären galt. Immerhin war Eberhart einige Wochen fort gewesen und musste sich nun wieder um die Ländereien kümmern.

Ismael stellte seinen Becher nieder. Sein umtriebiger Geist hatte seine Arbeit beendet und in eine Form gegossen.

»Sie müssen ihn anschließend irgendwie in die Ställe gebracht haben, Meister. Ich meine, den Burgherrn. Die Torwachen müssten es bemerkt haben, wenn der Vogt einen toten Mann mitgebracht hätte.«

»So ist es, Ismael. Sie hätten es bemerken müssen«, sagte Ulrich. »Und sie werden sich erinnern müssen, wann und wie Eberhart von Langel vor zehn Jahren die Burg betrat.«

»Das Gedächtnis ist ein wankelmütiger Geselle«, murmelte ich. »Und anfällig für Münzen und Chimären.«

»Ich werde sie morgen noch einmal befragen.«

»Sofern überhaupt noch welche unter ihnen sind, die damals hier ihren Dienst taten. Euer Angriff …«

»Scheiße«, sagte der Ritter.

»Tja. Und Sigmund wird schon dafür gesorgt haben, dass die anderen Männer anderweitig in Brot stehen.«

»Wenn er klug war.«

»Bleibt noch Cuntz.«

»Bleibt noch Cuntz. Und je präziser unsere Fragen an ihn sind, umso weniger kann er sich herauswinden«, sagte Ulrich mit Bedacht.

Ismael aber war gedanklich schon wieder zu einer anderen Szene gewandert, und ich zollte ihm Anerkennung, als er seine Frage stellte.

»Wer hat den Leichnam des Burgherrn hergerichtet? Er hat ein schönes Grab bekommen, und man wird ihn in allen Ehren bestattet haben.«

»Natürlich tat man das. Vermutlich brachten die Knappen ihn in sein Gemach, die Frauen wuschen und kleideten ihn, und der Kaplan bahrte ihn auf«, sagte ich.

Ulrich stand auf und ging unruhig im Gemach auf und ab. Dann öffnete er die Läden, und ein frischer Wind ließ die Flammen der Lampen flackern. Das Gewitter hatte sich verzogen, es tröpfelte nur noch von den Dächern. Die Frösche quakten wieder lauthals im Graben.

»Es haben demnach eine ganze Reihe von Leuten geschwiegen, die mit mir hätten sprechen können«, sagte er schließlich.

»Man schweigt aus verschiedenen Gründen, Ulrich – aus

Feigheit und Angst, aus Scham und Loyalität, aus Billigung oder aus Vorteilsnahme.«

»Mein Gott, was für ein Sumpf!«, fuhr er plötzlich auf.

»Ja, ein stinkender Sumpf, in dem schon ein weiterer Mann versunken ist und in dem meine Herrin und ich heute beinahe ertrunken wären.«

Er nickte.

»An der Stelle hinter der Kapelle ist der Wassergraben ein Stück eingesackt.«

»Der Gang ist verschüttet. Gut so.«

»Könnte ihn jemand so hergerichtet haben?«

»Nein, ich glaube nicht, Ulrich. Er ist sehr alt, der Boden hier besteht aus Sand, und das Holz der Stützen, die man damals verwendet hat, wird durch die ständige Feuchtigkeit morsch geworden sein. Schon vor acht Jahren, als ich den Gang benutzte, sickerte Wasser von oben herein. Aber Ihr habt heute mit dem Kaplan gesprochen. Kennt er das Geheimnis unter seinem Altar?«

»Er war vom Donner gerührt, als ich es ihm offenbarte.«

»Vor Entsetzen, dass es den Gang gibt, oder darüber, dass Ihr davon wusstet?«

»Das weiß ich nicht zu ergründen. Aber inzwischen glaube ich, Letzteres hat ihn erschüttert.«

»Wir werden ihn noch ein bisschen mehr erschüttern, morgen oder übermorgen«, sagte ich, stand ebenfalls auf und stellte mich neben Ulrich an das Fenster.

»Und nun lassen wir für heute die Toten ruhen, Ulrich. Auch die Lebenden haben ein Recht auf unsere Aufmerksamkeit. Ist Euch nicht aufgefallen, wie anmutig das edle Fräulein Casta heute bei Mahl ausgesehen hat?«

Es zuckte etwas im Gesicht des Ritters, vielleicht war es ein Lächeln.

»Ich habe nur bemerkt, dass die Jungfer Engelin Euch Blicke zuwarf, die so ganz anderes schienen als die Tage zuvor. Ihr habt eine recht lange Weile im Lindenhain verbracht, nicht wahr?«

»Unsere Kleider mussten trocknen.«

»Natürlich.«

Jetzt lächelte er wirklich.

»Angesichts des Todes erkennt man die Wahrheit.«

»Erkannt, Ulrich, hatte ich sie schon lange. Und meine Herrin ebenso. Aber sie zugeben, das wollte die dornige Rose bislang noch nicht.«

»Sie ist eine mutige junge Frau.«

»Wie auch die edle Casta von Langel.«

»Ja, verdammt. Aber ich bin ihrer nicht wert.«

»Und im Angesicht des Todes?«

Er schwieg.

Ich sagte: »Mein Freund, der Domgraf, hat für sie gesprochen.«

»Ihr wisst das?«

Ich grinste Ulrich an.

»Als Minnesänger, werter Ritter, genießt man das Vertrauen der Weiber.«

»Sie hat sich Euch anvertraut?«

»In einer stillen nächtlichen Stunde.«

»Hardo?«

Ich überlegte, ob ich seine offensichtliche Eifersucht noch etwas mehr reizen sollte, aber dann dachte ich an die Hoffnungslosigkeit, die ich letzthin in seinem Gesicht gesehen hatte, und ließ Gnade walten.

»Ich traf sie um ihre unerfüllte Liebe weinend auf dem Wehrgang. Just in der Nacht, die den Tag beendete, an dem der Domgraf von Euch eine Abfuhr erteilt bekommen hat.«

»Und heute hat sie mit Lucas van Roide getändelt«, knurrte er.

»Wie berechenbar die Frauen sind. Eine erfolgreiche Taktik, mein Freund?«

Er sah mich an, und er hatte eine Erleuchtung.

»Ähm – ja.«

»Gut, dann denkt darüber nach!«

»Minnesänger!«

Ich lachte.

Und er lächelte.

Der Stachel hatte die Rüstung erfolgreich durchbohrt!


## Nächtliches Getuschel

Als das Gewitter noch seine ganze Wucht über der Burg entlud, stiegen Casta und Engelin, nachdem sie geholfen hatten, die Becher einzusammeln und das Tischleinen zu falten, zu ihrer Kemenate empor. Die Äbtissin hatte sich in ihr Bett zurückgezogen, die schweren Vorhänge um die Lagerstatt waren fest geschlossen. Loretta war im Rittersaal geblieben, aber Ännchen und Hildegunda saßen zusammengekauert in einer dunklen Ecke und sprachen zitternd und bebend Gebete, die sie vor den zornigen Mächten der Natur beschützen sollten. Wann immer ein Donner krachte, stieß Ännchen ein leises Wimmern aus.

»Was für zwei Angsthäschen haben wir denn hier?«, fragte Engelin und rüttelte leicht an der Schulter der verängstigten Kammerjungfer.

»D... das Ende der Welt kommt«, stöhnte sie.

»Quark. Das ist nur ein Gewitter und nicht der Zorn Gottes!«

»A... aber der Stern ...«

»Fällt auch nicht vom Himmel. Nur Regen und Hagel. Und wir sitzen hier alle zusammen in einer trutzigen Burg, der so ein bisschen Wasser und Wind nichts ausmachen. Im Wald ist so ein Gewitter viel grausiger.«

»Das möchte ich lieber nicht erleben«, meinte Casta und schauderte. »Aber Jungfer Engelin hat recht, hier sind wir sicher. Aber kommt mit in unser Gemach, gemeinsam lässt es sich leichter abwarten, bis das Unwetter fortgezogen ist.«

Ännchen stand willig auf, aber die Novizin blieb wie erstarrt in der Ecke hocken.

»Hildegunda, kommt, erhebt Euch. Es kann Euch nichts geschehen.«

Verstört blickte das Mädchen auf. Ihr Gesicht war gespenstisch blass, ihre Augen dunkel umschattet. Engelin verspürte Mitleid mit ihr. In ihrer Hochstimmung beim Essen, als sie heimliche Blicke mit ihrem Liebsten getauscht hatte, war ihr nur ganz nebenbei aufgefallen, dass die Novizin ganz in sich gekehrt war und die Speisen nicht angerührt hatte.

»Hildegunda, ist etwas geschehen? Hat die ehrwürdige Mutter mit Euch geschimpft?«

Ein kleines Kopfschütteln war die Antwort.

»Dann kommt doch mit, wir zünden Kerzen an und plaudern ein wenig. Dann vergeht die Zeit schneller, bis Blitz und Donner sich verzogen haben.«

Casta schob Ännchen bereits in ihre Kemenate, und Engelin zupfte an Hildegundas Gewand.

»Es ist so entsetzlich«, flüsterte diese plötzlich. »Ich weiß gar nicht, was ich tun soll.«

Also war tatsächlich etwas Dramatischeres geschehen als nur ein Gezänk wegen irgendeiner Saumseligkeit. Da Engelin sich ihr sehr eigenes Bild von der ehrwürdigen Mutter gemacht hatte, ahnte sie, was die Novizin herausgefunden haben mochte. Armes, unschuldiges Kind, dachte sie.

»Kommt mit zu uns, wir wollen Rat suchen, Hildegunda. Es gibt immer einen Rat, glaubt mir. Und immer auch Möglichkeiten, einer – mhm – schlimmen Situation zu entfliehen.«

Was nicht ganz richtig war, berichtigte sie sich selbst, als sie an Hardo und den schrecklichen Erzbischof dachte. Aber dies hier war keine Folter; es waren nur Gewissensqualen. Und das Mädchen hatte noch kein Gelübde abgelegt.

»Ihr seid so mutig«, flüsterte die Novizin.

»Nein, nicht besonders. Aber ich lasse mich nicht gerne unterkriegen. Kommt, steht endlich auf. Das ist auch ein

Zeichen von Mut. Man muss seinen Sorgen gefasst entgegentreten; damit kann man sie mächtig einschüchtern, und sie werden kleiner und unwichtiger.«

Das waren anscheinend die richtigen Worte, Hildegunda erhob sich und schlich hinter Engelin her in die Kemenate. Hier verbreiteten mehrere Kerzen ihr sanftes Licht, die Fensterläden waren geschlossen, die Polster des breiten Lagers zusammengerückt, und Ännchen sah schon weit mehr nach ihrem heiteren Selbst aus. Engelin nötigte die Novizin, sich ebenfalls auf das Bett im Alkoven zu setzen, suchte sich etwas unbeholfen, weil ihr inzwischen alle Glieder nach dem mittäglichen Sturz wehtaten, selbst eine Stelle neben Casta, lehnte sich an das Rückenteil und zog die Beine unter sich. In der Bettnische war es heimelig und warm, die weibliche Nähe tröstlich, obwohl der Donner noch immer gewaltig grollte.

»Seht ihr, bei hellem Kerzenschein ist alles nicht mehr so fürchterlich. Und ich glaube, das Gewitter zieht schon allmählich weiter.«

»Habt Ihr wirklich ein Gewitter im Wald erlebt, Jungfer Engelin?«

»Ja, Ännchen, sogar mehr als eins. Es ist zwar schaurig, aber auf seine Weise auch beeindruckend. Manchmal, wenn es ganz nahe ist, dann erzittert die Erde bei den Donnerschlägen, und es riecht nach Schwefel oder so. Wenn ein Blitz in einen Baum fährt, dann knallt es ganz entsetzlich. Ich habe gesehen, wie eine riesige Eiche von oben bis unten geborsten ist und Hagelkörner, groß wie Hühnereier, das Laub von den Ästen gefetzt haben. Aber jedes Gewitter ist irgendwann zu Ende.« Sie lächelte die beiden jungen Maiden an. »Jedes, glaubt mir.«

»Hat meine Mutter ein Gewitter über Euch entladen, Hildegunda?«, fragte nun auch Casta, die die Novizin eindringlich betrachtet hatte und offensichtlich zu einem ähnlichen Schluss wie Engelin gekommen war.

»Nein. Nein.«

»Was verstört Euch denn so? Es ist doch nicht alleine das Getöse da draußen. Ihr wart schon den ganzen Abend so still und habt kaum etwas gegessen.«

Hildegunda schien sich am liebsten unter den Decken verkriechen zu wollen.

Engelin wagte einen Vorstoß.

»Wir haben uns alle gewundert, dass die Äbtissin heute nicht an der Hohen Tafel saß. Hat sie ein Unwohlsein befallen?«

Das arme Mädchen zitterte wie Espenlaub, und darum kroch sie zu ihr hin und nahm sie in den Arm. Schmächtig war die Novizin, mager geradezu. Engelin dachte nach – nein, sie war noch nicht im Kloster gewesen, als sie selbst dort weilte.

»Wann seid Ihr nach Rolandswerth gekommen, Hildegunda? Ich kann mich an Euch nicht erinnern.«

»Vergangenen Sommer, Jungfer Engelin. Nach der Krönung.«

»Seid Ihr gerne dort?«

Wieder zitterte das Mädchen heftig. Aber dann holte sie tief Luft und schniefte.

»Die Eltern ...«

»Haben bestimmt, dass Ihr in den Orden eintreten sollt.«

»Meine Mutter ist sehr fromm.«

»Wisst Ihr, so schlecht ist das Leben im Kloster nicht. Es ist geruhsam, das Essen ist gut, wenn man krank ist, wird man gepflegt, die Arbeiten sind leicht, und wenn man will, kann man auch lesen und schreiben lernen.«

»Ja, das ist alles richtig.«

Casta hatte zugehört und sagte jetzt: »Aber meine Mutter führt die Schwestern sehr streng, nicht wahr?«

»Ja, aber das ist auch nicht schlimm. Es ist nur ...«

»Dass manche die Regeln übertreten, nicht wahr? Das hattet Ihr nicht erwartet.«

Engelin wand sich innerlich. Casta war ihre Freundin – konnte sie ihr wirklich sagen, was sie von der Äbtissin wusste? Oder wusste es Casta ebenfalls und schämte sich dafür?

Es war Ännchen, die keine Skrupel kannte.

»Hildegunda, Ihr seid ein unschuldiges Lamm. Das macht Euch das Leben verdammt schwer. Vermutlich, edle Jungfern, hat sie die Buhlerei der Ehrwürdigen verschreckt.«

»Was?«

Casta fuhr auf.

Und Hildegunda begann zu schluchzen.

»Na, die Äbtissin treibt's mit dem Stiftsherrn. Deswegen schickt sie ihr Novizchen immer in den Garten, Psalmen lernen. Und jetzt hat sie es wohl doch entdeckt.«

Casta starrte Ännchen an.

Engelin drückte Hildegunda an sich.

Das Gewitter war vergessen.

»Engelin?«

»Ja, Casta, ich wusste es.«

Ihre Freundin stieß einen gotteslästerlichen Fluch aus.

Diesmal sahen die drei anderen jungen Frauen sie entgeistert an.

»Entschuldigung. Hildegunda, was hast du beobachtet?«

»Die … die ehrwürdige Mutter. Nur sie hat gestritten. Mit dem Stiftsherrn. Und der wollte nicht, was sie wollte. Und da hat sie ihn …« Ein Schluckauf packte die Ärmste. »Sie hat ihn verprügelt.«

»Alle Heiligen und Unheiligen.« Engelin wurde plötzlich von einer unbändigen Heiterkeit erfasst, als sie sich vorstellte, diese Neuigkeit Hardo zu erzählen. »Daher die dicke Lippe!«, stieß sie hervor.

»Worüber stritten sie?«, wollte Casta kühl wissen.

»Über Euch, edles Fräulein. Wegen dem Lehen und dem Geld.«

»O Gott, das schon wieder. Ich bin es so leid!«

»Aber der Stiftsherr vertritt doch den Erzbischof und spricht für meinen Vater«, meinte Engelin verwundert.

»Ich weiß nicht, worum es ging«, schluckte Hildegunda.

»Ist ja gut, Liebes, ist ja gut. Wir sind hier seit Tagen eingesperrt, und da gibt es immer mehr Spannungen. Hört zu, Hildegunda – Ihr müsst nicht in das Kloster zurück, wenn Ihr nicht wollt.«

»Ich muss aber. Die Mitgift …«

»Die kann Euch auch einen Platz in einem anderen Kloster oder Stift oder einem Beginenkonvent sichern. Es sind hier einige sehr mächtige Männer versammelt, die ihren Einfluss geltend machen können. Der Ritter von der Arken beispielsweise oder mein Vater.«

»Und mein Oheim, der Domgraf von Speyer«, sagte Casta mit einem leisen Zischen. Dann aber wurde ihre Stimme heiterer. »Und nicht zu vergessen Hardo von Langel, nicht wahr, Engelin? Er hat uns mit seinem Minnesang ganz hübsch an der Nase herumgeführt.«

»Meister Hardo?«, fragte die Novizin ungläubig.

»Habt Ihr denn vorhin nicht zugehört?«, wollte auch Ännchen wissen. »Er ist ein weitgereister, wohlhabender Kaufmann.«

»Nein, nein, ich hab nicht zugehört.«

»Nun, dann würde ich vorschlagen, ihr beide sucht jetzt euer Lager auf. Das Gewitter hat sich gelegt, und die Tränen sind versiegt, nicht wahr?«, befahl Casta ungewohnt energisch. »Ännchen, du kannst Hildegunda berichten, was wir heute erfahren haben.«

»Vielleicht solltest du ihr auch eine vorsichtige Erklärung darüber geben, was Gott damit meinte, als er sagte, dass wir Menschen fruchtbar sein und uns vermehren sollten. Und wie der Allmächtige im Wunder seiner Schöpfung dieses Vorgehen geregelt hat«, fügte Engelin hinzu.

»Ähm – ja, das könnte ich wohl.«

»Das dachte ich mir.«

Ännchen führte die Novizin hinaus, und Casta schloss nachdrücklich die Tür hinter den beiden.

»Und nun, meine Freundin, wirst du mir sehr genau

berichten, was in der Zeit von heute Vormittag bis zum Läuten der Non im Einzelnen geschehen ist.«

»Nichts.«

»Und davon hast du blaue Flecken überall und ein verklärtes Lächeln im Gesicht, wann immer du deinen Hardo ansiehst, ja?«

Unbehaglich rutschte Engelin auf dem Kissen nach unten.

»Sprich.«

»Ich sollte es nicht.«

»Ist es etwas, wofür du dich schämen musst?«

»Nein – nur … Ach, was soll's.«

Also erzählte sie der atemlos lauschenden Casta von dem Geheimgang und ihrer Rettung.

»Und dazu habt ihr mehrere Stunden benötigt – um vom Lindenhain zum Palas zu kommen? Habe ich das richtig verstanden?«

»War das so lange? Das ist mir gar nicht aufgefallen.«

»Habt ihr ein wenig Kurzweil getrieben?«

»Aber nein. Unsere Kleider waren nass und der Weg beschwerlich.«

»›Verdammte Linden da am Weg‹?«

Engelin kicherte entwaffnet und sang dann mit verhaltener Stimme:

>»Unter der Linden, auf der Heide,
>  wo unser Zweier Bette war,
> da mögt ihr finden, schöne beide,
> gebrochen Blumen und das Gras,
>   vor dem Walde in einem Tal
> Tanderadei – schöne sang die Nachtigall.«[17]

»Und war das Tanderadei angenehm, oder hat es auch blaue Flecken verursacht?«

---

17 Walther von der Vogelweide

»Nur den Blumen, auf denen wir lagen. Ach, Casta«, seufzte Engelin.

»Du hast ihm vergeben, dass er mit dieser Loretta angebandelt hat?«

»Es ist nicht mehr wichtig.«

»Nein, wahrscheinlich nicht. Ich habe übrigens, während du dich deinem Tanderadei gewidmet hast, ein wenig mit Ännchen über ihre Herrin geplaudert. Dir zuliebe, damit du nötigenfalls etwas hast, womit du Hardo triezen kannst. Aber das ist nun ja auch nicht mehr nötig.«

»Wissen würde ich es aber dennoch gerne.«

»Ach ja?«

»Ich bin eben neugierig. Lass hören.«

»Ja dann. Also, so recht weiß ich nicht, ob ich sie verdammen oder bemitleiden soll. Sie putzt sich ja immer prächtig auf, aber sie hat das dreißigste Lebensjahr bereits seit einigen Jahren überschritten.«

»Eine taufrische Blume war sie schon in Lahnstein nicht mehr. Das war es ja, was mich so grämte. Ich dachte, Hardo fände genau das an ihr so anziehend – weil sie doch so erfahren in der Minne war.«

»Mag sein, dass sie da Erfahrung hat. Sie hat sie zumindest wohl über einige Jahre gesammelt. Aber eigentlich entstammt sie einer ritterbürtigen Familie aus Bayern und ist als Jungfer mit einem Edelmann im Gefolge des Burggrafen von Nürnberg verheiratet worden.«

»Ja, aus guter Familie stammt sie, mit den höfischen Gepflogenheiten ist sie vertrauter als ich. Auch so ein Grund, warum ich mich gegrämt habe.«

»Du benimmst dich sehr anmutig, Line. Das ist besser als das geschnörkelte Betragen der Höflinge, glaub mir.«

Engelin schnaubte leise.

»Mein Vater versucht es manchmal nachzuahmen, aber ihm gelingt es nie. Na, erzähl weiter. Ich nehme an, der Edelmann der Loretta hat das Zeitliche gesegnet?«

»Nein, viel schlimmer. Der Herr hat nach wenigen Jah-

ren Ehe beschlossen, fromm zu werden und in einen Bettel-
orden einzutreten. Die Ehe wurde aufgelöst.«

»Dass Loretta einen Mann in die Arme der Kirche treiben
kann, verwundert mich, ehrlich gesagt.«

»Vielleicht muss man daran Loretta nicht die Schuld
geben. Die Ehe war kinderlos geblieben.«

Engelin überdachte das und fällte ihr Urteil: »Dann hätte
der Idiot nicht heiraten sollen.«

Casta zuckte mit den Schultern.

»Männer eben. Sie haben wohl oft so komische Vorstellungen von Tugenden und Pflichten. Jedenfalls weigerte
sich Loretta, in ihr Vaterhaus zurückzukehren, und blieb als
Hofdame in Nürnberg. Sie wurde die Geliebte des Schatz-
meisters. Diese Beziehung aber fand kurz vor der Versammlung der Kurfürsten in Lahnstein ein Ende. Sie zog dennoch
mit dem Hofstaat mit und suchte dort erneut ihr Glück.«

»Und dort fiel ihr Auge auf den anmutigen Höfling Lucas.
Vermutlich weniger wegen seines angenehmen Wesens als
wegen der Tatsache, dass er im Dienste Ruperts von der
Pfalz stand, der der neue König wurde.«

»Macht und Einfluss üben großen Zauber aus.«

»Ja, aber größeren noch Hardo mit seiner Laute und seiner rauen Stimme«, fügte Engelin hinzu.

»Der Lucas bemüht sich weidlich, eine Augenweide zu
sein, Engelin, aber sowie man etwas an ihm kratzt, ent-
puppt er sich als hohler Balg. Das dürfte bei deinem Hardo
etwas anders sein.«

Engelins Gedanken huschten eben zu dem harten, muskulösen Leib, der sie unter den Linden umfangen hatte, und
sie erschauderte vor Wonne.

»Engelin? Engelin, wo bist du?«

Sie seufzte: »Unter der Linden, auf der Heide ...«

»Dazu kommen wir gleich noch«, kicherte Casta. »Dich
hat er also nicht enttäuscht, wohl aber Loretta, wie wir heute
hörten. Nachdem sie ihn verraten hatte – vorüber sie keine
Reue zu empfinden scheint –, wandte sie sich von Bingen

aus nach Heidelberg, wo der neu gekrönte König Rupert Hof hielt. Hier trat Ännchen dann auch in ihren Dienst. Rupert jedoch war nach Italien aufgebrochen, und Loretta fristete zunächst ein ziemlich dürftiges Dasein, lieh sich hier und da Geld zusammen, und dann begegnete sie Lucas wieder.«

»Und hatte diesmal Erfolg bei ihm.«

»Richtig, aber ich werde das Gefühl nicht los, dass sie nicht besonders glücklich ist, Engelin. Er wird sie nicht heiraten, und treu ist er ihr auch nicht.«

»Sie ihm auch nicht. Sie hat mit Cuntz im Heu gelegen, sagt Hardo, als der Burgvogt vom Söller fiel.«

»Ja, und heute Abend ist sie ebenfalls noch nicht zurückgekommen.«

»Sie ist ein lockeres Weib, aber ich vermute, sie sucht dennoch verzweifelt nach Sicherheit.«

»Dann soll sie zu ihrer Familie gehen oder in ein Stift eintreten und ein anständiges Leben führen«, sagte Casta. »Mit dem Höfling – bah, Engelin. Ich habe heute Nachmittag das getan, was du mir geraten hast. Und das wäre beinahe schiefgegangen. Der Mann hat eine gezierte Oberseite, aber darunter ist der ein brutaler Kerl. Ich habe tatsächlich mit dem Feuer gespielt, und nur weil der Ritter ihm fast den Arm gebrochen hat, bin ich noch mal davongekommen.«

»Au weh.«

»Ja. Immerhin, Ulrich hat mich beschützt, und er war auch aufrichtig besorgt um mich. Aber auch ungeheuer grimmig und hat mir befohlen, nicht wieder in die Nähe des Höflings zu kommen.«

»Wie freundlich.«

»Mhm.«

Engelin fing an, sich für die Nacht zu entkleiden, und Casta half ihr schweigend dabei. Anschließend löschten sie die Kerzen und krochen unter die Laken.

»Das mit meiner Mutter, seit wann wusstest du das?«

»Seit ich damals aus dem Hospiz kam und bei den Novizinnen lebte. Erst wollte ich es auch nicht wahrhaben, aber – da waren immer Männer, weißt du. Und die Laienschwestern tuschelten.«

Casta nickte verstehend.

»Ja, man lernt recht bald, wie es um die Fruchtbarkeit bestellt ist. Frauen im Haus und in der Nachbarschaft werden schwanger, kommen ins Kindbett, gebären und erzählen. So unwissend wie Hildegunda war ich nie, und du sicher auch nicht.«

»Nein, auch ich nicht. Ich habe zwei ältere Schwestern, die beide Kinder bekamen, noch bevor ich fortlief. Deswegen verstand ich ziemlich gut, worum es bei den Tuscheleien über die Äbtissin ging.«

»Es ist entsetzlich. Mein Bruder wusste auch davon. Darum hat er schließlich das Schweigegelübde abgelegt. Ich vermute, dass er sogar noch mehr unter seinem Schweigen verbirgt. Mein Gott, wenn Ulrich das alles erfährt.«

»Er weiß es schon.«

Casta fuhr auf.

»Hardo – nein, Ismael hat es von Ännchen erfahren. Leg dich wieder hin, Casta. Er hat dir ja trotzdem befohlen, von dem schönen Lucas fernzubleiben.«

»Was für ein Trost.«

»Find ich schon«, gähnte Engelin und gab sich süßen Träumen von Linden und Tanderadei hin.

# Der siebte Tag

Glück, das geht gar auf und ab:
Man findet's leichter, als man es halte.
Es wendet sich, wenn man's nicht wohl versorget.
Wen es beschweren will, dem gibt es vor der Zeit.
Und nimmt auch vor der Zeit, was es ihm leiht.
Zum Toren macht es, wem es zuviel geborget.[18]


## Flucht im Morgengrauen

Ich wurde im Morgengrauen wach, und sofort über-
schwemmte eine Flut von Gedanken mein Hirn. An Weiter-
schlafen war nicht zu denken. Darum zog ich mich an und
ging leise nach unten. Die Burgbewohner schlummerten
alle, selbst die Hühner steckten noch ihre Köpfe ins Gefieder, und nur ein verwegener kleiner Vogel saß trillernd auf
dem Brunnen. Ich erklomm die Stiege zum Wehrgang und
wanderte Richtung Torhaus. Das Gewitter hatte Feuchtigkeit hinterlassen, dichter Nebel lag über Land und Strom.
Auf dem Turm neben dem Tor blieb ich stehen und blickte
zum Lindenhain. Zart hing der Duft von Blüten im Dunst,
doch zu erkennen waren nur die Wipfel der ersten Bäume
nahe der Mauer. Für einen friedlichen Moment gab ich mich
der köstlichen Erinnerung an den vergangenen Nachmittag
hin. Meine süße Herrin lag auch noch in den Federn, und
sehnsüchtig dachte ich daran, wie entzückend es wäre, sie
jetzt mit einem verspielten Herzen und Kosen zu wecken.

---

18 Gottfried von Straßburg

Doch dann mahnte ich mich wieder zur Zucht. Die stille Morgenzeit war der rechte Augenblick, in Ruhe über die kommenden Ereignisse nachzusinnen.

Kühl war es geworden nach der Schwüle des vergangenen Tages, und das machte meinen Kopf frei dafür, eine Bilanz zu erstellen – genau wie ich es gelernt hatte, meine Geschäfte zu ordnen, die Ausgaben und die Einnahmen einander gegenüberzustellen, die Verpflichtungen zu überprüfen, die ich eingegangen war, und jene abzuwägen, die man mir gegenüber hatte. Vor allem aber galt es, genau wie in den Geschäften, Risiken abzuwägen und Verbindungen herzustellen zwischen dem, was die einen wollten, die anderen konnten und dem, was ich bereit war zu geben oder zu nehmen.

Es ähnelten sich meine beiden Professionen, das hatte ich schon bald bemerkt. Auch ein Geschichtenerzähler und Sänger hatte Ordnung zu halten, wenn er seine Mär den Zuhörern verständlich darstellen wollte. Als Erzähler hielt man alle Fäden in der Hand, wusste, wie sie verknüpft waren, welche abgeschnitten werden mussten, welche sich bis zum Ende durchzogen – und vor allem kannte man den Leitfaden, um den sich alle anderen wanden.

So lernte man, komplizierte Handlungen zu behalten, sie dem jeweiligen Publikum anzupassen, die Spannung aufzubauen oder zu dämpfen, Geheimnisse zu wahren oder zu offenbaren und schließlich alles zu einem furiosen Ende zu führen.

Bei Geschichten, die bereits seit Jahren und Jahrzehnten wiederholt wurden, war das einfach und bedurfte lediglich eines guten Gedächtnisses. Bei der meinen aber versagte diese Regel. Denn ich kannte das Ende nicht, und die zahllosen Fäden in meiner Hand schienen an vielen Stellen noch lose herunterzuhängen.

Es war an der Zeit, Verknüpfungen herzustellen.

Ich glaubte nun nicht mehr an den Zufall, der uns hier auf der Burg zusammengeführt hatte. Ulrich hatte mit

Überlegung ganz bestimmte Leute eingeladen, doch auch er konnte noch nicht wissen, wie ihre Schicksale miteinander verflochten waren. Immerhin hatte er einen guten Instinkt bewiesen.

Der Tod des Burgherrn und die falsche Beschuldigung meines Vaters waren der Ausgangspunkt gewesen. Seinen Mörder hatten wir entdeckt, das falsche Spiel des Pächters entlarvt. Doch es blieben Mitwisser übrig, die Schuld an dem einen wie dem anderen Ereignis trugen. Sie alle hätten meinen Vater vor dem Galgen retten und möglicherweise den Vogt seiner gerechten Strafe überführen können.

Es war müßig, über das Warum zu grübeln – in die Köpfe der Menschen schaute man nicht. Was man aber sah, waren ihre Beziehungen untereinander.

Sigmund, der Mörder, war mit Ida verheiratet und hatte Jonata zur Tochter. Sie hatte er zwei Jahre nach dem Tod Eberharts mit Cuntz, dem Pächter, getraut, obwohl sie einen Mann höheren Standes hätte ehelichen können.

Ein Teil des Handels um den Verrat?

Margarethe, die Gemahlin des Ermordeten, hatte die Burg verlassen, um in das Kloster einzutreten; ihr Sohn Karl legte das Schweigegelübde ab. Doktor Humbert, der Bruder des Toten, weigerte sich, das Lehen zu übernehmen.

Und nun forderte Margarethe plötzlich die Burg als Kunkellehen für ihre Tochter und hatte dazu ihren Bruder, den Domgrafen von Speyer, als Fürsprecher benannt.

Der Gelehrte Doktor Humbert aber beanspruchte gleichzeitig das Lehen für seinen Neffen Lucas.

Was hatte ihren Wandel bewirkt?

Waren sie der Meinung, dass nach zehn Jahren die damalige Tat und ihre Beteiligung daran in Vergessenheit geraten waren? Nun, dann hatte Ulrich außergewöhnlich klug gehandelt, sie zu diesem Zweck zusammenzurufen.

Blieben Hinrich van Dyke und der Stiftsherr übrig, die beide keine Beziehung zu Eberhart von Langel gehabt hatten. Doch – und hier wurde die Angelegenheit wirklich gewagt – das minnigliche Verhältnis des Stiftsherrn zu der Äbtissin, dem Weib des Ermordeten, erschien so in einem neuen Licht. Dass sie einander kannten, hatte ich bereits in Lahnstein beobachtet, das Geraune über die mannstolle Äbtissin war dem spitzohrigen Ismael sofort aufgefallen. Ulrich hatte aber davon offensichtlich nichts gewusst. Hier mochte der Zufall ihm ein Schnippchen geschlagen haben.

Blieb noch der Kaplan, der um den Geheimgang wusste, der mit dem Bruder des Ermordeten eine innige Freundschaft pflegte und sicher die Beichte aller Burgbewohner hörte. Ich hielt ihn nicht für einen so charakterfesten Mann, das Beichtgeheimnis jederzeit zu wahren. Er war ein auf die eigene Bequemlichkeit und die leiblichen Genüsse ausgerichteter Saufaus, der sein Amt zum Schwadronieren und Wichtigtun nutzte. Wie viel wusste er über das Leben und Treiben der Burgbewohner damals, und welchen Einfluss hatte er ausgeübt? Denn ein Priester konnte nicht nur Sünden vergeben, sondern die Menschen auch in Angst und Schrecken versetzen.

Diesen Überlegungen hing ich nach und versuchte, in meinen Erinnerungen Anknüpfungspunkte zu finden. Aber ich war damals an dem Leben der Herrschaften wenig interessiert gewesen, besser gesagt, ich war ihnen, so gut es mir möglich war, aus dem Weg gegangen.

Der graue Nebel wurde lichter, mehr und mehr Vögel trotzten der klammen Kälte und huben ihren Morgengesang in den Linden an. Doch über dem Gezwitscher und Tirilieren hörte ich ein anderes, leises Geräusch im Burghof. Schlurfende Schritte näherten sich dem Tor.

Hier oben auf dem Turm war ich hinter den Zinnen einigermaßen verborgen. Ich spähte hinunter und entdeckte zu meiner Verwunderung einen anderen Frühaufsteher, der nun vor dem Torhaus innehielt. Ein Mann in Reisekleidung – Stiefel, Wams, Mütze, ein Bündel über dem Rücken.

Na, na, wer mochte da sein Glück bei den Wachen versuchen?

An der Stimme erkannte ich ihn.

Magister Johannes rief dem Wachhabenden leise etwas zu.

Der Gewappnete trat aus seinem Gelass und begann ein Gespräch mit dem Kaplan. Was sie miteinander verhandelten, konnte ich nicht verstehen. Doch als ein Beutel Münzen die Hände wechselte, war der Inhalt ihrer Unterhaltung offensichtlich.

Neben dem Haupttor gab es einen schmalen Durchgang, der auf die Zugbrücke führte und von einzelnen Fußgängern genutzt werden konnte, selbst wenn das Fallgitter herabgelassen war. Die Zugbrücke selbst war nicht hochgezogen worden, da kein Angriff von außen erwartet wurde. Die Flucht konnte dem Kaplan also gelingen, wenn der Wächter die schmale Pforte für ihn öffnete.

Da mir jedoch der Sinn danach stand, mich noch einmal gründlich mit Magister Johannes zu unterhalten, beschloss ich, dieses Vorhaben zu vereiteln.

Ich eilte die Stiege auf leisen Sohlen nach unten, und just als der bestechliche Wächter das Türchen aufstieß, packte ich den Kaplan an seinem Wams im Nacken und riss ihn zurück.

Er gab einen gurgelnden Laut von sich.

»Wächter, du hast zwei Möglichkeiten. Entweder ich schlage laut Alarm, oder du gibst mir den Beutel und rufst deinen Hauptmann.«

Der Tropf, er konnte der Hellste wirklich nicht sein, sah mich mit leicht hervorstehenden Glupschaugen hilflos an.

»Trottel, meine Stimme mag rau und heiser sein, aber laut genug, um die halbe Burg zu wecken, ist sie allemal noch!«, blaffte ich ihn an. Er ließ den Münzbeutel fallen und versuchte, aus dem Törchen zu entwischen. Ein Fußtritt hinderte ihn daran, aber dabei entglitt mir aus Versehen der Kaplan. Er entwand sich meinem hastigen Griff und wollte über den niedergestürzten Wachmann entkommen. Ich machte einen Sprung hinter ihm her, erwischte ihn an der Schulter und stieß ihn mit dem Kopf gegen das Tor.

Knochen krachte gegen Holz. Magister Johannes sackte in die Knie.

Es war nicht ganz lautlos vonstatten gegangen, und ein anderer Wachmann streckte müde seinen Kopf über den Wehrgang.

»He, du da, gib Alarm!«, brüllte ich nach oben.

Er befolgte meinen Befehl lautstark.

Endlich tat sich etwas.

Ein Halbdutzend Mannen, verschlafen, aber in voller Kleidung, stürmten als Erste aus ihrer Unterkunft herbei. Der Hahn krähte, die Hühner flatterten wild über den Hof. Ismael, Dietrich und Puckl, nur in kurze Tuniken gekleidet, kamen angelaufen. Eine Magd in verrutschtem Hemd und ein vollkommen nackter Wachmann stolperten aus dem Stall am Torzwinger. Sie wies ich barsch an, wieder zu verschwinden.

Immerhin erwies sich der Hauptmann der Wache als etwas beweglicher im Geiste als seine Mannen. Er ließ den säumigen Torwächter in Ketten legen und in eine Kammer im Turm einsperren, die Mannpforte schließen und den Kaplan durch zwei Mannen mit Lanzen bewachen. So fand Ulrich ihn dann vor.

»Bemerkenswert«, sagte er.

»Nun ja, der andere Gang ist ja versperrt.«

»Was meint Ihr, sollen wir ihn in das Verlies werfen?«

Magister Johannes kam wieder zu Bewusstsein und zappelte und wimmerte. Doch die Lanzenspitzen nagelten sein Wams am Boden fest. Wenigstens konnten die Kerle mit den Dingern umgehen.

»Keine gute Idee, ihn mit Cuntz zusammenzusperren. Es wird doch hier in den Türmen kleine, abschließbare Kammern geben, in denen man ihn für eine Weile aufbewahren kann«, schlug ich vor.

Der Hauptmann bestätigte das. Er wirkte recht betroffen

über den Vorfall und zeigte sich bereit und willig, jedes Wort umgehend zu befolgen. Die Wachen stellten den Kaplan auf die Füße und zerrten ihn in die Torburg.

»Wollen wir über die Bedeutung dieser Angelegenheit nachsinnen, Hardo, oder warten, bis der Magister gesprächig wird?«

»Ich sann bereits über das eine oder andere nach. Der Schlaf war heute ein flüchtiger Gast bei mir. Sonst hätte ich dieses Schauspiel versäumt.«

Ich erklomm wieder die Stiege, und der Ritter folgte mir.

»Die Mannen sind nachlässig.«

»Kein Wunder. Seit dem Überfall durch den Schwarzen Ritter hat es hier keine Bedrohung mehr gegeben«, sagte ich mit einem Lächeln.

»Ihr meint, ich hätte es noch einmal versuchen sollen, was?«

»Es erhöht die Wachsamkeit der Leute. Ansonsten ist das Leben langweilig für sie. Hier mal einen Besucher ankündigen, da mal einen Hausierer abweisen, Waffen putzen, auf dem Turm rumstehen – sie haben gelernt, im Stehen zu schlafen, das habe ich bei meinen nächtlichen Rundgängen gerne genutzt. Wenn das Tor offen ist, reiten sie die Wege ab, machen Waffenübungen, drangsalieren die Bauern und Pächter. Aber derzeit bleibt ihnen nur Essen, Schlafen und das Würfelspiel.«

»Mich dauern sie nicht.«

»Nein, mich auch nicht. Aber dieser Vorfall gibt Euch eine gute Gelegenheit für eine harsche Befragung der Mannen, Ulrich.«

»Richtig. Und nun – was ist Eure Theorie zu der versuchten Flucht unseres Burggeistlichen?«

»Das Wissen um den Geheimgang – Ihr habt ihn gestern darauf angesprochen. Wenn mich nicht alles täuscht, gehört auch er zu denjenigen, die damals zu der Anschuldigung gegen meinen Vater geschwiegen haben. Er hat Eberhart von Langel in der Kapelle aufgebahrt oder zumindest dabei geholfen. Der Zustand des Toten wird ihm nicht entgangen sein. Oder wenn doch, so mag der eine oder andere, den das Gewissen deshalb drückte, es bei der Beichte geäußert haben. Das wäre die einzig harmlose Erklärung für sein Schweigen. Weniger harmlos wäre sein Schweigen gewesen, wenn er einen Grund hatte, Eberharts Mörder zu decken, und noch gefährlicher, wenn er als Handlanger für den Mörder fungiert hätte.«

»Indem er es ermöglichte, dass der Tote – oder der Mörder – durch den geheimen Weg in die Burg hinein- oder hinausgelangte. Das ist richtig. Durch sein Schweigen würde er nicht nur die Falschaussage des Pächters stützen, sondern auch den Tod des Burgherrn billigen«, fasste Ulrich zusammen.

»Bleibt wieder das Warum.«

»Es gibt da Befragungsmethoden …«

»Die ich nicht gerne anwenden würde. Lasst es mich auf meine Weise weiter versuchen, Ulrich. Der Tag ist eben erst angebrochen. Ach ja, und fragt den Domgrafen, ob er die Morgenandacht hält.«

»Ah, richtig. Um was man sich alles kümmern muss.«

»Ein hartes Los hat so ein Burgherr«, spottete ich.


Gottfried von Fleckenstein, der Domgraf von Speyer, hielt eine ruhige, kurze Morgenandacht. Er war zwar zum Priester geweiht, stand aber selten am Altar. Er war für die Verwaltung der Pfründe seines Bistums zuständig und weit mehr an rechtlichen Fragen interessiert als an kirchlichen Ritualen. Dennoch entledigte er sich der Aufgabe mit Anstand und vornehmer Haltung.

Niemand fragte nach dem Verbleib des Kaplans.

Nach dem letzten Amen aber trat Ulrich wie üblich vor und machte den Anwesenden diesmal die Mitteilung, dass der Tod des Burgvogts Sigmund aufgeklärt sei.

»Aber es stehen noch einige Fragen an, auf die ich und Hardo von Langel Antworten hören wollen. Darum werde ich das Gericht erst am morgigen Tag halten. So lange bleiben die Tore der Burg noch geschlossen.«

Es war ein Raunen, das die Kapelle erfüllte. Unwillig, hoffnungsvoll, ängstlich, protestierend.

Aber niemand erhob einen Einwand.


Ich bat Ismael, ein wenig auf Engelin aufzupassen, nicht so viel, dass es ihr lästig würde, aber so, dass er möglichst in ihrer Nähe blieb. Dann half ich Ida, einige Säcke aus den Vorratsräumen zu holen, und fand dabei Gelegenheit, meiner Herrin einen heimlichen und daher sehr süßen Kuss zu schenken. Sie flüsterte mir zu, sie habe Neuigkeiten für mich.

»Die Äbtissin hat dem Stiftsherrn die Lippe aufgeschlagen!«

»Autsch! Heilige Apollonia von den Zahnschmerzen.«

Engelin kicherte, warf einen verschwörerischen Blick um sich, ob auch niemand zuhörte, und zischelte dann: »Sie glaubt, dass du Anspruch auf das Lehen erhebst.«

Ich schüttelte nur den Kopf. Mehr erklären konnte ich ihr im Augenblick nicht, denn in der Küche war am Vormittag zu viel Betrieb und zu viel zu tun, als dass wir Zeit für ein vertrauliches Plaudern gefunden hätten. Ich entzog mich der Geschäftigkeit, um das zu beenden, wozu ich am Tag zuvor nicht gekommen war – ich rupfte Unkraut im Lichhof und ließ meine Gedanken auf Wanderschaft gehen.


**Die Macht des Geldes**

Ismaels Aufgabe an diesem Morgen war es, sich um die Weinvorräte zu kümmern. Frau Ida hatte einen Würzwein angesetzt, und er füllte nun die Krüge für den Abend aus dem Fass ab. In der großen Küche wurde eifrig gearbeitet, Engelin und Casta, Jonata und sogar Loretta werkten an den

Tischen und Feuerstellen, kneteten und rührten, hackten und walkten. Mit einem Seitenblick aber bemerkte Ismael, dass die Hofdame sich doch gerne vor den schmutzigeren Arbeiten drückte. Sie zupfte etwas umständlich Kräuter vom Stängel, und ein leichter Minzduft verbreitete sich im Raum. Irgendwann bat sie ihn dann um einen der Krüge, die er bereits abgefüllt hatte, verrührte ihre grüne Paste in dem Wein und forderte die anderen auf, davon zu kosten.

»Das ist eine Rezeptur meiner Mutter«, verkündete sie und reichte Becher herum, in denen die aromatischen Blättchen schwammen. Es schmeckte tatsächlich ganz gut, stellte Ismael fest und kümmerte sich nicht weiter darum. Er nutzte die Gelegenheit, einen wohlgefüllten Weinkrug ungesehen auf die Seite zu schaffen, um ihn für sich und seine beiden Freunde abzuzweigen.

Das Vorhaben gelang reibungslos, und mit dem requirierten Krug eilte er zu ihrer Unterkunft, um ihn hier zum späteren Genuss abzustellen. Als er wieder auf den Hof trat, kam Puckl von der Stiege des Bergfrieds gepoltert, sah ihn und stürzte winkend auf ihn zu.

»Ismael, hilf mir. Mein Herr – er ist so wütend. Es wird ein Unglück geschehen!«

»Wo?«

»Oben, in der Kammer. Der Stiftsherr ist bei ihm.«

Ismael folgte dem aufgeregten Secretarius und hörte schon an der Steintreppe nach oben das Gebrüll.

»Ihr seid ein rückgratloser Molch! Ihr seid nichts anderes als ein lästiges Ungeziefer. Und Euer Erzbischof ein geldgeiler Kohlkopf. Es gibt keinen Heller über die bisher gezahlte Summe hinaus, bis die Angelegenheit hier zu meinen Gunsten geklärt ist, verstehen wir uns, Euer Schleimigkeit?«

»Aber wohledler Herr, Ihr müsst doch verstehen …«

»Ich soll was verstehen?«

Nicht ganz glücklich, von Puckl in einen Streit mit den Herrschaften gezogen worden zu sein, trat Ismael in die Kammer. Puckl hielt sich dabei hinter seinem Rücken, denn

Hinrich van Dyke war rot im Gesicht und sprühte geradezu vor Zorn. Der Stiftsherr, einen halben Kopf kleiner, hing mehr in seinem grauen Talar als dass er stand. Rückgratlos war die passende Bezeichnung für ihn.

Für einen Moment wollte auch Ismael auf dem Fuße kehrtmachen und Hardo zu Hilfe holen. Aber dann schnaufte er tief durch und straffte die Schultern. Kaltblütig bleiben wie der Meister und klare Anweisungen geben, sagte er sich. Wär doch eine Nagelprobe für ihn, ob er das nicht auch konnte.

»Mäßigt Eure Galle, wohledler Herr van Dyke, sonst müsste ich Euch abkühlen«, sagte er also in bestimmtem Ton und ergriff das Wasserschaff.

»Du? Ausgerechnet du?«

Ismael zuckte zusammen, rief sich aber dann seine Kaltblütigkeit wieder ins Gedächtnis zurück und fragte ruhig: »Warum ausgerechnet ich? Habe ich mir etwas zu Schulden kommen lassen?«

»Deinem Herrn und Meister verdanke ich es, dass dieser speichelleckende Breibeißer mich schon wieder anbettelt. Als hätte ich nicht genug gezahlt.«

»Aber es ist doch nur, weil die Situation ...«, begann der Stiftsherr wieder.

»Die Situation hat sich nicht geändert, Ihr Holzbock. Ich habe gezahlt, Ihr sorgt dafür, dass ich das Lehen zugesprochen bekomme. So war die Vereinbarung. Und nicht, dass Ihr oder Euer raffgieriger Herr mehr erhaltet, wenn es einen zusätzlichen Anwärter gibt!«

Ismael staunte. Was hatten sich die beiden Männer denn da ausgedacht? Einen neuen Anwärter auf das Lehen? Noch einmal bemühte er sich um eine ausdruckslose Stimme und sagte: »Wohledler Herr van Dyke, beruhigt Euch. Ich wüsste von keinem neuen Anwärter.« Er sah sich nach Puckl um, aber der hatte sich aus dem Kampfgeschehen zurückgezogen, der elende Feigling.

Ismaels Versuch zu schlichten wurde nicht gewürdigt,

im Gegenteil, er brachte den Tobenden wieder auf seinen Meister Hardo.

»Bengel, du willst mir wohl nicht weismachen, du wüsstest nicht, was hier gespielt wird? Gerade du mit deinem Meister Schlaumeier mit den Minneliedern.« Und dann spuckte der Stiftsherr: »Hardo von Langel!«

Aha, daher rührte das Missverständnis. Ein Teufelchen gab Ismael die nächsten Worte ein.

»Wohledler Herr van Huysen, hat man Euch wirklich gesagt, dass mein Meister Anspruch auf die Burg erhebt?«

Der Stiftsherr wand sich vor Unbehagen. Ismael beobachtete ihn nachdenklich. Eines wusste er wenigstens ganz genau: Hardo würde diese verdammte Burg nie zum Lehen haben wollen. Was genau er haben wollte, wusste er zwar noch nicht, allerdings hatte er mit der Erwähnung des Namens Hardo von Langel ein Samenkorn zum Keimen gebracht.

»Der Minnesänger hat es doch selbst getan«, grummelte van Dyke böse.

Ismael schüttelte den Kopf und sagte nachsichtig: »Aber nein, nein. Mein Meister hat nur gesagt, dass er seine Geschäfte unter dem Namen Hardo von Langel betreibt. Wer hat Euch denn den Floh ins Ohr gesetzt, dass er hier Burgherr werden wollte, wohledler Herr van Huysen? Wer hat Euch diese Idee – mhm – eingeflüstert?«

Ismael fand Gefallen an dem Spielchen aus Andeutungen und Doppelsinn. Und der Handelsherr ging auch prompt darauf ein.

»Ach, das habt Ihr Euch ausgedacht!«, fuhr er nämlich auf, packte den Stiftsherrn an den Schultern und schüttelte ihn, dass man förmlich seine Knochen klappern hörte. »Und für wen wolltet Ihr also das Geld haben, Euer Mickrigkeit?«

»Eine spannende Frage«, sagte auch Ismael. Hinter sich spürte er eine Bewegung. Der feine Duft nach Brotteig, Küchenkräutern und Maiblumen verriet ihm, dass Engelin ihrem Vater zu Hilfe zu eilen gedachte.

»Bleib hier, Line, er zürnt gar heftig.«

»Puckl hat's mir gesagt. Ich krieg ihn schon beruhigt.«

Engelin schlüpfte an Ismael vorbei an die Seite ihres Vaters und betrachtete den Stiftsherrn mit hochmütiger Miene.

»Er will wieder Geld, hörte ich, Herr Vater?«

»Misch dich nicht ein, Kind. Raus hier, das ist Männersache.«

»Nicht ganz, Herr Vater. Denn zufällig könnte ich Eure Frage beantworten, wofür – oder besser, für wen er das Geld benötigt.«

Van Dyke wollte sie heftig anfahren, aber das Glitzern in Engelins Augen brachte ihn zum Schweigen.

»Hört mich an, Herr Vater. Wir erfuhren gestern von der Novizin Hildegunda, dass die ehrwürdige Mutter einen Streit mit dem Stiftsherrn hatte, bei dem es um Castas Ansprüche und Geld ging. Die ehrwürdige Mutter war sehr ungehalten, nicht wahr, Herr van Huysen? Eure Lippe zeugt davon, nicht wahr, Herr van Huysen?«

Ismael konnte nur mit Mühe seine verblüffte Heiterkeit unterdrücken. Die Äbtissin also hatte den Stiftsherrn verprügelt. Doch van Dyke konnte auf diese Botschaft hin offensichtlich ganz andere Gefühle nicht mehr unterdrücken, und Engelin und Ismael machten einen Satz auf ihn zu, um ihm in den Arm zu fallen, sonst wäre van Huysens Lippe ein zweites Mal geplatzt. Dennoch stolperte der Stiftsherr und fiel vor Engelin auf den Boden.

»Haltet ein, Herr Vater.«

Aber sie kicherte.

»Dieser, dieser ...«

Van Dyke schäumte noch immer vor Wut, während Ismael ihn mit aller Kraft festzuhalten versuchte. Um ihn zur Vernunft zu bringen, erklärte Engelin mit sanfter Stimme: »Wir tragen diesen Umstand dem Ritter vor, Herr Vater. Es wird seine Entscheidung nicht beeinflussen. Denn Ulrich von der Arken ist es, der letztendlich bestimmt, wer das Lehen erhält. Klugerweise, denn er ist nicht käuflich.«

Der Handelsherr knurrte zwar noch wie ein Kettenhund, gab aber schließlich nach.

Der Stiftsherr wähnte sich unbeobachtet und versuchte, auf allen vieren aus der Kammer zu entkommen.

Ismael erwartete ihn an der Tür.

Und ein mächtiger Tritt in seine Rippen brachte den Flüchtling zum Aufstöhnen.

»Ismael, das war nicht ritterlich«, rügte Engelin ihn.

»Erstens, Jungfer Engelin, bin ich kein Ritter, und zweitens zuckt es schon seit Lahnstein in meinem Fuß, ihm den einen oder anderen Tritt in meines Meisters Rippen zu vergelten.«

»Rachsucht, Ismael, ist eine üble Leidenschaft.«

»Aber hier nicht verkehrt, Ismael«, meinte van Dyke, jetzt etwas ruhiger. »Der da also war der edle Herr, der Hardo von Langel als Bettler von den Kirchenstufen trat?«

»Er war es.«

»So habe ich ihn richtig eingeschätzt. Nach oben buckelt er, nach unten tritt er. Was mag ihn nur angefochten haben, für die ehrenwerte Mutter Geld zu schnorren?«

Engelin wollte den Mund aufmachen, aber Ismael schüttelte leicht den Kopf.

»Überlassen wir das dem Ritter, wohledler Herr van Dyke.«

Dem Stiftsherrn war es endgültig gelungen, sich zurückzuziehen. Der Kaufmann ließ sich schwer in einen Sessel fallen und sah die Jungfer an.

»Gott weiß, Kind, ich habe alles Mögliche getan. Es ist doch für dich, meine Tochter.«

»Ja, Herr Vater, ich weiß. Aber noch ist die Entscheidung nicht gefallen, und wenn der Tod des Sigmund nun endlich aufgeklärt wird ...«

»Der Ritter hat ein Auge auf das Edelfräulein geworfen«, grollte van Dyke und sackte in sich zusammen. »Er hätte den größten Vorteil davon, es ihr zuzusprechen.«

»Und genau das wird ihn, weil er ein redlicher Mann ist,

dazu bringen, es nicht zu tun, Herr Vater. So sieht es Casta ebenfalls.« Engelin hatte sich zu seinen Füßen niedergesetzt und lehnte sich an seine Knie.

Ismael ergänzte das mit dem Hinweis: »Und der duftende Höfling hat sich gestern sehr unschicklich ihr gegenüber aufgeführt, weshalb er nicht in der Gunst des Ritters steht.«

Der Handelsherr brummte zwar noch ein wenig, aber Engelin hatte es wirklich geschafft, ihn zu beruhigen.

Ismael verließ Vater und Tochter und erklomm die Stiegen, die zur Plattform oben auf dem Bergfried führten. Er war zwar stolz auf sich, die Angelegenheit so gut gemeistert zu haben, aber er war jetzt, nachdem der Sturm verebbt war, ziemlich sauer auf seinen Freund Puckl. War das eine Art unter Freunden, einander in Bedrängnis beizustehen – sich, wenn es heftig wurde, klammheimlich zu verdrücken? Schließlich war van Dyke sein Oheim, und er hätte genauso auf ihn einreden können wie er, Ismael. Aber nein, der abenteuerdurstige Secretarius plärrte um Hilfe, versteckte sich dann hinter seinem Rücken und verdunstete anschließend einfach. Er würde ihm nachher die Leviten lesen, wenn Dietrich dabei war.

Vorher aber sollte er Hardo über die neue Entwicklung in Kenntnis setzen.

Ismael schaute zwischen den Zinnen des hohen Bergfrieds über die Burg und sah, wie sich Hardo eben am Brunnen wusch und dann Richtung Brauhaus verschwand. Er wandte sich ab, um nach unten zu steigen, als er Schritte auf der Holztreppe hörte.

### Die Macht der Weiber

Meine friedvolle Arbeit im Lichhof war beendet, ein stattlicher Haufen Grünzeug auf dem Kompost gelandet, und ich wusch mir die Erde am Brunnen von den Händen. Dabei sah ich Ulrich zu dem Quartier der Wachmänner gehen. Er würde dort vermutlich seine Befragungen durchführen. Ida und Jonata waren eifrig dabei, Brote zu backen, und Ännchen band mit der Novizin im Schatten Kränze. Ein beschaulicher Tag, hätte man meinen können.

Aber es gärte unter der Oberfläche, und Gärungsblasen neigten dazu, unter Entwicklung von Gestank zu platzen.

Das gemachvolle Unkrautrupfen hatte mich zu dem Schluss kommen lassen, dass es an der Zeit war, ein paar Erkundigungen über Margarethe, einst Herrin von Langel, einzuziehen. Welcherart waren ihre Gefühle gewesen, die sie mit ihrem Gatten verbunden hatten? Minnigliche? Die Minne hatte viele Seiten, einige davon waren zerstörerisch, andere nahe dem ähnlich heftigen Gefühl des Hasses. Sie war eine leidenschaftliche Frau, die ehrwürdige Mutter, und auf welche Weise die Leidenschaft von ihr Besitz ergriffen hatte, galt es herauszufinden. Wer mochte da besser Bescheid wissen als mein Freund aus Speyer, ihr Bruder?

Ich fand den Domgrafen nach kurzer Suche in der Braukammer neben dem Hühnerstall, wo er mit geübter Hand das Malz auf der Darre wendete.

»Ihr versteht Euch aufs Bierbrauen?«

»Nur Handlangerdienste. Die Würze rühre ich nicht an, das ist Frauenarbeit.«

»Oder die der Mönche.«

»Oder die – das Bier gehört zu ihren kleinen Freuden. Was ist mit dem Kaplan? Hat er dem Bier und dem Wein zu stark zugesprochen, dass er die Andacht nicht halten konnte?«

»Diesmal nicht. Er versuchte, unsere reizende Gemeinschaft auf heimlichem Wege zu verlassen.«

»Hat er Grund dazu?«

»Man möchte es annehmen.«

»Sollte Eure Offenbarung am gestrigen Abend seinen Wunsch nach Flucht beflügelt haben?«

»Vielleicht.«

»Ihr habt einen Namen genannt, der den einen oder anderen in Verblüffung versetzt hat.«

»Ich habe keinen Anspruch daraus abgeleitet. Aber es sieht so aus, als ob Eure Schwester, die Äbtissin, es so betrachtet. Sie hat offenbar schon seit geraumer Zeit nachgegrübelt und ist zu dem Schluss gekommen, dass der verabscheuungswürdige Sohn des Mörders eine Gefahr für sie und ihr Bestreben, das Lehen für ihre Tochter zu erhalten, darstellt.«

Der Domgraf ließ das Malz Malz sein und wandte sich mir zu. Er wirkte bedrückt.

»Ja, das tut sie. Großer Gott, Hardo, ich habe gestern lange mit ihr gesprochen. Ich verstehe sie nicht. Sie ist vollkommen närrisch geworden. Sie hat sich darin verstiegen, dass der Ritter Casta unbedingt die Burg zusprechen muss, weil sie dann wieder als die Herrin hier auftreten kann.«

»Warum denn das? Sie ist Äbtissin und hat ein Gelübde abgelegt?«

Der Domgraf schnaubte leise.

»Ach, Hardo, so erfahren in der Welt und doch so blauäugig? Jedes Amt kann gekauft, jedes Gelübde durch Geld gelöst werden.«

Was mir eine Erkenntnis lieferte.

»Das zumindest würde erklären, warum sie sich mit dem Stiftsherrn angelegt hat.«

»Hat sie das?«

»Ihr habt seine Lippe gesehen.«

Jetzt schüttelte Gottfried von Fleckenstein verständnislos den Kopf.

»Warum ausgerechnet mit dem Stiftsherrn? Der vertritt doch den Kaufmann. Was hat sie denn mit ihm zu tun?«

»Ach, Gottfried, so erfahren in der Welt und doch so blind?«

»Offensichtlich. Macht mich sehend, Hardo.«

»Es wird Euch aber nicht glücklich machen.«

Der Domgraf schwieg einen Moment, dann aber seufzte er unglücklich auf.

»Ich dachte, seit sie im Kloster ist … Seid Ihr sicher? Der Stiftsherr?«

»Ännchen hat die beiden in *medias res* erlebt. Just als der Burgvogt starb.«

»Manchmal, Hardo, beschleicht mich das Gefühl, dass der Herr in seiner unendlichen Weisheit hier und da gefehlt hat. Warum sind die Weiber so lüstern?«

»Sie sind es ja gar nicht alle. Die meisten gehen sorgsam mit ihrer Macht um.«

»Ist den Weibern denn wirklich Macht gegeben?«

Ich lachte leise.

»Große Macht, Gottfried. Und wenn sie klug sind, bemerken wir es gar nicht, wie sehr sie uns damit leiten und bessern.«

Der Domgraf schüttelte sein graues Haupt.

»Ihr liebt die Frauen sehr, Hardo.«

»Ja, das tue ich, ich bewundere sie und sehe ihre stille Kraft und tiefe Weisheit, ihren Kampfesmut, ihre Fähigkeit, Schmerzen zu ertragen. Aber ich verschließe dennoch nicht die Augen davor, dass einige unter ihnen die Macht missbrauchen, die ihnen gegeben wurde.«

»Wie meint Ihr das?«

»Lasst es mich etwas ausführlicher erklären, Gottfried. Seht, es gibt Frauen, die führen ein wirklich keusches Leben. Beginen leben in arbeitsamer Gemeinschaft miteinander und füreinander und sorgen für die Bedürftigen. Ordensfrauen widmen sich der Fürsorge der Armen und Kranken, und Stiftsdamen stellen kunstvolle Handarbeiten her oder wissen gar Bücher zu schreiben. In ihren Gemeinschaften mag es auch Streit und Missgunst geben, aber ihre gemeinsame Aufgabe und Berufung fördert auch ihre Freundschaft und gegenseitige Achtung. Sie bedürfen der Männer Begierde nicht. So wie Ihr, Domgraf, Euch nicht nach der Ehe sehnt, sondern Heim, Fürsorge und Aufgabe im Domstift findet.«

»Ja, sicher. Es gibt solch fromme Frauen.«

»Ihr glaubt, das sei eine Ausnahme, die nur in Klöstern und Konventen zu finden ist? Aber bedenkt auch, unzählige Frauen führen eine gute Ehe. Wenn zwischen Mann und Weib eine Freundschaft besteht, wenn sie gemeinsam ihre Ziele verfolgen, für ihren Unterhalt und den ihrer Kinder arbeiten, ihr Haus bestellen und den immerwährenden Plagen und Problemen zusammen begegnen, jeder nach seiner Art, dann spielt Lüsternheit keine Rolle. Dann erwächst in vielen Fällen auch Liebe aus dieser Gemeinschaft, Vertrauen, Pflichtgefühl, Heimlichkeit und gegenseitiger Trost.«

»Ja, Ihr habt recht, es gibt solche Paare. Ich habe in meiner Wut falsche Verallgemeinerung betrieben. Nur – Margarethe scheint weder in der Ehe noch in der klösterlichen Gemeinschaft all diese Dinge gefunden zu haben. Aber, Allmächtiger, muss sie sich deswegen zur Hure machen?«

»Sie macht sich nicht zur Hure, Gottfried. Huren betreiben ein Geschäft. Sie geben ihren Körper für Geld oder Gaben an Männer, die die Befriedigung ihrer Triebe wünschen. Beide Seiten wissen, was sie tun und warum. Huren verlangen keine Gefühle von ihren Freiern.«

»Himmel, ich ahne, worauf Ihr hinauswollt.«

»Ja, und ich vermute, dass Ihr bestätigen könnt, was ich mir auf Eure Schwester bezogen denke. Sie war Burgherrin von Langel, Weib eines ruhmbedeckten Ritters, und ich habe sie nie anders als prachtvoll aufgeputzt gesehen. Gäste aber, vor allem Frauen, hielten sie für hochnäsig und wollten nicht mit ihr verkehren. Sie legte auch keinen Wert auf weibliche Gesellschaft, Männer jedoch waren ihr immer willkommen. Wenn Ihr mich fragt, so hat sie die Welt nie verstanden. Sie glaubt, dass Männer lediglich den weiblichen Körper lieben, ausschließlich den Gesetzen der Fleischeslust gehorchen und, wenn diese erfüllt wird, sich den Weiberwünschen beugen. So muss sie glauben, dass ihre Macht darin besteht, die Männer mit ihren Reizen zu locken und sie damit zu fesseln. Minne hat viele Seiten, das aber ist eine ihrer ärgsten.«

»Ich beginne zu verstehen. Ja, die Macht der Frauen – Eure Lieder sprechen davon. Aber es ist immer die darin besungene Macht der Sinnlichkeit.«

»Weshalb die Zeit der Minnesänger dem Ende zugeht. Die höfischen Dichter, Gottfried, verherrlichten diese eine Form der Frauenmacht. Aber die Welt ist größer; sie umfasst viel mehr als nur Rittersaal und Kemenaten. Und die Macht der Frauen liegt nicht nur in ihrem Schoß, sondern auch in ihrem Kopf und ihren Herzen. Doch Eure Schwester hat sich, wie mir scheint, ausschließlich für die erste Form entschieden.«

»So ist es immer gewesen.« Der Domgraf fuhr mit der Hand über den Rand des kupfernen Braukessels. »Immer schon. Ich sollte Euch wohl erklären, wie es dazu kam. Ja, ich verstehe es jetzt sogar besser. Sie ist fünf Jahre jünger als ich, und sie war ein hübsches Kind. Meine Mutter liebte sie, ließ ihr schöne Gewänder anfertigen und flocht ihr Blumen und Seidenbänder ins Haar. Doch sie starb, als meine Schwester neun Jahre alt war. Margarethe war ein verzogenes kleines Mädchen, das bei jedem um Gefallen und Aufmerksamkeit buhlte.«

»Und beides bei den Männern fand?«

»Ich fürchte, ja.« Gottfrieds Stimme wollte beinahe versagen, aber er fügte heiser hinzu: »Ich erwischte sie im Bett meines älteren Bruders.«

Inzest, eine todeswürdige Sünde.

»Ich habe ihn zur Rede gestellt, Hardo. Und ich wollte ihm nicht glauben, als er mir gestand, sie habe ihn verführt. Aber dann häuften sich die Vorfälle. Und eines Tages wurde sie krank.«

»Fehlgeburt?«

»Wahrscheinlich herbeigeführt.«

»So hat Euer Vater die Schande vertuscht und sie dann schnellstmöglich verheiratet.«

»So war es, und ich hoffte für sie, dass sie in der Ehe Frieden finden würde.«

»Den aber fand sie nur kurz, nicht wahr? Eberhart von Langel war oft auf Reisen. Er folgte immer überaus willig den Kreuzzügen Wilhelms und zog auch in den Krieg gegen Brabant mit ihm. In Friedenszeiten beteiligte er sich häufig an Turnieren.«

Ich erinnerte mich, dass Eberhart mit den Jahren immer mehr abwesend als in der Burg gewesen war. Der Domgraf hatte das vermutlich auch erfahren.

»In den ersten Jahren nahm er sie auf die Turniere noch mit, später nicht mehr. Warum auch immer. Sie klagte einst darüber bei mir und auch über seine Kälte.«

»Ihm wird ihr beständiger Wunsch nach Bewunderung und Aufmerksamkeit lästig geworden sein. Wenn er hier war, gab und besuchte er mit ihr Feste: Jagdgesellschaften, Kirchweih, Erntedank – und natürlich Taufen, Hochzeiten, Beerdigungen bei Nachbarn und Pächtern. Aber wenn er nicht anwesend war, bestand das Leben auf der Burg zum größten Teil aus Arbeit – Gutsherrenarbeit, Bauernarbeit, Haushaltsarbeit.«

»Ja, das hat sie maßlos gelangweilt. Ich besuchte sie einst, als ich auf dem Weg nach Köln war, und sie bejammerte ihr Leid Stunde um Stunde. Dabei hatte sie eine liebreizende kleine Tochter und war mit – ich nehme an, Karl – schwanger. Die Mutterschaft füllte sie nicht aus.«

»Nein, die Kinder bedeuteten ihr wenig, das habe selbst ich damals bemerkt. Sie schien froh darüber zu sein, als der Burgherr sie zu ihren Verwandten nach Koblenz brachte.«

»Zwei Kinder nur«, sinnierte der Domgraf plötzlich.

»Und sechs, die auf dem Lichhof liegen«, ergänzte ich trocken.

»Und vermutlich nicht alle von ihrem Gatten gezeugt. Der Herr mag ihrer Seele gnädig sein.«

»Warum hat sie den Schleier genommen?«

»Bis vor Kurzem hätte ich gesagt, aus Gram, um Frieden

vor Gott zu finden und gleichzeitig eine Aufgabe zu haben, die einer hohen Frau entspricht. Heute weiß ich es nicht mehr, Hardo. Zu viele Zweifel nagen an mir.«

»An mir auch. Sie will um jeden Preis zurück in ihr altes Leben, und Casta soll es ihr ermöglichen. Das Kloster war nur kurze Zeit eine Zuflucht.«

»Und nun steht Hardo von Langel auf und erzählt seine entlarvende Mär. Kennt Ihr Gnade, Hardo?«

»Ich werde sie bis zum Ende erzählen und die Entscheidung über die Gnade in Ulrich von der Arkens Hände legen.«

»Ihr vertraut ihm inzwischen grenzenlos.«

»Grenzenlos nicht, aber ich empfinde hohe Achtung vor ihm. Und, Gottfried – es geht um noch etwas mehr als die Lehensvergabe und den Tod Sigmunds.«

»Das habe ich befürchtet. Eberhart und Euer Vater, nicht wahr?«

»Ja, darum geht es.«

»Lasst mich alleine, Hardo. Mich schwindelt.«

Ich legte ihm die Hand auf die Schulter.

»Ihr wart mir Freund und werdet es immer bleiben.«

Er nickte nur leicht und wandte sich ab.

Auch ich war nicht glücklich. Es tat mir leid, einem guten Mann wehzutun.


**Minneleid**


Engelin hatte noch eine Weile beruhigend auf ihren Vater eingeredet, aber die Sache nagte dennoch an ihr. Würde Ulrich möglicherweise wirklich Hardo die Burg zusprechen? Eine schauderhafte Vorstellung!

Sie verließ ihren besänftigten Vater schließlich, um sich für eine Weile ihren eigenen Gedanken hinzugeben. Ein wenig schwerfällig kletterte sie die hölzernen Stiegen zum

Söller des Bergfrieds nach oben. Der Sturz in den Gang hatte seine Spuren hinterlassen; deshalb hatte Casta sie heute Morgen schlafen lassen. Doch schon als sie aufgewacht war und sich strecken wollte, war ihr ein Jammerlaut entschlüpft. Ihre Freundin musste gewusst haben, dass ihr alles, aber auch jedes Glied einzeln wehtat. Was sich am Vortag nur wie oberflächliche Prellungen angefühlt hatte, war jetzt verhärtet und steif geworden.

Leise stöhnend lehnte sie sich an die sonnenwarmen Zinnen.

Heilige Mutter Gottes, war das gestern ein Tag gewesen!

Und dann kam die Erinnerung wie heiße Wellen über sie. Vergessen war jede Pein, jeder angeschlagene Muskel, jede Abschürfung.

Hardo!

Wie besonnen er sie aus dem zusammenbrechenden Gang geführt hatte. Wie aufmerksam er den Hain beobachtet hatte, die Hand am Dolch, bereit, ihr Leben zu verteidigen.

Das war ein Teil des wahren Hardo – ein mutiger, kühner Mann, der kalten Blutes der Gefahr begegnete.

Der andere Teil – o ja, das war der andere Teil von ihm, und der mochte wahr oder gespielt gewesen sein; er war zumindest von unglaublich heißem Blute und schlichtweg göttlich.

Sie war so zitterig von der überstandenen Angst, dass sie sich ohne Bedenken in seine Arme gestürzt hatte. Und dort genau das gefunden hatte, was sie so bitter nötig hatte: Wärme, Geborgenheit und Schutz. Plötzlich war die Stichflamme aufgelodert. Sie war wehrlos dagegen. Und er war es auch.

Wie sanft er dennoch gewesen war.

»Träumst du, Line? Einen hübsch minniglichen Traum?«

Engelin zuckte zusammen.

»Hast du heute keine anderen Pflichten, Ismael?«, fragte sie, als der Junge neben ihr an den Zinnen auftauchte.

»Meine Pflicht, Herrin, ist es, auf Euch aufzupassen.«

»Oh.«

»Hat mein Herr befohlen.«

Eine weitere Hitzewelle schwappte durch Engelins Glieder. Hardo dachte an sie und kümmerte sich um ihre Sicherheit.

»Nun ja, hier oben wird mir wohl nicht viel passieren«, meinte sie aber gelassen und schaute sich um. Der Nebel war lichter geworden, man konnte bereits im Dunst die Wasser des Rheins schimmern sehen. Auf den Feldern arbeiteten die Bauern, in den Weingärten banden die Winzerknechte Reben auf. Drei Frachtkarren, von schweren Gäulen gezogen, brachten ihre Ladung zum Ufer, wo sie vermutlich auf die Fähre gebracht wurde, damit die Ware auf den Kölner Märkten verkauft werden konnte. Ein Falkenpärchen kreiste in der diesigen Luft, und ein missgelaunter Esel schrie seinen Protest in die Welt.

Nachdem Engelin das alles ausreichend betrachtet hatte, widmete sie sich ihrem jungen Begleiter. Er lehnte anmutig an der Zinne und beäugte sie ebenfalls. Es machte ihr nichts aus. Er war ein ansehnlicher Jüngling geworden. Er war schon ein hübscher Junge gewesen, damals, als sie ihn in Lahnstein kennengelernt hatte. Dreizehn war er in jenen Tagen und bestand überwiegend aus Armen und Beinen, aber sein Gesicht war ebenmäßig, leicht gebräunt, seine dunklen Augen von langen Wimpern umgeben, sein Lächeln frech und seine Bewegungen alles andere als linkisch, wie seine noch unausgewachsenen Glieder es hätten vermuten lassen.

Das freche Lächeln war noch immer da.

»Gefällt Euch, was Ihr seht, wohledle Herrin?«

»Du hast dich gut rausgewachsen.«

»Du auch!«

»Ah pah. Ich war damals schon ausgewachsen.«

Er legte den Kopf ein wenig schief, und sein Grinsen wurde neckisch.

»Du warst eine Kröte.«

Sie packte ihn bei der Nase und drehte sie kräftig.

»Autsch.«

»Was war ich?«

»Eine süße Maid?«

Engelin lachte und ließ ihn los.

»Gibst du so schnell auf?«

»Meine Nase ist mir wichtig, Herrin. Ich will nicht, dass sie krumm wird. Schließlich lieben die Weibsleute mein Gesicht.«

»Und deine Treue und Ritterlichkeit, deine Bescheidenheit und Ehrlichkeit.«

»Und meine Ausdauer und Manneskraft.«

»Ja, die vor allem«, spöttelte Engelin und dachte an Hardos Fähigkeiten auf diesem Gebiet.

»Fragt das Ännchen! Sie wird sie zu rühmen wissen.«

»Ein lockeres Ding, gleich ihrer Herrin«, grummelte sie.

»Doch jünger und heller an Witz.«

»Das wohl. Loretta ist ein dummes Huhn.«

»Ohne jeden Zweifel. Mein Herr hat es alsbald eingesehen, wenn du das wissen willst. Er hat es nicht nur so erzählt. Die Schnattergans hat kaum mehr als Entengrütze im Schädel, und das Einzige, worüber sie reden konnte, waren ihr Putz und ihre Kleider.«

»Und dann hat er sie durch den Wald geschleift.«

Engelin kicherte bei der Vorstellung. Ismael stimmte mit ein.

»Ihh, ein Regenwurm. Pfui, eine Spinne. Uhh, mit Quellwasser soll ich mich waschen. Sie war grässlich. Aber – Line, das hättest du doch bemerken können. Mein Herr war nur für kurze Zeit geblendet. Wenn du dageblieben wärst, hätte er sie noch schneller zum Teufel gejagt.«

»Ich war ein Kind für ihn, Ismael.«

»Ja, wahrscheinlich. Ich sah es anders – aber na ja, ich war ein Kind für dich.«

»Oh.«

Dieser Gedanke war Engelin noch nie gekommen. Drei Jahre jünger war Ismael, doch sein hartes Leben hatte ihn früh erwachsen werden lassen.

»Nun bist du kein Kind mehr. Aber mein Herz gehört noch immer Hardo.«

»Und das meine ist nicht gebrochen. Aber Line, verrätst du mir, wohin du damals so heimlich verschwunden bist? Ich habe dich überall gesucht, in jeder Schenke, in jeder Herberge, sogar in den Hurenhäusern. Ich hatte Angst um dich.«

Engelin machte einen Schritt auf ihn zu, umarmte ihn und küsste ihm die Wange. Ganz leichter, dunkler Flaum kitzelte ihre Lippen.

Höflich und achtungsvoll hielt Ismael sie umfangen.

»Danke, Line.«

Sie machte sich los und lehnte sich an die Zinne. Einige Sonnenstrahlen durchbrachen die Wolkendecke. Eine Schar Enten zog schnatternd vorbei und landete platschend unten im Wassergraben.

»Ich war gekränkt, Ismael. Zutiefst gekränkt. Also beschloss ich, das zu tun, was ich von Anfang an vorhatte – ich wollte meine Verwandten in Koblenz aufsuchen. Von Lahnstein ist das nicht so weit, und ich machte mir einen Plan.«

»Der muss ziemlich gut gewesen sein, dass ich ihn nicht entdeckt habe.«

Engelin grinste.

»O ja, er war gut. Als Erstes überlegte ich mir, wie ich am leichtesten dort hinkäme. Alleine und zu Fuß schien es mir zu beschwerlich und auch zu gefahrvoll. Die einfachste Art bestand darin, auf einem Schiff dorthin zu reisen. Aber auch das war für eine vornehme Jungfer, als die ich mich ja inzwischen ausgab, alleine nicht möglich.«

»Zumindest nicht als ehrbare Jungfer.«

»Genau. Außerdem kostete die Fahrt Geld, und Geld hatte ich nicht.«

»Ich hätte dir etwas geliehen, Line.«

»Du hast mir etwas geliehen. Drei Goldstücke sogar. Erinnere mich, sie dir bei Gelegenheit zurückzugeben.«

»Willst du damit sagen, *du* hast mir das Geld gestohlen? Und ich habe es nicht bemerkt?«

Engelin weidete sich an dem fassungslosen Gesicht ihres Gegenübers.

»Och, das war ganz leicht.«

»Line, unser Geld war unter meiner Matratze.«

»Wusste ich doch. Du hattest einen so schönen, tiefen Schlaf, wenn du zuvor heimlich von dem schweren roten Wein genascht hattest.«

Ismael murmelte etwas Unverständliches.

»Nun ja, es reichte, mir einen Begleiter zu mieten und den Kapitän eines Oberländers zu bezahlen, der nach Koblenz fuhr.«

»Einen Begleiter zu mieten?«, fuhr Ismael auf.

»Ich konnte doch nicht alleine … erklärte ich doch. Also mietete ich den alten Einbeinigen, der immer an der Schenkentür saß, bezahlte ihm ein Bad und den Barbier und gab ihn als meinen armen, alten Vater aus, den ich zu seinem Bruder begleitete. Wir gingen zusammen an Bord, und er verdrückte sich, als man Ladung aufnahm, klammheimlich wieder. Dass ich alleine an Land ging, interessierte keinen mehr. Ich hatte ja die Passage für uns zwei bezahlt.«

»Teufelsweib!«

»Hab ich gut gemacht, was?«

»Ich hätt's kaum besser machen können.«

»Ja, aber dann kam es etwas dicker. Meine Tante Agathe, die Schwester meiner Mutter, ist eine gütige, wenn auch etwas einfältige Frau, und ihr erzählte ich, dass ihr Sohn Sebastian mir den Rat gegeben hätte, vor einer unpassenden Verlobung mit einem Ungeheuer von Mann zu ihr zu fliehen, wobei ich so tat, als sei das gerade eben erst geschehen. Sie glaubte mir. Ihr Mann tat es wohl von Anfang an nicht.

Du musst wissen, dass er ein missgünstiger Kerl ist, der sich mit meinem Vater übel zerstritten hatte. Er neidet meinem Vater seinen erfolgreichen Handel, weil er selbst keine gute Hand dafür hat. Er sah mich als brauchbare Geisel in seiner Obhut, um Lösegeld zu erwirken. Mir schlug er, damit ich bei der Scharade mitmachte, vor, zu behaupten, dass ich die ganze Zeit über bei ihnen verbracht hatte.«

»Du hättest darauf eingehen können.«

»Hätte ich. Aber inzwischen war ich klüger geworden. Und – Ismael, seit ich wieder in einem geordneten Heim lebte, begann ich, mein Elternhaus zu vermissen. Ich wollte mich mit meinen Eltern versöhnen, nicht einen Spielball für die unredlichen Geschäfte meines Oheims abgeben. Ich hatte Glück, Ismael. Bei einem Fest lernte ich Casta kennen. Wir schlossen sehr schnell Freundschaft, und sie half mir aus meiner Zwickmühle. Ihre Verwandten betrieben ebenfalls Handel, Weinhandel, mit Köln, und eine anständige Händlersgattin nahm mich unter ihre Fittiche und brachte mich nach Hause zurück.«

»Und wie empfing man dich?«

»Es war nicht ganz einfach – meine Eltern glaubten mich tot. Sie waren erschüttert, als ich vor der Tür stand. Ich erzählte ihnen meine Geschichte und die Gründe, warum ich geflohen war. Es gab viele Tränen und Vorwürfe, aber schlussendlich – mein Vater ist ein guter Mann, auch wenn er aufbrausend werden kann, und meine Mutter ist eine geschäftige, rege Frau, die mich und meine Geschwister immer gerecht und freundlich behandelt hat. Sie waren glücklich, dass ich noch lebte, und sie verziehen mir.«

»Aber dein Vater will immer noch einen Adligen für dich zum Mann.«

»Eine Grille.«

»Und wen willst du, Line?«

»Weißt du doch. Nur, Ismael, wenn der Ritter ihm diese verdammte Burg zuspricht, dann wird mein Vater zwar mit Freuden einer Heirat zustimmen, ja sie sogar auszuhandeln

versuchen. Nur ich will hier nicht mein Lebtag lang eingesperrt sein.«

Engelin schaute sehnsüchtig über das weite Land zu ihren
Füßen und dann zum fernen, dunstigen Horizont.

»Mhm, ja, das ist ein Problem«, sagte Ismael. Und fragte
dann: »Aber will mein Herr dich denn heiraten?«

Engelin fuhr empört herum.

»Er muss es!«

»Nur weil Ihr unter den Linden der Minne gefrönt habt?«

Engelin bemerkte, dass sie die gelbe Galle ebensowenig
beherrschte wie ihr Vater.

»Ismael!«, zischte sie.

Er hob abwehrend die Hände.

»Schlagt mich nicht, schlagt mich nicht, Herrin. Ich habe
Scherz getrieben.«

»Damit treibt man keinen Scherz!«

»Doch, immer!«, kicherte Ismael und entwischte ihr.

Schnaufend blieb Engelin stehen.

»Wenn er es als Scherz aufgefasst hat, werde ich ihm
diesmal eigenhändig die Laute über den Schädel ziehen!«

Und dann stutzte sie.

»Was ist, Line?«

»Die Laute. Woher hat er die Laute? Das ist eine andere
als die, die wir dem Höfling abgeluchst haben. Wieso ist mir
das nicht gleich aufgefallen?«

»Er hat eine andere, ebenso magische Laute erhalten,
Line. Wie, das wird er uns vermutlich heute erzählen.«

»Oh. Daran hängt ganz sicher noch eine Geschichte.«

»O ja.«

»Ismael, weißt du, welche Ziele Hardo hat? Wird er weiter als Minnesänger durch die Lande ziehen?«

Ismael lachte.

»Nein, gewiss nicht. Obwohl – dir wird er dann und wann
noch mal ein minniglich Lied singen, vermute ich. Aber er
hat sich mit dem Herrn Erasmus von der Heyd geeinigt, dass
er zukünftig als sein Kompagnon in Venedig die gemeinsa-

men Geschäfte übernehmen wird. Und ich werde ihn als sein Gehilfe begleiten.«

»Venedig!«

Ihr entfuhr ein Seufzer. Doch dann fragte Engelin sich plötzlich, ob das Tanderadei unter den Linden vielleicht doch nur ein Scherz gewesen war.

Wer wollte schon eine lästige Kröte mit nach Venedig nehmen!

»Line, warum schaust du auf einmal so traurig drein? Freust du dich nicht für Hardo? Ich meine, er hat sogar die Eltern seiner Mutter Gina ausfindig gemacht. Einfache Leute nur, aber redliche Handwerker. Er hat sich um sie gekümmert und ihnen ein großes Haus gekauft, das er auch bewohnt, wenn er dort ist.«

Und in dem für eine lästige Kröte kein Platz war.

»Er hat eine Familie dort. Welch Glück für ihn.«

»Ja, und er wird mit den Handelsschiffen ins Morgenland reisen. Line, das ist wundervoll dort. So ganz anders als hier. Keine dumpfigen Nebel und kalte Winter. Heiß und trocken weht die Luft durch die Bazare. Sie duftet nach Myrrhe und Weihrauch, Nelken und Anis, nach Rosenwasser und Honig. Na ja, nicht überall, aber das ist es, was im Gedächtnis bleibt. Und die Frauen, Line. Dunkel, schmal und glutäugig. Und ebenso köstlich duftend wie die Körbe voll Kräuter und die geheimen Rosengärten in den Innenhöfen der Häuser.«

Und sie waren keine lästigen Kröten.

»Ihr habt ja offensichtlich großes Vergnügen dort gefunden«, sagte Engelin mit kaum unterdrückter Bitterkeit, doch Ismael bemerkte den veränderten Tonfall nicht und schwärmte weiter von den Wundern des Orients.

Engelin hörte noch eine Weile schweigend zu, dann drehte sie sich um und lief die Treppe hinunter. Ihr war weh im Herzen.

»Line, Line, bleib hier. Wo willst du hin?«

»Ich habe Kopfschmerzen, lass mich in Ruhe.«

»Line, du brauchst keine Sorge zu haben wegen der glut-
äugigen Schönen. Auch für Hardo ist die Minne nur ein
Scherz gewesen!«, rief er ihr hinterher.

Ohne ihn weiter zu beachten überquerte sie den Hof,
huschte in ihre Kemenate, warf sich auf ihr Lager und gab
sich ihrem Elend hin.

Mochten auch die Minnelieder vom Schmerz und Zweifel der Verliebten berichten; mit ihrer ganzen Wucht getroffen hatte sie dieses Gefühl bisher noch nie.


### Ränkespiele der Minne

Ich war nach meinem Gespräch mit dem Domgrafen zu
den Ställen geschlendert, um nach unseren Pferden zu
sehen. Auch sie waren reizbar geworden, ein langer Ausritt hätte ihnen wie mir gutgetan. Eine Weile aber genoss
ich die tierische Gesellschaft, die weit einfacher war als die
menschliche. Dann aber holte mich Puckl zu meinesglei-
chen zurück. Er kam mit der Meldung, der Ritter wünsche
mich in seinem Gemach zu sprechen. Belustigt stellte ich
fest, dass der Secretarius eine leichte Schlagseite hatte und
von einer Wolke Weindunst umgeben war. Offensichtlich
erprobte er seine Männlichkeit im Wetttrinken mit den
Wachen. Hoffentlich mit ihnen und nicht mit Ismael und
dem Knappen.

Ulrichs Bitte, ihn aufzusuchen, gab mir Hoffnung, dass
seine Befragung der Wachleute zu einem Ergebnis geführt
hatte, das es zu durchdenken galt, und nichts Böses ahnend
machte ich mich auf den Weg zu seinen Räumen im Palas.
Die Tür war angelehnt, ich klopfte. Dann trat ich ein. Das
Gemach war leer. Ich rief seinen Namen und hörte ein
Geräusch aus meinem eigenen Raum nebenan. Offensichtlich erwartete er mich dort.

Ich war ein Idiot.

Den Schlag sah ich nicht kommen.

Es wurde dunkel um mich.

Ich erwachte, und zwei völlig gegensätzliche Gefühle brachen gleichzeitig über mich herein. In meinem Kopf brummte ein dumpfer Schmerz, und meine Hände lagen auf einem unglaublich köstlichen Körper, der sich gänzlich ohne einen Faden Stoff an meine ebenso nackte Haut schmiegte.

»Engelin«, murmelte ich und streichelte über die zarte Seide ihrer Brust.

Der kalte Stahl an meiner Brust brachte mich dazu, diese wundervolle Tätigkeit abzubrechen und mich auf die scharfe Spitze zu konzentrieren, die sich in der Höhe meines Herzens befand.

»Hättet Ihr einen anderen Namen genannt, Hardo, befände sich Euer Dolch jetzt eine gute Handbreit tiefer in Eurem Leib.«

Ulrich von der Arken.

Hatte ich mich so getäuscht?

Langsam öffnete ich die Augen, und obwohl das Licht mir Schmerzen verursachte, erkannte ich, was seine kalte Wut entfacht hatte.

Nicht Engelin lag in meinen Armen. Es war das Edelfräulein Casta.

Nackt und bloß wie neugeboren.

Blankes Entsetzen packte mich. Ich ließ sie los und wollte von ihr abrücken, aber ihre Arme schlangen sich im Halbschlaf um mich, und sie flüsterte: »Ulrich!«

Der Dolch verschwand.

»Was geht hier vor?«

Die Stimme des Ritters verriet jetzt deutlich Verwunderung.

»Wenn Ihr mich am Leben lasst, Ulrich, werde ich Euch helfen, das herauszufinden.«

»Steht auf und zieht Euch an!«

Sanft machte ich mich aus den mich umschlingenden Gliedern frei und kroch vom verwühlten Lager. Meine Kleider und die von Casta lagen wild verstreut in dem ganzen Gemach, so als hätten wir sie uns in brennender Leidenschaft gegenseitig vom Leib gerissen. Ich sammelte die meinen auf und legte sie so schnell wie möglich wieder an. Ulrich und ich waren alleine in dem Raum, wofür ich dankbar war.

»Puckl – er rief mich zu Euch. Es hatte eben zur Terz geläutet.«

»Nicht zu lange her.«

Der Ritter sah unverwandt zu der schlafenden Casta, deren bloße Schultern und Arme unter der Decke hervorschauten. Ihre Haare waren gelöst und zerzaust, und auf ihrem Gesicht lag ein leises Lächeln.

»Als ich durch die Tür trat, traf mich von hinten ein Schlag.« Ich tastete meinen Kopf ab. Kein Blut, aber eine schmerzende, handtellergroße Beule. »Ein umwickelter Gegenstand, kein spitzer oder scharfer«, schloss ich daraus.

»Leise und effizient.«

»Als ich aufwachte, piekte mich Euer scharfer Dolch. Dazwischen ist Dunkelheit.«

»Was hat das zu bedeuten?«

»Ich nehme an, dass jemand wünscht, Ihr würdet tatsächlich das Messer in mein Herz jagen, wenn Ihr mich auf diese Weise vorfindet.«

Ulrich sah sich um, aber ich war mir sicher, dass es keine verräterischen Spuren gab. Andererseits …

»Ulrich, da Ihr es nicht getan habt, wofür ich Euch mein Leben lang dankbar sein werde, bietet sich jetzt eine Gelegenheit, den Spieß umzudrehen.«

»Wie meint Ihr das?«

»Rasch, zieht Euch aus und legt Euch zu Casta.«

»Seid Ihr wahnsinnig?«

»Nein, ich denke nur praktisch. Los, eilt Euch, denn ich vermute, in Kürze wird hier die Hölle los sein.«

Ich griff schon nach seinem Gürtel, und er starrte mich wie gelähmt an.

»Ulrich, es ist kein Schicksal schlimmer als der Tod, neben einer schönen Frau im Bett zu liegen.«

»Aber ihre Ehre …«

»Na, die rettet Ihr nachher.«

Ich zupfte an den Nesteln seines Gewands, und endlich half er mit.

»Ihr könnt ja Manneszucht walten lassen. Ich glaube, man hat ihr einen betäubenden Trank eingeflößt, der sie noch für eine Weile benommen sein lässt. Aber wenn sie aufwacht, wird sie dankbar für Euren Schutz sein.«

»Sancta Maria!«, sagte der Ritter mit Inbrunst.

Ich lüpfte die Decke, und er kroch darunter. Casta schmiegte sich sogleich an ihn, leise und zufrieden maunzend.

»Ich rufe Dietrich, er wird vor der Tür Wache halten. Und ich stelle mal ein paar Nachforschungen an. Ich schätze, Ihr habt gut zwanzig bis dreißig Vaterunser lang Zeit, die trauliche Umarmung zu genießen. Betet an, was Euch beliebt«, schloss ich mit einem Grinsen.

»Haut ab!«

Ich gehorchte.

Doch ich musste vorsichtig sein. Wer immer mir den Schlag auf den Kopf gegeben hatte, musste weiterhin in dem Glauben bleiben, ich läge noch mit Casta im Bett.

Von dem schmalen Fenster über der Treppe aus sah ich Dietrich den Wassereimer am Küchenbrunnen hochhaspeln. Mein Kopf schmerzte, aber ich zwang mich, folgerichtig zu denken. Erst erwog ich, den Knappen herbeizurufen, aber auch das schien mir zu gefährlich. Ein Risiko war es auch, in den Kemenaten oben nach Hilfe zu suchen, aber mit etwas Glück würde ich dort sogar Engelin oder auch Ännchen finden, die zwar keck, aber gewitzt war.

Das Gemach der Äbtissin war leer, dafür dankte ich der heiligen Apollonia von den Zahnschmerzen. Lorettas Kämmerchen ebenfalls. Das verwunderte mich nicht; sie hielt sich hier sowieso nur auf, um sich mit ihrem Putz herzurichten. Und in Engelins und Castas Kemenate atmete ich vor Erleichterung aus. Line lag auf ihrem Lager. Alleine.

Und dann packte mich schlagartig die Angst. Ich stürzte zu ihr hin. Nahm sie bei den Schultern und drehte sie um.

Wütende, verweinte Augen starrten mich an.

»Line, was ist passiert? Wer hat dir etwas getan? Wen muss ich bei lebendigem Leibe zerfleischen?«

»Nichts ist passiert«, sagte sie, aber die Traurigkeit in ihrer Stimme strafte sie Lügen. Vermutlich hatte sie sich doch noch mit ihrem Vater gestritten. Doch das musste jetzt warten.

»Dann ist ja gut. Line, ich brauche deine Hilfe. Casta ist in Schwierigkeiten.«

Sie richtete sich sofort auf und schüttelte, was immer sie belastet hatte, ab.

»Was soll ich tun?«

»Hol Dietrich, er ist am Brunnen oder in der Küche. Sag ihm, der Ritter braucht ihn dringend in meinem Gemach.«

»Was ist mit Casta?«

»Das erkläre ich euch beiden dann gleich. Aber mach schnell, die Zeit eilt.«

Sie huschte davon, und kurz darauf kehrte sie mit dem Knappen zurück.

Ich wiederholte noch einmal, was mir geschehen war, und erklärte meinen Plan.

»Vermutlich wird die Äbtissin in Kürze auftauchen und Zeter und Mordio schreien«, schloss ich.

»Dann versteckt Euch, Herr Hardo«, sagte Dietrich, und Engelin flüsterte: »Sie kommt über den Hof. Der Gelehrte ist bei ihr.«

Nun gut, aus dem Palas kam ich jetzt nicht mehr heraus, die Kemenaten sollte ich besser meiden, blieb mir noch das Gemach des Ritters. Ich schubste Engelin hinein.

485

»Was soll das Ganze?«, fragte Engelin leise und spähte durch den Türspalt.

»Es wäre eine sehr glaubhafte Lösung, wenn Ulrich mich mit Casta ertappt und in einem Anfall von Eifersucht umgebracht hätte, nicht wahr? Ich bin verschiedenen Leuten im Weg, und einige andere befürchten, dass ich etwas über sie weiß, das sie an den Galgen bringt.«

»Ja, aber – ich meine, ich wusste, dass Casta und Ulrich – aber sie haben es doch nie gezeigt.«

»Ihr habt darüber sicher getuschelt, oben in eurem Zimmer, nicht wahr?«

Engelin errötete.

»Lauscher gibt es überall.«

»So wie hier«, sagte sie. »Es geht los!«

Und das tat es auch. Man musste der ehrwürdigen Mutter eines lassen: Ein Talent für dramatische Auftritte hatte sie. Geschrei, Anschuldigung, Tränen – alles bot sie auf, um die Ehre ihrer Tochter zu retten und die des Ritters in den Boden zu stampfen. Es wimmelte kurz darauf im Palas, und ein klein wenig tat mir Ulrich leid, der unbekleidet gegen die Übermacht ankämpfen musste. Ich schickte Engelin zu Castas Verteidigung in die Schlacht und stahl mich in der ganzen Aufregung nach unten, verzog mich zu den Zwingern und netzte meine Haare mit dem kalten Wasser des Pferdetrogs.

Mein Kopf brummte noch immer, und jetzt, da es nichts mehr zu tun gab, wurde der Schmerz beinahe unerträglich.

Das Denken fiel mir entsprechend schwer.

Ich setzte mich ins Gras, lehnte mich an die Burgmauer und schloss die Augen.

## Die Macht des Weines

Ismael grollte. Mochte einer die Weiber verstehen! Warum war Engelin denn nun schon wieder verschnupft? Er hatte ihr doch nicht einmal übel genommen, dass sie ihm die Goldmünzen geklaut hatte.

Missmutig trabte er zu seiner Unterkunft mit der ernsthaften Absicht, Puckl, den feigen Secretarius, mit herben Worten zur Rede zu stellen. Ein Übermaß an kaltem Blut und Selbstzucht war auch nicht gesund, fand er, und er hatte vor, sich jetzt eine Erholungspause davon zu gönnen.

Das unwillige Quietschen war das Erste, was er hörte, als er das Gebäude betrat, in dem die Wachen Quartier hatten. Es quietschte auf nicht unbekannte Weise, und Ismaels Blut begann zu sieden.

Ännchen!

Mit wem trieb diese kleine Schlampe hier Unzucht?

Nicht dass er ein Anrecht auf alleinige Zuwendung hatte, aber so offensichtlich musste sie es ja nun doch nicht zeigen, dass sie für jedermann zu haben war!

Ismael stürmte die Stiege hinauf, und wieder ertönte das Quietschen, diesmal aber wollte ihm scheinen, dass darin ein protestierender Klang enthalten war.

Das Geräusch kam aus dem Raum, den er mit Puckl und Dietrich bezogen hatte, und mit Schwung riss er die Tür auf.

Ännchen, von Puckl umfangen, der versuchte, ihr Küsse aufzudrängen und gleichzeitig den Kittel zu lüpfen, schimpfte wie ein Rohrspatz.

Eine ungeschickte Taktik, vermerkte Ismael kurz, dann kochte sein Blut über.

»Auseinander!«, donnerte er, und Puckl starrte ihn verdutzt an.

Ännchen wand sich aus seinem Griff und holte aus. Klatschend landete ihre Hand auf Puckls Wange.

»Was soll'n das?«, sagte der Secretarius und versuchte, sich an ihrer Schulter festzuhalten.

»Du bist wohl von Sinnen, ein Weib wider seinen Willen zu kosen«, fauchte Ismael ihn an. »Oder warst du ihm zu Willen, Ännchen? Kannst du nicht genug kriegen? Musst du dich jetzt wie deine lockere Herrin bei den Wachen herumtreiben?«

»Das geht dich überhaupt nichts an«, giftete Ännchen zurück und schubste Puckl fort. »Was glaubst du eigentlich, was für Rechte du hast?«

»Keine, was dich anbelangt. Aber einen unschuldigen Krüppel verführen …«

»Ha, ich und den verführen? Der hat mich begrapscht. Der hat versucht, mir an mein Schatzkästchen zu gehen. Der mag einen Buckel haben, aber seine Hände sind genauso flink wie deine!«

»Hasse doch gesacht, 'Smael, die sin alle gleich, die Weiber.«

Ismael war kurz davor, richtig rot zu sehen. Dann aber mühte er sich, seine kochende Wut zu bändigen.

»Das habe ich nie gesagt. Wieso bist du überhaupt hier oben, Ännchen?«

»Geht dich nichts an!« Sie wollte an ihm vorbeischlüpfen, aber er hielt sie fest.

»Hab sie zum Wein eingelad'n. Schlückchen trinken«, nuschelte Puckl und schwankte.

Ismael ging endlich ein Licht auf. Er ließ Ännchen los, und er warf einen Blick in den Weinkrug, den er vorhin aus der Küche hatte mitgehen lassen.

Er war fast leer.

»Du hast ihn ausgesoffen«, stellte er ernüchtert fest.

»'s n' tolles Gesöff!«, bestätigte Puckl, kippte um und schwieg.

»Der ist ja vollends bezecht«, bemerkte Ännchen jetzt auch. »Was für ein Blödmann. Es ist helllichter Tag.«

Und so ganz langsam gewann Ismaels sonniges Gemüt wieder Oberhand. Erst stahl sich ein Lächeln auf seine Lippen, dann wurde es zu einem Kichern und schließlich zu einem Lachen. Er legte der Kammerjungfer den Arm um die Taille und drückte sie an sich.

»Ein Blödmann, aber auch ein armer Wicht«, flüsterte er ihr ins Ohr. »Er ist eine so unschuldige Jungfrau. Ich glaube, er musste sich Mut antrinken.«

»Oh, ach ja. Nun, hätte er freundlich gefragt …«

»Turtelst du mit jedem, der freundlich fragt?«

Der Blick, den Ännchen ihm unter ihren halb gesenkten Lidern zuwarf, brachte Ismaels Blut schon wieder in Wallung, jetzt aber auf weit angenehmere Art.

»Kommt drauf an, wer fragt«, gurrte sie.

»Dann versuch ich mein Glück später noch mal. Jetzt muss ich die Leiche aber erst einmal aufbahren.«

»Ich helfe dir.«

Gemeinsam zogen sie dem trunken schnarchenden Puckl die Stiefel aus, lösten sein Wams und packten den Schlafenden auf sein Lager.

»Besser, du schweigst darüber. Er wird einen mörderischen Brummkopf haben und sich vermutlich an nichts mehr so genau erinnern.«

»Wär besser für ihn.«

»Eben.«

»Aber du erinnerst dich?«

»Nur an süße, frische Äpfelchen …«

Die zu verkosten hätte Ismael zwar große Lust gehabt, aber Dietrich kam in den Raum gestürzt und berichtete von dem Tumult im Palas.


**Brummköpfe**

Mein Kopf dröhnte, selbst bei geschlossenen Augen. Zu gerne hätte ich ihn auf mein Lager gebettet, aber einerseits war das vermutlich noch immer belegt, und zum andern traute ich mich nicht, auf zwei Füßen zu stehen. Also blieb ich in der Sonne sitzen und wartete, dass es vorbeiging.

Das sollte mir nicht vergönnt sein.

»Herr, Ihr habt schon wieder einen Tumult angezettelt.«

Ismael hockte vor mir. Ich machte die Augen mühsam wieder auf.

»Au weh, Euch geht es nicht gut.«

»Würde dir nach einem Schlag auf den Kopf auch nicht gutgehen«, murmelte ich.

Noch einmal wiederholte ich, was sich ereignet hatte.

»Ja, die ehrwürdige Mutter hat einen höllischen Krawall veranstaltet. Inzwischen hat sie Casta in ihre Kemenate verbannt. Engelin ist bei ihr. Die Äbtissin aber bearbeitet den Ritter weiter. Sie malt sich wohl aus, dass er ihre Tochter unverzüglich ehelichen wird, sich selbst das Lehen zuspricht und sie als liebreizende Schwiegermutter hier wohnen lässt.«

»Da sage einer, in die Hölle kämen wir erst nach dem Tod«, erwiderte ich.

»Hasst Ihr den Ritter so sehr, dass Ihr ihm dieses Schicksal gönnt?«

»Nein. Ich glaube, er ist Manns genug, es abzuwenden. Zumindest das mit der ehrwürdigen Schwiegermutter. Ich hoffe aber, dass er und Casta sich einig werden. Aber das war nur eine Zugabe, die sich aus der ursprünglichen Situation ergeben hat. Eigentlich sollte es mich treffen, und ich wüsste gerne, wer diese Scharade inszeniert hat. Aber mein Schädel brummt, und ich kann keinen klaren Gedanken mehr fassen.«

»Dann sollte ich das mal wieder für Euch tun, was?«

»Wenn du kannst.«

Er holte ein Tuch aus seiner Tasche, tunkte es in das Wasser und reichte es mir. Ich drückte es auf die Beule und genoss die Kühle.

»Es muss jemand angezettelt haben, der von Ritter Ulrichs Neigung zu Casta wusste, denn er hat mit seiner Eifersucht gerechnet.«

»So weit war ich auch schon.«

»Und den der Name Hardo von Langel aufgeschreckt hat.«

»Auch das.«

»Also, jemand, der das Lehen haben will und um Entdeckung fürchtet?«

»Oder nur das eine oder andere.«

Ich machte die Augen wieder zu, weil mich die Sonne störte, die wieder ein Wolkenloch gefunden hatte. Ismaels Hand strich leicht über die meine.

»Ich geh mich umhören. Aber ich schicke jemanden, der sich zu Euch setzt. Puckl hat da mit dem alten Waffenmeister Freundschaft geschlossen. Der morsche Kerl wird seine Knochen gerne hier in der Sonne wärmen.«

Ich nickte nur und lehnte meinen Kopf zurück.

Kurze Zeit später roch ich den Alten – etwas ungewaschen, nach ranzigem Öl, mit dem der Stahl eingerieben wurde, Zwiebeln und Thymian von einer deftigen Wurst oder Pastete.

»Eins auf den Kopp gekriegt?«

»Mhm.«

»Mistkram. Hat die Ida ein Zeugs. Schmeckt ekelig, aber hilft. Ich schick den Jungen.«

»Gut.«

Er hockte sich neben mich, während Ismael zur Küche trabte. Wir schwiegen einhellig, bis er zurückkam und mir einen Becher mit gesüßtem Wein reichte, der einen widerlich bitteren Nachgeschmack hatte. Na, hoffentlich war darin nicht eine ähnliche Fall-um-Tinktur wie die, die man Casta eingeflößt hatte.

Was mich, nachdem ich das Zeug runtergewürgt hatte, zu einer Überlegung brachte. Unfreiwillig hatte sie den Trunk sicher nicht zu sich genommen.

»Ismael?«

»Ja, Meister?«

»Kannst du herausfinden, wo sich Casta so um die Terz herum aufgehalten hat?«

»Brauch ich nicht herausfinden, weiß ich sogar. In der Küche.«

Eben, Grütze im Kopf! Das hätte ich mir denken können, hätte ich denken können.

»Sie hat den Würzwein angesetzt.«

Die Grütze setzte sich.

»Mit wem?«

»Mit Frau Ida und Loretta. Die hat ein Bündel Kräuter dabeigehabt, die angeblich besonders gut schmecken.«

Die Grütze wich einem kristallklaren Gedanken.

»Wahrscheinlich hast du davon kosten dürfen.«

»Oh, wir haben alle gekostet. Schmeckte wirklich gut.«

»Mach mir noch mal das Tuch nass, Ismael.«

Er tat mir den Gefallen, und ich schloss wieder die Augen. Nach einer Weile verabschiedete der Junge sich, weil er noch irgendwelche Erkundigungen einziehen wollte, und ich blieb mit dem alten Waffenmeister allein.

Loretta hatte also Casta das Betäubungsmittel in den Wein getan. Schlau. Als es ihr dann schwummerig wurde, hatte sie sie vermutlich nach oben geführt. Statt in die Kemenate in mein Gemach. Und ausgezogen. Und ins Bett gelegt.

Aber hatte sie mir auch den Knüppel über den Kopf gezogen, mich entkleidet und mich ins Bett gehievt? Wohl kaum. Es musste einen oder mehrere Helfer gegeben haben.

Ich räkelte mich ein wenig und blinzelte noch mal. Also, was immer in Idas Elixier enthalten war, es hatte das Dröhnen gemildert und ich konnte auch wieder problemlos die Umgebung betrachten.

»Gutes Zeug, was? Gibt die Ida uns auch immer, wenn einer von uns eins auf'n Deetz kriegt«, nuschelte der Alte durch seine Zahnlücken.

»Ziemlich gut.«

»Verrät nicht, was drin ist. Und wenn man zu viel davon abkriegt, schläft man den halben Tag.«

Aha, des Rätsels Lösung. Nun, dann würde es Casta nicht allzu schlimm gehen.

Ich richtete mich weiter auf und nahm das Tuch von der Beule.

»Sie ist eine gute Frau, die Ida.«

»Ist sie. Und ohne den Vogt besser dran als mit. Hat selbst diese Tinktur oft genug gebraucht.«

»Du bist schon lange auf der Burg im Dienst?«

»Dreißig Jahr' bald. Kann mich an Euch auch erinnern. Stiller Jung, das wart Ihr. Aber klüger als der Bruder.«

»Ja, er ist ein Kind geblieben.«

»In manchen Dingen schon. In anderen nicht. Auf seine Art war der auch schlau.«

Ja, wenn es um die Befriedigung seiner schlichten Gelüste ging. Aber darüber wollte ich mit dem Alten nicht sprechen.

»Ist hinter den Tieren hergeschlichen. Und hinter den Leuten.«

»Als der Burgherr starb …«

»Hat mich der Ritter schon gefragt. Die andern wissen nix davon, die sind neu hier. Aber ich weiß, dass er abends nach Hause kam. Schlimm das, Herr. Und schlimm, was Euer Vater tat. Aber das ist nicht Eure Schuld, was auch andere sagen, Herr. War gut, dass Ihr fortgegangen seid.«

»Ja, das war wohl gut. Kam der Herr alleine oder mit anderen zurück?«

»Mit dem Vogt, Herr. Auf seinem eigenen Pferd. Und aufrecht und gesund.«

»Hast du mit ihm an jenem Abend noch gesprochen?«

»Nee, Herr. Ich hab nur gesehen, dass er reinkam. Oben vom Wehrgang. Seinen blauen Umhang konnt man doch von Weitem erkennen.«

Natürlich – der blaue Umhang. Er trug ihn oft. Ja, sie hatten ihn sogar darin begraben.

»Ich glaube, ich versuche mal, wieder auf die Füße zu kommen, Alter. Wenn ich umkippe, sammle mich bitte

auf«, sagte ich und erhob mich. Es ging ganz gut, ein bisschen schwankte ich, und der Waffenmeister hielt mich am
Ellenbogen fest.

»Geht's?«

»Wenn der Boden aufhört zu wackeln.«

Er lachte keckernd.

»So ist's richtig. Ein Mann muss wieder hochkommen
nach einem Schlag.«

»Ein wahres Wort.«

Ich machte mich auf die Suche nach Ismael. Was immer
in der Zwischenzeit geschehen sein mochte, es würde allen,
auch Loretta und ihren Helfern, klar sein, dass ihr verräterisches Spiel fehlgeschlagen war.


**Siebter Abend**

Im Hof hielt sich Ismael nicht auf, und da der Boden noch
immer die Neigung hatte, hier und da unter meinen Füßen
wegzukippen wie eine Kogge bei schwerem Seegang, begab
ich mich in mein Gemach. Nebenan war Gemurmel zu
hören, doch es klang nach normaler Unterhaltung, nicht
nach Streit.

In meinem Raum sah alles aus wie zuvor. Das Lager war
zerwühlt, die Laute, der meine erste Sorge galt, stand an
ihrem Platz, meine Kleider hingen an ihren Haken. Ich richtete das Bett und zog die Decke glatt. Doch dann legte ich
mich, so wie ich war, darauf und schloss die Augen. Idas
Mittel mochte die Schmerzen lindern, müde machte es allemal. Oder es war ganz natürliche Erschöpfung, denn in der
vergangenen Nacht hatte ich nur wenig geschlafen.

Die Hand am Dolchgriff schlief ich ein.

Eine Hand, fest auf die meine am Dolchgriff gedrückt,
weckte mich.

»Meister, verschont mein Leben!«

Ismael, grinsend.

Gut, er wusste, dass meine Reaktionen ziemlich schnell waren, wenn es sein musste. Ich löste den Griff und drehte mich zu ihm um. Er hielt einen Krug in der anderen Hand und schickte sich an, etwas von dem Inhalt in den Becher zu gießen.

»Ida sagt, das macht Euch wieder munter.«

Langsam, prüfend, richtete ich mich auf und fuhr mir mit den Fingern durch die Haare. Die Beule war nicht so schlimm wie befürchtet, schmerzte noch etwas, aber es war auszuhalten. Außerdem fühlte ich mich erholter, und das kalte, nach Minze schmeckende Getränk mochte vielleicht nicht die Müdigkeit vertreiben, aber es erfrischte mich.

»Ich habe die Zeit verschlafen.«

»Ja, aber das macht nichts. Wir haben Wache gehalten. Und jetzt haben sich alle zum Mahl versammelt.«

Ich wollte aufspringen, doch Ismael schüttelte den Kopf.

»Bleibt. Herr Ulrich meinte, es wäre besser, wenn Ihr erst dann in den Saal kommt, wenn es Zeit für Eure Geschichte ist.«

»Gut, das trifft sich. Ich habe etwas herausgefunden, Ismael.«

»Ich auch.«

Er setzte sich in gewohnter Manier mit untergeschlagenen Beinen auf mein Lager, und ich tat es ihm gleich. Reisen in den Orient führten zu eigenwilligen Sitzhaltungen. Aber ich fand sie bequem.

»Loretta hat Casta den betäubenden Trunk verabreicht«, erklärte ich.

»Stimmt, daran hat Casta sich auch erinnert. Aber mehr nicht. Ihr seid trotz Eures angeschlagenen Kopfes ziemlich schnell, Hardo.«

Ich lächelte meinen jungen Freund an.

»Der Meister ist tot?«

»Das Spiel ist aus, oder nicht?«

»Dieser Teil schon. Hast du herausgefunden, wer mir den Schlag auf den Kopf versetzt hat?«

»Nein, aber ich habe mir Gedanken dazu gemacht.«

»Das ist mehr als das, zu dem ich in der Lage war. Lass hören.«

»Wer den perfiden Plan entworfen hat, Euren Tod durch Ulrichs Hand herbeizuführen, wusste um des Ritters Zuneigung zu dem Edelfräulein. Dass Casta ihn liebt, hat Ännchen herausgefunden; sie hat große Lauscher unter ihren Flechten und eine flinke Zunge in ihrem Kussmäulchen.«

»Damit wusste es natürlich Loretta.«

»So ist es. Und dann gab es gestern Abend ein kleines Ränkespiel, wie Ihr wisst. Casta hat mit dem schmucken Lucas angebändelt, und Ulrich ist derb dazwischengefahren. Somit war Lucas bekannt, dass der Ritter sein Auge auf das edle Fräulein geworfen hat.«

»So solltest du es in seiner Gegenwart nicht formulieren«, bemerkte ich trocken.

»Ähm, nein.«

»Wenn aber dieser hinterhältige Plan von den beiden stammte, dann wäre es Lucas gewesen, der mich niedergeschlagen hat. Doch Ismael – meine Nase trügt mich selten. Sein Duft hing nicht im Raum.«

»Mhm. Seeehr klug, Hardo. Daran habe ich nicht gedacht. Denn selbst vorhin, als sich alle vor Eurem Gemach zusammenrotteten, umhüllte ihn noch der Duft von Ambra. Ich glaube auch nicht, dass er so schnell aus den Kleidern schwindet.«

»Also hat Loretta mit einem anderen ein gemeinsames Werk vollbracht. Es war demnach ein Dritter mit im Bunde.«

»Wer will Euren Tod – nun schon zum dritten Mal, Hardo?«

»Sigmund ist tot, Cuntz im Verlies, der Kaplan im Turm

eingesperrt. Die drei also nicht, obwohl zwei von ihnen ihr Bestes getan haben.«

»Wem ist Hardo von Langel im Weg?«

»Jedem, der glaubt, dass ich einen Anspruch erheben oder ihn Mörder nennen könnte.«

»Die Äbtissin, Jonata, der gelehrte Humbert, van Dyke, der Stiftsherr. Euer Freund, der Domgraf.«

»Wer von ihnen würde Loretta in seine Pläne einbeziehen?«

»Wenn es nützlich ist, ein jeder von ihnen, denke ich. Sie ist leicht zu haben, die Buhle.«

»Ja, Ismael, das glaube ich auch. Bei Gottfried von Fleckenstein aber fällt es mir schwer zu glauben, dass er mir ans Leben will. Er hat keinen Grund dafür.«

»Betrachten wir es einmal anders. Wir haben drei Parteien«, sinnierte Ismael. »Van Dyke mit Engelin und dem Stiftsherrn, Lucas mit dem Doktor Humbert und Loretta. Und die Äbtissin mit Casta und dem Domgrafen.«

»Richtig, und von dem unerwarteten Ausgang der Tat haben nun vor allem Casta und ihre Mutter den Vorteil.«

»Und Ulrich.«

»Wenn er es klug anstellt. Aber die Äbtissin hätte auch gewonnen, wenn die Tat wie geplant ausgeführt worden wäre, denn Ihr hättet keinen Anspruch mehr anmelden können.«

»Krude gedacht – die ehrwürdige Mutter überredet Loretta, ihrer Tochter einen Betäubungstrank zu kredenzen, den Domgrafen, mich niederzuschlagen und zu ihr ins Bett zu packen?«, schlug ich vor.

»Vergesst es.«

»Ebenfalls krude gedacht – der Stiftsherr, von der ehrwürdigen Mutter beauftragt, überredet Loretta und so weiter?«

»Schon weniger irrwitzig.«

»Oder van Dyke macht gemeinsame Sache mit ihr?«

»Weil er damit gleichzeitig Jungfer Engelins Ehre rettet – möglich.«

»Obwohl Hinrich van Dyke eher ein Mann ist, der seine Fäuste im direkten Kampf einsetzt.«

Ismael nickte und beendete die Überlegungen.

»Der Gelehrte, der für seinen Neffen das Lehen will, überredet Loretta und so weiter und schlägt Euch nieder.«

»Ich halte den Mann zwar für weltfremd, aber möglich wäre auch das. Einer von ihnen will aus diesem oder einem anderen Grund meinen Tod, Ismael.«

»Auch ein Weib kann einen Hammer schwingen und einen Mann hinterrücks niederschlagen. Vergesst das nicht.«

»Nein, ich vergesse es nicht.«

»Und deswegen werde ich heute Nacht hier bei Euch schlafen, Hardo.«

»Aber ganz gewiss nicht. Wer immer es ist, wird sich inzwischen in die Enge gedrängt fühlen und nicht davor zurückscheuen, nötigenfalls auch dein Leben zu opfern.«

»Aber Ihr könnt nicht …«

»Ich will auch nicht. Ich werde das harte Lager mit euch harten Mannen teilen. Und hier im Bett wird meine Geliebte liegen. Besser gesagt, ihre äußere Hülle.«

Ein langsames Verstehen konnte ich an Ismaels Mienenspiel ablesen. Es endete in einem gewaltigen Feixen.

»Ich besorge Euch ein paar Knochen und einen Pferdeschwanz.«

»Du bist der Meister der Täuschung.«

Ismael sah ob dieses Lobes ziemlich selbstzufrieden aus.

Mir aber ging noch eine andere Sache durch den Kopf, die mir ähnlich wichtig war wie mein Leben.

»Mein Herrin fand ich, just als ich von den Toten wiederauferstanden war und Dietrichs Hilfe benötigte, in ihrer Kemenate auf dem Lager hingestreckt, und wie mir schien, waren ihre Augen vom Weinen gerötet. Wer hat ihr ein Leid getan, Ismael? Hat sie etwas verlauten lassen? Hat sie mit ihrem Vater weiteren Streit gehabt, nachdem ich ihn verlassen habe, um mit Gottfried zu sprechen?«

»Nein. Nein, wir sind hinauf auf den Bergfried gestiegen, und ich habe ihr entlockt, wie sie es geschafft hat, uns so heimlich in Lahnstein zu entschlüpfen.«

Er erzählte mir von Engelins gewitztem Vorgehen, und mir wurde noch nachträglich angst und bange. Über den Schwager van Dykes würde ich auch noch mal ein Wort verlieren, wenn sich die Gelegenheit bot. Aber alles das konnte nicht der Grund für ihren Kummer sein.

»Hardo, ich dachte, ich kenne die Frauen, aber Jungfer Engelin versteh ich nicht.«

»Sprach der alte weise Mann.«

»Na ja, ich dachte, ich hätte von Euch gelernt.«

»Kein Mann versteht die Frauen. Das Teuflische aber ist, dass sie uns durchschauen. Aber was hat dein Unverständnis in noch größerem Maß geschürt als üblich?«

»Als Jungfer Engelin ihre Geschichte beendet hatte, fragte sie nach Euren Geschäften. Ich dachte, es schadet nichts, wenn ich ein bisschen damit angebe, oder?«

»Sich mit fremden Federn zu schmücken ist nicht eben fein, Ismael, aber ich habe vor meiner Herrin keine Geheimnisse mehr.«

»Gar keine?«

»Keine, die sich vermeiden lassen. Also, was hast du ihr berichtet, und was hat sie davon zu Tränen gerührt?«

»Ich habe ihr von Eurem Haus bei Venedig erzählt und den Reisen ins Morgenland und den Schönheiten des Orients. Da wurde sie plötzlich ganz muffelig.«

»Was hast du ihr in diesem Zusammenhang erzählt?«

»Nnna ja, ich pries auch die Schönheit der Frauen. Aber da hat sie doch keinen Vergleich zu fürchten, Hardo.«

Mich beschlich eine dumpfe Ahnung.

»Ich habe ihr versichert, dass für Euch die minniglichen Spiele immer nur ein Scherz waren.«

Mir rutschte die Hand aus.

Ismael hielt sich entsetzt die Wange.

»Du hirnloser Trottel!«

»Aber …«

»Du machst meine Herrin glauben, dass ich Scherz mit ihr getrieben habe, und schwärmst ihr von anderen Frauen vor? Ja, was soll sie denn von mir denken?«

»Aber sie will Euch doch heiraten.«

»Jetzt vermutlich nicht mehr«, knurrte ich. Und dann wurde mir bewusst, dass auch ich an diesem Missverständnis Schuld trug. Ich hatte Lines – Engelins – Liebe oft genug abgewiesen. Hier, als wir uns wieder begegneten, hatte ich sie geneckt, mit Scherzen und heiteren Versen. Und im Angesicht des Todes hatten wir der Minne gehuldigt.

Dass sie meine wahre Liebe war, hatte ich ihr weder gezeigt noch gesagt.

Heilige Apollonia von den Zahnschmerzen, das tat weh.

Und bedeutete nun ernsthafte Arbeit.

Ich vergrub meinen Kopf in den Händen.

»Hardo, ich will das wiedergutmachen«, sagte Ismael, und seine Stimme klang brüchig.

»Das kann nur ich alleine, fürchte ich.«

»Ich werde vor ihr auf die Knie fallen. Ich werde mich geißeln. Ich werde ein Keuschheitsgelübde ablegen. Ich werde fasten und beten. Ich werde …«

»Am besten die Klappe halten.«

»Ja, Herr.«

»Spar dir den Herrn.«

Ich erhob mich, und wundersamerweise war die Erde wieder fest unter meinen Füßen.

»Ismael, was du gesagt hast, war stinkender, fauliger Mist, und ich habe ein Recht, mich darüber zu ärgern. Mein Freund bleibst du trotzdem.« Ich legte ihm die Hand auf die Schulter. »Ich brauche dich.«

Er sah so unglücklich drein. Aber er nickte.

»Solltet Ihr Eurer Herrin auch mal sagen.«

»Eine ziemlich gute Idee. Und nun wollen wir Vorbereitungen treffen für das große Finale.«

Ismael hatte geholfen, mich wieder recht passabel herauszuputzen, wenn auch das Haarebürsten noch schmerzhaft war. Dann aber begleitete er mich nur bis zur Tür zum Rittersaal und machte sich auf den Weg, seine eigenen Besorgungen zu erledigen.

An diesem Abend saß auch die Äbtissin wieder an der Hohen Tafel. Sie wirkte sogar einigermaßen zufrieden mit sich und der Welt. Ulrich trug seine ausdruckslose Miene zur Schau, der Stiftsherr zog einen Schmollmund.

Ich ließ mich nach einer Verbeugung auf den Stufen vor der Hohen Tafel nieder und griff in die Saiten, während ich das Publikum musterte. Gereizt war die Stimmung nach wie vor, aber man gab sich den Anschein oberflächlichen Friedens. Casta wirkte müde, doch nicht unglücklich, ganz im Gegensatz zu Engelin, die ihre Blicke streng auf ihren Becher vor sich gerichtet hielt, als ob darin das Heil der Welt verborgen läge. Die Novizin machte einen lebhafteren Eindruck als die Abende zuvor. Van Dyke schenkte mir einen Blick, in dem ich so etwas wie Achtung las, Gottfried nickte mir kurz zu, der Gelehrte pulte wieder einmal in sich gekehrt an seinen Fingernägeln herum. Am anderen Tisch fehlten der Kaplan und Cuntz; die Unterhaltung zwischen Ida, Jonata, Loretta und dem Höfling war aber nicht eben beschwingt. Sie hatten einander wohl wenig zu sagen.

Eigentlich hatte ich ein Lied der geistlichen Minne spielen wollen, passend zum Anlass, den ich berichten wollte. Aber dann hatte ich es mir anders überlegt. Meine Verse galten nun ausschließlich der hohen Minne – meiner großen Liebe, die mich verkannte und der ich wehgetan hatte.

Als ich der Aufmerksamkeit gewiss war, sang ich:

»Alle Schulen sind ein Wind
gegen diese eine Schule, wo der Minne Jünger sind:
Die ist so künstereich, dass man ihr muss
die Meisterschaft gestehen.

Ihr Besen zähmt so wilden Mann,
dass er es niemals hörte noch es sah, dass er das kann:
Wo hat jemand sonsten so hoher Schule
gehöret und gesehen?«[19]

### Der Sängerwettstreit

*Ich will euch heute den letzten Teil meiner Geschichte erzählen, das Ende meiner langen Fahrt, die vor acht Jahren begann und mich nun wieder hierhergeführt hat. Weit war ich gereist, viel hatte ich gelernt und manches gewonnen und wieder verloren. Ein Vermögen hatte ich gemacht und mir eine Stellung in der Welt der Kaufleute erworben. Und im vergangenen Jahr kehrte ich dann auch nach Speyer zurück.*

*Spätsommer war es, als wir wieder Wohnung im Haus des Erasmus von der Heyd bezogen und ich meine Angelegenheiten so ordnete, dass ich künftig ein eigenes Handelshaus führen konnte. Mein edler Gönner nahm mich mit großer Herzlichkeit auf, und wir gaben Feste und besuchten die Feiern der Patrizier und Edlen der Stadt und des Landes.*

*Erasmus von der Heyd ist ein Mann, dem große Achtung gebührt, ein redlicher Kaufmann, ein gütiger und kluger Herr. Doch sein Sinnen stand, wie man es heuer oft bei Handelsherren beobachten kann, danach, es dem Adel gleichzutun, und so setzte er denn alle seine Bemühungen darein, ein ritterliches Haus zu führen. Er war ein einflussreicher Ratsherr und ein geselliger Gastgeber. Es kam ihm in den Sinn, meine Fähigkeiten als Minnesänger dazu zu nutzen, seinen Ruhm zu mehren. Er rief zur Begeisterung der ganzen Stadt einen öffentlichen Sängerwettstreit aus.*

---

19 Reinmar von Zweter, nachgedichtet von Friedrich Wolters (1876–1930)

Im Herbst also trafen aus aller Welt die Männer – und auch einige Frauen – ein, die sich in dem Wettstreit um die besten Lieder miteinander messen wollten. Der Preis, den der Domgraf von Speyer für den Besten unter ihnen aussetzte, war eine kostbare Laute aus der Hand eines wahren Künstlers.

Ich wollte mich zunächst dem Wettbewerb entziehen, führte an, dass ich meine Fähigkeit mitsamt der Laute verloren, nie wieder geübt und alle Lieder vergessen hätte, dass alle Melodien aus meinem Kopf entschwunden seien. Doch dann zeigte man mir die Laute, und ich wurde schwankend.

Dann zögernd.

Und schließlich stimmte ich zu.

Es war ein strahlender Herbsttag, goldgelb und leuchtend rot hatte sich das Weinlaub gefärbt. Jungfern und Maiden hatten lange Girlanden daraus geflochten und den mit grünem Samt belegten Podest damit umwunden. Hier würden sich auf erhöhtem Sitz fünf Preisrichter einfinden und das Können der Sänger beurteilen, die vor den Zuhörern auf dem Domplatz ihre Kunst vorstellten.

Ein Lautenbauer aus der Stadt lieh mir ein Instrument, neu, fein gearbeitet und weich im Klang, doch nicht zu vergleichen mit der Laute, die ich einst besessen hatte. Und schon erst recht nicht mit der, die zum Preis bestimmt war.

Zwei Dutzend Sänger hatten sich eingefunden, einigen war ich schon einmal begegnet, andere waren mir vollkommen fremd. Einer jedoch war unter ihnen, dessen Anblick mir die Sprache verschlug. Ein alter Mann war es, mit langen, weißen Haaren und Bart. Gestützt auf einen schön geschnitzten Stock näherte er sich unserer Gruppe.

Nicht nur ich fand keine Worte, auch alle anderen verstummten bei seinem Anblick.

Bis jemand erschüttert flüsterte: »Der Meister Urban.«

»Gott der Gerechte, der kann doch keine Strophe mehr husten.«

»Was will der hier? Der gehört doch schon seit Jahren aufs Altenteil.«

Manch abfällige Äußerung wurde geflüstert, denn die Angst hatte die Sänger erfasst. Der Trouvère war zuzeiten einer der berühmtesten Sänger gewesen, und sein Ruf stand hoch an den Höfen der Mächtigen. Mochte er aber auch die kleinen Gehässigkeiten hören, so ließ er es sich nicht anmerken. Der große Meister schaute in die Runde und nickte freundlich.

»Noch einmal will ich mich mit den Besten unter euch messen«, sagte er mit leiser Stimme. »Ein letztes Mal in meinem Leben. Gebt also, was ihr könnt.«

Er bat einen Jüngling, ihm auf das Podium zu helfen, und nahm auf dem Schemel Platz. Ein anderer Jüngling reichte ihm seine Laute, und mit zittrigen Fingern spielte er auf den Saiten eine schlichte Weise. Dann sang er, und das Gebet an Sancta Maria trieb mir die Tränen in die Augen. Seine Stimme mochte alt geworden sein, sein Atem kurz, seine Finger gichtig, doch die Innigkeit seines Gesangs bannte mich.

Lächelnd spielte er die letzten Läufe, wartete den Beifall ab und stieg vom Podest.

Ich ließ den anderen den Vortritt. Mir war schon jetzt klar, dass ich an keinen von ihnen je heranreichen würde. Nicht ich mit meiner zerstörten Stimme und einer fremden Laute, die keinerlei Magie in sich barg.

Sie sangen wunderbar, manche weich und melodisch von der hohen Minne, andere fröhlich und klangvoll von den Freude der Natur, einige hatten die geistlichen Lieder gewählt und trugen sie mit bebender Ehrfurcht vor, andere die dreisten Sauflieder mit kraftvollen Tönen. Doch sie alle schielten bei ihrem Vortrag zu dem Alten hin, der unter den Ehrengästen einen Ehrenplatz hatte.

Schließlich konnte ich es nicht mehr vermeiden. Ich nahm die geliehene Laute auf und trat auf das Podium.

Und als meine Finger die Saiten berührten, da wurde

mir mit dem ersten Schlag klar, welcher Chimäre ich sieben Jahre lang hinterhergelaufen war.

Es war nicht die Laute, der die Magie innewohnte, sondern die Magie lag in mir.

Es waren meine Finger, die sie zum Klingen brachten, aus meiner Kehle kam der Gesang, meine Zunge formte die Worte. Mit Melodie und Rhythmus, mit Versen und Stimme konnte ich die Menschen betören oder besänftigen, aufrühren oder trösten, mäßigen oder aufpeitschen oder gar Sehnsucht oder Trauer wecken.

Was ich bei anderen erreichte, das sollte mir auch bei mir selbst gelingen. Die Wunden tief in meinem Gemüt sollte ich damit zu heilen vermögen. Ich hatte so viel erreicht, war ein Mann geworden, angesehen und wohlhabend. Kerker und Galgen waren mir nicht zum Verhängnis geworden. Und als ich die Melodie suchte, die ich vortragen wollte, da wurde mir leicht ums Herz. Nun wusste ich, dass der Fluch von mir genommen war, der seit meiner Geburt auf mir gelastet hatte.

Meine Konkurrenten hatten gesungen und gespielt, um den Preis zu erringen – ich würde spielen, um mein eigenes Herz zu kurieren. Der Sieg war mir gleichgültig geworden.

Darum senkte ich meinen Blick und sang von der endlosen Suche nach dem Heil.


»Ich bin auf einer Fahrt, von der mich niemand halten mag:
Ich reite zur Herberge einen jeglichen Tag,
sei es trocken, sei es nass,
so wie die Wasser fließen in den Landen.
Ich fürcht' auch nicht die Mörder allzu groß
als um ein Haar,
noch die Räuber auf den Straßen, nehmet das für wahr.
Ich lass das Reisen nicht, selbst durch des Königs Hass
noch den der Fürsten, selbst wenn sie's ahnden wollen.
Wollten es mir denn die Grafen verwehren
und all die Freien, die hier angesessen.

Ob sie auch wollten sich verschwören,
dazu die Dienstleut, die ich sollt nicht vergessen,
Und all die starken Städte in der ganzen Welt,
die hindern meine Fahrten nicht,
auf die ich gehen muss, selbst wenn ich ungern fahre.«[20]

Ich spielte auch hier und jetzt in dieser Burg das Lied von damals und vergaß mich selbst für eine Weile, saß nicht mehr im Rittersaal, sah nicht mehr die kleine Gemeinschaft. Ich spielte die Melodie und träumte.

»Meister Hardo, erzählt Eure Geschichte zu Ende«, hörte ich Ulrichs Stimme hinter mir.

Ich tauchte mühsam auf aus der Vergangenheit, der Wehmut, die mich umfangen hatte, zupfte noch einen Akkord und besann mich wieder auf meine Erzählung.

### Das Geschenk des Trouvère

*Während die Richter berieten, wem der Preis zuerkannt werden sollte, unterhielten Gaukler das Publikum. Sie jonglierten mit bunten Bällen, schlugen Räder, fochten mit bänderbewehrten Stäben und führten allerlei Possen auf.*

*Ich stellte mich stumm in die letzte Reihe der Sänger und verschloss meine Ohren vor ihrem Getuschel. Schließlich waren die Herren auf dem Podium zu einem Ergebnis gekommen, und ein buntberockter Herold trat auf uns zu. Ihr könnt mein Erstaunen kaum nachfühlen, als er sich vor mir verbeugte und mich bat, nach oben zu kommen.*

*Man verkündete mit wohlgefälligen Worten meinen Sieg, setzte mir einen Lorbeerkranz auf das Haupt, und der Domgraf überreichte mir die kostbare Laute.*

*Ich hielt sie fassungslos in den Händen. Sie war ein*

---

20 Der Hardegger

Wunderwerk der Handwerkskunst, schöner noch als die, die ich verloren hatte.

Dennoch, sie gebührte nicht mir.

Ich verneigte mich und sprang vom Podium. Geraune folgte meinem Weg zu den Plätzen der Ehrengäste. Und als ich vor dem Sessel stand, auf dem der alte Trouvère saß, beugte ich die Knie, legte die Laute zu seinen Füßen ab, nahm den Kranz von meinem Kopf und reichte die Lorbeeren ihm.

»Aber nein, mein Junge. Dein Sieg, dein Preis.«

Er nahm den Kranz und setzte ihn mir wieder auf.

»Wir sprechen uns heute Abend, Hardo von Langel. Erhebt Euch und nehmt die Laute. Haltet sie in Ehren, denn ihre Geschichte ist auch die Eure.«

Hinter mir ertönte ein Zischen einer giftigen Schlange gleich. Aber die Aufmerksamkeit der Zuhörer hatte ich bis aufs Letzte gefesselt.

Darum spielte ich noch eine kurze Melodie, bevor ich mit dem Erzählen fortfuhr. Darin berichtete ich von dem, was Meister Urban mir anvertraut hatte.

Wir trafen uns im Haus des Handelsherrn, und Meister Urban wurde mit großen Ehren empfangen. Doch nach dem festlichen Mahl ließ man uns alleine, damit wir uns unterhalten konnten. Der alte Trouvère hörte sich zuerst an, was ich erlebt hatte, seit er mich im Wald an der Wildererfalle getroffen hatte. Einmal lächelte er.

»Ja, Hardo, ich habe Euren Weg verfolgt, auch wenn Ihr manches Mal wie vom Erdboden verschwunden seid. Ich bedauere, dass wir Euch erst fanden, als der Verrückte von Falkenstein Euch in der Gewalt hatte und Eure Stimme durch Folter und Schmerz gebrochen hat. Tröstet Euch, es wird immer Menschen geben, die auch das Raue lieben.«

Damit hatte er eine der vielen Fragen beantwortet, die noch für mich offen waren.

*Er berichtete mir auch von meiner Mutter und der Heidin Nele, die ich vier Jahre zuvor zu ihr nach Langel geschickt hatte. Sie war tatsächlich als Magd aufgenommen worden und hatte sich mit meiner Mutter angefreundet.*

*Und er erzählte mir, dass jene Laute, die ich durch meinen Gesang als meinen Besitz errungen hatte, von jenem Handwerker am Drachenfelsen stammte, zu dem er mich gesandt hatte. Dass seine Instrumente mit Magie beseelt seien, so erklärte Meister Urban mir, habe er um meinetwillen gesagt, denn der unwissende Jüngling, der ich war, würde eher an zauberische Kräfte glauben als an den Nutzen der weltlichen Bildung.*

*Ich konnte nun lächeln über diesen Winkelzug.*

*Dann aber erzählte Meister Urban mir von seiner Zeit am Hofe des Herzogs von Jülich. Lange vor meiner Geburt, als Wilhelm der Zweite dort herrschte und Urban selbst noch ein junger Sänger war, hatte er dort einen Edelknaben im Lautenspiel unterrichtet und in ihm ein großes Talent entdeckt. Der Vater des Knaben, ein kunstsinniger Mann, war stolz auf die Begabung seines Sohnes und schenkte ihm eine Laute aus Meisterhand, die der Knappe auch dann noch in Ehren hielt, als er zum Ritter geschlagen wurde, sein Lehen erbte und sich durch Tapferkeit in Schlachten und Turnieren auszeichnete. Als er starb, gelangte jedoch die Laute in die Hände des Domgrafen von Speyer, der sie zwar bewunderte, doch nicht zu schlagen in der Lage war. Sie wartete darauf, wieder in kundige Hände zu gelangen, und so fand sie ihren Weg zu mir.*

Ich unterbrach meine Erzählung, denn wieder hatte sich Getuschel erhoben. Ja, ich war ein Meister der Auslassung, aber der eine oder andere der Anwesenden wusste nun, wessen Laute ich in den Händen hielt. Gottfried jedoch kannte die ganze Geschichte, aber wie ich sah, widersetzte er sich allen Versuchen seiner Tischnachbarn, ihm diese zu entlocken. Er sah jedoch nicht amüsiert, sondern sorgenvoll aus.

Ich würde ihnen sogleich eine Ablenkung bescheren.

Die letzen Töne verklangen unter meinen Händen, und ich erzählte weiter.


### Rückkehr des Helden

*Lange sprachen wir an jenem Abend und auch noch am nächsten Tag. Und als Meister Urban sich schließlich verabschiedete, brachte er mir noch die Nachricht, dass meine Mutter auf einer Wallfahrt nach Maria Laach krank geworden sei. Nele, die sie begleitet hatte, sorgte nun für sie. Sie bewohnte nahe dem Kloster ein kleines Haus und schien zufrieden damit zu sein, dort ihre letzten Tage verbringen zu können.*

*Als der alte Trouvère gegangen war, stand für mich der Entschluss fest, noch einmal meine Mutter aufzusuchen.*

*Ich traf im November zusammen mit Ismael an dem stillen Maar ein, an dem sich die Benediktinerabtei erhob. Wir fanden das Häuschen, in dem Gina, meine Mutter, mit ihrer Aufwärterin Nele lebte. Doch eine zehrende Krankheit hatte sie schon fast in eine bessere Welt entführt. Schwach und müde lag sie auf einem reinlichen Lager, sie erkannte mich zuerst nicht, und als sie es doch tat, freute sie sich nicht besonders. Kreuze und Heiligenbilder, zweifelhafte Reliquien und allerlei heiligen Krimskrams hatte sie um sich herum versammelt, alles das schien ihr wichtiger als zu hören, was ihrem Sohn widerfahren war.*

*Nele aber pflegte sie gut und hatte inzwischen auch die Sprache besser gelernt. Sie war es, die mir berichtete, was ich hören wollte.*

*So erfuhr ich, was während meiner Abwesenheit auf Burg Langel geschehen war. Wer wen geheiratet hatte, wer gestorben war, dass es der Burgvogt Sigmund selbst gewesen war, der meiner Mutter die Reise nach Maria Laach ermöglicht und auch für einen auskömmlichen Unterhalt gesorgt hatte. Ich hörte, dass mein jüngerer Bruder zwei Jahre nach meinem Fortgehen an einer Lungenentzündung gestorben, eine meiner Schwestern im Kindbett dahingeschieden war, die andere mit ihrem Gatten das Land verlassen hatte.*

*Vieles hörte ich von ihr, doch dann war es meine Mutter selbst, die mir doch noch eine seltsame Auskunft gab.*

*Sie lag im Sterben, der Winter war zu streng mit ihr gewesen, und im Februar saß ich an ihrem Bett, während sie hart um Atem rang, und hielt ihre kalte Hand. Einmal aber sah sie mich noch an und sagte traurig: »Dein Vater Gerwin hat seinen Bruder Eberhart so sehr geliebt. Du bist schuld daran, dass er ihn getötet hat.«*

*Dann erloschen ihre Augen.*

Und der Tumult im Saal brach los.

Ich wartete.

Als sich die Ausrufe und die fassungslosen Bemerkungen endlich gelegt hatten, nahm ich den Faden wieder auf.

*Ich trug meine Mutter zu Grabe und damit auch einen Teil ihres Wissens. Aber Nele war ihr eine Freundin und Vertraute geworden. Und sie war mir noch immer dankbar für ihre Rettung im Wald von Bingen. Manches hatte Gina ihr anvertraut, was sie nicht recht verstanden hatte, und darum gab sie es mir nun weiter. So beispielsweise, dass mein Bruder, der blöde geblieben war, doch auch immer stumm Mensch und Tier beobachtet und ihr einmal erzählt hatte, dass der Burgvogt es mit des Burgherrn Weib Margarethe wie ein Ziegenbock getrieben habe.*

Der nächste Tumult erhob sich. Ich drehte mich nicht um, denn in meinem Nacken brannten die Blicke der ehrwürdigen Mutter bereits Löcher in meinen Pelz.

Allerdings bedauerte ich es, dass Casta diese unerfreuliche Nachricht auf diese Weise erfahren musste, doch als ich zu ihr hinsah, wirkte sie gefasst, und ihr Blick ruhte voller Abscheu auf ihrer Mutter. Ännchen fiel mir ein. Das Plappermaul.

Endlich trat wieder Ruhe ein, und ich kam zum Ende meiner Geschichte.

*All die Erkenntnisse, die ich gewonnen hatte, warfen nun eine gewaltige Anzahl Fragen auf. Und just als ich mich entschloss, die Antworten an Ort und Stelle zu suchen, traf Dietrich, der Knappe des Ritters Ulrich von der Arken, bei mir ein und überbrachte mir die Einladung zu diesem Treffen.*

*Ich nahm sie an, doch misstrauisch, denn der Ritter war der Mann gewesen, der im Namen des Herzogs von Jülich den Mord am Burgherrn Eberhart von Langel untersucht hatte und meinen Vater auf die Aussage von Cuntz dem Pächter hin dem Henker übergab.*

*Ich gab Nele genügend Geld, dass sie in dem Häuschen in Maria Laach wohnen bleiben konnte. Sie war durch meine Mutter inzwischen auch zum Christentum bekehrt und verehrte den ganzen heiligen Krimskrams mit derselben Inbrunst, wie Gina es auch getan hatte. Dann aber machte ich mich auf den Weg nach Langel, aber als ich schon nahe der Heimat war, unterbrach ich meine Reise, um auf jenem Gut noch einmal vorzusprechen, dessen Herr dem dummen Tropf einst erklärt hatte, welche Bedeutung die magischen Worte des Pattanostas wirklich hatten.*

*Man empfing mich zu meiner Überraschung mit großer Herzlichkeit. Meine damaligen Fehltritte waren mir vergeben, ja, die wohledle Dame lachte laut darüber, vor allem über meinen Kampf mit dem Lindwurm und die lästige Kröte, die sich danach an meinen Kittel gehängt hatte. Durch sie aber erfuhr ich, dass Line, die totgeglaubte Tochter eines befreundeten Kölner Händlers, vor vier Jahren* nach langer Irrfahrt gesund und wohlbehalten wieder zu Hause aufgetaucht war. So wurde mein Sinn hochgemut, und eine Hoffnung keimte, dass ich meine Kameradin und Freundin, meine Trösterin und Heilerin, meine widerborstige Gefährtin und die Sehnsucht meines Herzens, die dornige Rose, wiederfinden und ihr zu Füßen all die Lieder der Minne würde singen können, die sich in meinem Herzen angesammelt hatten. Denn noch etwas hatte ich gelernt in einer strengen Schule.

Ich stimmte die Melodie an und sang mit meinem Blick unverwandt auf Engelin gerichtet:

»Die Minne lehrt die Frauen schönes Grüßen,
Die Minne lehrt an Sprüchen manche süßen,
Die Minne lehret große Milde,
Die Minne lehret große Tugend,
Sie lehrt die Jungen in der Jugend
Ein ritterlich Gebaren unterm Schilde.«[21]

Sie hob den Kopf, doch gnädig war ihre Miene nicht.
Aber sie hatte mich angesehen.
Sie war ja so ein lieblicher Widerborst!


**Nächtliches Gespräch**

Ich entzog mich den Fragen, die ein jeder mir zu stellen beabsichtigte, indem ich nach dem letzten Saitenklang aufstand und den Saal über die Küche verließ. Dabei nahm ich gleich den Korb mit Pasteten mit, den Ida wie üblich für uns vorbereitet hatte. Dann ging ich über die Arkaden zum Palas und suchte mein Gemach auf.

Ich lag bereits zu Bett.

---

21 Reinmar von Zweter

Bemerkenswert!

Unter der Decke streckte sich in Seitenlage ein breitschultriger Körper aus, das Gesicht von der Tür abgewandt, die schwarzen, langen Haare auf dem Polster ausgebreitet.

»Hängt Euren Surkot noch über den Sessel und stellt die Stiefel neben das Bett«, sagte Ismael, der aus einer dämmrigen Ecke trat. »Ich habe Euch andere Kleider und einen Umhang besorgt.«

Ich tat wie geheißen, während Ismael die Laute wieder in Ulrichs Zimmer brachte. Als er zurückkam, erschien auch der Ritter in der Tür, stutzte und erkannte mich dann in meinem Bett liegend.

»Wenn er klug ist, wird er ihm den Hals durchschneiden«, meinte er. »Wenn er weniger klug ist, den Dolch ins Herz rammen.«

»Letzteres, nehme ich an. Obwohl das weiß Gott viel zu unsicher ist.«

»Vor allem, wenn er auf die Schweinerippen trifft, die sich unter der Lederhaut verbergen«, bemerkte Ismael zufrieden.

»Ja, ich glaube kaum, dass außer Euch, Ulrich, sich sonst noch einer in der Burg auf das lautlose Töten versteht.«

»Eine Fähigkeit weit weniger rühmlich als das Lautenspiel.«

»Aber nützlich – dann und wann. Ismael, ich hoffe, du hast nicht mein Ross barbiert, um diesen schönen Schopf zu richten.«

»Der Schweif des Pferdes, das der duftende Höfling ritt, stellt Euch die Perücke.«

»Er wird dir dafür auch noch das andere Ohr vom Kopf reißen, wenn er es erfährt.«

»Mein Barbiermesser ist seither mein ständiger Begleiter. Aber nun sollten wir das Feld räumen, was meint Ihr, Hardo?«

Ulrich wirkte einen kleinen Moment überrascht von der formlosen Anrede, nickte aber zustimmend.

»Der östliche Wachturm ist geeignet. Ich rufe Dietrich …«

»Dietrich hat den Wein bereits in die Kammer im östlichen Wachturm gebracht, Herr Ulrich, und auch das Nachtlager für Hardo und mich gerichtet.«

»Ein fürsorglicher und gewissenhafter Freund, Euer Ismael.«

»Und ein aufstrebender Handelsgeselle, der in wenigen Jahren sein eigenes Geschäft führen wird.«

»Ich verstehe. Und nebenbei auch ein gewitzter Gaukler.«

»Man muss seine Rollen leben, Herr Ulrich!«

Wir traten aus dem Gemach und überließen den schlummernden Hardo seinem Schicksal.


Einige Polster auf den steinernen Bänken, die in die Nischen der Schießscharten gemauert waren, erwarteten uns in dem kargen Raum, der gewöhnlich den Wachen als Unterkunft und Schutz diente, wenn Wetterunbill oder wütende Feinde über die Burg hereinbrachen. Auf dem Boden standen der Weinkrug und die Becher, ich stellte den Korb mit Pasteten dazu. Ulrich und ich nahmen in der Nische Platz, Ismael legte ein Polster auf den Boden und setzte sich zu unseren Füßen nieder, um uns den Wein zu reichen.

»Ihr habt allerlei Unruhe verbreitet mit Eurer Geschichte, Hardo«, begann Ulrich, als wir uns eingerichtet hatten. »Und doch habt Ihr wiederum Etliches verschwiegen.«

»Manches ja, anderes ist mir selbst noch unklar.«

»Urban hat Euch nicht alle Fragen beantwortet?«

»Nein, er sagte, das sei meine Aufgabe, es herauszufinden. Habt Ihr ihn noch einmal getroffen, Ulrich?«

»Ja, ich traf ihn noch einmal. Ebenfalls im Februar, im Kloster von Groß Sankt Martin, wo er im Hospiz gepflegt wurde. Er starb, Hardo, in meinen Armen. Mit ihm hat die Welt einen großen Sänger und einen weisen Mann verloren.«

Ich senkte den Kopf in stiller Trauer.

Der Mann, der als Erster an mich geglaubt hatte, der meinem Schicksal die Richtung gewiesen, der mich auf die lange, gefahrvolle Fahrt zu meiner Bestimmung gesandt hatte – ich hätte ihm gerne berichtet, was ich herausgefunden hatte. Ulrich durchbrach mein Schweigen.

»Er hat Euch aber gesagt, dass der Edelknabe, den er das Lautenspiel lehrte, Eberhart von Langel war?«

»Ja, das hat er mir gesagt. Auch dass die Laute ihm gehörte, die Margarethe nach dessen Tod ihrem Bruder, dem Domgrafen Gottfried von Fleckenstein, gegeben hat.«

»Die sie Euch deswegen vor drei Tagen entwendet hat, um sie zu untersuchen, ob es tatsächlich die nämliche war«, meinte Ismael sinnend.

»Das vermute ich. Und sie fand Gewissheit. Doch noch vor ihr, Ulrich, erkannte Sigmund sie. Den ersten Abend, als ich auf ihr spielte, starrte er die ganze Zeit darauf. Es muss ihm vieles durch den Kopf gegangen sein. Entweder drückte ihn das Gewissen, oder es überwältigte ihn der Wunsch, sich vor den unweigerlich folgenden Enthüllungen zu schützen.«

»Sodass er Euch umzubringen beabsichtigte.«

»Oder geneigt war, dies für einen anderen auszuführen.«

»Lassen wir das Spekulieren für eine Weile beiseite«, schlug ich vor. Ich hatte noch weitere Fragen an Ulrich, die er mir jetzt vermutlich bereitwillig beantworten würde.

»Wusste Euer Oheim, dass Eberhart und Gerwin Brüder waren?«

»Ja, Urban wusste es. Gerwin war der um ein Jahr jüngere Bastard des alten Burgherrn mit seiner maurischen Konkubine. Die Frau starb im Kindbett, der Burgherr erkannte den Sohn als den seinen an, der Junge wurde einer Amme übergeben und hier auf der Burg aufgezogen. Wie die Burgherrin dazu stand, kann ich Euch nicht sagen«, setzte er mit einem schiefen Lächeln hinzu.

Nicht eben überschwänglich erfreut, nahm ich an, aber

sicher auch nicht besonders entsetzt. Dass die Herren ihren Samen weit im Umkreis säten, war nicht eben ungewöhnlich. Genauso wenig wie der Umstand, dass die daraus erwachsenden Früchte gleichberechtigt mit den ehelichen Sprösslingen aufgezogen wurden. Aber offensichtlich hatten nicht sehr viele Leute von der engen Verwandtschaft Eberharts und Gerwins gewusst. Wie ich meinen Vater einschätzte, war er zu stolz, um sich darauf zu berufen.

»Wusstet Ihr von den Zusammenhängen, als Ihr meinen Vater verurteiltet, Ulrich?«

»Nein. Sonst hätte ich gewiss andere Fragen gestellt. Nein, ich erfuhr es anderthalb Jahre später erst, als ich Urban in Jülich wiedertraf. Er hatte von Eberharts Tod gehört und wollte von mir die Umstände erläutert wissen. Als ich ihm sagte, dass Gerwin gehenkt worden war, sah ich ihn das erste Mal in meinem Leben fassungslos. Und dann hielt er mir einen Vortrag über die Familie derer von Langel, meine bodenlose Dummheit, meine Ignoranz, meine Unfähigkeit, meine Leichtgläubigkeit und meine Verantwortung für den Tod eines Unschuldigen und dessen Witwe und Waisen. Ich fühlte mich wie eine Drecklache auf dem Hallenboden, als er mit mir fertig war.« Ulrich schüttelte in Erinnerung an die Strafpredigt den Kopf. »Er war wortgewaltig, mein Oheim. Und er wusste, wie man mit Worten klaffende Wunden reißen konnte. Er beschwor die ritterlichen Tugenden herauf, die meine Eltern mir einst vorgelebt und mit auf den Weg gegeben hatten und die ich mit Füßen getreten hatte. Er zeichnete mir das Bild eines verrohten, gewalttätigen, gewissenlosen, gottverlassenen Schurken. Kein Priester hat je eine derartige Scham in mir geweckt wie er, Hardo. Ich gelobte Wiedergutmachung. Und er erzählte mir von seinem Plan.«

»Seinem Plan?«

»Er wusste, dass Gerwin Kinder hinterlassen hatte, und wollte herausfinden, was aus ihnen geworden war. Mir nahm er das Versprechen ab, für sie zu sorgen, da sie durch meine

Schuld vaterlos geworden waren und mit der Schande leben mussten, von einem Mörder abzustammen.«

»Weshalb Urban nach Langel kam und den jungen Tölpel im Wald einer eingehenden Prüfung unterzog.«

»Richtig. Mir berichtete er davon, dass Gina, Eure Mutter, weiterhin als Bäckerin auf der Burg arbeitete, Eure Schwestern angemessen verheiratet und Euer jüngerer Bruder zurückgeblieben, aber geduldet war. Und dass Ihr, Hardo, wie ein Ausgestoßener behandelt wurdet, obwohl Ihr mit hohen geistigen Gaben gesegnet wart. Er sprach auch von der List, die er angewandt hatte, um Euch dazu zu bewegen, die Enge der Burg zu verlassen und Euren eigenen Weg zu machen. Mir stellte er die Aufgabe, den Mord an Eberhart von Langel aufzuklären und Euer Schicksal vorsichtig und aus der Ferne zu verfolgen, wenn nötig aber einzugreifen. Beides, Hardo, überstieg leider meine Fähigkeiten.«

»Heilige Apollonia von den Zahnschmerzen!«

»Verzeiht, Hardo.«

Ich fühlte mich benommen, und mein Kopf brummte wieder.

Man hatte ein Spiel mit mir getrieben. Und obwohl es mich von den Fesseln befreit hatte, die mich in meiner Jugend in Dumpfheit gefangen hielten, wusste ich nicht, ob ich darüber erfreut oder erbost sein sollte. Hätte ich nicht auch aus eigener Kraft aus der geistigen Enge, den ständigen Erniedrigungen, der Faulheit und dem lahmen Trott herausgefunden? Könnte ich dann nicht stolzer auf mich sein?

Ich hörte Ismael leise lachen.

»So ist es Euch nicht anders gegangen als mir, Hardo. Ein gütiger, alter Mann wendete Euer Schicksal, wenn auch mit einem Tritt in den Arsch. Genau, wie Ihr es bei mir auch gemacht habt.«

Verblüfft sah ich zu ihm hin.

»Ei ja – ich hatte mein Auskommen bei den Räubern. Aber Ihr habt mir gezeigt, dass es auch ein Leben in Ehre gibt. Und dummerweise habe ich mich auf Euer Drängen hin auf den Pfad der Tugend begeben. Versprechungen habt Ihr mir gemacht – zwar keine magische Laute, aber ein anständiges Dasein. Schutz vor Verfolgern, Wachen und Bütteln.«

»Ich war kein gütiger alter Mann.«

»Ihr seid elf Jahre älter als ich. In meinen Augen ist das alt! Und selbst wenn Ihr manchmal ruppig seid, fehlt es Euch nicht an Güte.«

»Du überraschst mich, Ismael.«

»Weil ich an Eure Güte glaube? Oder weil ich Euch für alt halte?«

»Weil du glaubst, ich hätte dein Leben zum Vorteil verändert. Ich habe dich in ein paar sehr unangenehme Lagen gebracht.«

»Hat der alte Sänger Euch auch. Oder Ihr Euch selbst. Und ich mich selbst auch. Wenn ich daran denke, wie ich das Stückchen Zahn verloren habe …«

»Die orientalischen Männer verfahren recht rau mit Jünglingen, die ihren Töchtern zu nahe treten«, erläuterte ich Ulrich, der sich von Ismael seine damaligen Schandtaten berichten ließ. Ich überdachte in der Zwischenzeit das, was ich erfahren hatte.

Ismael hatte recht. Ich hatte in sein Leben eingegriffen, so wie Urban es bei mir getan hatte. Vermutlich hätte Ismael, flink und gewitzt, eines Tages die Räuber verlassen. Wenn er nicht getötet worden oder an einer der vielen Krankheiten oder Verwundungen gestorben wäre, die die Lebensspanne dieser Menschen arg verkürzten.

Und ich wäre vermutlich eines Tages das Opfer desjenigen geworden, der Eberharts Tod zu verantworten hatte. Denn wahrscheinlich hätte ich auch irgendwann angefangen, unbequeme Fragen zu stellen.

Gut denn, mein Wandel war beschlossen worden, und ich hatte meine Reise angetreten und war zurückgekehrt und wusste nun mehr über mich selbst als zuvor. Damit stellte sich die nächste Frage.

»Wer wusste, dass Gerwin der Bastard des alten Burgherrn war, Ulrich? Meine Mutter offensichtlich, aber sie hat es mir wirklich erst auf dem Sterbebett gestanden.«

»Eberharts Geschwister mit großer Sicherheit. Also Doktor Humbert und seine Schwester, die Mutter von Lucas van Roide«, sagte Ulrich.

»Sigmund vermutlich auch, denn sein Vater war schon Burgvogt, und dem dürfte der Umstand, dass plötzlich ein Kind mit Amme auftauchte, nicht entgangen sein.«

»Nein, denn sein Sohn Sigmund war im selben Jahr geboren wie Euer Vater, und seine Mutter war die Amme.«

»Milchbrüder also. Sigmund und Gerwin waren Milchbrüder.«

»Und Eberhart, nur ein Jahr älter, wuchs mit ihnen zusammen auf. Sigmund war dazu bestimmt, der nächste Vogt zu werden, Gerwin begleitete Eberhart, als er in den Ritterdienst ging, nach Jülich. Er erhielt die gleiche Ausbildung, so hatte der Vater der beiden es verfügt, auch wenn Gerwin nie zum Ritter geschlagen werden würde.«

»Dann ist er vermutlich auf eigenen Wunsch sein Marschall geworden, der Stallmeister des Ritters, ein würdiges Amt. Er hatte eine gute Hand mit den Pferden.«

»Vier Männer, die sich von Kindheit an kannten, vieles gemeinsam unternahmen, dieselbe Aufgabe übernommen haben, wenn auch auf unterschiedliche Art. Hardo, auch ich bin auf einer Burg groß geworden, auch ich habe Brüder; leibliche Brüder, Milchbrüder, Schwesterbrüder. Man ist vertraut miteinander, und wenn es auch immer Reibereien, Neid, Eifersucht oder Missgunst gibt, so ist man trotz allem eine Einheit. Mord braucht einen starken Grund. Sofern er nicht im wilden Rausch der Leidenschaft geschieht. Und der Mord an Eberhart geschah kaltblütig und berechnend, nicht aus einem wüsten Streit heraus.«

»Oder doch, Hardo? Sind wir vielleicht auf einer ganz falschen Fährte?«, warf Ismael ein.

»Wie meinst du das, Junge?«

»Herr Ulrich, Hardos kindischer Bruder hat dem Burgherrn erzählt, dass der Sigmund Unzucht mit Margarethe trieb, während Letzterer sich auf Reisen befand. Könnte es nicht sein, dass die beiden darüber in Streit gerieten und die Leidenschaft zum Totschlag führte?«

Ich lehnte mich aufseufzend an die kühle Wand hinter mir.

»Ja, darüber habe ich auch schon nachgedacht, Ismael. Das könnte sein. Nur – Eberhart war ein Kämpfer, und wenn er einen Streit mit Sigmund geführt hätte, in dem es zu Handgreiflichkeiten und schließlich zur gezogenen Waffe gekommen wäre ...«

»Hätte man wohl den Tod des Burgvogts beklagen müssen«, sagte der Ritter und nickte. »Er hatte den Ruf, ein tapferer Kämpe zu sein. Andererseits – Glück und Zufall spielen auch immer eine Rolle in einem Zweikampf.«

»Wut und Leidenschaft müssen dann immerhin schnell abgekühlt sein, denn Sigmund war in der Lage, außerordentlich besonnen den Mord durch Gerwin zu inszenieren. Ich habe herausgefunden, wie er und seine Helfershelfer es angestellt haben, oder zumindest habe ich mir dazu einen ersten Reim machen können.«

»Dann seid Ihr weiter vorangekommen als ich, Hardo, denn die Wachmänner wussten nichts oder konnten sich nicht an den Tag erinnern.«

»Der alte Waffenmeister aber, der heute Nachmittag neben mir saß, als ich meinen Brummkopf kurierte, wusste, dass der Burgherr in Begleitung von Sigmund durch das Tor geritten war. Er hat ihn an seinem blauen Umhang erkannt.«

»Tropf, der.«

»So sind sie – was man ihnen vorgaukelt, das glauben sie. Wir werden Cuntz die Frage stellen, ob er den Umhang getragen und des Burgherrn Ross geritten hat.«

»Und ob er anschließend durch den Geheimgang wieder nach draußen geschlüpft ist und die Leiche durch diesen Gang zu den Ställen getragen hat«, ergänzte Ismael, der das Manöver sofort richtig durchschaute.

»Deshalb hat sich wahrscheinlich Magister Johannes der Mittäterschaft schuldig gemacht«, meinte Ulrich nachdenklich. »Weshalb er uns heute Morgen verlassen wollte.«

»Er wird sich die Frage gefallen lassen müssen, warum er sein Wissen für sich behielt.«

Wir versanken in Nachdenken, denn wenn auch einige der losen Enden, die ich die ganze Zeit in meinen Händen gehalten hatte, nun ihre Verknüpfung gefunden hatten, so blieben noch genügend andere in der Luft hängen. Und der rote Faden, die Seele, um die sich alle anderen wanden wie bei einem Tau, der entzog sich noch immer meinem Zugriff.

Ähnlich mochten auch meine beiden Freunde sinnen, und Ulrich kam zu einem weiteren, wenn auch nur kleinen Stückchen Faden.

»Hat der Domgraf von Speyer, der Bruder der Burgherrin Margarethe, Euch gesagt, wie er zu der Laute gekommen war?«

»Er sagte nur, sie habe sie ihm nach dem Tod ihres Gatten gegeben. Aber Ihr habt recht. Ich werde ihn dazu näher befragen müssen. War es Gram, oder hatte es einen Hintersinn?«

»So meine Gedanken dazu – Fräulein Casta ist eine begabte Musikerin; es wäre doch sinnvoller gewesen, ihr das kostbare Instrument zu überlassen statt dem Bruder, der damit nichts anzufangen weiß.«

»Ihr habt recht, die Aufklärung dieses Verhaltens wird uns etwas mehr über Margarethes Einstellung zu ihrem Gatten zeigen. Seine Laute schien ihr wichtig zu sein, als sie sie in meinen Händen erkannte.«

Und das führte mich zu einem ganz anderen Thema.

»Sagt, Ulrich, wie habt Ihr Euch eigentlich heute Mittag aus der überaus verfänglichen Situation befreit, in der Euch die ehrwürdige Mutter ertappte?«

Ulrich knurrte.

»Seht Ihr, so ist das, wenn jemand glaubt, er müsse Schicksal für einen anderen spielen.«

Er knurrte noch mal.

Ismael kicherte.

»Er wird eine reizende Schwiegermutter bekommen. Deswegen hört er sich jetzt an wie ein Kettenhund, der fünf Tage nichts zu fressen bekam.«

»Ich werde das edle Fräulein heiraten. Doch nur um ihrer Ehre willen. Die Bedingungen lasse ich mir von niemandem dazudiktieren. Und schon gar nicht werde ich ihr deshalb die Burg zusprechen.«

»Versuchte man Euch dazu zu überreden?«

»Und wie!«

»Und was sagt Eure Braut dazu, Ulrich?«

»Sie war zum Glück viel zu benommen, um auch nur einen Bruchteil der Unverschämtheiten zu verstehen, die die Äbtissin und der Stiftsherr von sich gaben.«

»Ihr Oheim, der Domgraf, war nicht zugegen?«

»Doch, aber er schwieg.«

»Er wird schon noch sprechen.«

»Ihr nennt ihn Freund.«

»Er ist es. Und ein verständiger Mann. Aber bevor Ihr mit ihm redet, Ulrich, solltet Ihr morgen früh Casta über die Lage aufklären. Ich habe den Fehler gemacht, Engelin eine äußerst wichtige Angelegenheit zu verschweigen, und habe ihr damit großen Kummer bereitet.«

»Ich werde dem edlen Fräulein natürlich erklären, wie sie in diese unmögliche Lage kam.«

»Das wird meine Herrin schon erledigen. Ihr, Ulrich, solltet ihr deutlich machen, dass Ihr sie nicht nur der Ehre wegen heiraten werdet. Mann, Ulrich, Ihr liebt sie doch!«

Er rieb sein vernarbtes Gesicht.

»Ich weiß nicht, was Liebe ist.«

»Ihr schaut Fräulein Casta aber wehmütig an«, meinte Ismael.

»Tue ich das?«

»Und habt sie in ihrem Schlaf beschützt.«

»Ich kann ihr kein Leben von Stand bieten.«

»Sie hat noch immer eine Mitgift zu bekommen. Handelt sie kräftig aus. Die wird dann schon noch ausreichen, Euch eine kleine Kate zu kaufen«, unkte ich, wurde dann aber wieder ernst. »Was meint Ihr denn, was sie erwartet? Das Leben, das sie bisher führte, war auch nicht sonderlich standesgemäß.«

»Sie hätte Georg vam Steyne heiraten können.«

»Der natürlich durch Eure Hand fiel«, stichelte ich.

»Durch meine Schuld.«

Der Ritter blieb bitterernst, und ich verstand ihn. Sein Panzer war trotz der ersten kleinen Spalten und Ritzen noch immer fest und hart und bedurfte weiter der Lockerung.

»Nein, Ulrich. Wer den Weg des Ritters wählt, begibt sich vom ersten Tag als Knappe an in die Gefahr zu fallen. Das wisst Ihr genauso gut wie jeder andere.«

»Und der Ritter trägt die Verantwortung für die, die ihm anvertraut sind.«

»Das ist Euch wichtig, ich weiß.«

»Seit Urban mich an die Tugenden erinnert hat, die mir abhanden gekommen waren …«

»Und was würde Urban zu Eurer Haltung Casta gegenüber sagen?«

Jetzt schwieg der Ritter lange. Dann nickte er.

»Ihr habt recht. Ich werde mit ihr darüber reden. Und … Sancta Maria, Hardo, gebt mir ein paar Zeilen aus Euren Minneliedern, damit ich nicht stammle wie ein Narr.«

Ich zitierte ihm einige Zeilen, und er brummte: »Schreibt's mir auf! Und nun sollten wir schlafen, die Nacht wird kurz.«

»Ismael und ich werden hier nächtigen.«

»Passt auf Euch auf.«

»Und Ihr auf Euch, Ulrich.«

Er verließ uns, und anschließend hüllten Ismael und ich uns in die Umhänge. Kühl war es in dem Turmgelass, und der Nachtwind strich durch die Schießscharten. Wir legten zwei Polster auf den Boden, und wie so oft auf langen Fahrten rollte sich Ismael an mich, damit wir einander wärmen konnten.

Ich dankte Gott für die Gnade, dass er mir gute Freunde geschenkt hatte, während in der Burg ein Meuchelmörder nach meinem Leben trachtete.

### Nächtliches Getuschel

Engelin und Casta waren ebenfalls aus dem Saal gehuscht, um dem aufgeregten Gerede zu entgehen.

»Komm, wir nehmen unsere Umhänge und machen einen Spaziergang auf der Wehrmauer. Ich muss meinen Kopf noch ein wenig durchpusten lassen.«

»Ist recht. Geschlafen hast du ja heute lange genug«, erklärte Engelin sich bereit, und kurz darauf erklommen sie, Casta mit einem Windlicht in der Hand vorausleuchtend, den holzbedachten Wehrgang. Dabei bemerkten sie die drei Gestalten, die sich zum östlichen Turm begaben.

»Das sind doch keine Wachen«, flüsterte Casta.

Angestrengt blinzelte Engelin in die angegebene Richtung. Noch ließ ein letzter heller Schimmer die Dämmerung grau erscheinen. Sie hatte gute Augen, mehr noch, auf eine ganz vertraute Art erkannte sie einen der Männer an seinen Bewegungen.

»Hardo. Ismael vermutlich.«

»Und der Ritter.«

»Was wollen die denn dort? Sonst treffen sie sich nach dem Mahl immer in Hardos Gemach, das hat er mir neulich gesagt.«

»Sie werden schon ihre Gründe haben. Dein Hardo hat ganz schön für Aufregung gesorgt. Vielleicht fürchten sie Lauscher.«

Da Engelin sich selbst am Nachmittag als Lauscherin betätigt hatte, erschien ihr die Erklärung einleuchtend.

»Mir ist es auch lieber, mich hier draußen mit dir zu unterhalten, Engelin«, meinte Casta und zog ihre Freundin ein Stück mit sich fort, bis sie auf halbem Weg zum Bergfried an einer Stelle angelangt waren, an der sich vor ihnen friedlich die Felder, Wiesen und Weiden erstreckten; hinter ihnen lag das Wirtschaftsgebäude mit der Badestube, die vermutlich jetzt niemand mehr nutzte.

Die letzten Abendvögel sangen ihre Lieder, und unten vor dem Graben schlich eine kleine graue Gestalt am Feldrain entlang.

»Patta«, wisperte Engelin. »Der arme kleine Kerl. Er wird die Wurstzipfel und den Milchtopf vermissen.«

»Nicht mehr lange, denke ich. Nach diesem Abend!«

»Nein, es wird nun bald ein Ende haben.«

»Wir können noch ein wenig Rätselraten betreiben, Engelin, aber erst musst du mir jetzt endlich erzählen, was heute Mittag passiert ist. Ich weiß nur noch, dass Loretta mich nach oben brachte, weil mir plötzlich so schwindelig war. Dann warst du auf einmal da und hast mich aus dem Bett gezerrt. Dazwischen hatte ich ein paar ganz komische Träume. Und als ich wieder richtig wach wurde, war es schon Essenszeit.« Sie schüttelte den Kopf. »Ich fühle mich eigentlich nicht krank oder so. Nur ein bisschen duselig im Kopf.«

»Nein, du bist nicht krank. Loretta hat dir in ihren komischen Würzwein Laudanum oder etwas Ähnliches gegeben.«

»Heilige Jungfrau Maria, warum denn das? Wollte sie mich vergiften?«

»Nein, nur betäuben. Sie hat dich in Hardos Gemach gebracht, ausgezogen und in sein Bett gesteckt.«

Casta schnappte nach Luft.

»Warum im Namen der Heiligen tat sie das denn?« Sie zerrte sich das Chapel vom Kopf, als würde es sie am Verstehen hindern. »Gott – dann war es kein Traum?«

»Was war kein Traum?«

»Dass ich ... dass ich in den Armen eines Mannes lag?«

»Wohl zunächst in Hardos. Aber ich trage es dir nicht nach; er war bewusstlos.«

»Himmel!«, stieß Casta hervor.

»So hast du dich vermutlich gefühlt.« Es klang ein wenig Bitterkeit in Engelins Worten mit, aber ihre Freundin war viel zu fassungslos, um es zu bemerken.

»Ich ... ich träumte, es seien Ulrichs Arme ...«

»So fand dich deine Mutter vor.«

»Ja, aber ...?«

»Hardo hat ihn dazu überredet, als er die Lage erkannte.«

»Hardo? Als Kuppler? Ich kann es nicht glauben. Vor allem kann ich nicht glauben, dass Ulrich dieses Spiel so einfach mitgemacht hat.«

»Nein, die Sache war offensichtlich anders geplant.«

Engelin erzählte ihr, wie Hardo sie um Hilfe gebeten hatte, nachdem er den Ritter überredet hatte, sich an seiner Statt unter die Decken zu legen.

»Das ist doch absurd. Das ist doch vollends irrwitzig!«

»Psst, nicht so laut.«

»Ja, du hast ja recht. Aber was sollte das?«

»Denk doch mal nach.«

Und das tat Casta dann auch, während Engelin sich noch einmal die Szene vor Augen führte. Als Hardo sie in sein Gemach geschickt hatte, saß der Ritter bereits auf dem Lager, die Äbtissin und der Stiftsherr redeten in erregtem Tonfall auf ihn ein, der Domgraf kam ebenfalls dazu, blieb aber im Hintergrund. Casta lag mit geschlossenen Augen unter der Decke, die Ulrich ihr bis zum Hals hochgezogen hatte. Er selbst war nackt, wie Gott ihn geschaffen hatte, und zeigte auch nicht den kleinsten Hauch von Verlegenheit. Sie erinnerte sich an seinen muskulösen Leib, die Arme braun, die Brust hell, doch von zahlreichen Narben übersät. Dietrich sammelte wie ein Schatten Kleidungsstücke auf. Er drückte ihr Castas Cotte und den Kittel in die Hand, den sie zur Küchenarbeit getragen hatte. Mit diesen Sachen war sie um das Bett geschlichen, während der Ritter in leisem, aber ungehaltenem Ton auf die ehrwürdige Mutter einredete und sich dabei von seinem Knappen in die Kleider helfen ließ. Sie selbst hatte versucht, Casta zu wecken, und es gelang ihr auch, sie so weit aus ihrer Benommenheit zu locken, dass sie ihr ebenfalls die Gewänder anziehen konnte. Wortlos hatte der Domgraf ihr dabei geholfen, sie anzuheben. Dann hatte Ulrich die ganze Sippschaft aus dem Gemach gescheucht, Engelin einen dankbaren Blick zugeworfen und die Tür hinter sich mit Nachdruck geschlossen. Engelin hatte eine lange Zeit neben Casta gewacht und sich dabei wieder ihren trüben Betrachtungen hingegeben, die sich um Hardo und sein Verhalten ihr gegenüber rankten. Als er Hilfe brauchte, war sie ihm nützlich, aber jetzt, da alles vorbei war, blieb er wieder einmal verschwunden. Sie grollte und schmollte vor sich hin, bis Casta begann unruhig zu werden und aus den Tiefen ihrer Träume aufzutauchen versuchte. Gemeinsam schafften sie es, die Wendeltreppe nach oben in ihre Kemenate zu bezwingen. Noch immer nicht ganz ansprechbar hatte sich Casta wieder niedergelegt. Erst um die Abendzeit war sie wieder einigermaßen sie selbst, und Engelin überredete sie, so zu tun, als ob nichts geschehen war.

Das Essen und der Wein hatten Casta nun wieder munter gemacht, und auch die kühle Nachtluft schien ihr Denken zu beflügeln.

»Jemand hat Hardo und mich zusammen in sein Bett gelegt und Ulrich in sein Gemach gerufen. Derjenige scheint geglaubt zu haben, Ulrich müsse mich so sehr lieben, dass er seinem Freund deshalb sofort den Dolch ins Herz stößt. Das ist doch idiotisch.«

»Vielleicht. Vielleicht auch nicht. Es kommt darauf an, wie gut diejenigen, die sich das ausgedacht haben, Hardo und Ulrich kennen oder zu kennen glauben.«

»Aber wer weiß denn überhaupt, dass ich dem Ritter zugeneigt bin, Engelin? Ich habe nur mit dir, Hardo und mit meinem Oheim darüber gesprochen. Und der hat gewiss nicht darüber mit anderen geplappert.«

»Plappern können Kammerzofen und unbedarfte Novizinnen.«

»Stimmt auch wieder. Oder Knappen, Secretarii und Taschendiebe.«

Engelin wollte widersprechen, aber ihr fiel dann doch ein, dass Ännchen sehr offen mit Ismael tändelte.

»Ja, das auch. Also können es alle wissen.«

»Aber nicht alle wollen Hardo umbringen.« Auch Engelin nahm das Chapel ab und zerrte an den Seidenbändern. »Ich könnte ihn umbringen.«

»Du? Du? Was hat er dir getan?«

»Ach, nichts.«

»Ach, doch. Was ist vorgefallen? Stimmt, du hast die ganze Mahlzeit über kein einziges Mal zu ihm hingeschaut. Gestern dagegen hätten deine Blicke beinahe die Wachskerzen von den Leuchtern schmelzen lassen.«

»Ach, es ist alles wieder wie früher. Ich bin nur die lästige Kröte.«

»Hat er das gesagt?«

»Muss er das sagen? Er kam und hat mich um Hilfe gebeten. Dazu bin ich gut genug. Aber danach hat er sich nicht mehr blicken lassen.«

»Liebes, man hat ihn auf den Kopf geschlagen. Vielleicht hatte er Schmerzen. Oder er hat versucht herauszufinden, wer diesen üblen Streich ausgeführt hat. Dafür gibt es doch Dutzende von Erklärungen.«

Eigentlich wusste sie das selbst, aber gekränkt war sie dennoch. Darum platzte es aus ihr heraus: »Das gestern … das war alles nur ein Scherz für ihn.«

»Das Tanderadei? Hat er das behauptet?«

»Nein. Aber auch nicht das Gegenteil. Weißt du, er hat ein Haus in Venedig und wahrscheinlich eine ganze Handvoll Buhlen. Und er reist in den Orient, und die Frauen dort ...«

»Du spinnst.«

Engelin seufzte. »Ja, möglich. Aber, du, ich habe ihn damals so angebetet, als ich noch Line war. Und dann hat er mit dieser Loretta angebandelt, und ich bin weggelaufen. Danach habe ich mich bemüht, ihn zu vergessen. Das war mir auch fast gelungen, Casta. Bis ich ihn letzte Woche hier wiedersah.« Fast unhörbar fügte sie hinzu: »Und seine Stimme hörte.«

»Ja, die kann einen aufwühlen.«

»Aber er hat mich immer nur geneckt.«

»Du hast ihn immer nur gepiekt wie die dornige Rose, die er dir auf das Bett hat legen lassen.«

»Es ist ihm nichts ernst.«

»Und was war das heute Abend, Engelin? Hast du denn nicht zugehört?«

»Worte. Lieder.«

»Von Freundschaft und Vertrauen.«

»Und? Von Treue kein Wort. Dein Ritter wird dich wenigstens heiraten.«

Casta zuckte zusammen.

»Wird er das?«

»Darum ging es die ganze Zeit, während du selig geschlummert hast.«

»Weil meine Mutter ihn dazu gezwungen hat«, zischte Casta.

»Na und? Immerhin hast du damit eine Gelegenheit, ihm nahe zu sein. Hardo hingegen wird von hier fortgehen, sowie die Tore wieder geöffnet sind.«

Plötzlich lachte Casta auf.

»Wir sind zwei närrische Maiden, Engelin. Beide glauben wir nicht daran, dass die Männer, die wir lieben, auch uns lieben. Lass uns das Närrischsein ablegen, es hilft nichts, zu grübeln, ob sie's tun oder nicht. Wir müssen sie dazu bringen, uns reinen Wein einzuschenken.«

»Ja, das sollten wir wohl. Aber wenn sie uns wirklich nur als Pflicht oder Scherz sehen?«

»Dann wird es wehtun, aber wir wissen wenigstens, woran wir sind.«

»Gut, dann bringen wir sie dazu, sich zu bekennen.«

Casta wanderte ein Stück weiter. Die Dämmerung war einer sternklaren Nacht gewichen, und das Konzert der Frösche, Kröten und Unken unten im Wassergraben hub an.

»Doch nicht, solange Mord und Totschlag in der Burg lauern, Engelin. Wir müssen auch vernünftig sein. Dein Hardo wäre nun schon fast das zweite Mal zu Tode gekommen.«

Engelin blieb stehen und begann zu zittern. Fest zog sie den Umhang um sich.

»Ja, Casta. Heilige Mutter Gottes, was bin ich für ein selbstsüchtiges Huhn. Ja, er schwebt in großer Gefahr. Vermutlich verbringt er deswegen die Nacht wohl in diesem zugigen Turm.«

»Ja, das nehme ich auch an. Line, hat er dir anvertraut, wer ihn bedroht und warum?«

»Nein. Aber wir können es uns selbst ausrechnen. Und – so leid es mir tut, aber deine Mutter gehört nicht gerade zu denen, die ihm wohlgesinnt sind.«

»Nein, das ist sie nicht, und nun, da er offen zugegeben hat, dass sein Vater und Eberhart Brüder waren, wird ihr Grimm noch größer sein.«

»Aber ist sie des Mordes fähig?«

»Sie hat meinen Vater mit dem Vogt betrogen«, knurrte Casta.

»Und der Vogt hat sich vom Bergfried gestürzt.«

Casta wirkte geisterhaft blass im Licht des aufgehenden Mondes.

»Was, wenn sie und Sigmund seinen Tod beschlossen hätten?«

»Hardo und Ulrich suchen wahrscheinlich nach einem Mann, nicht nach einer Frau. Und bei allen Vergehen, deren sich deine Mutter schuldig gemacht hat: Ich glaube nicht, dass sie sie verdächtigen, hinter all diesen Anschlägen zu stehen.«

»Obwohl sie von dem Anschlag heute ihren Nutzen gehabt hätte.«

»Ich würde Hardo so gerne helfen, aber ich glaube, der Brocken ist zu groß für mich.«

»Wir denken zu kompliziert, Engelin. Wir werden nicht herausfinden, ob Sigmund aus eigenem Antrieb Eberhart ermordet hat oder, falls nicht, wer den Mord veranlasst hat. Das ist zu lange her, und wir wissen weit weniger als Hardo und Ulrich über die Zusammenhänge damals. Aber wir können überlegen, wer hinter der heutigen Tat stecken könnte.«

»Ja, es stimmt, es muss sich jemand dieses Ränkespiel ausgedacht haben, der Ulrich und Hardo falsch eingeschätzt hat.«

»Das ist richtig. Denn beide lassen sich nicht durch ihre Leidenschaften vom kühlen Denken und überlegten Handeln abhalten.«

»Wohl wahr«, schnaufte Engelin, und Casta lachte leise auf.

»Was für eine Herausforderung!«

»Wenn man es so betrachtet. Aber das ist Stoff für späteres Nachdenken. Also – wer glaubt, dass Ulrich derart in heißer Liebe zu dir entbrannt ist, dass er, ohne Fragen zu stellen, aus wilder Eifersucht seinem Freund das Messer ins Herz stößt, der hat sich geirrt.«

»Ebenso wie in dem Glauben, dass Hardo sich in wilder Leidenschaft mit mir in Ulrichs Lager wälzt.«

»Loretta.«

»Ja, das ist die Denkweise eines Weibes. Und sie hat mir den Schlaftrunk gemischt. Aber auch meine Mutter, Gott steh mir bei, lenkt ihre Gedanken in diese Richtung.«

»Ida stellt diesen Schlaftrunk her«, murmelte Engelin.

»Doch was sollte ihr an Hardos Tod liegen?«

»Angst vor Entlarvung, wie jedem Mörder. Ida ist Sigmunds Weib gewesen.«

»Sie hätte Grund gehabt, meine Mutter zu vergiften. Die Mittel dazu kennt sie.«

»Oder ihren Gatten. Aber beides hat sie nicht getan. Aber ich bezweifle, dass sie nichts von dem ehebrecherischen Tun wusste. Und dass ihr Mann den Mord begangen hat – wer weiß, Casta?«

»Dann gibt es viele Möglichkeiten.«

»Ja, und Hardo liebt sie mehr als seine eigene Mutter, weil sie sich um ihn gekümmert hat, als er von allen drangsaliert wurde. So hat er es mir gesagt. Aber, Casta, wenn sie das alles wusste – oder noch etwas anderes mehr? Immerhin hat ihre Tochter den zweiten Verräter geheiratet. Cuntz.«

Beide Jungfern schauten über das schlafende Land hinaus. Der Schweifstern war kaum mehr zu erkennen, dafür rundete sich der Mond zusehends. Als Engelin nach Süden blickte, bemerkte sie den Mann, der den Turm verließ.

»Da geht einer von ihnen über den Hof zum Palas.«

Casta folgte ihrem Blick.

»Ulrich. Ismael und Hardo werden die Nacht wohl dort verbringen.«

»Ich hoffe, sie sind klug genug, nicht unbewaffnet zu schlafen.«

Casta legte Engelin den Arm um die Hüfte und drückte sie an sich.

»Du hast selbst gesagt, dass sie kühl denken und überlegt handeln.«

»Und dasselbe sollten auch wir tun, Casta.«

»Was bedeutet, dass ich meiner Mutter kühl und gut überlegt einige sehr peinliche Fragen stellen sollte.«

Engelin legte ebenfalls ihren Arm um ihre Freundin.

»Schwer, so etwas zu tun. Ich möchte meine Mutter nicht der Unzucht oder gar des Mordes bezichtigen müssen.«

»Es ist gegen die Gebote Gottes und die Natur, wenn ein Kind so etwas seinen Eltern gegenüber tun muss.«

»Andererseits ist es auch gegen die Gebote Gottes, die Ehe zu brechen und zu töten.«

»Es sollte ein Priester mit ihr sprechen.«

»Der Kaplan? Magister Johannes scheint mir nicht der rechte Mann zu sein, der das tun sollte. Wo ist der überhaupt? Heute Morgen hat dein Oheim die Andacht gehalten, und beim Mahl war der Kaplan auch nicht anwesend.«

»Stimmt, das ist seltsam.«

Casta löste sich aus der Umarmung und ging einige Schritte hin und her.

»Ich dachte heute früh, dass er vielleicht verschlafen hat«, meinte Engelin. »Er hat reichlich dem schweren Wein zugesprochen.«

»Er ist schon immer eine Saufnase gewesen. Nein, auch aus dem Grund ist er nicht der richtige Mann, meiner Mutter ins Gewissen zu reden. Sie hat früher oft mit ihm zusammengesessen, erinnere ich mich. Warum habe ich mich nur daran nicht früher erinnert?«

»Teile es morgen gleich dem Ritter mit. Und überlass es ihm, sie zu verhören. Wir, Casta, werden uns Lorettas annehmen.«

»Loretta. O ja, mit Vergnügen.«

»Aber wir sollten uns das Vorgehen gut überlegen. Es wird schwierig sein, ehrliche Antworten von ihr zu bekommen.«

»Das ist richtig. Sie wird uns wie unbotmäßige Mägde der Kemenate verweisen«, sagte Casta grimmig in die Nachtluft.

»Also müssen wir dafür sorgen, dass sie sich in einer Situation befindet, in der sie uns eben nicht fortschicken kann, sondern zuhören muss.«

»Wir können sie kaum an ihr Lager fesseln.«

»Nein, das nicht.«

Beide schwiegen nachdenklich.

Und dann fuhr Engelin plötzlich mit einem kleinen Lachen auf.

»Ich hab's!«

»Psst!«

Casta wies auf einen Mann, der unten durch den Küchengarten zum Palas ging.

Engelin schirmte mit der Hand das kleine Lichtchen ab.


## Meuchelmörder

Mein Schlaf war nicht sehr tief, was zu gleichen Teilen an der inneren Wachsamkeit und dem harten Boden lag. Daher fuhr ich hellwach auf, als es am Eingang kratzte.

Ismael stand, bevor ich auf den Füßen war, und sein Messer blinkte in seiner Hand, als sich leise die Tür öffnete und jemand mit einem Handlicht eintrat.

Auch ich hielt den gezogenen Dolch bereit, aber das leise »Psst« ließ mich innehalten.

»Line?«

»Und Casta«, flüsterte es.

»Was macht ihr denn hier?«

»Wir waren auf der Burgmauer. Zum Schwatzen. Es ist jemand vom Bergfried in den Palas gegangen.«

Heilige Apollonia von den Zahnschmerzen!

Es galt ihn aufzuhalten.

»Bleibt hier!«, befahl ich den Jungfern und rannte los, Ismael mir auf den Fersen.

Engelin und Casta ebenfalls.

So viel zum Befolgen einfacher Befehle.

Immerhin waren sie leise, als wir die Stiege des Wehrgangs hinunterliefen, durch den Zwinger eilten, dann durch den Hof zum Aufgang des Wohnturms rannten. Ich verfluchte innerlich den Burgenbau, der es notwendig machte, derartige Umwege zu nehmen.

Wie erwartet kamen wir zu spät.

Mein Gemach war leer.

Entweder hielt sich der Eindringling noch im Palas versteckt, oder er hatte ihn bereits wieder verlassen.

Ulrich musste einen ebenso leichten Schlaf gehabt haben wie wir, er stand gleich darauf auch in der Tür.

»Zünde ein Licht mehr an, Ismael«, befahl er leise. Dann trat er an das Bett und zog die Decke von dem nachgemachten Hardo fort.

Line quiekte.

»Nur die Hülle der Laute und der Schweif eines Pferdes«, beruhigte ich sie. »Aber lebensnah genug, um den Meuchelmörder zu narren.«

»Ein höchst ungeschickter Meuchler, würde ich sagen«, meinte der Ritter und betrachtete die Einstiche im ledernen Balg. »Er hätte Euch verletzt, aber nicht getötet. Vermutlich würde jetzt er hier in seinem Blute liegen.«

Casta schnüffelte.

Ismael auch.

»Ein Idiot reinsten Wassers, unser duftender Höfling«, stellte er dann fest.

Er hatte recht, ein ganz leichter Hauch von Ambra lag noch im Raum.

»Sollen wir ihn uns gleich holen oder wollt Ihr ihn morgen früh mit Eurer Leibhaftigkeit überraschen, Hardo?«, wollte Ulrich wissen.

»Ich hätte nicht übel Lust, ihn samt seinen Duftkügelchen zu Cuntz in den Kerker zu verfrachten, aber auch Überraschungen haben ihren Reiz.«

»Von den anderen hier im Turm hat niemand etwas bemerkt?«, fragte Engelin.

»Nein, oben rührt sich nichts. Aber die Wände sind ja auch sehr dick, und dieser Hardo hat nicht geschrien, als das Messer ihn traf.«

»Ulrich, Ihr seid herzlos«, mahnte Casta.

»Ja, stimmt. Es betrübt mich, dass Ihr schon wieder in diese Gewalttaten verwickelt seid. Setzt Euch nieder, edles Fräulein, Ihr habt heute genug durchgemacht.«

»Nicht mehr und nicht weniger als andere auch«, antwortete sie mit erstaunlich fester Stimme, trat auf Ulrich zu, legte ihm den Arm um den Hals und gab ihm einen Kuss. Dann führte sie den sprachlosen Ritter energisch aus dem Zimmer.

Engelin gluckste kaum hörbar.

»Ähm – ja. Ich geh dann mal zu Dietrich und Puckl und berichte ihnen von dem Vorfall«, erklärte Ismael. Weg war er.

Engelin setzte sich auf die Bank am Fenster und legte den Kopf an die Wand.

Ich nahm neben ihr Platz. Und ergriff ihre Hand.

»Du hattest einen Meuchelmörder erwartet, Hardo.«

»Ja, aber nicht ihn. Ausgerechnet den eitlen, aufgeblasenen Höfling.«

»Sondern wen?«

»Ich weiß es nicht. Ich weiß es noch immer nicht, Line. Es könnte ihn jemand geschickt haben.«

»Wer bleibt denn noch übrig? Mein Vater, der Domgraf, der Gelehrte, Dietrich, Puckl? Oder die Äbtissin, Loretta, Ida, Jonata? Wo ist der Kaplan?«

»In einem der Türme eingesperrt. Einer von den anderen muss es sein. Einer, dessen Beweggrund ich nicht zu durchschauen weiß.«

»Lucas könnte aber auch aus eigenem Antrieb gehandelt haben, Hardo. Er hasst und verachtet dich, seit du ihm in Lahnstein Loretta abspenstig gemacht hast.«

»Und weil ich möglicherweise das Lehen für mich beanspruchen könnte?«

»Andererseits – wenn ich ehrlich sein soll, ich glaube das nicht. Er ist kein Mann von großer Entschlusskraft. Sonst hättest du Loretta nie für dich gewonnen.«

»Er tut, was man ihm aufträgt, meinst du?«

»Ja, das meine ich. Er ist leicht zu beeinflussen. Dass er dich hasst, machte ihn allerdings zusätzlich zu einem willigen Werkzeug.«

Mein Kopf begann wieder zu schmerzen, und ich lehnte mich zurück und schloss die Augen.

»Hardo?«

»Ja, mein Lieb?«

»Hast du Scherz mit mir getrieben?«

»Nein, meine Geliebte.«

»Dann lass uns nun zu Bett gehen.«

Ich zuckte etwas zusammen.

»Ich weiß, ich hatte dir versprochen ...«

»Mir zu Diensten zu sein, wenn ich es noch einmal wünschen sollte. Aber nicht heute Nacht. Ich möchte nur bei dir sein.«

Also räumten wir den gemeuchelten Hardo zur Seite und legten uns auf mein Lager. Wie in alten Zeiten schmiegte sich Line in meinen Arm. Und ich schlief ruhig und ohne Nachtmahr.

Doch als die Sonne aufging – je nun, als die Sonne aufging, da wurde es Tag ...

# Der Tag des Gerichts

Nun wachet! Es naht der Tag,
vor dem man Angst wohl haben mag
ein jeglich Christen, Juden, Heiden.
...
Der Vater bei dem Kinde Untreu findet,
der Bruder seinem Brüder lüget,
geistlich Leben in Trachten trüget,
Gewalt geht auf, Recht vor Gericht verschwindet.
Wohl auf! Hier ist zuviel geschlafen worden.[22]

## Erhellende Erkenntnis

Die angenehme Nachtruhe hatte viel zur Linderung meiner
Kopfschmerzen beigetragen, und bei der Morgenandacht,
die wieder der Domgraf hielt, sah ich mich aufmerksam
um unter der geschrumpften Anzahl der Gläubigen. Lucas
und vielleicht ein weiterer der Anwesenden musste entweder überrascht oder ungemein verärgert sein, dass ich noch
immer unter den Lebenden weilte. Doch wer immer es war,
beherrschte sein Mienenspiel vorbildlich.

Ulrich trat nach der Andacht vor und kündigte an, dass
sich am Nachmittag alle Anwesenden im Saal zu versammeln hätten. Der Tod Sigmunds sei aufgeklärt, er würde zur
neunten Stunde Gericht halten.

Es gab Gemurmel, aber er ging hoch aufgerichtet aus der

---

22 Walther von der Vogelweide

Kapelle. Ich folgte ihm, während die anderen sich zerstreuten.

»Kommt, Hardo, es ist Zeit, den Cuntz zu befragen.«

»Wo?«

»Im Wachturm über dem Tor. Ich habe die Mannen angewiesen, ihn während der Morgenandacht aus dem Verlies zu holen, ihn mit ein paar Eimern Wasser zu übergießen und in einen sauberen Kittel zu stecken.«

Was das Aussehen des Pächters nicht sonderlich verschönte. Er sah eben aus wie ein Mann, der zwei Tage in seinem eigenen Dreck gelegen hatte und nicht eben sanft behandelt worden war. Ich wusste, wie sich das anfühlte. Die Mannen hatten ihn an Händen und Füßen gebunden und auf eine Bank gesetzt. Für Ulrich und mich standen zwei Sessel bereit, hinter uns an der Tür hielten zwei Mann mit Hellebarden Wache. Wir waren ebenfalls mit unseren Dolchen bewaffnet.

Ich überließ es Ulrich, die ersten Fragen zu stellen.

»Du hast versucht, die Burg zu verlassen. Aus welchem Grund?«, wollte der Ritter barsch wissen.

Cuntz starrte auf den Boden und schwieg.

»Es gibt ein paar sehr einfache Methoden, dich zum Reden zu bringen. Soll ich sie dir schildern? Oder versuchen wir es gütlich?«

»Ich wollt nicht weg.«

»Du möchtest wieder in den Kerker?«

Cuntz gab ein Stöhnen von sich.

»Nein, Herr.«

»Du wolltest durch den Geheimgang aus der Burg fliehen.«

»Ja, Herr.«

»Dabei hat dich die Jungfer Engelin entdeckt.«

»Ja, Herr.«

»Du hast den Kater in den Schacht geworfen.«

Er wand sich.

Ich mischte mich ein.

»Cuntz, ich habe die Jungfer und den Kater eben noch durch den einstürzenden Gang retten können. Es hat verdammt wenig Zweck, etwas zu leugnen.«

Der Pächter sackte in sich zusammen.

»Ich wollt weg von hier. Ihr wollt mir was anhängen.«

»Was wollen wir dir anhängen?«, fragte Ulrich, und seine Stimme klang wie ein Peitschenhieb.

»Ich hab den Sigmund nicht umgebracht!«

»Nein«, sagte ich sanft. »Das hast du nicht.«

Verblüfft sah er mich an.

»Du hast meinen Vater Gerwin auf dem Gewissen«, ergänzte ich ebenso sanft.

»Du hast mich damals belogen, Cuntz«, sagte der Ritter ruhig. »Warum?«

Offensichtlich sah der Pächter ein Schlupfloch, nachdem sich seine schlimmsten Befürchtungen nicht bewahrheitet hatten. Seine Augen funkelten plötzlich auf, und er sprudelte hervor: »Der Sigmund war's. Der hat den Burgherrn erstochen. Er hat mich gezwungen. Er hat gedroht, mich auch umzubringen, wenn ich's nicht so sage, wie er es will.«

»Ja, der Burgvogt Sigmund. Der ist nun tot. Bedauerlich, dass Tote nicht mehr reden können. Was hätte er uns wohl gesagt, warum er den Herrn Eberhart umgebracht hat?«

Ich behielt meinen ruhigen Ton bei.

»Ich weiß es nicht, Herr. Er hat nur dagestanden und mich mit dem blutigen Messer bedroht und gesagt, er massakriert mich, wenn ich nicht tue, was er will.«

»Wo hat er gestanden?«

»Na, da im Stall.«

Ulrich lächelte den Pächter an.

»Erzähl mal ganz genau, was du da gesehen und gehört hast.«

Katz und Maus. Das konnte Ulrich also auch spielen. Cuntz konnte inzwischen nicht mehr genau erahnen, was wir schon alles wussten und womit er seinen Kopf in die Schlinge steckte.

Seine Geschichte war entsprechend vage und wies allerlei Lücken auf. Wir zerpflückten sie ihm kurz und heftig, und Ulrich lächelte noch einmal. Ich hoffte nur, dass diese Art von Lächeln nie mir gelten würde.

Cuntz wurde mürbe, versuchte noch eine Ausflucht, aber dann kam die Wahrheit heraus, und sie lautete doch etwas anders als das, was wir vermutet hatten. Eberhart wollte an jenem Tag nach Lohmar reiten, das stimmte zumindest. Er hatte aber davor das Pachtgut aufgesucht. Und hier hatte er im Pferdestall Sigmund angetroffen. Cuntz war ungesehen Zeuge eines heftigen Wortwechsels geworden, der dann zu einer handgreiflichen Auseinandersetzung führte, bei der Sigmund plötzlich das Messer gezogen und schäumend vor Wut zugestochen hatte.

»Und du hast untätig danebengestanden und hast zugeschaut?«, fragte ich, als Cuntz seinen mageren Bericht beendet hatte.

»Ich konnte doch nichts tun«, jammerte er.

»Die Streitenden auseinanderbringen oder Hilfe holen?«

»Er ist ein Feigling, Ulrich. Außerdem nehme ich an, war er viel zu sehr von dem Grund des Streites gefesselt. War es nicht so, Cuntz?«

»Ich konnt doch nicht weg. War hinten an der Mauer, und die Pferde stiegen und alles.«

»Eine schrecklich gefährliche Situation. Ich verstehe. Doch günstig für uns, denn so erfahren wir endlich, worüber der Zwist zwischen dem Burgherrn und dem Vogt entstanden ist. Erzähle!«

Es hatte dem Pächter gedämmert, dass er sich möglicherweise auf diese Art herauswinden konnte, und so plapperte er drauflos. Aber bei allem Wunsch, seine Beichte abzulegen, ließ er doch fein säuberlich alle Hinweise auf seine Mitschuld aus. Wie ich es mir schon gedacht hatte, war der Grund der Auseinandersetzung Margarethe gewesen, von deren ehebrecherischem Verhältnis mit dem Vogt Eberhart kurz zuvor von meinem Bruder erfahren hatte. Doch nicht nur Eberhart hatte den Vogt mit wütenden Vorwürfen traktiert; bei Sigmund war ein noch viel älterer Groll hochgekocht. Er warf dem Burgherrn im Gegenzug zu seinen Anschuldigungen vor, vor Jahren seinen zweijährigen Sohn umgebracht zu haben.

Ich rieb mir die Schläfen. Dass mein kindischer Bruder auf die Unzucht zwischen Margarethe und Sigmund gestoßen war, wusste ich bereits von Nele. Dass er sein Wissen zu Eberhart getragen hatte, war mir neu. Aber es erklärte zumindest dessen wutentbrannte Reaktion. Aber dass der Burgherr für den Tod von Sigmunds Sohn verantwortlich gewesen sein sollte, traf mich unerwartet. Dazu musste Ida doch etwas wissen.

Heilige Apollonia von den Zahnschmerzen.

»Hardo?«

»Entschuldigung. Es ergibt sich ein anderes Bild, Ulrich. Aber zuvor sollte uns Cuntz doch noch berichten, wie Eberhart vom Gutshof in den Stall in der Burg gekommen ist.«

Auch hier war der Pächter willig und berichtete, er sei gezwungen worden, die Gaukelei mitzumachen, die Sigmund sich ausgedacht hatte. Er hatte sich Eberharts Umhang übergeworfen, sich auf dessen Pferd gesetzt und war so mit dem Vogt zusammen in die Burg geritten, hatte sich in den Ställen aber versteckt gehalten. Später, nach der Vesper, hatten er und der Vogt die Burg durch den Gang in der Kapelle verlassen, Sigmund hatte den Toten zurück in die Burg gebracht. Cuntz war frühmorgens am Tor erschienen, wurde eingelassen und war zu den Ställen gegangen, wo der Vogt in der Nacht den Leichnam hingeschafft hatte. Dort hatte er gewartet, bis mein Vater in der Frühe nach den Tieren sah, ihn dann niedergeschlagen, Gerwins Dolch dem Leichnam in die Brust gerammt und die Wachen gerufen. Auf Sigmunds Anweisung wurde Gerwin in den Kerker geworfen.

»So weit scheint die Geschichte zu stimmen, die du uns erzählt hast. Nur ein paar Kleinigkeiten müssen noch ins richtige Licht gesetzt werden«, sagte ich, als er geendet hatte. »Warum mein Vater? Sigmund hätte den Burgherrn doch zum Beispiel auch einfach in den Wald bringen und dort liegen lassen können. Er war ja auf dem Weg nach Lohmar. Wilderer, Räuber – ein Opfer eben. Und dein Schweigen hätte er entweder kaufen oder dich mundtot machen können.«

Inzwischen konnte ich recht gut in Cuntz' Miene lesen. Die Frage bereitete ihm Unbehagen.

»Hat er aber nicht. Wollte es so haben.«

»Sigmund wollte es so haben? Wollte er auch Gerwins Tod?«

»Vielleicht. Ich hab nur gemacht, was er gesagt hat.«

»Der Secretarius des Hinrich van Dyke besitzt einen ausgesprochen klugen Kopf, Cuntz, auch wenn der auf einer verwachsenen Schulter sitzt. Er hat die Bücher durchgesehen, die der Vogt geführt hat. Darin finden sich einige bemerkenswerte Geschäfte, die auf dem Pferdemarkt abgewickelt wurden. Es wurden erstaunlich gute Preise für recht alte Tiere erzielt«, erzählte Ulrich beiläufig.

»Ach ja«, ergänzte ich. »Und dein Weib Jonata hat mir von einigen Hilfsmitteln erzählt, die du in den Ställen bereithältst. Auf deinem Pachtgut weiden die Pferde, die der Burgherr und später der Vogt gezüchtet haben. Könnte es möglich sein, dass der Besuch des Burgherrn damals auf dem Pachtgut etwas damit zu tun hatte?«

Wir mussten Cuntz nur noch eine kurze Weile zusetzen, dann war auch diese Frage geklärt. Die Antwort machte mich unerwartet betroffen. Mein Vater verstand sich wirklich gut auf Pferde, und Eberhart hatte ihm dieses Aufgabengebiet vollkommen überlassen. Er hatte die Zucht beaufsichtigt, die Tiere für die Schlacht oder die Jagd ausgebildet, sie auf Turnieren gepflegt und natürlich die ausgebildeten Pferde weiterverkauft. Deshalb hatte Gerwin in seinem Auftrag oft Pferdemärkte besucht und dabei natürlich auch diejenigen Händler kennengelernt, die als Rosstäuscher ihre üblen Geschäfte machten. Cuntz war einer von ihnen gewesen. Doch dann war Gerwin wieder einmal mit Eberhart ins Feld gezogen, und während seiner Abwesenheit hatte Sigmund ausgerechnet Cuntz die frei gewordene Pächterstelle gegeben, auf der die Pferdezucht angesiedelt war.

Mein Vater musste entsetzt gewesen sein, als er diesen Umstand bei seiner Rückkehr feststellte. Er wollte Cuntz vermutlich so schnell wie möglich wieder loswerden, aber Eberhart, der immer bestrebt war, das Gute im Menschen zu sehen, wollte sich offensichtlich zunächst selbst vergewissern, was da vorging. Und Cuntz, der um seine auskömmliche Stelle fürchtete, hegte eine tiefe Abneigung, geboren aus Angst und Demütigung, gegen meinen Vater. Dazu kam, dass er sich auch noch in eine meiner Schwestern vergafft und mein Vater ihn rüde abgewiesen hatte.

»Es war also gar nicht so viel Überredungsgabe nötig, dich zu dem falschen Zeugnis mir gegenüber zu bewegen«, stellte Ulrich abschließend fest.

»Herr, mein Vater war ein Edelknecht und von gutem Stand. Aber er hat alles verloren, und wir mussten uns mit niederen Arbeiten vor dem Verhungern retten.«

Cuntz fing jetzt wieder an zu jammern, aber ich verschloss meine Ohren, erhob mich und setzte mich vor die Schießscharte an der anderen Wand, um in den Sonnenschein hinauszublicken. Wut war zurückgekehrt, nicht nur auf Sigmund und Cuntz, sondern auch wieder auf Ulrich. Es wäre so einfach gewesen, ein paar Fragen mehr zu stellen. Mein Vater wird die Tat geleugnet haben, aber man hat ihm das Geständnis letztendlich unter Folter entrissen. Er hatte keinen Fürsprecher. Niemand, der seine Schuld angezweifelt hatte. Nicht einmal meine Mutter.

Ulrich rief die Wachen herein und befahl, den Pächter in eine Turmkammer zu sperren. Am Nachmittag sollte er noch einmal zu dem Fall gehört werden, und dann würde das Urteil über ihn gesprochen.

Als Cuntz fort war, stellte der Ritter sich neben mich.

»Ich weiß keine Worte mehr, Hardo, um Euch meine Trauer und meine Wut auf mich selbst zu beschreiben. Was ich getan, oder besser, unterlassen habe, ist unverzeihlich.«

Ich aber mochte darauf nicht reagieren, sondern sprach mehr zu mir selbst: »Ich habe zu meinem Vater als Kind aufgesehen, doch ich konnte ihm nie der Sohn sein, den er sich wünschte. Ich habe ihn enttäuscht – so wie er mich auch enttäuscht hat. Aber auch wenn er mir Leid verursacht hat – dieses Schicksal hat er nicht verdient.«

»Nein, das hat er nicht. Und wenn ich die Zeit zurückdrehen könnte …«

»Wir können es nicht; die Sonne geht unerbittlich auf und unter. Das ist das Einzige, was ich der Astrologia glaube.«

»Ihr habt jedes Recht, mich zu hassen«, sagte Ulrich leise.

»Hass, Ulrich, hat in diesem Fall schon viel zu viel Unglück angerichtet.«

»Wohl wahr. Doch wir wissen jetzt um die Zwietracht zwischen Cuntz und Eurem Vater. Es wird seine Folgen haben. Aber warum all die anderen geschwiegen haben, wissen wir noch immer nicht.«

»Nein, und ich vermute, das weiß der Pächter auch nicht. Er ist gewitzt, wenn es um ihn selbst geht, die Beweggründe anderer sind ihm vollkommen gleichgültig. Er ist ein gefühlloser und ehrloser Kerl.«

»Ich war ebenso gefühllos, als ich ihm unbesehen glaubte. Ihr habt recht gehabt: Ich habe einen Panzer um meine Seele gelegt.«

Ich betrachtete ihn, und die Sonne fiel auf die narbige Wange und das auf immer geschlossene Auge. Nein, Hass verspürte ich Ulrich gegenüber nicht, und meine Wut wich der Trauer. Und mit der würde ich leben müssen. Wie er mit seinen Narben.

»Hardo, ich werde dafür sorgen, dass die Gebeine Eures Vaters hier auf dem Lichhof beigesetzt werden. Bei seinem Vater und seinem Bruder. So wie es sich gehört.«

»Eine versöhnliche Geste, Ulrich. Aber es wird reichen, ihm einen Gedenkstein zu errichten. Und nun wollen wir sehen, ob wir nicht noch etwas mehr aus dem würdigen Kaplan herauslocken, denn nach seiner Rolle in der Angelegenheit haben wir Cuntz vergessen zu fragen.«

»Dann wollen wir mal dem Magister die Beichte abnehmen.«

»Ihr könnt das alleine, Ulrich. Ich werde die Zeit nutzen, um meinen Freund Gottfried danach zu fragen, wie die Laute tatsächlich in seine Hand geraten ist.«

»Gut, wir tauschen uns anschließend aus.«

»Ach, und noch etwas. Nehmt eine Kanne Wein zu der Unterhaltung mit dem frommen Säufer mit.«

»Eine treffliche Idee. Der Wein wird ihm die Zunge lösen.«

»Vor allem, wenn Ihr ihm den Trank verweigert.«

»Teufel!«


**Blutopfer**

Engelins Gemüt war heiter, das ihrer Freundin ebenfalls. Trotz des dräuenden Gerichts und der schon wieder anstehenden Arbeit des Brotteigknetens sangen die beiden fröhlich und beschwingt.

>»Ich kam gegangen zu der Aue,
>da war mein Friedel kommen eh,
>da ward ich empfangen, hehre Fraue
>dass ich bin selig immer mehr.
>Küsst er mich? Wohl tausend Stund
>Tanderadei – seht, wie rot mir ist der Mund.«[23]

---

23 Walther von der Vogelweide

Sie waren so vertieft in ihren Minnesang, dass sie gar nicht darauf achteten, dass Ida an diesem Morgen ungewöhnlich fahrig wirkte.

»Ulrich und Hardo werden heute Morgen den Pächter befragen«, erklärte Casta, als sie das erste Backblech mit Broten zum Backes im Hof trugen.

»Und ich habe Ännchen überzeugen können, dass Loretta heute Vormittag ein Bad nehmen sollte«, sagte Engelin leise.

»Was hat das miteinander zu tun?«

»Weil die schöne Loretta, wenn sie im Badezuber sitzt, uns nicht so leicht entkommen kann.«

Casta kicherte und schob die Laibe in den heißen Backraum.

»Feine Vorstellung. Dafür werde ich gerne ein paar Eimer Wasser schleppen.«

»Ja, aber wir sollten uns genau überlegen, was wir sie fragen wollen.«

»Nun ja, wir müssen herausfinden, wer gestern deinem Hardo die Beule verpasst hat, nicht wahr?«

»Und warum sie und dieser Jemand diese hinterhältige Posse inszeniert haben.«

»Ich glaube, mit einfachen Fragen werden wir sie nicht zu einem Geständnis bringen. Sie wird sicher nicht zugeben, dass sie dir ein Schlafmittel in den Würzwein getan hat. Es muss uns etwas Geschicktes einfallen, mit dem sie sich selbst verrät.«

»Mhm.«

Nachdenklich schichtete Casta Holzscheite in einen groben Weidenkorb. Dietrich kam mit Ismael vorbei und nahm ihr den Korb mit einer höflichen Verbeugung ab.

»Wann werden die Brote fertig sein, edle Jungfer?«, wollte Ismael wissen.

»Ach, das kann dauern«, spöttelte Engelin.

»Die hehren Recken scheinen hungrig zu sein, Engelin. Und hungrige Männer sind wie wilde Tiere. Wir sollten sie füttern. Ich glaube, von gestern ist noch ein Brot da, und einen reifen Käse habe ich aus der Vorratskammer auch geholt.«

»Ich werde ein minniglich Lied auf Euch dichten, wohledles Fräulein Casta«, bot Ismael mit einem Kniefall an.

»Schleimer!« Engelin stupste ihn mit der Fußspitze. »Mir reißt du eine solche Gabe immer wortlos aus den Händen.«

»Du bist ja auch nur eine Krämerstochter.«

»Und du ein verwachsener Wechselbalg ohne Manieren«, rügte Dietrich ihn und schubste ihn um.

»Wilde Tiere, sagte ich doch!«

Mit fröhlichem Gealbere gingen die vier in die Küche.

»Heilige Mutter Gottes, was ist das?«

Engelin eilte auf Ida zu, die bleich wie der Tod schwankend vor dem Hackklotz stand, auf dem eine Schweinerippe lag. Blut tropfte von ihrer Hand auf die Knochen, das Fleischerbeil war ihr entglitten.

»Ein Unfall!«

Casta trat hinzu und stützte die Verletzte.

»Sie hat sich den kleinen Finger abgehackt«, stellte Engelin fest, als sie Idas schlaffe Hand anhob.

Dietrich warf einen kurzen Blick auf die Wunde und ging zum Herdfeuer im Kamin.

»Die Blutung muss gestillt werden«, sagte er und nahm einen eisernen Pfannenheber von dem Wandhaken. »Frau Ida sollte sich hinsetzen, Jungfer Engelin. Ismael, gieß ihr einen Becher Wein ein. Unverdünnt.«

Engelin führte die zitternde Ida zu einem Schemel neben dem Tisch, und Ismael hob ihr einen Becher mit Wein an die Lippen.

Nach dem ersten Schluck schüttelte Ida den Kopf.

»So dumm. So dumm. Dabei ist so viel zu tun.«

»Wir helfen Euch doch. Wo habt Ihr Eure Heilsalben?«

»In meiner Kammer. Truhe. Ich hol sie schon.«

»Ihr bleibt jetzt hier sitzen. Wir verbinden die Hand gleich.«

Und dann sah Engelin zu Dietrich hin und erkannte, was er vorhatte.

»Casta, geh du bitte und hole ein Stück sauberes Leinen. In den Truhen oben war genug davon.«

»Ja, edles Fräulein. Tut das bitte.«

Casta sah den Knappen an, sah das glühende Eisen in seiner Hand und wurde blass. Ismael stützte sie und führte sie eiligst aus der Küche.

»Seid Ihr gewappnet, Jungfer Engelin?«

»Was muss, das muss.«

»Haltet sie gut fest.«

Engelin stellte sich so vor die sitzende Ida, dass ihr Kopf an ihrer Brust lag, und drückte ihren Arm fest auf die Tischplatte, auf die sie die verletzte Hand gelegt hatte.

Dennoch gellte der Schrei langgezogen durch den Raum.

»Gut gemacht, edle Jungfer«, sagte Dietrich kurz darauf und ließ das Eisen sinken. »Und nun trinkt auch Ihr einen Becher Wein.«

Ida würgte und keuchte, der Knappe stützte sie und half ihr, kleine Schlückchen aus ihrem Becher zu nehmen.

»Tut mir leid, dass ich Euch Schmerzen zufügen musste, aber das ist die einzige Möglichkeit, die Blutung schnell zu stillen. Aber eine kühlende Salbe und ein Verband, dann wird die Wunde schnell heilen.«

Ismael steckte den Kopf in die Tür.

»Kann ich von Nutzen sein?«

»Das Schlimmste ist schon vorbei«, sagte Engelin und leerte ihren Becher. »Aber du kannst mir helfen, Ida in ihre Wohnung zu bringen. Dietrich, sag Casta, sie soll mit dem Leinen zu mir kommen. Und – um der Heiligen Jungfrau willen, beseitigt diese Schweinerei, sonst wird es dem nächsten zarten Seelchen schlecht, das hier reinkommt und all das Blut sieht.«

»Na, du bist vielleicht eine hartgesottene Walküre, Line.«

»Sie war sehr tapfer, Ismael. Kauterisieren ist kein netter Anblick.«

Ismael bemerkte das noch immer glühende Eisen, schluckte trocken und half Ida wortlos aufzustehen. Sie geleiteten sie in ihre Kammer und brachten sie dazu, sich auf das Bett im Alkoven zu legen. Casta kam mit Leinen, und in der Truhe fanden sie Tiegel mit Salben. Ida hatte sich wieder so weit erholt, dass sie ihnen sagen konnte, welche sie nehmen sollten, und ließ sich die Hand verbinden.

»Ismael, suchst du bitte Jonata? Sie muss sich um die Brote im Backes kümmern. Und falls du Herrn Ulrich triffst, sag ihm, heute fällt das Mahl aus. Es gibt Brot und Brei, und damit hat es sich.«

»Angebrannten Brei?«

»Ich werde mir Mühe geben. Und nun raus.«

»Ida, wollt Ihr noch etwas roten Wein, damit Ihr eine Weile schlaft?«

»Nein, edles Fräulein. Nein.«

»Gut, dann lassen wir Euch jetzt alleine und kümmern uns um den Brei.«

»Jungfer Engelin ...«

»Ja?«

»Bleibt noch. Ich ... ich muss Euch etwas sagen. Vielleicht ...«

Und dann brach Ida in Tränen aus.

»Was denn, Ida? Was müsst Ihr mir sagen?«

Casta setzte sich auf die Stufe, die zu dem Alkoven hochführte, und Engelin zog einen Schemel herbei.

»Ich habe Unrecht getan, Heilige Mutter Gottes, ich habe ein so großes Unrecht getan. Es zerfrisst mich schon seit Jahren, edle Jungfern. Und doch konnte ich es niemandem sagen. Aber heute wird der Herr Gericht halten, und dann wird es herauskommen.«

Engelin streichelte Idas Arm. Die Angst und die Aufregung also waren es gewesen, die zu dem Unfall mit dem Fleischerbeil geführt hatten. Die Neugier hüpfte wie ein grünes Fröschlein in ihrer Brust auf und ab.

»Es hat etwas mit Hardo zu tun, nicht wahr, Ida?«

»Ja, mit ihm.« Sie wischte sich mit der verbundenen Hand über die Augen und stöhnte leise. »Ich muss mich aufsetzen.«

Casta und Engelin halfen ihr und richteten zwei Polsterkissen zum Anlehnen im Bett auf.

»Danke. Ihr seid so gütig, edle Jungfern.«

»Das werden wir sehen. Nun, was war Euer Unrecht Hardo gegenüber? Es kann doch so furchtbar nicht sein, denn er spricht sehr freundlich von Euch.«

»Er wird nicht mehr freundlich sein, wenn er erst weiß, was ich getan habe. Hört mir zu. Damals, als der Burgherr gestorben ist, da haben Hardos Mutter Gina und ich den Leichnam gewaschen und in sein Totenhemd gekleidet. Ich weiß nicht, edle Jungfern – habt Ihr schon einmal mit Toten zu tun gehabt?«

»Ich habe noch nie einen Verstorbenen zurechtgemacht, aber in meiner Familie gab es schon mehrere Todesfälle«, sagte Casta.

»Ja, bei uns auch. Ich habe auch schon einmal Totenwache gehalten, bei meiner Großmutter.«

»Da waren sie also schon aufgebahrt. Dann wisst ihr vermutlich wenig über das seltsame Verhalten der Toten. Es ist nämlich so, dass ein Mensch, wenn er gestorben ist, nach einer Weile erstarrt. Das dauert ungefähr einen halben Tag und hält ebenso lange an.«

»Nein, das wusste ich nicht«, murmelte Engelin. Es schauderte sie etwas.

»Der Burgherr, er war vollkommen starr, als sie ihn in sein Gemach brachten. Dabei hatte der Cuntz doch gesagt, er sei an diesem Morgen erstochen worden. Aber das konnte nicht sein. Er musste schon wenigstens einen halben Tag zuvor gestorben sein.«

Engelin zog scharf die Luft ein, Casta hörte mit weit aufgerissenen Augen zu.

»Also wusstet Ihr, dass Cuntz gelogen hatte, Ida?«

»Ja, Jungfer Engelin. Und Gina muss es auch gewusst

haben. Es war oft unsere Aufgabe, die Toten herzurichten, wisst Ihr? Die Totenwäscherin im Dorf ist ein … sehr unangenehmes Weib.«

»Ihr habt es gewusst und Herrn Ulrich nichts davon gesagt?«, fragte jetzt auch Casta.

Ida nickte stumm.

»Ihr hättet Hardos Vater retten können«, flüsterte Engelin.

Wieder nickte Ida nur.

»Warum habt Ihr geschwiegen?«

»Weil … edles Fräulein, weil ich Angst hatte.«

»Aber Herr Ulrich ist kein grausamer Mann, Ida. Er hätte Euch nicht geschadet.«

»Nein. Aber ich wusste … o Heilige Mutter Gottes, steh mir bei … Fräulein Casta, es ist so schrecklich.«

»Dass Ihr mir sagen wollt, was meine Mutter getan hat?«

Ida biss sich auf die Knöchel ihrer gesunden Hand, und Engelin zog sie ihr vom Mund fort.

»Wir wissen, dass die Äbtissin Unzucht getrieben hat. Und es noch immer tut.«

»Aber mit meinem Mann, mit Sigmund. Ich bin doch nicht blind gewesen.«

Ida schluchzte wieder trocken.

»Nein, das wart Ihr sicher nicht. Deshalb habt Ihr auch den Verdacht gehabt, dass Sigmund den Burgherrn deswegen getötet hat.«

»Ja, das habe ich geglaubt. Aber wenn ich das dem Herrn Ritter gesagt hätte … Der Sigmund hätte mich totgeschlagen.«

Casta und Engelin sahen sich an. Sie wussten beide, dass Idas Angst berechtigt gewesen war. Engelin schüttelte den Kopf und zog den letzten Schluss aus ihren Erkenntnissen: »Und als der Vogt Hardo letzten Samstag erkannte, wusste er, dass seine Tat ruchbar geworden ist, und stürzte sich vom Turm.«

»Ja, so denke ich«, sagte Ida heiser. »Und ich möchte am liebsten auch sterben.«

»Nein, Ida. Das wäre die größte Sünde, die Ihr begehen könntet. Nun fasst Euch. Ihr werdet es heute Nachmittag sagen und Eure Strafe dafür auf Euch nehmen müssen. Aber Ihr habt nicht alleine geschwiegen. Was mich wirklich entsetzt, ist, dass Hardos Mutter es ebenfalls getan hat.«

»Ich glaube, der Kaplan hat es auch gewusst«, flüsterte Ida.

»Den«, knurrte Casta, »überlassen wir den Männern. Wir kümmern uns jetzt um ein heißes Bad für Loretta.«

»Was hat die edle Frau getan?«, wollte Ida wissen und richtete sich ein wenig auf.

»Sie wird uns verraten müssen, was sie mir gestern in den Würzwein getan hat. Oder wisst Ihr das gar, Ida?«

»Hat sie das? Mir ist nichts aufgefallen.«

»Etwas, das mich lange schlafen ließ.«

»Ich habe so ein Mittel, das ist richtig. Ein paar Tropfen betäuben den Schmerz und lindern den Husten. Aber zu viel davon macht schläfrig und benommen. Ich habe Puckl gestern etwas davon für Meister Hardo gegeben, weil der doch so Kopfschmerzen hatte.«

»Die Kopfschmerzen bekam er, *nachdem* Casta von dem Wein getrunken hatte. Habt Ihr vorher noch jemandem diese Arznei gegeben?«

»Nein. Doch, ja, dem Jammerlappen. Entschuldigung, dem Herrn Lucas, nachdem Meister Hardo ihn verprügelt hatte. Dabei hatte der nur ein paar blaue Flecken.«

»Wahrscheinlich hat er sich einen seiner polierten Fingernägel abgebrochen. Das wird ihn weit mehr geschmerzt haben als die paar Prellungen«, bemerkte Engelin mit Häme.

»Oder er hat das Zeug der schönen Loretta weitergegeben«, fügte Casta nüchtern hinzu.

»Das werden wir gleich herausfinden. Legt Euch wieder hin, Ida. Ich werde Hildegunda holen, damit sie eine Weile bei Euch bleibt. Die Novizin ist ein liebes Mädchen.«

Die Jungfern verließen die Wohnung des Vogts, und als sie über den Hof zur Küche gingen, sahen sie Ulrich und Hardo aus dem Weinkeller unter dem Rittersaal kommen.

Engelin blieb stehen und zupfte Casta am Ärmel.

»Was für eine Augenweide«, murmelte sie.

»Beide, Engelin, beide.«

Ihre Heiterkeit kehrte zurück, und ohne sich abzusprechen begannen sie gleichzeitig zu singen:

»Da hat er gemachet also reiche,
von Blumen eine Bettesstatt,
Da wird noch gelachet inniglich,e
kommt jemand an den selben Pfad.
Bei den Rosen er wohl mag,
tanderadei – sehe wo mirs Haupte lag.«

Die Sängerinnen wurden mit einer vollendeten Verbeugung belohnt.


## Die Macht der Sterne

Meine Herrin war frohgemut und ihre Freundin ebenfalls. Das zeigte mir ihr keckes Liedchen, was ich umso mehr bewunderte, als Ismael, nachdem Ulrich mit der Weinkanne zur Torburg gegangen war, mir von Idas Küchenunfall erzählte.

»Line hat beherzt gehandelt. Und auch das edle Fräulein verhielt sich tapfer.«

»Und Dietrich hat sich wie ein ritterlicher Mann bewährt. Es gehört Mut dazu, einem Leidenden zu seinem eigenen Nutzen Schmerzen zu bereiten.«

»Ja, bei manchen.«

Das Feixen in Ismaels Gesicht machte mich stutzig.

»Noch mehr Opfer?«

»Eines von Bacchus Gnaden. Puckl hat gestern einen Krug Wein geleert und weilt noch nicht wieder unter den Lebenden.«

»Dann erweckt ihn, denn du musst ihn nach einer Sache ausfragen, die uns allen irgendwie entfallen ist, Ismael.«

»Ich habe langsam den Eindruck, dass mein Kopf ohnehin einem löchrigen Eimer gleicht, aus dem alles Mögliche entfleucht. Schrecklich das, wo ich doch das Gefühl habe, ich müsste mich an tausenderlei Einzelheiten erinnern, die uns zusammen ein wahres Bild geben würden.«

»Das geht mir genauso. Aber wenigstens das ist mir eingefallen – gestern, bevor ich niedergeschlagen wurde, war es Puckl, der mich zu Ulrich in den Palas rief. Wer hat ihn dazu beauftragt? Finde das raus.«

Ismael schlug sich mit der flachen Hand auf die Stirn.

»Was bin ich blöde. Natürlich. Jemand wollte, dass Ihr dort hingeht. Ich kümmere mich sofort darum.«

»Gut. Und weißt du zufällig, wo sich der Domgraf aufhält?«

»Ich sah ihn vorhin mit Hacke und Korb in den Lichhof gehen. Ich hoffe, er gräbt keine alten Leichen aus.«

»Witzbold!«

Ich fand den Domgrafen zwischen den Gräbern, wo er in aller Seelenruhe Unkraut rupfte. Er lächelte mich an und erhob sich ächzend.

»Ich wühle gerne in der Erde herum. Es ist ein so sauberes Geschäft.«

»Das sieht man an Euren Händen, Gottfried.«

»Ehrlicher Dreck.«

»Ja, das stimmt.«

»Anders, als der, in dem Ihr gerade eben herumwühlt, was?«

»So kann man das wohl beschreiben.«

»Mich hat Eure Geschichte gestern ziemlich aufgewühlt, Hardo. Dass Eltern nicht immer gut zu ihren Kindern sind, ist nicht ungewöhnlich. Doch Eure Mutter handelte sehr herzlos an Euch. Warum nur hat sie Euch die Schuld am Tod Eures Vaters gegeben? Das ist so widersinnig.«

»Nein, in ihrer Welt ist das ganz folgerichtig. Sie war eine abergläubische Natur, Gottfried. Ihr Leben war bestimmt durch Omen, böse Geister, Schicksalsmächte, denen sie ihrer Meinung nach hilflos ausgeliefert war. Das Einzige, was ihr Hilfe bot, war der christliche Glaube, aber nicht in der Hingabe an Gott, sondern nur in seinen greifbaren Zeichen und hörbaren Worten, die sie jedoch nicht verstand.«

»Der Talisman. Lateinisches Kauderwelsch. Und die Reliquien.«

»Zum Beispiel. Aber auch der Weg, den die Sterne dem Menschen vorgeben.«

»Der Unstern, unter dem Ihr geboren seid. Nur, Hardo, welch übler Scharlatan hat ihr das eingeredet? Sie war doch gewiss keine Sterndeuterin.«

»Nein, das war sie nicht. Aber meine Geburt stand tatsächlich unter einem Unstern. Denn in dem Augenblick, als ich das Licht der Welt erblickte, fiel ein Stern vom Himmel, durchschlug das Dach des Stalles und setzte das Stroh in Brand.«

»Allmächtiger.«

»Die kostbaren Rösser des Burgherrn gerieten außer Rand und Band, vier von ihnen starben, es gab etliche Verletzte unter den Mannen und Dienstleuten. Mein Vater war entsetzt.«

»Ja, ich habe davon gehört, dass Sterne tatsächlich vom Himmel fallen können. Ein paar Gelehrte haben mir derartige Brocken gezeigt, aber ich habe es eigentlich immer für Humbug gehalten. Sie sahen aus wie gewöhnliche Steine.«

»Ja, aber dieser, der dann in den Trümmern des Stalls gefunden wurde, war schwerer als Stein. Faustgroß etwa war er und wirkte wie ein Eisenbrocken. Dass er vom Himmel fiel, konnten viele bezeugen. Denn nicht nur die Menschen in der Burg und die Dorfbewohner haben es beobachtet, man hat ihn bis nach Köln leuchten sehen. Er muss mit einem langen Feuerschweif und gewaltigem Getöse niedergestürzt sein.«

»Dann hatten wir ja Glück, dass der Schweifstern, der bei Eurer Ankunft am Himmel erschien, nicht ebenfalls zur Erde stürzte«, meinte Gottfried und zwinkerte.

»Unter der Annahme, dass ich das Unglück anziehe, hätte meine Mutter fest daran geglaubt.«

»Entschuldigung, ja. Sie hat Euch also von Geburt an als Unglücksbringer gesehen und daher wenig Zuneigung entgegengebracht. Und folgerichtig Euch die Schuld an allem Unheil gegeben, das ihr widerfahren ist. Jetzt verstehe ich, was Ihr meintet.«

»Sie und auch mein Vater. Aber das ist nicht der Grund, warum ich Euch sprechen wollte, Gottfried.«

Er seufzte.

»Meine Schwester Margarethe habt Ihr namenlos erbost gestern.«

»Mich wundert, dass sie noch immer glaubt, keiner würde ihren unzüchtigen Lebenswandel bemerken. Aber auch darüber möchte ich nicht mit Euch sprechen. Sondern über die Laute, die einst Eberhart von Langel gehörte und sich nun in meinen Händen befindet.«

»Und bar jeglicher magischer Kräfte ist. Viel weiß ich auch nicht darüber, Hardo, aber woran immer ich mich erinnern kann, will ich Euch sagen.«

»Hat Meister Urban mit Euch darüber gesprochen?«

»Nein, den Trouvère habe ich erst bei jenem Sängerwettstreit kennengelernt. Aber die Laute habe ich nicht unter Verschluss gehalten. Sie war ein viel zu schönes Instrument, und wann immer ein Sänger unsere Stadt beehrte, habe ich sie wohl vorgezeigt und ihn gebeten, darauf zu spielen. Ja, ich habe mich sogar selbst daran versucht, aber Ergötzliches habe ich nicht zustande gebracht. Ich züchte lieber Rosen.«

»Auch eine Kunst, vor allem eine, die mir fremd ist und

an der ich mich nicht versuchen werde.« Dann verbesserte ich mich grinsend: »Außer an der einen, sehr dornigen Rose, die ich mit aller Sorgfalt hegen und pflegen werde.«

»So dornig will mir die Jungfer doch gar nicht mehr erscheinen.«

»Habt Ihr eine Ahnung!«

»Dann fasst sie mit Samthandschuhen an.«

»Ach, manchmal finde ich kleine Kratzer ganz erheiternd. Aber zurück zur Laute. Es war also Eure Idee, sie zum Preis auszusetzen?«

»Erasmus von der Heyd fragte, ob ich dazu bereit sei. Er war beeindruckt von Eurer Geschichte über die magische Laute und hoffte, Ihr würdet den Wettstreit gewinnen. Ich hielt es für eine gute Idee, zumal Ihr mir selbst von Eurer Laute aus der Hand des Instrumentenbauers vom Drachenfels berichtet hattet.«

»Ihr habt Euch keine Gedanken zu meiner Verbindung zu Eberhart, Eurem Schwager, gemacht?«

»Ehrlich gesagt, nein. Ihr habt Euch mir zwar als ehemaliger Stallbursche vorgestellt, der seinen Weg durch die Welt gemacht hat. Dass es eine Blutsbindung zu dem Burgherrn hätte geben können, war mir nie in den Sinn gekommen. Das habt Ihr mir gestern erst enthüllt.«

»Was bedeutet, dass Eure Schwester auch nie von Eberhart und Gerwin als Brüdern gesprochen hat.«

»Ich habe sie nach ihrer Heirat nur einmal für wenige Tage gesehen, und da klagte sie bloß über das langweilige Burgleben und die Unaufmerksamkeit ihres Gatten. Danach kam ich erst wieder mit ihr zusammen, als er gestorben war. Ich hatte ja ihren Eintritt ins Kloster zu regeln. Sie hatte mir Nachricht geschickt, wenige Tage nach dem Unglück, in der sie mich bat, meinen Einfluss dahingehend gelten zu machen.« Gottfried sah mich entschuldigend an. »Der Name Fleckenstein hat so ein Gewicht.«

»Natürlich.«

»Ich hieß ihre Entscheidung gut und glaubte, sie würde

in der geregelten Welt des Ordens ihren Frieden finden. Aber wie wir nun wissen, tat sie es nicht.«

»Nein. Und nun zu der Laute. Wie seid Ihr dazu gekommen?«

»Ich kam nach Langel, um sie und ihren Tross zu begleiten, der sie nach Rolandswerth bringen sollte.« Gottfried zupfte eine verblühte Rose ab und sah mich an. »Nein, ich kann mich an Euch nicht erinnern. Ich habe auf keinen der Leute hier besonders geachtet.«

»Ich kann mich an Euren Besuch ebenfalls nicht erinnern, denn in jener Zeit hielt ich mich oft tagelang in den Wäldern auf. Mich vermisste augenscheinlich auch niemand, denn man machte mir keine Vorwürfe deshalb. Eines Tages kam ich zurück und hörte von Ida, die Burgherrin sei abgereist, um ins Kloster einzutreten. Es berührte mich nicht sonderlich.«

»Warum hätte es auch? Aber ich wollte Euch von der Laute erzählen. Es war am Tag der Abreise, und ich wollte Margarethe zu ihrem Tross rufen, fand sie aber in ihrer Kemenate nicht vor. Als ich in das Gemach des verstorbenen Burgherrn schaute, sah ich sie dort mit der Laute in der Hand. Sie hatte sie aus der Umhüllung geholt und hielt sie am Hals, bereit, sie an die Kaminumfassung zu schmettern. Ich fiel ihr in den Arm und entwand sie ihr. Es gab ein kurzes Gerangel, dann gab sie auf. Auf meine Frage, warum sie ein so kostbares Instrument, das ihr Gatte hoch geschätzt hatte, zerstören wollte, ergoss sie einen Kübel Gift über mich. Ich erspare Euch Einzelheiten, aber sinngemäß gab sie mir zu verstehen, dass sie die Laute als Symbol ihrer Demütigung betrachtete. ›Er sang von Minne, immer sang er von der Minne, aber nie galten die Worte mir.‹ So lautete ihr Vorwurf.«

Eberhart, ein Mann von edler Gesinnung, und Margarethe, ein Weib von niederen Trieben – sie beide waren nicht glücklich miteinander gewesen. Das leuchtete mir heute ein.

»Ja, Gottfried, ich lauschte oft am Fenster seinen Liedern. Diese Momente gehörten zu den besten meines Lebens. Doch ich war noch zu jung, um ihre Bedeutung zu verstehen. Was die Minne darin betraf, wurde mir erst bei Urbans Besuch wirklich klar. Mit welchen Folgen, das habe ich ja berichtet.«

»Ja, das habt Ihr. Ich habe damals die Laute an mich genommen, Hardo. Manches Mal habe ich mich gefragt, ob Eberhart meiner Schwester wirklich Anlass zur Klage gegeben hat. Aber heute, da ich nun ihr gnadenloses Streben nach Aufmerksamkeit kenne, nehme ich ihr ihr Lamento nicht mehr ab. Ihr habt recht, die Minne hat viele Seiten, und sie hat die liebliche, tröstende, vertrauende, die sie hätte zeigen sollen, nie entdeckt.«

»Hat sie Eberhart dermaßen gehasst, dass sie seinen Tod wünschte?«

Gottfried sah mich lange an.

»Eine erschreckende Vorstellung, Hardo. Ich will das nicht glauben.«

»Glauben, Unglauben und Aberglaube haben sehr viel Unglück angerichtet.«

»Lasst mich alleine, Hardo.«

Ich verließ ihn, wieder einmal unglücklich darüber, einen aufrichtigen, gütigen Mann traurig gemacht zu haben.

Aber auch ich musste eine Weile nachsinnen und suchte dazu die Kapelle auf. Kühl war es hier drinnen, friedlich. Die Kerzen waren erloschen, doch die bunten Blumen, mit denen die Jungfern oder Ida die Heiligen geschmückt hatten, leuchteten in den Sonnenstrahlen, die durch die Fenster fielen. Aber weder der heiligen Apollonia noch dem heiligen Laurentius, die in ihren Nischen standen, erwies ich meine Reverenz, sondern kniete vor dem Altar nieder. Ein schlichter Tisch aus weißem Marmor, darauf ein hölzernes Kreuz – mehr war es nicht, mehr brauchte ich nicht.

Worte, auch das Paternoster, brauchte ich ebenfalls nicht. Ich suchte nach ganz anderen Antworten.

Denn sooft ich meine Geschichte nun auch schon erzählt hatte, ihr Sinn erschloss sich mir noch immer nicht. Selbst nun, da ich wusste, dass ich auf diese Fahrt geschickt worden war, um die Fähigkeiten in mir selbst zu entdecken, die ein weiser Mann im Wald in einem jungen Tölpel gesehen hatte, erkannte ich nicht, wohin sie mich führen sollte. Ich hatte meinen Glauben verloren, meinen Aberglauben und meinen Schicksalsglauben. Unglauben war geblieben. Nüchternheit, die Fähigkeit zu handeln, materiellen Wohlstand zu erwerben, mich meiner Haut zu wehren, und die Gabe, die Gefühle der Menschen mit meinen Liedern absichtsvoll zu lenken, das hatte ich alles herausgefunden, und dafür war ich dankbar.

Meinen Dank hätte ich Urban gerne abgestattet, doch er hatte mich verlassen.

Zurück blieben Fragen.

Warum war die Laute in meine Hände gelangt?

Niemand hatte mir den Weg nach Speyer gewiesen. Der Zufall hatte den Kaufmann Erasmus von der Heyd meinen Weg kreuzen lassen, als ich im tiefsten Tal des Jammers angelangt war. Der Zufall hatte ausgerechnet Gottfried die Laute in die Hand gespielt. Der Zufall hatte mich zur Sterbestunde an das Lager meiner Mutter geführt, die mir mit ihrem letzten Atemzug die Verbindung zwischen meinem Vater und Eberhart offenbart hatte.

Zu jedem anderen Zeitpunkt meiner Reise hätte ich einen anderen Weg einschlagen können, der mich nicht zu diesen Stätten, zu diesen Menschen geführt hätte. Ich hätte, wenn ich mich besser benommen hätte, auf dem Gut in Villip bleiben können als Stallbursche, vielleicht später als Stallmeister. Ich hätte Line am Drachenfels ihrem Schicksal überlassen und die magische Laute weit früher in meinen Besitz bringen können. Ich hätte bei dem Überfall der Räuber den Handelsherrn Erasmus töten können und wäre nicht im Kerker gelandet. Ich hätte meine Stimme nicht verloren und die Laute wiedergewonnen. Ich hätte mit Loretta an Ruperts Hof ziehen können als geachteter Sänger und Erzähler. An viele andere Wegkreuzungen war ich gelangt, und immer hatte ich jene gewählt, die mich jetzt und hierhergeführt hatten als der, der ich war: Hardo von Langel.

Hatte ich mein Schicksal selbst in die Hand genommen, oder war ich einem vorgegebenen Weg gefolgt, der mich so und nicht anders hatte handeln lassen?

Man hatte mir bei meiner Geburt die Sterne gedeutet, der Unglücksstern war wohl der Anlass dazu gewesen. Meine Lebensspanne wurde dabei auf zwei Dutzend Jahre errechnet, und mein Weg führte geradewegs in die Hölle. Das wurde mir beständig eingebleut.

Nun hatte ich das vorhergesagte Alter um vier Jahre überschritten und lebte noch immer. Und die Hölle schien fern. Wenn ich diese Burg lebend verlassen würde, lag meine Zukunft im Sonnenschein vor ihren Toren. Der große Strom, die Handelsstraße, wartete auf mich.

Man hatte mir gesagt, ich würde meinem Schicksal nicht entkommen können, und doch war ich es. Auf der anderen Seite – war es Zufall, dass ich jetzt hier war?

War es Zufall, dass jemand genau das zu vermeiden versuchte?

Die Antwort auf diese Frage war der Schlüssel zu etwas, das so nahe lag, dass ich es nicht sehen konnte.

Ich beugte mich vor und legte die Stirn auf den kalten Boden.

Als ich mich nach einer Weile aufrichtete, hatte ich eine Antwort.


**Bohrende Fragen**

Ein äußerst gequältes Stöhnen quoll unter den Decken hervor, als Ismael und Dietrich in ihre Unterkunft traten.

»Es wird Zeit, sich der rauen Wirklichkeit zu stellen, Herr Secretarius. Zur Morgenandacht haben wir noch Gnade walten lassen, aber nun ist die Terz schon vorüber, und auch Tote haben aufzustehen.«

»Nein!«

»Doch!«, sagte Dietrich ebenso gnadenlos wie Ismael und zerrte die Decke über Puckls Kopf fort. Der schlug die Hände vor die Augen.

»Es ist so hell hier.«

»Es ist ein wunderschöner, sonnig lauer Maientag«, flötete Ismael und kippte dem angeschlagenen Secretarius einen Eimer kaltes Wasser über den Kopf. »Ein Bad, eine Rasur …«

»Geht weg.«

»O nein, wir werden uns an dich heften wie die Dämonen an die verdammten Seelen«, meinte Ismael fröhlich. Und Dietrich ergänzte trocken: »Wer saufen kann, muss auch die Folgen tragen wie ein Mann.«

Mühsam rappelte Puckl sich auf. Er wirkte grünlich im Gesicht, und Ismael reichte ihm den Eimer.

Als das Schlimmste vorüber war, halfen sie ihm dann doch, sich wieder präsentabel zu machen, und mehrere kalte Güsse am Pferdetrog, ein Humpen Bier und etwas salziger Schinken machten aus dem angeschlagenen Wrack wieder einen halbwegs lebendigen Secretarius.

»Und jetzt, Puckl, müssen wir uns über die gestrigen Vorfälle unterhalten, die offensichtlich deiner Aufmerksamkeit entgangen sind«, sagte Ismael, als sie sich auf dem Wehrgang in die Sonne setzten, um wieder zu trocknen, denn auch sie hatten einige Ladungen Wasser bei der Zwangsreinigung ihres Kameraden abbekommen.

»Was ist passiert?«

Dietrich berichtete, und Puckl erstarrte mehr und mehr vor Entsetzen.

»Oh, mein Gott! Mörder unter uns.«

»Ja, und du hast Hardo zu einem von ihnen gerufen.«

»Nein!«

»O doch. Puckl, woran erinnerst du dich noch.«

Wieder schlug der arme Jüngling die Hände vors Gesicht, als wollte er die Welt vor sich ausschließen.

»Sebastian, aus manchen Geschichten wird Ernst«, mahnte Dietrich. »Und wenn sie in der Wirklichkeit geschehen, hat man Verantwortung zu tragen.«

»Was ... was habe ich denn getan?«

»Mitten am Tag einen Krug Wein ausgetrunken, was schlimm genug war.«

»Ich wollte gar nicht so viel trinken«, kam es kläglich von dem Secretarius.

»Das will man nie.«

»Ich hatte nur einen Becher probiert. Na gut, zwei. Und dann bin ich zu dem Waffenmeister gegangen und ließ mir die Armbrust erklären. Der hat mir einen Becher Bier angeboten. Oder zwei.«

»Keine gute Mischung«, brummelte Ismael, der seine diesbezüglichen Erfahrungen gemacht hatte. »Aber dann hast du von irgendjemandem den Auftrag erhalten, Hardo von Langel zum Palas zu bitten. Wer hat dich damit beauftragt?«

»Mich hat da bei dem Waffenmeister einer der Mannen angesprochen. Er bat mich, Meister Hardo zu suchen, weil er von seinem Posten nicht fortkonnte.«

»Gewissenhafter Mann. Wer war es?«

»Ich weiß es nicht. Und ich hab doch auch nicht gewusst, dass das eine Falle war.«

Puckl schien den Tränen nahe, und Dietrich meinte beruhigend: »Natürlich nicht, du wusstest ja nicht, was für ein Ränkespiel da geplant war.«

Ismael war härter zu ihm.

»Du hättest nachfragen müssen, wer ihn geschickt hat. Heiliger Laurentius auf dem Bratrost, kaum einen Tag zuvor hat Cuntz versucht, Hardo zu ermorden. Das hast du selbst miterlebt.«

Puckl zitterte.

»Ich ... ich werde nie wieder was trinken.«

»Das wäre eine kluge Entscheidung. Und nun werden wir

den Wachmann suchen. Du wirst ihn hoffentlich wiedererkennen.«

»Ganz bestimmt«, versicherte Puckl, eifrig bemüht wettzumachen, was er angerichtet hatte. Sie suchten zu dritt erst die Quartiere auf, in denen die Mannen ruhten oder ihren Beschäftigungen nachgingen, wenn sie keine Wache hielten, wurden dort aber nicht fündig. Erst auf der Torburg entdeckte Puckl seinen Mann.

Und der nannte ihnen einen Namen.

»Heiliger Laurentius auf dem Bratrost!«, knurrte Ismael mit Inbrunst, als er ihn hörte.


### Glühende Fragen

Hildegunda hatte sich bereiterklärt, sich zu Ida zu setzen. Die Novizin war augenscheinlich froh, der Äbtissin zu entkommen, die düster vor dem kleinen Tischaltar vor sich hin brütete. Dann hatte Engelin Ännchen erklärt, dass sie jetzt das Wasser für das Bad ihrer Herrin erhitzen würden. Die Kammerjungfer versprach, Loretta, die sich im Obstgarten mit dem Höfling erging, Bescheid zu sagen. Anschließend hatten Casta und sie sich der Plackerei zugewendet, die Eimer vom Brunnen in die Küche zu schleppen und den großen Kessel zu füllen.

Der Knappe und Ismael hatten tatsächlich die Küche in Ordnung gebracht: Das Blut war aufgewischt, die Schweinerippe verschwunden, der Pfannenheber hing wieder an seinem Haken. Doch als Engelin ihn sah, konnte sie ein plötzliches Grinsen nicht unterdrücken.

»Casta«, sagte sie, als sie mit Schwung den nächsten Eimer in den Kessel über dem Feuer leerte, »ich habe eine Idee, wie wir sehr schnell sehr ehrliche Antworten von der schönen Hofdame erhalten werden.«

Casta folgte ihrem Blick und stöhnte.

»Nein, Engelin, das kann ich nicht.«

»Doch, du kannst. Ich nehme die Bratengabel und du den kleinen Spieß, auf den man die Hühner steckt.«

Schaudernd schüttelte ihre Freundin den Kopf, aber Engelin lachte.

»Wir legen sie ins Feuer, damit die Spitzen rot glühen. Und dann …«

»Nein, nein, das mach ich nicht mit!«

»Und dann machen wir der Holden etwas Dampf.«

Beschwingt eilte Engelin wieder zum Brunnen, um den nächsten Eimer Wasser hinaufzuhaspeln. Casta folgte ihr langsamer.

»Das ist grausam, Line. Wir werden eine andere Möglichkeit finden.«

»Ich will sie doch bloß in Angst und Schrecken versetzen.«

Casta ließ ihren Eimer in den Brunnen hinab, und als sie ihn wieder nach oben zog, hatte sie sich mit dem Vorschlag offensichtlich abgefunden.

»Aber nicht pieken, Line.«

»Nein, nur wenn es unvermeidlich wird.«

»Meine Güte, bist du fies.«

Sie brachten ächzend die schweren Eimer in die Küche zurück, und als sie den Inhalt in den Kessel gegossen hatten, gab Casta zu bedenken: »Sie wird schreiend aus dem Zuber springen, wenn sie uns mit dem glühenden Eisen kommen sieht.«

»Weshalb wir sie daran hindern müssen.«

Engelin versank in Nachdenken, und als der Inhalt der nächsten zwei Eimer in dem Kessel gelandet war, nickte sie zufrieden.

»So wird's gehen!«


Als das Wasser über dem Feuer zu simmern begann, wuchteten Casta und Engelin den Kessel hinüber in die Badestube und entleerten ihn in den großen Zuber. Er sah aus wie ein ovales, halbes Fass, etwa hüfthoch und an den schmalen Seiten mit Henkeln versehen, sodass man das Wasser später aus dem Ausgussstein nach draußen in den Burggraben entleeren konnte. Ännchen war schon mit Tüchern und allerlei Schönheitsmitteln erschienen, die Loretta für ihre Toilette benötigte, und ein paar Silberlinge überzeugten die Kammerjungfer davon, dass es doch ganz reizend von ihr wäre, Jonata bei der Zubereitung des Breis und der Pasteten zur Hand zu gehen, da Ida sich verletzt hatte. Sie half ihrer Herrin also noch, die Kleider abzulegen und in den Zuber zu steigen; dann verschwand sie, und Casta trat mit Engelin in den warmen, dampfenden Raum.

»Venezianische Seife«, sagte Engelin schnüffelnd und nahm die nach Rosen duftende Kugel auf.

»Was wollt ihr hier?«, fragte Loretta giftig und sah sich suchend nach ihrer Jungfer um.

»Euch beim Bade zur Hand gehen, Frau Loretta. Ännchen muss Jonata helfen. Ihr habt doch sicher gehört, dass Ida sich einen Finger abgehackt hat.«

»Ja, und Dietrich musste ihr die Wunde mit einem glühenden Eisen verschließen«, fügte Engelin nüchtern hinzu.

Die Nachricht ließ Loretta nach Luft schnappen, und diesen Moment nutzte Casta, um von hinten an sie heranzutreten und ihr die langen, blonden Flechten anzuheben.

»Ihr werdet Hilfe beim Haarewaschen benötigen. Bitter nötig ist das, wohledle Frau. Es wimmeln ja schon die Läuse über die Kopfhaut.«

Das machte die Holde für einen weiteren Augenblick mundtot, und Engelin goss ihr einen Kübel lauwarmes Wasser über das Haupt. Casta nutzte die Gelegenheit, Lorettas langen Zopf durch den Henkel des Zubers zu ziehen und ihn dort mit einem Stück Hanfseil festzubinden.

»Und nun, wohledle Frau, hätten wir ein paar Fragen an Euch.«

»Was soll das? Ännchen! Ännchen!«

»Sie wird unten am Backes sein, aber wir sind geübte

Badermaiden«, erklärte Engelin mit einem lieblichen Lächeln und nahm die Bratengabel, die in dem Kohlebecken gelegen hatte, mit dem die Badestube auf eine angenehme Temperatur geheizt worden war.

Casta ergriff den Grillspieß.

Sie traten drohend an den Zuber.

»Erzählt uns doch mal – von wem habt Ihr den Trank bekommen, den Ihr mir gestern in den Würzwein gemischt habt, Loretta?«, fragte Casta freundlich.

Mit wild rollenden Augen blickte die Badende von einer Jungfer zu anderen.

»Wir warten, Loretta«, sagte auch Engelin mit sanfter Stimme. »Aber nicht mehr lange.«

»Was wollt Ihr mit der Gabel?«

»Euch kitzeln, liebe Frau.«

Loretta versuchte, sich aus dem Zuber zu erheben, fiel aber mit einem Schmerzenslaut platschend ins Wasser zurück. Ihr Zopf band sie fest an den Henkel. Sie kreischte.

»Wie gut, dass die Wände in einer trutzigen Burg so dick sind«, erklärte Casta ungewohnt süffisant und näherte sich mit dem Grillspieß. »Wer hat Euch den Trank gegeben?«

Die Augen wollte Loretta schier aus dem Kopf treten, als die rotglühenden Eisenspitzen sich ihr immer weiter näherten.

»Wer, Loretta?«, fragte Engelin honigsüß.

»L… Lucas.«

»Und wer, schöne Frau, hat Euch die Idee dazu eingegeben?«

Sie schluckte, antwortete aber nicht. Engelin senkte die Bratengabel in Höhe von Lorettas vollem Busen ins Wasser. Es zischte gewaltig, und Dampf stieg auf.

»Ein Fingerbreit tiefer, Frau Loretta, und die glühenden Spitzen hätten Euch getroffen. Eine kleine Warnung nur.«

Sie reichte. Loretta wurde gesprächig. Es war ihre Idee gewesen, Casta zu betäuben und zu Hardo ins Bett zu legen. Weil sie ihrem Lucas helfen wollte. Weder Casta noch Hardo würde der Ritter das Lehen zusprechen, wenn er die beiden zusammen finden würde, so hatte sie gehofft. Denn als er sich vorgestern Hardo von Langel genannt hatte, da hatte Lucas es mit der Angst zu tun bekommen. Sie hatten sich, während das Gewitter tobte, in Lucas' Gemach getroffen und diesen Plan ausgeheckt.

»Und wer, Frau Loretta, hat Hardo den betäubenden Schlag versetzt?«

»Lucas' Oheim.«

Casta und Engelin sahen einander über ihr Opfer hinweg an.

»Mhm.«

»Glaubt ihr mir nicht? Ihr müsst mir glauben! Er war es. Er hat gesagt, der Hardo ist ein Verbrecher und ein Erbschleicher und der Sohn eines Bastards und darf die Burg nicht kriegen. Und er ist ein Schurke, so wie er mich behandelt hat. Das ist er. Und ein Weiberheld und ein Geck.«

Engelin betrachtete die Gabel in ihrer Hand, die sie zuvor wieder in das Kohlebecken gelegt hatte.

»Ein Schurke, ein Verbrecher und Erbschleicher. Und darum sollte er sterben?«

»Nein, nein. Nur der Ritter sollte sehen, dass er jedem Weib nachsteigt.«

»Nicht jedem, Loretta, sonst hätte man *Euch* mit ihm zusammen gefunden, nicht wahr?«

Die Hofdame wand sich sehr ungemütlich im Zuber, gebunden mit ihren eigenen Haaren. Als sie einen Arm hob, um sich loszumachen, zischte Castas Grillspieß im Wasser auf.

Sie unterließ jede weitere Bewegung.

»Der Ritter will Euch doch. Wo er doch kein Lehen mehr hat«, keuchte sie. »Er will die Burg doch Euch geben.«

»Ja, so könnte man es deuten«, meinte Casta milde und legte den Spieß wieder in die glühenden Kohlen.

»Und weil die List nicht gelungen ist, Frau Loretta, hat der ehrenwerte Herr Lucas heute Nacht versucht, Hardo

570

von Langel im Schlaf zu ermorden. War das auch Eure Idee, Frau Loretta?«

Die Hofdame starrte voll Entsetzen die beiden Jungfern an.

»Das hat er nicht getan. Das glaube ich nicht.«

»Ihr glaubt es nicht? Wir wissen es. Machen wir doch noch mal die Probe aufs Exempel. Ein Fingerbreit tiefer.«

Die Bratengabel zischte durch das Wasser, Loretta wich ihr aus. Der Grillspieß näherte sich von der anderen Seite.

»Nein, nein, ich weiß es nicht. Ich weiß nichts davon. Ich schwöre es. Ich schwöre es bei allen Heiligen.«

Engelin zog ihr Folterinstrument zurück, und Casta tat es ihr gleich.

»Sie weiß es nicht.«

»So glaubt mir doch.«

»Wir glauben Euch.«

Loretta sank im Zuber zurück.

»Lassen wir sie alleine, Casta. Mag sie hier über ihre Sünden nachdenken.«

Sie verließen die Badestube, und in der Küche sagte Casta leise: »Sie ist ein armes Huhn, Engelin. Hast du all die blauen Flecken an ihrem Leib gesehen?«

»Ja, habe ich. Ich glaube, dieser Lucas geht sehr grob mit ihr um.«

Jonata, die stumm Zwiebeln gehackt hatte, wischte sich die Tränen von den Wangen und sagte ebenso leise: »Er ist ein gemeines Vieh.«

»Ihr?«

»Seht nur zu, dass Ihr nie alleine mit ihm irgendwo seid.«

»Oh.«

Engelin wurde blass.

»Ich habe dir einen ziemlich schlechten Rat erteilt, neulich.«

»Und ich habe ihn auch noch befolgt.«

»Ihr solltet es dem Ritter sagen, Jonata.«

571

»Hab's Herrn Hardo gesagt.«

»Auch sehr gut. Und nun rufen wir Ännchen, damit sie ihrer Herrin aufwartet.«


### Hubertusjagd

Als ich aus der Kapelle trat, kam Ulrich über den Hof.

»Kommt mit in meine Räume, Hardo.«

Ich nickte und folgte ihm. Es war mir ganz recht, mir zunächst anzuhören, was er aus dem Kaplan herausbekommen hatte, bevor ich ihm meine Überlegungen mitteilte.

»Der Rat mit dem Weinkrug war gut«, sagte der Ritter, als wir uns auf die Bank am Fenster setzten. »Der Magister ist trunksüchtig, und der vergangene Tag ohne Wein hat ihn zittrig und krank gemacht. Ich habe ihm den Becher vor die Nase gehalten und meine Fragen gestellt. Erbärmlich, dieser Mann.«

»Erbärmlich, aber energisch genug, um den Wachmann zu bestechen, dass er ihn aus der Burg lässt. Hat er sich erklärt?«

»O ja, das hat er – nach einigen wirren Ausflüchten. Angst vor Entdeckung war sein Grund. Wie Ihr vermutet habt, hat er von dem Tunnel unter der Kapelle schon früher gewusst, und am Morgen, als Gerwin angeblich den Burgherrn erstochen hat, ist ihm der verschobene Altar aufgefallen. Als die Frauen den Leichnam wuschen, war er zugegen, und auch er bemerkte dessen Starre.«

»Aber sagte nichts.«

»Nein, doch er reimte sich das Geschehen zusammen und stellte Sigmund zur Rede, denn der war der Einzige, der neben Gerwin, Eberhart und Humbert von dem Gang wusste.«

»Er wurde zum Schweigen überredet.«

»Ganz richtig. Und zwar mit dem Hinweis, dass zur

Trauerfeier für den Burgherrn auch Kölner Patrizier und Kleriker kommen würden, denen die sündhafte Beziehung des Burgkaplans zu dem Gelehrten Doktor Humbert nicht gefallen würde. Der hatte nämlich gerade seine Berufung an die neue Universität zu Köln erhalten.«

»Nichts bleibt in einer solchen kleinen Gruppe verborgen.«

»Nein, kaum etwas. Und Schweigen ist in einer engen Gemeinschaft ein wertvolles und hohes Gut, Hardo.«

»Magister Johannes also schwieg, um seinem Freund nicht zu schaden. Dafür nahm er billigend den Tod eines Unschuldigen in Kauf.«

»Der ihm augenscheinlich wenig bedeutete. Der Vogt half ihm zusätzlich, sein Gewissen zu betäuben, indem er große Mengen schweren Weins einlagerte und den Kaplan mit der Aufsicht über den Weinkeller beauftragte.«

Ich verstand. So war Magister Johannes, ein schwacher Mensch, auch noch zum Säufer geworden.

»Sigmund war in vieler Hinsicht ein übler Geselle. Verführer, Ehebrecher, Betrüger und jähzorniger Totschläger. Doch nicht Mörder.«

»Nein, das war er nicht. Denn dazu hätte der Vorbedacht gehört, Eberhart umzubringen. Soweit ist das Bild nun schlüssig. Aber bei dem Kaplan bin ich mir noch nicht sicher, ob von ihm nicht noch mehr zu erfahren wäre, denn die ganze Wahrheit habe ich aus dem Saufaus nicht herausbekommen. Zumindest nicht im gütlichen Gespräch.«

»Es wird sich finden. Ich habe mich mit dem Domgrafen unterhalten und erfahren, dass Gottfried die Laute vor der Zerstörung durch Margarethe gerettet hat. Ihr Hass auf Eberhart war gewaltig.«

»Sodass sie seinen Tod ebenfalls gebilligt hat.«

»Sie scheint zumindest keine Fragen gestellt zu haben. Es ist ein unglaublicher Morast, der sich hier auftut. Ich warte noch auf Ismael, der Puckl danach fragen wollte, wer ihm gestern den Auftrag gegeben hat, mich zu Euch zu rufen.«

»Dann warten wir auf die Jungen.« Endlich lächelte Ulrich wieder einmal auf leichtherzige Weise.

»Es sind gute Kerle, alle drei.«

»Das sind sie ohne Zweifel.«

»Was aber Ihr mir beantworten könnt, Ulrich – warum seid Ihr zum rechten Zeitpunkt an meinem Bett mit gezücktem Dolch erschienen?«

»Weil mich Frau Loretta mit süßer Stimme anflehte, dem edlen Fräulein beizustehen, das, wie sie vermutete, sich in einer Notlage befand. Ich glaubte ihr nicht recht, ging also gewarnt in den Palas. Ich gestehe, für einen kleinen Moment verspürte ich die Stichflamme der Wut auflodern.«

»Ich danke es Eurer Besonnenheit, Ulrich, dass Ihr sie bezähmtet. Aber Wut war es wohl weniger. Könnte es auch Eifersucht gewesen sein?«

Der Mundwinkel auf der unversehrten Hälfte seines Gesichtes zuckte.

»Könnte sein.«

Wir unterhielten uns ein wenig müßig über die Ausbildung der Knappen und die der Handelsgesellen, bis das Klopfen an der Tür erklang.

Alle drei traten auf Ulrichs Geheiß ein.

»Nun, habt ihr etwas aus Sebastian herausbekommen?«

»Ja, aber seid milde mit ihm, werte Herrn«, begann Ismael. »Dieser Saufaus hat gestern einen Krug Wein geleert, was ihn daran hinderte, sein Handeln zu bedenken.«

Puckl sah erbärmlich schuldbewusst aus, und ich erinnerte mich daran, dass er tatsächlich etwas unsicher auf den Beinen gewirkt hatte, als er mir die Nachricht überbrachte. Aber das war nun nebensächlich.

»Habt Ihr den Auftraggeber gefunden?«, wollte ich streng wissen.

»Ja, Herr Hardo, mich hat einer der Mannen gebeten, Euch zu rufen. Aber ich habe mir gestern nichts dabei gedacht.«

»Wir haben sie alle aufgesucht. Puckl hat den Wachmann

wiedererkannt und ihn gefragt, wer ihn geschickt hat«, sagte Dietrich. »Der Mann war arglos.«

»Vermutlich.«

Ismael übernahm als Letzter das Wort: »Der Gelehrte hat den Mann beauftragt, Puckl zu suchen und ihm die Botschaft zu überbringen.«

»Doktor Humbert.«

An der Tür klopfte es erneut, und meine Herrin und Casta traten ein, gerötet im Gesicht und mit feuchten Haarsträhnchen, glühend vor Mitteilungsbedürfnis.

»Dieser Schurke, Verbrecher und Erbschleicher«, sagte Engelin und deutete mit dem ausgestreckten Zeigefinger auf mich.

»Dieser Weiberheld und Geck«, ergänzte Casta mit ebenfalls gestrecktem Finger.

»Ich schon wieder? Was werft ihr mir vor, edle Jungfern?«

»Wir? Nichts. Aber wie wir aus Frau Lorettas Munde gerade eben erfuhren, nannte Euch Lucas van Roides Oheim dergleichen.«

»Doktor Humbert.«

»Hardo, das ist mehr als Zufall«, meinte der Ritter und erhob sich.

In dem Augenblick gaben die Wachen Alarm, und die Glocke begann zu läuten.

»Feuer! Feuer!«

Wir rannten nach draußen. Auf dem Hof stand bereits der Hauptmann und wies seine Leute an, eine Eimerkette zu bilden. Die hölzernen Arkaden vom Rittersaal zum Palas brannten, und das Feuer fraß sich, vom Wind getrieben, mit erstaunlicher Geschwindigkeit durch das trockene Holz in unsere Richtung.

»Durch die Küche raus!«, rief ich und schubste Ismael in die Richtung.

»Was hat das zu bedeuten, Hardo?«, fragte er mich im Laufen.

»Ich könnte wetten, dass es sich um eine Ablenkung handelt. Zur Torburg, Ulrich. Puckl, du begleitest die Jungfern in die Kapelle. Ismael, auf den Wehrgang.«

Sie taten, was ich sagte, Ismael und ich kletterten im Torzwinger auf den Wehrgang und liefen Richtung Süden, Ulrich und Dietrich würden die andere Richtung nehmen.

Wir fanden an der Südfront das Seil um eine Zinne geschlungen, es reichte bis in den Burggraben. Dort schloss sich ein Weingarten an, und zwischen den aufgebundenen Reben mochte ein Mann leicht ungesehen entkommen. Zumal alle Wachleute mit dem Löschen des Feuers beschäftigt waren.

»Heiliger Laurentius auf dem Bratrost«, schimpfte Ismael.

»Der wird jetzt nichts helfen. Wir brauchen den Patron der Jäger, Hubertus mit den Hunden.«

Ulrich und Dietrich kamen hinzu, heftig atmend von ihrem Lauf.

»Recht gewagt für einen Mann mit einer Krücke«, meinte der Ritter.

»Aber nicht unmöglich. Angst beflügelt.«

»Ein schnelles Ross wird ihn allemal einholen«, sagte Dietrich.

»Richtig, doch ich vermute, dass er gar nicht weit fliehen wird. Der Rhein ist nahe. Er wird sich verstecken und, wenn es sich ergibt, ein Schiff nehmen. So wie ich es auch getan habe.«

»Dann müssen wir ihn vorher finden.«

»Oder der heilige Hubertus mit den Hunden«, sagte Ismael. »Jagdhunde, wo werden sie gehalten?«

»Schlauer Junge! Ich denke, auf einem der Pachthöfe«, sagte Ulrich, und ich ergänzte: »Jonata!«

Dann sah ich zu den beiden jungen Männern hin. »Dietrich, Ismael, unsere Pferde. Ulrich, befehlt den Mannen, sie sollen das Tor öffnen. Ich kümmere mich um Jonata.«

Wir verteilten uns, und als ich in den Hof kam, sah ich, dass das Feuer gelöscht war. Aber Helfer und Gaffer standen noch immer in Gruppen zusammen und kommentierten das Geschehen. Ich schenkte ihnen keine Beachtung. Jonata offensichtlich auch nicht, sie kümmerte sich um den Backes und füllte knusprige Brotlaibe in einen Korb. Das Wasser stieg mir in den Mund. Aber es war keine Zeit für derartige Gelüste.

»Ich brauche Eure Hilfe. Haltet Ihr Jagdhunde auf Eurem Gut?«

»Ja, Herr.«

»Sie sind auf Fährtensuche abgerichtet?«

»Ja, und einige sind Schweißhunde.«

»Gut. Gehorchen sie Euch?«

»Im Zwinger ja, auf der Jagd war ich nie.«

»Egal. Könnt Ihr reiten?«

»Nein.«

»Dann werdet Ihr zu mir aufs Pferd kommen. Ich brauche Eure Hunde.«

»Wozu? Verzeiht, dass ich frage.«

»Um einen Flüchtenden zu fangen.«

»Habt Ihr ein Kleidungsstück oder so etwas von ihm?«

»Bekomme ich gleich. Macht Euch bereit, Jonata, wartet am Tor auf mich.«

Ich rannte die Stiege zum Bergfried empor und schaute in die Kammern dort. Van Dykes Heuke in der einen, des Stiftsherrn Talar in der anderen sagten mir, dass auf der ersten Ebene kein Humbert Unterkunft hatte, doch als ich die Leiter nach oben gestiegen war, wies mir meine Nase schon den richtigen Weg. Lucas hatte mit seinem Oheim zusammen eine Kammer, und ich riss das Lager auseinander. Richtig, seine Nachtmütze hatte der Gelehrte nicht mitgenommen.

Ismael hielt mein Ross am Zügel, saß selbst schon im Sattel, und Ulrich half Jonata, hinter mir aufzusitzen. Das Fallgitter war hochgezogen, die Torflügel weit geöffnet. Die Pferde waren übermütig nach den sieben Tagen im Zwinger, und wir hatten Mühe, sie zu bändigen. Jonata stöhnte ein paarmal entsetzt auf und klammerte sich krampfhaft an meine Hüften. Dann aber jagten wir im gestreckten Galopp dem Gutshof zu.

Das Gesinde dort ging seiner Arbeit nach, merkte aber erschrocken auf, als wir durch das Gatter ritten. Jonata machte ihre Sache gut, stellte ich mit Hochachtung fest. Die Leute schienen ihr willig zu gehorchen. Sie holte den Hundeführer, der die Jagdhunde betreute, und gab ihm eine kurze Anweisung. Ich reichte ihm die Nachtmütze.

»Das sollte helfen«, meinte er. »Aber sie können auch Fährten lesen. Wenn Ihr wollt, begleite ich Euch.«

»Macht schnell!«

Er lief zum Stall und brachte ein prächtiges Pferd heraus, auf das er ohne Sattel sprang.

»Hey, das möchte ich auch können«, schnaufte Ismael.

»Dann üb es. Aber nicht jetzt.« Und zu Jonata gewandt bat ich: »Kehrt bitte zur Burg zurück. Ihr werdet dort dringend von Eurer Mutter gebraucht.«

»Ja, Herr. Natürlich.«

Wir setzten uns mit der Meute in Bewegung, erreichten die Burg und umrundeten sie. An der Stelle, wo das Seil von der Mauer hing, ließ der Hundeführer die Tiere an der Nachtmütze die Witterung des Gelehrten aufnehmen und zeigte ihnen die Spur, die dessen unregelmäßiger Gang im Gras hinterlassen hatte. Sie machten sich, die Nasen tief am Boden, sofort auf, durch den Weingarten zu schnobern. Es tat mir für den Bauern leid, dass wir ihnen durch seine pfleglich gesetzten Reben folgen mussten, aber die Suche nach Doktor Humbert ging vor. Die Hunde führten uns hinter dem Feld wie erwartet Richtung Rheinufer, das hier durch einen breiten Streifen Auwald gesäumt wurde. Ulmen, Eschen und Stieleichen bildeten einen lichten Forst, dazwischen auch etliche Hainbuchen, deren junge Triebe bereits geschneitelt waren, um den Korbflechtern frische Ruten zu liefern. Ich hatte ganz vergessen, wie schön der Auwald war, doch für derartige Erinnerungen war jetzt kein Platz. Die Hunde liefen langsamer, einem Weg folgten sie nicht.

Doch die Bäume standen verhältnismäßig weit auseinander, wenngleich Holunder und Hartriegel hier und dort das Unterholz bildeten. Den Boden deckte das braune, alte Laub der Vorjahre; hier und da blühte der violette Waldziest und die gelben Sternchen der Nelkenwurz.

Die Hunde umkreisten einen Laubhaufen, doch gut erzogen, wie sie waren, gaben sie keinen Laut von sich.

»Sieht aus, als hätten sie etwas gefunden«, sagte ich zu dem Hundeführer. Der nickte.

»Überlass ich Euch, das da auszugraben, was immer das ist.«

»Recht habt Ihr. Ruft die Hunde zurück.«

Ich glitt aus dem Sattel, zog den Dolch aus der Scheide und trat zu dem Laubhaufen. Er war sichtlich von Menschenhand aufgeschüttet worden. Und Menschenhand war auch sichtbar. In einem feuchten Ärmel steckend.

Ich trat einmal kräftig an die Stelle, an der ich die Rippen vermutete, und ein Stöhnen belohnte mich.

»Steht auf, Doktor Humbert.«

Er rührte sich nicht.

»Ich könnte mit dem Dolch nachhelfen.«

Das Laub raschelte. Der Gelehrte rollte sich von mir weg, kam auf die Knie und versuchte kriechend zu fliehen. Nicht sehr gelehrt, wenn Ihr mich fragt.

»Hundeführer, sind Eure Freunde bissig, wenn man sie darum bittet?«, fragte ich laut über meine Schulter. Der Mann war klug.

»Aber natürlich, Herr.«

»Dann lasst sie den Mann dort umringen.«

Er gab der Meute einen Befehl, und sie umkreisten den Gelehrten. Er blieb stocksteif knien. Ich schob den Dolch wieder in die Scheide und ging auf ihn zu. Ich wollte ihn lebend und möglichst unverletzt. Doktor Humbert hatte andere Vorstellungen, was mich betraf. Das merkte ich, als ich in Armeslänge vor ihm stand. Er erhob sich trotz der knurrenden Hunde und versuchte mit einem spitzen Stein auf mich einzuschlagen. Das empfand ich als unfein. Ich wich aus und trat gegen sein schwaches Bein. Auch ich kann unfein handeln.

Er brach in die Knie, ich gab ihm einen kräftigen Stoß in den Rücken und beugte dann ebenfalls die Knie. Eines mitten auf seine Wirbelsäule. Seine gelehrte Nase lag im Dreck.

»Ismael!«

»Ja, Hardo?«

Ismaels Pferd tänzelte heran.

»Ich habe in der Eile eine Kleinigkeit vergessen. Leihst du mir bitte deinen Gürtel?«

»Ah, richtig, unser überstürzter Aufbruch. Hier.«

Er hatte den Lederriemen von seiner Taille gelöst und reichte ihn mir. Die Meute war zu ihrem Herrn zurückgekehrt und wartete auf neue Befehle. Ich packte Humberts Arme, zog sie unfreundlich nach hinten und band sie fest zusammen. Dabei verschloss ich meine Ohren vor seinen ungelehrten Ausführungen, die mich dunkel an die Anrufung sämtlicher Dämonen der Hölle erinnerten. Die schienen aber seiner Weisung nicht gehorchen zu wollen.

»Haltet den Mund«, beschied ich ihn kurz. »Plaudern könnt Ihr nachher, wenn Ihr vor Gericht steht.«

Seine Flüche hätten mir die Ohren absengen können, hätte ich ihnen eine Bedeutung zugemessen. Tat ich aber nicht. Ich zerrte ihn mit einem Ruck hoch. Er war ein schwerleibiger Mann, und es machte Ismael und mir einige Mühe, ihn wie einen Sack Korn über den Pferderücken zu hieven. Er strampelte wild, was meinem Ross nicht gefiel.

»Wir sollten ihn spornstreichs im Rhein ersäufen«, schlug Ismael vor.

»Darauf wird es schlussendlich hinauslaufen, aber vorher muss er noch einige gelehrte Antworten auf sehr einfache Fragen geben.«

»Braucht Ihr die?«, fragte der Hundeführer und hielt mir Humberts Nachtmütze hin.

»Ach ja, eine gute Idee.«

Ich nahm die Mütze und zog sie Humbert über Kopf und Augen. Dann nestelte ich den Beutel an meinem Gürtel auf und entnahm ihm ein Silberstück.

»Habt Dank für Euren Dienst, Hundeführer.«

Er nahm das Geldstück mit einer höflichen Verbeugung entgegen und meinte: »Ihr braucht mich nicht mehr, nehme ich an.«

»Ja, bringt die Hunde nach Hause.«

Er rief die Meute zusammen und trabte los. Ich nahm mein Ross wie ein Packpferd am Zügel, Ismael saß auf, und im Schritt gingen wir auf die Burg zu. Weit war der Gelehrte nicht gekommen.

Das Tor war noch immer offen, aber vier Mann in voller Bewaffnung hielten davor Wacht. Sie ließen uns unbehelligt eintreten, und ich fand auch Ulrich gleich im Hof vor.

»Ist Jonata zurückgekommen?«

»Noch nicht.«

»Ismael, reite ihr entgegen.«

Und dann betrachtete ich die Schlafmütze auf meinem Pferd.

»Wenn Jonata hier ist, solltet Ihr die Leute zusammenrufen, Ulrich. Ich denke, wir haben jetzt genug Tatsachen zusammen, um die Schuldigen zu benennen.«

»Ich habe den Rittersaal herrichten lassen. Ihr kommt mit mir an die Hohe Tafel, Hardo.«

»Wie Ihr wünscht.«


## Das Gericht

Man hatte die Bänke vor der Hohen Tafel aufgestellt, und als alle sich versammelt hatten, schlossen die Wachen die Türen. Sechs Mann blieben, bewaffnet mit Schwertern und Hellebarden, im Saal. Zwei weitere hielten neben dem gefesselten Gelehrten Wache.

Ulrich und ich setzten uns auf die Sessel, die hinter dem erhöhten Tisch standen; auf den Stufen davor ließen sich Ismael und Dietrich nieder. Puckl, mit Tafel und Griffel bewaffnet, hatte seinen Platz mit einem Pult neben der Hohen Tafel. Seine Aufgabe war es, wichtige Beschlüsse festzuhalten. Alle anderen saßen auf vier langen Bänken vor uns.

Meine schöne Herrin saß in der zweiten Reihe neben ihrer Freundin Casta und sah zu mir auf. Wie ich das liebte!

Die beiden hatten offensichtlich schon einen bewegten Tag hinter sich. Nicht nur Idas Unfall hatten sie gemeistert, irgendetwas Spitzbübisches hatten sie auch mit Loretta angestellt. Nun, das würde ich später sicher erfahren.

Ulrich musste nicht um Schweigen bitten, es herrschte beklommene Stille im Saal.

Jetzt galt es Gericht zu halten.

»Seid Ihr bereit, Hardo?«, fragte er leise.

»Ja, Ulrich. Bringen wir es hinter uns.«

»Eine Prüfung noch, mein Freund«, murmelte er. »Dann ist auch das vorüber.«

Er begann mit seiner Rede.

»Mein Herr, der Herzog Rainald von Jülich, hat mich beauftragt, in seinem Namen zu prüfen, wem das verwaiste Lehen der Burg Langel zuzusprechen ist. Im Rahmen dieser Tätigkeit obliegt mir die von ihm übertragene Pflicht, auch alle Rechtsfälle zu beurteilen, die bei der Prüfung der Umstände zu Tage treten.«

Das Siegel auf dem Pergament, das er vor sich auf dem Tisch liegen hatte, war das des Herzogs, und vermutlich beinhaltete das Schreiben die Vollmacht, die er seinem Ritter erteilt hatte. Schön, damit vertrat Ulrich von der Arken die Hohe Gerichtsbarkeit seines Landesherrn.

»Am vergangenen Sonntag gab es einen Todesfall in dieser Burg, den ich damit aufzuklären hatte. In den vergangenen sieben Tagen ist diese Klärung erfolgt. Wie es sich erwies, hat Sigmund von Överrich, der Burgvogt von Langel, sich selbst gerichtet. Dieser Freitod hat seine Wurzeln in einer Tat, die vor zehn Jahren geschehen ist. Damals hat er Eberhart von Langel, den rechtmäßigen Herrn der Burg, im Streit erstochen. Die Rückkehr von Herrn Hardo hat ihm klargemacht, dass seine Schuld erkannt war. Am Tag nach Herrn Hardos Ankunft hat er ihn bei seinem Ausritt verfolgt und versucht, ihn durch einen Schuss mit der Armbrust zu ermorden. Der Schuss ging fehl. Daraufhin sprang er vom Bergfried in den Tod.«

Das Schweigen war abgrundtief, aber das Unbehagen, vor allem in der ersten Reihe, in der die Äbtissin saß, breitete sich aus. Niemand sah den anderen an, aber etliche rutschten auf ihren Plätzen herum.

»Über den Freitod des Sigmund von Överrich haben wir nicht mehr zu richten«, fuhr Ulrich fort. »Der selbst herbeigeführte Tod ist eine Sünde wider das Leben und fällt nicht unter die weltliche Gerichtsbarkeit. Sigmund von Överrich wird vor Gott dem Herrn diese Tat zu verantworten haben. Ich hingegen habe über einen Mord und drei versuchte Morde zu befinden, die Schuldigen zu benennen und zu bestrafen.«

Gemurmel wurde laut. Dass es um weitere Morde ging, hatte man natürlich nicht erwartet, und von den Anschlägen auf mein Leben wussten nur wenige.

»Mord«, erklärte der Ritter, »wird mit Vorbedacht begangen. Wer einen Mord ausübt, billigt den Tod eines anderen Menschen. Und wer immer sonst den Tod eines Menschen billigt, macht sich auf gleiche Weise schuldig wie ein Mörder.«

»Ihr habt Euch kundig gemacht«, sagte ich mit verhaltener Stimme zu Ulrich, und er antwortete ebenso gedämpft: »Ich nehme meine Aufgaben ernst, Hardo. Ich habe mich mit einigen Rechtsgelehrten unterhalten und auch die Schriften gelesen.«

Dann sah er in die Runde vor uns.

»Beginnen wir mit den Ereignissen, die vor zehn Jahren

mit dem Tod des Burgherrn Eberhart von Langel begonnen haben.«

In nüchternem Ton berichtete er von dem Streit zwischen dem Vogt und dem Burgherrn auf dem Pachtgut und von der Vertuschung der Tat.

Es war totenstill im Saal.

»Ich habe damals nicht die genügende Sorgfalt walten lassen«, endete der Ritter. »Ich hätte Fragen stellen müssen, dann wäre ein unschuldiger Mann nicht hingerichtet worden. Ich sehe es als meine höchsteigene Verantwortung an, diese Fragen hier und heute zu stellen, um die wahren Täter zu überführen. Ida, Sigmunds Weib, hat den Leichnam am Morgen der Tat für das Begräbnis hergerichtet. Tretet vor und sprecht jetzt, Ida, was Euch aufgefallen ist.«

Ida sandte einen flehentlichen Blick zu Engelin und Casta auf der Bank hinter ihr, und meine Herrin nickte ihr aufmunternd zu. Sie stand also auf und berichtete mühsam und stockend, dass sie die Starre des Toten bemerkt, aber diesen Umstand aus Angst vor ihrem Gemahl verschwiegen hatte.

»Er hätte mich totgeschlagen, Herr«, schloss sie ihre Ausführung heiser.

»Hardo?«

Ulrich hatte mein Unbehagen bemerkt. Ja, Ida trug Mitschuld, aber ich hatte Verständnis für sie. Trotz allem. Sigmund war ein bösartiger Mann, ich hatte unter seinen Schlägen ebenso zu leiden gehabt wie sie. Aber sie musste nun bekennen, was sie wirklich wusste.

»Bei dem Streit, Ida, ging es, wie wir hörten, um zwei Angelegenheiten. Das ehebrecherische Verhältnis Sigmunds zu der Burgherrin und den Tod Eures Sohnes. Was könnt Ihr dazu sagen?«, fragte ich.

Ihre unverletzte Hand krampfte sich in ihre Schürze, aber sie sah mutig zu uns hoch.

»Ich habe es gewusst, ihr Herren. Aber was sollte ich tun? Dem Sigmund genügte ich nicht, und Kinder konnte ich nicht mehr bekommen. Aber ich hätte es dem Herrn

Eberhart sagen müssen, nicht wahr? Ich weiß, die Frau Margarethe war oft schwanger. Und immer verlor sie das Kind.«

»Sancta Maria«, flüsterte Ulrich neben mir.

»Woher wusstet Ihr das, Ida?«

»Eure Mutter und ich dienten ihr als Kammerfrauen und, wie sie es nannte, Hofdamen. Herr, Frauen merken so etwas an vielerlei Dingen.«

»Verstehe ich das richtig? Die Burgherrin wurde schwanger in der Abwesenheit Eberharts und verlor die Früchte ihres Leibes?«

Die Äbtissin hatte den Schleier über ihr Gesicht gezogen und umklammerte das goldene Kreuz, das um ihren Hals hing. Ida sah nicht zu ihr hin, als sie die Frage bejahte.

»Gut, Ida, und nun zu Eurem eigenen Sohn.«

»Er war zwei Jahre alt, Herr, und er spielte im Zwinger. Herr Eberhart kam eingeritten, sein Pferd scheute und traf den Jungen mit dem Huf am Kopf. Er war tot, als ich zu ihm gelangte. Der Herr war entsetzt, aber er hat ihn nicht mit Absicht verletzt. Aber Sigmund warf es ihm vor.«

»Warum?«

»Ich weiß nicht, Herr. Sie waren gemeinsam aufgewachsen, wie Brüder. Aber der Sigmund war nie zufrieden, glaube ich. Und er wusste damals, dass ich nicht mehr gebären konnte.«

Ulrich nickte und fragte mich dann: »Habt Ihr weitere Fragen an Frau Ida, Hardo?«

»Nein.«

»Ich habe noch eine, Frau Ida. Wer ist der Vater von Karl von Langel?«

Jetzt schaute Ida doch zu der Äbtissin hin, die aber unbewegt auf ihr Kreuz starrte.

»Das Kind wurde nach sieben Monaten geboren, und doch war es ausgewachsen wie nach der vollen Zeit. Neun Monate zuvor aber war der Herr Eberhart noch auf Preußenfahrt.«

Casta nickte stumm, und meine Herrin nahm ihre Hand.

Vermutlich hatte das edle Fräulein inzwischen auch so etwas geahnt. Ebenso wie ihr Bruder, der nun sein Leben lang schweigen würde.

»Und, Frau Ida, wie steht es mit Herrn Eberharts Tochter?«, fragte Ulrich, und seine Stimme klang belegt.

»Sie ist sein leibliches Kind, denn Sigmund wurde der Herrin Buhle erst nach dem Tod unseres Sohnes.«

»Ich danke Euch, Frau Ida. Frau Margarethe, erhebt Euch und steht uns Rede und Antwort!«

Die Äbtissin blieb sitzen.

»Frau Margarethe!«, donnerte Ulrich.

Sie schüttelte den Kopf und zog den Schleier noch tiefer in ihr Gesicht.

»Gestattet, Herr Ulrich, dass ich mit meiner Schwester rede?«, fragte der Domgraf aus der Reihe hinter der Äbtissin.

»Kurz.«

Gottfried stand auf und sagte leise etwas zu Margarethe. Die erschauderte, erhob sich und stützte sich auf seinen Arm, um dann vorzutreten.

»Ihr habt Euren Gatten am Tag seines Todes gesehen.«

»Ja, Herr. Als er aufgebahrt war.«

»Ihr habt der Aussage Glauben geschenkt, dass der Stallmeister Gerwin ihn ermordet hat.«

»Ja, Herr. Ich hatte keinen Grund, daran zu zweifeln.«

Ulrich nahm sie streng ins Gebet, aber es schien, dass sie das Ränkespiel tatsächlich nicht durchschaut hatte. Ihr unzüchtiger Lebenswandel, der Kindsmord, ihr Hass auf ihren Gatten und viele weitere Vergehen anderer Natur waren nicht Gegenstand der heutigen Untersuchung, und ich erlaubte ihr, ohne ihr weitere Fragen zu stellen, sich zu setzen.

»Pächter Cuntz, trete vor.«

Cuntz hatte offensichtlich mit allem abgeschlossen, ein gebrochener Mann, dem bewusst geworden war, was er getan hatte. Er schilderte mit tonloser Stimme noch einmal den Streit, der in seinem Pferdestall stattgefunden hatte, das heimliche Fortschaffen des Toten und den Verrat an meinem Vater. Wir unterbrachen ihn nicht. Erst als er geendet hatte, fragte Ulrich: »Du hast Hardo von Langel erkannt, als er uns seine Geschichte erzählt hat?«

»Ja, Herr.«

»Und hast daraufhin versucht, durch den geheimen Gang der Burg zu entfliehen.«

»Ja, Herr.«

»Und als deine Flucht durch die Jungfer Engelin entdeckt wurde, hast du sie in den Schacht gestoßen und Herrn Hardo um Hilfe gebeten.«

»Was?«, brüllte Hinrich van Dyke und sprang auf.

»Setzt Euch, van Dyke, und hört zu«, mahnte Ulrich den aufgebrachten Handelsherrn. Einer der Mannen trat an seine Seite.

»Als Herr Hardo in den Schacht stieg, um die Jungfer zu retten, hast du die Bodenplatte über den Einstieg geschoben, obwohl dir bekannt war, dass der Gang unter dem Graben einzustürzen drohte.«

»Ja, Herr.«

Ein zweiter Bewaffneter musste den Kaufmann festhalten. Engelin stand auf und kniete vor ihrem Vater nieder.

»Dein Mordversuch wurde durch das umsichtige Verhalten des Herrn Hardo vereitelt, der sich und Jungfer Engelin unverletzt durch den Gang aus der Burg führte. Ich möchte an dieser Stelle die Jungherren Ismael, Sebastian und Dietrich ausdrücklich loben, denn ihrer Umsicht ist es zu danken, dass Hardo und Jungfer Engelin Hilfe bekamen, Cuntz überwältigt wurde und diese Tat zunächst geheim gehalten werden konnte.«

Es geschah nicht oft, aber Ismael errötete bis in die Haarspitzen.

»Habt Ihr noch Fragen an Pächter Cuntz, Hardo?«

»Nein.«

»Setz dich, Pächter Cuntz.«

Er schlich gebeugt an seinen Platz zurück und blieb mit

stumpfer Miene und gebeugten Schultern sitzen. Seine Rosstäuschereien wogen wenig gegen diese Taten, sie wollte ich nicht auch noch zur Sprache bringen. Ulrich schien es ebenso zu sehen. Er rief den nächsten Schuldigen auf.

»Magister Johannes, Burgkaplan zu Langel, hat mitgeholfen, den Burgherrn aufzubahren. Tretet vor, Johannes Muhlenstein«, forderte der Ritter barsch.

Der Krug Wein, den der Kaplan in der Zwischenzeit geleert hatte, hatte ihn offensichtlich belebt. Er trat vor und beantwortete die Fragen nach dem Geheimgang laut und deutlich und stellte sich selbst als Opfer der Umstände dar. Die Erpressung wegen seiner verbotenen Beziehung zu dem Gelehrten erwähnte er nicht, sondern sprach nur von Sigmunds Drohung, ihn ebenfalls zu vernichten.

»Aber wenn Ihr schon uns alle des Mordes beschuldigt, die davon wussten, dann müsst Ihr auch Doktor Humbert befragen, denn der war schließlich Augenzeuge des tödlichen Streites«, schloss er seine Rede und setzte sich unaufgefordert wieder.

»Holla«, murmelte Ulrich neben mir.

Wie ich Überraschungen hasse!

Humbert sprang auf, obgleich er gefesselt war. Die zwei Wachmänner an seiner Seite hielten ihn fest.

»Und nun hören wir die ganze Geschichte. Johannes Muhlenstein, tretet wieder vor.«

Ein abgrundtief bösartiger Blick des Gelehrten traf den Kaplan.

Der aber reckte seinen feisten Hals und begann zu sprechen.

So erfuhren wir, dass Doktor Humbert just in jenem Jahr dreizehnhundertvierundneunzig seine Stelle als Astrologe am Hof des Grafen von der Mark verloren hatte.

Das war mir neu. Ich hatte mich schon einmal gefragt, was der Gelehrte eigentlich vor seiner Zeit an der Kölner Universität getrieben hatte, diesen Gedanken aber nicht weiter verfolgt. Aufmerksam lauschte ich den bemerkenswerten Einzelheiten, die uns jetzt Doktor Humberts bester Freund in giftigem Ton enthüllte.

Graf Adolph von der Mark hatte schon zu seinen Lebzeiten seinem Sohn Dietrich das Grafenamt übergeben. Dietrich war mit den Aussagen seines Astrologen jedoch nicht sonderlich zufrieden, kurzum, er hatte ihn, als er in Amt und Würden war, einen Scharlatan geschimpft und ihn umgehend vom Hof in Hamm verjagt.

Ulrich war das offensichtlich genauso neu wie mir. Ich hörte ihn überrascht die Luft einziehen.

Magister Johannes wölbte seine Brust und berichtete nun, wie er durch seine trefflichen Beziehungen zu Kölner Gelehrten und Klerikalen Doktor Humbert den Weg an die neu gegründete Universität geebnet hatte. Die Botschaft, dass er dort für eine Professorenstelle in Frage kam, hatte den Gelehrten in Hamm erreicht. Er hatte seine Habseligkeiten auf einen Eselskarren geladen und war damit Richtung Langel gezogen, um sich auf der Burg für seine Gespräche mit den Universitätsangehörigen vorzubereiten.

Ich hatte kurzfristig das ungewöhnliche Bild vor Augen, wie der hochmütige Doktor staubig und mürrisch auf seinem mit Folianten und Schriftrollen, Astrolabien und Himmelskarten beladenen Kärrchen saß und den störrischen Esel über die unebenen Wege des Bergischen Landes lenkte. Wäre die Angelegenheit nicht so ernst gewesen, hätte ich schmunzeln müssen.

»Ich war an jenem Nachmittag unterwegs nach Zündorf, denn dort lag in der Burg die alte Hauswartin im Sterben und bedurfte der letzten Ölung. Auf dem Rückweg begegnete ich Doktor Humbert.«

Der Kaplan drehte sich um und grinste den Gelehrten hämisch an.

Heilige Apollonia von den Zahnschmerzen!

Dann fuhr Magister Johannes fort. Er habe den Doktor gebeten, auf dem Pachtgut vorbeizufahren, um das Fässchen Wein abzuholen, das Cuntz ihm als Gegenleistung für die

Beerdigung seines Pferdeknechts versprochen hatte. Der Pächter war als säumiger Schuldner bekannt, und auf den Karren würde das Fass eben noch passen. Johannes selbst hatte noch einen Besuch bei einer Wöchnerin abzustatten, deren Kind auf den Tod kränkelte. Dann war er zur Burg zurückgekehrt und hatte auf das Eintreffen des Gelehrten gewartet. Der war aber nicht erschienen, sondern hatte sich spornstreichs nach Köln aufgemacht. Erst zur Beerdigung seines Bruders Eberhart vier Tage später tauchte er wieder auf.

»Ich wusste doch, dass der alte Schleimer mir noch etwas verschwiegen hatte«, zischte Ulrich zwischen den Zähnen hervor.

»Cuntz sollte die Geschichte bestätigen können.«

»Sollte er tunlichst.« Und lauter dann rief der Ritter den Pächter nach vorne.

»Ist es richtig, dass du Magister Johannes ein Fässchen Wein schuldetest?«

»Ja, Herr. Das stimmt. Der wollte immer Wein haben. Weil der Herr damit so kniepig war.«

»Hat Doktor Humbert an jenem Tag das Gut aufgesucht, um dieses Fass abzuholen?«

»Nein, Herr.«

»Cuntz?«

»Ich hab ihn nicht gesehen, Herr. Auf Ehre.«

»Aber jemand auf dem Gut könnte ihn bemerkt haben.«

Der Pächter sah uns einen Moment etwas blöde an, dann nickte er. »Könnt sein, Herr. Einer vom Gesinde oder so.«

»Das werden wir morgen herausfinden. Setz dich.«

»Die Leute braucht Ihr gar nicht zu befragen. Der Humbert hat es mir gegenüber ja zugegeben«, sagte der Kaplan mit einem süffisanten Lächeln. »Er hat sogar zugehört, wie der Sigmund und Eberhart gestritten haben. Und als der zugestochen hat, ist er weggelaufen.«

Apollonia half da auch nicht mehr. Ich knirschte mit den Zähnen. Dann beherrschte ich mich und fragte mit einigermaßen ruhiger Stimme: »Zugegeben hat er es? Ich wundere mich, warum, Magister Johannes. Hatte er einen Anlass dazu?«

Nun wand der Kaplan sich doch. Ich half nach.

»Ihr wusstet um das Ränkespiel, das Sigmund und Cuntz betrieben haben. Sigmund hat Euch durch Erpressung zum Schweigen gebracht, aber Doktor Humbert gegenüber habt Ihr das Schweigen gebrochen.«

»Ich ... ich wollte wissen, warum er damals nicht zur Burg gekommen ist.«

»Woraufhin er Euch gesagt hat, dass er Zeuge war, wie sein Bruder zu Tode kam, und er darauf feige geflohen ist?«

»Ja, ja, das hat er getan.«

»Und er war gar nicht überrascht, dass man Gerwin die Schuld an der Tat gab, die er gesehen hat?«

»Doch, aber es war ihm sehr recht so.«

Wie gerne hätte ich diesem schmierigen Humbert die Faust ins Gesicht geschlagen.

»Es war ihm recht, dass ich einen Unschuldigen dem Henker zuführte, Magister Johannes?«

»Ja, wegen dem Stern, Herr Ulrich. Den musste ich nämlich von seiner Kette nehmen und ihm ihn übergeben. Er sagte, der sei nun sein rechtmäßiger Besitz.«

Das Gemurmel schwoll an, und der Kaplan gefiel sich sichtlich in seiner Rolle als Denunziant. Selbst die gramgebeugte Äbtissin hatte ihre Schleier zurückgeschlagen und schaute den Gelehrten entsetzt an.

»Was soll der Unsinn, Hardo? Ist der Mann zum Narren geworden?«, knurrte Ulrich neben mir.

»Nein, das ist er nicht. Ismael, hole den Stern. Du weißt, wo er liegt.«

Ismael lief los, die Wachen ließen ihn passieren, und während wir auf ihn warteten, erzählte ich den Anwesenden das, was ich dem Domgrafen bereits berichtet hatte – von dem fallenden Stern, der meine Geburt begleitet hatte.

»Seit ich denken kann, hat man mir von diesem Unglücksstern erzählt. Eberhart von Langel hat den Brocken aus Eisen damals im Stall gefunden. Er wollte ihn meinem Vater überlassen als Erinnerung an die Geburt seines ersten Sohnes. Doch da meine Mutter und auch viele andere Burgbewohner Angst vor seinen teuflischen Kräften hatten, wurde er in der Kapelle an die Kette gelegt und unter den Altar geschoben, sodass das Kreuz über ihm wachte. Ich selbst habe ihn nur einmal gesehen, als ich ungefähr sieben Jahre alt war. Da zeigte ihn mir der Burgherr und erzählte mir, dass dieses faustgroße Stück Materie der fallende Stern am Tage meiner Geburt gewesen sei. Ich fürchtete mich sehr davor und wollte ihn nicht berühren. Dann aber, am selben Abend – es war eine warme Augustnacht, an Laurentius –, da nahm mich Eberhart von Langel mit auf den Bergfried, und wir beobachteten, wie am Himmel die Sternschnuppen fielen. Der Burgherr erklärte mir, das seien die Putzreste der Sternenflammen, die wie vom Docht der Kerzen beim Schnäuzen glühend herabfielen. Auf diese Weise sei das Stückchen Stern bei meiner Geburt auch vom Himmel gefallen.«

Ismael war mit dem Kästchen, das er aus Doktor Humberts Kammer geholt hatte, zurückgekehrt, und als Ulrich es öffnete, ging ein Beben von Angst durch den Saal.

Er aber nahm den Brocken ungerührt heraus und begutachtete ihn von allen Seiten.

»Bemerkenswert. Sieht mir nicht nach einem Stückchen Docht aus.«

»Nein. Man sagt, diese Steine könnten auch aus feuerspeienden Bergen stammen oder sich im Dunst der Atmosphäre bilden, ähnlich wie Hagelkörner.«

»Schon glaubhafter.«

»Es sind Boten Gottes, die uns das Unheil verkünden!«, schrie der Gelehrte plötzlich auf. »Ihr seid verflucht, alle, die ihr lästert. Die Pestilenz wird über euch kommen, und ihr werden den Hunden zum Fraße fallen. Denn wenn der fünfte Engel die Posaune bläst, wird ein Stern fallen auf die

Erde, dem wurde der Schlüssel zum Brunnen des Abgrunds gegeben. Es wird Rauch aufsteigen und die Sonne verfinstern, und die Heuschrecken und Skorpione werden die Macht übernehmen.«

»So heißt es in der Apokalypse. Aber so weit sind wir noch nicht«, meinte ich trocken. »Und auch der Morgenstern ist es nicht, der gefallen ist.«

»Ihr seid ein Verdammter, und nur ein Pakt mit dem Satan hat Euch davor bewahrt, dass sich Euer Schicksal erfüllte!«, geiferte der Gelehrte drauflos. »Es stand in den Sternen, die bei Eurer Geburt schienen. Ich selbst habe das Horoskop bestimmt. Ich habe die Zeichen gedeutet und alle gewarnt vor dem teuflischen Kind. Man hätte Euch im Brunnen ersäufen sollen, kaum dass Ihr den Mutterleib verlassen habt. Doch mein Bruder, dieser Schwachkopf, wollte nichts davon hören. Darum traf ihn die gerechte Strafe und desgleichen Euren Vater, der einen Unhold wie Euch gezeugt hat.«

Doktor Humbert hatte Schaum vor dem Mund, und sein Speichel spritzte nach allen Seiten.

»Heiliger Laurentius auf dem Bratrost!«, sagte Ismael, und Puckls Griffel schwebte tatenlos über der Wachstafel. Dietrich sah fragend zu seinem Herrn auf.

»Lass ihn nur weiterreden«, meinte der.

»Zauberei und Blendwerk habt Ihr Euch zu eigen gemacht, *Meister* Hardo, teuflische Mächte und Dämonen Euch dienstbar gemacht. Mit magischen Gesängen die Menschen betört. Und nun seid Ihr zurückgekommen, um Euch anzueignen, was weder Euch noch Eurem gottverdammten Vater zustand.«

»Weshalb Ihr den Mächten des Schicksals ein wenig nachhelfen wolltet und versucht habt, mich umzubringen, Doktor Humbert?«

»Wie eine Ratte solltet Ihr sterben, aber diese Trottel hier habt Ihr verhext und mit Eurem Mummenschanz geblendet.«

»Lucas von Roide, Euren Neffen, kann man sehr wohl einen Trottel nennen, aber nur weil er auf einen ausgestopften Lederbalg in meinem Bett hereingefallen ist, möchte ich ihn nicht als verhext bezeichnen.«

»Du und diese Schlampe, ihr seid Idioten!«, kreischte Humbert den völlig erstarrten Höfling an und zerrte an den Wachen, die ihn mühsam festhielten. Lucas sprang von seinem Platz auf und versuchte, aus dem Saal zu flüchten. Dabei musste er an meiner Herrin vorbei, und sie stellte ihm ihren Fuß in den Weg. Die Wachen hatten leichtes Spiel damit, ihn aufzuklauben und ebenfalls zu binden.

»Selbst die Armbrust habt Ihr verhext, mit der der Sigmund Euch erschießen sollte, Bannsänger, der Ihr seid. Er hat Euch ebenso gehasst, Bastardsohn, und war ein treffsicherer Schütze.«

Also auf sein Geheiß hatte der Vogt mich umbringen wollen. Ich hätte draufkommen können.

Der Gelehrte heulte weiter apokalyptische Flüche über uns, und ich bat Ulrich, dem ein Ende zu bereiten.

»Knebelt ihn!«, befahl er.

Vier Mann mussten den Tobenden halten und knebeln.

Dann nahm der Ritter die Glocke auf und läutete lange und herrisch damit, bis wieder Stille eintrat.

»Ich habe Antworten auf meine Fragen erhalten und Hardo von Langel ebenfalls. Wir werden uns beraten, welche Urteile zu fällen sind. Doch ich habe aus meinem ersten, falschen Schuldspruch gelernt, und daher bin ich bereit, denjenigen zuzuhören, die für einen der Schuldigen sprechen wollen. Ihr findet mich und Hardo von Langel in meinem Gemach.«

Wir erhoben uns und verließen den Saal. Den Kasten mit dem Eisenbrocken nahm ich mit.

»Herr?«, fragte Dietrich.

»Bleibt ihr drei hier und achtet auf Zucht und Ordnung.«

Ismael nickte, Puckl ebenfalls.

**Fürsprachen**

»Sancta Maria, was für eine Schlangengrube habe ich da aufgemacht.«

»Einen kranken Geist geweckt, Ulrich.« Wir setzten uns
auf die Sessel an der Fensternische. »Humbert muss schon
immer besessen gewesen sein von diesem Stern oder Stein.
Mir war bis heute nicht klar, dass er es war, der meinen Eltern die Sterne zu meiner Geburt gedeutet hat. Ich war so ein
dummer Tor; was wusste ich schon von Horoskopen und Pla-
netenkräften? Ich sah nachts zum Sternenhimmel auf und erfreute mich an ihrem Leuchten. Ein Sternenzelt, der Himmel
ein Gewölbe über mir, durch das das göttliche Licht der fernen
Sphären glitzerte. Manchmal, um die Zeit, wenn der Tag meiner Geburt sich jährte, beobachtete ich die Sternschnuppen,
doch sie ängstigten mich bald nicht mehr, und ich glaubte
Eberharts Erklärung. Ich vertraute Sonne und Mond, die ihre
gleichmäßige Bahn zogen, aber mehr erkannte ich nicht dahinter. Von Wandelsternen hörte ich erst auf meinen Reisen.«

»Und heute?«

»Heute?« Ich lachte auf. »Heute hege ich ketzerische
Gedanken, wenn ich zum Himmel aufschaue, Ulrich. Wie
sehr die eigenen Vorstellungen einen doch leiten können ...
Die Alten haben mehr über die Gestirne gewusst als alle
unsere Astrologen heute zusammen. Nicht dass ich ihre
Philosophien und Berechnungen nachvollziehen könnte,
doch die Vorstellung eines unendlichen Raumes, der die
Erde umgibt, gefällt mir. Sie weckt eine zauberhafte Demut
in mir und bringt mich und meine Sorgen wieder zurück auf
das richtige Maß.«

»Woher habt Ihr diese Kenntnisse?«

»Alexandria beherbergt viele kluge Männer, und das Wissen der römischen und griechischen Weisen ist dort nicht
verloren gegangen.«

»Ja, so sagt man. Ich habe mir nie besondere Gedanken dazu gemacht«, brummelte Ulrich. »Sterne, Sonne und

Mond sind Zeitgeber und Wegweiser und überaus nützlich, wenn man sie sieht.«

»Ja, das sind sie auch, und die Seefahrer singen ein hohes Loblied auf sie.«

Es klopfte an der Tür, und auf Ulrichs Aufforderung, einzutreten, kam Jonata in das Gemach. Sie sah entsetzlich aus, aber Tränen hatte sie nicht vergossen.

»Setzt Euch, Jonata«, sagte Ulrich und wies auf den Sessel vor uns. »Für wen wollt Ihr sprechen?«

»Ihr Herren, ich weiß, dass Cuntz Unrecht begangen hat. Unsägliches Unrecht und mehr als das, dessen Ihr ihn angeklagt habt. Aber er ist mein Mann.«

»Das ist er vor Gott und den Menschen.«

»Er wird zum Tode verurteilt werden.«

»Das wird er.«

Ihre Schultern sackten nach unten.

»Ich habe vier Kinder, und ein fünftes erwarte ich. Was wird nur aus mir, wenn er nicht mehr ist? Wenn er als Verbrecher verurteilt und hingerichtet wird? Ich habe kein Heim mehr und kein Gut und Geld, um meine Kinder zu nähren. Mein Vater hat Selbstmord begangen, meine Mutter ist schuldig des Verrats.«

Ich hatte Achtung vor Jonata. Sie hatte ihre Lage messerscharf erkannt und zusammengefasst. Die Strafe, die Cuntz ereilen würde, würde auch sie treffen. Zudem waren die Angehörigen eines Selbstmörders nicht erbberechtigt, was immer Sigmund an Vermögen hatte, stand weder ihr noch ihren Kindern zu. Und Ida hatte sich durch ihr Schweigen ebenfalls schuldig gemacht.

Dennoch war Jonata als Einzige unschuldig.

»Bittet Ihr um Gnade für Cuntz, um weiter als Pächterin auf dem Hof leben zu können?«, fragte Ulrich.

Sie senkte den Kopf.

»Er ist schuldig, Herr. Aber ich weiß nicht weiter.«

Sie dauerte mich von Herzen, aber viel konnte ich ihr nicht helfen. Trotzdem versuchte ich es.

»Morgen, Jonata, wird Herr Ulrich darüber befinden, wem das Lehen zugesprochen wird. Der neue Lehnsmann wird sich Eurer annehmen.«

Ulrich nickte.

»Ich werde darauf sehen. Die Sünden der Väter sollen nicht die Kinder tragen.«

Jonata stand auf und verbeugte sich ungeschickt, dann ging sie leise aus dem Raum.

»Armes Weib!«

»Ja, das ist sie, doch nicht aus eigener Schuld. Ich habe heute Vormittag kurz das Pachtgut besucht. Das Gesinde ist fleißig, der Hof ordentlich, und die Leute begegnen ihr mit Respekt.«

»Wir werden eine Lösung finden. Kommt herein!«, rief er, als das nächste Klopfen ertönte.

Der Ritter zuckte ein wenig zusammen, als Casta eintrat.

»Edles Fräulein, nehmt Platz«, forderte ich sie auf. »Für wen wollt Ihr gutsprechen?«

Ihre Augen blitzten.

»Nicht für meine Mutter, wie Ihr fürchtet.«

»Hatten wir Furcht, Hardo?«

»Ihr schon.«

Ulrich brummte etwas Unverständliches.

»Wem gilt dann Eure Bitte um Gnade, edles Fräulein?«, fragte ich sanft.

»Ich spreche für Frau Ida, Hardo. Ich weiß, es wäre ihre Pflicht gewesen, über ihren Zweifel am Tod des Burgherrn Aussage zu machen, und dass sie Euren Vater verraten hat, ist eine ungeheuerliche Tat. Aber Engelin und ich haben uns heute lange mit ihr unterhalten, nachdem sie sich, unachtsam durch Angst und Gewissensnot, verletzt hatte. Sie ist ein duldsames Weib und hat viel Demütigung ertragen müssen, nicht nur durch ihren Mann, auch durch meine Mutter. Sie wusste von der Buhlschaft, von den Kindern, die zu früh zur Welt kamen, von dem Betrug an dem Burgherrn –

doch wem hätte sie sich anvertrauen können? Wer hätte ihr geholfen?«

»Der Kaplan, wenn er seine Aufgabe ernst genommen hätte«, sagte ich.

»Er hat aber niemandem geholfen, der Saufaus«, zischte Casta.

»Ein weiterer Punkt auf seiner Schuldenliste«, stimmte Ulrich zu.

Meine Neugier war geweckt. Ich hätte später ebenfalls für Ida gutgesprochen, aber meine Herrin und Casta hatten sich ihre Rettung auf die Fahnen geschrieben, und ich wollte zu gerne wissen, mit welchen Argumenten sie ihr Gnadengesuch untermauerten. Also gab ich mich unbarmherzig.

»Ida hatte als Weib des Burgvogts eine privilegierte Stellung, edles Fräulein. Sie kam mit den Herrschaften aus der Nachbarschaft zusammen, darunter auch einige recht verständige Leute, die ihr gewiss geholfen hätten.«

»Ida ist eine loyale Frau, Hardo. Ich glaube nicht, dass sie über ihre Herrin bei anderen schwätzen wollte.«

»Loyalität, Hardo, ist eine hohe Tugend«, sagte der Ritter neben mir, und ich hörte die feine Ironie in seinen Worten.

Casta nicht. Sie wandte sich an ihn.

»Ihr versteht das, nicht wahr? Sie konnte nicht über die Vorkommnisse hier reden. Aber sie war immer gut zu Hardo, das hat er selbst gesagt.«

»So gut, dass sie tatenlos zusah, wie mein Vater als Mörder abgeführt wurde.«

»Ihr seid so hart. Ihr seid so unversöhnlich, Hardo. Aber bedenkt – Eure Mutter wusste das auch alles. Und ihr habt Ihr vergeben.«

Sauber argumentiert, alle Achtung.

Nur musste ich sie enttäuschen.

»Wer sagt Euch, dass ich meiner Mutter vergeben habe, Fräulein Casta?«

Sie machte den Mund auf und wieder zu.

»Morgen, Casta, werde ich entscheiden, wem die Burg

zum Lehen gegeben wird. Dann wird der neue Burgherr darüber befinden, was mit Ida geschehen soll.«

Ulrich hatte sich meine Ausflucht zu eigen gemacht. Nicht schlecht. Es blieben ja nur van Dyke und sie selbst übrig, denn Lucas van Roide würde das Lehen nicht erhalten.

»Mhm«, machte Casta, die das auf gleiche Weise bedachte. »Gut.«

Dann erhob sie sich und nickte mir kühl zu, dem Ritter aber schenkte sie ein kleines Lächeln, das so innig und vertraut war, dass ich mich verstohlen umsah, um mich zu vergewissern, dass die Laken auf dem hohen Bett nicht doch zerwühlt waren.

Als sie draußen war, meinte Ulrich: »Ich wusste nicht, dass sie so verletzend sein kann.«

»Weiber, alle völlig undurchschaubar und in ihrem Wesen hinterhältig wie die Katzen.«

Er rieb sich das vernarbte Gesicht.

»Was Eure Mutter Euch und Eurem Vater antat, Hardo, war weit schlimmer als das, was Ida getan hat.«

»Sie ist tot, belassen wir es dabei.«

»Aber Ihr seid verbittert. Und Casta hat Euch beleidigt. Ich werde sie später deshalb zur Rede stellen.«

»Tut es nicht, Ulrich, ich habe sie dazu herausgefordert. Ich wollte sehen, wie weit sie zu kämpfen bereit war. Es ist gut, ein streitbares Weib zu haben, und Katzen sind todesmutige Kämpfer, aber hinterhältig sind sie nie. Nur klug.«

»Und Ihr kämpft mit feinen Klingen, Hardo. Dann wollen wir hören, was der nächste Fürsprecher zu sagen hat. Kommt herein!«

Meine Herrin trat ein, und rote Rosen blühten auf ihren Wangen. Offensichtlich war sie Casta gerade eben noch begegnet.

»Wohledle Jungfer, setzt Euch zu uns und tragt Eure Fürbitte vor«, sagte Ulrich in freundlichem Ton. Er erhielt dafür ein Lächeln, ich ein kurzes Nicken.

»Es mag Euch ungewöhnlich vorkommen, Herr Ulrich, aber ich möchte um Nachsicht für Frau Loretta bitten.«

Wie ich die Überraschungen liebte, die meine widerborstige Herrin mir zu bereiten vermochte. Ich nahm einen grimmigen Gesichtsausdruck an und überließ es Ulrich, das Gespräch zu führen.

»Womit hat Frau Loretta Eure Fürsprache verdient?«

»Sie ... also, wir haben ... na ja, sehr fein war das nicht, aber Casta und ich sahen uns gezwungen ... mhm ... sie ...«

»Peinlich zu verhören, nehme ich an«, ergänzte ich ihre stockende Rede, noch immer grimmig.

»Wir haben ihr nicht wehgetan!«, begehrte Engelin auf.

»Sondern?«, fragte Ulrich, ebenfalls sehr streng. So erfuhren wir von dem sehr heißen Bad, das die Holde genossen hatte. Frechlinge, diese Jungfern. Fast so sehr wie Ismael und seinesgleichen. Und sehr, sehr wirkungsvoll.

»Ich mag Loretta nicht, aber sie ist ein armes Huhn und hat die beste Zeit hinter sich.«

Engelins Blick auf mich sprach Bände. Dass ich mich je von so einem ältlichen Huhn hatte blenden lassen, besagte er.

»Oh, sie hat ihre Qualitäten«, murmelte ich.

»Die wissen Männer zweifellos zu schätzen«, piekste meine Dornige zurück.

»Frau Loretta führt ihr Leben so, wie sie es gewählt hat«, urteilte der Ritter.

»Ja, aber jetzt kann sie es nicht so weiterführen. Ihr werdet doch den süß duftenden Höfling nicht ungeschoren davonkommen lassen, oder?«

»Warum nicht, Jungfer Engelin?«, fragte ich lässig. »Immerhin hat er nur auf einen Lederbalg eingestochen.«

»Ach, und ihm verzeihst du eher als Ida, die bloß geschwiegen hat, weil ihr Mann sie totgeprügelt hätte, wenn sie die Wahrheit gesagt hätte?«

»Hatte ich irgendwo irgendwann erwähnt, wem ich was verzeihe oder nicht, Jungfer Engelin?«

»Sprechen wir von Frau Loretta oder von Ida, Jungfer?«, fragte der Ritter streng.

»Von Loretta.«

»Loretta hat Eurer Freundin Casta einen Schlaftrunk verabreicht und sie in eine beschämende Situation gebracht. Sie hat mit zwei Männern gemeinsame Sache gemacht, was beinahe damit geendet hätte, dass ich meinen Freund Hardo erstochen hätte.«

»Also wollt Ihr sie als Mörderin anklagen?«

»Ich stelle nur fest, Jungfer Engelin.«

»Ihr wollt ja gar keiner Fürsprache zuhören.«

»Noch eine Unterstellung, meine Liebliche.«

»Ja, aber Ihr lasst doch nichts gelten, was ich sage.« Sie schoss mir einen weiteren giftigen Blick zu. »Und deine Liebliche bin ich auch nicht.«

»Wahrlich nicht. Also, ich fasse zusammen: Du sprichst für Loretta gut, weil sie ein armes Huhn ist und die beste Zeit hinter sich hat. Was sollen wir also tun? Dem Huhn den Hals umdrehen, damit das Elend ein Ende hat?«

»Würdet – Ihr – mich – endlich – ernst nehmen?«

»Vielliebste Herrin mein, ich nehme dich so ernst, wie es mir nur möglich ist. Ich bewundere dich unsagbar dafür, dass du so großmütig und barmherzig bist, für eine Frau zu sprechen, die dir Herzeleid verursacht hat und deiner Freundin und mir Böses wollte. Wenn du sie überreden kannst, ihren Lebenswandel zu ändern, dann will ich auf meine Klage verzichten und sehen, was man für sie tun kann.«

»Und ich, wohledle Jungfer, werde in diesem Fall dasselbe tun.«

Engelin schaute von Ulrich zu mir und von mir zu Ulrich.

»Warum müsst ihr Männer eigentlich immer erst Spott mit uns treiben?«, brachte sie zwischen den Zähnen hervor.

»Weil mich die Kratzer so beglücken, die dein dorniges Wesen mir verursacht.«

601

Ich lächelte sie an. Sie zog die Nase hoch, stand auf und fegte mit wehenden Röcken hinaus.

»Streitbare Weiber. Wer sagte eben etwas von streitbaren Weibern?«

»Sie ist prächtig, nicht wahr? Ich werde mich nie mit ihr langweilen.«

»Wird ihr Vater der Verbindung zustimmen?«

»Er wäre unklug, täte er es nicht.«

»Casta sagt, er will unbedingt einen Mann von Adel für sie.« Ulrich grinste. »Ich könnte mein Glück ja noch einmal versuchen.«

»Wie Ihr schon richtig bemerktet, Ulrich, kämpfe ich mit feinen Klingen. Und Eure Casta ist ebenfalls ein streitbares Weib. Ihr wollt doch Eure letzten Tage nicht entmannt und in Blindheit verbringen?«

»Nein. Warten wir noch eine Weile, ob noch jemand kommt, der Fürsprache halten will. Aber ich glaube kaum, dass Humbert, der Kaplan oder Lucas jemanden finden.«

»Nein, das glaube ich auch nicht.«

»Wie sehen Eure Urteile aus, Hardo?«

»Meine?«

»Ihr seid der Geschädigte. Ich will Eure Meinung hören. Zu jedem Einzelnen von ihnen.«

»Ihr macht es Euch leicht.«

»Glaubt Ihr wirklich?«

Ich hob die Schultern. Nein, es war nicht seine Art, sich irgendetwas leichtzumachen.

»Gut. Ich gehe eine Weile in den Obstgarten, um darüber nachzudenken. Ihr solltet inzwischen das Tor öffnen und das Gesinde aus dem Dorf wieder zur Arbeit holen. Vor allem die Köchin.«

»Da sagt Ihr was.«

»Was meint Ihr – den Pächter, den Höfling und Doktor Humbert könntet Ihr in den Turm sperren lassen, die anderen dürfen sich frei bewegen?«

»Auch der Kaplan?«

»Wenn er verschwinden will, ist das seine Sache. Dann muss er seinen bigotten Arsch einem anderen Herrn verkaufen.«

»Nicht eben höfisch, Eure Rede.«

»Das ist die Freiheit der Sänger und Gaukler.« Ich nahm den Eisenbrocken aus seinem Kasten und warf ihn spielerisch in die Luft. »Ich bin im Garten. Später teile ich Euch meine Entscheidung mit.« Und dann fügte ich, einer Eingebung folgend, hinzu: »Schickt Ismael zu mir. Er möchte meine Herrin bitten, ihn zu begleiten.«


## Die Urteile

Ich suchte mir einen sonnigen Platz auf einem steinernen Vorsprung an der Burgmauer, gerade gegenüber den inzwischen prächtig blühenden Rosen. In den Gemächern war es immer noch sehr kühl, und die Wärme durchströmte angenehm meine Glieder. Müßig warf ich den Unglücksstern weiter auf und ab. Nun, da ich wusste, welche Gier und Bösartigkeit er entfacht hatte, würde ich mir gut überlegen müssen, was ich zukünftig mit ihm tun sollte. Ich fing ihn mit der linken Hand wieder auf und betrachtete ihn. Ein harmloses Stück Metall, das, wenn die Theorien stimmten, aus der Unendlichkeit stammte.

Ismael setzte sich lautlos zu meinen Füßen ins Gras.

»Eure Herrin denkt noch darüber nach, ob sie sich zu Euch gesellen möchte.«

»Grummelt sie?«

»Anstandshalber.«

»Dann wird sie mich lange warten lassen.«

»Sie wird versuchen, ihrem Vater zu entfleuchen, der gerne wissen möchte, was im Lindenhain geschah, nachdem Ihr sie gerettet habt.«

»Dann wird sie mich nicht lange warten lassen.«

»Nein. Ist das der Stern?«

»Ja.«

»Darf ich mal?«

»Willst du dir die Finger dran verbrennen?«

»Tut man das?«

Ich lachte. »Nein, er ist schon lange abgekühlt.«

Ich warf ihm den Brocken zu. Er fing ihn geschickt auf und sah ihn sich gründlich von allen Seiten an.

»Von Sternen würde man vermuten, dass sie aus glitzerndem Material wären. Er ist so langweilig. Warum misst man ihm eine derartige Bedeutung zu, Hardo?«

»Weil man sich nicht recht erklären kann, woher er nun wirklich stammt. Du weißt doch, das Wunder ist des Glaubens liebstes Kind.«

Ismael drehte den Stern in den Händen und schwieg. Dann teilte er mir seine Gedanken mit.

»Die Astrologen, die wir in Alexandria kennengelernt haben, haben die Bahnen der Planeten berechnet und Mond- und Sonnenfinsternisse vorausgesagt. Dieser Humbert hat die Zukunft aus ihnen gedeutet. Die Eure hat er falsch gelesen.«

»Vermutlich die anderer Menschen und Ereignisse auch, sonst hätte der Graf von der Mark ihn nicht entlassen.«

»Puckl hat ihm neulich zugehört, als er über die Sterndeutung rumgeschwartet hat. Er sagt, der Humbert war als Junge einmal sehr krank, aber der Arzt hat die Sterne befragt und ihm gesagt, er würde wieder gesund werden, nur sein Bein würde lahm bleiben. Und genau das ist passiert. Darum hat er später die Astrologia studiert.«

»Dann können wir nur froh sein, dass er nicht auch noch Medizin studiert hat.«

»Er ist ein bisschen so wie der verrückte Erzbischof von Trier, der Falkenstein mit seiner Alchemia, nicht wahr?«

»Nicht nur ein bisschen, Ismael. Er ist genauso verrückt.«

»Hat es Euch nicht überrascht, dass der Kaplan so plötzlich gegen ihn sprach?«

»Weniger als das, was er zu berichten hatte. Magister Johannes ist eine schwache Natur, und sein größtes Anliegen war wohl immer, seinen eigenen Hintern zu retten.«

»Er wollte abhauen, stimmt.«

»Er wird es jetzt vermutlich auch tun.«

»Dabei waren sie Freunde, er und der Humbert. Er hat ihm diese gemütliche Stelle hier zu verdanken.«

»Ich weiß nicht, ob man das als Freundschaft bezeichnen kann, was die beiden verbunden hat. Abhängigkeit vielleicht, aber nicht Freundschaft.«

Ismael gab mir den Brocken zurück, und ich legte ihn neben mich auf die Steine.

Engelin war am Rande des Obstgartens aufgetaucht und sah sich suchend um. Als sie uns sah, presste sie die Lippen aufeinander und kam herrischen Schrittes auf uns zu.

Ich fiel vor ihr auf die Knie und sang leise:

>»Viel süße, sanfte Töterinne,
warum wollt Ihr mir töten den Leib,
wo ich Euch doch so herzlich minne,
in Wahrheit, Herrin, über jedes andere Weib.
Bedenket doch – wenn Ihr mich tötet,
dass ich Euch nimmer mehr anschau?«[24]

»Ich habe es erwogen. Aber«, sie legte den Kopf schief und betrachtete mich, »wenn ich es mir recht überlege, wäre es schade, eine solche Augenweide dahinzumeucheln.«

Damit beugte sie sich vor und gab mir einen derart innigen Kuss, dass ich meinte, der Boden finge unter mir an zu schwanken.

»Krieg ich auch so einen?«, fragte Ismael.

»Das würdest du nicht verkraften«, mahnte ich ihn und erhob mich. »Bist du deinem Vater entronnen, Line?«

---

24 Herr Heinrich von Morungen

»Mit knapper Not. Er wird dir bei der nächsten Gelegenheit auflauern.«

»Ich bin gewappnet. Aber nun, meine beiden Freunde, brauche ich wieder einmal eure Hilfe.«

Wir setzten uns zusammen in das weiche Gras, und ich schilderte ihnen die Aufgabe, die Ulrich mir gestellt hatte.

»Wessen Vergehen ist das schlimmste, Hardo? Damit sollten wir anfangen«, schlug Ismael vor.

»Nein«, entgegnete meine Herrin. »Welches Vergehen hat Hardo am meisten geschadet? Denn was am schlimmsten ist, das kann nur Gott beurteilen.«

»Dann urteile ich aber nicht mehr mit kühlem Herzen, Line.«

»Das sollst du ja auch gar nicht. Das ist Ulrichs Aufgabe.«

Sie waren gute Ratgeber, die schöne junge Frau und der gewitzte Jüngling, die bei mir saßen.

»Dann will ich euch sagen, was mich am meisten geschmerzt hat.«

»Ja, tu das«, sagte Line und legte ihre Hand auf meinen Arm.

»Meine Mutter hatte Angst vor mir, mein Vater hielt mich für einen Tölpel auf dem Weg zum Galgen. Beide taten das, nicht weil ich unter einem Unglücksstern geboren war, sondern weil ein überheblicher Scharlatan ihnen das eingeredet hat.«

»Dann sei er dem Tod geweiht«, sagte Ismael mit unerwartet ernster Stimme.

»Nicht nur deswegen, sondern weil er auch zweimal versucht hat, das Schicksal zu beugen, das er falsch vorhergesehen hat«, ergänzte Line ebenso ernst.

»Und den Tod seines Bruders und meines Vaters hat er ebenfalls gutgeheißen. So werde ich über ihn das Urteil ›schuldig‹ sprechen – das Strafmaß mögen andere bestimmen.«

»So sei es. Wer ist der Nächste?«

»Der Mann, der meine Herrin in den tiefen Schacht

gestoßen hat. Er hat ihren und meinen Tod gewollt, den des Burgherrn gebilligt und meinen Vater verraten. Schuldig.«

»Arme Jonata.«

»Ja, arme Jonata. Aber wer immer die Burg zu Lehen bekommt, wird sich um sie kümmern. Achte darauf, Line, wenn die Wahl auf deinen Vater fällt.«

»Des kannst du gewiss sein.«

»Was werdet Ihr zu dem Höfling sagen, Hardo?«

»Ein kleingeistiger, eitler Furz von niederen Trieben, doch verführt von seinem Oheim. Er sollte Buße tun.«

»Pranger?«

»Bah, das vergisst der breihirnige Laffe nach drei Tagen. Eine schöne lange Pilgerreise, barfuß und in härenem Hemd.«

»Ach ja, barfuß über die Alpen …«, sinnierte Ismael. Die Alpenpässe waren höllisch, vor allem in der kalten Zeit.

»Ich werde einen Bußgang vorschlagen.«

»Und wie wirst du bei der Äbtissin urteilen?«

»Ich weiß es nicht, Line. Mir hat sie nichts getan, außer dass sie mir mit der üblichen Nichtachtung begegnet ist.« Und dann fiel mir ihr Besuch in der zweiten Nacht ein. »Nun ja, nicht immer …«

»Hardo?« Der sanfte, tröstende Druck auf meinem Arm wich einem schmerzhaften Kneifen.

»Ich bin eben eine Augenweide, mein Lieb«, sagte ich mit einem entschuldigenden Schulterzucken.

»Ich werde Scheuklappen verteilen müssen. Aber du hast recht, sie hat weder ihren Gatten umgebracht – auch wenn sie ihn gehasst hat, sie hat von dem Ränkespiel nichts gewusst – noch versucht, dich zu ermorden. Ihre Unzucht …«

»Ja, darüber mögen andere befinden.«

»Was ist mit dem Kaplan?«

»Was mich anbelangt, nicht schuldig an den Mordversuchen, die mir galten. Doch was den Burgherrn und meinen

Vater betrifft, mitschuldig, vermutlich aber entzieht er sich dem Gericht.«

»Warum lasst Ihr das zu, Hardo?«

Ismael wirkte empört.

»Weil es Strafe genug für ihn ist. Er ist ein Säufer und dem Wein verfallen. Viel Wertvolles kann er nicht mitnehmen, und was immer er bei sich hat, wird ihm auf der Straße und in den Gassen schnell genug abhandenkommen.«

»Aber er hat Freunde in Köln.«

»Es wird sich bald genug herumsprechen, was hier geschehen ist.«

»Du wirfst ihn damit sozusagen den Wölfen zum Fraß vor.«

»So ist es, Line.«

»Dann sollen sie sich über seinen feisten Kadaver hermachen.«

»Das wird bald geschehen sein. Sollte er dennoch überleben, betrachte ich es als Gottesurteil.«

»Einverstanden«, sagte Ismael, der das Leben auf der Straße nur zu gut kannte.

»Verraten haben auch Ida und deine Mutter deinen Vater, Hardo«, sagte Engelin sanft.

Ja, meine Mutter. Ich hatte gesagt, jetzt, da sie gestorben war, möge man ihre Tat vergessen. Doch das konnte ich nicht. Ich würde sie noch lange nicht vergessen. Noch schmerzte sie mich auf eine Weise, als hätte sie mich selbst getroffen. Aber irgendwann würde ich Abstand dazu finden und ihr Handeln als das Ergebnis eines von Aberglauben verwirrten Geistes betrachten können. Als ein erschütterndes Beispiel dafür, wie Menschen aus dem Kerker ihrer Vorstellungen heraus urteilten. Sie hatte die Tatsachen mit eigenen Augen wahrgenommen und gewusst, was die Totenstarre von Eberharts Leichnam aussagte. Aber sie hatte nicht gefragt, sondern die Erklärung hingenommen, er sei eben erst von meinem Vater erstochen worden. Böswillig war sie wahrscheinlich nicht, nur leichtgläubig. Erst in ihrer Todesstunde hatte sie sich die Frage gestellt, warum Gerwin seinen geliebten Bruder umgebracht haben mochte. Doch nie hatte sie hinterfragt, was der gefallene Stern bedeutete, und die Berechnungen des Astrologen hatte sie als unwandelbare Wahrheit hingenommen. Mein Schicksal war für sie von meinem ersten Atemzug an besiegelt gewesen. Das tat weh, noch immer.

»Meinen Kindern werde ich das Schicksal nicht vorhersagen«, murmelte ich.

»Ich schon. Deine Söhne werden Raufbolde und Weiberhelden sein und sich mit dem Abschaum gemein machen«, sagte Engelin mit einem Grinsen.

»Ja, und Eure Töchter samt und sonders hässliche Kröten und dornige Rosen. Aber Ihr werdet es ihnen nie vorhalten, Hardo«, ergänzte Ismael.

Sie brachten mich zum Lächeln, meine beiden Freunde. Engelin schmiegte sich an mich, und ich fühlte mich getröstet. Dann aber sagte sie: »Ida war gut zu dir und sie dauert dich, aber auch sie hat deinen Vater verraten.«

»Das stimmt. Aber ich darf das Urteil fällen, also darf ich auch Gnade walten lassen.«

»Ja, das darfst du.«

Meine Herrin lächelte mich an, und das war Lohn der guten Tat.

»Dann wollen wir den Ritter nun von unseren Urteilen berichten.«


So geschah es denn auch, und als sich alle wieder im Saal versammelt hatten, fehlte wie erwartet Magister Johannes. Seine Flucht sei überstürzt gewesen, sagten die Wachen.

Ulrich verkündete die Schuldsprüche, so wie ich sie ihm genannt hatte. Lucas van Roide stellte er es frei, sich der Gerichtsbarkeit übergeben zu lassen oder eine Bußfahrt zu geloben. Mir schien, der Höfling hatte noch nie im Leben so schnell eine Entscheidung getroffen.

Dann fügte der Ritter noch hinzu, der Domgraf habe verfügt, dass seine Schwester Margarethe zwar nicht einem geistlichen Gericht übergeben, dass sie sich aber in eines der abgelegenen Klöster im fernen Preußenland zurückziehen werde. Als einfache Nonne.

Der Stiftsherr von Sankt Gereon hatte sich wohlweislich die ganze Zeit über geradezu unsichtbar gemacht. Dass sein unzüchtiges Verhältnis zu der Äbtissin bekannt geworden war, wusste er sehr wohl, und ich vermutete, dass er es künftighin mit der Keuschheit wohl etwas ernster nehmen würde. Er wurde dann aber doch noch einmal von Ulrich befragt, ob er, der er den Erzbischof von Köln und das kirchliche Recht vertrat, Klage gegen den Selbstmörder Sigmund von Överrich erheben würde.

Er antwortete mit einem knappen: »Nein.« Offensichtlich hatte Ulrich ihn entsprechend instruiert. Somit war von Jonata und Ida das Schlimmste abgewendet. Denn das Gut eines Mannes, der den Freitod gewählt hatte, wurde nur dann eingezogen, wenn Klage gegen ihn erhoben wurde. Kein Kläger, kein Richter – was immer der Burgvogt besessen hatte, darüber konnten nun seine Erben verfügen.

Als Ulrich die Versammlung für beendet erklärt hatte, bat ich Ismael, unsere Pferde bereitzumachen.

»Ich muss für eine Weile aus dieser Burg heraus, Ulrich.«

»Geht nur. Wenn ich könnte, würde ich das auch tun, aber auf mich wartet noch Arbeit.«


### Kemenatengetuschel

Engelin warf sich mit ausgebreiteten Armen auf ihr Lager und stöhnte.

»Was ist vorgefallen, Line?«

Casta, die am offenen Fenster in der Abendsonne noch an dem Chapel stichelte, das sie am morgigen Pfingsttag zu tragen gedachte, legte ihre Handarbeit nieder und betrachtete ihre Freundin sorgenvoll. Die aber lachte leise.

»Mein Vater – er sollte sich als Henkersknecht verdingen.«

»Was hat er dir angetan?«

»Ausgepresst hat er mich, ausgequetscht und ausgewrungen wie ein nasses Bettlaken. Er wollte unbedingt wissen, was es mit dem Geheimgang auf sich hatte.«

»Und was hast du ihm erzählt?«

»Die Wahrheit natürlich.«

»Die ganze?«

»Aber ja doch.« Sie grinste spitzbübisch. »Obwohl ich manche Feinheiten denn doch ausgelassen habe.« Und sie sang, leise unter dem Atem:

> »Dass er bei mir lag, wüsst' es wer,
> (das walte Gott), so schäm ich mich.
> Was er mit mir tat, nimmer jemand
> erfahre das, als er und ich
> Und ein kleines Vögelein,
> tanderadei – das kann wohl verschwiegen sein.«

»Das Tanderadei«, murmelte Casta dumpf. »Das hast du selbst mir nicht genau geschildert.«

»Hast du mir die ritterlichen Tugenden des Herrn Ulrich im Einzelnen anvertraut?«

»Die gehen dich nichts an.«

»Siehst du?«

»Ich wollte ja nur meinen Horizont erweitern. Aber nun erzähl schon, was hat dein Vater gesagt?«

»Viel, und das ziemlich laut. Von Ehre hat er gesprochen, von Sittlichkeit, von Sünden auch. Aber es dämmerte ihm nach einer Weile, dass mir Hardo das Leben gerettet hat. Und dass er eigentlich ein ganz brauchbarer Mann ist. Er hat sich nämlich ziemlich lange mit dem Domgrafen unterhalten und den über Hardos Geschäfte gründlich ausgehorcht.«

»Aber er ist nicht von Adel, und eine Burg besitzt er auch nicht.«

»Nein, aber ich auch keine Jungfernehre mehr.«

»Und nun?«

»Ich habe meinem Herrn Vater gesagt, dass ich Hardo heiraten würde, wenn er mich fragte.«

Casta prustete.

»Dein Herr Vater wird ihn vermutlich mit der Peitsche in der Hand dazu zwingen.«

»Ich habe das dumme Gefühl, Casta, dass Hardo sich zu nichts, aber auch zu gar nichts zwingen lässt. Und wenn er mich nicht aus freien Stücken nimmt, will ich ihn auch nicht heiraten.«

»Du willst ihn nicht heiraten?«

»Dann nicht, nein. Aber das heißt nicht, dass er mich loswird. Wenn er nicht um meine Hand bittet, dann werde ich wieder ausreißen und ihm so lange lästig fallen, bis er mich nach Venedig oder Gott weiß wohin mitnimmt.« Zufrieden lächelte sie. »Lästig fallen kann ich ziemlich gut.«

»Das glaube ich dir. Aber warten wir erst mal ab, wie Ulrich sich morgen entscheidet.«

»Liegt es nicht auf der Hand?«

Casta schüttelte den Kopf.

»Nicht unbedingt, Line. Mir wird er das Lehen nicht zusprechen, dem Lucas auch nicht, bliebe also nur dein Vater.«

»Ich verstehe – wenn da nicht noch Hardo wäre. Der heilige Laurentius auf dem Bratrost möge das verhindern.«

»Tja.«

»Tja.«

Sie schwiegen gedankenversunken eine Weile, dann reckte sich Engelin und fragte: »Was ziehst du morgen zur Messe an?«

»Das Rosenrote. Und du das Elfenbeinfarbene.«

»Ja, das werde ich wohl tragen. Und darum müssen wir noch ein wenig sticheln.«

»Sieht so aus. Ännchen scheint ja auf Abwegen zu lustwandeln.«

Engelin nahm sich des Saumes an, an dem noch eine

Borte befestigt werden sollte, und eine Weile nähten sie in traulichem Schweigen. Dann aber wurde es dämmerig; sie zündeten Kerzen an, und Engelin spitzte mehr und mehr die Ohren.

»Du wirst deinem Vater morgen noch mehr Tanderadei beichten müssen«, murmelte Casta, die das Aufleuchten in Engelins Gesicht bemerkte, als sie Hardos Stimme im Zwinger hörten.

»Hoffentlich.«


### Die Macht der Freundschaft

Als das Kirchenglöckchen scheppernd zur Vesper geläutet hatte, waren Ismael und ich über die Felder gesprengt. Vereinzelte Wolkenschatten zogen über Land und Strom, Kühe trotteten, von jungen Kuhhirten getrieben, über die Weiden zu den Ställen, Ackergäule, vom Kummet befreit, grasten friedlich auf den Koppeln, eine Schar Enten kreiste über einem Weiher, und der Geruch von Holzrauch hing in der Luft. Man würde sich in den Katen und Hütten zum Essen zusammenfinden, später noch die Tiere versorgen und dann den kurzen Schlaf der Frühsommernächte suchen.

»Da vorne ist eine Schenke, Ismael. Wollen wir mal sehen, ob ich uns noch ein Essen zu schnorren in der Lage bin.«

»Seid Ihr blank?«

»Aber nein, es geht mir ums Prinzip.«

Wir stiegen vor dem strohgedeckten Gebäude ab, das von den Rheinschiffern und Fischern offensichtlich gerne besucht wurde. Doch bevor wir eintraten, legte ich Ismael den Arm um die Schultern.

»Es ist an der Zeit, dass wir uns als Gleichgestellte sehen, Ismael. Ich rede dich mit dem Du an, tu du es zukünftig bei mir auch.«

»Hardo?«

»Du bist kein Junge mehr. Du bist ein Mann und mein Freund.«

»Es hat mir nie etwas ausgemacht, Euch … dich mit Herr oder Meister zu titulieren.«

»Ich weiß. Gehen wir einen Krug Bier auf das Neue trinken!«

Die Taverne war voll, doch man rückte bereitwillig zusammen, um uns auf der Bank Platz zu machen. Das Bier war frisch und kühl und schäumte ein wenig, der Kessel enthielt ein schmackhaftes Ragout aus allerlei Fleisch und Gemüse, das Brot war grob, aber knusprig. Und als wir gesättigt waren, holte ich meine Flöte aus dem Beutel und spielte eine lustige Melodie. Ismael klapperte mit den Löffeln auf der Holzschale, und als alle zuhörten, sang ich zwei, drei zotige Lieder, die großen Gefallen fanden.

Wir brauchten nichts zu zahlen, und unter dem Sternenhimmel ritten wir zur Burg zurück.

Doch dann kam es mir plötzlich sehr seltsam vor, als ich auf das barsche »Wer da?« der Wachen antwortete: »Hardo von Langel!«

Als ich mein Ross am Zügel durch das Tor führte, tauchte an meinem Bein ein kleiner grauer Schatten auf.

»Patta, kleiner Streuner! Hast du nach Hause gefunden?«

»Brrmmmp«, sagte der Kater und rieb seinen Kopf an meinem Stiefel.

»Morgen früh sollst du deinen Topf Milch bekommen«, versprach ich ihm. Doch er hatte wohl die Hoffnung noch nicht aufgegeben, diese Vergünstigung schon heute Nacht zu erhalten. Erhobenen Schwanzes strebte er auf die Küche zu.

Ismael sah ihm sinnend nach; vermutlich erhoffte er sich für diese Nacht auch noch ein Naschen an einem Sahnetöpfchen. Und wie der Zufall es wollte, fragte der kleine Stallbursche, der ihm sein Pferd abnahm: »Seid Ihr der Herr Ismael?«

Der Herr Ismael wuchs bei der ehrerbietigen Anrede um eine Handspanne und nickte.

»Dann soll ich Euch von Herrn Dietrich und Herrn Sebastian ausrichten, dass Ihr zum Lindenhain kommen möchtet, wenn Ihr Lust habt.«

»Habe ich Lust dazu, Hardo?«

»Ich bin ganz sicher. Ich finde alleine zu Bett. Aber du könntest dem Kater folgen und den harten Männern noch einen Krug Wein mitnehmen.«

Das Sahnetöpfchen würde sich von selbst unter den Linden finden, vermutete ich.

Ismael strebte grinsend auf die Küche zu.

Ich schlenderte in Richtung Obstgarten.

Ebenfalls in Erwartung möglicher Genüsse.


## Unter harten Männern

Die Köchin und ihre Helferinnen hatten die Reste vom Abendessen für hungrige Besucher bereitgestellt, und Ismael nahm nicht nur den Weinkrug, sondern auch etliche Scheiben kalten Braten und Brot mit. Das Essen in der Taverne war zwar gut gewesen, aber die Nacht war noch jung, und vermutlich würde er zudem seine Kräfte brauchen.

Die kleine Gesellschaft war nicht schwer zu finden. Als er durch das Manntor getreten war, wandte er sich in Richtung Heiligenhäuschen, und schon hörte er leises Gelächter und Gesprächsfetzen. Nicht nur männliche Stimmen, nein, auch weibliche lockten ihn durch den lichten Baumbestand. Ein Feuer brannte in einem ordentlichen Steinkreis, und da das weiche Gras seine Schritte dämpfte, blieb er einen Augenblick stehen, um zu lauschen.

Dietrich, Puckl, Ännchen und die schüchterne Novizin hatten sich hier versammelt, Becher, Krüge, Körbe standen in Griffweite.

»Und von dem Bazar hat er erzählt. Von den kostbaren Brokaten und von Damaszenerklingen und Wohlgerüchen«, schwärmte Puckl.

»Ja, und einen Bären hat er uns aufgebunden mit der morgenländischen Prinzessin«, ergänzte der Knappe nüchterner.

»Ich weiß nicht, Dietrich. Ich glaube, zumindest den Bazar hat er gesehen.«

Ismael trat näher und setzte sich lautlos neben Ännchen.

»Ein kleines Bärchen nur«, sagte er und lächelte in die Runde. »In Damaskus waren wir, nur bis Aleppo haben wir es nicht geschafft.«

»Du und dein Meister Hardo, nicht der entflohene Sklave.«

»Richtig, Hardo und ich. Eine morgenländische Prinzessin habe ich auch kennengelernt. Allerdings durfte ich ihr nicht bis in den Hammam folgen. Sie haben mich schon im Vorhof zu den Frauengemächern erwischt.« Er grinste, entblößte dabei seinen angeschlagenen Vorderzahn und wies mit dem Finger darauf. »Es ist – ähm – verhältnismäßig glimpflich abgelaufen. Edlere Teile als dies hier büßte ich nicht ein.«

»Kann ich bestätigen«, murmelte Ännchen, und Hildegunda versteckte ihr Gesicht schamhaft hinter dem weiten Ärmel ihres grauen Gewandes.

»Und nun wirst du wieder mit ihm auf Reisen gehen?«

»Ja, Puckl, wir werden wieder unseren Geschäften nachgehen.«

Der Secretarius sah unglücklich drein, und Ismael verstand. Selbst wenn seine Schulter nicht verwachsen gewesen wäre, ein kämpferischer Ritter wäre er nie geworden. Zu sehr lebte er in seinen Sagen und Mären. Auch als weitgereisten Fernhändler konnte er sich ihn nicht vorstellen. Vielleicht war er nicht wirklich feige – wenn er mit seinen Büchern und Auflistungen argumentieren konnte, dann vertrat er tapfer seinen Standpunkt. Das hatte Engelin ihm bestätigt. Aber die Gefahren und Abenteuer der Welt erlebte Puckl lieber im Geiste.

Eine Möglichkeit flog Ismael an, als er seinen Becher zum Mund führte. Er trank und sagte dann: »Morgen wird sich weisen, wer das Lehen erhält, Puckl. Es bleiben eigentlich nur noch dein Oheim und Fräulein Casta. Aber weder van Dyke noch das Edelfräulein werden die Burg selbst verwalten. Und der Vogt, der es bisher tat, ist tot. Es wäre die richtige Aufgabe für dich, meinst du nicht auch?«

»Ich?«

Puckl schrak zusammen, und Ännchen lachte.

Aber Dietrich nickte.

»Ja, da hat Ismael recht. Mein Herr ist sehr angetan davon, wie du den Wirrwarr in den Büchern gelichtet hast.«

»Ja, aber ... aber es könnte doch auch Meist ... Herr Hardo das Lehen zugesprochen bekommen.«

»Da seien die heilige Apollonia, der gebratene Laurentius, Sancta Maria und alle sonstigen Heiligen vor. Und selbst wenn, Puckl: Hardo wird nie hierbleiben, um sich um Burg und Ländereien zu kümmern.«

»Ja, mhm ...« Puckl starrte verträumt in die Flammen.

»Du sagst gar nicht mehr Meister oder Herr, wenn du von dem Minnesänger sprichst«, unterbrach Ännchen die sinnende Stille.

»Nein, er ist nicht mehr mein Herr oder Meister. Er hat mir seine Freundschaft angeboten«, antwortete Ismael leise.

»Oh«, war Dietrichs Kommentar, und Puckl sah auf.

»Damit also hat er deine bedingungslose Loyalität gekauft.«

»Meine Loyalität, Puckl, besaß er schon immer. Bedingungslos.«

»Ja, den Eindruck hatte ich auch«, sagte Dietrich.

Wieder schwiegen sie eine Weile, und die Novizin rückte näher an Ännchen heran, wie um Schutz zu suchen. Ismael bemerkte es und fragte: »Was werdet Ihr zukünftig tun, Hildegunda? Hoffentlich nicht mit Margarethe ins Preußenland ziehen?«

Die Novizin schüttelte den Kopf und seufzte.

»Fräulein Casta hat gemeint, sie will Rat für sie beim Domgraf suchen.«

»Keine schlechte Idee. Wollt Ihr denn in ein Kloster eintreten?«

Wieder schüttelte Hildegunda den Kopf.

»Sie ist schrecklich schüchtern«, zischte Ännchen, aber drückte das magere Mädchen an sich.

»Es gibt da einen Beginen-Konvent in Köln. Als Hardo und ich die Gutsherrn in Villip besucht haben, erzählte die Herrin davon. Sie hat dort selbst gelebt, und sie und der Herr haben das Patronat über diesen Konvent übernommen. Wenn ich mit Hardo rede, wird er bestimmt für Euch gutsprechen, Hildegunda. Die Beginen sind keusche Frauen, die für ihren Lebensunterhalt arbeiten, aber sie legen keine Gelübde ab und können den Konvent auch wieder verlassen.«

»Das würdet Ihr für mich tun, Herr Ismael?«

Ismael gluckste leise.

»Lasst bloß den Herrn weg, sonst werde ich noch großspurig. Aber ja, ich spreche morgen mit Hardo darüber.«

»Noch großspuriger?«, stichelte Dietrich.

»Och, ich hab noch Möglichkeiten.«

»Dann wird es Zeit, dich mal wieder in die kleine Spur zu bringen!«

»Willst du raufen?«

»Nicht vor den Damen.«

»Gut, dann morgen. Das passt mir. Ich habe nämlich die Erlaubnis, dir ein paar faule Tricks beizubringen.«

»Ach, wer sagt das?«

»Der Herr Ulrich von der Arken. Nur will er sie dir nicht selbst beibringen und nie sehen, dass du sie anwendest.«

»Ja, aber, warum ...?«

»Weil sie dir das Leben retten können, du Tropf.«

»Oh«, sagte Dietrich, und Puckl fügte mit einem Grinsen hinzu: »Damit, dass ihm etwas an deinem Leben liegt, hat er also deine bedingungslose Loyalität gekauft.«

»Meine Loyalität, Puckl, hatte er schon immer. Bedingungslos.«

»Ja, den Eindruck besaß ich auch«, bestätigte Ismael.

Und damit langte er in den Korb und zog ein Stück Braten und einen Brotfladen heraus und schlug die Zähne hinein.

Die Unterhaltung wandte sich leichteren Dingen zu, und als das Feuer heruntergebrannt war, tat Ismael endlich das, was er sich beim ersten Anblick des süß duftenden Lindenwäldchens vorgestellt hatte.

Ännchen half ihm willig dabei.

# Pfingsten

Ave, Allerschönste du,
heil dem Edelsteine,
ave, aller Jungfraun Zier,
Jungfrau, herrlich reine,
ave, Rose du der Welt![25]


**Die Macht der Liebe**

Der Pfingstmorgen weckte Engelin und Casta mit blendendem Sonnenschein, und Ännchen, die vor den anderen erwacht war, brachte die Botschaft, der Herr Ulrich habe befohlen, dass man geschlossen die Dorfkirche aufsuchen würde, um der Messe beizuwohnen.

»Na, das wird den Leuten aber ein Schauspiel bieten«, meinte Engelin und goss Wasser in die Waschschüssel. Dann halfen sich die jungen Frauen gegenseitig, die Haare zu bürsten und die Gewänder und Haarkränze anzulegen. Die Truhen der Burgherrin hatten sich als wahre Schatzkästen erwiesen. Casta hatte einen Surkot aus eierschalenfarbenem Damast für sich herrichten lassen, an dessen Säumen feine Goldstickereien schimmerten. Engelin aber hatte ein rosenrotes Gewand gewählt und es mit weißen Seidenbändern geschmückt.

Sie gingen gemeinsam die Wendeltreppe nach unten und dann über die Arkaden in den Hof. Hier warteten bereits der Ritter – ganz in Schwarz –, Hardo, der wieder sein enges

---

25 Carmina burana, CB 77, Carl Fischer

Wams mit den Fuchspelzen trug, der Domgraf und der Stiftsherr im bodenlangen Talar, die Äbtissin in ihrer Kutte, den
Schleier streng gebunden, die Novizin in schlichtem Grau,
Ännchen in leuchtendem Rot, van Dyke in seiner prachtvollen Heuke, der Höfling selten schlicht gekleidet, Jonata
und Ida in dunkelblauen, zierlich bestickten Kleidern, Loretta ganz ohne Putz – na ja, in ihren Augen ... Der Ritter
drehte sich nach den beiden Jungfern um, über sein vernarbtes Gesicht glitt ein Freudenschein, und er reichte Casta
den Arm. Engelin sah zu Hardo hin, aber da hatte ihr Vater
sich schon gebieterisch neben sie gedrängt. Sie legte also ihre
Hand auf die seine und ließ sich von ihm aus der Burg und
durch das Dorf führen. Die Mannen begleiteten die Gruppe
der Herrschaften, und mit mildem Vergnügen genoss sie das
Aufsehen, das sie bei den Dörflern erregten. Natürlich war
die Kirche zu klein für all die Gläubigen, doch den Bewoh-
nern der Burg wurde respektvoll Platz gemacht. Der arme
Priester aber, der so viel Glanz und Aufmerksamkeit nicht
erwartet hatte, verhaspelte sich mehrfach bei der Messe.

»Den haben wir so durcheinandergebracht, dass er das Paternoster noch rückwärts aufsagen wird«, flüsterte es hinter
Engelin. Sie unterdrückte ein Glucksen und lehnte sich vorsichtig zurück. Eine Hand streichelte ihren Nacken, wurde
aber rasch fortgenommen, als ihr Vater den Blick von seinen
andächtig zum Gebet zusammengelegten Händen hob.

Sie senkte keusch die Lider, aber ihre Hände suchten
nach dem harten Gegenstand, der sich in dem Beutel an
ihrem Gürtel befand. Als Hardo gestern den Obstgarten verlassen hatte, hatte sie den Stern an sich genommen, den er
achtlos auf der Mauer hatte liegen lassen. Ihm bedeutete er
nichts mehr, aber sie war sich nicht ganz sicher, ob er nicht
doch einen Zauber barg. Keinen bösen, nein – aber konnte
es nicht sein, dass Hardo unter einem Glücksstern geboren
war? Man sollte achtsam mit derartigen Dingen sein.

Sie lächelte in sich hinein und betete dann mit den anderen zusammen.

Das Paternoster wurde richtig herum aufgesagt.

Nach der Messe trat der Priester – ein hageres, grauhaariges Männchen – demütig auf den Ritter zu, und sie hörte ihn die Bitte vortragen, dass der Herr der Burg die Saat segnen möge.

»Einmal um die Felder reiten, Herr. Das hat der Herr Eberhart von Langel an Pfingsten immer getan.«

»Ich bin nicht der Herr der Burg, Priester, aber noch heute soll er benannt werden. Und er wird seine Pflicht erfüllen.«

»Danke, Herr. Und wenn Ihr oder Eure hohen Gäste Lust habt, dann besucht unser Fest. Wir feiern auf dem Dorfplatz mit reichlich Essen und Tanz.«

»Vielleicht.«

»Er ist ziemlich hochnäsig, dein Ritter«, flüsterte Engelin Casta ins Ohr.

»Er kann doch nichts zusagen. Aber ich hätte schon Lust auf einen ausgelassenen Tanz.«

»Ich auch!«

»Dann wird das wohl zu machen sein.«

»Mhm.«


Das edle Fräulein und meine Herrin waren in ausgesprochen fröhlicher Laune. Ich sah sie miteinander kichern und schwatzen. Aber auch ich fühlte mich wie von einer Last befreit. Die sieben Tage Eingeschlossenseins in der Burg waren bedrückend gewesen – wie sehr, das hatte ich erst gestern bemerkt, als ich über die Felder geritten war.

Morgen würde ich Langel verlassen. Es war an der Zeit, dass ich mich wieder um meine Geschäfte kümmerte. Beinahe ein halbes Jahr hatte ich sie ruhen lassen. Speyer, dann Venedig und dann wahrscheinlich wieder eine Reise über das mittelländische Meer.

Nur eine Angelegenheit musste ich hier noch klären.

Wir überquerten die Zugbrücke und traten in den Burghof. Die Mägde und Knechte hatten Bänke und Tische im Hof aufgestellt, die Köchin ein gewaltiges Mahl zubereitet, das nun aufgetragen wurde.

Van Dyke versuchte, an meine Seite zu kommen, aber ich gab ihm nicht die Gelegenheit dazu. Mir war recht klar, was er vorhatte. Seine entschlossene Miene deutete an, dass er von seiner Tochter einige Wahrheiten erfahren hatte und mich nun zur Rechenschaft ziehen wollte.

Ulrich winkte mich zum Ehrenplatz in der Mitte der Tafel, der Handelsherr musste sich mit einem Platz weiter unten begnügen. Saftige Braten wurden aufgetragen, Schüsseln mit Gemüse, gewürzten Soßen, Körbe mit weißem Brot, Kannen voll Most, Wein und Bier, und selbst jene, die am nächsten Tag ihre Bußen aufnehmen würden, wurden von der frohgemuten Stimmung angesteckt. Als die Sonne begann, lange Schatten in den Hof zu werfen, wurde die Tafel schließlich aufgehoben, und Ulrich gab Weisung, sich im Saal zu versammeln.

Er schritt zur Hohen Tafel, mit ihm der Stiftsherr von Sankt Gereon.

Jetzt also sollte die Entscheidung fallen.

Das Gemurmel erstarb, und er verkündete noch einmal, warum wir uns versammelt hatten und wer seine Ansprüche auf das Lehen geltend gemacht hatte.

»Doktor Humbert hat sich als unwürdig erwiesen, als Fürsprecher für seinen Neffen Lucas van Roide aufzutreten. Der Herr Lucas van Roide hat ebenfalls durch sein schändliches Tun jeden Anspruch auf das Lehen verloren. So haben wir entschieden.«

Das war zu erwarten.

»Stiftsherr Anselm van Huysen, Vertreter des Erzbischofs von Köln, Miteigner dieser Kon-Dominion, und ich als Vertreter des Herzogs von Jülich haben beschlossen, dass weder dem Herrn Hinrich van Dyke, auch wenn er ein ehrenwerter Mann, noch dem edlen Fräulein Casta von Langel das Lehen zugesprochen werden soll. Es soll derjenige erhalten, der nicht nur in der Blutlinie von Herrn Hardo von Langel, dem Vater des getöteten Eberhart von Langel und dessen Marschall Gerwin, abstammt, sondern durch die Umstände dieses Todes auch den größten Schaden genommen hat. Als Wiedergutmachung angesichts des Todes seines unschuldigen Vaters erhält Hardo von Langel, auch genannt Meister Lautenschläger, von uns die Burg zum Erblehen.«

Das hatte ich irgendwie befürchtet. Eigentlich hätte ich nun vortreten müssen, um mein Einverständnis zu zeigen, doch hatte ich mir bereits ein anderes Vorgehen überlegt.

Hinrich van Dyke und meine schöne Herrin, seine Tochter Engelin, standen einige Schritt entfernt von mir. Auf beide ging ich zu, beugte mein Knie vor dem Handelsherrn und bat: »Wohledler Herr! Vor sechs Jahren trat eine hässliche kleine Kröte in mein Leben und heftete sich beharrlich an meinen Kittel. Ich habe dieses Kind, das mir vertraute und zu mir aufsah, mit mir zankte und mich schikanierte, mich tröstete und erheiterte, herzlos verlassen. Als das gütige Schicksal sie wieder meinen Weg kreuzen ließ, war sie eine schöne Jungfrau geworden, und noch immer war sie mir wohlgesinnt. Sie war meine Heilerin und Helferin, und ich Tropf und Dummkopf habe sie ein zweites Mal verloren. Wohledler Herr, mir ist das Wunder widerfahren, dass mir Eure Tochter Engelin nun zum dritten Mal begegnet ist, und dieses Mal möchte ich sie nicht mehr verlieren. Ich bitte Euch, Herr Hinrich van Dyke, um die Hand der edlen Jungfer Engelin.«

Was immer der Handelsherr vorhatte, mir ins Gesicht zu schleudern ob der verletzten Ehre seiner Tochter, es wich einem freudestrahlenden, überaus großmütigen Lächeln.

Je nun, ich hatte die Burg am Hals.

Mit wohlgesetzten Worten nahm er meinen Antrag an und bat mich, mich zu erheben. Doch ich blieb auf den Knien, wie es sich gehörte – nun allerdings vor Line, der dornigen Rose, die ein Gesicht machte, als hätte man ihr Essig in den Wein geschüttet.

Musste ich sie denn noch immer überzeugen? Ich legte mein ganzes Herz in meine raue Stimme und sang für sie:

»Süße Trösterin, tröste meine Sinne
durch die Minne dein.
In der Minne ich brenne
von der Minne Feuer leid ich schmerzlich Not.
Hey, Mündlein rot,
willst du mich nicht trösten, sieh, so bin ich tot.«[26]

Ihr Lächeln war bittersüß.

Castas neben ihr ebenfalls.

Und mir wurde die pfingstliche Erleuchtung zuteil.

Ich neigte kurz mein Haupt, stand auf und trat zur Hohen Tafel vor.

»Herr Ulrich von der Arken, Herr Anselm van Huysen. Ihr ehrtet mich gar wohl damit, dass Ihr mir die Burg meiner Vorväter zum Lehen geben wollt, doch ich möchte Euch bitten, sie der leiblichen und ehelichen Erbin des Herrn Eberhart, dem edlen Fräulein Casta, zum Kunkellehen zu geben. Ich bedarf des Lehens nicht, mein Weg führte mich weit über die Mauern dieser Burg hinaus. Dies hier ist mein Heim schon lange nicht mehr. Ich habe auf meinen Reisen gelernt, was notwendig war, ja sogar noch viel darüber hinaus. Ich habe den Wandel erkannt, der die Welt verändern wird. Nicht der Schweifstern hat ihn angekündigt, kein gefallener Stern hat ihn bewirkt, sondern er vollzieht sich im Herzen und im Verstand der Menschen. Nicht in fest ummauerten Burgen und harten Panzern liegt die Zukunft. Sie liegt im Handel und im Aufbruch in fremde Länder. Darin habe ich meine Aufgabe gefunden, und dabei werden mich meine Herrin und mein Freund begleiten.«

Van Dyke hörte ich empört schnaufen, alle anderen schwiegen. Und dann stand meine Herrin rechts neben mir und Ismael links. Line nahm meine Hand.

Ulrich sah uns drei an und schüttelte kaum merklich den Kopf.

---

26 Herr Hess von Rinach

Ich lächelte ihn an und sagte leise: »Nimm es an, Ulrich, als Dank für deine Freundschaft und Treue.«

Er rieb sich sein vernarbtes Gesicht mit beiden Händen.

Der Stiftsherr behielt eine unbewegte Miene.

»Ihr könnt es noch immer dem Herrn van Dyke geben«, murmelte er.

»Um Gottes willen, seid still«, zischte Engelin ihm zu, und er schrak zusammen.

Um Ulrichs Mundwinkel zuckte es verdächtig.

»Nun gut. Also – da der Herr Hardo von Langel das Lehen zu Gunsten des edlen Fräuleins abweist, mag Casta von Langel es als Kunkellehen erhalten. Herr Gottfried von Fleckenstein als ihr Vormund mag vortreten.«

»Puh!«, stöhnte Line, als wir zurücktraten und es den Männern überließen, die Verhandlungen zu Ende zu führen. Casta strahlte, versuchte es aber zu verbergen. Line grinste ganz offen, van Dyke grollte, sagte aber nichts.

Kurz darauf verließ Ulrich die Hohe Tafel, kniete vor Casta ebenso demütig wie ich vorhin vor meiner Herrin nieder und bat sie um ihre Hand.


Die Dörfler begrüßten uns mit lautem Jubel, als Ulrich mit Casta und ich mit Engelin von der Burg geritten kamen, um die Felder zu umrunden. Und noch mehr bejubelten sie es, dass wir uns schließlich ihrem Fest auf dem geschmückten Platz vor der Kirche anschlossen. Ismael tanzte übermütig mit jedem weiblichen Wesen, dessen er habhaft werden konnte, ob alte Vettel oder junge Maid. Ännchen tat das Nämliche mit allen Männern, Hinrich van Dyke hatte seinen Groll über den Verlust der Burg heruntergeschluckt, und nach einigen Humpen Biers schwenkte er eine dralle Winzerin über den mit frischem Grün geschmückten Dorfplatz. Selbst Ida und Jonata ließen sich von der Heiterkeit anstecken. Und als mir Dietrich die Laute brachte – nun, da sang ich für alle, vor allem aber für meine Herrin, die Lieder der Minne.

# Nachspiel: Ein minniglich Lied

Gesungen von Frau Engelin

Der Oktoberwind, noch lau und sonnenträchtig, wehte durch das Fenster. Ich blickte in den Garten, wo unter dem Oleander mein Herr sich mit einem seiner Kompagnons unterhielt. Die Brise drückte mein Gewand an meinen schon leicht gerundeten Leib. Ein Grund, warum wir unsere Reise nach Alexandria auf das nächste Frühjahr verschoben hatten, wenn das Kind geboren sein würde.

Vier Monate wohnten wir in dem geräumigen Haus auf der kleinen Insel Giudecca in der Lagune, das Hardo vor zwei Jahren gekauft hatte, um seinen Großeltern ein Heim zu geben. Ich konnte vom Altan aus den Kanal sehen, der sich zwischen den engen Bauten Venedigs hindurchwand, die Boote, die emsig von hier nach dort eilten, den hohen Campanile und den prachtvollen Palast des Dogen.

Doch mochte die Aussicht noch so bewundernswert sein, es war Hardo, der mein Herz tagtäglich mit Freude erfüllte. Vor allem wenn ich ihn wegen der Rechnungsbücher auszankte, die mir nicht ordentlich genug geführt waren, die Lagerbestände an Spezereien bemäkelte, über die Vielzahl der gängigen Münzen maulte und seinen Frühstücksbrei anbrennen ließ. Letzteres allerdings entsprang selbstverständlich nicht meiner Unfähigkeit zu kochen, nein, das Anbrennen hatte ich zur Kunst erhoben.

Er war mir ein großzügiger Gatte, und nie klagte er über meine Neugier, wenn es darum ging, etwas über die Geschäfte zu erfahren, die er tätigte. Ich hatte ein hervorragendes Gefühl für Zahlen, noch besser aber war meine Einschätzung der Warenqualitäten. In den vergangenen Jahren hatte ich im Haushalt meines Vaters dazu eine ganze Menge gelernt. Aber selbstverständlich nörgelte Hardo beständig, dass ich ihm lästig fiel, wenn ich meine angeblich besserwisserische Nase in die Säcke und Kästen steckte. Ja, er erdreistete sich sogar hin und wieder anzumerken, dass ein Weib kaum fähig sei, die zehn Finger an ihren Händen abzuzählen.

Ich gab ihm jedoch immer mit gleicher Münze heraus, dem Gimpel, der seine Haare in Zöpfe flocht und sein Wams mit Fuchsschwänzen schmücken ließ. Aber als er mir angeboten hatte, sich das Haupt scheren zu lassen, hatte ich ihm damit gedroht, mit dem Barbiermesser noch ganz anderen Zierrat von ihm zu entfernen.

Ich weidete meine Augen doch so gerne an ihm.

Und liebte es, ihn mit seiner Eitelkeit zu necken.

Und noch viel schönere Neckereien fanden wir, wenn es um das Tanderadei ging.

Seid also versichert, ich liebe meinen Gatten von Herzen.


Hardos Geschäfte blühten, und die Handelsbeziehung nach Köln zum Handelshaus van Dyke versprach für beide Seiten ungemein fruchtbar zu werden. Mein Vater hatte sich damit abgefunden, dass er nun doch keine verwandtschaftlichen Beziehungen zum Adel hatte. Aber Ulrich hatte ihm die Burg als offenes Haus angeboten und würde ihn zu jeder Geselligkeit einladen, die er und Casta veranstalten würden. Einzig die Tatsache, dass der Ritter ihm auf Hardos Anraten seinen Secretarius abgeschwatzt hatte, mochte ihn verstimmen. Aber Puckl – Sebastian – hatte alle Fähigkeiten, um der nächste Burgvogt zu werden. Mein Vetter war so glücklich über diese Fügung, dass er fast über seinen Buckel hinausgewachsen wäre. Casta hingegen hatte Ännchen zu ihrer Kammerjungfer gemacht, was darauf hoffen ließ, dass sich deren Lebenswandel zum Besseren wenden würde. Ismael bedauerte zwar, dass sie uns nicht begleitete, aber weder sein noch Ännchens Herz waren nachhaltig gebrochen. Er war inzwischen wieder mit Hardos Geschäften betraut, die er mit großer Spitzfindigkeit führte. Einen kleinen Gewinn hatte mein Gatte ihm auch bereits zu seiner eigenen Verfügung überlassen, und da Ismael ein geschickter Händler war, hegten wir den Verdacht, dass er, wenn wir dereinst diese Welt verlassen würden, einen weit größeren Reichtum angesammelt haben würde als Hardo selbst.

Mein Gatte war nun alleine im Garten, sein Geschäftspartner war gegangen. Und wie so oft, wenn er über etwas gründlich nachdachte, warf er lässig den Eisenbrocken mit der rechten Hand auf und ab. Ich hatte den Stern an mich genommen und ihn Hardo wiedergegeben, als ich ihm die Empfängnis unseres Kindes mitteilte. Einen Glücksstern nannte ich ihn, und auch er konnte mich nicht daran hindern, daran zu glauben.

Dennoch, wir beide hatten oft darüber gesprochen, welche Bedeutung die Sterne für die Menschen hatten. Hardo vertrat so seine ganz eigene Theorie, wie weit das Schicksal des Menschen gelenkt wird. Für ihn scheint es am ehesten so, dass wir von unseren eigenen Wünschen nach Liebe geleitet werden. Und die hat bekanntlich viele Seiten.

Er hatte in vielen Aspekten damit natürlich recht. So wie er einst den Wunsch hegte, die Frauenherzen zu betören, und sich darum auf die Suche nach der magischen Laute machte. Ebenso waren auch die anderen, die sich auf der Burg eingefunden hatten, von ihren Wünschen oder Begierden geleitet worden. Die Äbtissin von ihren Wunsch nach Anerkennung durch Liebe, Loretta von dem nach Sicherheit durch Liebe, der Kaplan von seiner Liebe zum Wein, der Pächter Cuntz durch seine Liebe zum Geld, Ida suchte die Liebe ihres Mannes und fand sie nie, Jonata fand sie wenigstens in ihrer Liebe zu ihren Kindern, Sigmund suchte Liebe in der Befriedigung seiner Triebe – ähnlich wie der Stiftsherr –, der Höfling in seinem Spiegelbild. Der Domgraf Gottfried von Fleckenstein ließ sich von seiner Liebe zu Gott und der Natur leiten. Ismael liebte seine Unabhängigkeit, sie würde ihn weit bringen. Ulrich aber hatte einst gütige Elternliebe erfahren, zu der er nun wieder in seinen ritterlichen Tugenden zurückgefunden hatte. Casta liebte ihn – und ich liebte den Streit.

Nur Humbert aber war der Liebe nicht fähig; sein Wunsch bestand darin, sie bei anderen zu vernichten.

Ja, unsere Wünsche leiteten uns, denn ihre Erfüllung oder ihre Versagung lenkten unsere Schritte. Und die schönsten Worte dazu hat Hardo mir neulich in der süßen Dämmerung beim Sang der Nachtigallen mit seiner raspelrauen Stimme ins Ohr geraunt, und sie hatte er nicht in Minneliedern gefunden: »Solange, wie ich mir vergeblich die Liebe meines Vaters gewünscht hatte, von der niederen Minne der Frauen enttäuscht wurde, an Gottes Liebe gezweifelt hatte, war mein Leben in Unglück verlaufen. Doch dann habe ich selbstlose Liebe geschenkt bekommen, von einem unschuldigen Kind, einer lästigen Kröte. Und ich lernte Nächstenliebe und Freundesliebe und die einzige, die wahre Liebe, kennen. Deine Liebe, Engelin, nicht der Stern, der vom Himmel fiel, bestimmt mein Leben.«

Ja, das sagte er.

Aber jetzt, hier in diesem Haus mit dem Blick über die Lagune von Venedig, auf den blühenden Garten, auf meinen schwangeren Leib und die Augenweide von einem Gatten, der eben gerade zu mir hochschaut, eine höchst anmutige Verbeugung macht und mich frech angrinst, ja, in diesem Augenblick dankbaren Glücks, da frage ich wie der Meister Walther von der Vogelweide:

> »Wer gab dir, Minne, die Gewalt,
> dass du so ganz allmächtig bist?«

# Nachwort

Es gab wirklich eine Burg Langel im gleichnamigen Vorort Kölns am Ausgang der heutigen Rosengasse zum Rhein hin – eine von 29 inzwischen verschwundenen oder bis zur Unkenntlichkeit umgebauten Burgen und Schlössern in Köln. Darum habe ich sie als Ort des Geschehens gewählt – ein Schriftsteller darf ein Gebäude wiederauferstehen lassen. Was wir schreiben, ist Fiktion, entspringt der Fantasie, ist Gedankengespinst. Doch darin sind auch immer eine ganze Reihe Tatsachen enthalten, um die sich die Geschichte rankt.

Das beginnende fünfzehnte Jahrhundert war eine Schwelle in der Geschichte. Nicht wegen etwaiger Kometen. Der hier geschilderte ist nicht belegt, sondern durchzieht lediglich den Erzählhimmel. Sondern weil der Blick auf die Welt weiter geworden war. Die fest ummauerten Burgen, die in einer unwirtlichen Umgebung Schutz gegen die Einfälle fremder Völker geboten hatten, verloren an Bedeutung, denn die Fremde verlor allmählich ihre Feindseligkeit. Man reiste und handelte in immer größerem Umfang.

Die unbequemen, eisernen Rüstungen der Ritter, die sie zu unbeweglichen Kämpfern machten, verloren angesichts der neuen Waffentechniken ihre Bedeutung. Gegen den Armbrustbolzen aus dem Hinterhalt waren sie nutzlos, gegen die Kugeln aus Kanonen noch mehr.

Die Frauen in ihren abgeschiedenen Kemenaten oben im Burgturm lauschten den Liedern der Minne, in denen ihnen mit vielen schönen Worten gehuldigt wurde, doch die bürgerlichen Frauen, die dem neuen aufstrebenden Stand der Händler und Kaufleute angehörten, betätigten die Rechenbretter und führten die Bücher. Manche unter ihnen trieben selbst Handel.

Huldigung, noch so klangvoll gereimt, reichte ihnen sicher nicht mehr.

Der Minnesang versickerte im Sand der Zeit, ihm folgte der Meistersang, wie nicht anders zu erwarten, aus Handwerkerkehlen.

Und doch sind die vielen Lieder der Sänger und Dichter aus jener Vergangenheit Dokument der Denkweise und Lebensart. Nicht nur die hehre Liebe und ihren Verzicht besingen sie, sondern auch deren Erfüllung, keck und heiter. Neben der Minne werden aber auch die gesellschaftlichen Missstände angeprangert, Tugenden und Untugenden aufgezeigt, das Alltagsleben besungen und die Schönheit der Natur gepriesen. Sie bieten ein buntes Bild ihrer Zeit und zeigen mehr als deutlich, dass das Mittelalter alles andere als dunkel war.

Hardo von Langel ist Sinnbild des Wandels, der »mittelalterliche«, abergläubische Tropf, der in die weite Welt hinausgeschickt wird und erkennt, dass sie größer und reicher ist als der umschlossene Bereich der Burg. Er findet seine eigene Magie und kehrt zurück, um sein Wissen in die Enge zu tragen und sie aufzulösen – die Reise des Helden, die jeder Mensch auf seine Weise irgendwann antritt.

# Dramatis personae

**Meister Hardo Lautenschläger** – der reine Tor, der aufbricht, das Fürchten zu verlieren, geheimnisvoll, klug und ein wenig boshaft. Aber eine Augenweide!

**In der Burg**

**Ismael** – ein junger Taschendieb mit hochgesteckten Zielen und von käuflicher Loyalität.

**Ulrich von den Arken** – ein einäugiger Ritter, der Angst und Schrecken verbreiten kann, aber damit nicht zufrieden ist.

**Dietrich** – sein Knappe, ein höflicher junger Mann.

**Sigmund von Överrich** – der Verwalter der Burg, ein Rammler vor dem Herrn.

**Ida** – des Verwalters Weib, eine mütterliche Frau, die Tölpeln und Katern in der Küche Obdach gewährt.

**Jonata** – des Verwalters Tochter und verhärmtes Eheweib des Pächters Cuntz.

**Cuntz** –Pächter und Pferdezüchter, der krummen Wegen folgt.

**Magister Johannes Muhlenstein** – der Hauskaplan, der gerne tief in den Weinkrug schaut.

**Margarethe von Langel** – die Äbtissin von Rolandswerth, Witwe des Eberhart von Langel, Castas Mutter.

**Hildegunda** – Novizin, Begleiterin der Äbtissin, ein schüchternes keusches Mädchen.

**Casta von Langel** – Margarethes und Eberharts Tochter, die eine beständige Zuneigung nährt.

**Gottfried von Fleckenstein** – Margarethes Bruder, Domherr zu Speyer und Gartenfreund.

**Anselm van Huysen** – Stiftsherr von St. Gereon, der es mit der Keuschheit nicht so ganz genau nimmt.

**Loretta** – eine Hofdame ohne Anstellung auf der Jagd nach dem Glück.

**Ännchen** – Lorettas kecke Kammerjungfer mit spitzen Öhrchen.

**Doktor Humbert** – Eberharts jüngerer Bruder, ein Gelehrter, der auf die reinigende Wirkung von Weihwasser vertraut.

**Lucas van Roide** – Sohn von Humberts Schwester, ein höfischer Gimpel, den der Duft von Ambra umgibt.

**Hinrich van Dyke** – Kölner Handelsherr mit ehrgeizigen Heiratsplänen für seine Tochter.

**Engelin** – seine Tochter, eine schöne, aber dornige Rose.

**Sebastian (»Puckl«)** – sein buckeliger Secretarius, der vom ritterlichen Leben träumt.

**Patta** – der Burgkater.


**Diverse Stolpersteine und Helfer**

**Urban** – der alte Trouvère, der dem jungen Tölpel die Mär von der magischen Laute erzählt.

**Line** – eine aufdringliche kleine Kröte, die nur für Schwierigkeiten sorgt.

**Die Gutsherren von Villip** – eine bekannte Kölner Familie.

**Erasmus von der Heydt** – Speyrer Handelsherr mit Ambitionen.

**Nele** – ein armes Weib.


Des Lautenbauers Witwe, der Erzbischof von Trier, Fortuna – eine Räuberin, König Rupert, etliche Mannen, ein alter Waffenmeister, Räuber, Milchmädchen, Wäscherinnen, Sänger und kein Lindwurm.

**Die nichts mehr sagen**

**Eberhart von Langel** – der sanftmütige Burgherr, der vor zehn Jahren unfreiwillig dieses Jammertal verlassen hat.

**Gerwin** – Eberharts Marschall, Hardos Vater, wegen Mordes an Eberhart gehenkt.

**Gina** – Hardos Mutter, die auf die Kraft der Reliquien vertraute.

**Karl von Langel** – Kartäusermönch, der zu schweigen gelobt hat.

*Von Andrea Schacht bei Blanvalet bereits erschienen*

**Die Beginen-Romane**
Der dunkle Spiegel (36774)
Das Werk der Teufelin (36466)
Die Sünde aber gebiert den Tod (36628)
Die elfte Jungfrau (36780)
Das brennende Gewand (37029)

**Die Alyss-Serie**
Gebiete sanfte Herrin mir (37123)
Nehmt Herrin diesen Kranz (37124)
Der Sünde Lohn (37669)

**Die Ring-Trilogie**
Der Siegelring (35990)
Der Bernsteinring (36033)
Der Lilienring (36034)

Rheines Gold (36262)
Kreuzblume (37145)
Göttertrank (37218)
Goldbrokat (37219)
Die Ungehorsame (37157)
Die Gefährtin des Vaganten (geb. Ausgabe, 0349)

Der Ring der Jägerin (37783)
Die Blumen der Zeit (37753)

Die Lauscherin im Beichtstuhl.
Eine Klosterkatze ermittelt (36263)
MacTiger – Ein Highlander auf Samtpfoten (36810)
Pantoufle – Ein Kater zur See (37054)

# blanvalet

**www.blanvalet.de**